COLLECTION FOLIO

Manuel Rivas

L'Éclat dans l'Abîme

Mémoires d'un autodafé

Traduit de l'espagnol
par Serge Mestre

Gallimard

Ouvrage traduit avec le concours de la Direction générale du livre, des archives et des bibliothèques du ministère espagnol de la Culture.

Titre original :

LOS LIBROS ARDEN MAL

Manuel Rivas est né en 1957 à La Corogne en Galice. Il est journaliste, poète et auteur de plusieurs recueils de nouvelles. Il a obtenu en 1990 le prix de la Critique et, en 1996, le prix Torrente Ballester et le Prix national d'Espagne. L'une de ses nouvelles, *La langue des papillons*, ainsi que son roman *Le crayon du charpentier* ont été adaptés au cinéma. *L'Éclat dans l'Abîme* a été couronné en 2007 par le Prix national de la littérature galicienne et par le prix des Libraires à Madrid.

À Antón Patiño Regueira,
libraire et naturaliste.
In memoriam.

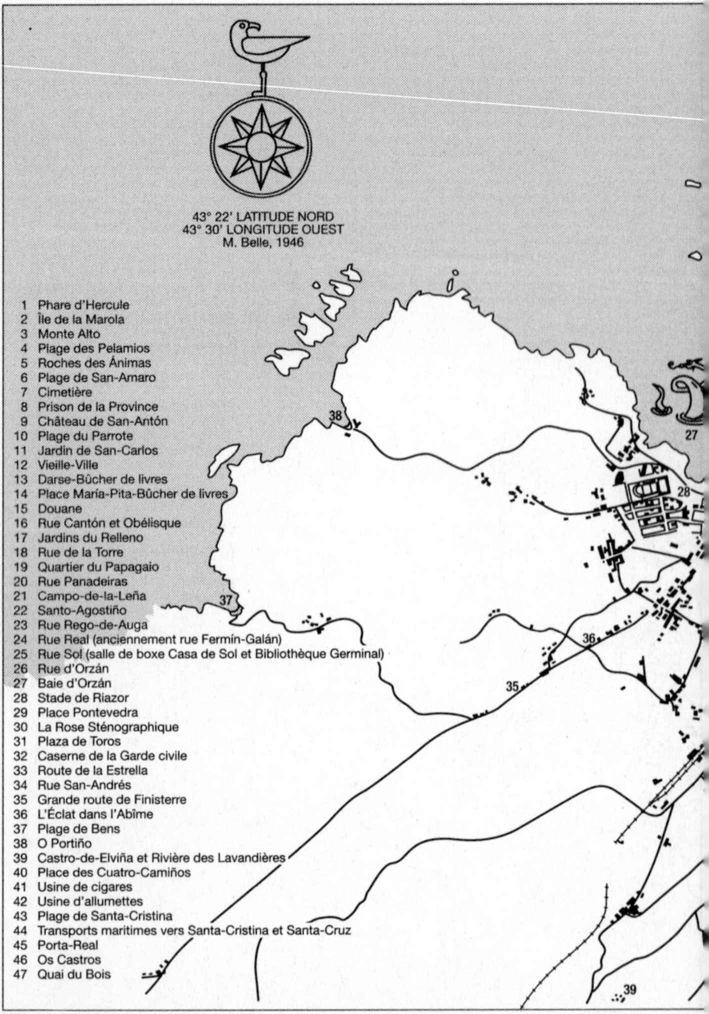
43° 22' LATITUDE NORD
43° 30' LONGITUDE OUEST
M. Belle, 1946
1 Phare d'Hercule
2 Île de la Marola
3 Monte Alto
4 Plage des Pelamios
5 Roches des Ánimas
6 Plage de San-Amaro
7 Cimetière
8 Prison de la Province
9 Château de San-Antón
10 Plage du Parrote
11 Jardin de San-Carlos
12 Vieille-Ville
13 Darse-Bûcher de livres
14 Place María-Pita-Bûcher de livres
15 Douane
16 Rue Cantón et Obélisque
17 Jardins du Relleno
18 Rue de la Torre
19 Quartier du Papagaio
20 Rue Panadeiras
21 Campo-de-la-Leña
22 Santo-Agostiño
23 Rue Rego-de-Auga
24 Rue Real (anciennement rue Fermín-Galán)
25 Rue Sol (salle de boxe Casa de Sol et Bibliothèque Germinal)
26 Rue d'Orzán
27 Baie d'Orzán
28 Stade de Riazor
29 Place Pontevedra
30 La Rose Sténographique
31 Plaza de Toros
32 Caserne de la Garde civile
33 Route de la Estrella
34 Rue San-Andrés
35 Grande route de Finisterre
36 L'Éclat dans l'Abîme
37 Plage de Bens
38 O Portiño
39 Castro-de-Elviña et Rivière des Lavandières
40 Place des Cuatro-Camiños
41 Usine de cigares
42 Usine d'allumettes
43 Plage de Santa-Cristina
44 Transports maritimes vers Santa-Cristina et Santa-Cruz
45 Porta-Real
46 Os Castros
47 Quai du Bois
38
37
27
28
36
35
39

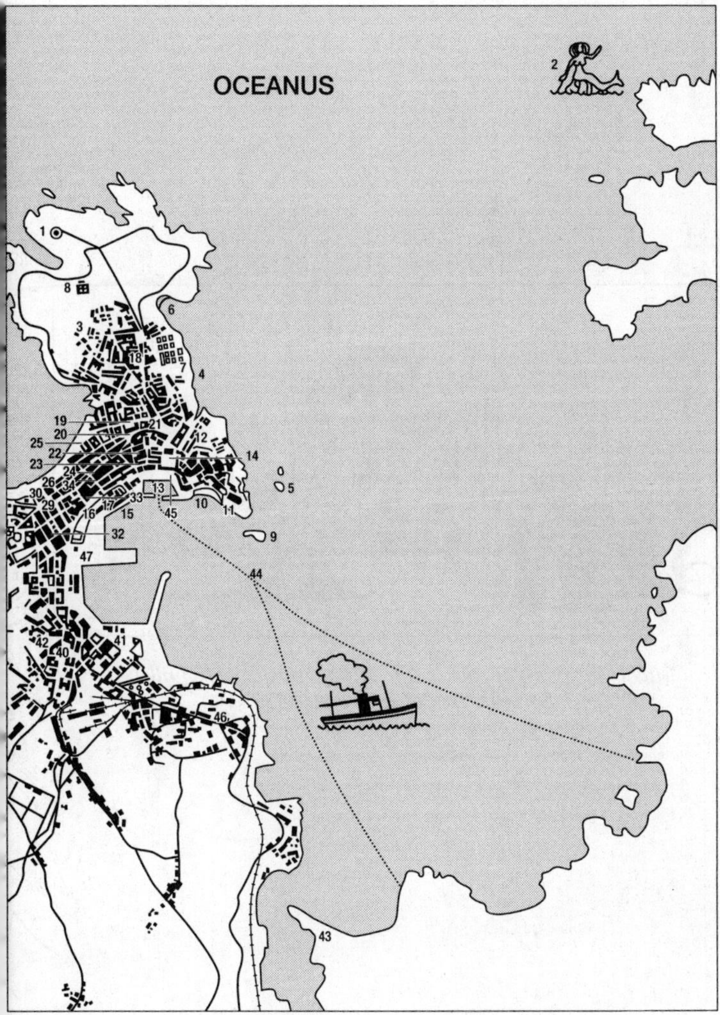

OCEANUS
1
2
3
4
5
6
7
8
9
10
11
12
13
14
15
16
17
18
19
20
21
22
23
24
25
26
29
30
32
33
34
40
41
42
43
44
45
46
47

Bûcher de livres, après le coup d'État fasciste du 18 juillet.
Darse de La Corogne, août 1936.

L'avenir est, en vérité, incertain. Qui sait ce qui va se passer ? Mais le passé aussi est incertain. Qui sait ce qui s'est passé ?

ANTONIO MACHADO

Juan de Mairena

Les marques de l'eau

Au début, ce visage me dérange. Il est jeune. Je ne l'ai jamais vu par ici. Cela arrive parfois. Certains visages viennent se coller en plein milieu. Moi, je n'arrêtais pas de penser au garçon qui avait chanté les tangos. C'est Pucho Boedo, le gars de l'orchestre Oriente, qui lui avait demandé de monter sur scène. Il portait un costume blanc et s'était noué un foulard rouge autour du cou. Je vous présente, parmi nous ce soir, un ami qui possède la voix de la mer, bercée par la lumière du phare : Luis Terranova. Il était vraiment beau. Et il est devenu encore plus beau lorsqu'il s'est mis à chanter. Les traits enfantins ont déserté son visage. Redessiné soudain par les os. Il chantait *Chessman*, le tango d'un condamné à mort. Je n'avais jamais entendu chanter un tango de cette façon. On aurait dit qu'il venait tout juste de le composer, que les paroles lui venaient comme ça, sur l'instant. *Ya son las diez, suena el reloj, un paso doy, voy a mi Dios* (Déjà dix heures, le réveil sonne, je fais un pas, et je vais mon train). Et figure-toi que c'était vrai, c'était dix heures pile. Ça s'était passé au bal de San Pedro de Nós. Je n'en suis plus très sûre à présent, mais il me semble même que les musiciens s'étaient arrêtés de jouer. Cet été-là, nous avions fait toutes les fêtes de village, avec Ana et Amalia, dans l'espoir de l'entendre une nouvelle fois chanter, mais on n'entendit jamais plus parler de lui. Moi, je continuais à chanter son tango, au bord de la rivière, *Los libros son mis pasos, calvario del Señor, la silla mi descanso, que el mundo deparó* (Les livres sont mes pas, calvaire du Seigneur, la chaise est mon repos, que le monde offrit un jour), et c'est en insistant de la sorte, en y mettant tout mon cœur, que peu à peu je suis parvenue à recomposer son visage dans l'eau. Je sais bien que c'est un leurre. Mais, pour quelle raison n'aurais-je pas le droit d'imaginer des visages, moi aussi ? Pourquoi devrais-je toujours rester là, à attendre seulement ceux qui veulent bien se donner la peine de se présenter ?

Comme celui-ci par exemple, qui est apparu sans rien demander à personne.

C'est un soldat. D'ailleurs, au début, son visage me surprend. Il me semble plutôt monstrueux. Si jeune et déjà en uniforme. Imberbe. Un vrai gamin, sauf les lèvres qui sont pulpeuses, plus provocantes que le reste de ses traits. Sans doute parce qu'il se trouve à contre-courant, dans l'eau, sa bouche s'entrouvre avec anxiété. Il m'observe avec une grande curiosité. Avec un sourire mélancolique. Son visage est plutôt rond. Semblable à celui des membres de notre famille. Il est blond. Il y a quelque chose de doré dans l'eau, ce n'est pas le scintillement du soleil, sans doute l'image ronde de sa figure. J'apprécie la compagnie des visages, mais je déteste qu'ils me regardent fixement. D'habitude, je trempe discrètement le linge que je suis en train de laver dans leur direction, très lentement, pour ne pas briser l'image en mille morceaux, mais pour qu'au contraire elle coule calmement, et aille se cacher dans une fente, parmi les cailloux et les herbes, ou pour qu'elle ait le temps de se dissimuler parmi les joncs.

Mais cette fois, je ne le fais pas. Cette fois, je laisse le visage tranquille.

C'est un soldat au visage enfantin et avec le regard d'un homme. Un soldat imberbe. Portant une vareuse avec d'énormes boutons et un col empesé. Encadré par un cercle liquide. Il a les bras croisés et on peut apercevoir un insigne sur sa manche gauche. Il a un regard d'homme, oui. Il ne me regarde pas de façon hautaine, ni avec compassion non plus. Le problème avec les visages dans l'eau, c'est qu'ils viennent pour voir, et qu'ils regardent lorsqu'on les regarde.

J'ai demandé à maman.

Je lui ai demandé si ça lui disait quelque chose un très jeune soldat.

Mais elle fait semblant de ne pas entendre.

Plaf, plaf ! Le linge sur la grosse pierre.

Je crois que maman refuse de s'intéresser à mes visages. Sans doute en a-t-elle bien assez avec les siens. Je m'aperçois que, lorsque je demeure le regard absorbé à la surface de l'eau, elle prend garde de ne pas plonger son linge dans la rivière. Je pense que les visages bougent, que certains d'entre eux se déplacent et vont de regard en regard le long de la rivière, car ce sont des visages extrêmement inquiets. Quand l'un d'eux met du temps à se présenter, c'est sans doute qu'il se promène du côté des ronds qui se trouvent dans le coin de maman. Ça m'est déjà arrivé avec le boxeur. Le boxeur est resté quelque temps par ici, à cet endroit de la rivière, puis il a disparu. Il me semble qu'il a disparu en direction de l'endroit où elle lave d'habitude, car Polca m'a raconté que le boxeur était un grand ami des allumettières et des cigarières.

Mais maman fait comme si elle ne voyait pas mes visages, ni moi, les siens.

Que dis-tu ?

Un soldat. Un soldat au visage enfantin.

Il y a eu plusieurs soldats dans la famille, dit-elle. Plaf, plaf !

D'accord. Mais moi je parle d'un soldat blond et imberbe, qui ressemble à un gamin. Un soldat souriant. À moitié souriant.

Ce doit être Domingo, finit-elle par répondre. Celui qui est mort à la bataille d'Annual, au Maroc. En 1921. Il s'occupait des boyaux du rire.

Le visage souriait. Oui, c'était bien lui. Celui qui s'occupait des boyaux du rire.

Il était très souriant, avait dit Olinda. Malin comme un renard, mais physiquement fragile. Maladif. Notre mère, ta grand-mère Dansa, l'avait accompagné chez l'agent recruteur.

Ce gamin n'est pas apte à la guerre, avait déclaré ce dernier.

Et un des gars qui traînait par là, dans le bureau de recrutement, lui avait répondu : Tout le monde est apte à la guerre. S'il n'est pas apte à tuer, il peut l'être à mourir.

Un jour, il avait écrit une lettre dans laquelle il expliquait qu'il avait été affecté aux boyaux du rire. Il paraît que c'est ainsi qu'on appelait les appareils des radiotélégraphistes. Il se déplaçait toujours avec une mule qui transportait les émetteurs. Et on lui avait aussi appris à se servir des appareils. Il disait qu'à présent il comprenait le langage des oiseaux. Son courrier était devenu un vrai canular. On n'aurait jamais dit que ses lettres avaient été écrites à la guerre, mais plutôt qu'on les avait tirées d'une comédie. Elles étaient si drôles que, lorsqu'on les lui lisait, grand-mère en pleurait de rire. Et à la fin il marquait toujours : B.L.M. Mais qu'est-ce que ça peut bien signifier ? Maman, je vous Baise La Main. Et les pleurs de grand-mère redoublaient : Regarde-moi donc ce qu'il est allé apprendre à la guerre.

Et c'est alors qu'Olinda s'était confiée à moi. Elle m'avait parlé d'une de ces choses qu'elle ne voulait jamais aborder, de l'histoire des soldats de notre famille et des familles du voisinage. Des Philippines. De Cuba. Du Maroc. Grandissez et multipliez-vous en chair à canon. Un empire d'ossements, de plus en plus nourri au fil des ans. Puis elle m'avait parlé des morts de la guerre d'Espagne. Les militaires sont venus conquérir à l'intérieur du pays les territoires qu'ils n'ont jamais su défendre à l'extérieur. Voilà ce que disait Olinda. Plaf, plaf ! Le claquement du linge mouillé sur la pierre semblait être, chez elle qui ne disait jamais un mot, une façon de poursuivre son récit. Des mots recouverts d'une croûte de sueur poussiéreuse, d'iode et de sang, soudain trempés, tordus, battus, savonnés, encore tordus, essorés. Étendus au soleil. Propres. Une chemise blanche en train de sécher. Des pantalons. Le vent s'engouffrant dans le linge vide. Au lavoir, dans une lézarde du mur qui abrite du nordet, il y a toujours un rouge-gorge. Lorsque les femmes se taisent, le rouge-gorge chante. Encore les boyaux du rire. Les vieux qui enterrent les jeunes, dit Olinda. C'est ça la guerre.

Mais il se passe quelque chose d'étonnant. Et je ne sais pas très bien si c'est normal ou pas. Il se trouve que, moi, je ne me vois jamais dans l'eau. Olinda, elle, je la vois toujours. Je regarde du coin de l'œil, et je vois ma mère dans l'eau et hors de l'eau. Elle est à genoux, le corps soudé à la pierre du lavoir. Un corps de femme anguleux. La courbure de la pierre est si bien ajustée qu'on dirait qu'elle a été peu à peu sculptée par le frottement des ventres. L'axe, qui traverse nos ventres et la pierre, est ce qui unit le ciel, la terre et la mer. Tandis qu'elle savonne, moi je regarde du coin de l'œil, d'abord vers son image dans l'eau, puis vers elle. Elle est à contre-jour, elle a les cheveux rassemblés dans un foulard noué sur la nuque et à présent ses traits se sont à nouveau durcis. Elle est dure à l'intérieur d'elle-même. Ses yeux sont une fois encore sur le qui-vive. C'est plus facile d'observer ça dans l'eau.

La nuit des phalènes

Oulton Cottage, nuit du 11 juillet 1881

Je lui demandai s'il restait quelque espoir.

Aucun de nous ne verra poindre la journée de demain, répondit le timonier.

Voilà la deuxième soirée que le vieux Borrow racontait cette tempête au cap Finisterre. Henrietta MacOubrey, sa belle-fille, décida que cette fois elle l'écouterait juste le temps que met un papillon blanc à se cogner contre la lampe. Deux, si jamais le premier se brûlait trop tôt. Cette durée lui sembla tout à fait correcte. L'homme était un remarquable conteur. Lorsqu'il se mettait à dire une histoire, l'ensemble de son corps se transformait en calligraphie mouvante. De la gestuelle de ses doigts, à l'extrême dilatation des pupilles. L'ancien propagandiste biblique qu'il fut jadis connaissait parfaitement les règles du suspense. Et c'est précisément pour cette raison qu'il progressait par paliers narratifs, avec subtilité, sans jamais faire grincer la moindre marche, car s'il aimait inventer, il détestait et méprisait aussi bien les situations invraisemblables que la vérité des fanatiques. C'est pourquoi il ne se considérait pas en train de raconter cette histoire pour la deuxième fois, mais pensait plutôt être en train de se rapprocher davantage, avec une exactitude encore plus incarnée, de cette tempête, qui eut lieu la nuit du 11 novembre 1836, à hauteur du cap Finisterre, sur la côte la plus escarpée du monde, balayée par un vent soufflant en ouragan.

Depuis quelque temps déjà, il était anormalement excité. Le printemps avait pris beaucoup de retard, et l'été se présenta enfin à Oulton Cottage, tel un agitateur impatient. L'exubérante modestie des fuchsias, qu'il avait baptisés ses fleurs gitanes, entourait sa demeure en feston guettant aux fenêtres comme de puissants lépidoptères. Une ardente atmosphère de pollen et de bourdonnements profitait de chaque lézarde et y pénétrait de façon combative, avec la ferme intention de délivrer son message. À l'intérieur, tous les objets semblaient attendre de récupérer leur propre magnétisme, on les sentait soulagés mais toujours sur le qui-vive après cette étape hivernale qui avait transformé Borrow en bonhomme prostré et grognon, possédé par une force répulsive qu'il n'avait jusque-là jamais éprouvée. Les choses avaient à présent beaucoup changé. Il ne recevait presque plus de visites, à l'exception merveilleuse de celles d'un vieil ami gitan qui ne comptait pas son temps, une vertu qui d'ailleurs irritait Henrietta. Ce vieillard se conduisait comme si Borrow, l'infatigable voyageur, le polyglotte, le garçon capable de parcourir cent vingt miles à pied en une seule journée, se nourrissant uniquement d'une pinte de bière et de deux pommes, était revenu pour prendre soin de lui. Pour les Gitans, son nom était *Lavengro*, la clé du voyageur au long cours. Lavengro, le vaillant, revenait toujours.

Lavengro, murmura-t-il.

Henrietta observa attentivement la fenêtre, pour vérifier si quelque chose bougeait au-delà des fuchsias.

Il n'y a personne.

L'hiver a été épouvantable, dit-il. Excuse ma tendresse de hérisson.

Rien n'est plus fatigant, pensa Henrietta, que l'excitation d'un vieillard. Cela fatigue bien plus que la fatigue elle-même. Borrow résistait avec courage à la tentation du lit, et passait le plus clair de son temps rivé à sa table de travail, tel un barreur, disait-il, à la roue de son timon. Il lisait les Écritures avec l'attitude sévère de quelqu'un qui serait en train d'enfiler un fil dans le chas de l'aiguille de l'éternité, ou alors il se mettait à écrire de façon fébrile. Mais quelquefois, ce qui expliquait les sursauts de sa belle-fille souffrant de ce que quelqu'un avait appelé le syndrome de la soignante, Borrow se levait avec la vigueur d'un délire et se lançait sur le chemin en appelant ses amis gitans, auxquels il proposait son potager pour camper, ou récitait sous la pluie, en supplique à la nature, les chants d'Iolo Goch ou de Dafydd ab Gwilym, qu'il avait lui-même traduits du gallois.

C'était la deuxième soirée qu'il consacrait à la tempête de Finisterre. Malgré son épuisement, dû à une longue journée de lourdes tâches, Henrietta avait encore envie d'écouter le vieillard, à qui la nuit rendait sa vigueur et sa voix biblique. Elle réfléchit qu'il n'était point irrévérencieux de qualifier sa voix de la sorte, il fallait bien qu'il lui restât quelque vestige de toutes ces années passées à parcourir les chemins en charriant la parole de Dieu. Cependant, lorsque Borrow avait l'impression de trop prendre un ton de missionnaire, il n'hésitait pas à se moquer de lui-même. Dieu soit loué, j'ai l'impression d'être devenu un prédicateur !

À présent, Henrietta pouvait apercevoir la tempête du cap Finisterre dans la chambre noire des yeux de Borrow, grâce à la lumière et à l'ombre de sa voix. Elle se vit elle-même, ressemblant à un papillon blanc ensorcelé par la lueur et le tonnerre du récit. La première phalène.

George Borrow était persuadé que la description de la tempête à Finisterre, qui se trouvait dans son livre de voyages *La Bible en Espagne*, était une de ses grandes réussites littéraires. Il se rappelait le moment où il était en train d'écrire ces pages comme s'il s'agissait d'une deuxième tempête. Il les avait rédigées par rafales de vent, par lames de fond. Il trempait la plume dans le pandémonium de l'encrier pour progresser ensuite dans son récit, de façon qu'on puisse entendre le crissement des mots, convaincu que ses bourrades graphiques favorisaient un style plus vivant et plus charnel. Mais ce soir-là, c'étaient les écrits, le murmure des vers juvéniles, qui lui permettaient de régurgiter les vestiges de la mémoire.

The wild Death-raven, perch'd upon the mast,
Scream'd'mid the tumult, and awoke the blast.

Oui, le Corbeau de la Mort se posa au sommet du mât et ses croassements, parmi le tumulte, réveillèrent la tempête.

Le souffreteux vapeur quitta Londres et la Tamise, fit escale à Falmouth et partit enfin, bourré d'une foule de malades souffrant de tuberculose, fuyant le glacial et humide hiver anglais, en quête du tant convoité soleil du Sud. Il rajouta donc à son récit quelque chose qu'Henrietta ne lui avait jamais entendu raconter, une note ironique faisant allusion à l'état de l'engin à vapeur : le bateau aussi était phtisique. D'ailleurs on décela sa maladie au premier assaut de la mer. Elle en connaissait les détails, le récit se répétait, mais Henrietta aimait entendre Borrow utiliser l'image des cathédrales d'écume pour décrire la puissance des vagues. C'était le bateau approprié au lieu et aux conditions climatiques, lança ironiquement Borrow. Puis il ajouta : Mais le timonier était très compétent. La veille, il s'était permis de faire quelques remarques au capitaine, un homme téméraire engagé au dernier moment, qui rapprocha trop le bateau de la côte, à qui il reconnaissait cependant du courage et de l'habileté, comme au reste de l'équipage. Mais la seule voix qui s'autorise à prendre la parole dans le récit est celle du timonier. Dans une heure, dit cette voix, nous heurterons la côte de Finisterre, là où même le bateau de guerre le plus grand du monde se verrait réduit en miettes.

Il avait écrit, et il allait à présent le dire : Là où l'océan vomit ses lies les plus profondes.

Il dit : Bénis soient les éclairs. Ils se combinent fort bien aux serments.

La vision du promontoire du cap Finisterre fut resplendissante, et cela le poussa à faire le serment qu'il retournerait en pèlerinage sur les lieux, avec un exemplaire des Saintes Écritures, pour accomplir une action de grâce. Si l'obscurité était perpétuelle, massive, il n'y aurait pratiquement jamais d'actions, d'instants d'agitation, de résistance. Sans l'intermittence de l'éclair, alors que les moteurs étaient tombés en panne, que le navire était ballotté comme un fétu de paille, certainement que les membres de l'équipage n'auraient pas réalisé l'absurde prouesse de hisser les voiles qui gisaient par là, délirantes, lorsque le vent violent tourna soudain et alors que le désastre était devenu imminent.

Je revins sur ces lieux. J'y revins pour honorer le serment que j'avais fait à Dieu. Et je fis la connaissance d'Antonio de la Trava. C'est lui qui fut le destinataire du Nouveau Testament. Et c'est la seule personne à qui je l'ai dédié.

Un premier papillon se cogna contre le globe en verre de la lampe. Il avait une tête albinos, poilue, et les traits presque humains que possèdent quelquefois certains papillons de nuit. Le choc fut brutal, insistant, suicidaire, directement contre la lumière, et il fit frissonner Henrietta. Elle ne resterait pas, après le deuxième.

On dira ce qu'on voudra, l'Espagne n'est pas un pays fanatique, mais la vie peut parfois y dépendre d'un seul mot.

Henrietta ne pensa plus au papillon et sourit. Elle adorait cet épisode au cours duquel Borrow, jouant le rôle du chef des fanatiques espagnols, don Carlos, alors qu'il était sur le point d'être exécuté par les libéraux des confins atlantiques, qu'on appelait les *nègres*, était sauvé in extremis grâce à un interrogatoire où la preuve de son innocence consista à prononcer le mot *knife*. *Knife* ? Vous avez dit *knife* ? Ce type est innocent, affirma Antonio de la Trava, le Valeureux de Finisterre, qui avait déjà brandi son poignard. À mesure que Borrow entre dans les détails, Henrietta se met à rire de plus en plus fort et finalement elle est obligée de s'essuyer les yeux.

Nous imprimâmes cinq mille exemplaires du Nouveau Testament, à Madrid. Peu de temps après notre arrivée, en mai 1837. J'en ai diffusé une bonne partie dans toute l'Espagne, de la main à la main. Si je ne l'avais pas fait, ils seraient en train de pourrir au fond d'un cachot, comme cela se passa plus ou moins, l'année suivante, lorsque je fus arrêté et qu'on interdit la vente et la circulation du Nouveau Testament dans le pays. Les papistes refusaient que le peuple ait la possibilité de lire les Évangiles ! Le Vatican assigna à l'Espagne le rôle de bourreau. Ils se sont toujours efforcés d'éloigner les gens de la parole de Dieu. C'était absolument scandaleux, mais personne ne le disait jamais. Dans le pays le plus catholique du globe, les gens avaient peur d'acheter les Saintes Écritures. Tu aurais vu comment leur nez se retroussait lorsque je leur fourrais le livre entre les mains. On aurait dit qu'ils flairaient déjà les flammes de l'Inquisition.

Il y a une chose que je n'ai jamais comprise, pas plus aujourd'hui qu'hier, dit Henrietta. Vous voulez dire que vous avez signé les Saintes Écritures ?

Signer n'est pas le mot exact. Je suis parti en pèlerinage et j'ai accompli l'action de grâce que j'avais promise. Une audace isolée, que je n'ai jamais plus renouvelée. J'ai seulement écrit une dédicace. *À Antonio de la Trava, le Valeureux de Finisterre*. Puis j'ai signé. Cet homme-là m'a sauvé la vie. Et qui sauve une vie sauve l'humanité, c'est certain. On est bien obligé d'approuver le Talmud, surtout lorsqu'on se retrouve dans la situation de celui qui est sauvé. Je lui ai remis le livre par une nuit semblable à celle-ci. Il m'avait escorté jusqu'à un village nommé Corcubión, où siégeait le gouverneur général. Un type présomptueux qui s'était moqué de moi, parce que je parcourais la région avec le Nouveau Testament. En revanche, Antonio était ému. Il me dit qu'il lirait volontiers la parole de Dieu, lorsque le nordet ne lui permettrait pas de prendre la mer avec ses camarades. Je pense qu'il était un peu gai. Il n'avait pas cessé de boire de l'eau-de-vie, tandis que je négociais avec le gouverneur. Il m'appela capitaine et me dit que si je retournais dans les parages il faudrait que ce soit dans un bateau anglais chargé de contrebande. Voilà la preuve qu'il s'agissait bien d'un vrai libéral.

Un deuxième papillon se cogna contre la lampe. Une énorme saturnie à poils blancs. Les petites phalènes guettaient derrière les vitres de la fenêtre, puis elles reprenaient le chemin de la brise qui transporte aussi le parfum de la lavande.

Je vais me coucher, dit Henrietta. Et vous aussi, vous devriez aller dormir.

C'était le mois de juillet 1881. L'été avait pénétré avec agitation dans son corps de vieil homme. À présent, après le récit de la tempête du cap Finisterre, il avait l'air plus calme. Il se dirigea en titubant quelque peu vers son bureau. Il avait décidé de traduire plusieurs poèmes arméniens.

Bonne nuit, lança Henrietta en prenant congé.

Knife ! répondit-il.

La marchande de journaux

16 juin 1904

Il était à lui. Il pensait qu'à présent il était à lui. De la même façon qu'un nouvel essaim prenant son envol avec sa reine, pour déserter la ruche, appartient à la première personne qui l'attrape. Dans son cas, il venait de capturer le journal du 16 juin 1904. Tout frais, du jour. Il avait hâte d'embarquer et il marchait le long de la Darse, en direction du Muelle de Hierro, du quai de Fer, lorsque le journal passa en volant devant lui. Avec le même vol maladroit qu'ont les journaux que personne n'a encore lus, suivi par les cris ironiques des mouettes. Il n'avait jamais supporté de laisser s'envoler dans les airs une feuille de papier portant quelque écrit que ce fût. Et cela depuis tout petit. Tandis que ses copains recherchaient des nids d'oiseaux et des chauves-souris, lui, Antonio Vidal, courait toujours après des feuilles de papier imprimées. Toutes les feuilles de papier lui convenaient pourvu qu'il y ait quelque chose d'écrit dessus. Y compris ce qu'on appelait les feuilles de papier toilette, des fragments découpés sans tenir compte de l'ordre des colonnes, de telle façon que, encore enfant, il apprit non seulement à lire, mais aussi à imaginer les passages manquants. Par la suite, cela lui fut d'une grande utilité pour observer le monde. Pour observer ce qu'il y manquait.

Antonio Vidal captura le journal en lui marchant sur les ailes. Ensuite il se baissa, puis le plia. Il se sentit apaisé. Le journal n'était plus seul. Il avait enfin trouvé quelqu'un pour le lire. Il contenait des nouvelles relatant des événements importants. Un cargo grec avait sombré dans le secteur des îles Lobeiras, dans la baie de Corcubión : il y avait tellement de brouillard, sur le pont, que les membres d'équipage ne se distinguaient pas les uns les autres. Et puis des accusations à propos de vins frelatés, de la chasse à la dynamite... Mais ses yeux dérivèrent vers la rubrique *Dernières dépêches*. Il avait une sorte d'instinct particulier. Celui de la nouvelle de dernière minute.

Madrid 15 (23 h) Aujourd'hui, le Parlement s'est retrouvé pratiquement vide. Presque tous les députés s'étaient rendus à la corrida.

Alors ? Tu passes ton temps à ramasser des histoires par terre, toi ?

D'en bas, il lui sembla soudain apercevoir une apparition, entourée d'une auréole solaire. Une femme portant des oiseaux sur la tête. Mais en réalité, ce qu'elle portait dans son panier, c'était des journaux, dont la brise marine agitait les feuilles. La jeune fille tendait le bras et réclamait ce qui lui appartenait, du bout des doigts, comme si ceux-ci avaient été aimantés. Impossible de prétendre que ce n'était pas vrai, que le journal ne lui appartenait pas, puisque c'était elle qui portait le poids des nouvelles ! Il lui rendit donc le journal qu'il avait capturé et allait continuer son chemin sans plus, mais elle posa le panier et ouvrit les premières pages du quotidien avec l'élégance d'un immense éventail. Et tandis qu'elle claironnait les nouvelles, il était resté là, immobile. Il avait entendu vanter de nombreuses choses, des animaux et des fruits dans les marchés. Il avait aussi entendu psalmodier des aveugles. Mais il n'avait jamais entendu de jeune fille claironner des nouvelles toutes fraîches du jour.

Alors ? Tu vas tous me les acheter, hein ?

Et un frisson parcourut son corps de haut en bas. Il n'avait pas l'habitude de parler à une marchande de nouvelles. C'était presque une gamine, ça se voyait, douze ou treize ans tout au plus, mais elle parlait comme une femme accomplie. Sa façon de s'exprimer lui protégeait le corps équipé d'une tenue semblable à celle des marchandes de poisson qui s'affairaient par-ci par-là. Peut-être que plus tard elle vendrait du poisson, elle aussi. Peut-être que, si elle ne l'avait pas rencontré si tôt, Antonio Vidal aurait pu voir des poissons dans son panier. Un panier qui pouvait contenir également des fraises et des cerises, des oursins et des sardines, selon la saison. Mais pour l'instant, elle claironnait les nouvelles du jour. La voix mélodieuse de la petite marchande la plaçait au centre de la ville. Et s'il lui prenait l'envie de bouger, le centre de la ville aussi se serait déplacé.

Tu es pingre à ce point ? Tu ne donnes donc rien à personne, toi ! Même pas l'heure !

Cette phrase obligea Antonio Vidal à recomposer la réalité de ce qui l'entourait. Il vit tout là-haut, au-dessus de leurs têtes, un ciel moqueur, et il entendit les cris ironiques des mouettes. Les mains enfoncées dans ses poches, il comptait sur le bout de ses doigts. Il avait dépensé une fortune pour rapporter à son oncle la lotion asiatique tonifiante du Docteur Ayala, ainsi que du Zéphyr Miraculeux, les fameuses inventions de l'époque contre la calvitie. Il eut l'impression que c'était le fantôme de sa mère qui le guidait, avec une vengeance généreuse, car il avait aussi acheté une potion contre les cheveux blancs, pour leur permettre de récupérer leur couleur naturelle, l'eau miraculeuse Carmela, Successeurs de Villar. Sa mère insistait : Tout jeune déjà ses tempes se dégarnissaient. Puis elle ajouta : D'ailleurs sa conscience aussi se dégarnissait. Elle n'en disait jamais davantage. Et lui ne tenta jamais de fouiller dans le dégarnissage de la conscience dont, paraît-il, souffrait l'oncle Ernesto. Il faisait partie de ces individus qui s'étaient retrouvés à La Havane pour fonder une École Moderne au Cruceiro de Airas et, depuis les chaires des églises, on avait fait courir la rumeur que les émigrants étaient tous « maçons, athées et protestants » et qu'ils tentaient de bourrer le crâne aux gamins. On ne peut pas être tout ça en même temps, fit observer Antonio Vidal. Tout ça, quoi ? Maçon, athée et protestant, on ne peut pas être les trois choses à la fois. Tais-toi, qu'est-ce que tu en sais, toi, rétorqua Matilde, sa mère. Contente-toi de saluer Ernesto, c'est ton oncle, malgré tout. Et puis occupe-toi de te trouver du travail, si tu ne veux pas que ta conscience se dégarnisse. Et ne va surtout pas jeter l'argent par les fenêtres.

Tu as des oursins dans les poches ?

Pourquoi tu dis ça ?

Tu n'arrives pas à attraper les pièces.

Antonio Vidal farfouillait dans le fond de sa poche. Ce n'était pas tant des pièces qu'il cherchait, que des mots rapides, légers et pas trop chers, pour se tirer de ce mauvais pas.

Aujourd'hui je ne vais t'en acheter qu'un, lança-t-il. Puis il réfléchit un instant : Bon, deux. Donne-moi celui qui s'était envolé.

Quelle chance ! dit-elle d'un air goguenard. J'ai enfin trouvé un nabab pour m'entretenir.

Je pars pour Cuba. Dans le vapeur *Lafayette*.

Tu ne peux pas savoir combien j'aimerais avoir un kiosque à journaux au Parque Central, à La Havane !

Qu'est-ce que tu peux bien connaître de La Havane, toi ?

Tout. Presque tout. Comme si j'étais riche et que j'étais assise dans le salon de l'entrée de l'hôtel Inglaterra. Lorsque tu débarqueras, évite de remonter le Paseo del Prado. Les gens risquent de se moquer de toi. Et ceux qui se moqueront de ta casquette et de ton accent, ce sont des *Gallegos*, émigrés avant toi, qui ont déjà leur costume blanc et leur chapeau de paille fine. Là-bas on appelle *Gallegos*, sans distinction, tous les émigrés espagnols. Ne prends surtout pas le Paseo del Prado avant de t'être acheté un costume blanc.

Et ne voilà-t-il pas cette espèce de charlatane en train de prodiguer ses conseils ! Il eut vraiment le sentiment que c'était une petite insolente, une jeune pie. Elle parlait à tort et à travers. À profusion. Son corps s'était tout rabougri, à force de parler sans cesse. Vidal décida qu'il avait déjà perdu trop de temps. Il renonça à sa promenade sur le Muelle de Hierro. Il devait encore passer à la pension Las Tres Américas et se rendre ensuite à la Compañía General Transatlántica.

Je suis pressé, dit Antonio Vidal. Il plia les deux journaux sous son bras et la laissa plantée là, en pleine conversation.

Garde-les, emporte-les avec toi ! cria-t-elle rageusement, en devinant qu'il ne lui faisait pas confiance. Chaque exemplaire t'ouvrira à son tour une porte. Tu verras si ce n'est pas vrai.

Elle allait ajouter : Demain, je ne serai pas là. Demain, je ne pourrai pas venir. Demain je vais ramasser de la boue sur la plage de Las Lapas. Mais elle se tut. Le garçon était déjà loin. Qui allait se soucier qu'elle fût là demain, ou pas ? Il ne lui avait même pas demandé son prénom.

Antonio Vidal se sentait un peu ridicule avec son tonifiant asiatique et ses autres potions contre la chute des cheveux. De toute façon, son oncle Ernesto possédait déjà une perruque bien épaisse, avec une coupe très moderne. Qu'est-ce que tu regardes ? Tu les trouves si bien que ça, mes cheveux ? Et, ni une ni deux, il se les retira : Voilà, c'est une authentique perruque importée de New York. La meilleure. Confectionnée avec les cheveux d'une Indienne vierge d'Amazonie. Depuis qu'Antonio Vidal était arrivé à La Havane, après deux semaines de traversée, il ne savait pas si son oncle plaisantait ou lui parlait sérieusement. En tout cas, la perruque aux cheveux épais, très bruns, scintillait dans ses mains comme du jais. Le progrès, c'est ça, tâche de t'en souvenir, lui dit Ernesto. C'est toi qui viens d'un endroit arriéré. C'est vrai qu'il venait d'un endroit arriéré. Et en plus, sur le vapeur *Lafayette*, lorsqu'il eut enfin récupéré des premiers jours de mal de mer, il passa presque tout son temps à la poupe, en train de regarder le sillage dans l'eau et de lire les journaux que la jeune fille lui avait vendus. Il les lut du début à la fin, pendant les quatorze jours que dura la traversée. Il en connaissait le contenu par cœur. Y compris le chapitre retranscrit dans le supplément littéraire du journal *El Noroeste*. Il avait lu tellement de fois ce supplément, reproduisant un chapitre d'*Anna Karénine*, qu'il avait l'impression que c'était l'histoire la plus réelle de tout ce qui était imprimé dans le journal. « "S'il vous plaît, dit-il en faisant de sa démarche dégingandée quelques pas en arrière et en désignant son tableau aux spectateurs. C'est le Christ devant Pilate ; Matthieu, chapitre XXVII." Il sentit ses lèvres trembler d'émotion et recula pour se placer derrière ses hôtes. » Il ne savait du peintre Mikhaïlov que ce qui se trouvait dans ce chapitre, mais il pensait que c'était bien suffisant. Il avait imaginé le reste du roman à partir de ce fragment et il était persuadé que cela devait beaucoup ressembler au livre qu'avait écrit ce Russe qui signait Léon Tolstoï. Lorsqu'il se trouvait à la poupe, il se sentait un peu dans la peau de Mikhaïlov. Le journal, et aussi le sillage dans l'océan étaient devenus un miroir de culpabilité. Il n'arrivait pas à s'ôter de la tête la jeune fille qui portait le panier aux nouvelles, les feuilles des journaux qui agitaient leurs ailes dans la brise marine.

Le journal avait fini par se retrouver entre les mains d'un ami de son oncle, encore plus élégant que ce dernier. En effet Fermín Varela était attablé, à la terrasse de l'hôtel Inglaterra, en train de feuilleter avec voracité *El Noroeste*. Le regard en coin, son oncle Ernesto lisait par-dessus l'épaule de Varela, un petit reflet goguenard au fond des yeux, plissés en patte-d'oie. Du vin artificiel ? La pêche à la dynamite ? Les députés à la corrida ? Il le regarda comme si c'était lui le coupable de tout ce désordre. Car Antonio était tout de même bien le dernier arrivé : Comment faut-il appeler ça, un pays ou un scorpion ?

Que sais-tu faire ? demanda Fermín Varela.

Je sais tout faire.

Voilà enfin des propos que j'aime entendre, dit Varela.

C'est l'avantage de naître sans rien, surenchérit l'oncle Ernesto. On apprend beaucoup de choses qu'on s'est contenté de téter dans le lait de sa mère.

Tu sais tirer ?

Non, il ne savait pas. Mais il dit oui.

Tu sais commander ?

Commander ?

Il n'y a qu'une façon de commander. Tu sais commander des hommes ?

Il lui posait des questions extrêmement difficiles. Antonio Vidal n'avait jamais réfléchi à la question, à la possibilité de commander des hommes. Lui, il cherchait du travail. Et il pouvait travailler énormément, sans arrêt même. Mais commander c'était différent.

C'est le genre de chose qui s'apprend vite, Varela, intervint Ernesto. On finit toujours par savoir le faire.

Mais toi, qu'est-ce que tu aimerais faire ?

Il tenta de la museler, mais une voix s'exprima à sa place : Tenir un kiosque à journaux au Parque Central.

Ils éclatèrent de rire. Ils ne s'attendaient pas à une sortie de ce genre. Puis Varela dit : Au fond, ce n'est pas si stupide. Très bien, Vidal, très bien. Tu es quelqu'un qui promet. L'avenir se trouve au Vedado. Un jour, ça va devenir le rectangle d'or. Mais pour l'instant ton destin est ailleurs. Moi, je peux te proposer du travail à Mayarí. Tu te rends là-bas et tu te mets au service de ma femme. Pour tout faire. Tu as bien dit que tu savais tout faire ? Ma femme t'apprendra à commander, je te le garantis. C'est un authentique général de brigade !

Varela parlait avec une pointe de dégoût et un soupçon d'ironie mêlés.

Et vous, vous ne venez pas, monsieur ? s'inquiéta Vidal.

En ce qui me concerne, c'est le moment pour moi de devenir impur. J'en ai ras le bol de la province, *Gallego*. Je suis à présent comme les gens de La Havane, j'ai une sacro-sainte horreur de la campagne. Ça t'arrivera aussi, dans quelque temps.

Moi, je viens d'un tout petit patelin, monsieur Varela. Je vous assure, c'est juste une croisée de deux chemins.

C'est bien pour ça. Qui crois-tu qui remplit les *music-halls*, dans cette ville, qui crois-tu qui se fait nettoyer les chaussures deux fois par jour, ici, sous les arcades de l'hôtel Inglaterra, puis qui va s'offrir un dernier verre au Plaza ? Comme qui dirait, ici on vient tous de la campagne. Et nous ne voulons surtout pas retourner d'où nous venons. Si tu t'y prends bien, tu pourras revenir à La Havane avec suffisamment d'argent pour t'installer un kiosque en fer forgé en plein milieu du Parque Central, juste à côté du *Diario de la Marina*, et même pour t'offrir un petit palais dans la 17e Rue.

De quel genre de travail s'agit-il ? demanda-t-il à son oncle lorsqu'ils furent seuls.

C'est une grande hacienda où l'on fait de l'élevage et du bois à Mayarí, répondit Ernesto. N'oublie jamais que commander, c'est aussi savoir se taire. Avec cette Dame, il te faudra savoir commander, mais aussi savoir obéir. Dans le couple, c'est elle qui est riche, pas lui. Et il y a aussi un détail qu'il ne t'a pas précisé. C'est une femme cultivée. Elle lit des livres. Je crois qu'elle préfère les romans à Varela. C'est quoi ce truc dont tu as parlé, un kiosque à journaux au Parque Central ?

Ça m'est venu tout seul. Sans réfléchir.

Il n'avait qu'un jour pour se décider. Antonio Vidal s'assit sur un banc du Paseo del Prado. Il était là, avec son costume de lin blanc, qu'il avait mis pour la première fois. Il faisait déjà partie du monde de la lumière. Il tourna la chose dans tous les sens et il eut le sentiment que le fond du problème était celui-ci. Il venait à peine d'arriver et déjà il ne voulait plus quitter La Havane. Le deuxième journal se trouvait sur son giron. Il s'était remis à penser à Mikhaïlov, le peintre cynique d'*Anna Karénine*, et à la jeune fille qui portait le panier plein de journaux sur sa tête, près du Muelle de Hierro, sur le port de La Corogne.

Quoi ?

La tête d'un gamin tout brun s'était intercalée entre lui et le soleil, créant une éclipse.

Est-ce que vous auriez une feuille de journal pour moi ?

Et pourquoi veux-tu une feuille de journal ?

Pour me faire un chapeau.

Tu sais faire des chapeaux avec du papier journal ?

Pas moi, mais la maîtresse oui, dit le gosse en pointant son doigt quatre bancs plus loin, vers le bas, sur la promenade. Il y avait un groupe d'écoliers et une jeune femme qui faisait des gestes avec son bras pour rappeler le messager.

C'est la maîtresse ?

Oui, monsieur. C'est aussi elle qui sait fabriquer les chapeaux. Elle les fabrique très bien, on dirait des bateaux.

Tiens. Apporte-lui tout le journal.

Assis sur son banc, il regarda la maîtresse en train de faire des chapeaux jusqu'à ce qu'il ne restât plus de feuilles. Elle les pliait d'une façon particulière. C'était vrai. Les chapeaux ressemblaient plus à des navires qu'à des couvre-chefs. Lorsque les écoliers passèrent devant lui, il assista à un défilé de têtes-bateau.

Merci, monsieur, dit la maîtresse en passant.

Monsieur ? Il répondit en inclinant la tête. Puis la voix sortit toute seule, cette fois il ne tenta pas de la retenir : Excusez-moi, mademoiselle ! Le soleil frappe fort. Il ne vous resterait pas un bateau en papier par hasard ?

Oui, sourit-elle. Le mien.

La miette de pain

12 juillet 1936

Dis-nous une messe, Polca !

À l'endroit où ils se trouvaient, le relief de la pierre avait des formes de trônes et de chaises en granit. Francisco Crecente, *Polca*, le seul de la bande à n'être pas tout nu, grimpa sur le rocher le plus élevé de l'autel de l'Adoration du Soleil, de l'Ara Solis de la ville fortifiée, en crachant avec un nostalgique soupir le noyau de sa dernière cerise, puis il fit le signe de croix et murmura : *In principio erat Verbum*.

On n'entend rien, protesta Terranova. Plus fort !

Polca sentit les lances du soleil lui transpercer les yeux. Il mit sa main en visière et parvint presque à plus ou moins apercevoir ce qu'il cherchait. Près du ruisseau du Souto, en contrebas du versant, il y avait du linge étendu, on aurait dit une agréable insertion de gens en pleine nature. Il tendit les bras et sa voix de prédicateur dévala la montagne à cheval sur les rayons du soleil.

> *Et lux in tenebris lucet et tenebrae eam*
> *non comprehenderunt,*
> et cetera, et cetera.

Le deuxième dimanche de juillet était arrivé à grand renfort de lumière. Mais personne ne se fiait jamais à ce ciel vertigineux, la porte de toutes les bourrasques des Açores, même pas au beau milieu de l'été. Cette fois, cependant, ils réalisèrent parfaitement la mission qu'ils s'étaient fixée. Polca était heureux, fier de lui. Ses camarades avaient accepté sa proposition. L'endroit était enfin devenu leur village. Et celui-ci avait aujourd'hui l'allure d'un vrai paradis.

Tout n'était que don du soleil, et le paysage ne semblait rien garder pour lui. Polca avait conscience de se trouver à la cime du promontoire. Ces ruines avaient été les premières fondations de la cité, un piton fortifié, à distance respectable de la mer. Il y avait un singulier vecteur visuel, entre l'Ara Solis et la Tour d'Hercule, au point culminant de l'isthme. Toute personne, placée au même endroit que Polca, ne pourrait que ressentir, au fond d'elle-même, la puissance de ce regard géologique. La cité venait de renaître dans la mer, contournant la grande roche atlantique et se transformant en palafitte sur les immenses étendues de sable et dans les marais, elle avait gagné du terrain dans le ventre de la baie, avec une sensualité de jardins et de constructions aux fondations de verre. Aujourd'hui, la surface de la mer ressemblait à un miroir, et Polca se dit que ce deuxième dimanche de juillet était pour eux un vrai cadeau et que cela méritait une bénédiction.

Célèbre-nous un office sacré, Polca !

Holando avait lu les dix commandements du naturisme. Pendant qu'ils prenaient un bain de soleil, nus et étendus de tout leur long sur les pierres chaudes, recouvertes de mousse veloutée et des dorures du lichen, les cerises se balançant tel un pendule au-dessus de leurs lèvres, et faisant circuler le temps de l'extérieur vers l'intérieur de leur corps, l'énoncé de ces dix commandements était peu à peu devenu une raison nouvelle affleurant devant eux. Voici le quatrième commandement : Tu n'omettras point de te baigner tous les jours dans l'eau glacée. Et des huées s'élevèrent. Dans quel coin habite le prophète ? Le docteur Nigro Basciano est originaire du Brésil. Bien sûr, là-bas, c'est pas très difficile de dire ça. À part celui-là, tous les autres commandements leur convenaient. Même le dixième : Ne mangez point de viande, n'assassinez point les pauvres animaux, soyez miséricordieux envers eux. *Mens sana in corpore sano. Finis. Amen*.

Il y eut un instant de silence. Le temps de manger toutes les cerises.

On verra ça après les fêtes ! s'exclama enfin Polca.

On verra quoi ?

Si on peut être miséricordieux envers les animaux.

Toi, tu prends tout à la rigolade, dit Holando. Les abattoirs offrent un spectacle plus que repoussant. Vous n'avez qu'à regarder la baie d'Orzán, lorsque c'est jour d'abattage. La mer se teinte du sang des animaux. Et vous ne croyez pas que c'est une véritable honte préhistorique, ça ? Dans notre pays aussi, les vaches devraient être sacrées.

C'est bien pour ça qu'on les mange, intervint soudain Anceis. Il ne prenait presque jamais la parole. Anceis était un garçon très sérieux, toujours dans ses pensées. Et lorsqu'il le faisait, lorsqu'il prenait la parole, on aurait dit qu'il le regrettait immédiatement. Il était sur le point de partir pour Pasai San Pedro, où il devait embarquer sur un morutier basque. Il ne manquait plus que deux jours. Il était également poète. Un poète secret. Il avait commencé à écrire ce qu'il appelait des *Poèmes S.O.S.*, dans la veine du poète marin Manoël Antonio, l'écrivain avant-gardiste qui avait écrit *De catro a catro*. Il n'avait même pas publié chez ses amis, dans la revue *Brazo y Cerebro*, la revue *Bras et Cerveau*. Arturo da Silva était pratiquement la seule personne à qui il confiait ses poèmes. Il trouvait que sa façon d'écrire de la poésie avait un certain rapport avec la boxe.

C'est la même chose que pour le Christ, dit Anceis.

Je ne vois pas de quoi tu veux parler, répliqua Holando.

Pourquoi la foule préféra-t-elle qu'on relâchât Barrabas et qu'on crucifiât Jésus ? Ce fut, pour ainsi dire, un choix purement gastronomique. La question était : Qui pourrait-on bien se mettre sous la dent ? Et le sacré a toujours meilleur goût que le reste. C'est une sorte d'homéopathie. Le culte du Sacré-Cœur de Jésus. La Semaine Sainte avec la célébration du Calvaire et de la Crucifixion. Le sacrement de la Communion. Tout ça ne représente que le désir d'absorber du sacré. Les chanteurs grecs mangeaient bien des grillons. Et les athlètes, des sauterelles.

Il les entendit éclater de rire. Il battit des paupières. C'est lui qui les avait fait rire. Personne n'avait imité sa voix. Ses amis riaient, tout simplement. Ces gars-là étaient toujours joyeux. Ils parlaient de la révolution comme d'une fête. Voilà plusieurs jours qu'ils préparaient leur départ pour celle des Caneiros. Cette année, il y aurait un train spécial. Puis ils prendraient les barques pour remonter les eaux scintillantes du fleuve Mandeo, jusqu'au cœur de la forêt. On prononcerait des discours libertaires, on trouverait de la nourriture à profusion, et il y aurait de la musique, beaucoup de musique. La journée était splendide, digne du paradis sur terre. Ç'aurait été un péché que de ne pas être heureux. Et il se sentit obligé de dire :

Excusez-moi.

En réalité, il était en train de penser à un poème où les mots seraient semblables à des miettes de pain éparpillées sur une nappe en toile cirée. Il avait passé une nuit blanche où, pour la première fois, son corps avait pris conscience qu'il allait quitter sa terre pour faire un long voyage. Les doigts du silence travaillaient en même temps que les ailes des papillons blancs. Ils s'étaient mis à polir des miettes de pain sphériques, parfaitement semblables aux perles d'un chapelet astral. Il y en avait une qui représentait le soleil de ce deuxième dimanche de juillet.

Excuse-moi, Holando.

Il n'y a rien à pardonner. Tout ce que je dis, c'est que nous n'avons pas besoin de sacrifier des animaux pour survivre. Si la société était plus civilisée, nous aurions de la nourriture de reste. C'est dans les pays les plus riches que l'on sacrifie le plus d'animaux sans la moindre nécessité. Savez-vous pour quelle raison les buffles sont en voie d'extinction dans les grandes prairies américaines ? À cause de leur langue. Les Indiens profitaient de toutes les parties de l'animal, tandis que les Blancs sont à l'origine des plus grandes tueries. La langue de buffle était devenue le plat à la mode dans les restaurants new-yorkais. Buffalo Bill était une machine à tuer, il pratiquait la chasse industrielle. On prétend qu'il a tué, à lui seul, plus de trois mille buffles en une seule journée.

Trois mille ?

Ils contemplèrent la fertile vallée d'Elviña. Puis plus loin, le village d'A Granxa, sur les berges du fleuve Monelos. Trois mille buffles, ça faisait vraiment énormément de buffles.

À l'époque, vers la fin du XIXe siècle, on tuait quatre millions de buffles par an. Cela faisait quatre millions de langues. Avec toutes ces carcasses, on aurait pu construire une deuxième muraille de Chine. Il ne manqua que l'esprit monumental d'un architecte.

Holando a raison, dit Arturo da Silva. Mais ce serait vraiment le monde à l'envers. Cesser d'être carnivore. Et puis tu te souviens de ce que faisaient les moines d'Oseira, pendant le Carême, alors qu'il était interdit de manger de la viande. Eh bien, ils précipitaient les cochons dans la rivière, puis ils lançaient des filets pour les repêcher. Les paysans, qui n'avaient même pas le droit de renifler l'odeur du lard sous peine d'excommunication, coururent se plaindre d'un tel abus auprès de l'abbé qui leur répondit : Voyons, mes fils, vous savez bien que tout ce qu'on capture à l'aide d'un filet ne peut être que du poisson !

Le champion des poids légers de Galice posa sa tête et ses coudes sur le sol tapissé de mousse et, avec une perfection de gymnaste, leva les jambes vers le soleil. Tête en bas, il déclara : Et puis moi, pour boxer, j'ai besoin d'un bon bifteck.

Terranova s'approche de lui. Sa démarche est comique, semblable à celle de Charlot, pieds nus, avec pour canne imaginaire une paille de foin qu'il pointe en direction du sexe du champion, tout en déclamant la citation la plus classique de son répertoire portuaire : *Eu sou aquelle occulto e grande cabo a quem chamades vós outros Tormentório* (Je suis ce cap immense et caché que vous appelez le cap des Tempêtes). Arturo ne résiste pas aux chatouilles de la paille, ni à l'envie de rire devant le classicisme ironique de la boutade. Il se relève d'un mouvement acrobatique, se met à poursuivre Terranova qui, après avoir évité un buisson de ronces, grimpe sur le rocher et prend une pose de statue sur une proéminence de la pierre lui servant de piédestal. Il montre et cache son sexe avec les mains : Ô ! Grand Pénis tombé en disgrâce ! *Lurdo di Columnata !* Mon pauvre saucisson savoureusement affiné dans du marbre de Carrare.

La peau très bronzée, on aurait dit qu'il avait passé toute sa vie nu au soleil. Et il bondissait de rocher en rocher avec légèreté, sans regarder où il mettait ses pieds. L'école des ramasseurs de pouces-pieds de la Gaivoteira, de l'Altar, du Caballo de las Praderas, ces grandes roches escarpées, au pied du phare. Il adorait avoir un public attentif pour lui chanter des chansons et pour l'épater en étalant son érudition portuaire, une sorte de malice internationale qui avait même ensorcelé son vieux maître Amil, pendant les cours du soir, à l'École Rationaliste. Terranova gravit une marche naturelle. Il montra et cacha son sexe derrière le paravent de ses mains.

Ce n'est pas ma faute. C'est Luba qui me l'a dit, la fille du *Normandie* : Si elle est petite, ce n'est pas ta faute, c'est la faute de Baba. Et qui est Baba ? Qui veux-tu que ce soit ? Le Diable, bien sûr. Il a exercé contre toi une force supérieure à ta force et une puissance supérieure à ta puissance. Cette déclaration, énoncée telle quelle par une serveuse du plus grand vapeur du monde, me laissa complètement anéanti, brisé. Et tu penses qu'il n'y a rien à faire, Luba ? Bien sûr que si, mon chéri. Il suffit de faire le tour du monde. Et puis elle éclata de rire. Il fallait voir la dentition de Luba. On raconte que, lorsque le Pavillon Lino avait brûlé, seules les touches de l'orgue étaient demeurées intactes. Eh bien, les dents de Luba sont pareilles à ces touches. On aurait dû mettre son portrait en figure de proue sur le *Normandie*. Cette fille est d'une gaieté à vous faire peur. Explique-toi mieux que ça, Luba, lui demandai-je, comment s'y prend-on pour faire le tour du monde ? Oh ! dis donc, il faut voir cette dentition ! C'est la pièce la plus précieuse du

Normandie. C'est sûrement elle qui fait avancer le vapeur.

Abrège. Comment s'y prend-on, alors ?

Vous n'avez qu'à lire *Brazo y Cerebro* ! Et respecter les dix commandements du naturisme.

Holando lui lança un galet en visant son nombril : Ne fais pas l'imbécile.

Je suis désolé. Je n'ai pas le droit de le dire. C'est contraire à toutes les religions.

Tant mieux.

Et Luba dit : Que la femme soit ciel, et l'homme, terre.

Est-ce de cette façon que pousse le pénis ?

C'est de cette façon que tout pousse, mon chéri.

Nous sommes là, en train de sécher, comme des dieux.

Comme des congres. Évite de me parler de dieux, quels qu'ils soient.

Même des dieux grecs ? demanda Holando. Moi, je les aime bien. Ils passaient toute la journée à monter et à descendre, dans l'Au-Delà et dans l'En Deçà. Sans crainte de glisser sur les feuilles du mûrier. Prométhée était un libertaire. Le premier à rompre les chaînes. Et Dionysos, également. Celui-là, il faudrait pouvoir l'emmener avec nous sur un palanquin à la fête des Caneiros. Et que pensez-vous d'Aphrodite, d'Athéna... ?

De Minerve !

Non, pas Minerve, dit Holando. Celle-là, c'était une italique. Même si elle est bien loin d'être inintéressante.

Il les regarda du coin de l'œil. Ils étaient tous en train de rire. Y compris Arturo da Silva, toujours la tête posée sur le sol. Tout le monde pensait à la bibliothécaire de Germinal. Lui aussi. Lui le premier.

Je comprends bien qu'elle n'est pas inintéressante ! Elle est plus intéressante que chacun d'entre nous ! s'exclama Dafonte. Où est-ce qu'elle a dû aller, aujourd'hui ?

Toutes les filles vont à la plage de Pelamios et à celle de San Amaro, dit Leica. Et à la plage des Conchas. Certaines d'entre elles se baignent toutes nues.

Tu les as déjà vues ?

Je les ai vues. Et quant à elle, sur la plage des Conchas, elle était seulement vêtue avec des algues. Je vous assure que c'est une vraie déesse.

Tu cherchais à prendre des photos, Leica ?

Non, je cherchais une certaine lumière. Il faut apprendre à voir.

Est-ce que ta sœur aussi se baigne au pied du phare, Leica ? demanda Arturo da Silva.

Ma sœur est partie en France. Elle a obtenu une bourse pour y apprendre la peinture.

Quel dommage qu'elle ne vienne pas peindre, pour la fête des Caneiros.

Elle y viendrait avec plaisir. J'en suis persuadé.

Les femmes vont se baigner et nous, on reste ici, comme des agneaux sacrés, lança Dafonte. Sur la montagne celtique. Dimanche prochain, il faut qu'on descende jusqu'à la mer, pour se vêtir d'algues, et s'immerger dans le classicisme.

À présent, Terranova est en train de gratter sous la mousse, de creuser avec les mains et un enthousiasme de gamin.

Il doit y avoir des trésors enfouis, là-dessous. Tu n'es jamais venu avec des outils, Polca ?

On y est venus, lorsqu'on était petits. Mais on n'a rien trouvé. Sauf un siphon. Une bouteille de siphon.

Un siphon celte.

C'est ça. Ce que trouvent les laboureurs chaque fois qu'ils retournent la terre dans la vallée, avant de semer, ce sont des boutons de vareuse, sur lesquels on peut lire *Liberté, Égalité, Fraternité**[1]. Tout ce que vous voyez autour de vous fut jadis un terrible champ de bataille. La bataille d'Elviña. Que l'on sache, ç'a été la bataille la plus dure de l'histoire de la Galice. Je possède moi-même un de ces boutons, cousu sur ma veste. Regardez, là, sur la manche.

Et c'était vrai. La veste était accrochée à la branche d'un arbre poussant contre le mur d'enceinte des fortifications.

Ça sent le trésor, par ici, dit Terranova. Il ne doit pas être très profondément enfoui.

À présent, sa façon de creuser était comique, comme celle d'un chien en train de déterrer un os.

Pour y avoir des trésors, il y en a eu, crois-moi, dit Seoane. Mais les fortifications et les tumulus ont été copieusement pillés au début du XVIIe siècle. Le roi avait donné l'autorisation à un certain Vázquez de Orxas de faire des fouilles et d'inspecter les monuments funéraires. Il lui concéda l'exclusivité de l'affaire, à condition qu'il reversât une partie de ses bénéfices à la Maison Royale. Le plus curieux, c'est que personne n'ait pensé plus tôt à entreprendre cette spoliation. Mais l'or d'Amérique était épuisé, et malheureusement quelqu'un se souvint de ce que racontaient les légendes de notre pays. Jadis, les habitants avaient confié la protection de leurs trésors à des fables de toutes sortes. Tantôt c'étaient des nains qui les défendaient, tantôt des princesses maures, des serpents ailés. Les nains parlaient plusieurs langues, ils connaissaient le latin, comme Polca, et si on s'adressait à eux en langue secrète,

1. Tous les mots ou expressions en français dans le texte sont en italique et suivis d'un astérisque. *(Toutes les notes sont du traducteur.)*

alors ils ouvraient la porte du trésor. Le vieux Carré nous a raconté l'histoire d'un bègue qui eut la chance de découvrir de nombreux trésors, car les nains le prirent pour un polyglotte. Bref. Les trésors de Galice s'évaporèrent à cause d'un gentilhomme qui crut aux livres auxquels personne ne croyait, et qui prit note des histoires que racontaient les anciens. Et ces histoires, qui regorgeaient d'or, étaient toutes vraies. Il trouva même un canard en or massif, dans une sépulture.

Il doit bien rester quelque chose là-dessous. Il reste toujours quelque chose, dit Terranova. Comment s'intitule ce vieux guide des trésors, déjà ?

El Ciprianillo, répondit Seoane. Je crois que c'est le livre le plus lu, sur l'histoire de la Galice.

Eh bien, vous, les anarchistes, vous devriez rééditer un nouveau *Ciprianillo*. Un livre des trésors. Il doit bien rester un canard en or quelque part.

Le vieux livre était déjà bien assez anarchiste, répondit Seoane. On dit que pour le comprendre il fallait savoir non seulement lire, mais aussi dé-lire.

Polca dirigea le regard vers le hameau où il habitait.

D'une façon ou d'une autre, les gens transportaient la lumière. Dans les mots, dans les vêtements, dans leurs attitudes. Les sons eux aussi appartenaient à la lumière. Il était né là-bas. Il écoutait la conversation à propos des trésors, sans intervenir. Il se rappela la légende qu'il avait encore pu entendre raconter au vieux Mariñán. Il lui semblait que c'était la chose la plus pertinente qu'on pouvait avancer à propos des trésors. Les jours de grand soleil, avait dit le vieux Mariñán, il fallait être très attentif, car les nains qui conservaient les bijoux et les métaux précieux sous la terre seraient bien obligés de les faire sécher, pour éviter leur oxydation. Polca ne s'intéressait pas à ce qui était enterré, il préférait ce qui se trouvait en surface. Il jeta donc un coup d'œil panoramique autour de lui. Des draps, étendus au loin, faisaient l'effet d'un miroir. En réalité, il cherchait Olinda du regard, l'allumettière. Aujourd'hui, l'aspect de la légende des trésors qui l'intéressait le plus était celui qui prétend que ce n'est pas nous qui trouvons le trésor, mais que c'est plutôt le trésor qui nous choisit.

Je sens quelque chose ici ! cria Terranova.

Il commença à tirer des coquilles. Il avait trouvé un parc à huîtres. Il y avait aussi des coquilles Saint-Jacques. Regardez ça, dit Terranova. Et il montra avec solennité un squelette d'oursin dans la paume de sa main. Une sphère hypnotique.

Eh ! Curtis ! j'ai l'impression que nos ancêtres aimaient ça autant que ta mère. Les oursins.

Et la messe, Polca, qui t'a appris à faire un office sacré ?

Lorsque j'étais gamin, je ne jouais jamais à autre chose. Je jouais seulement au curé. Moi, j'aurais préféré devenir joueur de cornemuse. Mais je n'avais le droit de jouer qu'au curé. Je passais toute la sainte journée à l'intérieur de l'église. Ç'a été mon école, mon espace de jeux, mon travail. Tout ça, en même temps. Tout petit déjà, je donnais un coup de main pendant l'office. On m'avait envoyé faire l'enfant de chœur. On m'y avait envoyé parce que j'étais le plus pauvre de tous mes camarades. Les riches ne font jamais l'enfant de chœur. Ce doit être à peu près la seule tradition qui subsiste de l'époque où l'Église était encore vierge, c'est-à-dire avant Constantin. Être pauvre, c'est un mérite pour faire l'enfant de chœur. Mon père était tailleur de pierre. Il est mort jeune, juste après ma naissance, sur un chantier. Non, ce n'est pas une pierre qui l'a tué. Les tailleurs de pierre ne se font jamais tuer par les pierres. Il avait attrapé un gros refroidissement à cause de la pluie, et celui-ci avait fini par aller se loger dans le coffre de ses os, d'où il ne ressortit jamais plus. En tout cas, je me suis retrouvé enfant de chœur de la paroisse, à l'âge de six ans. Des messes, des neuvaines, des rosaires, des mariages, des baptêmes, des communions, des onctions... J'ai carrément failli parler le latin avant le galicien. Ma langue natale, je suis désolé de vous l'apprendre, a été celle qu'on parle au Vatican. J'étais toute la journée fourré là-dedans. Moi, le latin, je ne sais pas le décortiquer, mais je le sais globalement. J'ai vécu une véritable immersion, c'est le premier creuset qu'on a logé dans ma tête. En plus, il s'est produit une chose très importante : le curé, don Benigno, s'est soudain mis à perdre la mémoire. Pas petit à petit, pas une lettre par-ci, un mot par-là, mais de grands pans de phrases, parfois carrément des phrases entières. Elles s'en allaient, puis elles ne lui revenaient plus. On aurait dit qu'il avait perdu non seulement la phrase, mais aussi l'endroit où elle se trouvait. Comme si le trou dans le texte avait disparu et que la phrase n'arrivait plus à s'y loger. Alors, moi, je suis tout d'un coup devenu sa deuxième mémoire. J'étais, pour ainsi dire, son fournisseur de phrases perdues. Et j'étais bien obligé d'être très attentif tout au long des offices. Je jouais le rôle de souffleur. Comme enfant de chœur, je suis devenu un vrai professionnel. Je me suis toujours arrangé pour faire correctement mon travail. Lorsque don Benigno est mort, un nouveau curé l'a remplacé et on ne s'est pas du tout entendus tous les deux. Et puis je n'avais plus envie de faire l'enfant de chœur. Ça ne gênait pas don Benigno si je me déguisais en évêque le jour du Carnaval. Vous savez bien que le mercredi des Cendres on organise la procession des comparses, pour l'enterrement du Carnaval, et qu'on va le précipiter dans le fleuve Monelos. Avant de s'en séparer, on dit une messe pour l'âme du défunt, une messe de *corpore insepulto*, nous on disait de *corpore en su punto,* bien à point, oui ! Bref, je vous expliquais que cela ne gênait pas don Benigno. Je crois même qu'il trouvait ça rigolo. Une rigolade pascale. Tu t'arranges pour ne pas me voler ma clientèle et tout ira bien, voilà ce qu'il me disait. Et il ajoutait : Après le Carnaval, il faudra bien faire le Carême. Mais le nouveau curé ne l'entendait pas de cette oreille. Il ne connaissait rien aux rigolades pascales.

Le Carnaval, c'est comme la fête des Caneiros, dit Holando. C'est une fête démocratique, le monde à l'envers.

Aujourd'hui, on ne joue plus de la cornemuse pendant les enterrements. Moi, lorsque j'était petit, je faisais déjà l'enfant de chœur dans les enterrements. C'est là que j'ai appris à jouer de la cornemuse. La musique m'est venue comme le latin, globalement. J'aurais pu entrer au séminaire, pour faire curé, mais non, moi ce qui me passionnait, c'était de devenir joueur de cornemuse. Avec la cornemuse, on peut jouer comme avec le meilleur des bassons. Moi, je me régalerais d'aller aux enterrements rien que pour écouter un requiem de cornemuse.

La cornemuse n'a aucun avenir, Polca, il faut que tu comprennes ça, rétorqua soudain Terranova.

Et qui est-ce qui dit des choses pareilles ? Je n'étais pas au courant.

On n'en joue plus dans les salles de bal. Il n'y en a jamais dans les morceaux de jazz ni dans les choses de ce genre. Tu vas finir tout seul, dans la montagne, en train de jouer de la cornemuse pour les nains et les princesses maures qui gardent les trésors.

Comment ça, il n'y en a jamais dans les morceaux de jazz ? Tu es aussi bête qu'un baryton. Le vent…

Un trompettiste, un saxo… Ça, c'est de la musique, Polca. La musique de demain.

Bien sûr qu'un jour il va y avoir une cornemuse dans un morceau de jazz, espèce d'ignorant, s'insurgea Polca. À présent, il était vraiment fâché. On savait qu'il était fâché lorsqu'il se mettait à traiter quelqu'un d'ignorant.

Polca a raison, dit Seoane. Mozart a bien inséré les sifflements d'un rémouleur dans *La Flûte enchantée.*

Luis Terranova se mit à danser sur une pierre de l'Ara Solis. Il se déhanchait et faisait rouler son pubis dans une parodie voluptueuse de danse populaire :

D'aqueles puntos
que fan agora
de afora adentro,
de adentro afora !

Quel dommage que Curtis ne sache pas chanter, dit Arturo da Silva. On aurait pu avoir un Paul Robeson plutôt qu'un Luis Terranova.

Paul Robeson ! C'est le plus grand, lança avec enthousiasme le violoniste Seoane. La voix de l'humanité, celle de la terre, du cosmos. Un jour qu'il chantait, à New York, tous les immeubles des banques de Wall Street se sont mis à trembler. Si Robeson, c'est une supposition, se mettait à chanter sur le phare d'Hercule, on l'entendrait d'ici, sur l'Ara Solis.

Ol' man river
Dat ol' man river,
He mus' know sumpin'
But don't say nuthin'.

Il y a un rapport entre la longueur des cordes et la vibration du son. Les cordes de Robeson sont faites avec des boyaux. Il nous faudrait absolument un Paul Robeson. Il nous faudrait une voix qui fasse frissonner les banquiers et pleurer les pierres.

Avec Paul Robeson ou sans Paul Robeson, en tout cas, sans cornemuse il n'y a pas de fête des Caneiros, proclama Holando. C'est notre big-bang à nous ! Un instrument cosmique. L'origine de toutes les mélodies. Ne lâche pas, Polca !

Je ne suis pas sûr, répondit Polca. Je ne suis pas certain de l'emporter.

Luis Terranova descendit du rocher de l'Ara Solis et s'agenouilla devant Polca.

Donne-moi ta bénédiction, mon père.

Et Polca fit le signe de croix et dit dans un murmure :

Et Verbum caro factum est, et habitavit in nobis, et cetera. À présent, tu dois dire trois Pater.

Terranova se releva et s'essuya la terre et les brins d'herbe collés à ses genoux. Il répondit : Trois Pater ? Mais je n'en connais qu'un seul.

Tandis que les autres se rhabillaient, Polca se porta la main en visière sur le front et recommença à scruter la vallée. Au-delà de San Cristovo, après Agrela, il y avait Fontenova. Le reflet qu'il voyait au loin devait provenir du miroir de l'enseigne de L'Éclat dans l'Abîme qu'Isolino Díaz avait réalisé à la miroiterie Rubine. Cette enseigne avait été une excellente idée. Un soleil au beau milieu d'un incendie.

Il allait le dire, l'annoncer à haute voix. Mais, tandis qu'ils s'habillaient, les autres étaient en train de rire dans un tohu-bohu d'écoliers turbulents. Alors il s'adressa à celui qui était le plus près de lui, à Arturo da Silva.

Au bout du compte, cette idée lui appartenait. Tu vois ? Ça, c'est le miroir de L'Éclat dans l'Abîme. Et le reflet de l'enseigne arracha un sourire au visage buriné du boxeur.

Il faut voir comme c'est facile de rendre un homme heureux, se dit Polca. Il suffit du reflet d'un miroir, dans le lointain.

Holando était la cause du tapage qui s'était organisé. Celui-ci avait pris un bain de soleil couché sur une dalle et, sans le faire exprès, il avait laissé le livre des commandements naturistes posé sur sa poitrine. Cette partie du corps était restée toute blanche, la peau était toute pâle, tandis que le reste était tout bronzé et même très rouge sur les bords. La trace d'un livre sur la peau. L'impression naturelle d'un livre.

Tu vas effrayer Minerve, plaisanta Seoane. À présent, il te faudrait trouver un titre et te l'inscrire au fer rouge, sur la peau. Puis il déclara : Dimanche prochain, 19 juillet, nous irons tous sur cette plage où les filles s'habillent avec des algues. Et le 2 août, nous serons à la fête des Caneiros. Si quelqu'un n'a pas encore pris son billet pour le train spécial, il peut se le procurer auprès d'Hercule.

Le voilà justement qui arrive, dit Polca. Il s'entraîne pour sa première communion pugilistique.

Vicente Curtis, l'Hercule du quartier du Papagaio, venait effectivement vers eux. Il courait le long des sentiers qui serpentent entre les champs de maïs, à mi-hauteur. C'était le sparring-partner d'Arturo da Silva.

Oui, le 17, il combat pour la première fois. Il vous faut aller l'encourager. Ce garçon va devenir la gloire de la Galice. Il possède autant d'air dans sa poitrine que nous tous réunis. Ses poings ont appris à parler.

Tu sais déjà ce que je pense de la boxe, dit Holando. Pour qu'il se défende bien, le mieux ce serait que tu lui montres de quelle façon on prend la poudre d'escampette.

C'est aussi une solution, dit Arturo.

Tu l'as fait exprès, hein ? dit Terranova à Holando. Tu t'es tatoué le livre pour tenter de briller devant les Minerve.

Pas du tout. Holando bomba sa poitrine, il était fier de la marque laissée par le livre : C'est l'instinct de la culture qui a choisi le meilleur bois. C'est la nature en train de prendre conscience de son existence.

La conscience. Polca eut le sentiment d'être un délinquant. Il fallait qu'il rende rapidement son livre à la bibliothèque. Il fallait qu'il le fasse sans faute, cette semaine. Chaque fois qu'il l'ouvrait, il le lisait avec une dévotion et une culpabilité croissantes également.

Le matador de taureaux

17 juillet 1936

Tout ce qu'il possède, entend dire Curtis, se trouve dans ce sac de grosse toile, dans ce paquetage de marin. Il est avec Arturo da Silva, près de l'Obélisque. Il y a de l'animation à la terrasse du café Oriental, au rez-de-chaussée de l'hôtel Palace, et aussi à la terrasse du café Galicia, un peu plus en retrait. Ils sont en train de distribuer des tracts annonçant un meeting antifasciste qui doit se tenir aux arènes. Un des passants prend un tract et les salue chaleureusement. Curtis est surpris par le contraste entre sa tenue vestimentaire, costume cravate, et son bagage. Un simple sac de marin, en grosse toile.

C'est Sito *Marconi*. Celui qui s'y connaît le plus de tout le pays en radios. Tout ce dont il a besoin se trouve dans ce sac de marin. Donne-lui un tournevis et il saura te retrouver la voix des pierres.

Il est avec Arturo, près de l'Obélisque. Le boxeur tend les tracts annonçant le meeting de façon extrêmement cérémonieuse. On dirait qu'il est en train de se séparer d'un vrai parchemin. Il ne les distribue pas au hasard, mais avec une certaine parcimonie, comme si ce message pouvait transformer la vie de celui qui le donne et de celui qui le reçoit. Cela rappelle à Curtis le rapport qu'entretient sa mère avec la lumière électrique. Elle ne supporte pas que la lumière reste allumée dans une pièce vide. Arturo regarde les gens, à qui il donne une feuille, dans les yeux. Peut-être se demande-t-il quel sera son sort, sa destination, comme quelqu'un qui se séparerait non pas d'un tract mais d'un papyrus extrêmement précieux. Le lieu où doit avoir lieu le meeting se détache très distinctement sur les tracts que Curtis et lui distribuent. La Plaza de Toros. Les arènes.

Des taureaux, des taureaux... Qu'est-ce que vous avez contre les taureaux, vous autres ? Je vais faire immédiatement venir le chef des matadors !

L'homme est de grande taille, il porte des moustaches de cosaque. Sa grosse voix résonne de façon menaçante, qu'il module parfaitement pour intimider ses interlocuteurs. La première réaction de Curtis est de faire un pas en arrière et de se mettre sur la défensive, tandis qu'Arturo fait un pas en avant, pour lui taper amicalement dans le dos. Voilà comment Curtis fit la connaissance de Fernando Sada. Celui-ci leur expliqua qu'il venait de faire la voix de l'ogre, à La Barraca, le théâtre de marionnettes, et dans plusieurs Missions Pédagogiques. Il savait évidemment jouer des choses bien plus compliquées, mais ce qui l'avait surtout fait connaître, c'était sa façon de prendre une voix de dragon. Arturo le présenta à Curtis en lui disant que c'était un artiste, mais celui-ci ajouta qu'il était aussi porte-parole de l'Union Internationale du Guignol.

Ça ne va pas se propager au-delà de l'Afrique, Franco ne réussira jamais à traverser en Espagne, dit-il d'une voix si grave que Curtis eut vraiment l'impression qu'il s'agissait d'une voix de dragon. Ils vont se casser les dents, ça va faire comme pour le général Sanjurjo, il y a quatre ans.

Il indiqua à Curtis l'horloge qui se trouvait sur la partie supérieure de l'Obélisque : Voilà sa majesté, l'Heure. Hein ! que ce serait mieux s'il y avait un coucou ? Moi, c'est le coucou de monsieur Tettamancy qui a rythmé les heures de mon enfance. Le chant du coucou. Le rémouleur en train de siffler. Et le son des sirènes des bateaux. Tout ça au rythme de la lumière pivotante, au rythme du ventilateur lumineux du phare d'Hercule. Ce sont les bases de mon jazz à moi, toute ma vie. Lorsque je me laisse aller, c'est le chant de ce coucou libéral qui me remet d'aplomb. Oui, monsieur, parfaitement. *Cuckoo in the Clock*. Un grand coucou qui donnerait l'heure en haut de l'Obélisque. Ou sinon, la sirène d'un bateau. Chaque fois qu'on prononce le mot mer, on devrait se mettre à genoux.

Il fit un tour sur lui-même et leva les bras comme un orateur : Gens de La Corogne, agenouillez-vous devant la mer ! Neptune, Poséidon, Andrés de Teixido, voilà ceux qui devraient être nos dieux, toujours aux pieds de Vénus, la déesse. Les bonnes choses sont toujours venues par la mer, les saints et les vierges, sur des vaisseaux de pierre. Le vieux Lear n'est-il pas lui-même enterré à Saint-Jacques-de-Compostelle ?

Il regarda Arturo. Le silence inquiet du boxeur. Sada changea de voix. Il renonça à son ton déclamatoire.

La vérité, c'est que je suis très bon comme prophète, mais je ne parviens qu'à deviner le passé.

Puis il relut le tract. Soudain, sa façon de parler se fit confidentielle : Meeting antifasciste aux arènes ? Faites bien attention à qui vous donnez ces tracts. Il ne faudrait pas en donner un au chef des matadors. Je garde toujours cousu ici, et il montra le lobe de son oreille, le conseil de Luis Vives à

Érasme : « On ne peut ni parler ni se taire sans un certain danger. »

Lorsqu'il était gamin, lui raconta-t-il, il s'était passé quelque chose qu'il avait toujours pris pour un mauvais pressentiment. Son père avait écrit un manifeste antitaurin, où l'on préconisait d'interdire les corridas, on pouvait y lire que c'était un spectacle horrible, un étalage de cruauté, la manifestation d'un sacrifice qui avait fini par devenir une « Fête nationale », où le soi-disant « moment de vérité » n'était rien d'autre qu'un art de tuer. C'étaient les fêtes d'été et la ville vivait une métaphore du transatlantique : tout le monde était venu se masser sur le pont. Sada sortit de chez lui, un paquet de manifestes contre la cruauté et la maltraitance des animaux sous le bras. La journée était rayonnante dans les jardins de l'Ensanche. Une parfaite synthèse entre nature et civilisation. À l'entrée, le vieux manège de Lino tournait au rythme de *La Marseillaise* sortant d'un harmonium si usé qu'on aurait dit le souffle des petits chevaux de bois épuisés, respirant à pleins naseaux. Je m'étais dirigé tout droit dans cette direction. *Allons, enfants* !* Des gamins en tenue de marin jouant à faire rouler des cerceaux. Des couples se promenant bras dessus bras dessous sous les magnolias. Et il se mit alors à imaginer ce qui allait se passer. Les témoignages de sympathie. Les voix qui l'encourageraient dans son entreprise. Il était enfin temps, mon garçon. Il était temps que quelqu'un dénonce cette boucherie, cette barbarie. Et Sada se disait dans sa tête : Donnez-moi seulement une petite graine et je transformerai le monde. Il se disait que, tout comme Lino faisait tourner son carrousel, ou les enfants l'orbite de leur cerceau, et certains autres la planète de leur ballon, la volonté pouvait déplacer des montagnes. Et peut-être parviendrait-il à le faire tout seul. Ce serait merveilleux. Cela s'était-il déjà produit dans l'histoire de l'humanité ? On parle toujours des guerres qui se sont déroulées, mais jamais des hommes et des femmes qui ont réussi à éviter une guerre à temps ! Allez donc savoir combien il y en a eu ! Sada imagine son père, le lendemain, au café, de très bonne heure, ignorant le bouleversement qui a eu lieu la veille. Sada, *le Vieux*, ouvre le journal et se retrouve devant ce titre sur toute la largeur de la une :

TOUTES LES CORRIDAS DE TOROS
SONT SUSPENDUES À LA COROGNE

Puis les sous-titres avec les détails suivants :

> Un triomphe de la civilisation. Le manifeste distribué hier par un jeune garçon a fait trembler la ville tout entière. Les autorités entendent donner satisfaction à la clameur populaire qui vient de se soulever contre les cruautés dont les animaux sont victimes.

Et je m'étais dirigé tout droit dans cette direction, raconta Sada, à la terrasse du Quiosco Afonso, bourrée de gens, où les conversations détendues permettaient d'augurer de l'état de grâce dans lequel se trouvait l'esprit citoyen et donc du chaleureux accueil qu'allaient recevoir mes propositions en faveur de la civilisation.

Soudain, il aperçut un visage touché par l'augure qu'il venait d'évoquer. Sa pierre de touche, ou plutôt son Homme de Touche. Le chaînon suivant, qui allait propager la parole de la grande contestation antitaurine, l'inexorable vague de protestations qui ce soir même, par un singulier ricochet de l'histoire, allait parvenir jusqu'au bureau du gouverneur et pousserait celui-ci à signer l'arrêté de suspension de cet infâme divertissement. L'élu, habillé d'un costume de lin blanc, avait une allure aimable. Sada s'avança fièrement vers lui ; et, de loin, l'homme pensa que le garçon l'avait reconnu, que c'était un admirateur de son talent. Alors, prenant le tract et voyant qu'on y parlait de taureaux, l'Homme de Touche sourit à Sada. Il devait certainement s'agir d'un programme. D'une publicité. Mais Sada s'aperçut bien vite que l'homme se transformait complètement à mesure qu'il avançait dans sa lecture. Ce n'était pas seulement l'expression de son visage qui se transformait, mais toute sa façon d'être également. Sada eut l'impression qu'une odeur de lotion résineuse se dégageait soudain de cet homme. Mais c'était parce que le papier était en train de brûler au bout de ses doigts. D'abord métaphoriquement, sans flamme, comme si le seul fait de le lire avait mis le feu au tract à travers la loupe perplexe de ses yeux. Puis l'homme demanda un briquet à une des personnes qui l'accompagnaient et il brûla réellement le papier.

Il s'agissait tout simplement d'un torero. C'était le maestro Celita. La tête d'affiche de l'« extraordinaire distribution » de la première corrida de cette saison.

Vous vous souvenez de Bela Lugosi dans *Dracula*, avec ce terrible effet de « lumière émanant de ses yeux » ? On l'avait repassé il n'y a pas si longtemps, ici même, au Quiosco Afonso. Eh bien, c'était exactement le regard que me jeta mon Homme de Touche. Comme s'il était resté là, au même endroit, en train de m'attendre depuis ce jour.

Le matador Celita avait une singulière particularité, il boitillait légèrement. Et ce n'était donc pas son épée qu'il avait à la main, mais une canne redoutable.

Existe-t-il quelque chose de plus terrifiant qu'un gamin poursuivi par un torero boiteux prenant sa canne pour un estoc ? J'aurais préféré mille fois qu'il poursuivît un taureau !

Depuis lors, il marchait toujours en surveillant ce qui venait dans son dos. Un état de vigilance permanent. Le regard avait adopté l'angle de vision de la bécasse, la sentinelle des bois, avec les yeux posés sur sa nuque. Je sens que le destin court derrière moi. Un destin boiteux avec une épée ou un sabre de bois. Voilà comment on vit désormais en Espagne, on est toujours en train de se méfier du matador. Moi, je devais descendre de la lignée des heureux, des enfants de la génération de l'utopie fédéraliste. Ma mère m'avait appris à danser au son du *Temps des cerises** et, toute ma vie, j'ai entendu mon père, libre-penseur, dire à ses amis : Ne tolérez jamais que je puisse flancher. Il était comme ça, pratiquement toute une vie sur le qui-vive, jusqu'à son dernier souffle, pour ne pas tomber, vlan ! entre les mains du chasseur d'âmes. Et ce fut un instant d'inattention. L'harmonium cessa de jouer et l'on entendit les petites cloches du viatique. Puis le confesseur s'éloigna triomphant de la couche du moribond et proclama : Aujourd'hui, j'ai converti un hérétique ! L'âme de mon pauvre père tel un trophée tauromachique. Telle une oreille coupée.

Son expression, sa voix, y compris la taille de son corps venaient à nouveau de changer. Curtis pensa que les mots de cet homme étaient non seulement en concordance avec ce qu'il pensait, mais aussi avec tout ce qui se produisait dans son corps. La respiration. La circulation du sang. Il n'arrivait pas à y croire, mais c'était la réalité. De là où il se trouvait, il entendait les battements de son cœur.

À présent, je vais me consacrer à peindre des fenêtres. Ne dormez jamais avec les fenêtres fermées, n'en déplaise au redoutable vent des veuves. Et s'il n'y a pas de fenêtre, dessinez-en, peignez-en une. Faites entrer la mer à l'intérieur de la maison.

Ça, c'est une vraie révolution, dit Arturo da Silva. La révolution des fenêtres.

Moi, je suis un adepte de la révolution naturiste. Un des commandements dit qu'il faut se baigner tous les jours dans la mer. J'aimerais bien avoir ta détermination, Arturo, me plonger dans la mer hiver comme été. La Galice pourrait bien atteindre son karma le jour où cette habitude se généralisera. Moi, j'attends d'avoir un bathyscaphe personnel, ou qu'on vende des scaphandres scandinaves à La Espuma. Ou, mieux encore, un de ces lits à eau inventés par le fameux William Hooper. Si nous habitions un pays pragmatique, nous développerions ce genre d'industrie. Celle des matelas à mer. Il faut que j'en parle à monsieur Senra, le patron de l'usine à chaussures. Il faudrait trouver un industriel avec un esprit artiste !

Je donnerais n'importe quoi pour peindre une étoile de mer comme toutes celles que vous peignez, dit Arturo. Rien qu'une étoile de mer. Ça vous remplit toute une vie.

Pourquoi veux-tu les peindre, puisque tu les vois, à pleins poumons, sous l'eau, puisque que tu en rapportes, à poignées, depuis les roches des Ánimas, ce formidable lieu de reproduction ? Moi, je peins la mer parce que je ne peux pas me baigner. Moi, je dois me contenter des étoiles de mer qui tombent du ciel. Elles se libèrent du bec des mouettes en s'amputant elles-mêmes la branche par laquelle elles sont prisonnières. Tu n'as jamais vu ça ?

Si. Plusieurs d'entre elles me sont déjà tombées sur la tête. Et j'ai eu une peur bleue. Je croyais que le Grand Architecte de l'Univers m'avait personnellement visé.

C'est un signe mythologique, Arturo !

Celui qui aurait besoin d'un tel signe, aujourd'hui, c'est notre ami, notre Hercule, dit Arturo à propos de Curtis. Ce soir, c'est son premier combat de boxe.

Les livres brûlent

19 août 1936

Les livres brûlaient mal. L'un d'eux glissa dans le bûcher le plus proche et Hercule crut le voir soudain s'ouvrir en éventail, à la façon des ouïes bien fraîches d'une branchie de morue. Un autre livre laissa filer un fragment incandescent qui dévala, tel un oursin éclairé au néon, les barreaux d'une grande échelle de pompiers. Puis il imagina que la chose qui s'agitait de façon inquiète sur le monticule embrasé était un lièvre pris au piège et que la rafale de vent, qui avait quelque peu ravivé le bûcher, éparpillait en étincelles, un par un, tous les poils de son pelage calciné. Cela permettait au lièvre de conserver sa forme dans la composition graphique de la fumée puis l'animal étirait ses pattes pour progresser le long de la diagonale vitrée du ciel, sur la perspective de l'avenue atlantique.

Les premiers bûchers de livres avaient été installés là-bas, près de la Darse, sur le Paseo del Parrote. Dans le ventre urbain, pour ainsi dire, là où la mer avait jadis accouché de la ville. Dans le premier nid de pêcheurs, et crois-moi que l'herbe n'a pas cessé de pousser depuis, y compris sur les toits, transformés en verts sommets, de ce lieu devenu aujourd'hui le point de confluence de l'ensemble du transport par bateaux sur la baie, en ville par tramways urbains ou véhicules de lignes intérieures. Les autres bûchers brûlent non loin de là, sur la grand-place qui porte le nom de María Pita, l'héroïne qui prit le commandement de la défense de la ville, à la tête d'un bataillon de marchandes de poisson, lors d'une des fréquentes attaques par mer, là où est actuellement situé l'Hôtel de Ville avec cette inscription : « Commandement, Défense, Clé et Protection du Royaume de Galice ». Curtis entendait quelquefois parler de María Pita à l'Académie de Danse, comme si elle était encore de ce monde, comme si elle faisait partie de ce présent immortel que représente le fait d'être toujours là, dans les conversations des gens, dans le flot des rumeurs la concernant, et pas seulement celles qui rapportent comment elle avait tenu tête à l'amiral corsaire Francis Drake, mais aussi celles qui s'inquiètent de ses quatre mariages successifs. Cela lui valut les reproches d'un juge à propos de ses multiples veuvages, qui lui intima même l'ordre d'enrayer l'hécatombe de tous ces hommes qui périssaient les uns après les autres au champ d'honneur de sa couche.

Il y a une femme pauvre, qu'on appelle la Zamorana, qui habite et dort parmi les tombes et les panthéons, dans la cité des morts, dans le cimetière marin de San Amaro. Une fois, Hercule éprouva une peur bleue à cause d'elle, lorsqu'elle surgit soudain de derrière un caveau pour lui demander, en brandissant un mégot :

T'as du feu, mon gars ?

En réalité, la Zamorana n'est pas une mendiante. Elle accomplit un travail très utile dans cette ville, mais son salaire n'est fait que de pourboires. À La Corogne, tous les morts sont tournés vers l'océan. Et c'est là-bas, devant le cimetière, tout près de la côte, que se trouvent les bancs de poissons des roches des Ánimas, c'est un formidable site de reproduction. Ce sont des fonds où il y a plus d'étoiles de mer qu'on n'en voit jamais dans le ciel. Il n'est pas rare non plus de les voir tomber d'en haut. Les mouettes et les cormorans s'envolent avec les étoiles coincées dans leurs becs et ces dernières préfèrent s'amputer de leur bras emprisonné pour retourner à la mer mutilées. Depuis le cimetière, on a la plus belle vue sur l'entrée de la baie. Et cela est d'abord primordial pour la Zamorana, la femme qui demanda du feu à Curtis, le soir où celui-ci passait près du cimetière. La mendiante est en réalité une vigie. Lorsqu'un transatlantique approche, elle descend la rue de la Torre et prévient que le bateau va bientôt accoster. La vie est toujours intense sur un bateau. La voix de la Zamorana résonne comme une conque enrouée. Un bateau en vue, monsieur Ferreiro, un bateau en vue. Un bateau en vue, monsieur Ben, un bateau en vue. Un bateau en vue.

La Zamorana se pointait avec sa joyeuse rengaine du bateau en vue, et elle n'arrivait pas de n'importe où, elle venait directement du cimetière. Curtis se rappelait que, lorsqu'il était gamin, la Zamorana avait déjà l'air d'être une vieille femme. Elle annonçait déjà l'arrivée des bateaux avec la conque enrouée de sa voix. Curtis pensait que cette femme, ainsi que les gens comme elle, à l'image de María Pita, existaient depuis toujours. La procession des paysans morts s'arrêtait aux portes de la ville. Et les trépassés du cimetière marin avaient délégué à la lumière du phare et à la voix rauque de la Zamorana le soin de réveiller la ville : Un bateau en vue.

Si Vicente Curtis, alias Hercule, est en train de penser à elle, c'est parce que la Zamorana se trouve là, sur le terre-plein, le centre panoramique du Paseo del Parrote. Outre celle des incendiaires, c'est la seule présence qu'on repère. C'est un personnage tout à fait particulier. Elle porte sur elle la totalité des robes qu'elle possède, les robes de toute sa vie, l'une par-dessus l'autre. On dirait une femme en forme de cloche. Hier, des bateaux ont accosté. Des bateaux de guerre. Ils se sont amarrés juste devant le Club Nautique. Ils appartiennent à la flotte du IIIe Reich. Bien entendu, elle les a vus arriver, mais elle s'est bien gardée de descendre la rue de la Torre en criant son éternelle rengaine « Un bateau en vue ! Un bateau en vue ! ». Elle se contente d'observer. Elle a vu beaucoup de choses dans sa vie. Mais jamais ce genre de feu. Elle n'a jamais lu le moindre livre non plus. Il fut un temps, peut-être le plus heureux, où elle était marchande de journaux. Elle claironnait les nouvelles sans jamais avoir su les lire. C'est la raison pour laquelle elle pense qu'on est en train de lui faire du tort. Que c'est après elle qu'on en a. Ils sont en train de brûler ce qu'elle n'a jamais réussi à posséder, ce qui lui a toujours manqué. Cette fumée a quelque chose de bizarre, elle irrite la peau, s'immisce derrière les yeux. Cela lui rappelle quelque chose dont elle aurait voulu ne jamais se souvenir. Le jour où un inconnu avait mis le feu à la couverture sous laquelle elle dormait à la belle étoile, le jour où elle dut éteindre de ses propres mains ses cheveux qui avaient pris feu. Aujourd'hui, ses mains ne sont plus que des plaies soignées dans la mer. C'est pour cette raison qu'elle a ensuite décidé de dormir entre les tombes. Mais que font donc les gens qui lisent des livres ? Pourquoi ne se montrent-ils pas enfin ?

Eh toi ! Vieille sorcière ! Qu'est-ce que tu regardes ? Va-t'en ! lui crie un des hommes qui brûlent les livres. Va rejoindre cette saloperie de diable, à Monte Alto !

Mais elle, qui n'avait jamais réussi à se taire, se disait que cette espèce de Caïn allait entendre ce qu'elle avait à lui dire ! Elle allait le mettre plus bas que terre, cent pieds sous terre même. Elle allait lui asséner ses quatre vérités, et tout autant de gifles, s'il le fallait. Elle allait lui sonner les cloches, les yeux dans les yeux.

Mais cette fumée bizarre qui s'immisce derrière les yeux. Cette irritation. La torche fumante. Le feu. L'odeur du feu dans ses cheveux. Une fois, elle avait déjà brûlé. La mémoire de la peau. La démangeaison des plaies. C'est à cause de tout cela qu'elle s'éloigne. Mieux vaut l'ignorer et ne pas répondre. Elle retourne parmi les tombes, traînant sa cloche en tissu. L'ensemble des robes de toute une vie.

Mais les bûchers et les livres qui brûlent ne font pas encore partie de la mémoire de la ville. L'événement se passe en ce moment même. Le brasier de livres ne fait pas partie d'un passé lointain, d'un forfait qu'on aurait commis en cachette. Ce n'est certainement pas un cauchemar dont on va finir par se réveiller, un rêve hanté par une histoire apocalyptique. Ce n'est pas un roman non plus. Voilà pourquoi le feu est si lent, parce qu'il doit vaincre les résistances, l'incompétence des incendiaires, le manque d'habitude de faire brûler des livres. L'incrédulité des absents. On voit bien que la ville ne conserve aucune mémoire de cette fumée paresseuse et réticente, circulant dans l'étrangeté de l'air qu'on respire. Il faut également brûler ce qui n'est pas vraiment un écrit. Quelqu'un rapporte de l'office municipal du tourisme des tas de brochures annonçant le programme des festivités, il utilise l'expression suivante : « voilà de la chair fraîche », peut-être pour évoquer la baigneuse qui se trouve sur la couverture, accompagnée de la légende *Climat idéal* et du blason officiel de la ville, c'est-à-dire du phare surmonté d'un livre ouvert, faisant aussi office de lampe, et d'où irradient des éclats de lumière. Tout cela va brûler lentement, le livre figurant sur le blason, tout comme les autres, et on ne le retrouvera jamais plus sur les armes de la ville.

La République, de Platon. On aura mis le temps ! Et celui-ci ? *L'Encyclopédie de la chair* ! Pouah !

C'est un gros volume qui soulève brandons et panaches de fumée, érodant les angles des ruines et provoquant la chute soudaine d'une arête médiane sur d'autres édifications situées en contrebas. Le mot « chair » actionna, tout simplement, le mécanisme du démarreur. La cervelle du phalangiste imagine alors un grand traité sur la luxure, des photos d'orgies, dommage de ne pas l'avoir d'abord feuilleté. Lorsque le volume termine sa chute, l'incendiaire lui envoie discrètement un petit coup de pied sur le coin avec le bout de sa botte, et le livre s'ouvre, provoque une nouvelle éruption de brandons et de fumée. Les flammes commencent à lécher la double page ouverte, sur laquelle on aperçoit une carte de la péninsule indiquant le découpage des Provinces à l'aide de couleurs différentes. Le résultat est vraiment imprévu, ce doit être une méprise de l'extrémité de la botte que le regard s'empresse de corriger. Mais non, ce ne sont pas les Provinces d'Espagne. En réalité, on voit tout de suite qu'il s'agit d'une planche représentant les différents morceaux d'une vache dépecée. Filet, faux-filet, jarret, selle, rosbif, côtes et plat de côtes…

Tu viens de jeter un livre de cuisine ! lui dit d'un air goguenard un de ses camarades, qui se tient derrière lui.

Alors, ça va faire une excellente grillade.

Les bûchers se trouvent à l'endroit de la ville le plus fréquenté par les habitants, mais aussi devant le bâtiment symbolique qui abrite le pouvoir civil. Hercule ne devrait pas avancer dans cette direction, car Hercule est bien plus repéré qu'il ne le pense. De toute façon, pour l'instant, il a de la chance. Il est en train de s'approcher des bûchers et aucun de ces hommes qui sont en train de brûler les livres, tous armés et portant l'uniforme de la Phalange, ne prête attention à lui. Ils sont pratiquement tous ennuyés de découvrir combien les livres brûlent mal. Un des gars les compare même à des briques. Puis il trouve lui-même étrange le rapprochement qu'il fait ensuite avec une figure géométrique précise.

On dirait des parallélépipèdes !

Près de lui, le plus jeune de ses camarades tente de répéter le mot, mais il s'aperçoit que ce n'est pas si facile, que le mot est trop long, et il le murmure dans sa barbe. Cela ressemble à une espèce d'oiseau très bizarre. Des oiseaux plus compliqués à nommer que les palmipèdes par exemple. Ce mot-là, il arrive à le prononcer sans difficulté, palmipèdes, et il regarde le tas de livres sans se soucier des titres, comme une abstraction, qui lui fait penser à la maquette d'une pyramide aztèque.

Paral-lé-lé-pipèdes ! Parfaitement, mon cher, des parallélépipèdes.

Il a enfin réussi à le dire. Il se sent très fier de lui après avoir réussi à prononcer le mot.

Parallélépipède ! lui dit le chef de brigade en lui tapant dans le dos.

Parallélépipède, répond-il, fier de lui. Il suit le panache de fumée sur toute sa longueur et observe le ciel. Dans cette ville atlantique, le ciel est constamment changeant. Encouragé par ce premier succès, il tente de se rappeler les noms des nuages qu'il avait appris à l'école. Mais il ne se souvient que du mot nimbus. C'est comment un nimbus ? À quel genre de nuage ressemble cette fumée qui monte des bûchers ? Puis il cesse de s'intéresser aux nuages, car le camarade qui a comparé la résistance des livres à celle des briques, puis qui a prononcé avec une fluidité incroyable le mot parallélépipède, se prépare à attiser le feu avec du papier journal. Une des feuilles s'échappe de ses mains, s'envole, oui, comme un palmipède. Un oiseau étrange, un début de collage dans le ciel. Curtis suit lui aussi le vol de la feuille. L'homme en uniforme, à qui elle vient d'échapper, court après elle et l'attrape comme si sa main était une serre. Il regarde autour de lui, d'un air satisfait. Il prévient les autres. Ce sont eux, ils sont tous là, les bras en l'air, sur une photo prise la veille, le mardi, lorsque les premiers bûchers ont été allumés. Ce 19 août 1936, le journal clérical *El Ideal Gallego* publie ceci : « Au bord de la mer, afin que la mer puisse emporter les restes de toute cette pourriture et de toute cette misère, la Phalange est en train de brûler des tas de livres. »

Le feu d'aujourd'hui est un genre de feu très étrange, pense Curtis. On ne lui voit pas de langue. C'est un feu qui ronge, à l'aide de ses crocs.

Il n'y avait pas si longtemps, fin juin exactement, on avait dressé de grands bûchers de fête à travers la ville, pour illuminer la nuit de la Saint-Jean. Curtis faisait partie d'une des équipes de gamins et de jeunes gens, celle de la rue Sol, qui étaient allés ramasser des branches sèches, récupérer de vieux meubles rongés aux mites, arborant cependant une dignité de spectres géométriques, ainsi que l'habituelle contribution, composée de restes de bois, de planches fendues et d'éléments dépareillés, de l'usine de fenêtres de la rue d'Orzán qui tournait à plein régime. La structure, organisée autour du poteau central pour y mettre le feu, rappelait les grands tas de pieds de maïs qu'on pouvait apercevoir en hiver, d'énormes monticules coniques semblables à des camps indiens, autour des hameaux des Mariñas et de Bergantiños, un paysage agricole qui s'ouvrait, à peine quitté l'isthme de la ville, à partir de San Roque de Afóra, San Cristovo das Viñas, San Vicente de Elviña et Santa María de Oza, à travers les fertiles vallées du fleuve Monelos et de Meicende, du côté de Eirís, Castro, Mesoiro, Feáns, A Cabana, Someso, Agrela, A Gramalleira, A Silva et A Fontenova. En revanche, on ne brûlait jamais ces monticules car, après avoir effeuillé les épis, on utilisait ce qui restait de fourrage pour nourrir le troupeau pendant le rigoureux hiver ou tout simplement pour amender la terre. L'image des camps indiens d'Amérique était une représentation cinématographique de Curtis, qui associait les tipis à la façon de disposer les chaumes de maïs après la récolte. Mais surtout pas à la façon dont on brûlait les livres, ici. Il n'avait jamais vu ça. Les feux de la Saint-Jean avaient très bien brûlé, en 1936, et l'odeur émanant des braises venait de la graisse des sardines qui imprégnait le pain de millet, ou le pain de maïs. Voilà quel était alors le rôle du feu, griller du poisson et éloigner les maléfices. Mais pour cela, il fallait sauter sept fois par-dessus le brasier.

Cela aussi rend l'autre feu étrange. Car ce n'est pas un feu qu'on puisse sauter. Et il n'y a pas un seul enfant autour. C'est aussi une façon de différencier ce genre de feu de l'autre feu. Celui qu'on peut s'amuser à sauter.

Curtis n'était pas certain d'avoir sauté sept fois le brasier de la rue Sol, la nuit de la Saint-Jean. Il lui était quelquefois arrivé de le faire. À présent, il regrettait de ne pas avoir compté le nombre de fois. Il était excité, n'arrêtait plus de parler. Pas seulement parce que son premier combat approchait. Il devait affronter un dénommé Manlle. Cependant il donna aussi deux importantes nouvelles à qui voulut bien l'entendre. La première, que son ami Arturo da Silva, tout nouveau champion des poids légers, lui avait trouvé du travail comme apprenti électricien dans le domaine de la climatisation.

De la climatisation ?

Oui, de la climatisation. Pour refroidir les cinémas en été et les chauffer en hiver. Et aussi pour installer de grandes chambres froides, afin qu'on ait toujours quelque chose à se mettre sous la dent.

Ça, c'est extraordinaire, Curtis. Ça, c'est une véritable révolution.

Mais Curtis trouvait la seconde nouvelle tout aussi importante. Cette année, expliqua-t-il, le dimanche 2 août, il va y avoir un train spécial pour se rendre à la fête des Caneiros. Et alors tout le monde, la bouche déjà ourlée d'écailles de sardines, tendit l'oreille, car se rendre à la fête des Caneiros, qui avait lieu en amont du fleuve, au cœur de la forêt, était l'événement le plus merveilleux de la région, et cela, dans un pays où les fêtes étaient bien loin de manquer. Leica prétendait que Curtis possédait une mémoire photographique. Elle était semblable à un appareil photo sans obturateur. Voilà qu'à présent elle était en train de se focaliser sur l'existence. Oui, proposa Curtis, il voulait bien se charger de prendre les billets pour tout le monde, comprenant le trajet en « train spécial », puis celui qui se poursuivait en barque et enfin la participation au buffet.

Le buffet ? demanda un de ceux qui avaient participé au feu de la rue Sol. Qu'est-ce que c'est que ça, un buffet ?

La mémoire de Curtis étant photographique, et vu son rôle de divulgateur improvisé de l'événement, il restitua l'expression utilisée par Holando.

C'est une espèce de repas pantagruélique.

Et en quoi consiste ce repas rhétorique ?

Curtis ne savait pas exactement à quoi faisait allusion Holando. Mais il avait apprécié l'expression et même compris ce qu'elle signifiait, pas seulement grâce au visage bien rempli d'Holando lorsqu'il avait utilisé l'adjectif, mais aussi grâce au mot lui-même, qui était bien généreux, et dont la signification surlignait joyeusement les lettres.

Pantagruélique, comme son nom l'indique, ça veut dire pantagruélique.

À gogo ?

Absolument.

Eh bien, vous n'avez qu'à écrire ça sur le papier, et tout le monde comprendra. En bon chrétien !

L'histoire du buffet, c'est culturel. N'est-ce pas, Curtis ?

Oui, c'est culturel. Et il y aura également des conférences.

Des conférences ? Hum ! Il ne faut pas effrayer les gens. Une fête, ça doit rester une fête.

Elles auront lieu avant le repas. C'est le genre de chose qui vous met en appétit.

Ça, c'est pas mal. Pourquoi n'y aurait-il que les riches qui auraient le droit de manger de la culture ?

Quelqu'un précisa que la fête des Caneiros était un événement auquel même les morts auraient envie de participer, s'ils le pouvaient.

Oui, confirma Curtis. Moi, je peux me charger des billets. Cette année, il va y avoir un train spécial. Absolument, un train spécial. Il aimait répéter cette information, car il avait déjà l'impression d'entendre le coup de sifflet du départ et l'optimisme volontaire de la locomotive au démarrage. Et puis il imaginait les gens monter dans les barques ensuite, la marée de l'Atlantique repoussant les eaux du fleuve vers la source, et, à la poupe, Polca, le joueur de cornemuse, en train d'exécuter une aubade.

Ça vaut trois pesetas. Il pouvait réserver des billets, bien sûr que oui. Un train spécial pour la fête des Caneiros.

Vicente Curtis s'aperçut qu'il ne s'était jamais demandé d'où venait le matériel qui permettait de fabriquer des livres. Non, à présent, il n'était pas en train de penser à des idées, à des doctrines, ni à des rêves. Il savait que les livres avaient quelque chose de commun avec les arbres. Qu'il y avait un rapport entre eux. Que d'une certaine façon il était possible de dire, et à mesure qu'il marchait vers les bûchers sa pensée devenait plus précise, absolument, qu'il était possible de dire que les livres venaient de la nature. Et qu'il n'était pas non plus faux de prétendre, quand bien même cela semblerait exagéré, que les livres étaient des sortes de greffons. C'était une façon d'utiliser une métaphore. Cela l'avait particulièrement impressionné chez Arturo da Silva, car le champion des poids légers de Galice avait la tête bourrée de métaphores. Ce n'était pas cela qui l'avait rendu célèbre, c'était son crochet, aussi craint qu'un cobra, et sa façon de se déplacer, son infatigable façon de danser pendant le combat. Son célèbre jeu de jambes. Et là, à ce point précis des souvenirs, alors qu'il sentait les premiers effluves des brasiers, lui rappelant immédiatement des feuilles d'automne en train de brûler, il esquissa un léger sourire, car il était en train d'entendre dans sa tête la voix d'Arturo da Silva répondre, sur un ton moqueur, à la question d'un journaliste : « Mon jeu de jambes ? Ne me dites pas que vous faites partie de ces gens qui viennent voir les matchs juste pour admirer les jambes des boxeurs. »

La deuxième vague odorante était à présent celle de la fumée qui avait enveloppé l'air environnant, l'odeur lugubre et affligée des choses qui refusent de brûler, cela ressemblait à la façon, hors norme, humide, dont fume le bois vert, ou à la façon sans âme dont fument la sciure et les planches des coffrages abandonnées sur les chantiers de construction. Un feu qui se cache, qui se refroidit. Il connaissait bien cette odeur, car elle portait en soi à la fois le grand air où l'on respire et l'étouffement. Mais il poursuivit. Il savait combien Arturo da Silva aimait ces livres. Les gens qui les charriaient et les jetaient au feu annonçaient la provenance de la spoliation, comme si les flammes paresseuses avaient besoin d'être stimulées par l'annonce de l'origine de chaque livre : Bibliothèque Germinal ! Athénée Culturel Herculino ! Athénée Libertaire Nueva Era ! La Torche Galicienne de la Libre Pensée ! Un des hommes semblait superviser la destruction des livres, car les autres le consultaient et, de temps à autre, il claironnait les titres et la provenance avec toujours une certaine élégance et un timbre de voix nuancé, comme s'il prononçait une sentence sans appel, une critique définitive. Bref, cet homme qui accomplit sa mission avec autant de dévouement, qui est si concentré sur le sacrifice des livres, va à présent recevoir, avec une certaine émotion, l'exemplaire qu'un collaborateur court lui remettre en jubilant et après l'avoir ouvert sur la page de garde, ouvert, oui, et fermement emprisonné, comme s'il venait de capturer un lépidoptère très rare, qu'il rapportait à présent au chef de l'expédition. Le temps passe lentement, porté par la brise qui rabat les pages à la cime des bûchers, puis il reste en suspens. Tout demeure en attente de la sentence. Enfin, l'homme qui supervise s'exclame : Eh bien, dis donc, c'est un *Casaritos* !

Il observe avec délectation la marque d'authenticité de la pièce, le signe distinctif, la signature de son propriétaire en guise d'ex-libris.

Ah, ça oui, monsieur, c'est du bon travail. Un authentique *Casaritos* !

Curtis sait ce que cela signifie. Il sait de qui cet homme est en train de parler, à qui s'adresse ce diminutif que le chef savoure avec un dédain délicieux. Une fois, alors qu'il remontait la rue Panadeiras, à hauteur du myrte des Capucines, sa mère lui avait montré Santiago Casarès Quiroga, le leader républicain, puis elle lui avait dit avec fierté : Nous sommes presque voisins. Mais cette fois-là, Curtis ne s'était pas intéressé à Casarès, qu'il connaissait déjà sous le nom de l'Homme à la Buick Rouge et au yacht *Mosquito*, mais plutôt à la femme et à la fillette qui l'accompagnaient. La femme avait les cheveux défaits, un vrai miroir d'acajou, tandis que la fillette, chose rare à cet âge, portait un chapeau de velours blanc avec une voilette dissimulant ses boucles qui se balançaient. La Femme à la Chevelure Acajou souriait, dans une pose que Terranova qualifierait certainement de « premier plan naturel », tandis que la Fillette à la Voilette semblait inquiète. Elle avait une attitude austère, voire même revêche. De temps à autre, elle regardait derrière elle, comme si elle craignait qu'une partie des gens qui applaudissaient, car il y avait beaucoup de monde qui s'était mis à applaudir spontanément sur le trottoir, qu'une partie de ces gens ne se transformât soudain en une foule et ne lui arrachât son chapeau blanc, en la privant par la même occasion de ses parents. Casarès regardait presque tout le temps par terre, l'air absent. Il portait des chaussures noir et blanc de danseur de claquettes. Curtis était sûr que s'il avait pu voir un instant les semelles elles auraient été aussi lustrées que le reste, brunies comme l'envers d'un miroir. Mais Curtis et sa mère ne tardèrent pas à devenir les gens que le couple et la fillette se mirent à observer à leur tour. La mère de Curtis portait un matelas enroulé sur sa tête. C'était un matelas de toile damassée, de couleur rouge, et elle marchait allègrement. Elle sourit au couple et à la fillette. Et son attitude eut l'avantage de modifier les traits soucieux de la gamine, surprise, curieuse de voir cette femme sourire malgré le poids qu'elle portait sur la tête. Curtis était content lui aussi. En ce qui le concernait, il portait un matelas de damas bleu. Mais Curtis avait surtout l'habitude de ce genre de situation, il avait l'habitude qu'on le regardât en le montrant du doigt, dans la rue. La première chose qu'il apprit, dans la rue, c'est qu'il était un fils de pute.

Hercule, fils de pute ! lui criait-on chaque fois.

Il y avait le phare d'Hercule, le cinéma Hercule, le café Hercule, les transports Hercule, les assurances Hercule. Il y avait de nombreux Hercule dans cette ville. Pourquoi était-ce justement lui, l'Hercule fils de pute ?

Comme qui dirait, il lui avait suffi de sortir pour la première fois dans la rue pour entendre le terrible bourdonnement de ce surnom. Il accusa le coup de ces insultes, tout en se demandant pourquoi elles n'avaient pas passé leur chemin, et ne s'étaient pas envolées au-dessus de sa tête. Pourquoi au contraire les surnoms, Hercule et fils de pute, tournoyaient-ils autour de lui, comme des guêpes ? Parfois, les insultes lui enfonçaient leur dard. Puis elles périssaient clouées dans sa peau. Encore tout petit, Vicente Curtis comprit que, tout comme sa mère portait un matelas sur sa tête, lui-même portait un autre être sur ses épaules. C'était son surnom. Hercule, fils de pute. La différence entre un Curtis et l'autre Curtis, c'était que celui qui portait regardait toujours le monde avec une certaine perplexité, tandis que l'autre Curtis était devenu indomptable. Des années plus tard, alors qu'il était devenu photographe ambulant, et qu'il se baladait toujours avec son cheval de bois, l'indomptable Curtis et le perplexe Curtis se relayaient pour jouer tantôt le rôle d'appareil photo et tantôt celui de cavalier invisible. Voilà pourquoi parfois Hercule ne disait pas un mot et d'autres fois il ne s'arrêtait plus de parler. Avant la guerre, alors qu'il était encore un espoir de la boxe, qu'il portait déjà les gants de champion de Galice, ses collègues ne comprenaient pas pourquoi il ne supportait pas le surnom Hercule. Il aurait préféré s'appeler Maxime ou O'Corner. Il n'aurait même mis aucune objection pour Balèze, comme le surnommait parfois le chanteur Terranova. En revanche, pas Hercule. Cela ne lui convenait pas. Mais pourquoi est-ce que tu n'aimes pas Hercule, espèce d'ignorant ? lui disait-on. À ta naissance, tu étais déjà un Hercule. Tu ne comprends rien à l'honneur. Imagine l'affiche. Aujourd'hui, samedi, à la Plaza de Toros de La Corogne, combat exceptionnel. Vicente Curtis, dit Hercule, contre…

Casarès a une autre fille, dit soudain Milagres. Il a une autre fille qui fait ses études à l'étranger. C'est un brave homme.

Casarès avait une autre fille et c'était un brave homme. Curtis eut l'impression que l'histoire n'était pas tout à fait complète. Il attendit donc que Milagres reprît sa respiration. Lorsqu'on porte un matelas sur sa tête, même s'il est en toile damassée, il n'est pas facile de se lancer dans de grandes explications.

Milagres recommença enfin à raconter son histoire :

Lorsqu'il faisait ses études d'avocat, à Madrid, il a vécu une histoire d'amour. Il paraît que c'était avec la patronne de la pension où il habitait. Et puis une fille est née de cette liaison. Et tu sais ce qui s'est passé ? Eh bien, il a décidé de s'occuper de la petite. Ne crois pas qu'il s'est seulement contenté de lui donner son nom, puis de proposer de l'argent pour l'élever, pas du tout. Il a ramené la petite ici, à La Corogne. Il est revenu tout seul avec elle. Il a voyagé en train, en la berçant dans ses bras. Il ne s'est jamais soucié de ce que pouvaient penser les gens, ni des rumeurs, et encore moins des racontars. De rien du tout. Combien y a-t-il d'hommes capables de faire une chose pareille, dans ce bas monde ?

Milagres était toujours très discrète. Elle avait même la réputation d'être une tombe. Et on se demande ce qui lui avait pris de poser une question pareille sur le trottoir de la rue Panadeiras, en interrogeant la terre entière. Et puis elle donna elle-même la réponse en finissant par un long soupir. On peut les compter sur les doigts d'une main.

Depuis la lucarne du toit, le potager du 12 de la rue Panadeiras ressemblait un peu à un jouet avec ses murs tapissés de lierre et de passiflores. Lorsqu'il n'y avait pas école et qu'il faisait beau, la fillette, aidée par la bonne, sortait les cages aux perruches sur le balcon. Elle s'amusait à diriger l'orchestre des oiseaux avec un bâton en guise de baguette. Dans le potager, il y avait aussi plusieurs chats, une famille très nombreuse, et Curtis est en train de regarder la fille des Casarès qui leur donne l'ordre de s'asseoir pour assister au concert. Un des chats, parmi les plus vieux, les plus malins, fait semblant d'obéir. Il s'assoit de façon ironique.

Et toi ? Comment t'appelles-tu ?

La fillette avait fait une pause au beau milieu du concert et pointait son bâton sur lui en lui demandant à grands cris comment il s'appelait. Curtis ressemblait, à cet instant, à un être extraordinaire. Il ressemblait à un corps en forme de maison à trois étages, surmonté d'une tête. Il lui dit son nom et lui posa à son tour la même question.

María Victoria !

Comment ?

Vitola ! Je m'appelle Vitola !

Elle lâcha le bâton et mit ses mains en porte-voix pour lui donner la bonne nouvelle, qui parcourut, de cour en cour, toute la ligne de démarcation entre la ville bourgeoise et le quartier du péché, le Papagaio : Mon père vient de sortir de prison !

De prison ? Sur le moment, Curtis eut l'air extrêmement étonné. Et pour quelle raison monsieur Casarès était-il en prison ? C'était un homme cultivé. Et riche ! Il avait une Buick, il possédait le yacht *Mosquito*. Il portait une cravate et avait des chaussures si lustrées qu'on pouvait y voir le reflet des nuages. De plus, il était avocat. Il faisait partie de ces gens qui sortent les individus de prison. On disait même qu'il avait défendu des syndicalistes et qu'il était parvenu à leur éviter la prison. Et puis il avait la tuberculose. On ne voyait vraiment pas ce que pouvait faire monsieur Casarès derrière les barreaux, à Madrid, lui dont le métier était justement d'éviter que les gens soient enfermés.

Un jour, il vit arriver Vitola déguisée en Indienne. Elle portait une longue natte. Quelqu'un avait réussi à maîtriser les boucles de ses cheveux et ses ondulations qu'il trouvait si charmantes. Ce n'était pas un déguisement comme un autre. Au début, il crut que c'était une femme. Une femme menue, bien entendu. Elle possédait déjà une voix de femme.

Curtis ! cria-t-elle. Descends, viens ici !

Comme souvent, il était à la lucarne, il avait passé la tête au-dehors. Pour quelle raison lui demandait-elle de descendre ? C'était impossible. Il allait, à coup sûr, se tuer.

Il te faut faire le tour, imbécile. Et tu rentres par la grande porte.

Il ne révéla à personne où il allait, se pressant, à toute allure, et personne n'aurait pu l'imaginer non plus. C'était la première fois qu'il entrait dans la maison du 12 rue Panadeiras. Ce qui le surprit le plus, c'était que les murs étaient faits de livres. Et ensuite, les déguisements de Vitola et de ses amies, elles avaient toutes des costumes de pays exotiques.

Ici, le seul autochtone, c'est Curtis, dit Gloria, la mère de Vitola qui ressemblait à une actrice de cinéma, avec ses grands yeux malicieux et ses cheveux acajou. Autochtone, médita Curtis. Encore un nouveau surnom. Hum ! Elle passa une grande partie de la fête près de la fenêtre, en train de fumer et de surveiller la rue Panadeiras à travers la vitre. De temps à autre, elle changeait le disque de bakélite sur le phonographe électrique. De nombreuses années plus tard, chaque fois qu'il passait dans le secteur avec son appareil photo et le cheval Carirí, Curtis cherchait à revoir la fenêtre avec la vitre. Cette dernière était devenue une sorte de plaque photographique lui renvoyant l'image de la mère de Vitola. Le phénomène était très simple. Il suffisait de photographier en sens contraire. Au lieu d'emprisonner les images dans l'appareil, il suffisait que l'objectif les projetât sur la vitre.

Il était vraiment ravi d'assister à cette fête, à laquelle il n'aurait jamais osé rêver d'être invité. C'était le seul homme. Autochtone, ça, c'est évident. Il dansa avec des femmes de toutes les races. Sans doute, les adultes de la maison pensèrent que ce n'était qu'un jeu. Mais pour Vitola et lui, c'était mieux que cela. Il comprit combien le déguisement d'un individu peut parfois devenir important. Il était plus âgé que Vitola, mais la Vitola qui le regardait dans les yeux, tandis qu'ils dansaient, le faisait depuis un visage différent, depuis son maquillage. Quelque temps plus tard, son père allait être nommé ministre de la Deuxième République, lorsque celle-ci fut proclamée. Et après l'été trente et un, la famille déménagea à Madrid. Mais à la fin de l'année, les lumières se remirent à briller sur l'arbre de Noël du 12 rue Panadeiras.

Il était déjà minuit. Vraiment trop tard pour aller réveillonner quelque part. C'était déjà Luis Terranova qui menait la danse. Et Luis Terranova ne tenait absolument pas à passer cette soirée chez lui. Il ne voulait pas voir pleurer sa mère. Il ne voulait pas manger de la morue et du chou-fleur. Il aurait eu l'impression de planter ses dents dans le souvenir de son père. La morue, si charnue, si pâle. Et de manger en même temps la funèbre fleur de ce légume.

Tu as beaucoup de chance, dit-il à Curtis. La nuit du réveillon de Noël, à l'Académie de Danse, ce doit être bien plus gai que chez ma mère. Il y a beaucoup plus de gens en train de pleurer en chœur, autour d'un tas de confiseries. Quelle chance d'avoir toutes ces femmes autour de nous !

C'est alors qu'ils aperçurent un carrosse tiré par deux chevaux et qu'ils entendirent en même temps sonner un gong devant le 12 de la rue Panadeiras. Les lumières de l'arbre de Noël se reflétaient sur les fenêtres du premier étage. Le père Noël descendit du carrosse avec un sac sur le dos.

Ils étaient là, tous les deux, plantés au milieu du trottoir, les mains enfoncées dans les poches, un nuage de vapeur accroché à la bouche, à l'image de personnages de bande dessinée devenus soudain muets.

Le père Noël les regarda du coin de l'œil.

Bonsoir, les gars !

Bonsoir, monsieur Casarès !

Le père Noël entra au 12 de la rue Panadeiras et Terranova donna un coup de coude à Curtis : Tu l'as appelé Casarès ? Tu veux dire que le père Noël, c'est le ministre ?

Eh oui, mon vieux.

Il aurait pu nous faire un petit cadeau à nous aussi. Partager équitablement la marchandise.

Je crois qu'il apportait surtout des livres. Il ne devait y avoir presque que des livres dans son sac. Tu sais que c'est très lourd, des livres !

Eh bien, il aurait pu nous en offrir un ! s'exclama Terranova. Même si ce n'était qu'un livre. C'est toujours mieux que rien !

Un des petits boulots de Curtis consistait parfois à trimbaler des bouquins pour la librairie La Fe (La Foi). Il les transportait dans une petite charrette depuis la gare ferroviaire. Ils étaient rangés dans des caisses. Une fois, l'une d'elles, la plus volumineuse, portait une étiquette sur laquelle on pouvait lire *L'Homme et la terre* (Reclus). L'autre grande caisse contenait *La Revue Blanche-Le Roman Idéal*. Et sur des caisses plus petites, on pouvait lire *La Mère* (Maxime Gorki), *L'Histoire des ciels* (Stawel), *La Métamorphose* (Franz Kafka), *Comment former un bon électricien* (T. O'Corner). Tandis qu'il poussait la petite charrette avec des roues en fer, il observait fixement les étiquettes. Maxime. Il aimait ce nom. Ce pourrait éventuellement devenir son surnom, le jour où il se lancerait dans la boxe professionnelle. Kid Kafka, ce n'était pas si mal non plus. Et O'Corner. C'était son nom préféré. Maxime aussi, oui, c'était excellent. Les livres étaient lourds. Contrairement aux cigarettes. Ou aux préservatifs. Les cigarettes et les préservatifs faisaient partie de ce petit commerce international des transatlantiques auquel s'adonnait Terranova et qui comprenait tout ce qu'il pouvait facilement cacher sous son caban. C'était le genre de salaire qu'il recevait pour guider les membres d'équipage à travers la ville. Sa tâche était extrêmement facile. La plupart des marins faisaient une halte à quelques pas du port, au cabaret Luisa Fernanda, ou au Méndez Núñez, séduit par As Garotas, un groupe de chanteuses de variétés, qui montaient sur scène à moitié nues et chantaient, en se coinçant un baigneur entre les cuisses, le fameux « maman, achète-moi un Noir, au bazar, achète-moi un Noir, qui danse le charleston et qui fasse le jazzman ». Et Terranova, toujours aussi pénible, se coinçait à son tour un gant de boxe entre les cuisses, pour parodier le numéro. Un vrai bouffon, mais il les imitait plutôt bien. Un vrai bouffon, oui. Et le jour où Curtis poussait sa charrette, par exemple, Terranova le croisa et lui demanda de s'arrêter. Puis il commença à lire les étiquettes collées sur les caisses. L'homme, la terre, les ciels, la mère… Où vas-tu avec des trucs aussi lourds, Curtis ? On dirait que tu transportes tout l'univers dans cette petite charrette. Je vais à la librairie La Fe. Oui, bien entendu, dit-il en réfléchissant à sa repartie. Pour transporter tout ça, il te faut bien la charrette de la foi. De temps à autre, il parlait comme les vieux.

Maxime, ce serait pas mal, Kid Kafka, c'est trop inquiétant, le mieux ce serait O'Corner, ce serait magnifique.

On entendit un autre coup de gong au numéro 12 de la rue Panadeiras. Cette fois il résonna plus fort. Venant du ventre de la maison en direction de l'extérieur. Il pénétra à l'intérieur d'eux. Comme le froid. Comme la lune.

Il aurait au moins pu nous offrir un livre, murmura Terranova. C'est toujours mieux que rien.

Tu veux un livre ? lui demanda Curtis. Tu veux vraiment un livre ?

Ils avaient tous les deux les mains enfoncées dans les poches. Terranova avait les pieds à moitié en dehors du trottoir et il penchait tout son corps en avant. Il avait la même attitude qui énervait tant Curtis lorsqu'il faisait la même chose, au bord des rochers escarpés. Quelle manie de se retrouver toujours sur les bords et de se pencher constamment au-dessus de l'abîme.

Il fit semblant de tomber. Il fit un saut à cloche-pied : Eh bien, oui, je veux un livre !

Alors suis-moi. Je sais où l'on va en trouver.

C'était le soir de Noël de 1931. Ils ne croisèrent personne en chemin. Percevant leur présence, dans la baie d'Orzán, la mer redoubla ses assauts. Elle lançait des jets d'écume. Elle étouffait sous ses propres rugissements de colère. Curtis et Terranova s'y attendaient déjà. À certaines périodes de l'année, l'océan a tendance à devenir plus orgueilleux. Et s'il y a des témoins, les paquets de mer redoublent de puissance. Les deux hommes avancent de profil, coupant le vent. L'eau dégouline sur leur visage. Ils rient, jurent. À un angle du mur de la Coraza-del-Orzán, qui sert de brise-lames sur la baie, la pierre de taille sculptée par l'homme se confond avec les rochers polis par la nature. Agenouillé sur les rochers, le dos à la mer, Curtis déplace une pierre plate et plonge la main dans le creux. Il sait que cet endroit est la réserve où Flora cache la collection du Roman Idéal. Elle vient toujours prendre le soleil dans ce coin. De temps en temps, elle fume ce qu'elle appelle un *aromático*. Elle dit que ce sont ses deux mètres carrés de paradis. Son corps nu ressuscite en pleine nature. C'est ici qu'elle lit ses romans. Elle s'est aménagé un petit abri sous les pierres.

Le Roman Idéal ? Les livres de cette collection ne sont pas exactement des romans, ce sont des traînées de larmes. Tu as vu les titres qu'on y trouve : *Sœur Luz en Enfer, La Fille de mon malheur, Le Dernier Amour, Trois Prostituées décentes, La Fille du bourreau, La Tragédie de Pepita...*

Tu n'as le droit d'en choisir qu'un, explique Curtis, sans relever la plaisanterie. Ils sont tous à Flora. Ils sont pas mal. En tout cas, moi, je les aime bien.

Aujourd'hui, je n'ai pas envie de pleurer. C'est déjà l'heure d'aller dîner en compagnie de ma mère et de l'assiette de l'absent. Tu sais ce que va manger le fils du père de l'orphelin, pour son dîner ? De la morue. *Corpus meum.*

Pourquoi tu ne lui demandes pas de ne plus mettre trois assiettes à table ?

On ne peut rien lui dire. Elle réagit comme une folle. Tu n'imagines pas dans quel état elle se met parfois. Pauvre petite maman Chou-fleur ! Elle s'y était déjà bien résignée pourtant. Et puis qu'est-ce que ça peut faire de mourir à Saint John's ou de mourir ici ? Mais quelqu'un est allé lui raconter cette histoire et maintenant elle ne peut plus s'ôter de la tête qu'on aurait très bien pu ramener le corps de mon père dans du sel. On ramène bien de la morue salée, alors pourquoi pas un homme salé ? Certaines morues ont facilement la même taille qu'un homme.

Curtis le regarda d'un air incrédule. Il tendit ses bras en imaginant la taille que faisaient les filets de morue d'habitude.

Je te dis que c'est vrai, dit Terranova. Certaines morues sont aussi grosses que des hommes.

Une grande quantité d'eau dégoulinait sur son visage. Et il ne devait pas y avoir que de l'eau de mer. Il renifla. Cracha. Je vais emprunter celui-ci. *Le Déclin des dieux* de Federica Montseny. D'après le titre, il doit s'agir d'une critique du monde. Ce doit certainement être assez marrant.

Parfaitement, cher monsieur ! Un *Casaritos* ! Le chef des bûchers ne se serait pas concentré à ce point sur l'exemplaire en question, si cette signature n'y avait pas figuré, si n'y avait pas figuré le nom du propriétaire écrit de sa main, avec une calligraphie artistique, à la façon d'un ex-libris. Il ressent une certaine excitation d'être en quelque sorte parvenu à capturer un bout du propriétaire, un bout de Casarès. Il pense que quelque part dans Madrid, où qu'il se trouve en ce moment, Casarès doit avoir l'impression que deux grosses pattes de fauve viennent de le saisir par le col, pour lui ouvrir sa fragile cage thoracique. Il observe attentivement la signature. Il n'est pas expert en graphologie, mais il peut deviner le portrait de l'homme comme s'il était dessiné sur la page de garde. Car, en réalité, cette signature est un dessin. Composé de lignes brisées et courbes. Le deuxième *a* de Santiago et le premier *a* de Casarès forment les yeux. La particularité la plus étonnante est d'avoir collé le *g* de Santiago au *c* de Casarès, comme si la lettre qui avait sauté, le *o* de Santiago, s'était déroulée pour relier les deux mots. Le deuxième nom, Quiroga, est représenté par une initiale, le digramme *Qu*, et un point. Cela donne : Santiagcasarès Qu. En dessous, on aperçoit un trait rectiligne et oblique, qui, plutôt que de souligner le nom, lui sert de rampe, en pente douce, le long de laquelle grimpe la signature.

Il n'y en avait pas d'autres ?

Il était de notoriété publique que Santiago Casarès possédait la plus riche bibliothèque privée de toute la ville. Au 12 de la rue Panadeiras, la maison était composée de deux murs collés l'un sur l'autre. Le mur extérieur en pierre et, à l'intérieur, le mur formé par les rayonnages de livres. Commencée par son père, les meilleures librairies de toute l'Europe avaient complété la bibliothèque avec les publications de l'époque. La plupart des volumes étaient arrivés par voie maritime. Le chef des brasiers se souvenait d'avoir lu un entretien où Casarès expliquait que des marins apportaient en main propre à son père des livres interdits ou introuvables en Espagne. Et qu'une des expériences les plus agréables de son enfance avait été le moment où l'on ouvrait les paquets « apportés par la mer ». Le chef des brasiers s'en souvenait parfaitement lui aussi. Les paquets apportés par la mer étaient aussi une cérémonie qui lui était familière.

Apportés par la mer, murmura-t-il. Enfin quoi ? Il doit bien y avoir d'autres volumes que celui-ci, beaucoup d'autres même.

Là-bas, sur la place María-Pita, il y en a un autre tas en train de brûler. Mais la plupart ont été arrêtés et emmenés au Palais de Justice. Et aussi entassés dans les torils de la Plaza de Toros.

L'homme qui, en ce moment, assume le commandement des brasiers approuve en souriant les sous-entendus de la phrase de son subordonné. Ce dernier considère les livres comme des accusés qu'on viendrait d'arrêter et de placer face au mur. Dos aux gens. Sur la même ligne, serrés l'un à côté de l'autre, sans possibilité d'étirer le rang, dans un silence muet. Ils ont eu un peu plus de chance que celui-ci, qui brûle dans le feu. Les jours, les mois, les années vont passer et les livres arrêtés disparaîtront peu à peu. À cause d'une main négligente. Ou de griffes résolues. Livre après livre, le dépeçage de la bibliothèque, de tout ce qui n'a pas brûlé au siège de la Justice, s'effectuera. Et ce sera la même chose avec tout ce qui entourait cet homme. Tout fera l'objet d'une spoliation systématique. Les pièces les plus précieuses et les autres sans aucune valeur. Même les choses sans importance, les objets intimes. On ne s'en prendra pas seulement aux livres, on arrachera aussi les rayonnages de bois sculpté qui les supportent. Et, en effet, on emporta ou détruisit les collections de cet amoureux de la science, de ce naturaliste curieux. Les loupes, les appareils de mesure, les instruments permettant de voir l'invisible. Les boîtes entomologiques et les herbiers qu'il avait constitués. Tous ses objets, la moindre trace. Et voici donc enfin, devant vous, le dernier des explorateurs, en réalité un de ceux qui se trouvaient là au départ et qui est retourné sur les lieux pour rapiner les restes après le naufrage. Avant cela, il avait déjà récupéré un bon paquet de livres et quelques instruments d'optique. Par la suite, il ne trouva dans le couloir, traînant sur le sol, qu'une des boîtes entomologiques avec des insectes étiquetés et classés. Il n'aperçut que des bestioles répugnantes qu'il crut être des scarabées. Il l'écarta, écœuré, du bout de sa botte. Si encore ç'avait été de beaux et grands papillons ! Ensuite, il monta et se dirigea vers ce qui avait dû être la chambre des filles. Il y avait une poupée de porcelaine. En mille morceaux. Sur le rebord intérieur de la fenêtre, il y avait une étoile de mer séchée et plusieurs squelettes d'oursins. Il secoua les oursins, et les boucles d'oreilles en jais qui se trouvaient à l'intérieur tombèrent par terre. C'est mieux que rien. À travers la fenêtre, on pouvait voir le jardin, avec le grand citronnier trônant au centre. Le mur du fond délimitait une frontière. La ville du péché commençait juste de l'autre côté. C'étaient les abords du quartier du Papagaio. Il chercha du regard. Il y avait quelque chose près du mur, parmi les herbes. Quelque chose de noir. Peut-être un ballon. Mais c'était un peu bizarre, un ballon tout noir. Il descendit au rez-de-chaussée, puis dévala l'escalier menant au jardin. Il jura à nouveau. Cet objet avait une forme étrange, ovoïde, son séjour au grand air lui avait donné une patine humide. Une tête ? Oui, mais une tête qui n'en était pas vraiment une. Il la ramassa. Elle était en bois. Cela ressemblait un peu à une tête, en effet. Des yeux, une bouche, un nez, à peine suggérés par des traits fins. Et une perforation, ressemblant à un trou de balle. Va-t'en savoir. Était-ce bien ça ? C'est peut-être une sculpture. Quelque chose de très précieux. Les Casarès étaient des gens extrêmement dans le vent. Amateurs de nouveautés. Il allait l'emporter. Elle n'était pas si mal, cette tête de Noire. On ne sait jamais. Et puis c'est mieux que rien. Et en réfléchissant à la mystérieuse valeur des choses, il se mit à examiner une nouvelle fois la boîte entomologique. Il lut ce qui était écrit dessus : coléoptères. Si ce sont des coléoptères, alors ce ne sont peut-être pas des scarabées. Va-t'en savoir. Il y a des gens bizarres dans ce bas monde. Peut-être que quelqu'un donnerait de l'argent pour acquérir ce genre de truc. Par exemple, pour posséder cet insecte-ci. Qu'est-ce qui est écrit ? *Coccinella septempunctata*.

Un autre livre s'en alla soudain atterrir près de l'échafaud. Il le saisit par le dos. Un peu plus haut. Par la nuque. C'est la vie. Le chef s'écarte un peu du reste et ouvre à nouveau le volume. Le chef, qui est un homme encore jeune, tourne les pages. On voit qu'il est en train de lire attentivement, tandis qu'il tourne lentement en rond autour du bûcher. Peut-être a-t-il inconsciemment recouvré une certaine discipline de lecture, une virgule ou un point sous la semelle de sa botte. Soudain, il s'arrête, referme le livre et le saisit de la main gauche, le serre contre sa poitrine, comme si c'était un missel. Il retire ses lunettes de la main droite, se frotte les paupières avec le revers de la main et cligne des yeux comme s'il venait de sortir du cinéma. Il emmène le livre à part et le range sur une petite pile, loin des bûchers. Celui-ci va rester près de moi, dit-il. Il est assigné à résidence !

De la fécondation des orchidées...

L'un d'entre eux, parmi les plus jeunes, celui qui avait un air indolent au début, mais qui avait par la suite commencé à se prendre au jeu de cette destruction, surtout lorsqu'il avait réussi à articuler ce mot impossible à prononcer, cette formule magique, parallé-lé-pipède, et qu'il s'était soudain senti heureux, comme si, après plusieurs tentatives infructueuses, il était enfin parvenu à sauter un cheval-d'arçons en réalisant trois sauts périlleux, eh bien c'est celui-là qui prend plaisir à annoncer les titres. Assignation à résidence ? C'est lui également qui regarde du coin de l'œil en direction de la pile que le chef est en train de se constituer.

De la fécondation des orchidées par les insectes ! De Charles Darwin.

Parallélépipède aspire trois fois par le nez au rythme de la lecture. Fécondation ? Orchidées ? Insectes ? Il y a quelque chose qui ne colle pas pour lui. Quelque chose qui le dérange. Cette idée que les orchidées se laissent féconder par les insectes.

C'est écœurant !

Il jette le livre dans les flammes d'un air méprisant, avec les insectes baiseurs et ces putains d'orchidées, il leur crache dessus, puis il s'abstient de tout commentaire moqueur, lui préférant la destruction immédiate.

Quo vadis ? Eh bien, je vais tout simplement au feu ! Encore une autre *Conquête du pain* ! Ça fait un bon paquet de *Conquête du pain*, depuis le début ?

Il soulève le livre et se met à crier. Ce n'est pas possible. Encore d'autres bouquins sur le pain ! Et va donc pétrir tes miches, belle boulangère ! Il parvient à attirer plusieurs regards ironiques sur lui. Puis il cherche à obtenir quelques éclats de rire : Mais sans doute ne peux-tu pas être au four et au moulin ? Il jette le livre, qui n'atterrit pas comme un parallélépipède, mais plutôt comme un soufflet de concertina. Une flamme monte à la recherche de cet être léger, et cela l'encourage. Il sent qu'il commence à s'entendre avec le feu. Que le bûcher aussi est encouragé par ses plaisanteries. Mais où sont donc passés les gens ? Pourquoi n'y a-t-il pas davantage de public ? D'accord pour faire le tour de chant, mais il faudrait peut-être quelqu'un pour applaudir !

Quelle manie... avec leur pain ! *Germinal*, et vas-y *Germinal* ! Vas-y, donc ! Et un *Germinal* de plus dans la chaudière. *Les Ex-hommes*, de Gorki. Aux chevaux maigres vont les mouches. *L'Art et la révolte*, de Fernand Pe-llou-ti-er. On ne peut jamais savoir quand votre dernière heure a sonné, cher monsieur. Bibliothèque Le Corsaire de La Corogne. Le Corsaire ? Des rebelles, depuis le début des temps. Et ça ? *La Nouvelle Grève des ventres*. Bibliothèque El Sol. Une grève des ventres ? Tout ça, c'est encore pour ne rien foutre ! *La Mutinerie du* Numancia *racontée par un de ses protagonistes*. Typographie Ouvrière de La Corogne. Fini tous ces trucs. *Dieu existe-t-il ?* Bibliothèque Aurora. Fini aussi de poser des questions, ma chère Aurora. *Les Misérables*, de Victor Hugo. En enfer, et plus vite que ça ! Où a-t-on vu de la misère, ici ? *Madame Bovary*. Ah oui ! salut, la bobo. Et ce bouquin-là, qu'est-ce que c'est que ce truc ? *La Divine Saynète*... Chef, qu'est-ce qu'on fait de ce bouquin-là ? Ça s'appelle *La Divine Saynète*.

C'est Curros qui a écrit ce livre ! expliqua celui qui commandait. Et, sans trop savoir pourquoi, le subordonné se sentit soudain fier de lui.

Les questions étaient très occasionnelles. La destruction des livres par le feu n'était pas vraiment sélective. On déchargeait des tas d'ouvrages, ou on les balançait à la volée depuis les plates-formes des véhicules dans lesquelles on les transportait. Lorsque l'un d'eux sortait de l'anonymat, tel un visage émergeant d'une fosse commune, l'annonce à haute voix de son titre faisait aussi office de dernier hommage, la preuve irréfutable que finalement ce titre était bon, parce que même cet ignorant, il s'était lui-même baptisé de la sorte, Parallélépipède, posait des questions à son propos, arborant une certaine fierté. Peut-être que dans le cas de ce volume, contrairement à d'autres qui lui suggéraient des commentaires moqueurs, l'allusion au divin lui avait donné des fourmis dans les mains. Il n'avait jusque-là pas vraiment fait attention à la signification des titres, mais plutôt à leur plus ou moins grande drôlerie. Il n'avait pas fait de distinction parmi eux. Ainsi, il n'y avait rien d'étonnant à ce qu'il pense à présent que ce n'était pas une coïncidence s'il était tombé sur un livre qui parlait du « divin » en le rapprochant d'une « saynète ». Mais l'autre titre, qui faisait référence à Dieu en se demandant s'il existait, n'avait pas droit à une seconde de vie. Tandis que celui-ci, *La Divine Saynète*, suggérait l'idée d'un rire transcendant. Et il aimait rire et se moquer. Se moquer aussi du danger. C'était un garçon résolu, et même aguerri. Avant que le soulèvement militaire ne prît forme, il avait déjà participé, avec un groupe de pistoleros bien entraînés, à des opérations d'intimidation destinées à provoquer un sentiment d'insécurité au sein de la République. Une fois, il avait bousillé une réunion politique et quelqu'un avait même été blessé par balle. Il avait mis longtemps à admettre que c'était lui qui avait tiré. En réalité, il ne l'avait jamais reconnu. Il était décontenancé. Il trouvait que la quantité de sang qu'arrive à perdre un homme blessé n'avait aucune commune mesure avec le simple fait d'appuyer sur une détente. Mais il lui suffit de quelques jours pour que la chose perdît de son intérêt. Et bientôt elle n'en eut plus du tout. Pour lui, ce n'était plus suffisant de gagner la guerre. L'idée de guerre, elle-même, ne voulait plus rien dire. À présent on était passé à autre chose. Bien au-delà de la guerre.

Manuel Curros Enríquez, oui.

Le jeune phalangiste, que tout le groupe ne connaît désormais plus que sous son surnom de Parallélépipède, se souvient à présent de la raison pour laquelle ce nom lui est familier. La plus grande statue de la ville est dédiée à ce fameux Curros. Il a dû faire quelque chose d'important. Elle se trouve dans les jardins, entourée d'un étang. Tout près de là. Il l'avait remarquée car il y a une femme nue, au sommet du monument. Ça, on peut dire que c'est un vrai monument. Si l'on n'avait pas construit le nouveau bâtiment de la poste juste à cet endroit, la femme pourrait même observer le spectacle des brasiers. C'est incroyable ce que peut suggérer la pierre. Tout à l'heure, s'il y pense, il ira lui rendre visite une nouvelle fois. Il ira voir cette salope qui surgit de la pierre.

Alors ? Qu'est-ce que je fais de celui-là ? On l'assigne à résidence, lui aussi ?

Curtis réfléchit que l'autorité de cet homme, avec qui ils discutaient du sort des livres, ne procédait pas seulement de la place qu'il occupait dans la hiérarchie, mais aussi du fait que c'était quelqu'un qui avait beaucoup lu. Un homme cultivé, comme on dit. Et en effet, il ne cessait pas de lire et de consulter tous les volumes, y compris certains qu'il tirait des bûchers. Tandis que les subordonnés s'occupaient du feu, s'encourageant l'un l'autre par des plaisanteries provoquées par des titres odieux, le chef se comportait de façon très prudente. Il passait de groupe en groupe et donnait à voix basse la consigne suivante : Si vous tombez sur des exemplaires des Saintes Écritures, et en particulier sur le Nouveau Testament, vous me prévenez immédiatement.

À présent il fronce les sourcils.

La Divine Saynète ? Au feu celui-là et avant tous les autres !

Parallélépipède actionna son bras comme un ressort, le tendit, puis ouvrit la pince de ses doigts et laissa tomber le livre sans commentaire. Ensuite, de façon inconsciente, peut-être parce que le dernier souvenir qu'il conserve de la sculpture est pour lui le gargouillement de l'eau parmi les pierres de la base, peut-être parce que la peau pressent, plus qu'elle ne sent, les démangeaisons, le jeune en uniforme secoue ses mains et se les essuie avec une grosse toile. Puis il se tait.

Le temps passant, les plaisanteries grasses et provocatrices du début deviennent peu à peu une routine, elles adoptent le rythme industriel du brasier qui dépend de l'intensité croissante du feu, d'où émane une odeur tactile et poisseuse et qui suscite soudain une avant-dernière métaphore à l'imagination de Curtis. Les livres étaient descendus des arbres pour tomber dans un piège tendu par des hommes aux bras couverts de glu. Ainsi, d'aussi près, les restes calcinés de la partie basse du bûcher lui firent penser à une accumulation d'oiseaux dont il ne restait que les silhouettes réduites en cendres et les braises des becs jaunes et orangés. Si Arturo da Silva était là, les livres ne brûleraient pas, se dit Curtis. Peut-être même brûlaient-ils précisément parce qu'il n'était pas là. Le fait qu'ils brûlent était une preuve de plus de sa disparition. Et la pensée de Curtis, qui selon ce que disait Arturo ressemblait à un escalier en colimaçon, monta encore, ou descendit, une autre marche. C'était lui, le boxeur de L'Éclat dans l'Abîme, l'auteur de *Brazo y*

Cerebro, qui brûlait. L'odeur des livres à la fin ressemblait à celle de la chair.

Revista de Occidente. « New York (Officine et dénonciation). » Hum ! Federico García Lorca. Regarde-moi qui est-ce que nous avons là !

Ce nom disait quelque chose à Parallélépipède. Il n'avait rien lu de lui, mais on le citait souvent dans les blagues qu'on racontait à propos des « pédés rouges ». Dans une des publications fascistes, dans une de ces brochures qu'il lisait, on pouvait remarquer toujours la même volontaire coquille dans son deuxième nom : Federico García *Loca*. (Federico García *Folle*.)

Il ouvrit au hasard. Puis il lut en se moquant.

Sous les multiplications
il y a une goutte de sang de canard.

De la merde, oui !

Il ne lut que ça. La goutte de sang de canard transforma sa voix. Il détourna le regard et cria pour maîtriser son malaise.

Chef ! Un bouquin de ce fameux Lorca !

Il le jeta avec une rage ostentatoire dans le centre volcanique. Le bûcher lâcha une éruption de fumée noire et de flammèches incandescentes.

Il saisit un autre tas de livres. Pendant ce temps, le chef s'était à nouveau approché de lui. Le premier de la nouvelle pile était un petit livre tout mince. Son unique illustration, au centre de la couverture, représentait tout simplement une coquille Saint-Jacques.

Six poèmes galiciens ! Fe-de-ri-co... Qu'est-ce que c'est que ça ? Ils se contaminent les uns les autres ou quoi !

Il se tourna vers son chef, lui tendant le livre avec une moue de dégoût.

Dites-moi, Samos ! Est-ce que ce pédé écrivait aussi en galicien ?

Tandis que le chef examinait attentivement la couverture, le jeune Parallélépipède se dit qu'il n'y avait vraiment pas grand-chose à lire dessus. *Six poèmes galiciens*, de F. G. L. Prologue de E. B. A. Éditions Nós. Saint-Jacques-de-Compostelle. Peut-être Samos était-il en train d'enquêter sur ces drôles de points qui se trouvaient après chaque lettre. Il était peut-être en train de déchiffrer les initiales. Il le feuilleta lentement, page après page. Parallélépipède était en train de jeter le reste des livres au feu, en regardant du coin de l'œil le dénommé Samos. Mais qu'est-ce qu'il fait ? Il ne va tout de même pas le lire en entier ?

Cabelos que van ao mar
onde as nubes teñen o seu nidio pombal.

(Cheveux qui vont vers la mer / où les nuages possèdent leur clair pigeonnier.)

Le livre tremblait dans ses mains. Il regarda le garçon, qui ne le quittait pas des yeux, attendant quelque savant commentaire.

Ce gars est venu par chez nous, il n'y a pas si longtemps, dit le chef. Avec une troupe de théâtre. La Barraca. Oui, monsieur, il a séjourné plusieurs jours ici. Je crois qu'il s'est fait pas mal d'amis. Ce livre est tout frais. Il n'y a même pas un an qu'il a été publié.

C'est une époque déjà bien révolue, camarade Samos, prétendit le garçon.

Un an ! L'expression de Parallélépipède était celle de quelqu'un qui serait en train de mesurer une durée sidérale. Il avait le regard de l'abolition du temps. Il avait raison. C'est lui qui savait parfaitement mesurer ce qui était en train de se passer. Aujourd'hui, cela faisait un mois que la guerre avait commencé. C'était le premier mois de l'An un.

La guerre avait effectivement modifié la notion du temps. La guerre avait modifié beaucoup de choses, surtout les mesures de durée. Les Éditions Nós. Il aurait pu lui en parler, mais elles n'existaient plus. Elles n'avaient plus d'avenir, et il ne resterait pas grand-chose de leur passé non plus. C'est là que se trouvait le nid des républicains galiciénistes, ceux qui militaient pour une soi-disant Espagne fédérale. Le patron des Éditions Nós s'appelait Ánxel Casal. C'était le maire de Saint-Jacques-de-Compostelle. Ou plutôt, l'ancien maire. À présent, il était en prison. Tout comme le maire de La Corogne. Alfredo Suárez Ferrín. En se souvenant que ces deux personnalités de la République, ces deux élus du peuple, étaient aujourd'hui prisonniers, accusés d'être des ennemis de la nation, le chef éprouva une sorte de vertige. Un vertige cependant excitant, grisant. Il était enfin parvenu à s'extirper de l'inaction et de cet ancien christianisme mollasson. Il pouvait crier comme dans les croisades : « Par la volonté de Dieu ! » Et, de fait, c'est bien ce qu'il avait fini par faire, il avait lancé un appel à la guerre, au cours d'une de ses interventions dans le local de la Phalange, décoré d'une fresque représentant une immense tête de mort. Oui, le chef avait soudain ressenti la puissance télépathique de Karl Schmitt, son nouveau maître vénéré. Bien entendu, il était naïf de penser à une télépathie des mots, mais pas à celle des idées. Dans la thèse à laquelle il était en train de travailler sur Donoso Cortés, à propos de la dictature, le chef avait eu une idée qu'il finirait un peu plus tard par retrouver dans un texte de Karl Schmitt : l'état d'exception était au Droit ce que le miracle était à la Théologie. Depuis que la machinerie de la conspiration s'était mise en marche, et surtout depuis que son esprit éprouva l'excitation que procurait le fait d'avoir une arme en main, ce fameux après-midi où Dez l'avait invité à participer à un entraînement militaire sur la plage, eh bien, depuis ce jour-là l'image d'Heidegger, le recteur nazi de Fribourg, en train de donner l'ordre de pénétrer dans la caverne de Platon pour s'emparer par la force du divulgateur d'idées, le poursuivait toujours. Oui, il connaissait tous ces gens. Il connaissait aussi Casal. Le maire de Saint-Jacques-de-Compostelle était né à La Corogne et c'est dans cette ville qu'il avait fondé sa maison d'édition. Sa femme était une modiste connue, elle s'appelait María Miramontes. Et sa mère, Pilar, lui avait même commandé sa si belle robe de *chiffon** noir avec des grappes de raisin, en velours noir également. Ce fut l'ultime et définitive audace de sa mère. Miramontes et Casal étaient bien entendu des amis de Luis Huici, le grand tailleur et l'immense artiste, le créateur des gilets de couleur croisés, avec des coupes invraisemblables et des vestes à larges épaules qui avaient été tellement à la mode dans le milieu de la bohème de La Corogne. Des gilets, des idées. Avec ses discours, Luis Huici avait fasciné les jeunes de la Bibliothèque Germinal. Et d'après ce qu'on lui avait dit, Huici était certainement, à cette heure-ci, en train de goûter à l'huile de ricin à la caserne de la Phalange.

Il rendit le livre à Parallélépipède : Tu peux le jeter. Le garçon aurait pu se demander pourquoi son chef ne le jetait pas lui-même, mais, étant donné les circonstances, ç'aurait été une étrange pensée. Il exécuta donc l'ordre, sans autre forme de procès. Si un jour quelqu'un devait écrire l'histoire de la destruction de tous ces livres par le feu à La Corogne, il pourrait ajouter une précision qui ne serait certainement pas gratuite. Ánxel Casal et Federico García

Lorca furent assassinés le même matin. L'éditeur galicien dans un fossé, à la sortie de Saint-Jacques-de-Compostelle, à Cacheiras exactement, et le poète andalou dans le ravin de Víznar, à Grenade. À la même heure et à mille kilomètres de distance.

Le livre tomba sur plusieurs volumes de *L'Homme et la terre*, la géographie d'Élisée Reclus. Il était toujours là, bien en vue, pour l'instant à l'abri des flammes, sur ces espèces de pitons rocheux qui composaient un atlas montagneux le long duquel grimpait le feu. Samos regarda à nouveau le livre. Parfois il devenait superstitieux. Il se fiait beaucoup à son instinct. Il était tout simplement en train de se dire que, dans quelque temps, ce petit livre allait peut-être devenir très rare. Peut-être que l'œuvre imprimée en langue galicienne de Lorca deviendrait une sorte de relique. La première édition des *Six poèmes* pourrait alors atteindre le prix d'un parchemin médiéval.

Que se passe-t-il ? Vous regrettez de l'avoir jeté ? lui demanda Parallélépipède.

Espèce de grande gueule, pensa Samos. Mais pour cette fois, il s'accommoda de son insolence.

Non, c'est pas tout à fait ça, dit-il. Mais ces initiales ! Je viens de me souvenir de quelque chose et il se pourrait bien que ce livre me soit un jour utile. Essaie de le récupérer.

Et voilà, chef. Il s'en est fallu d'un cheveu !

In extremis, renchérit Samos, satisfait.

In extremis, murmura Parallélépipède. Depuis que les livres brûlaient, il n'arrêtait pas d'apprendre des mots, se dit-il. Parfaitement, monsieur, in extremis.

Wells, Wells, Wells !

À présent, il se produit une joyeuse foire.

Wells, Wells, Wells ! hurle Parallélépipède. Et

chaque fois qu'il imite cet aboiement, il jette un livre au feu.

Un autre Wells ! Il a fait plein de petits, celui-là. Wells, Wells, Wells !

Un instant, seulement l'espace d'un instant très court, après avoir entendu ces onomatopées moqueuses, Wells, Wells, Wells ! trois de plus au feu, Samos ressentit une réaction acide en quelque endroit de son appareil digestif, un malaise impossible à maîtriser, un gargouillement au fond de son ventre, et il se rappela tout à coup plusieurs extraits de *La Guerre des mondes*, mais pas comme il les aurait lui-même cités, comme les avait cités ce jour-là Héctor Ríos de sa voix pénétrante : « Est-ce que les jours continuent à s'écouler pareillement, lorsqu'il n'y a pas de mains humaines pour remonter les horloges ? » C'est le jour de Pâques de 1931. Ils se trouvent au Centro de Artesanos, avec la troupe de théâtre amateur dirigée par Ríos. Celui-ci est déjà étudiant à l'université de Saint-Jacques-de-Compostelle, à la faculté de Droit. Deux ans plus vieux que lui, Ríos est en avance sur Samos mais, les fins de semaine, ils travaillent régulièrement ensemble à ce projet qui les enthousiasma tant, au début. Une version radiophonique de *La Guerre des mondes*. La radio est une invention extraordinaire. Le média qui transformera la communication, la culture, tout. La radio va traverser les frontières dans les airs. Radio Corogne émettra tout de suite, et à l'essai.

Wells, Wells, Wells ! Aller sans retour comme le chien, à la porte, dehors.

Samos était mal à l'aise. Il fut même sur le point de faire une réflexion. De remettre le camarade à sa place. À quoi bon tant de vulgarité ? Il allait lui demander d'avoir un peu d'éducation. Un peu d'éducation et de culture, abruti. C'est quoi cette façon d'aboyer ? Mais il comprit qu'il valait mieux s'abstenir, qu'un ordre pareil, là, en ce moment, n'était pas vraiment pertinent. Il allait faire marrer tout le monde. Un vrai boute-en-train, notre Samos ! réagiraient les autres camarades. Peut-être même que quelqu'un, un fasciste de la première heure, se souviendrait de l'intervention, devenue historique, que fit l'impresario Lino au Pavillon des Spectacles, lorsque pendant une représentation de bienfaisance, en présence des sœurs de la Charité, il avait tenté de ramener au calme les spectateurs du poulailler : De l'éducation, messieurs ! De l'éducation ! Il y a des dames parmi le public, et certaines d'entre elles ont encore une certaine décence. Eh, eh, eh ! Un peu d'éducation ! C'est un vrai rigolo, notre Samos !

Non, il ne dit rien. Son mal au ventre s'était transformé en tempête viscérale. Il devait parvenir à maîtriser cette rébellion du corps. La décomposition déclenchée par les scrupules. Il s'adressa à Parallélépipède, d'une voix énergique : Jette-les une bonne fois pour toutes, et tous en même temps ! Sans prendre de gants ! J'en ai plein les couilles de tous ces Wells !

Puis il en profita. Il revint à son obsession, se montra très amical avec lui, car il s'était aperçu que Parallélépipède avait vraiment l'œil. S'il faisait un petit effort pour être plus cultivé, il pourrait vite devenir un bon dénicheur de livres. Il lui rappela : N'oublie pas ce que je t'ai dit, pour le Nouveau Testament. Et il alla même plus loin dans la confidence : Ce n'est pas n'importe quel livre. Il a une valeur historique très importante, tu comprends ?

Et comment veux-tu que je le repère, camarade Samos ? Il y a beaucoup d'Écritures Saintes qui traînent par ici. Même les Maçons de la rue José-Nakens avaient plein de Bibles, il y en avait davantage que dans ma paroisse.

Soudain, Samos se demanda s'il faisait bien de continuer à renseigner cet insolent personnage. De la discrétion, lui dit-il. Si tu trouves le livre, tu viens m'en parler à moi. Et à personne d'autre. Tu auras la récompense que tu mérites.

D'accord. Et comment je fais pour le repérer.

C'est facile. Il possède un signe extrêmement particulier. Une dédicace.

Samos se mordit la langue. Il ne pouvait plus retourner en arrière.

Et quel est ce mot de passe, chef ?

On peut lire sur la page de garde : *À Antonio de la Trava, le Valeureux de Finisterre.*

C'est pas mal, ça me plaît, dit Parallélépipède. Moi, j'ai de la famille à Finisterre.

Alors au travail. Soyez discret, s'il vous plaît. Ne commencez pas à le crier sur tous les toits. Vous me le remettez en mains propres. Sans tambour ni trompette. Sans ameuter le reste des camarades.

Parallélépipède fut un peu vexé par les recommandations qu'il lui avait faites, surtout par le ton et par la distance qu'avait instaurée ce brusque vouvoiement. Il n'avait pas apprécié le double sens de ses conseils et il répondit d'un air très sérieux : Ne vous en faites pas. Moi aussi, je sais tenir ma langue lorsque c'est nécessaire, camarade.

Près du premier bûcher, Curtis avança encore d'un pas.

Pour être plus précis, l'odeur des livres qui brûlent ressemble à l'odeur du cuir tanné par la chair. À l'odeur d'une paire de gants de boxe.

Eh, toi là-bas, le gars à la casquette ! Tu aimes les livres à ce point ? Qu'est-ce que tu as à regarder comme ça ?

Peut-être qu'il aime le feu. S'il reste là, c'est qu'il veut sympathiser avec nous.

Il faisait comme s'il n'entendait pas. Son regard s'était posé sur un livre vivant que le feu commençait à lécher. Le *Manuel populaire d'électricité*. Arturo da Silva n'était pas boxeur professionnel. Personne ne pouvait vivre de la boxe, à moins de franchir le pas qui consistait à se rendre à Madrid ou à Barcelone. Mais Arturo n'avait pas envie de ce genre d'expérience. Il était plombier. Et ce métier, qui consistait à domestiquer la puissance de l'eau, n'était pas très loin de sa façon de se conduire sur un ring. Il avait convaincu Curtis que l'avenir était dans l'électricité. Et plus concrètement, dans la climatisation. Et, avec le temps, Curtis avait fini par devenir l'homme de confiance du champion. Tu seras son successeur. Hercule, de l'athénée L'Éclat dans l'Abîme, lui avait dit Abelenda au gymnase. Et, ce jour-là, il l'avait vraiment convaincu. Sur l'affiche de son premier combat, on pourrait lire en guise de publicité : Hercule, de l'athénée L'Éclat dans l'Abîme, contre... Mais en réalité, il n'y eut pas d'affiche pour son premier combat. Le temps avait manqué. Oui, cela s'était passé le 17 juillet. Ses débuts de boxeur amateur s'étaient déroulés le 17 juillet, contre un autre garçon, un nouveau lui aussi, qui s'appelait Manlle. Deux des boxeurs à l'affiche avaient déclaré forfait, alors on demanda à Curtis et à Manlle de les remplacer. C'était un combat en lever de rideau, pour permettre au public qui arrivait de s'installer et de patienter avant le vrai match. Pour Curtis cependant, ce fut l'événement le plus important de sa vie. Il s'était entraîné consciencieusement avec Arturo. Mais ce dernier avait posé une condition pour le préparer au combat. Et laquelle ? Tu entreras comme apprenti dans un atelier d'électricité spécialisé dans l'installation des climatisations. Les usines Chavín, celles qui fabriquent les réfrigérateurs Wayne, ils vont bientôt en ouvrir un. J'ai un ami qui travaille là-bas. Mais pour t'embaucher, il faut bien que tu aies quelques notions d'électricité. Il faut que tu commences à apprendre dès aujourd'hui. Qu'est-ce que tu en dis ? Il en disait que c'était parfait. S'il devait se faire imprimer des cartes de visite plus tard, comme en possédaient les représentants qui passaient à l'Académie de Danse, il pourrait faire inscrire : « Boxeur et Électricien Spécialiste en Climatisation ».

Arturo lui avait expliqué que parfois l'endroit le plus sûr était le centre du ring. Et le harponneur, lui, avait évoqué le calme qui règne toujours au centre de l'ouragan. C'est peut-être cet instinct-là qui l'avait attiré au centre-ville, après s'être caché pendant une trentaine de jours. Il était resté tout un mois confiné dans le grenier de l'Académie de Danse, qui s'appelait aussi *Un-deux-trois**, en compagnie du mannequin que le harponneur, monsieur Lens, avait offert à sa mère. Un mannequin décapité qui représentait une femme de très grande taille, que la mer avait ramenée indemne parmi des estropiés de toutes sortes, de grandes poupées mutilées, des têtes arrachées, des torses manchots et des extrémités dépareillées. Le navire qui avait perdu sa cargaison, lors d'une brutale gîte en pleine tempête, à hauteur de la mer du Rostro de Finisterre, ne fit pas demi-tour pour récupérer ce genre de naufragés. Monsieur Lens se rendit sur la plage, chargea la grande femme sur son dos, la seule qui était encore entière, et ramassa également trois jambes féminines, de bois. Il obtint un grand succès en les distribuant, dans les merceries de la ville. C'étaient de longues jambes, très sveltes, qui vinrent immédiatement trôner dans les vitrines des boutiques Crisálida, Gran Corsetería Francesa et El Botón de Oro. En revanche, il ne trouva pas acquéreur pour le mannequin. La femme était trop grande, couleur ébène. Peut-être que si le pays progresse et si on va de l'avant, peut-être qu'on pourra faire une place à des femmes telles que celle-ci, aussi grandes, lui avait dit le chef du rayon confection des grands magasins La Espuma, dans la rue San-Andrés, où l'on eut également la pudibonde amabilité de prêter une couverture à monsieur Lens pour couvrir cette dame, car même si c'était une ville libérale, c'était aussi l'époque des malentendus et des susceptibilités, et il ne fallait surtout pas qu'il pût croiser la procession de Saint-Nicolas, prévue le jour même, les uns portant la Dolorosa sur leurs épaules et lui cette Grande Femme Noire sur le dos.

Elle doit être très lourde, dit le chef du rayon confection de La Espuma. Bien que ce qui est beau soit souvent moins lourd que le reste.

Monsieur Lens observa pour la première fois attentivement sa trouvaille. Lorsqu'il l'avait dénichée, elle était à moitié enterrée dans le sable. Le tableau que la mer avait créé avec les corps cassés des mannequins aux membres éparpillés formait un spectacle impressionnant. Mais il n'y avait pas songé auparavant, pas au début. Il s'était seulement contenté de ramasser sur la plage les pièces qui lui semblaient utiles. Il n'allait pas se laisser surprendre par la mer, lui. La tête de la grande femme ressemblait à un œuf de bois énorme, très soigneusement poli. En le retournant, il s'aperçut qu'il n'y avait pas d'yeux, ni de bouche, ni de nez. Il ne l'avait donc pas observé plus que ça ? Cependant, à présent, au magasin, avant de charger à nouveau la femme sur son dos, il examina bien la tête et s'aperçut que les traits du visage avaient été très légèrement modelés. Sur cette forme ovale, une très légère sculpture suggérait la forme du visage. Il remarqua d'abord les pommettes et ensuite, entre les joues, l'ébauche d'une bouche mélancolique. Il lui passa la main sur la tête et s'aperçut qu'elle n'était pas du tout lisse. Il sentit comme des cheveux encore invisibles qui avaient commencé à pousser. Cette femme était en train de se former entre ses mains. Il éprouvait à présent de la tendresse pour elle. Il allait l'apporter à l'Académie de Danse pour demander à Milagres de la lui garder. Il s'abstiendrait d'évoquer la vie du bois. Il ne faudrait surtout pas qu'ils aillent se dire qu'il voulait leur confier un monstre. Il lui avait fait suffisamment peur, la dernière fois, lorsqu'il lui avait apporté un revolver de petit calibre, mais qui ne manquait pas d'être impressionnant. Genre *bouledogue*.

Où l'as-tu trouvé ?

À l'intérieur d'une baleine.

Toi, tu trouves de tout à l'intérieur des baleines.

Presque de tout.

Montre-moi ça, dit Samantha. Elle lui arracha le revolver des mains. La mère maquerelle venait de faire irruption dans la pièce, sans crier gare. Elle tenait son porte-cigarette d'une main et le pistolet de l'autre. Il est tout à fait à ma taille. Aujourd'hui, c'est mon anniversaire. Tu vas bien me l'offrir ? J'ai besoin d'un ami à qui je puisse faire entièrement confiance.

Le 20 juillet, Curtis était allé, avec Arturo da Silva et les autres membres de l'athénée L'Éclat dans l'Abîme, aider à construire plusieurs barricades pour protéger le Gouvernement Civil, devant la façade qui donnait sur la Darse, rue Rosalía-de-Castro. Ils avaient traîné des sacs de sable depuis la plage d'Orzán. Comme le samedi et le dimanche, lorsque les sirènes et les cornes de brume des bateaux se mirent à retentir, des milliers de personnes allèrent occuper le centre-ville pour défendre la République.

En tout début d'après-midi, les militaires putschistes placèrent des pièces d'artillerie sur le Paseo del Parrote. Curtis se souvint qu'il savait où trouver une arme. D'accord, c'était un tout petit revolver, mais c'était toujours mieux que rien. Il partit en courant vers le quartier du Papagaio. Pombo ne lui ouvrit la porte qu'après avoir reconnu sa voix. Curtis n'avait qu'une idée, retrouver le *bouledogue*, et il ne fit pas attention à ce qu'on lui disait. Il se précipita dans la chambre de Samantha, commença à fouiller, lorsqu'il entendit Pombo lui dire : Ta mère est malade. Monte au moins lui rendre visite.

Et il tomba dans le piège. Pombo et sa mère en profitèrent pour l'enfermer à clé dans le grenier. Il cria. Il traita mille fois sa mère de traîtresse.

Moi, une traîtresse ? Tu n'as pas compris qu'ils allaient tous vous tuer. Où as-tu déjà vu qu'on faisait la guerre contre des canons avec ses poings ? Et toi tu seras le premier sur la liste, ils voudront tous se vanter d'être celui qui a assassiné l'Hercule du quartier du Papagaio.

Il se retrouva tout seul. Avec le mannequin de la Femme Grande et Noire que le harponneur avait rapporté. En train de frapper dans le vieux punching-ball de cuir que lui avait offert Arturo. Attaquant le sac de sable artisanal qu'il avait lui-même suspendu à la poutre. Toute la journée à décocher coup de poing sur coup de poing. Dans la maison, tout le monde se désolait de le voir incapable de contenir sa rage. Arrête-toi, une bonne fois ! hurla Pombo de l'autre côté de la porte. Tu es en train de faire trembler toute la ville.

Laisse-moi sortir, Pombo ! Ils tirent sur les gens depuis les toits, pour les tuer.

Eh bien, il ne te faut justement pas sortir dans la rue. Attends la fermeture de la chasse, mon gars.

Il pensa que le mannequin n'avait plus d'yeux. Ni de bouche. Sa tête ressemblait à une sphère ovoïde. Mais c'est curieux. Dans la pénombre, il commence à distinguer ses traits. Des traits subtils surgissant de l'œuf de bois. Il ouvre la lucarne et se penche avec la Grande Femme sur le toit. Un chat s'approche sur l'avant-toit. Il regarde en direction du jardin des Casarès et se met à miauler. Les coups de feu se taisent un instant, comme s'ils avaient décidé de respecter la nuit, et l'on entend le langage d'autres animaux. Les cris scandalisés des mouettes, les commentaires minutieux des chats et la protestation lointaine des chiens. Par cette nuit, grâce aux éclats lumineux du phare, Curtis perçoit à présent la beauté du visage du mannequin. Les intermittences des lueurs de la vie. Le chat passe et repasse, mais ne se décide pas à redescendre dans le jardin des Casarès. On entend des voix. On ne sait pas si elles viennent vraiment de l'intérieur, là-bas. Toutes les lumières sont éteintes, et les vitres brisées par les individus qui ont saccagé la maison troublent l'obscurité domestique. De temps à autre, des lueurs de torche électrique montent depuis l'autre côté, le long de la façade principale de la rue Panadeiras. L'obscurité aussi est en mille morceaux. Translucide, vide. Ils ont aussi dû emporter les portes, les rideaux, et les lampes. Le secret, pensa-t-il, n'a rien à voir avec les ténèbres. Le secret appartient à la lumière. Que se passait-il donc à Madrid et qu'étaient devenus les Casarès ? L'obscurité de la maison était translucide. Dangereuse. Les chats refusaient de redescendre dans le jardin. Ils déambulaient, méfiants, échaudés, autour de leur ancien refuge. Ils observaient ce cratère. Qu'avait bien pu devenir la gamine aux cheveux rebelles, semblables aux vagues de la plage d'Orzán.

Il aurait également aimé savoir ce qu'était devenue

Flora. Il était demeuré attentif, interprétant chaque bruit, écoutant toute la journée les voix qui venaient de l'Académie de Danse. Et aussi ce que disaient ces voix en parlant des autres personnes. Il n'avait pas entendu parler d'elle. Il aurait aimé entendre le crépitement de ses pas de danse. Le message télégraphique de ses talons. Il recommence à penser à elle, à Flora, parce qu'on perçoit à nouveau des coups de feu. Il tente de comprendre le message de ces détonations.

Et puis des coups de feu espacés, balle après balle. Quelqu'un tente de ne rater aucun de ses tirs. Chacun d'entre eux résonne comme s'il était définitif.

Il se rappela Arturo da Silva le jour où, euphorique, il avait envoyé à celui-ci une série de coups de poing et où, ensuite, le champion les lui avait rendus l'un après l'autre, balle après balle, avait-il dit. Mais à présent les rafales des armes automatiques ont fait taire les coups de feu sporadiques et artisanaux. Elles ballaient le ras du ciel. Et lorsqu'elles en ont assez, la réponse d'un homme caché sur les toits revient à nouveau, obstinée, comptant les balles, une à une, comme les coups du battant d'une cloche, si espacés qu'on a le temps d'imaginer d'où partent les tirs et vers où ils vont. Les rafales d'armes automatiques reprennent, avec une rage renouvelée. Elles mordent tous les toits. Elles font taire à tout jamais l'homme caché qui économisait ses balles.

La tête de la Grande Femme roule et puis s'arrête au bord du chéneau, freinée par les digitales. En cette saison, leurs longues tiges sont en fleur, semblables à des carillons aux cloches rosées. Dans cette ville, les toits sont de véritables prés. La tête de la Grande Femme a été touchée par une rafale. À présent, on aperçoit bien les yeux qui contrastent avec le trou de la balle. À la lueur du phare, Curtis observe cette beauté ovale qu'il ne parvient pas à récupérer. Puis les digitales finissent par céder. La tête oscille sur la gouttière. Elle tombe dans le jardin des Casarès. Tout demeure en silence. La pleine lune, abasourdie, sur l'anse du littoral de Mera. C'était en train de devenir un merveilleux été, brossé à longues rafales.

Pendant les fêtes, dans les baraques du Relleno, il y avait toujours les miroirs déformants et aussi un Théâtre Ambulant de Spectres Vivants et Impalpables. Luis Terranova l'y avait aussi emmené pour entendre chanter Mirco, un génial homosexuel qui avait un œil de verre. Le Cirque Allemand s'était installé sur le quai d'Occidente, près de l'embarcadère de bois. Pour attirer les badauds, un chimpanzé clouait des piquets, tendait des cordes et, avec son costume de maréchal, semblait diriger les manœuvres du montage du chapiteau. Les plages étaient bourrées de monde. Cette année, les tenues de bain avaient gagné des couleurs, avec des tons très vifs qui émaillaient les corps, en même temps qu'elles perdaient du tissu, elles découvraient les épaules, les cuisses jusqu'à l'aine, on n'avait jamais vu ça. Les volubilis remplissaient les jardins sur les toiles de fond que tendaient les photographes en composant des décors qu'ils complétaient avec des éléments de bois ou de carton-pâte. On pouvait se faire photographier devant des paysages du monde entier. Les pyramides d'Égypte, les gratte-ciel de Manhattan, la Tour Eiffel, l'Alhambra de Grenade, la Statue de la Liberté, la Sagrada Familia de Gaudí, un paysage d'hiver en Dalécarlie, l'avion *Plus Ultra* à Buenos Aires, les cavaliers de la Féria de Séville, le Machu Picchu, le Taj Mahal, la bouche du Métropolitain Porte Dauphine, le Portique de la Gloire, le phare de la Tour d'Hercule, les barques de la fête des Caneiros décorées de guirlandes. Il y avait beaucoup de monde pour se faire photographier devant le paysage enneigé de Dalécarlie, en Suède, où l'on pouvait voir des traîneaux et des cabanes en bois. Mais la file d'attente la plus longue était celle qui conduisait à Manhattan. Curtis et Terranova s'arrêtèrent pour regarder la toile de fond représentant la rivière et la planche de bois en forme de barque sur laquelle on avait inscrit « Los Caneiros ».

Vous voulez une photo à la fête des Caneiros ? leur demanda le photographe qui, à cet instant, n'avait plus de clients.

Non, monsieur. Car, cette année, nous allons nous rendre réellement à ce rendez-vous universel, dit Terranova. Nous avons déjà pris les billets.

La nature imite l'art, dit le photographe. Mettez-vous là, ce sera pour ma publicité. La photo est gratis. Aujourd'hui tout le monde veut les gratte-ciel. Comme ça, oui, regardez par ici, faites comme si vous étiez en train de ramer, on va voir si ça incite quelqu'un à choisir la barque. Manhattan, ils veulent tous aller à Manhattan. Ils sont vraiment folkloriques, cette année !

Excepté les incendiaires, il n'y avait personne sur la Darse, et Curtis se rappelait les attractions des anciennes fêtes comme pour se protéger de ce qui risquait de surgir dans son dos, car tous ses souvenirs lui revenaient aussi par-derrière, comme s'ils étaient à l'affût et l'épiaient en marchant dans ses pas avec une extrême précaution. Les spectres du Théâtre Ambulant. L'œil de verre de Mirco. Les gens qui s'étaient fait photographier dans les jardins de Méndez Núñez, devant des bouts de paysages venant du monde entier. Ceux qui avaient choisi la Dalécarlie suédoise, les autres qui faisaient la queue devant Manhattan. Luis Terranova imite Mirco, il agite une feuille de figuier devant son sexe et dit : *Eu sou aquelle occulto e grande cabo...* Non. Terranova n'est pas avec lui. Curtis ne sait pas où est passé son ami Terranova. Il se sent coupable de ne pas être avec lui. Parce qu'il avait les billets pour eux deux. Les billets pour prendre le train spécial qui devait les conduire à la fête des Caneiros.

De temps en temps, lorsqu'une page s'enroulait sur elle-même, il voyait les mots en train de brûler. Alors il tentait de pénétrer dans la page, d'attraper les mots avant qu'ils ne partent en fumée. Il comprit soudain pourquoi ces bûchers produisaient si peu de flammes. En réalité, le feu brûlait de l'intérieur, suivant les sillons des mots imprimés. Enracinés dans le papier, les mots peuvent être comme la bruyère, comme les ronces. Même s'il pleut sur les livres, les mots diffusent encore de la chaleur. Certains mettent plus longtemps que d'autres à flamber. Voilà pourquoi ils sont éparpillés parmi les cendres, posés sur de petites membranes qui ressemblent à des ailes de grillons, de cigales ou de sauterelles. En tout cas, il avait entendu Polca raconter cette histoire. En été, l'odeur du feu dans la montagne est un mélange de végétation, d'ailes de grillons et de cigales, ça sent le chant brûlé.

Il faisait encore nuit. Il ouvrit la lucarne, commença à ramper sur les toits. Il sentait enfin le frottement rosé des digitales. Il était vraiment jaloux des chats et des mouettes. Lorsqu'il se lâcha pour atteindre un des toits en contrebas et qu'il parvint à sauter dans la rue de l'Hôpital, sa démarche était encore mal assurée. Comme celle d'un somnambule. Cela ne datait pas de maintenant. Ça faisait longtemps qu'il était dans cet état.

Il avait passé plusieurs jours caché dans le grenier de l'Académie de Danse. Avec pour seule compagnie le mannequin de la Grande Femme décapitée, qui avait perdu sa beauté ovoïde. Au début, il était angoissé, toujours à l'affût des nouvelles qui, dans un premier temps, filtraient comme une rumeur sous la porte, comme un courant d'air froid, malgré la voix chaleureuse de celui qui les apportait. De temps à autre, il passait la tête avec précaution par la lucarne. C'est alors que Curtis découvrit ce qu'était vraiment la peur. La peur, c'est lorsque la plage est déserte un jour de grand soleil. Presque déserte, ce qui est encore pire. Des silhouettes noires, avec de grands parapluies, noirs également, en guise d'ombrelles. Quelques *catalinas*, c'est ainsi qu'on appelait les paysannes qui venaient se baigner avec des sacs en toile de jute en guise de robes. Elles demeuraient en alerte devant la mer comme si leur corps avait été pris dans les mailles d'un filet. Peut-être étaient-elles inquiètes à cause de ce baigneur solitaire qui faisait des allers et retours dans une course athlétique, vêtu d'un maillot de bain aux rayures noires et jaunes. Il passait au milieu d'elles, semblable à une guêpe géante. La nouveauté, brutale, c'était le silence. Chaque silence transmettait une horreur. Il regardait fixement la Grande Femme sans tête. Puis il commença à se sentir comme elle. Un homme sans tête. Les éclats de lumière du phare la lui rendaient seulement la nuit. Sa façon de marcher, à l'image d'un somnambule, le conduisit jusqu'à la plage de Riazor, avec les premières lueurs du jour en train de se lever. Il regardait avec insistance de tous les côtés pour voir si le baigneur et son maillot aux rayures noires et jaunes était par là, avec son bourdonnement de guêpe. Il ne vit personne. Il écoutait la mer, et elle amena jusqu'à lui une espèce de voix balbutiante.

Il remonta l'avenue Peruleiro, puis alla jusqu'à la place Ventorrillo. Sa progression somnambulique le conduisait jusqu'à la Fontenova, où se trouvait le local de L'Éclat dans l'Abîme. Il était en train de penser aux billets du train spécial et à la fête des Caneiros. Il devait rendre l'argent qu'il avait recueilli. Il lui fallait faire les comptes. C'était devenu une obsession. Qu'allait penser de lui Arturo et qu'allaient dire ses amis ?

Il percevait la peur de toutes les choses qui l'entouraient. Le chagrin des immeubles à moitié construits. La méfiance des halls d'entrée. Les sourcils froncés des fenêtres. Le local de l'athénée libertaire se trouvait là, à la Fontenova. Il semblait dépossédé de tout. Y compris de son nom. Le miroir de l'enseigne qui avait brillé sur la façade était cassé en mille morceaux. C'est Isolino qui l'avait réalisé, dans l'atelier de Rubine, avec un motif sculpté dans le verre, qui rappelait d'une certaine façon ces petites constructions en pierre qu'on trouve au bord des chemins de Galice, et qui représentent le feu et les âmes du purgatoire. Un soleil en plein milieu des flammes d'un incendie. Curtis ramassa un éclat de ce soleil. Il était tout froid. Les préposés aux confiscations avaient cadenassé la porte. Curtis passa par-derrière et entra après avoir forcé une fenêtre. Son regard parcourut immédiatement la pièce à la recherche de la machine à écrire Ideal. Une des raisons qui l'avait poussé jusqu'ici, c'était l'espoir que personne n'ait pensé à ce petit centre d'études sociales, dans un humble local d'un quartier éloigné. Et surtout le secret espoir de retrouver la machine à écrire. Il entendait le bruit des touches, semblable à celui des signaux en morse. Il se bouchait les oreilles à cause des détonations qui résonnaient en pleine nuit, puis il fermait les yeux. Et il sentait alors les touches sous la pulpe des doigts, percevait à nouveau la voix d'Arturo da Silva dictant le texte :

EXTRAORDINAIRE EXCURSION À LA FÊTE DES CANEIROS-BETANZOS EN TRAIN SPÉCIAL

Il sauta deux lignes.

Allons-y. Poursuivons.

Tous les deux en train de lentement composer la succession des lettres. Ils avaient alors toute la nuit devant eux.

Curtis se trouve dans une chambre noire. Il avait forcé l'entrée, ouvert les fenêtres, mais on dirait que la lumière hésite à pénétrer de nouveau. Ils ont tout emporté. Même l'électricité. Il était allé brancher l'ampoule suspendue au fil tressé, gainé de toile, mais le courant était coupé, et c'est l'absence de lumière qui était suspendue au fil tressé. Si la machine à écrire avait été là, il aurait pu faire circuler le train spécial de cette extraordinaire excursion. Il aurait pu entendre les coups de sifflet du chef de gare. Les bielles se mettant en mouvement. Il avait vendu beaucoup de billets pour ce train. Il avait tellement entendu parler de cette fête, et il n'avait jamais réussi à se rendre aux Caneiros, en amont du fleuve, en plein cœur de la forêt. Après être descendu du train, il fallait encore marcher un bout de chemin, puis monter dans les embarcations. Les barques, lui avait raconté Arturo da Silva, sont entièrement décorées avec des guirlandes de fleurs, et couvertes avec des branches de laurier. Et lui, qui n'avait pourtant jamais participé à la fête des Caneiros, avait pris en main l'organisation du voyage avec une conviction qui lui venait du fond du cœur. Grâce aux bribes de conversation et aux images glanées à l'athénée ou à la Casa de Sol, il était parvenu à se fabriquer un discours aussi enthousiaste que persuasif, de telle façon que, lorsqu'il vendait les billets, on avait l'impression qu'il était originaire de l'endroit où se déroulait la fête, qu'il était né là-bas et qu'il parlait au nom de cette tradition, voire du fleuve lui-même.

Tout petit déjà, il faisait de nombreuses courses pour tout le monde, toutes sortes de petits travaux occasionnels. Très souvent livreur ou porteur de messages. Pombo pensait qu'il fallait à tout prix installer le téléphone à l'Académie de Danse.

Pour s'il y a un problème quelconque, Samantha. Il faut absolument se moderniser. Imagine qu'Alphonse XIII t'appelle.

Bah !

Ou un millionnaire, un Juan March.

Alors, carte blanche. Tu n'as qu'à demander un devis.

Tandis que le téléphone n'arrivait pas, et il allait sans doute mettre du temps à le faire, on pouvait toujours avoir recours au petit Hercule et à ses jambes légères pour porter les messages. Une fois, alors qu'il était encore assez petit, il s'assit dans la cuisine de l'Académie de Danse et s'endormit sur la table, la tête dans les bras. Flora entra à son tour, vit qu'il avait les yeux ouverts et lui parla. Elle prit peur. Elle le secoua. Puis, Curtis battit enfin des paupières et se réveilla. Elle était sur le point de fondre en larmes. Elle le prit dans ses bras. Ça ne va pas, est-ce que tu vas bien ? Bien sûr, je m'étais endormi. Tu avais les yeux ouverts ! Oui, mais j'étais en train de dormir.

Le local de l'athénée L'Éclat dans l'Abîme était vide. Accroupi dans un coin, il s'était endormi comme cette fois-là. Les yeux ouverts. Il avait transmis le message à propos de l'existence du fameux train spécial et le train n'en finissait plus d'arriver. Au contraire, ils avaient tout emporté. Les meubles, les affiches, la machine à écrire Ideal. Tous les livres. C'était si vide, si sombre, qu'on aurait dit qu'ils avaient emporté le lieu lui-même, la peinture des murs, toutes les conversations qui avaient eu lieu dans cet endroit. Ils avaient même emporté le train spécial, la barque avec les guirlandes de fleurs et les branches de laurier, le buffet, l'orchestre. Même le fleuve.

Curtis avait réussi à convaincre Milagres. Elle, qui ne sortait jamais, même pas de ses gonds, avait accepté de se rendre à la fête avec le harponneur, monsieur Lens. Il avait aussi vendu un billet à Flora. Bien entendu, ils s'installeraient tous dans le même wagon, avec Arturo da Silva et Holando. Le joueur de cornemuse Polca aux côtés d'Olinda, son Coup de Foudre. Et ce wagon ferait certainement jaser dans les chaumières, à l'aller comme au retour, car Luis Terranova, rien que ça, avait également acheté un billet. Le 18 juillet, ils avaient encore fait une dernière escapade pour voir une nouvelle fois ensemble *Mélodie des faubourgs* au cinéma Linares, place des Cuatro-Caminos. Luis appréciait particulièrement la compagnie de Curtis pour aller voir les films de Carlos Gardel, car celui-ci avait une mémoire d'éléphant. En seulement trois séances, il était capable de mémoriser les paroles de toutes les chansons. Sans compter que parfois, à la demande du public, le projectionniste faisait marche arrière. Et il repassait la même chanson. Les spectateurs applaudissaient à tout rompre.

Viejo barrio…
Perdona si al evocarte
se me pianta un lagrimón

Allez. On essaie un dernier coup.

Il répétait les chansons avec lui, affûtant mots

d'esprit et jeux de mots à son propos. Mais Curtis faisait preuve d'un tel calme qu'il fallait vraiment pousser la provocation à fond pour arriver à le mettre en colère. Arturo da Silva, le champion des poids légers de Galice, s'entraînait avec lui sur le ring. Mais, d'une certaine façon, Curtis était aussi le sparring-partner sentimental de Terranova. Luis faisait mouche à chaque coup avec ses phrases à double sens, car Curtis, qui avait cependant un esprit plutôt vif, prenait toujours ce qu'il disait au premier degré. Il croyait n'importe quoi venant de lui. Cette confiance aveugle irritait quelquefois Terranova. Il aurait alors aimé briser cette amitié inébranlable. Mais en réalité, il l'aimait comme il n'avait jamais aimé personne. Curtis conservait au fond de lui ce que Terranova avait de plus cher. Pour commencer, il conservait les chansons dans sa tête, la totalité des chansons. Sa mémoire vivait à l'intérieur de celle de son ami. Et Luis n'hésitait pas à lui coller des adjectifs. Prodigieuse. La mémoire de Curtis était vraiment prodigieuse. Il prononçait le mot en détachant chaque syllabe. Pro-di-gieu-se, la main droite reproduisant en même temps le mouvement qu'on fait pour visser une ampoule. Et lorsqu'il utilisait les deux mains, les doigts dessinaient plusieurs orbites, formant une sphère armillaire. Ces gestes-là étaient des cadeaux que Curtis savait apprécier. Il ressentait la mémoire. Il était conscient qu'elle avait pris place en lui et qu'elle s'y sentait à son aise. Arturo lui avait conseillé de toujours se protéger la tête. La tête travaillait pour le reste du corps et, en échange, le corps devait défendre la tête. Même les jambes, lorsqu'elles dansaient sur le ring, étaient en train de défendre la tête. Car la mémoire s'était nichée là, comme un enfant aux yeux écarquillés juché sur ses épaules.

Et cette idée de l'enfant à cheval sur ses épaules

était restée gravée dans sa tête, c'était l'image que la mémoire se faisait d'elle-même, lorsqu'elle lui rendait une visite.

Neto, un ami d'Arturo da Silva, avait remporté un match de boxe à la Plaza de Toros et, lorsqu'il parlait, les mots lui faisaient terriblement mal. Son arcade sourcilière avait éclaté et on la lui avait recousue, plusieurs points de suture, à vif, sans anesthésie. Il avait aussi des bleus et des coups et des croûtes sanguinolentes aux commissures des lèvres et aux coins des yeux. Son nez affichait cette perplexité élargie qu'ont les choses proéminentes lorsqu'elles survivent à une catastrophe imprévue.

Curtis et Luis Terranova étaient allés chez lui avec Arturo et un autre garçon de L'Éclat dans l'Abîme qui aimait la boxe, Pepe Boedo. Ils avaient voulu rendre visite au vainqueur. Mais à présent, ils se sentaient quelque peu frustrés. La légende populaire voulait que Neto fût une espèce de gladiateur. Alors ils s'attendaient à se régaler avec le récit du combat, à déguster les brillants exploits du vainqueur mais, au contraire, ils pénétrèrent dans une chambre à la lumière famélique. Les pieds du boxeur trempaient dans une bassine d'eau chaude. Autour de ses chevilles, comme une couronne, la mousse ressemblait à une décoration florale, et c'était bien la seule concession que cette scénographie avait faite au héros. Sa femme, Carmiña, semblait être en train de forger les sept glaives de la douleur de la Vierge. En réalité, elle était dans la cuisine en train de frapper sur un pain de glace, à l'aide d'un marteau. Elle rapporta ensuite dans ses deux mains un tas de morceaux irréguliers, certains avaient des formes de cailloux et d'autres de clous, pour qu'il choisît lui-même lesquels il préférait.

Un journal traînait par terre. On aurait dit qu'il avait été écrit sur place, imprimé dans la chambre, et que les lettres de plomb étaient à présent éparpillées sur l'anatomie accidentée de Neto.

LE CALVAIRE DU CHAMPION

C'est un bon titre, pensa Curtis. Ce journal avait quelque chose d'un miroir. Il observa Arturo da Silva en train de le ramasser et de détacher son regard de celui-ci, avec un manque flagrant d'intérêt.

Neto parlait à travers la blessure de son arcade. Des monosyllabes, des phrases très courtes, qui se frayaient un chemin entre les points de suture. Les éraflures des mots. Il y avait des cratères dans ces phrases, des sortes de syllabes arrachées à coups de poing. Et Arturo da Silva donnait le change en calculant la dose exacte. Ils comprirent alors que la raison de leur visite était de soigner la victoire et non pas de la fêter.

Je ne vois que de gros nuages. Ton visage n'est plus qu'un gros orage.

Chaque nuage possède son fil d'argent. Qui est-ce qui m'a dit une bêtise pareille ?

C'est peut-être moi, dit Arturo en poursuivant la plaisanterie.

Un jour, la culture aura raison de toi, mon petit Arturo. Des fils d'argent ! Tu fréquentes toujours cette École Rationaliste ?

Le soir. De temps à autre.

Moi, j'aimais bien y aller, mais je m'endormais tout le temps. Et sans que je le sache, tandis que je ronflais sur le pupitre, le vieil Amil me prenait en exemple pour parler de l'évolution des espèces.

Curtis et Terranova vont aussi, le soir, à l'école du vieil Amil. C'est da Silva qui les avait convaincus. Sa première institutrice fut Flora, la Niña ; la Niña de la Conception. Elle avait horreur qu'on l'interrompe tandis qu'elle apprenait à lire et à compter au gamin, mais à l'époque elle ne protestait pas encore. Dans le recensement qu'il faisait de la vie, devant les bûchers, Curtis se rappela Flora à une époque plus récente, celle qui provoqua un séisme à l'Académie, avant qu'elle ne parte.

Je vais arrêter, annonça-t-elle dans la salle à manger.

Personne ne semblait entendre ce qu'elle disait. Ils continuèrent à manger. Suspense produit par le bruit des cuillères raclant le fond des assiettes.

Qu'est-ce que tu vas arrêter ? demanda Samantha.

Ça. Tout ça. C'est pas à cause de toi.

Tu n'es pas satisfaite ? Tu veux plus de part de gâteau ?

Ce n'est pas un problème de quantité. Je ne veux plus me vendre. Je ne supporte pas l'exploitation.

Samantha laissa éclater sa colère, elle donna un coup de poing sur la table : Il ne te reste plus beaucoup de corps à vendre !

Et bien le peu qui me reste. Flora fixa Samantha dans les yeux et lui parla avec un calme surprenant : Ne sois pas têtue. Je t'ai déjà dit que ce n'était pas à cause de toi.

Et qui est-ce qui t'a évangélisée ? Le boxeur ? Tu crois que c'est lui qui va changer ta vie ?

Ne commence pas à critiquer les gens. C'est pas la peine de sortir ta langue de vipère.

Maintenant tu profites bien de la plage, mais nous en reparlerons lorsque l'hiver sera revenu.

Toi, continue à faire ton opération, disait Flora à Curtis lorsqu'elle était en train de lui apprendre les multiplications et qu'elle devait s'absenter, pressée par un client impatient. Et n'oublie pas les retenues. Je reviens tout de suite. Il comptait en faisant des petits tas. Elle lui avait appris à compter avec des fèves ou des pois chiches ou des grains de riz ou de café. Ce qu'elle avait sous la main. Et les chiffres avaient une couleur et une valeur. Mais, à présent, il n'avait plus rien sous la main, on lui avait pris Flora et il devait remplacer les éléments réels par des réglettes. Deux fois quatre. Deux tas de quatre. Et il s'aperçut alors qu'elle revenait juste quand il finissait son opération. Il se dit : Si je me dépêche de finir mon opération ou mes dix lignes d'écriture, elle reviendra plus tôt, elle se libérera plus tôt du client importun qui vient déranger à n'importe quelle heure. Et c'était tout à fait ça. Écrire et compter possédait ce pouvoir.

Lorsqu'il riait, Neto se plaignait surtout de la partie de son visage située autour de ses yeux. Le seul fait de regarder lui faisait mal. Il fallait donc lui être reconnaissant de regarder dans leur direction, c'est à cela qu'on pouvait mesurer l'effort du héros. Ce jour-là, Curtis prit conscience que gagner, dans ces domaines où il faut du mérite, était un travail ajouté. S'il avait perdu le combat, Neto n'aurait pas eu à les regarder d'un air sympathique. Il n'aurait eu à regarder personne et il aurait ainsi pu se reposer les yeux.

Il avait une serviette blanche autour du cou, les pieds dans une bassine en zinc, et la lumière zénithale glissait tout le long de l'homme assis, jusqu'à la décoration florale de la mousse. Ils étaient allés chez lui en fin d'après-midi. C'était le mois de décembre. À présent les lames des persiennes filtraient l'obscurité vers l'intérieur de la pièce. L'humidité se détendait, s'échappait du morceau de savon et léchait les gerçures pâles des doigts de Neto.

La plupart des lieux que fréquentait Arturo possédaient, tout comme la maison du boxeur Neto, la caractéristique de mettre en évidence l'éloquence ou le mutisme des choses. L'eau froide de la bassine était silencieuse. Et c'était un exemple d'eau triste.

Pendant une de ces conversations qui avaient lieu à L'Éclat dans l'Abîme, Curtis avait entendu un peintre nommé Luis Huici faire référence au mutisme des choses. Curtis ne savait plus où il en était, il pensait au train spécial, aux billets qu'il n'avait pas encore vendus. Mais sa mémoire était vigilante et c'est elle qui l'alerta. Le mutisme des choses, pensa-t-il. Les choses se taisaient et parlaient. C'était, pour ainsi dire, une pensée fort simple, mais qu'il n'était cependant pas facile d'atteindre. Une pensée qui se trouvait là, telle une bouée immergée, et il fallait s'y accrocher à tout prix.

Il y avait l'éloquence des choses et le mutisme des choses. Oui, il y avait ces deux perceptions qui pouvaient tout à fait caractériser un poème ou un tableau. L'une, l'éloquence des choses. Capter l'éloquence des choses, leur aura expansive, leur désir de dire, et le traduire en langage de la lumière ou des sons. L'autre, le mutisme des choses. Leur façon de se cacher. De s'absenter. De se vider. De se perdre. Refléter ou raconter, c'était une autre émotion. Le premier art procurait une émotion frontale. Le second vibrait au niveau des lombaires.

Un instant. Et, dans le mutisme des choses, on pouvait aussi distinguer deux sortes de silences. Le silence amical, qui nous accompagne, où les mots peuvent se distraire, et l'autre silence. Celui qui fait peur. Rosalía de Castro baptisa ce silence le « silence muet », expliqua Huici.

L'eau tiède de la bassine était muette, en silence amical. Curtis était en train de penser au train spécial, à la barque, à l'expédition pour atteindre les Caneiros. Ce serait le 2 août. La fête en amont du fleuve. Le réveil de l'eau.

Neto appela sa femme et murmura : Allons, Carmiña, va chercher la petite.

Et c'est alors qu'ils assistèrent à cette scène incroyable. La tête possédait la même légère inclinaison qu'une sphère, et le relief des coups représentait la géographie physique des cauchemars. Le nourrisson avait émergé du mutisme douloureux des choses. Neto prit le bébé entre ses mains et le posa lentement, à la façon d'un cataplasme vivant, sur les plaies recousues et les bleus.

La fontanelle, c'est ce qui calme le mieux.

On sent le soulagement ?

Un soulagement ? Mieux que ça, c'est le meilleur des remèdes, répondit Neto. C'est quelque chose d'inexplicable, semblable à une greffe de peau.

À présent il se balançait en avant avec le nourrisson sur son giron. Neto fit mine de vouloir ajouter quelque chose et Curtis eut l'impression qu'une pensée, jamais énoncée jusqu'alors, allait faire surface. Le boxeur retint ses phrases, dans un demi-sourire. Mais les choses se mirent à parler pour lui. Une étrange joie surgissait de ses blessures.

Il but une gorgée d'eau à la fontaine de Santa Margarida. C'était un rituel obligé. Arturo da Silva prétendait que c'était la meilleure eau de toute La Corogne. Il y avait des femmes avec des seaux et des jeunes garçons avec des jarres. Lui, il voulait juste boire une gorgée et on le laissa passer devant tout le monde pour qu'il se servît à l'un des tuyaux. Il eut à nouveau l'impression que tout le monde s'était soudain tu. Sauf l'eau. L'eau fredonnait toujours son tango.

Vas-y, passe devant.

Il s'essuya le visage d'un revers de main et remercia les gens autour de lui. C'est alors que les autres se mirent à parler.

Moi, aujourd'hui, je ne descends pas en ville.

Et pourquoi ?

Il y a du feu au centre-ville. Il se passe quelque chose. Tu n'as pas aperçu la fumée ?

Et que peut-il se passer de nouveau, à présent ?

À présent, ils sont en train de brûler tous les livres.

Le silence pensif des autres autour du bouillonnement de l'eau. Le garçon qui avait apporté la nouvelle venait remplir la gourde pour les maçons d'un chantier, il se présenta et dit : J'ai la bouche sèche. Il mit ses mains en coupelle, les remplit, aspira, se fit des gargarismes et puis cracha tout. Il plaça la gourde sous le tuyau pour la remplir.

Tout le monde avait une bonne raison pour se trouver à la fontaine. Ils avaient quelque chose à remplir. Des seaux, des jarres ou des gourdes. Curtis n'avait rien, lui. Seulement sa casquette aux losanges verts et ses vêtements qui le faisaient passer pour un personnage erratique. C'est certainement pour cette raison que le garçon qui avait parlé des livres qu'on brûlait se tourna vers lui, puis vers les colonnes de fumée et qu'il se remit à parler.

Ils ont aussi emporté tous les livres qui se trouvaient à L'Éclat dans l'Abîme. Dans une camionnette.

Ceux-là, oui. Ceux-là vont brûler comme de l'essence. L'Éclat dans l'Abîme ! Il était en train d'observer l'ex-libris, un cachet avec le dessin du soleil sur des flammes. Eh, chef Samos ! Que pensez-vous de ça ? Centre d'études L'Éclat dans l'Abîme.

Ce sont les tarés de la Fontenova, dit le chef. Voilà ce qu'on peut appeler porter le destin écrit sur soi.

Parallélépipède se mit à rire. Ce coup-ci le chef avait été parfait. Il aima son sens de la repartie.

À l'abîme, donc !

Hercule écoutait sans regarder vers là-bas. Il

s'approcha au maximum du bûcher en marchant dans les airs, comme s'il sautait à la corde. Il aperçut un livre vivant que le feu commençait à lécher. Le *Manuel populaire d'électricité*.

Lorsqu'il le lui dirait, lorsqu'il lui expliquerait qu'il allait devenir apprenti électricien, elle allait se mettre à pleurer. Curtis hésitait à annoncer les bonnes nouvelles à sa mère, car les bonnes nouvelles la rendaient très nerveuse. Elle n'y était pas habituée. Ils habitaient dans la mansarde de la maison du quartier du Papagaio où elle travaillait. Sa mère travaillait au Papagaio, la rue du péché de La Corogne, et par conséquent c'était une pute. Absolument pas. Il avait appris à répondre avec un calme indestructible : Ma mère carde la laine des matelas, un point c'est tout. Par la suite, et grâce à Arturo da Silva, il apprit qu'il existe en boxe une parade équivalente à sa réponse, on appelle cela : ouvrir des espaces latéraux. Déséquilibrer. Ouvrir des couloirs dans le vide. Ma mère n'est pas une pute. Elle carde la laine des matelas. Elle coud les toiles damassées.

Hercule, fils de pute !

En réalité, ils habitaient au grenier, où l'on avait fait quatre pièces avec des cloisons en bois. On ne pouvait pratiquement pas marcher debout, mais c'était l'endroit le plus calme de la maison. Hercule occupait avec sa mère l'une des quatre chambres, et trois femmes qu'il appelait ses tantes vivaient dans les trois autres. Au début, ç'avait été un enfant très entouré, passant sans cesse d'un giron à un autre. Et ensuite un autre Hercule naquit dans la rue, celui qu'il portait sur ses épaules et qui n'en descendait que pour se battre. Lorsqu'il vint au monde, on avait percé une lucarne dans le toit de sa chambre au grenier, puis le moment arriva où il se cognait sans arrêt la tête à la vitre et où il était obligé d'ouvrir la lucarne. Et pendant longtemps, avant de s'enfuir, ce fut pour Hercule la seule façon de se mettre debout, en passant la tête dehors, à travers le toit.

C'était un peu un habitant du ciel. Parfois il restait immobile un très long moment, partageant sa condition de panache architectonique avec les mouettes et les chats.

La nuit, il ouvrait la lucarne, sortait la tête et ne se contentait pas seulement de regarder les éclats du phare d'Hercule, il les sentait. Le toucher de la lumière du phare est semblable au rabat d'un drap propre. Le cercle de la vie d'Hercule commença alors à s'élargir, il ne se rendait plus au grenier que pour dormir, mais il gardait toujours le sentiment que cette lucarne représentait un centre pour lui. Il rapportait à sa mère des oursins qu'il ramassait dans la baie d'Orzán. Ou des pouces-pieds qu'il arrachait aux falaises du phare. Ces cadeaux également rendaient sa mère très nerveuse, car elle craignait énormément la mer, cette mer qui avait avalé le père du meilleur ami de son fils. Le père de Luis Terranova. Ça va devenir un grand artiste, dit-il. Il faut entendre comment il chante. Et sa façon exceptionnelle de faire des imitations. De Charlot à Joséphine Baker. Attention, illustre public. Rubrique société. On vient de signaler le passage dans notre ville, en transatlantique bien entendu, de la danseuse Joséphine Baker, plus connue chez nous sous le nom de Black Devil, et de l'architecte monsieur Le Corbusier, que nous appellerons plus amicalement Corbu. En ce qui la concerne, elle a changé l'histoire du corps. Et lui, d'après ce qu'on raconte, l'histoire de la maison. Vous allez voir. Un jour, les architectes aussi deviendront célèbres. Que se passe-t-il si nous, gens de la mer, concevons une maison à la façon d'un corps ? Eh bien, ça donne un bateau ! Le couple génial ne sortit pas un seul instant de la cabine du *Lutetia*, mais il emporta cependant toute la sympathie du public de La Corogne, toujours respectueux de ces moments sidéraux de l'humanité, sans pour cela mépriser le curieux, le quidam ici présent, professionnel de l'animation portuaire, Luis Terranova qui parvint à les guetter à travers l'œil-de-bœuf. Il passa toute la journée à surveiller la suite nautique de Joséphine et de monsieur Le Corbusier. La danse architecturale et l'architecture de la danse. Hou là, quel mal de mer ! Et il sait aussi faire l'homme aux mille visages. Il fait même rire et pleurer sa propre mère lorsqu'il s'habille en madame Monte et qu'il joue le rôle de la « veuve joyeuse ». Il maigrit et grossit comme Laurel et Hardy. Il va parfois répéter ses chansons sur le rocher de la Tour d'Hercule, avec Curtis dans le rôle de l'assistant du son.

Assistant du son ?

Il faut que tu me dises si l'on entend bien lorsque je chante. Je vais m'éloigner de plus en plus. Ah, oui ! Travaille surtout avec ton oreille droite. Elle a l'air légèrement plus grande que la gauche.

Menteur. Elles sont pareilles, dit Curtis d'un air soudain dubitatif.

C'est un cadeau de l'architecte de l'univers, Vicente. Lorsque j'aurai réussi, je t'engagerai. Tu seras mon oreille. Tu vas gagner une fortune rien qu'à m'écouter. Tu n'auras qu'à bouger la main, comme un métronome. Plus haut, plus bas. Et puis voilà.

La dernière fois qu'ils firent ensemble une répétition du son, ce fut avec *Mélodie des faubourgs* de Carlos Gardel.

Je vais répéter cette partie, dit Terranova. Éloigne-toi davantage.

Écoute-moi, lui dit Curtis. Ce n'est pas « se me

planta un lagrimón ». C'est « se me pianta », tu comprends ?, « se me pianta ».

Oui bien sûr, « se me pianta un lagrimón ». Ça m'échappe toujours. Et voilà un lagrimón, une grosse larme. Adieu, grosse larme !

Curtis s'éloigne. Il a la mer dans son dos. Sa silhouette sur l'horizon de l'océan.

Plus fort ! Plus fort ! crie Curtis.

Tu ne peux rien entendre, puisque je ne chante pas, murmure Terranova. Ensuite il crie : Attends, espèce de moricaud, espèce de con !

Plus fort !

Cette nuit, ils sont assis sur le toit sous les pales des éclats de lumière.

Barrio plateado por la luna

Barrio plateado por la luna

rumores de milonga

rumores de milonga

que es toda mi fortuna

Que es toda mi fortuna. Tu entends, moricaud ? Aujourd'hui, alors que nous étions en train de répéter, je me suis aperçu de quelque chose. Il existe un triangle dans cette ville.

Un triangle ?

Un triangle qui a quelque chose à voir avec nous. Où nous jouons tout le temps. Si tu regardes sur ta droite, il y a le cimetière de San-Amaro. Ça, c'est le premier sommet. Si tu regardes sur ta gauche, il y a la prison de la Province. C'est le deuxième sommet. Il n'y a aucun avenir ni sur ta gauche ni sur ta droite. Il ne nous reste plus que le troisième sommet. Le phare. La lumière du phare. Et, d'après toi, que dit la lumière du phare ?

Il avait déjà une réponse toute prête : Elle dit adieu ! Adieu ! C'est la lumière des émigrants. C'est notre lumière, mon cher Hercule !

Moi, elle ne me dit pas adieu, grommelle Hercule, désolé de contredire son ami.

Tu ne comprends pas, Vicente. Quand tu as décidé de ne rien comprendre, tu ne comprends vraiment rien.

Ils se turent. Les intermittences de la lumière agitaient les émotions comme dans les dessins animés.

Toi, tu possèdes déjà une légende, Curtis, tu es le sparring-partner d'Arturo da Silva. Tu es Hercule du quartier du Papagaio. Lors de ton premier combat, lors de ta première charge, tu as mis ton adversaire K.-O. Il s'est écroulé au sol, le visage dans le vide. Comment ça s'appelle ? Le couloir latéral ? Les gens riaient. Et quand il s'est relevé, tu as fait le une-deux que t'a enseigné da Silva. Puis terminé. C'est ce qu'on appelle se forger une légende, mon cher Curtis. L'histoire de la dent qui était restée clouée dans le gant. Et toi, qui es allé la lui rendre. Tiens, Manlle, je te rends ta dent. Et ensuite tu as même essayé de lui vendre un billet pour prendre le train spécial. C'est quelque chose que personne n'oubliera jamais. Ce genre d'attitude va entrer dans l'histoire. Mais moi, moi je n'ai pas de légende, Curtis.

Mais si ! Tu en as une !

Et laquelle ?

Il paraît que tu es né dans une patelle de poissons. Avec plein d'arêtes.

Ça, c'est de la misère, ce n'est pas une légende.

Moi, ça me plaît, dit Curtis. À ma mère aussi. À Flora. À tout le monde.

Son père était toujours en mer. Sa mère était poissonnière. Et alors qu'elle était allée vendre du poisson, elle avait accouché toute seule, et elle avait posé le nouveau-né sur la chose la plus moelleuse qu'elle avait trouvée. Parmi les lottes, les chinchards, les sardines, la friture et les vieilles. Sa mère quittait très tôt la criée de Muro, et elle s'en allait vendre du poisson pas cher dans les villages alentour. Le chinchard est un poisson humble, y compris sa couleur. Mais Luis ne comprenait pas pourquoi les vieilles, qu'on appelle aussi des coquettes, pouvaient être aussi bon marché, avec toutes les couleurs qu'elles ont. C'est de la chair d'arc-en-ciel. C'était une parenthèse qu'il aimait beaucoup faire, celle du contenu de la patelle, parce que ça lui permettait de raconter plein de blagues, comme celle qu'il avait faite sur la scène de l'Académie de Danse : Je suis comme une coquette, je suis pauvre mais très belle, car les malheurs ne viennent jamais seuls. Comme tout le monde, Milagres pensait que sa naissance dans une patelle de poissons était une invention du garçon. Il avait suffisamment d'imagination pour cela et bien davantage encore. Jusqu'à ce qu'un jour elle rencontrât sa mère, Aurora, la poissonnière, et celle-ci lui confirmât que c'était vrai. Qu'elle était d'abord allée à Cabana, puis au village de Someso, et qu'elle avait enfin pris le chemin qui mène à Castro, sur le bord du petit ruisseau du Lagar. Il n'y avait personne dans les environs. Elle avait attendu une éternité que des gens passent dans le coin.

Où allait-il être mieux installé que sur le poisson ?

Lorsque Milagres ouvrait un oursin par la moitié, elle se disait que ses sacrifices étaient bien récompensés. Curtis le savait et il allait ramasser des oursins, à marée basse. Il connaissait bien leurs cachettes parmi les pierres, dans les trous accueillants où ils se réfugiaient, mais il préférait prendre des risques à la Gaivoteira, pour rapporter des pouces-pieds. Il avait très peur de se planter une épine d'oursin. C'est là-bas, à l'extrémité la plus sauvage de la mer, qu'il avait rencontré ses meilleurs amis et l'un d'eux, le fameux Luis Terranova, lui expliqua comment il fallait s'y prendre avec les piquants des oursins. Le problème de ces piquants, c'est leur grosseur. Contrairement à d'autres piquants, comme ceux des châtaignes, leur pointe n'est pas aiguisée. Pour les retirer, les gens s'impatientent et commencent à se découper la chair jusqu'à se faire de très profondes blessures.

Il ne faut pas faire de trou, lui dit Luis. Les piquants des oursins sortent tout seuls. Ils se déplacent dans la chair au gré des marées. Si tu te mets sur le bord, à marée basse, alors ils sortent tout seuls.

C'était à moitié de la blague et à moitié vrai, comme toujours avec Luis. Il riait presque toujours de tout. Même de la mer. C'est de la mer qu'il riait le plus. Lorsqu'elle était calme, il grimpait sur les hanches de pierre du rocher appelé le Caballo de las Praderas, ou alors il s'approchait du précipice à Punta Robaleira et il le provoquait : Eh toi, le barbu, Neptune, espèce de con, imbécile, gros couillon ! Regarde qui est là ! C'est le fantôme de Terranova ! Je suis le père du fils ! Son père était mort sur un *doris* portugais. Ils partent avec un grand bateau rempli de petites barques, avait raconté Luis à Curtis. Chaque pêcheur expérimenté part tout seul dans sa petite barque verte, son doris, et il revient ou il ne revient pas. Une fois, deux morutiers basques avaient fait escale pour enrôler un équipage galicien. Terranova grimpa sur une bitte d'amarrage avec une bouteille vide à la main, comme Ésope, et avec une voix d'ecclésiastique, il imita celle du curé qu'il avait entendue une fois à son pupitre : « Travaille, pêcheur, travaille ! Seul le travail donne de la dignité à l'homme. Ne crains pas le vent furieux, ni la mer démontée, car la mort berce les courageux. Les hommes se noient davantage dans le vin que dans la mer. » Le Grutier le prit en pitié et il manœuvra le crochet jusqu'à lui. Luis s'y accrocha et le Grutier le hissa, le descendit et le secoua de gauche à droite jusqu'à ce qu'il se mette enfin à rire. La grue possédait une cabine en bois avec des fenêtres et ressemblait à une petite maison flottant dans les airs, avec un lit et tout le reste. Le Grutier avait inscrit dessus, à la peinture, le nom de *Carmiña*. Toutes les grues portaient un nom de femme. Il y avait une *Bella Otero*, une *Eva* et un peu plus loin, sur le quai du Bois, une *Pasionaria*. Le Grutier de *Carmiña* possédait un rayonnage avec des livres, dans sa cabine. Une étagère avec un écriteau où il avait inscrit le mot « Jour », c'est là que se trouvaient les lectures scientifiques, et une autre où il avait inscrit le mot « Nuit », sur laquelle il y avait les romans. Le Grutier ne se contentait pas de lire. Il avait également une vocation d'écrivain scientifique.

Pas du tout littéraire. Divertissant d'accord, mais scientifique.

En plus des livres de consultation courante, il possédait également un dossier où il conservait depuis plusieurs années des notes et des dessins personnels regroupés sous le titre *L'Intimité de la mer*. L'œuvre en cours devait rester secrète. L'ensemble des notes était caché dans une fausse couverture en cuir où l'on pouvait lire « LIVERPOOL Telephone Director ». Le genre de chose qu'on trouve souvent dans les ports. Mais Ramón Ponte possédait ce plaisir particulier qui consiste à révéler sans trop de difficultés les secrets les mieux cachés. Ainsi, de l'instant où il ouvrait le dossier contenant ses notes jusqu'au moment où il le refermait, après avoir révélé son contenu, son sourire ne le lâchait pas. *L'Intimité de la mer* traitait de la vie sexuelle des animaux marins. On parle beaucoup de la mer, disait-il, mais personne ne remarque l'essentiel. La mer est le plus important vivier de la planète et peut-être même de l'univers. C'est un immense lit orgiaque. Le lieu des copulations les plus insolites. Des arts les plus surprenants de la fécondation. Il admirait Élisée Reclus, sa science anarchiste, la jonction de tous les savoirs pour une compréhension de l'histoire naturelle. Pour commencer, il faudrait unir la zoologie et la géographie. Pourquoi les animaux vivent-ils dans un lieu plutôt que dans un autre ? Son ignorance le scandalisa. Et en parlant de lieu, ce qui le scandalisa également, c'est l'ignorance de tous les gens de La Corogne, des habitants de cette ville côtière, à propos des animaux qui vivent dans la mer. Il prit la décision de se documenter au maximum. Parfois, il passait la nuit entière dans la cabine de la grue, à la lueur d'un lumignon, mais les sujets vers lesquels il revenait régulièrement concernaient inévitablement la reproduction des animaux marins et, chose encore plus surprenante, il se posait toujours les mêmes questions que lorsqu'il était gamin et qu'il allait pêcher avec son père. Il avait toujours eu une fascination pour les poulpes, pour leurs yeux qui dénotaient une intelligence supérieure chez le plus savant de tous les invertébrés, pour les fonctions infinies que leur permettaient les huit bras avec leurs ventouses, propulsion et construction de murs de pierres, pour l'encre devenue leur arme de défense, pour leur art du camouflage et de la mimésis.

En réalité, ce que tu aimerais savoir, c'est de quelle façon baisent les poulpes. N'est-ce pas ?

Oui.

C'est le genre de question qui, lorsqu'elle est lancée, finit par concerner tout le monde. Au bar Odilo, qui se trouve rue de la Torre, quelqu'un finit par évoquer le troisième bras.

Le troisième bras, c'est le sexe du poulpe. Et la femelle alors ? Eh bien, la femelle possède un sacré gant où se fourrer ce bras.

Et comment peut-on savoir où est le troisième bras, puisqu'il y en a huit ?

C'était aussi le genre de question que Terranova et Curtis finissaient par lui poser lorsqu'ils montaient dans la cabine de la grue *Carmiña* et que Ponte leur montrait ses progrès d'autodidacte concernant son traité, *L'Intimité de la mer*. Grâce à ses connaissances sur le port, il parvenait à se procurer des livres et des publications internationales qu'ensuite les élèves de l'École Rationaliste lui traduisaient. Il obtenait également des illustrations et des gravures qu'il tentait de recréer. Le plus intéressant, c'était moins les techniques de reproduction que les pratiques amoureuses des animaux marins.

Et ceux-ci qui font l'amour en croix, perpendiculairement l'un par rapport à l'autre, ce sont des lamproies.

Et qui sont ceux qui prennent le plus de plaisir ? demanda Terranova avec une voix de tango.

Ceux qui prennent le plus de plaisir, ça on n'en sait rien, espèce de petit voyou. Certains, qui n'ont encore jamais joui, découvrent soudain un jour, comme qui dirait, le troisième bras. Moi, j'ai connu une femme qui n'a jamais pu jouir qu'avec un épi de maïs. Son mari était assez maladroit de ses mains et plutôt rustre dans ses façons de faire. Mais, jouir est une chose, ensuite il faut voir combien de temps on tient. D'après ce que je sais, les animaux marins qui copulent le plus longtemps, ce sont les seiches. On peut presque dire qu'elles s'accouplent une fois pour toutes, puis qu'elles ne s'arrêtent jamais plus de baiser. Elles ne se séparent que pour permettre à la femelle de pondre ses œufs et puis elles se préparent ensuite toutes les deux à mourir.

Aussi bien Luis Terranova que Curtis écoutaient très attentivement, parce qu'ils avaient attrapé des seiches à la main et ils comprenaient à présent pourquoi, dans certains cas, ces êtres extraordinaires, qui possédaient une dizaine de tentacules, dotés comme on dit de propulsion, ne fuyaient pas et se laissaient capturer de façon aussi languide. Mais le problème, une fois le puits de la connaissance ouvert, c'est qu'on n'arrive plus à le combler, et Luis et Curtis voulurent ensuite savoir comment s'accouplent les étrilles, et les tourteaux et les araignées de mer avec leur armure, leur corps belliqueux, dont les bras ne sont que pinces et tenailles. En ce qui les concerne, j'ai trouvé des choses intéressantes, dit Ponte en fouillant dans son dossier à la recherche de la note qu'il avait rédigée à partir des expériences réalisées par les plongeurs du Club del Mar, ceux qu'on avait surnommés les Plongeurs Phosphorescents.

Les crustacés aussi s'accouplent pendant un long moment. Mais ce qui est original chez eux, c'est que ce sont les mâles qui prennent les femelles sur leur dos, et qui s'en vont faire une longue virée amoureuse dans les profondeurs de la baie.

Et les oursins ? se rappela soudain Curtis. Comment ils font ça, les oursins ?

Les oursins vivent ensemble, mais ils s'aiment à distance, expliqua Ponte de façon quelque peu énigmatique, tout en rangeant son dossier. Je n'en sais rien. Pour répondre à toutes ces questions, il va bientôt falloir que je transfère les livres scientifiques sur l'étagère de « La nuit », avec les romans. Sur cette étagère, il y avait déjà *Les Naufragés ensorcelés* et *Les Amantes du capitaine Nemo*, sans compter les publications des romans populaires de la collection Le Roman Idéal.

Et parmi tous les livres, on pouvait également voir la pièce la plus précieuse de la cabine du *Carmiña*, que le Grutier avait placée sur une espèce de socle, le ballon du *Diligent*. D'après la légende, et ce serait un sacrilège que de la mettre en doute devant le Grutier, c'était le premier ballon de football en cuir qui était arrivé à La Corogne. Le *Diligent* était un bateau britannique. Des membres d'équipage s'étaient mis à jouer sur le pont et le ballon avait roulé sur le quai. Lorsqu'il exécuta ses premiers rebonds hors du bateau, on comprit que le ballon du *Diligent* allait se perdre. On sentait qu'il avait décidé de rester à terre, lança ironiquement Ponte. À présent il trônait ici, sur l'autel de la grue *Carmiña*, comme la sphère d'une étrange planète.

Ne parlons plus de science, dit le Grutier. Pour aujourd'hui, ça suffit. Allez, Luis, chante-moi le tango du Carnaval, celui qui parle de la colombine qui avait mis dans les cernes de ses yeux un peu de fumée du bûcher de son cœur.

Cet endroit était devenu un vrai foyer pour Terranova. La cabine de la grue *Carmiña*, cette maison qui bougeait sans se déplacer et qui était en même temps un lieu terrestre, maritime et aérien, l'apaisait. Parfois, pas très souvent, le vent pénétrait dans sa tête et il se battait contre le monde entier. On aurait dit qu'il récupérait du fond des mers tous les surnoms rejetés par les sentines des bateaux. Il fallait le laisser vagabonder, solitaire, les mains dans les poches. Lorsque Arturo lui apprit la chose, Curtis alla vite la raconter à Terranova. Que la meilleure façon de s'entraîner, c'était d'affronter son ombre. Il fallait lutter contre son ombre.

Qui t'a dit ça ?

Arturo da Silva. Lorsqu'il a fait de la prison, il y a de nombreuses années, il m'a dit qu'il avait passé son temps à se battre contre son ombre. Ils marchaient dans la rue Atocha-Alta, en direction du cinéma Hercule. Ils se tournèrent vers le mur, près de l'entrée, en position de combat, chacun était prêt à se battre contre son ombre.

Je n'ai pas d'ombre, moi, dit Terranova, effaré.

Et c'était vrai. Ils restèrent là, tous les deux, à fixer celle d'Hercule. C'était une ombre plate avec de très larges épaules.

Laisse-moi me battre un peu contre la tienne.

Tu dois boxer, mais sans donner de coups de pied. Regarde, comme ça. Un-deux. Un-deux.

C'est à cet instant précis, au moment où il s'était mis à bouger, que Luis Terranova vit son ombre fuyante surgir du bord du trottoir.

Elle est là ! Mon ombre est là !

Il courait et dansait sur le trottoir. *Un-deux-trois, un-deux-trois**, faisait-il en tentant de lui marcher dessus.

Tu es fou. On ne peut pas marcher sur son ombre. Elle ne se laisse pas faire.

Je fais ce qui me plaît avec mon ombre.

Il savait aussi imiter mille voix différentes. Et cette voix apparemment froide, celle qu'il venait d'utiliser avec Curtis, c'était ce qu'il appelait une voix d'amorçage. La même que celle de sa mère lorsqu'elle discutait les prix ou la qualité de la marchandise. Une voix de poissonnière. Et l'argument indiscutable, celui qu'on ne pouvait surtout pas mettre en doute, c'était que le poisson restait frais tant que les poissonnières le portaient sur la tête.

Luis tourna sur lui-même en surveillant du coin de l'œil son ombre, puis il l'aperçut de profil sur le mur, à côté des photos de cinéma.

C'est une ombre tout simplement géniale ! De cinéma.

Il travaillait tant qu'il pouvait au port, il donnait des renseignements à tout le monde. Et lorsqu'il gagnait un peu d'argent en faisant le guide pour les marins, en leur faisant découvrir les endroits secrets de la ville, un de ces lieux favoris était l'Académie de Danse. Luis avait le culot qui manquait à Curtis. Il avait promis à sa mère qu'il l'emmènerait un jour chez la modiste María Miramontes s'acheter une robe style Paris-La Corogne-New York. Il était déjà allé là-bas et avait observé les couturières. Luis était déjà allé là-bas, car il avait accompagné Vicente pour récupérer un paquet d'ouvrages à livrer à la librairie La Fe. Le mari de María Miramontes était le patron des Éditions Nós, Ánxel Casal. On disait que la machine à imprimer fonctionnait en grande partie grâce à l'aiguille de María. Il est vrai que, le jour où ils s'y étaient rendus tous les deux, la modiste et ses couturières étaient en train de coudre des livres. Mais Luis Terranova s'intéressa plutôt aux vêtements qui se trouvaient là. On avait exposé une robe en rayonne avec un ruban de soie rouge à la taille. Avoir ça sur soi ! Cela ne pouvait que flatter qui que ce fût.

Luis s'amusait beaucoup à l'Académie de Danse. Pour lui, les deux extrémités de ce qu'on pourrait appeler un foyer nomade ne pouvaient être que la cabine de la grue *Carmiña*, avec Ponte, le Grutier, et le local du quartier du Papagaio. Parfois, lorsque Samantha, la mère maquerelle, autrefois connue sous le nom de Portal, était mal lunée, elle le traitait comme un moustique qui venait de pénétrer dans sa maison, pour fuir la brume et attiré par les petites lanternes. Mais d'autres fois, c'est elle-même qui demandait qu'on se taise et l'invitait à chanter. C'était un de ces enfants prodiges qui naissent avec un don dans leur voix, qui savent imiter mille voix différentes, qui peuvent chanter comme un homme, ou comme une femme. Et même comme un eunuque.

À toi maintenant, Samantha, chante-nous *La Puce* ! Où est-elle passée la puce, Samantha ? Elle a dû faire des petits, à l'heure qu'il est !

C'était une allusion malicieuse qui venait lui rappeler une époque pas bien meilleure que celle-ci. Lointaine à présent. L'époque où elle imitait la Chelito, après son passage au Pavillon Lino. Mais elle savait parfaitement se faire respecter.

La puce, ça fait bien longtemps que je ne la vois plus. Elle a dû aller se fourrer dans la chatte de ta mère.

C'était comme faire tomber une pierre au fond d'un puits. Celui-là, en tout cas, n'allait pas recommencer de sitôt. La fête pouvait continuer.

Silence ! Et un peu de respect, messieurs, vous avez tous des manières de *bolcheviques*. Devant vous à présent, le nouveau Gardel avec l'élégance de Miguel de Molina. Allez, mon gars, cloue-leur le bec à ces gros malins.

Et lui, futé comme la faim, qui avait vérifié ce qu'était un eunuque, car ce n'était pas la première fois qu'on le qualifiait ainsi, ne se mettait pas à chanter un tango, comme le lui avait demandé Samantha, mais un fox-trot plutôt classique à l'intention de sa gentille hôtesse qui vivait une deuxième et peut-être même une troisième jeunesse.

Antes femenina era la mujer,
pero hoy con la moda se ha echado a perder.

(Autrefois féminine était la femme, / mais aujourd'hui la mode lui a fait perdre son âme.)

Et lorsque Luis s'en prenait à elle, lorsqu'il se moquait de sa coupe de cheveux *à la garçonne**, Samantha était la première à en rire. Un rire d'une puissance sismique, qui ébranlait les murs de la maison. De temps à autre, Luis dormait là-bas, dans le grenier, dans la chambre que partageaient Curtis et sa mère. Curtis avait la corpulence et la taille de deux Luis. Il ouvrait la lucarne et soulevait Luis à bout de bras en le saisissant sous les coudes.

Le phare tente de pointer son faisceau sur moi ! criait-il. Ici ! Je suis là ! C'est moi ! Terranova ! Regarde, Curtis, le grand réflecteur de l'univers est en train de me chercher sur tous les toits.

Il était devant le bûcher, en train de regarder comment le feu cernait le *Manuel populaire d'électricité*, et il avait la nostalgie du contact des oursins dans ses mains, de tous les oursins qu'il avait touchés. Il aurait aimé avoir au moins trois mains pour jongler avec, comme le faisait Arturo pendant son entraînement de boxe.

Eh, toi ! Qu'est-ce que tu fais là ? Qui est ce colosse avec la casquette ?

Les quelques passants qui se retrouvaient devant les bûchers en revenant du Parrote ou de la Vieille-Ville changeaient de direction, mais pas tout de suite, car cela aurait pu paraître douteux. Instinctivement, ils optaient pour une sorte de progression oblique, qui les menait sous les arcades, où ils cherchaient à se confondre avec les ombres.

Sur la place María-Pita, c'était la même chose. Ceux qui descendaient par la rue Porta-de-Aires et débouchaient à l'endroit où se trouvaient les brasiers n'avaient que quelques secondes pour réagir devant une scène aussi insolite, car ils ne pouvaient pas imaginer que cette fumée pût venir des livres. Non, on n'avait pas le souvenir d'une fumée de cette nature dans toute la ville. Cette façon pressée, craintive, de marcher était vraiment particulière. Observés depuis une terrasse ou depuis le grand balcon du Palais Municipal, les passants donnaient le sentiment de tracer des angles obtus par rapport aux bûchers. Une certaine hâte se cachait derrière cette marche craintive, une hâte contenue qui renonçait délibérément à se traduire par une accélération. La place était restée la même, mais l'histoire de la marche avait soudain changé. Dans cet endroit, représenté à présent par le feu, il était impossible d'adopter une allure de badaud curieux, ni de promeneur indifférent, ni tout simplement normale, déterminée par un but sans pour autant écarter toute curiosité. Ni d'opter pour cette façon de marcher que les Italiens appellent *andare a zonzo*, marcher sans but préalablement déterminé. Ce qui caractérise la marche craintive, c'est qu'on préférerait retourner sur ses pas et que cependant on doit continuer sa progression. Si on avait au moins tracé une ligne à suivre, une ligne que les vainqueurs auraient marquée par terre. Tandis que les livres continuent à brûler, on peut apercevoir, sur une des terrasses, l'homme qui s'intéresse à ce genre de considérations car il est en train de réfléchir à l'article de presse qu'il va rédiger et qui ne traite pas des volumes en feu, ni de la peur, mais de chironomie, c'est-à-dire de l'art de bouger mélodieusement les mains et, plus généralement, de l'élégance de tous les mouvements du corps. Il a l'intention d'écrire à propos de l'École Supérieure des Domestiques de Vienne, où l'on donnait à l'époque un cours sur les différentes façons de marcher. Et il doit trouver une citation en rapport avec le sujet. Quelque chose qui ait un certain style. Une tournure classique. Peut-être du Lope de Vega. Qu'est-ce qu'il avait dit déjà ? Les Espagnols, fils de l'air. L'allure de la marche. Il faudrait qu'il propose une référence locale. Les gens se distinguent-ils par leur façon de marcher ? Bien entendu. Toutes les sortes, les classes de marches, marcher avec classe. Parfois une même personne peut changer plusieurs fois sa façon de marcher, selon l'endroit où elle se rend. Ça dépend de la rue. La façon de marcher des couturières dans les rues Cantón-Grande et Cantón-Pequeña. Peut-être serait-il préférable de s'abstenir de proposer des références trop concrètes, de se contenter de dire les dames des rues Cantón, par exemple. L'allure des dames de La Corogne déambulant le long des rues Cantón. Ça, c'est l'excellence de la marche. Un endroit rassemblant toutes les façons de marcher au monde, comme à Paris, et cetera, et cetera. S'il réfléchit trop à ce qui est en train de se passer devant ses yeux, il va être terrorisé, mais aujourd'hui il faut qu'il rédige un article comme s'il ne se passait rien. Alors il ne réfléchit pas. Le fait d'être en train de regarder depuis la terrasse, ce point de vue, presque d'oiseau, lui donne un instant le sentiment d'être étranger à ce qui se passe à ras du sol. Ses jambes sont étrangères à ces conflits entre les différentes façons de marcher. Mais, soudain, un des individus qui sont en train de brûler les livres lève la tête et regarde dans sa direction. Et le journaliste, un homme cultivé qui s'apprête à rédiger un article à propos de l'élégance, éprouve l'étrange sentiment qu'on est en train de l'observer par-dessus l'épaule. Alors il décide de s'en aller. Mais il ne sait pas très bien comment s'y prendre. S'il doit marcher à reculons, ou se retourner.

De l'autre côté de la place, sur la Darse, l'attention s'est à présent plutôt concentrée sur ce qui ne bouge pas. Sur ce gars qui porte une casquette à visière avec des losanges verts et blancs et qui est en train de feuilleter un livre. Un livre qu'il vient tout juste de sauver du bûcher.

Parmi le groupe qui décide de s'intéresser à la présence de Curtis, il y a un type plus costaud que les autres. On pourrait dire d'une complexion de gymnaste, si ce n'était sa grosse bedaine. Peut-être poussé par son physique, peut-être aussi parce qu'il porte également une casquette, bien que la sienne ressemble à une crête avec le pompon des *requetés* carlistes, c'est lui qui prend à présent l'initiative.

Eh, toi ! Chocolat ! Tu n'entends pas ce qu'on te dit ?

Il ne le sait pas, il ne peut pas le savoir, mais en utilisant ce surnom il provoque une déflagration qui transperce Curtis. Voilà pourquoi celui-ci regarde du coin de l'œil, derrière lui. Et il aperçoit Marcelino, le Noir qui vend des cravates, élégant, toujours transportant son étalage sur son bras tendu. Huici prétendait que la mairie aurait dû le rétribuer pour parcourir ainsi toute la ville, avec sa gamme de couleurs accrochée à la perche de son bras et avec son sourire. Que fait donc aujourd'hui le vendeur de cravates, perdu parmi les bûchers ? Chocolat ? Chocolat était mort, il avait été un des premiers gars assassinés. La nouvelle était arrivée jusqu'à Curtis, alors qu'il pouvait encore recevoir des nouvelles, les premiers jours où on l'avait enfermé dans le grenier. Voilà pourquoi il regarde derrière lui, dans l'espoir qu'Antonio Naya, l'employé de l'usine de chocolat, connu sous le sobriquet Chocolat, vienne démentir l'information.

Eh toi, qu'est-ce que tu regardes ? Oui, toi, le gars avec la casquette ! Tu viens faire ton cirque, toi aussi ?

À présent Curtis sent que les insultes sont en train de se rapprocher comme les lancers de lasso dans un rodéo. Par expérience, Curtis sait, depuis tout petit, depuis qu'il est sorti tout seul dans la rue et qu'il a pris conscience de ses dangers, que la première et la deuxième insulte conduisent fatalement à une troisième qui se fait bien plus précise.

En voilà deux qui se sont retrouvés ! Deux orangs-outans ! Un noir et un blanc ! Ououououhiiiiihaaahououou ! Ouhouhou !

Le grand échalas commence à imiter un singe, ses cris et ses attitudes. Le pompon se balance sur son front comme un pendule sans fil. Autour de lui, la bande d'incendiaires éclate de rire. L'un après l'autre, ils se joignent à la moquerie, marchent à quatre pattes, se frappent la poitrine, arquent et agitent les bras en se portant les mains sous les aisselles. Chacun hurle plus fort que le voisin. Ils s'excitent les uns les autres. On dirait qu'ils sont en train d'interpréter une danse.

Flora, *la Fillette*, que Samantha appelle, plutôt par jalousie que par ironie, *la Fluette*, vient de se lancer dans une danse inhabituelle à l'Académie. Sur l'enseigne, on peut lire « *Un-deux-trois** », mais les gens continuent à l'appeler l'Académie de Danse. Tout le corps de Flora s'exprime et s'implique totalement. Les claquements de pieds racontent une histoire à suspense sur le tambourin de l'estrade. On dirait qu'ils se retiennent un peu, juste le temps d'écouter. Ils pourraient tout à fait être en train de raconter ce qui se passe, ce soir, sous ce toit. Il y a bien longtemps que les spectateurs attentifs savent que, à mesure que son corps s'est affiné, la danse de Flora est devenue autre chose qu'un amusement, qu'une distraction. Lorsqu'elle danse, se dit Samantha, ses mains dessinent le souvenir des corps qu'elles ont connus. Elle n'est pas maigre ou chétive. C'est différent. Lorsqu'il ne pleut pas, elle passe toute sa journée collée au mur de la Coraza-del-Orzán. Exposée au vent marin de la baie. Comme un congre à la sécherie. Au soleil, comme ces animaux qui vivent sur les pierres. Et à présent, voilà qu'elle se met à discuter avec les boxeurs, elle leur propose de venir consommer au local. Elle ne va pas maigrir ! Le poète avait déjà parlé d'elles dans ses poèmes, d'elle et de l'autre fille, qu'on avait eu la mauvaise idée de surnommer Kif, car ce n'était certainement pas pour rien si l'on avait écrit « les sirènes de la Coraza, les hétaïres du grand air ».

Toi, ça te plaît sans doute beaucoup, mais moi, cette histoire des hétaïres ne me dit rien qui vaille, expliqua Samantha lorsqu'elle lut *L'Odyssée de la baie d'Orzán*.

Eh bien, figure-toi que ce poète, qui a bien entendu emprunté un autre nom, dit Flora en sachant pertinemment que les titres enchantaient Samantha, n'est autre qu'un médecin. Et proctologue, pour comble de ridicule.

Quel ridicule ?

Flora lui adressa un clin d'œil. Médecin du cul, Samantha. C'est un expert des quelques centimètres carrés les plus merveilleux de toute l'humanité.

Ce doit être une mine, dit Samantha en se demandant si elle se moquait d'elle ou pas.

Je savais que ça t'intéresserait.

À vrai dire, cette poésie n'est pas si mauvaise, conclut la mère maquerelle. Les hétaïres du grand air ! Enfin. On a déjà écrit des choses bien pires que celle-là.

La mère maquerelle n'apprécie pas que Flora se consacre aussi sérieusement à la scène. Et encore moins qu'elle se déguise en danseur, vêtu en noir et blanc, avec un pantalon et tout ce qui s'ensuit, les cheveux rassemblés sous le chapeau, et qu'elle ose danser une *farruca*. Tu as dansé toute ta vie de joyeuses *bulerías* et tout d'un coup tu te pointes avec cette danse-là, si sobre, une *farruca*. Ça, c'est pour te faire remarquer. Connaisseurs comme le sont les gens de La Corogne. Ils s'y connaissent même en jazz.

À présent qu'elle est devenue vieille, voilà que la mère maquerelle se met à apprécier l'art.

Et aujourd'hui aussi, elle écoute avec attention. Elle se trouve au grenier, en train d'aider Milagres à accoucher, et elle comprend le code morse des talons.

Ce type-là, cet Hercule, ce ne serait pas le protégé d'Arturo da Silva ?

Oui, bien sûr. C'est Manlle qui le connaît bien. Il n'est pas avec nous, Manlle ?

Pas aujourd'hui. Il a dit que, lui, les livres, ça ne l'intéressait pas, même si c'est pour les brûler.

Eh bien, moi, je suis persuadé que c'est le fameux Hercule, celui que Manlle connaît si bien. Il est donc toujours en vie, ce fils de pute.

Milagres ? Ce n'est pas un nom très sérieux pour une pute.

Je ne suis pas une pute. Moi, je suis ici pour m'occuper des matelas.

Des matelas ?

Oui, madame, pour les laver et carder la laine.

Samantha faillit éclater de rire. Milagres avait l'air d'une apparition, distillant toujours la même rengaine, devenue son mot de passe de toujours. Lorsque Samantha était arrivée dans le quartier, elle avait aussi dit quelque chose dans ce genre. Jadis, Samantha aussi était venue carder la laine des matelas pour la détendre. Elle allait lui répondre qu'en ville il y avait déjà des gens dont le métier était de détendre la laine. Le matelassier de la rue Panadeiras par exemple, là-bas dans son grand jardin, qui se transformait l'été en un gigantesque manteau de laine fermentant au soleil. C'était le bonheur de la laine soulagée de tout poids, de toute fatigue, de tout épuisement rigide. Et elle, Samantha, lorsqu'elle n'était pas encore Samantha, lorsque ce qu'elle avait à détendre c'était seulement elle-même, détendre son corps, puis se le faire fermenter et pétrir, et sur un pauvre matelas de feuilles de maïs, ou d'écorces hachées. Elle avait juste à détendre son corps et à écarter les jambes.

Dis donc, Milagres ! Il ne faudrait pas non plus me prendre pour une andouille. Tu peux appeler ça comme tu voudras, mais je sais de quoi je parle.

Lorsque Milagres s'était présentée à l'Académie, Samantha avait tout de suite eu envie de la chasser de chez elle. Pas tellement à cause de sa naïveté, mais parce qu'elle ne la trouvait vraiment pas très futée. Puis elle eut tôt fait de s'apercevoir que, en vérité, elle avait peur, extrêmement peur. Il y avait bien longtemps qu'elle, Samantha, avait oublié ce qu'était la peur, en tout cas c'est ce qu'elle pensait avant l'arrivée de Milagres qui l'avait ramenée à la dure réalité. Les deux femmes avaient un lointain air de parenté. C'est pour cette raison qu'on la lui avait envoyée, avec ces références. Et c'est aussi ce qui avait rendu Samantha si furieuse, au fond d'elle-même. Ce qui avait tiré sa peur de la longue anesthésie où elle avait sombré depuis des années. Comme si un furet s'était introduit au plus profond du terrier de sa mémoire, une fillette avec un corps de femme venait de se planter devant elle. Une fillette qui avait déjà transporté de tout sur sa tête. Une fillette qui venait du tréfonds de la peur de son village, pour se rendre au cœur de la peur de cette ville. Elle passait d'un esclavage à l'autre. Elle allait se donner un temps de réflexion. Voilà l'excuse qu'elle trouva pour ne pas la renvoyer tout de suite à sa première peur.

Parfaitement, madame. Je viens pour détendre la laine des matelas.

Les matelas ? Tu vas détendre la laine des matelas et de tout le reste. Tu vas travailler comme une bourrique. Allez, au boulot !

Elle se rappela le grenier. Souleva la lucarne et dit dans l'obscurité : « On va s'offrir une bonne détente. Un vrai lieu où se détendre, au ciel. »

À présent, elle est là, en train de mordre dans un mouchoir blanc, transpirant une rosée qui enveloppe la lumière de l'ampoule et de la bougie que María Belida, la petite gamine qui chante parfois des fados, a mise à saint Ramón Nonato avec un ruban de couleur. Ses yeux sont terrorisés, rivés aux siens. Sa sueur est toute froide, car elle est en train de répandre toute sa chaleur dans la pièce, de réchauffer tout l'alambic du grenier. Samantha se souvient et se tait : C'est une chance pour toi d'être ici, car au village tu serais certainement toute seule, en train de perdre tout ton sang, et la maisonnée se boucherait les oreilles, personne ne redonnerait un peu de chaleur à ton corps.

Les talons de Flora sont les battements de cœur de cette maison. Ils transmettent à ceux qui l'habitent un code composé de points et de traits qui se succèdent et résonnent en suivant l'enduit des cloisons, grimpent l'escalier et ouvrent les lucarnes. La danse est si intense, elle est si proche — retentissant au plafond comme si Flora était en train de danser sur le toit à la lueur du phare —, que quelque chose fait oublier à Milagres les coups à l'intérieur de son ventre, car ce corps qui arrive, mon Dieu, est bien plus corpulent que le sien.

Milagres ne le sait pas, mais Samantha lui a glissé une clé sous l'oreiller pour l'aider à accoucher, pour aider à ce que s'ouvre la fameuse porte de la vie, le con qui dispense la vie, mais elle fait bien plus confiance à l'effet de l'infusion de rue que lui a recommandée l'accoucheuse. Car la brave dame, qui est aujourd'hui sage-femme, s'était présentée trois mois auparavant comme avorteuse. Samantha n'arrivait pas à croire que la jeune fille fût enceinte. Lorsqu'elle s'en aperçut et comprit qu'elle n'était pas bizarre mais enceinte, ou les deux à la fois, bizarre et enceinte, la mère maquerelle en fut toute retournée. Milagres était parvenue à dissimuler sa grossesse avec sa robe et les jupons et aussi une gaine, qu'elle s'enroulait plusieurs fois autour du corps. Elle était silencieuse, revêche, travaillait toute la journée le dos tourné, cuisinait, faisait les lits, puis montait se coucher de bonne heure dans son grenier.

Tu as froid, fillette ?

C'est l'humidité.

D'un geste pompeux, destiné à décrire sa géographie corporelle, Samantha résuma la tenue qu'elle portait en toutes saisons : une nuisette de soie, un collier, des boucles d'oreilles et un fume-cigarette égyptien.

Tu devrais trouver quelqu'un qui t'offre un collier en or. Ça tient beaucoup plus chaud que tout le reste.

Sûrement que plusieurs autres filles, insolentes qu'elles sont, devaient être au courant. Et Samantha ne comprenait pas pour quelle raison elles avaient gardé le secret. Quel service pensaient-elles lui rendre en devenant complices de cette dissimulation ? Elles lui avaient tout simplement planté une couronne d'épines sur la tête. Samantha avait tendance à interpréter toute contrariété, quelle qu'elle soit, à l'intérieur de sa maison, comme une attaque personnelle. Comme une conspiration envers sa personne. Mais elle s'était déjà bien aiguisé les ongles. Et, s'il le fallait, ce ne serait pas le premier œil qu'elle arracherait à ses contrariétés. Elle avait déjà remporté la partie. Et elle ne se laissait plus faire. Ou plutôt, c'est toujours elle qui choisissait par qui elle acceptait de se laisser faire, par plaisir, pour de l'argent, ou par caprice. Dernièrement, elle ne se laissait vraiment faire que si les trois conditions étaient réunies. Et, cette idiote, pour laquelle de ces trois conditions avait-elle fait ça ? Pour laquelle de ces conditions Milagres s'était-elle laissé faire ?

Va prévenir la Veuve.

Ils n'avaient pas réussi à tirer les vers du nez à la jeune fille. La Veuve, c'est comme cela qu'elles appelaient entre elles, et seulement entre elles, l'avorteuse, à qui elles s'adressaient parfois en tant que Femme Sage ou Sage-Femme, selon les circonstances. La Veuve expliqua donc que le bébé était déjà formé, qu'il devait avoir plus de six mois et qu'il était à présent préférable de remonter l'omoplate trop basse de la future maman — c'était une façon de dire qu'il fallait lui remonter le moral —, car on voyait bien qu'elle avait un bras plus long que l'autre. De trois doigts environ. Et qu'on ne lui fasse pas manger du lièvre, sinon son enfant va passer sa vie à dormir les yeux ouverts. Elle l'avait dit sur le ton de la plaisanterie. Il n'était pas très fréquent de l'entendre plaisanter. Chaque phrase qu'elle disait à ces femmes mesurait une bonne brasse et il ne fallait jamais oublier sa signification exacte. Un jour, elle avait le plus sérieusement du monde prétendu que l'utérus était une « chambre sacrée », que les infections étaient à l'origine d'un énorme taux de mortalité. Son credo était devenu l'hygiène.

Tu vas avoir une surprise, Samantha.

Et quelle surprise ?

Ah… !

C'est Pombo qui le lui annonça. C'était sa personne de confiance, c'est lui qui la faisait rire le plus, qui ne se laissait jamais aller à entrer dans les conspirations et qui assouvissait son besoin de tendresse, car Samantha ne pouvait pas se permettre d'avoir le moral en berne, c'était impossible pour elle. De plus, et cela n'était pas de moindre importance, Pombo occupait le rôle de caissier à l'Académie de Danse et aussi de vigie protectrice ou, comme il le disait lui-même, d'*arma mater*. C'était un amateur de chemises en crépon, de gourmettes et de chaussures à talonnettes, mais il se faisait plutôt remarquer par sa façon de parler que par sa façon de s'habiller. Ou disons qu'il accordait sa façon de s'habiller à sa façon de parler. Ainsi ses chaussures venaient toujours du « royaume de Tafilete » ou de la « république de Dóngola », comme il avait surnommé les marchands de chaussures de la rue d'Orzán. Et lorsque quelqu'un le traitait de pédé, si c'était un ami, il le corrigeait en lui expliquant qu'il avait les deux sexes, celui de María Pita, ainsi que celui d'Hercule.

Tu es hermaphrodite comme les escargots ?

Tu n'as pas tout à fait bien observé les escargots, ma chère. Les escargots ne sont hermaphrodites que lorsqu'ils se sentent tout seuls. Lorsqu'ils ne peuvent pas faire autrement, comprends-tu ?

Pombo le Caustique ! lui avait reproché Samantha en vertu d'une ancienne licence que Pombo tolérait exclusivement chez elle.

Pour Samantha, les yeux et les oreilles de Pombo étaient un prolongement de ses propres sens. Mais il lui jura qu'il lui était arrivé la même chose qu'à elle. Il ne s'était pas aperçu de la grossesse de la fillette Milagres. Par la suite, ce fut lui qui s'occupa le plus attentivement d'elle, en suivant les conseils de la Veuve. Les derniers jours, avant l'accouchement, il lui fit la cuisine. Il se rendit à l'usine de chocolat dans la venelle de San-Andrés et lui rapporta quelques onces de la marque Pereiro et des coquilles de cacao pour les infusions. Pombo réussit à remonter le moral de Milagres. C'est lui également qui, le soir de l'accouchement, prépara les décoctions de rue et de guimauve, juste à l'instant où — Flora s'étant mise à danser — de légers coups de talon, rythmant le suspense sur l'estrade de l'Académie, commencèrent à résonner dans son ventre.

Toi, tu n'es jamais au courant de rien et voilà que tu commences à m'embrouiller. Allez, vas-y ! C'est quoi, cette surprise ?

Une surprise, ma petite Samantha, une surprise.

Elle murmura : Il y a longtemps que tu es venu à bout de ma capacité d'être surprise. Et il s'en alla droit devant lui, le long du couloir, se déhanchant de façon volontairement exagérée : « *Dicen que el tango es de una gran languidez, / y que por eso lo prohibió Pío Diez.* » (« On dit le tango à ce point alanguissant, / que Pie X le proscrivit sur-le-champ. »)

Comme si la danse se poursuivait par une sortie de scène, rythmée par les claquements des talons de Flora, la danseuse descendit de l'estrade, traversa le petit salon de l'Académie de Danse et grimpa en courant les marches de l'escalier conduisant au premier étage, où se trouvaient les chambres réservées aux clients ; puis un autre escalier plus étroit conduisant à un deuxième étage, celui où se trouvaient la suite de Samantha, la chambre de Pombo et deux autres chambres que partageaient les huit femmes fixes de la maison, car, les soirs où l'on donnait un spectacle, Pombo cédait sa place aux femmes qui arrivaient déjà accompagnées et à quelques solitaires qu'il appelait les petits papillons. Et Flora grimpa enfin à l'échelle de bois. Celle qui conduisait au grenier. La lucarne était ouverte et elle eut l'impression qu'il s'agissait d'une fenêtre donnant sur un autre salon, tandis que dans celui-ci, plus intime, avec la lumière voilée par les tulipes et ses ombres botaniques, on racontait des indiscrétions à travers rires et murmures. Et, contrairement à ce qu'elle avait cru au début, elle ne se retrouva pas face au déchirement de la chair ni aux premiers pleurs du bébé.

Flora s'approche de Milagres. Elle avait tenté de l'aider à accoucher avec sa danse. Elle n'est pas seule, mais elle a les yeux fermés, les paupières congestionnées et les cernes forment une ombre bleutée.

Le nouveau-né, dans les bras de la Veuve, ressemble aussi à un morceau de solitude. Elle ne veut pas qu'il se taise ainsi. Elle le prend par les pieds et lui tape dans le dos pour le faire pleurer.

Que fais-tu ? lui dit Pombo, le plus nerveux de l'assemblée assistant à cette scène de nativité.

Je fais ce que j'ai à faire, rétorque la Veuve.

Le nouveau-né se met à pleurer avec une sorte de calme. À intervalles presque calculés, comme s'il méditait chaque pleur. Tout cela résonne avec une certaine distance, sur les orbites que décrivent les cris des mouettes et les miaulements des chats descendant des toits. La faune des éclats de lumière du phare. Cela dure plusieurs secondes. En général, les gens ne laissent pas les onomatopées de la nuit remplir le vide. Ils ont beaucoup de choses à dire.

Il va rester comme ça ? demande Samantha.

Comment comme ça ?

Grand comme ça. Et aussi moche !

Non. Il va changer avec la lumière, dit ironiquement l'accoucheuse. Non. Ça dépendra. Selon les jours. Ah, ma pauvre Samantha, pour quelqu'un qui a vu tant de choses, tu poses des questions à quatre sous, lui dit la Veuve, qui à présent tient le nouveau-né comme si elle le modelait elle-même avec ses grandes mains de miniaturiste.

Il a une tache de chocolat dans le dos. C'est l'infusion de coquilles de cacao, dit Pombo en caressant le bébé du bout des doigts. Un petit gars de La Corogne, pure souche, Samantha.

Remettez donc cet enfant une fois pour toutes à sa mère, dit Flora. Vous jacassez comme des pies, vous êtes de vrais perroquets.

C'est parce que nous habitons le Papagaio, ma chère petite, précisa Pombo.

Et toi, espèce de sauvage, ce serait mieux que tu lui apportes un vrai chocolat.

Flora s'aperçut un peu tard qu'elle venait de lui servir une bonne plaisanterie sur un plateau.

Il était bon, le chocolat, hein, Milagres ? Hein qu'il était bon le chocolat ?

Voilà ce qui arrive à force de trop regarder l'affiche d'Harry Fleming, le danseur de claquettes, dit Samantha en lançant l'air de rien un appât pour tenter de voir si quelqu'un allait lâcher qui était le père du nouveau-né.

Avec cette tache de chocolat, tu as une piste, dit la Veuve avec un soupçon de complicité.

Comment s'appelait cet orchestre de jazz ? demanda soudain Samantha. Celui qui a joué avec des ustensiles de cuisine à la Salle Marineda ?

Quels ustensiles de cuisine ? Toi, tu en es restée aux *Zarzas* de Monti.

Czardas [1], rectifia Flora.

Ne va pas m'abîmer mes lapsus, madame l'académicienne, dit Pombo toujours en train de se disputer avec Flora. Et, toi, n'y pense plus, Samantha, ne pense plus à qui peut bien être le boogie-woogie de Milagres. À présent le plus important c'est de savoir

1. Jeu de mots entre *zarzas*, qui sont des ronces, et l'adaptation des *Czardas* de Vittorio Monti.

si le bébé va aller rejoindre les limbes ou pas, avant que le jour ne pointe.

Oui. Il me semble que j'ai déjà vu ce géant ? Ce n'est pas lui… ? Ce n'est pas lui qui s'occupait toujours des gants d'Arturo da Silva ?

Certains d'entre eux n'entendent claquer qu'un nom propre à la fin. Un nom qui provoque une certaine émotion, car les phalangistes qui sont à côté du camarade le plus costaud, celui qui vient de poser la question, l'imitent et se placent la main en visière sur le front pour mieux le voir. Mais tout le monde ne regarde pas dans la même direction, vers l'endroit où Curtis est resté immobile. Ils lancent un regard circulaire, panoramique, qui scrute aussi les toits, comme si ce nom évoquait quelque chose d'indéterminé. Pas vraiment une personne, plutôt un phénomène atmosphérique. Curtis sait qu'il ne doit pas bouger. Le lièvre, c'est lui. C'est aussi lui qui possède le plus vaste champ de vision. Il compte sur l'aide du soleil, qui aveugle les autres à l'endroit où ils se trouvent. Voilà pourquoi il a raison de ne pas bouger. N'importe quel mouvement brusque le trahirait et précipiterait les événements. Si tu devais quelquefois te battre au grand air, si tu devais te battre à la lumière du jour, lui avait dit une fois Arturo da Silva, la première chose à faire, c'est de chercher le concours du soleil. Il te faut commencer par mettre le soleil dans ton camp.

Samos s'approche et, la main en visière, observe à son tour.

Pourquoi parlez-vous de Da Silva ?

Non. Je ne parle pas de Da Silva. Je parle de ce type qui est là-bas, près du premier bûcher. J'ai l'impression qu'il ressemble à… Ce ne serait pas lui qu'on appelle l'Hercule du Papagaio ? Celui qui a battu

Manlle. Le sparring-partner de Da Silva. Il me semble que oui.

Qui craint tout croit tout. Celui qui est en train de parler, le dénommé Samos, donne une tape dans le dos de son robuste camarade qui joue en permanence son rôle de sentinelle : Qui craint tout croit tout.

Je vais te dire quelque chose, Samos ! La sécurité est morte de vieillesse depuis longtemps, mais la méfiance est encore et toujours en vie.

Une des salles dans lesquelles s'entraînaient les boxeurs de La Corogne s'appelait la Casa de Sol. C'était un ancien dispensaire pour tuberculeux et, pendant un temps, on y avait également installé une petite consultation pour la visite médicale des prostituées. La Casa de Sol se trouvait face à la baie d'Orzán, tout près de la Bibliothèque Germinal. Les jours de grande tempête, l'écume des vagues venait frapper les fenêtres du gymnase. La première fois que Curtis pénétra dans la Casa de Sol, la mer était démontée, il faisait extrêmement gris et il eut le sentiment d'entrer dans un endroit très sombre, dans le ventre d'une énorme baleine où les hommes semblaient combattre à l'aveuglette. Ce jour-là, il ne pensa pas à une caverne, mais plutôt à une baleine. Et ce furent les gants qui le firent penser à cela. Le fait d'apercevoir, au centre de l'obscurité de la Casa de Sol, une paire de gants posée sur le bord du ring.

C'était lui que les gants interpellaient. C'étaient surtout ses mains. Ils étaient en cuir et couleur cuir également. Un brillant animal. Il ne réfléchit pas, se dirigea vers eux comme s'il venait de trouver quelque chose qui lui appartenait. Il les saisit et s'éloigna à toutes jambes. D'abord, il se mit à courir le long de la plage d'Orzán. Les jambes étaient solidaires avec la joie de ses mains venant de saisir quelque chose qui allait bientôt être à elles, seulement à elles. Elles allaient se fourrer à l'intérieur des gants pour ne plus jamais les quitter. Au début, on entendait seulement la mer, les vagues qui venaient se briser à ses pieds. Cela l'aidait à courir, c'était pour lui une rumeur familière, qui lui donnait du courage. Il préférait ne pas regarder derrière. Lorsqu'il atteindrait les rochers, il cacherait les gants et ferait comme si de rien n'était, comme s'il était en train de chercher des oursins. Mais voilà qu'il eut la surprise de s'apercevoir, sans vraiment le voir, que quelqu'un se trouvait à sa hauteur, du côté opposé à la mer. Sans être du tout essoufflée par l'effort, une voix lui dit : Où cours-tu comme ça avec mes gants, mon gars ?

Les mains avaient perdu tout leur bonheur. À présent, les gants étaient devenus lourds. D'un poids insupportable, et ses jambes faiblissaient à cause de l'effort qu'elles avaient fourni en courant et en s'enfonçant dans le sable. Il jeta les gants au visage de son poursuivant et sauta de rocher en rocher pour atteindre les mares d'eau qui se formaient entre les pierres à marée basse.

Pourquoi les voulais-tu ? cria le boxeur.

Pour ramasser des oursins, répondit-il. Et il murmura pour lui-même : Il m'emmerde avec ses questions, celui-là ! C'est le pire de tout ! Être obligé de donner des explications !

L'autre se mit à rire franchement : C'est la meilleure blague de gants de boxe que j'aie jamais entendue de toute ma vie. Des gants pour ramasser des oursins ! Allez, approche-toi, viens ici, mon gars !

Non. Je sais que j'ai fait l'imbécile. Mais ma punition est plus que suffisante.

Je ne veux pas me battre avec toi. Un boxeur ne se bat jamais. Et encore moins contre des ramasseurs d'oursins. Comment t'appelles-tu ?

Il s'en voulait vraiment : On m'appelle Hercule. Et il eut envie d'ajouter : du Papagaio. Pour que l'autre comprenne que c'était un gars dangereux et pas une mauviette.

Hercule ? Tu veux venir essayer les gants ?

Non. Pas aujourd'hui. Un autre jour.

Si tu reviens vraiment, tu n'auras qu'à demander après Arturo da Silva.

Arturo da Silva ? Curtis n'attendit pas le lendemain. Il attendit qu'Arturo soit à vingt mètres devant lui et le suivit en direction de la Casa de Sol. En pénétrant dans le gymnase, il aperçut les gants au même endroit que tout à l'heure, à l'angle du ring. Qui l'attendaient.

Vicente Curtis avait entendu de nombreuses histoires de marins. Pas seulement des histoires de marins d'ailleurs, mais c'étaient ses préférées. Lui aussi était le préféré des marins. Avec le temps, Curtis apprit à parfaitement deviner les métiers et les occupations des hommes qui passaient à l'Académie de Danse. Le dimanche, on voyait arriver les éleveurs, vraisemblablement avec le costume qu'ils mettaient pour les mariages et les enterrements. De nombreux détails les trahissaient dans leur façon de s'habiller. Mais il y en avait qui les trahissaient plus que d'autres. Par exemple, leur nœud de cravate, toujours rebelle. Les cravates des éleveurs possédaient une vie propre et l'on aurait dit que c'était leur nœud, et non pas les mains de leur propriétaire, qui serrait ou relâchait son étreinte. Et puis, il y avait aussi leurs ongles. Les pattes et les moustaches, lorsque les éleveurs en avaient, étaient soigneusement taillées, oui, mais elles semblaient étrangères à toute géométrie, il y avait toujours une zone intermédiaire, une sorte de no man's land entre la zone poilue et le désert rasé. Pour en revenir aux ongles, on aurait dit que, tout en appartenant aux éleveurs, ils s'étaient cependant résignés à faire partie de la terre. Ils n'avaient rien de commun avec les autres ongles qu'on connaît. Et le plus curieux, pensait Curtis, c'est que les ongles d'une même main pouvaient être très différents les uns par rapport aux autres, semblables à des éclats de pierre avec un manche de chair, à des râteaux d'ardoise. Les éleveurs ne portaient pas un costume, c'était le costume qui les portait. Curtis n'aimait pas ces types qui arrivaient de leur village avec ce qu'il trouvait n'être que fausse humilité, que timidité repoussante. Cet état ne durait d'ailleurs pas très longtemps, chez eux. L'alcool les transformait vite en crâneurs insupportables, il libérait soudain le monstre minable et avaricieux qui sommeillait en eux. Les marins, en revanche, couraient derrière leur discours qui les précédait toujours. On aurait dit que c'étaient les mots qui tiraient les marins attachés au bout d'une laisse. Un marin à terre a toujours besoin de quelqu'un pour écouter ses histoires. Et Hercule était justement là pour les écouter.

À la fin de la journée, pendant les heures tièdes de l'été, lorsque le seul client de l'Académie de Danse était monsieur le temps, un marin allait parfois s'échouer par là-bas. La plupart des femmes qui étaient là profitaient du repos de l'après-midi pour somnoler en étreignant le temps, avec le couvre-lit de l'ombre. Et le marin observait autour de lui, cherchant quelqu'un pour l'écouter raconter ses histoires. Il croisait alors les yeux toujours ouverts d'Hercule. Car même si lui aussi étreignait le temps, il avait toujours les yeux ouverts, y compris lorsqu'il dormait.

Pas tout à fait ouverts, mais c'est sûr qu'il les a toujours un peu entrouverts.

Ça, c'est une bonne chose, avait jugé Pombo. Pour

quelqu'un comme lui, c'est une bonne chose. Il devrait les avoir sur les côtés, à la façon d'un lièvre, pour mieux voir dans tous les angles.

Toi, tu les as déjà sur le côté, lui avait répondu Flora. Comme une éternelle sentinelle.

Détrompe-toi, petite. Il vient un âge où l'on devient invisible. Où tu es transparent. Où les gens ne te voient plus.

Même si tu as des talonnettes à tes chaussures ?

Arrête, Samantha ! Allez, va te faire cuire un œuf.

Les limbes ? Il n'est pas question que quelqu'un parte d'ici pour rejoindre les limbes, dit Samantha, et pour une fois son autorité était en accord avec ses sentiments. Le seul problème, c'est que j'ai promis un Enfant Jésus pour la crèche des Bonnes Œuvres.

Et tu peux m'expliquer en quoi cet enfant pose un problème ? demanda Flora.

Avec toi, il n'y a pas moyen de parler, dit Samantha. Tu ne vois pas qu'il est très laid. Et puis cette tache de chocolat qu'il a dans le dos…

C'est pas un problème, dit Flora en colère. On avait aussi promis un bébé au Syndicat.

Ah bon ! Les gars du Syndicat font une crèche, eux aussi ?

Oui. Et ils organisent la chevauchée fantastique des Rois mages.

L'enfant ira chez ceux qui l'ont demandé en premier, et ce sont les gens des Bonnes Œuvres qui en ont d'abord fait la demande. Les *bolcheviques* n'ont qu'à s'occuper de faire la révolution, d'ailleurs… il serait temps.

Ce ne sont pas des *bolcheviques*. Ce sont des anarchistes.

Moi aussi, je suis anarchiste. De la taille vers le bas.

Toi, tu es plus rustre qu'une charrue.

Je suis de la campagne, comme toi, ma chère. Mais, moi, je suis fière de l'être.

Et moi, je ne suis absolument pas de la campagne ! rétorqua Flora. Lorsque je suis née, j'ai été lavée à l'eau de mer.

Je vais te dire quelque chose, ma chère…

L'important, coupa la Veuve, c'est qu'on lui trouve un parrain qui sache bien dire les prières. Sinon il va devenir bègue.

En Italie, il y a un Enfant Jésus qui est une bambina.

Le Petit Jésus de Vinhó est bien habillé en Napoléon.

Vous êtes tous très internationaux ! s'exclama Samantha.

Pombo avait déjà entamé le chant de Noël qu'on entonne au Pérou :

Ya viene el Niño Alcalde,
Ya viene el Niño Dios,
con su cuerpo de « hayi »,
con su guardia de honor.

Pour entrer à l'Académie de Danse, après avoir poussé la porte, il fallait tirer un rideau de perles, et c'était peut-être pour cela que la plupart des histoires que racontaient les marins à Curtis, ou plus exactement à ses yeux écarquillés et attentifs, évoquaient des choses qui se passaient dans le ventre des baleines. Et certains d'entre eux n'arrivaient pas seulement avec des histoires, ils apportaient aussi des objets. Comme le harponneur par exemple, monsieur Lens.

À l'époque, deux grosses compagnies baleinières travaillaient en Galice, la Compagnie Baleinière Espagnole et la Société Espagnole Corona. Un puissant industriel, monsieur Massó, était derrière ces deux affaires. Une des usines, celle de Caneliñas, se trouvait dans la ville de Cee, tandis que le port d'attache des baleiniers était à La Corogne. Lens de Arou, le harponneur, ne connaissait même pas l'existence de monsieur Massó, mais il savait énormément de choses sur les baleines. Elles étaient toute sa vie. Lorsqu'il aperçut sa première baleine, il se trouvait sur le haut d'un rocher, à la plage de Lobeiras. Il était en train de pêcher le poulpe avec un épi de maïs. La corde et la pierre étaient devenues un véritable prolongement de son bras. Les poulpes, malgré leur intelligence, et le père de Lens prétendait qu'ils en possédaient autant que les hommes, avaient un point faible, ils adoraient prendre les épis de maïs dans leurs bras. Et cet épi avait fini par faire partie du corps de Lens, c'était une sorte de troisième bras. Un jour, il avait attrapé un poulpe de la même taille que lui, de sa taille de gamin, bien entendu. Lorsque l'animal, un géant d'après Lens, se retrouva hors de l'eau, soudain traîtreusement attiré par cet épi doré et ensorceleur, il devint furieux de s'être fait berner et entoura, puis enveloppa de ses huit bras le corps et le visage du gamin. Mais Lens ne se laissa pas entraîner vers la mer. Il courut auprès de son père avec le poulpe collé sur la tête et, lorsque celui-ci réussit enfin à l'en débarrasser, Lens fils avait des marques de ventouses comme si on lui avait vidé tout l'intérieur. Ce fut la vengeance du poulpe, racontait-il à Hercule. Il m'a fait oublier tout ce que j'avais appris. Je n'étais pas allé bien longtemps à l'école, mais je ne me suis plus souvenu du peu que j'y avais appris. Il m'a fallu recommencer de zéro. Il a fallu que je me remette le monde dans la cervelle. Le nom des choses, celui des gens. Tous les mots. Absolument tout. Son unité de mesure était la baleine. Surtout lorsqu'il parlait de ses émotions. Le sentiment d'une grande joie, par exemple, avait pour lui la taille d'une baleine.

Combien de baleines as-tu tuées ?

La joie, ce n'est pas de tuer une baleine, mais plutôt de l'apercevoir au moment où elle fait surface. De voir de quelle façon elle sort de l'eau. Ça fait partie de ces joies qui se trouvent à l'étroit à l'intérieur de notre corps. La tristesse est un sentiment qui ressemble aussi à ça. Le problème avec la tristesse, lorsqu'elle est trop grande, c'est qu'elle ne tient pas à l'intérieur de notre corps.

Hercule conserva cette façon de mesurer les choses que le harponneur lui avait transmise, certains après-midi, à l'Académie de Danse. Les véritables joies et les véritables peines avaient une taille qui ne tenait pas à l'intérieur de son corps. Un géant qui pleure, ça peut faire vraiment beaucoup de peine accumulée. Il en avait vu quelquefois. Des harponneurs qui s'écroulaient de tristesse, sur une table, en brisant verres et bouteilles en mille morceaux. Leur peine était aussi lourde qu'une baleine. Mais une femme faible et craintive peut également porter des tonnes de chagrins sur sa tête. Une prémonition. Une baleine.

Et ta mère ? lui demanda Lens de Arou.

Ma mère ? Ma mère cuisine, répondit Curtis avec méfiance. Elle cuisine et elle détend la laine des matelas.

Ah bon ! Et où est-elle en ce moment ?

Elle est allée chercher de la toile damassée, mentit Curtis.

Chercher de la toile damassée ?

Oui. Pour faire la housse des matelas. Elle adore la toile damassée.

Vicente Curtis aimait bien le harponneur. Mais lorsqu'ils s'en prenaient à sa mère, il tentait de maintenir les hommes à distance respectable. Le harponneur devait être deux fois plus grand que Milagres. Curtis aussi, son fils, était trop grand pour elle. Lorsqu'il était enfin sorti du ventre de Milagres, elle avait éprouvé un grand vide dans ce que la Veuve appelait la Chambre Sacrée.

Après l'accouchement, expliqua la Veuve, un vent de tristesse va se mettre à souffler en elle. Un vent sournois qui poursuit toujours les femmes après leur accouchement.

Et que faut-il faire ?

C'est un vent humain, mais il est aussi très vicieux. Il est toujours en quête des grands vides qui se creusent chez les mères. Il a pris la mauvaise habitude d'élever de la tristesse dans ces vides creusés par les nouveau-nés. Il faut qu'elle garde toujours son bébé auprès d'elle. Ce que voudrait ce vent vicieux, c'est qu'elle rejette son enfant. Il cherche à prendre la place restée vacante. Il vous faut aimer la nouvelle mère. Et encore plus son enfant.

Et moi, qui est-ce qui va m'aimer ? demanda Samantha.

Dans la vie, il y a des questions qui n'auront jamais de réponse, dit Flora.

Celle que tu viens de me faire m'a beaucoup plu, dit la mère maquerelle. Je te la laisse.

Milagres garda toujours l'enfant auprès d'elle. Plus que collé, greffé à son corps. Dans son dos ou dans ses bras, emmailloté. Lorsqu'il commença à marcher et qu'elle le perdait parfois de vue, le hurlement qu'elle poussait ressemblait à un miaulement de chat ou au cri d'une mouette. Un peu plus tard, lorsqu'on ouvrit la lucarne et que Curtis commença sa vie de tête dressée et à l'affût au-dessus du toit, il avait la compagnie distante des chats et des mouettes, animaux méfiants par nature. Et il s'aperçut que, la nuit, ils finissaient par ressembler de plus en plus les uns aux autres. Une lignée de mouettes félines et de chats sur le point de prendre leur envol éclairée par le phare. Une faune somnambulique bien adaptée à cette ville insomniaque.

Curtis aimerait bien que la faune du toit descendît à présent ici, sur la place, pour aller fouiller parmi les restes des livres et qu'il se passât quelque chose qui pût inquiéter le vide. La façon dont les livres brûlaient mal, la lenteur avec laquelle ils se consumaient pouvaient laisser penser qu'ils attendaient quelqu'un. Les chats et les mouettes, les panaches sur les toits, les chats semblables à des mouettes et les mouettes félines, demeuraient tous immobiles, taxidermiques, à l'image d'une expérience dont le but aurait été de se dispenser progressivement de l'atmosphère.

Ah ! si Milagres pouvait être en compagnie du harponneur, en ce moment. Curtis avait peu à peu découvert que la taille de monsieur Lens était proportionnelle à toutes les histoires qu'il avait emmagasinées. Si quelqu'un pouvait combler la place restée vide dans le ventre de Milagres, c'était bien le harponneur. Dans un premier temps, obéissant aux instructions de sa mère, il avait fait barrage entre elle et lui. Le harponneur se présentait toujours à l'Académie de Danse, à cette heure de l'après-midi où tout somnole, à cette heure où même Pombo en profitait pour se mettre entre parenthèses, laissant au petit Curtis le soin de prévenir s'il y avait un problème tandis que celui-ci s'appliquait à remplir ses lignes d'écriture avec des pattes de mouche, à la lueur de la tulipe. Le harponneur demandait chaque fois où était passée Milagres, et le garçon lui racontait, avec de moins en moins de conviction, n'importe quelle excuse. Mais le harponneur ne se mettait jamais en colère. Il abreuvait le gamin d'histoires de toutes sortes et tandis que son corps semblait reprendre une taille normale, celui de Curtis s'allongeait progressivement. Il n'y avait pas le moindre soupçon de gras dans ce que racontait le harponneur, il n'y avait que du maigre.

Tu sais où vont atterrir tous les parapluies que le vent emporte ? Eh bien, ils se retrouvent tous sur le même bateau.

Vraiment ? Toujours sur le même bateau ?

Oui, toujours sur le même. C'est un vieux cargo. Une sorte d'aimant à parapluies. Il navigue toujours dans les parages, à peu près à deux cents milles d'ici. C'est le *Mara Hope*. Puis il retourne à Rotterdam pour les revendre au détail.

Et il se mit alors à lui raconter comment il pleuvait sur terre les choses de la mer et sur la mer celles de la terre. En Galice, pendant la longue saison d'hiver, il arrive parfois qu'il pleuve, à l'intérieur des terres, de petites sardines prises dans un nuage d'algues. Et lorsque le nuage éclate, c'est comme si l'on ouvrait un grand filet de pêche en plein ciel. On retrouve des milliers de sardines minuscules et argentées parmi les champs de seigle. Quelquefois, les prés du Courel sentent la mer. Et dans les bois, à la cime des arbres, on peut voir la mousse des algues à laquelle sont suspendues des étoiles de mer. C'est ce qu'on appelle des vagues vivantes. Le vent des ouragans les soulève et elles se transforment en nuages fécondés. Ne me dis pas que tu n'avais jamais entendu parler de ça, des vagues vivantes et des nuages fécondés. Tu n'as pas un vieux journal qui traîne par là ?

Ce qu'on y raconte à propos des parapluies est absolument vrai, disait Pombo en se hissant hors de ses parenthèses. Et le contraire aussi. Tu n'as jamais vu passer une bande de filets de morue salée en direction de Terra Chá ? Il paraît que l'autre jour, au stade de Riazor, il est tombé un paquet de bérets militaires avec le nom du *Numancia* brodé dessus.

Moi, je ne parle que de ce que j'ai vu, dit, méfiant, monsieur Lens.

Mais c'est la stricte vérité, insista Pombo.

Ce genre de duel amusait beaucoup Curtis. Ces allées et venues de choses de toutes sortes en plein ciel, au-dessus de la mer. Parfois ils prenaient un air très sérieux, non pas pour mettre en doute les allégations de chacun, mais en se demandant qui allait inventer l'histoire la plus ahurissante. Avant de se faire embaucher comme harponneur dans l'Atlantique Nord, Lens avait parcouru pendant de nombreuses années le golfe du Mexique et la mer des Caraïbes.

Il ne faut pas se fier au calme, dit-il à brûle-pourpoint. Moi, c'est lorsque tout est calme que j'ai le plus peur. Lorsque tout est calme, oui. Tu sais quel est l'endroit où il ne se passe jamais rien, où c'est le calme le plus absolu, où la mer est toujours d'huile ?

Curtis fit non de la tête.

Eh bien, c'est l'œil du cyclone, le centre de l'ouragan ! C'est ce qu'on appelle le calme central. N'oublie jamais ça. Il faut se méfier du calme central, rester en permanence sur le qui-vive.

Curtis crut entendre le battement des paupières de Pombo. Attentif. La moquerie sur le bout de la langue.

Tu peux être là, sur le bateau, sans que rien ne bouge. Bien tranquille. Et soudain, n'importe quoi peut te tomber dessus, entraîné par l'ouragan depuis la terre. N'importe quoi, les choses les plus insolites, les choses que tu imagines le moins peuvent te tomber dessus. Et il faut bien faire attention ! Car c'est pas du tout pareil d'assister à une pluie de boîtes de sardines, précisément le jour où Pombo a enfin décidé de partir en pique-nique à la montagne, lança-t-il de façon sarcastique, que d'assister, comme je l'ai moi-même vue ! absolument ! comme je l'ai de mes yeux vue ! à une pluie de moutons sur le pont d'un navire.

Ce devait être des moutons à parapluie, rétorqua ironiquement Pombo.

Le parapluie, c'est seulement quand le berger s'est laissé emporter en même temps que son troupeau. Dans ces cas, oui, les moutons ont un gros parapluie en tombant. Un énorme parapluie, même. Moi, aux Caraïbes, j'ai vu pleuvoir un chapitre de religieux tout entier. C'étaient des chanoines mexicains.

C'est normal qu'après un troupeau de moutons il y ait un berger des âmes, insista Pombo. Et qu'il s'écrase juste au-dessus de la tête d'un païen de la Costa da Morte.

Ce qui est le plus terrifiant, c'est de se retrouver dans le calme central et de se dire que le pire est enfin passé, expliqua soudain Lens, très sérieusement, sans réagir à l'ironie de Pombo. Oui, de se dire que le pire est enfin passé, alors qu'en réalité ça ne fait que commencer. Tu penses que l'ouragan s'en est allé et tout d'un coup tu t'aperçois que tu te trouves juste en son centre.

Le ton qu'il venait d'adopter était un ton de vérité, il n'y avait plus aucun doute là-dessus. Le nom du bateau était réel. Le *Mara Hope*, absolument.

À présent particulièrement attentif, l'hémisphère de la moquerie de Pombo entamait soudain une éclipse. Peut-être grâce au suspense, ou peut-être grâce à la puissance des souvenirs de Lens, le silence de l'Académie de Danse produisait une sorte de bourdonnement électrique, de chaleur orageuse, autour de la tulipe verte, d'où s'étaient progressivement rapprochés les longs cils de Pombo.

Tu viens de subir quelque chose de terrible, poursuit Lens. Tout est complètement fracassé, le bateau et les os. Et même si c'est un mirage, tu te dis que l'ouragan est enfin passé. Car tu vois arriver les restes des bateaux dont tu pensais qu'ils avaient coulé pendant la tempête. Un horizon de navires. On reste bouche bée devant un tel miracle, mon vieux.

Merde ! Shit ! Porca miseria !*

Le harponneur, ainsi que de nombreux habitants ou visiteurs de la ville portuaire, pratiquait l'art de prononcer les gros mots en langue étrangère, de telle façon que ces derniers prenaient une touche de distinction. Une élégance racée.

Et que s'est-il passé ? demanda Pombo, qui à présent bouillait d'impatience, lui qui soi-disant connaissait tant d'histoires.

Ce n'étaient pas du tout des navires. C'était la forêt décapitée. De gros morceaux de forêt arrachés à la terre qui ensuite, une fois la furie passée, flottaient sur la mer et s'approchaient de nous, racines entremêlées, troncs dressés cime en l'air, semblables à des mâts de voiliers, avec cette propension qu'a toujours la nature à tisser des sortes de tapis avec les restes. C'est ce qui arrive d'habitude après un naufrage, les restes font toujours preuve d'une certaine fraternité entre eux et se regroupent en formant un tapis compact. Mais cette fois-ci, le tapis des restes occupait tout l'horizon.

Les énormes mains du harponneur réorganisaient la géologie terrestre sur les plaques tectoniques de la table. Il donna un coup sur la table avec la tranche de sa main droite et arracha un morceau du Yucatán en disant : C'était ce territoire boisé qui avançait vers nous, autrement dit, vers le bateau du Calme Central.

Et tout ça s'est passé avant ou après avoir attrapé la cataracte aux deux yeux ? rétorqua finalement

Pombo, incapable de maîtriser son penchant provocateur.

Tout ça, quoi ?

Ton histoire de forêt qui avance en plein milieu de la mer.

Ce n'est pas à toi que je parle, c'est à Hercule. Les autres n'ont qu'à se la boucler ou à offrir une cigarette.

J'ai une blonde, si tu veux, du tabac portugais, dit Pombo pour calmer le jeu et en lui tendant une cigarette.

Au début on n'y croyait pas, poursuivit Lens, au début on a pensé que c'étaient des bateaux, une flotte tout entière venant vers nous en formation groupée. Car on entendait aussi des cris. Isolés, éloignés. On ne comprenait rien. Parfois, ça ressemblait à des hourras de bonheur lancés en plein vent, et d'autres fois à des cris d'angoisse et d'agonie qui faisaient flotter sur la mer une atmosphère terrifiante. On s'était approchés en retenant notre souffle. Non, ce n'étaient absolument pas des navires. Ça n'avait rien à voir avec une immense flotte rescapée du naufrage. À mesure qu'on avançait, nos yeux abandonnaient la première illusion pour une deuxième encore plus fantastique. Ce qui venait vers nous n'était rien d'autre que la forêt. La mer avait fini par rassembler tous les morceaux de forêt en réunissant l'ensemble des bosquets à la dérive. Les mâts que nous avions aperçus dans le lointain n'étaient en réalité que de grands arbres, des acajous géants. Et on a soudain entendu un éclat de rire orchestral. Un rire extrêmement émouvant. C'était la nature qui se moquait de nous. Le rire, ça fait vraiment peur quand on ne sait pas d'où il vient. Et puis on a fini par découvrir ce que signifiait un tel mystère. En réalité, les arbres étaient couverts d'oiseaux. Ils avaient un feuillage de perroquets multicolores, de papegais et de cacatoès à grande huppe. Quelqu'un s'était mis à hurler : Attention aux oiseaux ! Mais c'était déjà trop tard. Lorsqu'on a tenté de manœuvrer, le bateau était déjà cerné par la forêt.

Et que s'est-t-il passé ? demanda anxieusement Curtis.

Eh bien, elle nous a engloutis. La forêt nous a tous avalés.

Voilà ce qui m'est plus ou moins arrivé à moi aussi avec l'histoire du loup, intervint Pombo après lui avoir offert un petit coup à boire.

Qu'est-ce qui a bien pu t'arriver à toi ? Tu n'es jamais sorti de ce vivier !

Moi, je viens des sommets, de la montagne, et j'en suis fier, ah ! fils de pute ! les sommets, la montagne. Un jour d'hiver très rude, avec plein de neige, la hauteur de la neige atteignait au moins la taille d'un homme, on m'avait chargé de faire le pigeon voyageur sur la frontière et, en chemin, je me suis retrouvé nez à nez avec un loup. L'animal m'a fixé dans les yeux. Et moi aussi, je l'ai fixé.

Ils étaient tous restés en silence. Pombo battait un rythme osseux en tambourinant de tous ses doigts sur le comptoir de l'Académie.

Et qu'est-ce qui s'est passé ? finit par demander Lens.

Il m'a dévoré.

Pombo arrangea le nœud du foulard qu'il portait autour de son cou et examina le harponneur d'un air très artistique. Que voulais-tu qu'il se passe d'autre ? Il m'a dévoré, un point c'est tout ! Oui, monsieur, le loup m'a dévoré ! Et il laissa durer un peu le suspense : Il m'est arrivé la même chose qu'à ce fameux bateau que la forêt a dévoré.

Tu ne sais vraiment pas ce qu'est le calme central, dit le harponneur, blessé.

Certains pêcheurs de la Darse conservent les petits pavillons des jours de fête. Depuis un mois, les embarcations n'ont pas quitté le port. Elles ne sont pas ressorties en mer. Les sirènes avaient retenti le jour de la Vierge du Carmel. Et peu après, lors du coup d'État militaire, elles s'étaient remises à carillonner. Sans cesse. Depuis le grenier de l'Académie de Danse, Curtis put entendre l'échange de coups de feu. Il ne pouvait rien voir. Il se contentait d'écouter. Les coups de feu, les sirènes. Les coups de feu contre des sirènes. Pendant un certain temps, les tirs avaient ressemblé à des balbutiements, comme s'ils glissaient le long des cheveux gras de l'écho des sirènes. Lorsque la fusillade était plus nourrie, l'intensité du son des sirènes diminuait. Le son des sirènes prenait une forme circulaire, charnelle, lente, labiale. Le son des coups de feu était fait de lignes droites, se multipliant, tirant les unes sur les autres, criblant l'espace. Vint ensuite le moment où l'on n'entendit plus qu'une seule sirène. Très claire. De longs sifflements. La fusillade se tut. On aurait dit que les coups de feu eux aussi tendaient l'oreille, surpris. Et ensuite, une grosse explosion. On put entendre l'agonie du dernier coup de feu, à bout portant. La plupart des petits pavillons de fête sont effilochés, mordus. L'atmosphère dans laquelle brûlent les livres est pleine de creux. Elle est trouée.

La fumée cherchait un endroit par où passer, par où grimper et monter vers le ciel. Curtis sentit la démangeaison de la fumée sur la partie supérieure de son corps, comme les ventouses, comme les vrilles d'une plante grimpante. Elle grimpait sur son visage. Les branches de la fumée pénétraient dans son nez. S'accrochaient à ses yeux. Lui scellaient la bouche.

À une autre occasion, le harponneur lui avait

raconté de quelle manière une tempête de sable avait avalé tout un paradis en une seule nuit. Dans un lieu appelé Tatajuba, au Brésil. À sa façon de donner des détails, Curtis comprit que le harponneur n'inventait rien, qu'il avait vraiment été là-bas comme il le disait. Il lui fit même un croquis au crayon sur le plateau en marbre de la table de la cuisine. Il savait très bien dessiner l'Amérique ! Il savait également très bien tracer la carte de l'Europe. En ce qui concerne la péninsule Ibérique, il prenait tout son temps pour reproduire les moindres petits contours de la côte galicienne. Mais l'Amérique, il la faisait d'un seul trait, du nord au sud, comme si sa main avait sa propre mémoire. Et il traça une croix là où le paradis avait disparu en une seule nuit, dévoré par le sable. Ici, c'est Tatajuba. Ici, c'est Camusín. Il était allé de Camusín à Tatajuba à pied, car on lui avait dit que le paradis se trouvait là-bas. En chemin, il avait dormi sur une plage et il s'était réveillé juste pour voir une laie avec ses marcassins en train de se baigner dans la mer. Ou peut-être étaient-ils en train de manger des poissons. Car, à cet endroit, on pouvait attraper les poissons à la main. Des raies, des poissons-scies, des barbues, des dauphins, en train de faire des bonds. Ça, c'était le rêve d'un pêcheur de Galice. Des sangliers en train de nager et des poissons en train de bondir dans les airs. Et lorsqu'il arriva à Tatajuba, il découvrit le paradis, ni plus ni moins. Mais le lendemain, l'endroit n'existait plus. Il avait suffi d'une nuit pour qu'une tempête de sable dévorât Tatajuba. Ce dont Curtis se souvenait le mieux, à propos de cette tempête qui avait ensablé le paradis, c'est le moment où le harponneur avait raconté que les gens avaient cessé de parler, que le sable avait soudain fait grincer les dents et avait noyé les mots. C'est alors que les hommes et les femmes qui travaillaient très vaillamment à la tâche abandonnèrent tout.

Curtis n'avait pas lu beaucoup de livres. Tous les livres qui brûlaient étaient en quelque sorte liés à lui, puisque c'étaient des livres qu'il n'avait pas encore lus. Cependant, dès qu'il s'était approché du bûcher, il avait compris que celui-ci lui était destiné, c'était tout à fait clair. Et il saisit enfin le *Manuel populaire d'électricité*.

Eh, toi ! laisse ça où tu l'as trouvé ! Le grand costaud, en uniforme, ne l'avait pas quitté des yeux, et maintenant, oui, il avait dégainé son pistolet.

Eh ! calme-toi, dit Samos. Ce doit être un imbécile qui cherche des bandes dessinées de Tarzan. Comment veux-tu que l'un d'eux vienne ici se jeter dans la gueule du loup ?

Arturo da Silva avait l'habitude d'écrire d'abord ses textes à la main. Il avait une drôle de calligraphie. Très soignée, comme si l'action d'écrire, bien qu'elle pousse à agir et peut-être même pour cette raison, était incompatible avec la rapidité. Vu la grosseur de ses doigts et l'importance de la lourde machinerie de ses mains, ce ne devait pas être très simple pour lui. Et il vrai que Dafonte, Holando, Félix Ramón, Varela, Curtis, Terranova, Marconi, Leica, Seoane, tout le nouveau groupe de jeunes qui fréquentait l'athénée L'Éclat dans l'Abîme, et quelques collaborateurs de *Brazo y Cerebro*, s'arrangeaient pour lui faire de la place lorsqu'il s'installait devant le bureau pour écrire. Il définissait un nouveau territoire avec son envergure. Il avait la tête très près de la feuille de papier et tout son corps, humain, se concentrait sur la progression de cette longue file de mots, ressemblant à des bêtes de somme en train d'affronter l'adversité. Au début, le papier avait l'allure d'un sentier rocailleux, ou peut-être la traîtrise d'un chemin boueux. Puis plusieurs mots se frayaient péniblement un passage semblable à des rails, à des traverses ou à des entretoises. Ces mots-là étaient les yeux et les jambes de tous ceux qui arrivaient à toute vitesse derrière eux.

Ce qui l'aidait, c'était d'entendre une voix, une voix semblable à celle d'Amil, le grand maître de l'École Rationaliste, de la sentir présente dans l'agilité de ses doigts.

Amil leur parlait toujours d'Héraclite et de Parménide. La vie, le temps qui s'écoule dans l'univers, tout cela expliqué comme s'il s'agissait d'un fleuve. Un fleuve qui ne serait jamais le même, changeant sans arrêt. Nous ne nous baignons jamais deux fois dans le même fleuve. Un fleuve immuable, un fleuve qui serait toujours le même fleuve. Héraclite et Parménide lui sont devenus si familiers qu'il est étonné que personne ne porte ces noms en ville. Les voilà sur le ring. Héraclite n'arrête pas de bouger. Parménide est immobile comme un rocher.

Nous ne nous baignons jamais deux fois dans le même fleuve, écrivit-il. Ce n'était pas très original, mais il se sentait satisfait de ce début. Cela lui permettrait de parler de ce moment historique, de tout ce qui était en train de se passer, en prenant comme point de départ la fête sur le fleuve, l'expédition qu'ils préparaient pour le 2 août.

La réalité change à chaque instant et nous pouvons dire d'elle ce qu'Héraclite dit du fleuve : Nous ne nous baignons jamais deux fois dans le même fleuve. Il avait parfaitement raison, mais Parménide aussi avait raison. Celui-ci soutenait que le fleuve était toujours le même. Que l'humanité s'écoule comme un fleuve. On dirait que tout change, que tout bouge, que c'est le progrès qui conduit l'histoire. Mais cela pourrait bien n'être qu'une apparence. Il existe des parties du fleuve qui sont des eaux mortes, stagnantes, sans vie.

Il dessinait un cercle avec ses bras. Et l'article sortait peu à peu, laborieusement, de ce cercle. Lorsqu'il le recopiait à la machine, le corps faisait les mouvements de l'écriture.

Je vais l'appeler : *Le fleuve de la vie et de la mort*.

De quel fleuve s'agit-il ? Du Nil ? Du Gange ?

Non, imbécile. Du fleuve qui traverse mon village.

Il écrivait avec deux doigts sur la machine Ideal. Au-dessus de lui, l'ampoule nue était suspendue à un fil électrique tressé. Curtis ne pouvait s'empêcher de voir dans le tâtonnement des doigts sur les touches les mouvements exploratoires d'Arturo sur le ring. Toujours sur la pointe des pieds, comme s'il sautait à la corde. Tout le corps était à présent au service des doigts qui écrivaient. Ils prenaient peu à peu de l'assurance. Et voilà que soudain ils se mettaient à gambader tout seuls. Lorsque les branches de métal s'emmêlaient, il inspirait profondément. Il vivait la construction de chaque phrase dans sa littéralité, car du fait qu'il cherchait chacune des lettres et que les doigts étaient devenus un prolongement de ses yeux, ce que le papier finissait par consigner avait une allure de première fois. Lorsque Arturo écrivait par exemple le mot « élévation », il mettait tout son élan au moment d'appuyer sur la touche, pour charger le mot au maximum de ce qu'il pouvait supporter. Ainsi, lorsque par la suite il dut se mesurer à une autre phrase, l'apothéose finale du texte, il la retourna d'abord dans tous les sens : « Le fleuve coule à l'intérieur de nous et la vie est un art hydrokinesthésique », à cet instant, il devint un peu nerveux, excité, car il enfonçait les touches à fond avec des doigts de sourcier à la recherche d'une nappe d'eau. Mais il ne trouva qu'un terrain en friche, difficile à creuser, les branches des touches s'emmêlèrent et le chariot se bloqua.

Pas de problème, dit Dafonte. C'était lui qui comprenait le mieux l'Ideal. Tandis qu'il réglait la machine, il lut ce qui était écrit. Qu'est-ce que c'est que ce truc, un art hydro-kinesthésique ?

C'est comme si on lisait dans l'eau. Quelque chose de ce genre. J'ai trouvé ça dans *La Revista Blanca*. C'est une idée naturiste.

Il vaudrait mieux mettre une note, alors.

Il acquiesça de la tête, au même rythme que l'index enfonçant la touche du *x* pour barrer ce qu'il avait écrit. Au début, il eut du mal à effacer ce qui était en trop, mais ensuite il enfonça la touche avec bonheur. Le *x* ressemblait à un courlis laissant les traces de ses pattes sur le sable. Il pensa aussi au plaisir que l'on peut éprouver à marcher sur les traces d'un autre, à occuper leur moule tandis qu'on avance sur la plage. Il continua à barrer. Des pluviers. Des chevaliers gambette. Des courlis maritimes au bec long et courbé. Les traces de l'oiseau doré. Des traces de passereaux. Un bruant.

Curtis lève la tête sans regarder le livre. Il a déjà appris qu'il existait plusieurs types de chaleur. La chaleur sensible, la chaleur latente et la chaleur spécifique. Concernant les applications techniques, cette dernière est la plus importante. Le chaleur spécifique…

Moi, personne ne m'ôtera de l'idée que c'est bien Hercule, c'est lui, le gars qui habite au Papagaio. Le protégé d'Arturo da Silva. Mais bien sûr que c'est lui. Nom de Dieu de merde !

Ils s'approchent promptement en se disposant à l'encercler.

Soudain, dans ce silence, on entend un roulement

de sabots. Tout semble être sur le qui-vive. Les mouettes volent au-dessus du faîte des toits et des mâts des bateaux. Le bruit devient de plus en plus fort, roule sur les pavés. Tout comme le groupe des phalangistes, Curtis regarde en direction du bâtiment Royal, vers la Porta-Real. On peut apercevoir des caryatides à chevelure fleurie soutenant les balcons avec leurs consoles. Des têtes de femme soutenant la maison.

Et c'est alors que le cheval fait irruption. Oui, c'est un cheval de bois qui faisait tout ce vacarme. Le cheval que Leica avait rangé dans son atelier de la rue Nakens. C'est son père qui marche devant, il porte sur son épaule gauche un appareil photo fixé sur un trépied genre photographe ambulant. Il tient son éternelle canne en rotin de l'autre main. Leica tire le superbe cheval peint, qui aujourd'hui a tout l'air d'être vivant, du même style que le paysage moderniste des caryatides.

Quand est-ce que tu vas aller te balader avec ton cheval ? lui avait demandé Curtis, il n'y avait pas si longtemps. Il ne comprenait pas pourquoi il le laissait là, enfermé dans son atelier. Ce pourrait faire une belle attraction dans les jardins du Relleno. Le plus beau de tous les chevaux de photographe. Et pourtant La Corogne était une ville pleine de chevaux de bois et de carton mâché. Il y avait une usine de chevaux, au bas de la côte de Nuestra Señora del Rosario. Mais le cheval Carirí, le cheval qui venait de Cuba, était un vrai et beau cheval. Quand est-ce que tu vas te décider à l'emmener dans les jardins ?

Jamais. C'est mon père qui l'a rapporté de Cuba. Il a tout acheté dans un même lot. Les appareils photo et le cheval. Je crois que c'est le cheval qui lui a surtout plu. Mais, moi, je ne veux pas devenir tout de suite photographe. Et puis je m'intéresse surtout à la photographie artistique. Si tu veux, tu peux l'y emmener toi-même ?

Le jour du départ d'Antonio Vidal, en juillet 1933, une feuille de magazine illustré vint se coincer sous ses pieds, sur le quai de La Havane. Une feuille isolée, perdue, qui venait du bout de l'embarcadère, en glissant à ras du sol, sur le point de se précipiter dans la mer, et qui soudain avait pris son envol, avait tournoyé en l'air et s'était dirigée vers lui comme si elle avait enfin retrouvé son chemin. Elle s'était posée à ses pieds, il n'eut pas besoin de la harponner en la piquant avec sa canne en rotin.

> La fumée qui s'élève en volutes depuis ses lèvres coquettes.

Il sentait que cette fumée n'avait rien de commun ni avec le tabac ni avec la gravure de la vie heureuse, mais qu'elle était un message en soi-même, qui lui était destiné, et qu'une sorte de plante grimpante montait depuis la feuille de papier. Il put lire si facilement parce qu'une grande partie de la page du magazine était occupée par des photos de visages de femmes. Il ne pouvait pas reconnaître les visages séparément. Ils souriaient, mais chacun d'eux était semblable à un quadrillage avec une énigme. À cette distance, dans la position d'un homme qui marche tout en combattant la résistance de ses jambes, d'un homme qu'on commence à prendre pour une montre qui retarde, tous les sourires n'en font qu'un, avant de disparaître dans le rouleau que forme le papier en s'enroulant autour de la canne.

Adieu, La Havane.

À présent, à La Corogne, le mouvement de la feuille de journal qui vient vers lui est bien plus inquiétant. Mayarí secoue l'espèce de drap de papier comme s'il voulait s'en débarrasser. Même si pour lui cette page possède la magie du bout de journal sur lequel on tombe par hasard, aujourd'hui son esprit est concentré sur une mission bien différente. Arriver le plus tôt possible jusqu'à l'autobus pour sauver la vie à son fils. Son fils qui tire le cheval de bois. Depuis la première fois qu'il a vu ce cheval, il n'a jamais cessé d'avoir confiance en lui.

Il tente d'éloigner le drap de papier, mais la feuille de journal refuse de se décrocher. Il essaie de l'enrouler autour de la canne. On dirait même que l'effort que fait Antonio Vidal pour arriver à la décrocher, le mouvement circulaire de son bras, la tape du revers de la main, irrite encore plus le grand drap de papier qui se colle à lui, qui l'entoure avec l'inquiétude et la précipitation qui saisissent tout un chacun lorsqu'on fuit sans trop savoir dans quelle direction. Alors il doit s'arrêter. Poser l'appareil photo.

Viens ici, dit-il au papier. Calme-toi. Quand on sait à quel point le monde est grand, tu n'avais pas un autre endroit où aller ?

Une photo. Il la remarque parce que c'est la seule photo qui se trouve sur cette page et que le décor est on ne peut plus réel. On dirait qu'elle a été prise depuis l'endroit où il se trouve. Et ce qui se trouve sur la photo du journal, c'est la même chose que ce qui se trouve devant ses yeux. Les bûchers. Les livres en train de brûler, mais aussi les individus qui les brûlent en faisant le salut fasciste. À présent, il comprend mieux pourquoi la feuille de journal s'est jetée dans ses bras. Elle est tout simplement en train de fuir les flammes.

Eh, toi ! le photographe !

Lorsqu'ils aperçurent les appareils photo et le cheval, ils semblèrent ne plus s'intéresser au garçon qui se trouvait devant le bûcher.

De son côté, Hercule était intéressé par tout autre chose.

Oui, il jurerait que c'est lui, c'est Terranova, les mains enfoncées dans les poches. À présent, il les retire et se porte les doigts à la bouche. Mon Dieu ! qu'il ne crie pas, qu'il ne se fasse pas remarquer ! Mais qu'est-ce qu'il fait ? Il se met à siffler, avec les doigts dans la bouche. Oui, ce ne pouvait être que lui. Le coup de sifflet attire à nouveau l'attention des phalangistes, les alerte, ils scrutent parmi les nuages de fumée, cherchant le provocateur des yeux. Mais qu'est-il encore en train d'inventer, ce fou ? À présent, il leur fait les cornes de la même façon artistique que Lucho, le couturier qui confectionne des robes d'Andalouse. Cette apparition, ce coup de sifflet, le geste des cornes ornant la tête bouleversent toute la scène. Curtis fait un pas en arrière, puis il se lance dans une manœuvre surprenante. Il prend son élan et saute par-dessus le plus grand des bûchers. Il fuit le long du couloir qui s'est ouvert sur le vide.

C'est toi qui as mon billet ? lui crie Terranova.

Cours ! Ils sont en train de nous tirer dessus.

Ils fuient par la ruelle de Luchana, ensuite par la rue Rego-de-Auga, la ruelle del Angel, la rue Florida. S'ils atteignent la place de Los-Huevos, ils seront sauvés. Curtis a une cachette en tête. Le jardin du matelassier. C'est l'été. Il doit être tout recouvert de laine à carder.

Sur qui est-ce qu'on tire ?

Sur nous, je t'ai dit !

Ces connards n'ont plus aucun sens de l'humour.

Les phalangistes ne réussirent pas à les rattraper. Après avoir traversé la place de Los-Huevos, ils s'étaient évaporés. Finalement ! Tout ce raffut pour pas grand-chose, pour deux espèces de clowns. Le grand échalas aime beaucoup commander. Pour lui, tous les prétextes sont bons. Il a la gâchette facile. Et le poignard aussi. L'autre, l'intelligent, fait des études pour devenir juge, mais il est un peu mollasson par rapport au premier. Le grand échalas a la manie de toujours guetter. Va donc savoir ce qu'il va faire cette nuit avec sa manie. Car ce qui va se passer cette nuit est terrible. Ça se sent. On dit qu'ils ont arrêté Huici, l'inventeur des gilets de couleur, et qu'ils l'ont conduit à la caserne de la Phalange. Mais j'ai aussi entendu dire que, cette nuit, ils vont arrêter la femme du dernier gouverneur républicain. Ils vont arrêter la bibliothécaire Juana Capdevielle. Son mari, ils l'ont déjà fusillé le 25 juillet et, à elle également, ils ont envoyé les mouches de la mort. Elle a perdu l'enfant qu'elle portait dans son ventre. Et cette nuit c'est son tour. Ça fait plusieurs fois qu'ils ont failli la tuer. Mais c'est un ordre qui doit absolument venir d'en haut, de ce qu'on appelle le Tribunal Invisible, de la délégation à l'Ordre Public, présidée par González Vallés. Cet après-midi, la fille de monsieur Vallés sera la marraine de la rencontre amicale de football qui doit opposer une équipe de la Phalange à une autre constituée par l'équipage du bateau de guerre du Reich, au stade de Riazor. Ils iront la supprimer de bon matin, à la bibliothèque. Cette nuit, Parallélépipède n'est pas de service de chasse. Il va tenter de s'éclipser. De ne pas faire le travail. Il a déjà copieusement nourri le fleuve, sur le pont de la Castellana. Oui, il va s'éclipser. Comme à présent. Il profita que les autres étaient occupés à se prendre en photo. Ces images où ils étaient en train de faire le salut romain devant les bûchers avaient déjà été publiées dans les deux journaux de la ville. Mais à présent, ils voulaient prendre encore d'autres photos. Et celui qui fait des études pour devenir juge, Samos, dit à propos du vieux au chapeau de paille fine et du garçon au cheval de bois : Laissons-les tranquilles, ils vont bien finir par s'en aller ! Ce sera bientôt de la famille pour moi. Je voudrais saisir cette occasion pour vous demander la main de votre fille, monsieur Vidal ! Samos était très absorbé, Parallélépipède s'aperçut qu'il avait vraiment tout autre chose en tête. Et il en profita pour glisser discrètement un livre sous sa chemise bleue. Et il s'éloigna sans autre forme de procès, dans l'ombre, le long des couloirs que formait la fumée, tandis que ses camarades, fiers d'eux, se mettaient au garde-à-vous devant les bûchers. Quel dommage de ne pas avoir une bibliothécaire sous la main, pensait Parallélépipède, quelqu'un à qui demander combien vaut le livre du Valeureux de Finisterre. Il serait préférable de le cacher pendant quelque temps dans sa malle, de ne rien dire à personne. Samos a expliqué que ce livre avait une grande valeur. Il est peut-être très savant, mais on ne peut pas dire qu'il l'ait vraiment beaucoup cherché, ce qui s'appelle chercher. Si l'on veut trouver quelque chose, il faut savoir se salir les mains. À présent, il était à lui. L'émotion de celui qui rapine. L'émotion de lire : *À Antonio de la Trava, le Valeureux de Finisterre*.

Parallélépipède était en train de marcher sur le quai d'Occidente. Il habitait du côté des jardins de Garás. Il examina ses mains. Elles étaient tachées de noir. Il était heureux, satisfait, avec son butin. Il était temps qu'il récupère quelque chose qui ait de la valeur. Les poches des morts ne contiennent même pas un souffle d'air. Ce livre, vu le désir de le posséder qu'a pu démontrer Samos, doit valoir son pesant d'or.

C'est alors qu'il sentit sur son épaule un grand coup de patte qui le fit tituber. Cette façon de lui taper dans le dos n'avait rien à voir avec un salut, elle n'avait absolument rien d'amical. Il connaissait l'effet de cette façon de prendre l'autre par surprise. L'état d'intimidation que cela provoquait. Lui-même était devenu un expert en matière de prendre les gens par surprise en leur mettant la main sur la nuque. Cela terrorisait les pauvres diables qui marchaient dans l'ombre pour tenter d'éviter de faire le salut fasciste. À présent, il serrait fortement avec le coude le Nouveau Testament caché sous sa chemise, et cela avait pour conséquence d'immobiliser un de ses bras. Il se retourna. Ren, le grand échalas, l'attrapa par les épaules. Ses mains étaient des griffes d'acier. Il le désarma.

Qu'est-ce que tu portes là-dessous, Parallélépipède ?

Un roman, camarade. Un roman français. De ces bouquins qu'on lit dans les toilettes.

Il serait préférable que j'y jette d'abord moi-même un coup d'œil. Montre-moi ça, je te prie.

L'enterrement des livres

Toi. Moi ? Et toi aussi. Dix hommes, désignés au hasard. Avec des râteaux. Et des pelles. Avec les râteaux ? C'était le mois d'août, mais je ne serais pas du tout étonné que les feuilles tombent déjà des arbres. C'est la première chose que j'ai faite. Lorsque nous avons pris la rue Cantón, sur la droite, j'ai regardé pour vérifier si le hêtre qui s'y trouve avait perdu ses feuilles. Il était magnifique, en pleine maturité, pareil que le buste qui trône au pied de l'arbre, celui du poète monsieur Pondal. En fait, ce que je veux dire, c'est que le buste lui aussi était en pleine maturité, avec cette vieillesse auguste qu'ont toujours les hommes barbus, sculptés dans le marbre blanc. S'il fallait à tout prix ramasser des feuilles, autant que ce soient des feuilles de hêtre. Et de ce hêtre-ci. Mais le camion continua son chemin à une vitesse insupportable. Même si les gens qui, comme moi, se trouvaient dans la remorque étaient tous des proscrits, la vitesse était insupportable. On avait parfaitement entendu le soldat transmettre ses ordres. Le nouveau contremaître devait choisir dix hommes parmi les proscrits. Et nous, les agents des parcs et jardins, on en faisait partie. Le nouveau contremaître choisit dix personnes. Toi, toi, toi, et ainsi de suite jusqu'à dix. Son doigt piquait comme un taon. Quoi qu'il en soit, qui aimerait qu'on le traite, tout à coup, de proscrit ? Car il faut dire qu'il y a quelques jours, il y a très peu de temps, les proscrits n'existaient même pas. En tout cas, moi je n'avais jamais entendu parler de cette marque. Si je devais me présenter devant le monde, je ne commencerais pas par là : Messieurs, je m'appelle Francisco Crecente, Polca pour les amis, et je suis jardinier municipal, spécialiste dans la taille des palmiers, je suis un proscrit. C'était comme si un œdème, qu'on n'avait jamais décelé auparavant, se déclarait soudain. Ou un tic. Il était en train de dire du bout de son index : Toi ! Toi ! Toi ! Et nous, on avait tous le même geste réflexe de se porter la main sur notre moi : Moi ? Moi ? Moi ? C'est exactement ça. Comme si on avait plein de tics, alors qu'on n'en avait pas du tout. Durement secoués dans le camion, nous, les proscrits, accrochés à nos râteaux, mieux qu'accrochés, inscrits dans nos râteaux, qui avaient la solidarité envers nous de s'enraciner, malgré les violentes secousses de la remorque. Le camion avait déjà adopté cet air revêche, cette moue propre aux machines lourdes qui se sentent enfin libérées de tout scrupule. Et derrière, dans le side-car, on pouvait apercevoir le soldat en uniforme qui avait transmis l'ordre, ainsi que le nouveau contremaître qui l'avait exécuté. Nous, les gars pleins de tics, les proscrits, on était en train de danser en leur honneur. Enlacés à nos râteaux. Puis Estremil avait passé la tête par-dessus les ridelles de la remorque, en direction de l'endroit où l'on se rendait, et il avait essayé d'expliquer quelque chose, quelque chose d'important, mais on n'a rien compris à ce qu'il disait, car on aurait dit qu'il était en train de monter un cheval au trot, et que ses dents hachaient les mots.

Quoi ?

Le camion tourna violemment. Les pneus crissèrent. Il freina d'un coup sec.

On était près du port et la nuit était tombée en même temps qu'une brume basse et sale. À présent, je comprenais la façon de conduire de ce cinglé et le vide décourageant qui s'était progressivement creusé au fond de nos tripes. On ne s'était pas déplacés horizontalement, on avait plutôt dégringolé. Maintenant, je comprenais ce qu'avait dit Estremil, j'entendais l'écho de ce qu'il avait dit, haché par les secousses. Il avait tout simplement juré. Nom de Dieu, on est devant les portes de l'enfer.

Descendez !

De la fumée sortait du sol. C'était une fumée épaisse, poisseuse, qui semblait plutôt épaissir que se dissiper. Je me sentais plein d'amertume autour des braises de ces bûchers. C'était une fumée qui te poursuivait, plutôt qu'elle ne s'évanouissait, elle suivait les traces des dents du râteau. Et on n'avait pas su ce qu'on nous emmenait faire tant qu'on n'était pas arrivés sur les lieux, sur l'esplanade de la Darse, pour ratisser les cendres et les charger avec les restes fumants des livres. Quelques individus qui avaient participé à la destruction des livres rôdaient encore par là, fouinant parmi les monticules, frappant de la pointe du pied les squelettes des volumes. Cette scène m'avait fait penser à ma première image de la mort. Pas à la première fois que j'avais vu un mort, non, j'étais encore tout petit lorsque cela avait eu lieu et je n'avais pas eu peur, car il s'agissait d'un de mes grands-pères, qui semblait reposer en paix, bercé par les prières des femmes, les bras par-dessus le rabat du drap et les mains posées l'une sur l'autre, comme s'il avait emprisonné la mort juste là, entre ses doigts ; mais plutôt la première fois que j'avais vu la mort sur une autre image qui s'était superposée et n'était pas exactement celle du mort. Que s'était-il passé ? Une bagarre entre deux hommes à la fin d'une fête. Ils ne s'aimaient pas et, ce soir-là, ils s'étaient paradoxalement mis à boire ensemble comme des amis d'enfance. Je me souviens que mon père avait trouvé que c'était un mauvais présage. Par la suite, il l'avait regretté, il avait regretté d'avoir deviné ce qui allait se passer : Si la prophétie est mauvaise, il ne faut jamais la révéler à haute voix, fiston, car les mots finissent toujours par faire ce qu'ils disent. Le fait est que quelqu'un était venu nous réveiller de bonne heure, le matin, pour nous annoncer la nouvelle. L'un d'eux était gravement blessé et l'autre était mort. Ils étaient allés se battre au carrefour. Comme tous les gamins, j'avais accouru à l'endroit indiqué. Quelqu'un avait pieusement recouvert le cadavre avec un drap en attendant l'arrivée du juge. On ne voyait donc que la forme du corps. Une femme acrimonieuse nous demanda de nous éloigner. Elle nous traita de mouches de la mort. Vous ressemblez à des mouches aux abois. Il faudrait vous faire fuir comme les mouches. Je me souviens que cela aussi m'avait impressionné car, à ce moment-là, il y avait quelque chose d'exact dans ce surnom qu'on nous donnait. Et donc j'allais tout juste m'en aller lorsqu'un des frères du mort s'était présenté sur son cheval. Il était descendu de la monture et, sans lâcher la bride, s'était approché de la forme. Il portait des bottes avec des éperons, et avait une grosse moustache épaisse et blonde, comme une brassée de paille au-dessus de la bouche. Il ne nous prêta pas la moindre attention. Avec le bout de sa botte, il souleva le drap et découvrit la tête du mort. C'est alors que j'ai vu pour la première fois ce que signifiait la peur de la mort, une mort en dehors de la mort, sans le moindre sens, abasourdie. Mais j'avais peut-être eu cette impression à cause de ce qu'avait dit le frère, à ce moment-là. Oui, son frère avait dit sur un ton de reproche : L'heure est venue pour toi de dormir dehors.

Le gars qui fouillait du bout de ses chaussures parmi les livres mal brûlés avait une voix résineuse. Un peu de fumée avait pénétré dans le fond de sa gorge. Ne trouvant pas ce qu'il cherchait, par petits coups, le bout de la botte soulevait des pelures de cendres. C'était lui qui donnait de temps à autre des ordres pour accélérer le travail. Et il avertit tout le monde : Si vous tombez sur un livre où il y a écrit Le Nouveau Testament ou les Saintes Écritures ou quelque chose de ce genre, vous me l'apportez tout de suite, compris ? Ce n'est pas grave qu'il soit abîmé, ou même un peu roussi. C'est égal. Vous me l'apportez tout de suite ! Et ce qu'il avait demandé, avec son humeur massacrante, avait rendu le travail encore plus pénible, comme s'il nous reprochait je ne sais quoi. Il aurait mieux fait de ne rien dire. À présent tout avait pris un aspect sacré. Même la fumée était devenue lourde dans les pelles. Oui, ces individus qui portaient le Cœur de Jésus accompagné de la devise *detente, bala* (arrête-toi, balle) avaient même brûlé les Saintes Écritures, mon père avait absolument raison : Il vaut mieux ne pas révéler à haute voix la prophétie qui ne va pas tarder à te tomber dessus. Tout ce qui avait brûlé devait se trouver par là, parmi cette fumée somnambulique. Je m'étais mis à penser à la femme du gouverneur, à la bibliothécaire. On l'avait retrouvée morte, la veille, dans la montagne, au bord de la route qui mène à Lugo, violée, criblée de balles. À présent, elle marchait pieds nus sur les braises, la peau entièrement noircie, nue et insomniaque parmi ces tas de nuit.

Il fallait faire un gros nettoyage. Et il y en avait tout autant sur la place María-Pita. Beaucoup de livres avaient brûlé. On avait vaguement entendu dire qu'ils étaient en train de brûler des livres au bord de la mer. Ils avaient déjà organisé quelques petits feux les premiers jours qui avaient suivi le coup d'État. Mais là, c'était différent. Ils avaient brûlé des bibliothèques entières. Excepté la voix résineuse du gars qui commandait, doublée en écho par celle du nouveau contremaître, le seul bruit qu'on pouvait percevoir était celui des râteaux grattant avec leurs dents et ensuite celui des pelles à l'aide desquelles on chargeait le camion.

Le chef nous pressait de la voix. Mais on ne pouvait pas accomplir notre tâche n'importe comment, comme des brutes. Chaque travail requiert son rythme et aucun d'entre nous ne se souvenait d'avoir déjà chargé des restes de livres brûlés. Les outils non plus ne s'en souvenaient pas. Les outils et nous, on avait l'habitude de ramasser des feuilles mortes, de sentir l'odeur de leurs cendres en automne, qui enveloppait la ville dans un parfum médicinal. Dans ce cas-là, c'était la nature qui avait fait son temps. En revanche, ce qui brûlait aujourd'hui, c'était le temps lui-même. Ça, je m'en étais tout de suite aperçu. Je n'avais rien dit, mais je l'avais fortement pensé. Estremil, mon ami, c'est le temps qui brûle. Pas les heures, ni les jours, ni les années. Le temps. Tous les livres que je n'ai pas lus sont en train de brûler, mon vieil Estremil. Car, lui, il lisait beaucoup. Il faisait partie de ces ouvriers qui prenaient le temps de lire, avec cette façon de faire particulière qu'ont les ouvriers qui prennent le temps de lire, consciencieusement. Tout ce qu'Estremil faisait, il le faisait consciencieusement. Il était sûr que certains livres qu'il avait déjà lus se trouvaient là, parmi les cendres que traînaient les râteaux, dans les pelletées qui remplissaient peu à peu la remorque.

J'étais donc en train de charger le camion avec la pelle. Et certaines lames de cendres avaient conservé la forme des pages et l'ombre noire des lignes imprimées. Certaines de ces lames n'avaient pas brûlé tout à fait. Le feu avait tracé un cercle en laissant de petits bouts de papier intacts. Mes doigts s'étaient dirigés vers une de ces marques rondes qui tremblotaient à la surface de la première pelletée.

Regarde, Estremil : *une goutte de sang de canard.*

Qu'est-ce que tu dis ? Tu es devenu fou. Tu tournes tout en dérision.

J'avais essayé de la lui donner. Je la lui avais tendue. Lorsque la lame s'était détachée, je m'étais aperçu que le bout de papier n'était pas plus grand que l'aile d'une samare.

Quand Estremil m'avait appris le métier, il m'avait dit ceci à propos des feuilles mortes : Ne te crève pas à courir après elles, elles vont venir toutes seules vers toi. On dirait qu'elles errent dans tous les sens, mais en réalité elles ont un but. Regarde bien. Il y a un désir dans leur tourbillon. Il te faut bien préparer le tas, bien chercher l'endroit et puis leur laisser le temps de venir. Elles vont finir par s'approcher toutes seules. Il me parlait de façon ironique, il me testait, je m'en étais aperçu à ses yeux rieurs, mais je trouvais que ce qu'il disait était tout à fait sensé. Ça faisait déjà un moment que j'avais ce sentiment envers lui. À présent Estremil se taisait, il était mal à l'aise. Il serait mieux de dire qu'on serrait les dents. En tout cas, moi, je le faisais. De cette façon, elles ne claquent pas. Car ce jour-là il m'est arrivé quelque chose qui ne m'était jamais arrivé auparavant. Eh bien, les secousses du camion étaient restées à l'intérieur de mon corps.

Elles n'avaient pas disparu. Je claquais des dents sans le vouloir. Et j'entendais ce bruit, celui de mes dents, qui résonnait à l'intérieur de mon crâne, juste derrière mes yeux. Estremil ressentait peut-être la même chose que moi. Mais, en serrant les dents, il résistait mieux, de tout son corps, il arrivait à se maîtriser pour que les outils ne tremblent pas entre ses mains, pour ne pas renverser les cendres, les dos des livres et les bouts des reliures en peau grillées, les résistances nerveuses des ficelles, les échardes osseuses du papier recroquevillé sur lui-même. Les restes des livres.

L'homme invisible

Alors que Curtis longe la rue Cantón, il voit déjà très distinctement les nuages de cendres, épais, terreux, la buée des braises du feu qui ronge et forme des panaches de fumée sur la Darse. Le ciel est également couvert du côté de la place María-Pita. Curtis sait qu'il ne pourra plus faire marche arrière. Il ne peut s'empêcher de continuer à avancer pour voir ça de ses propres yeux.

Il observe l'horloge sur le dessus de l'Obélisque. Il se souvient : Sa majesté, l'Heure ! Mais on dirait qu'elle est là depuis toujours, que les aiguilles n'ont pas encore accompli le tour de la sphère qui marque les siècles. Sada avait raison. Ce devrait être un coucou. Si le coucou sortait maintenant, se dit Curtis, peut-être que tout serait différent. Il ferait lever la tête de tous ces gens qui marchent inquiets, et qui se posent des questions en regardant les dalles du sol, comme s'ils essayaient de placer leurs pieds sur les cases d'un échiquier. Le coucou pourrait aussi perturber l'allure martiale de ces autres individus qui marchent en traçant une ligne droite. Peut-être arrêterait-il un instant le jeune en uniforme, portant le calot à crête rouge des *requetés*, qui semble galoper sur les hanches d'une ligne droite.

Lorsqu'il traversa la place Pontevedra, il eut l'impression de voir Sada, là-bas, à l'endroit où l'on commençait à enrôler des soldats pour lever la troupe des nouvelles recrues. L'armée putschiste avait pris la ville et contrôlait toute la Galice, qui deviendrait bientôt le territoire où allait s'établir l'arrière-garde de ce que les soldats soulevés avaient baptisé la « nouvelle reconquête d'Espagne ». Oui, il eut l'impression que c'était bien Sada qui se trouvait là-bas. Il était si grand que ce n'était pas facile pour lui de passer inaperçu. Il eut aussi l'impression de reconnaître d'autres visages, bien que ces jours-là ce n'était pas seulement l'humeur des gens qui avait changé, c'étaient aussi leur visage, leur présence, leur aspect physique. C'était une des choses qui l'avaient le plus étonné pendant son périple. Une espèce d'hiver s'était emparé de la saison d'été. Depuis sa lucarne, il avait déjà aperçu la désolation de la plage de Riazor. C'est cette vision, la plage de la ville déserte en plein été par une superbe journée ensoleillée, qui lui avait fait peur. Oui, la peur s'était emparée de lui. C'était la première fois qu'il éprouvait ce sentiment. Certains jours, la seule chose qui semblait sortir de la coquille de la ville, c'était l'Homme sans Tête, assis là-bas, sur la jetée, un livre sur les genoux. Lorsqu'il avait décidé de s'enfuir par la lucarne, lorsqu'il avait réussi à tromper la vigilance de sa mère et de toutes les femmes de l'Académie de Danse, il découvrit que plusieurs années s'étaient écoulées en seulement quelques jours. Certaines coiffures avaient disparu, les couleurs s'étaient assombries, les jupes et les robes s'étaient rallongées. On ne regardait plus de la même façon. On marchait différemment.

Il s'aperçut qu'il y avait des choses et des personnes qui demandaient à ne pas être nommées. Qui préféraient demeurer hors des mots. C'est pour cette raison qu'il évita de continuer à observer davantage les livres devant les soldats. Il savait qu'il ne fallait pas le faire. Pour son bien, pour leur bien à eux.

Si on lui demandait qui est le fameux Sada, il répondrait : Je ne sais pas, je ne le vois pas. Et Sada l'entraînerait à part : C'est vrai qu'on ne me voit pas, Curtis ? Dieu soit loué, vive le Marchand de Parapluies de l'Univers.

Si tu veux t'en sortir, il te faut devenir invisible.

C'est un homme très bien informé qui le lui avait fermement conseillé. Un officier juriste de la Marine qui admirait sa peinture et possédait un certain sens de l'humour : J'aime surtout la façon dont vous peignez les échinodermes et les gastéropodes. S'il vous plaît, un peu de respect, lui avait dit Sada, moi je me suis toujours bien gardé d'insulter la moindre créature. Oui, il eut le souci de lui faire cette réflexion. Lui, le marin, n'aimait pas la guerre. Il était uniquement passionné par l'étude de la première circumnavigation. Celle de Magellan et d'Elcano et ce qu'il appelait l'énigme du troisième nom. Sada aimerait pouvoir suivre son conseil juste à cet instant et devenir tout simplement invisible.

Mais Sada, qui connaissait la théorie du réalisme magique en art, développée par Franz Roh, ne savait pas comment devenir invisible. Il était trop grand pour s'adonner à l'art de l'esquive. Il avait des amis magiciens qu'il n'avait jamais pu aider pendant les répétitions ou les représentations, car il avait été plusieurs fois blessé par d'innombrables épées, scié par toutes les scies du monde et, dans le numéro de la disparition, lorsque le magicien annonçait qu'il s'était évaporé, qu'il n'était plus là, voilà qu'il faisait son apparition et ruinait du même coup le spectacle. C'était un costaud maladroit qui avait toujours été incapable de se transformer en esprit.

L'informateur avait été tout à fait clair. Il se trouvait sur la liste. Tôt ou tard, on irait le chercher pour le liquider. La seule solution pour devenir invisible, c'était de devenir soldat, de s'enrôler dans l'armée des vainqueurs et de partir pour la guerre.

Pour son premier combat, sur le front des Asturies, à peine eut-il montré un tout petit bout de son énorme corps, dans une tranchée, que Sada se fit trouer la peau. D'aucuns diraient qu'il l'avait fait exprès. Mais ses camarades racontèrent à leurs chefs qu'il répétait sans arrêt qu'il était invisible, qu'il se prenait pour un homme invisible. Et c'est d'ailleurs le surnom qu'on avait fini par lui donner : l'Invisible. Mais un de ses camarades ne dit rien. Celui à qui il avait raconté, la veille, l'histoire du gamin et du matador.

Dans le mouvement de la *pittura* métaphysique ou dans le réalisme magique, là aussi, le torero boiteux courait après lui. Il pointait sa canne sur lui : Là-bas, oui, celui-là, celui-là, l'Invisible.

Je vais voir qui traîne par là

Ils sont en train de tuer tous ses amis. Un après l'autre. Il faut les envoyer en lieu sûr.

Sûr ? Où y a-t-il un lieu sûr ?

La terre des loups. C'est l'endroit le plus sûr aujourd'hui.

Lorsque Pombo parlait de la terre des loups, il savait de quoi il parlait.

Dans la cabane des bergers, Curtis avait suspendu à la poutre un sac rempli de sable du fleuve. Un sac en étoupe d'où, à chaque coup de poing, s'échappait une fine poussière brillante. Terranova l'encourageait en lui chantant ce refrain : *Yamba, yambó yambambé* ! D'autres fois, il devenait mélancolique, halluciné, et suivait, hypnotisé, le balancement du sac. C'était vraiment nouveau de le surprendre prostré dans cet état de tristesse, car il pensait qu'il y avait un ressort dans son esprit qui l'empêchait de tomber dans la nostalgie. *Ya Matamoros no sirve pa' ná* ! chantait le sac.

Sous son toit de chaume, la cabane avait une seconde toiture composée de grandes toiles d'araignée au tissu épais, pas aussi résistante que l'étoupe mais de meilleure qualité dans la facture, semblable à un grand dais. Il n'y a pas la moindre araignée, ici, déclara un soir Terranova en vérifiant à la lumière d'une lampe à huile. Est-ce que tu as déjà vu une araignée, toi ? Qui donc tisse ces toiles, Curtis ? Ce devrait être d'infatigables araignées, et cependant on n'en voit pas une seule. Un de ces jours, elles vont nous ligoter et nous manger tout crus. Il nous faut les manger nous-mêmes avant que cela n'arrive. Tu te souviens de ce que disait Holando de cet astronome français qui ne mangeait que des araignées ? Ce sont les commissionnaires du temps. Nous ne les voyons pas, car elles sont en train de filer leur toile avec nos yeux, avec les filaments de la lumière. Si nous les mangeons, il se pourrait bien qu'on voie soudain les étoiles. Sinon ce sont elles qui vont nous manger. Ou les chauves-souris.

Je devrais être en train de manger du pâté d'alouette, comme le soliste du chœur d'une cathédrale française. Il y a longtemps que Picadillo a dit ça : Les chanteurs, messieurs, doivent se nourrir de pâté de rossignol.

Il est en train de délirer, celui-là. C'est lui qui a une araignée au plafond, se dit Curtis. Il sortit de la cabane. Il allait lui faire un cadeau. Lui remonter le moral. Il savait où il y avait à manger. Dans la niche des âmes du purgatoire, là-bas, à la croisée des chemins. Il y avait un bas-relief en pierre représentant des prélats et des religieux parmi les flammes du purgatoire. Et un saint tenant une balance pour peser les âmes, sans doute saint Michel, dont avaient parlé sa mère et María Belida dans la cuisine de l'Académie de Danse. Le fait de peser les âmes devait faire allusion au Jugement dernier. Combien pouvait bien peser une bonne âme ? Ce devait être une bascule de précision, dit Milagres, comme celle qu'on utilise dans la rue de la Galera, pour peser les épices. Et elle ajouta : Les âmes, c'est pareil que le safran. Un gramme coûte une fortune.

Le cadeau se trouvait dans la niche, derrière la mèche des petits lumignons qui brûlait en flottant dans son huile, parmi les fleurs. Les défunts n'en avaient franchement pas grand-chose à faire ! Terranova aussi était une âme. Lui aussi avait besoin d'une offrande. L'important, c'était qu'il se remette enfin à chanter. Qu'il ne cesse jamais de chanter et de jouer son rôle d'entraîneur saugrenu tandis que Curtis frappait avec ses poings le sac de sable. Le sac du temps.

Yamba, yambó, yambambé !

Il trouva de la nourriture, oui. Davantage que d'habitude. Ces derniers jours d'août, des rafales de vent furtif transportant du sable parcouraient les champs de foin. L'hiver pouvait être extrêmement long, empiéter sur l'automne et même sur le printemps. Avec précaution, tentant de surveiller les alentours avec les yeux derrière la tête, il farfouilla à l'intérieur de la niche des âmes du purgatoire et trouva non seulement des vivres, mais aussi un trésor inespéré. Une bouteille de cognac et un paquet de six cigares *farias*, savamment enveloppés dans une feuille de chou attachée avec du foin tressé. Il huma le tabac à l'intérieur du chou, à l'intérieur de ce rude et merveilleux paquet, et le mélange dégagea un arôme fort et évocateur. Lui, qui ne fumait pas, ou peut-être à cause de cela, eut l'impression de sentir le parfum du couloir qui menait du salon de l'Académie de Danse à la cuisine où Milagres gardait à toute heure en état de marche sa fabrique de saveurs et d'odeurs, avec toujours en arrière-fond l'odeur humble mais attirante de la buée du bouillon aussi présente qu'un air de famille. Parfois, Curtis avait l'impression que cela n'avait jamais eu lieu, que la gamine aux perruches, qui habitait au 12 de la rue Panadeiras, n'était jamais entrée dans cette cuisine.

Puis c'était l'image d'une assiette de soupe au chou, l'avidité avec laquelle la gamine est en train de soudain l'avaler, qui rendait son souvenir tout à fait vivant. Le rire de Milagres, un rire de plaisir populaire en voyant le bonheur de manger de cette fillette riche, la façon de manger affamée de la gamine de l'homme cultivé qu'elle admire, qui avait traversé sans crier gare la ligne de démarcation du quartier. Oui, c'était vrai. N'entends-tu pas comment les autres l'appellent en imaginant qu'elle est allée se cacher dans le jardin : Vitola, María, Vitoliña ?

Regarde comme elle mange, dit Milagres avec orgueil. Elle le dit aussi avec plaisir : Comme elle avait faim, la pauvre !

Non, répond la gamine. Je n'avais pas faim. C'est à cause de l'odeur du chou. Depuis que je suis toute petite, je rêvais de manger cette odeur.

C'était donc ça. Le trajet du parfum de ce que cuisinait Milagres traversait la ligne de démarcation entre les deux villes.

Lui, il ne fumait pas, mais Terranova oui. Malgré ses problèmes respiratoires, il adorait les havanes. Parfois cela faisait partie de son salaire en nature, pour les travaux qu'il faisait au port. Lorsqu'il y en avait, il ne détestait pas boire du cognac avant de commencer à chanter. Deux petits verres plutôt qu'un, pour s'éclaircir la voix. Qui eût cru qu'aujourd'hui, alors qu'il faisait le berger dans une cabane des lointaines montagnes de Xurés, il allait fumer du bon tabac, boire du cognac et se remplir généreusement la panse ?

Terranova déballa les cigares et se régala de leur parfum. Il avala une gorgée de cognac, tourna les yeux vers Curtis avec un regard théâtral : Après toutes ces années, je comprends enfin quel genre d'homme tu es, mon cher Curtis. Tu es le parrain de la maffia des âmes du purgatoire ! Tu nous avais bien caché ça, mon frère ! Je serai toujours à ton service. Je serai ce que tu auras décidé que je sois. Ton majordome. Ton domestique. Ton berger. Ô ! grand capitaine des âmes du purgatoire !

Le temps était en train de changer. Un matin, le vol des martinets cessa de dessiner des marques dans le ciel. Curtis écrasa un taon qui venait de le piquer avec une certaine fureur derrière son oreille et il n'en sentit plus jamais d'autres. Les cigales se turent soudain et les montagnes se mirent à tonner. Ils enfermèrent le troupeau dans son enclos.

Quelques instants plus tard, alors qu'ils mangeaient la charcuterie du trésor des âmes, quelqu'un frappa à la porte de la cabane, ils perçurent une sorte d'écho fragile du bout des doigts de la foudre.

C'étaient les trois couturières avec chacune sa machine à coudre sur la tête. Terranova et Curtis les avaient déjà vues plusieurs fois, mais toujours en vitesse, en passant. Elles allaient de village en village, chacune sa petite Singer sur la tête. Elles séjournaient quelque temps dans chaque lieu, en fonction des commandes. En plus du gîte et du couvert, on leur payait un salaire en argent ou en nature.

La petite, la plus dégourdie des trois, s'appelait Silvia.

Laissez-nous entrer. Les machines à coudre attirent la foudre. Elles s'illuminent au-dessus de nos têtes. Il pleut à seaux.

Elles savaient parfaitement qu'à cette époque l'Atlantique pouvait grimper jusqu'à la montagne. Les nuages arrivaient, le ventre rempli de mer, et parcouraient des dizaines et des dizaines de kilomètres à l'intérieur des terres. C'est pour cette raison qu'elles portaient de petits chapeaux d'algues d'Irlande sur la tête et qu'elles exhalaient le parfum de la mer.

Terranova caressa le dos d'une Singer. Moi aussi, je sais coudre, explique-t-il. C'est Lucho qui m'a appris, un gars de Monte Alto. Il avait un petit théâtre et s'habillait en Andalouse. Le soir, il cousait lui-même ses costumes à pois. Il avait un frère très macho qui l'empêchait de le faire. Son frère était docker. C'est pour cette raison que Lucho se cousait ses costumes d'Andalouse la nuit, lorsque son frère travaillait sur les quais. Lucho cousait très bien. Moi, je ne sais pas coudre aussi bien que lui.

Les couturières le regardaient d'un air suspicieux. Elles se demandaient s'il se moquait d'elles ou pas.

Ce que Lucho lui avait le mieux appris à faire, c'était à positionner les doigts pour écarter les mauvais sorts. Il savait également très bien écarter le mauvais œil. Il descendait la rue de l'Indépendance et les voisines sortaient sur son passage pour regarder comment il leur faisait le geste artistique de la confrérie de Saint-Cornelio. C'était lui qui savait le mieux écarter les mauvais sorts de toute La Corogne. Regardez.

Ce coup-ci les couturières éclatèrent de rire.

Elles n'avaient jamais vu quelqu'un positionner ses doigts de cette façon, les mains posées sur les fesses, à l'envers, des doigts insolents, obscènes et frémissants, écartant le mauvais œil.

Les garçons les invitent à manger. Silvia devient soudain sérieuse et s'approche. Elle a l'air de parler au nom de toutes les trois. Non, elles ne veulent pas. Elles n'ont pas faim. Elles ont déjà mangé.

On va faire la fête, dit Terranova. Il est joyeux, bien requinqué. Moi, je chante. Et vous, vous dansez avec lui. Maintenant, on peut vous l'avouer, en toute confiance, c'est Hercule lui-même qui va vous faire danser. Ô, roses mystiques, voilà que s'offre à vous l'occasion de danser avec un prince du Un-deux-trois, en tournée spéciale à travers la montagne. La danse enlacée, la perdition de l'Espagne, sans regards indiscrets.

La luz que en tus ojos arde
si los abres amanece,
cuando los cierras parece
que va cayendo la tarde...

(La lumière qui brûle dans tes yeux / va se lever si tu les ouvres, / si tu les fermes on dirait / que la nuit tombe...)

Lorsque c'est le tour de Silvia, elle se colle bien à lui, se laisse aller dans ses bras. Les deux autres couturières rient, font semblant de ne s'apercevoir de rien. Terranova plaisante : Sans se brûler ! Il change de chanson : *Qué te importa que te ame si tú no me quieres ya ?* (Qu'importe pour toi que je t'aime puisque tu ne m'aimes plus ?) Silvia parle avec Curtis. Elle lui dit tout bas, à l'oreille : Ne t'avise pas de voler une nouvelle fois les vivres des âmes du purgatoire.

Il fait une moue d'incompréhension. Et pourquoi donc ?

Parce que ces vivres ne sont pas destinés aux morts, ils sont destinés à mon père. Tu comprends ? La faim de mon père n'a rien à voir avec la faim des âmes. Il s'agit de la faim d'un fugitif affamé. Tu comprends ce que je veux dire ou pas ?

Bien entendu qu'il le comprenait. Terranova disait toujours qu'il y avait un Invisible qui rôdait dans le coin. Un ex-homme. Il devait habiter dans la chênaie de Barxas. Dans l'œil de l'eau. Les arbres avaient de très longues barbes, vieilles de plusieurs siècles. Et l'Invisible également.

Une fois, des gardes passèrent tout près de la cabane. Engoncés dans leur capote. Le canon de leur arme pointé devant eux. On sentait qu'ils étaient pressés, mais ils prirent le temps de se renseigner. Et Terranova se mit à leur tailler la bavette. Il leur expliqua que Curtis et lui venaient de l'autre côté de la frontière, que c'étaient des Portugais qu'on avait engagés comme bergers, que tout petits déjà mis au service de *Nossa Senhora da Penada*, l'escalier de pierre le plus haut du monde, et cetera. Curtis était émerveillé par l'aisance avec laquelle Terranova imitait les accents, par sa façon de savourer son bavardage sur toute la longueur de son palais.

Et celui-là, on lui a mangé la langue, ou quoi ?

Il ne parle jamais. On l'appelle Hercule. Beaucoup de muscle et pratiquement pas de cervelle.

C'est mieux pour lui, dit le caporal. Vous avez vu quelqu'un dans les parages ?

Pas un chat.

Si quelqu'un vient vous demander quelque chose, vous refusez de lui donner quoi que ce soit, ni pain ni eau.

Même si c'est un chrétien ?

Ce type n'est pas un mendiant. C'est un fuyard. Un bandit. Un rouge. De la même trempe que le gars d'Anamán qui prétendait l'autre jour que les pauvres manquent de tout et que les riches ne lâchent jamais rien.

Et comment peut-on le reconnaître ?

Ce type ne sait pas jurer. Avez-vous déjà vu un chrétien qui ne sache pas jurer ?

Changement de cavaliers, dit à présent Terranova. On remplace l'orchestre en chantant !

Si tu vois ton père, dis-lui de traiter les gens qui ne lui font pas l'aumône de tous les noms, qu'il n'hésite pas à jurer contre eux, qu'il se fasse passer pour un terrible blasphémateur. Il s'est justement fait repérer à cause de son langage trop châtié. Les mots sont des traces qu'on repère trop simplement.

Mais il n'est pas croyant. C'est bien pour ça qu'il ne blasphème pas, il ne connaît pas d'injures. Lorsqu'il est vraiment très en colère, la pire insulte qu'il puisse lâcher c'est « papiste ».

Il faudrait que je lui apprenne quelques expressions. Et qu'il arrive à dire : Je me cure les dents avec le bois de la Sainte Croix. Je vais lui en faire une liste de ce genre et la lui déposer dans la niche des âmes du purgatoire. Moi, je suis pas mal allé à l'école. Ma mère était une sainte. Il lui faut demander l'aumône sur un ton de sacristain et ne pas hésiter à jurer tant qu'il peut si les gens ne lui donnent pas un sou. Est-ce qu'il croit aux âmes du purgatoire, au moins ? On prétend que si tu croises une âme du purgatoire, tu dois lui poser cette question : Si tu es une âme de l'au-delà, dis ce que tu veux. Ma mère et celle de Curtis sont toujours en affaire avec les âmes, et ça, c'est parce qu'elles leur demandent toujours ce qu'elles veulent. Le mieux c'est de les chasser, comme le font les curés, sans le moindre scrupule : Allez, fiche-moi le camp, âme chrétienne, ouste ! au ciel !

Lorsque l'orage s'était enfin dissipé, les couturières avaient à nouveau placé les machines sur leur tête et demandé à Curtis et à Terranova de les accompagner un bout de chemin.

Nous allons en direction de Barroso, expliqua Silvia. Puis elle ajouta de façon énigmatique : Venez voir voler les chèvres avec nous !

Il y a plus de gens fous dans notre bas monde que dans le monde des esprits, déclara Terranova. Alors allons-y.

Ce n'est pas très loin.

La nuit n'allait pas tarder à tomber en cette heure crépusculaire. Ils se trouvaient au bord d'un ravin à l'intérieur des terres. Devant eux, on pouvait apercevoir un vaste bourbier qui expirait des nuages et l'on voyait bien que ce paysage déterminait une limite. C'est alors qu'on entendit les bêlements qui tombaient du ciel. Des sons émouvants qui dessinaient de lentes trajectoires et décrivaient des acrobaties effectuées à deux. Les bêlements s'accouplaient et décrivaient des traits qui serpentaient dans le ciel.

Ce sont des bécasses, dit Silvia. Ici on appelle ça des chèvres.

C'est la première fois que j'entends un oiseau émettre un son pareil.

Elles ne font pas ça avec leur gorge, expliqua la couturière. C'est avec leurs plumes. Elles font cette drôle de musique avec leurs plumes et avec le vent.

Plus fort ! hurla Curtis. Plus fort !

Il sait parler ! s'exclama Silvia, surprise.

Ça dépend des jours, répondit Terranova. Seulement lorsqu'il est ému.

Puis, du jour au lendemain, le temps se mit à changer. L'orage d'été avait disparu. Les nuages arrivaient jusque-là chargés de pierres et d'une mer sombre. Leur engrenage adulte grinçait de façon brutale, écrasante, était dépourvu des artifices de ces orages tout public qui éclatent en été. Il fallait commencer à se préparer à rentrer. À la mi-septembre, le troupeau devait être de retour au village, sur la ligne frontalière. Ils auraient sans doute encore le temps de faire une virée à la fête de l'Aclamadoira, la Vierge qui ne se tait jamais, la musique résonnant toute la nuit dans la montagne. Puis ils reviendraient s'enterrer dans la cave de la maison de Salgueiros, chez l'Homme de Pierre et la Femme au Chapelet de Perles Noires, pour fabriquer des paniers avec des branches de châtaignier. C'est l'Homme de Pierre qui leur avait appris à les faire. Le village était réputé pour la fabrication de ces paniers qu'on vendait à l'occasion des fêtes des villages de la frontière. C'était leur contrat. L'été, ils étaient bergers dans la montagne et l'hiver, fabricants de paniers cachés dans la pénombre de la cave. Pourquoi l'appelait-on l'Homme de Pierre ? Eh bien, parce qu'il était de pierre. Parfois il bougeait, il se mettait un ongle dans le nez et il en tirait de petits tortillons, de petites herbes qu'on appelle des nombrils-de-Vénus, comme celles qui s'enracinent entre les pierres, au bord des toits. Terranova prétendait cela pour faire rire Curtis. Il prétendait que l'Homme de Pierre avait des nombrils-de-Vénus dans son nez et dans ses oreilles et dans toutes les cavités de son corps. En tout cas, ce sont de braves gens. On ne sait pas trop ce qu'ils pensent, mais on sait parfaitement ce qu'ils font. Ils ont honoré le contrat. Ils nous ont fourni le gîte. Ils ne nous ont jamais rien demandé. Ça fait combien de temps déjà, Curtis ?

Terranova avait traîné autour de la gare ce 2 août, le jour où le train spécial devait partir pour se rendre à la fête des Caneiros. Il attendait Curtis. Il était sûr qu'il viendrait, car Curtis avait son billet. Plusieurs jours auparavant, en pleine nuit, il était passé à l'Académie de Danse. Pombo avait entrouvert la porte et lui avait dit qu'il n'y avait personne, ni Curtis ni personne d'autre, que lui-même n'existait pas, et que ce que Terranova devait faire c'était s'enfermer tout de suite chez sa mère et cesser de traîner dans le coin, que c'était comme s'il avait une sonnaille autour de son cou. Lorsqu'il arriva près de la gare, il ne réussit pas à y entrer. Elle était trop surveillée. Il regarda entre les planches disjointes de la palissade, depuis la rue de la Gaitera. Tous les trains étaient à l'arrêt et le silence des machines lui fit l'effet d'un silence redoublé. Le train de la fête des Caneiros ne prit jamais le départ. Il devint une locomotive fantôme. Lorsque les trains s'étaient remis en marche, tous les convois partaient désormais, d'une façon ou d'une autre, en direction de la guerre. Ceux qui connaissaient bien les trains savaient que leur bruit était différent. Les machines, les voies, tout était pareil, mais le bruit des machines avait changé.

Il trouva Curtis juste le jour où l'on brûlait les livres. Ensuite, suivant la stratégie de Pombo, ils montèrent dans un convoi, mais cette fois en qualité de morts, dans leur cercueil et avec les identités de véritables morts. Destination Ourense. Et, de là, ils prirent la route. Le transporteur fit un arrêt à Maus-de-Baños, en pleine nuit. Et c'est alors qu'ils balancèrent les cercueils dans la rivière Limia.

Toi, tu fais le muet, expliqua à Curtis l'homme de contact. Et tu fais non à tout ce qu'on te dira. Quoi qu'on te demande. Sauf si on te dit Guiné. Si on te dit Guiné, tu fais oui. Parce que c'est un mot de passe. Et, toi, dit-il à Terranova, toi, tu es gitan.

Gitan ?

Gitan portugais.

Ah bon, d'accord !

Curtis était en train de lire son *Manuel populaire d'électricité* à la lueur fumante d'une lampe à carbure. Il y avait un tremblement ombreux sur les lignes imprimées, comme si elles circulaient sur la surface jaunie en direction des marges brûlées et qu'elles prédisaient une capnomancie, le secret d'une devinette ancienne. La lumière ténue et les dessins de la fumée semblaient surgir des pages et pas des lueurs du carbure. L'Homme de Pierre dormait dans un coin de la cheminée. La litanie de la femme ressemblait au son d'une radio. *Domus aurea*. Une émission de nuit.

Foederis arca. Il l'avait quelquefois entendue soupirer le long du courant électrique. *Ianua coeli*. Salgueiros mourrait certainement si on n'y faisait pas venir la lumière. *Stella matutina*. À ce moment-là, l'Homme de Pierre sursauta et ouvrit puis ferma les yeux. En réalité c'était exactement ça, pensa Terranova. La voix de la femme était celle d'une radio, celle d'une station de radio sur laquelle on venait de se caler. Il était en train de l'écouter de la même façon que lorsque, en pleine nuit, il parcourait les ondes sur l'Atwater Kent du Grutier à la recherche de tangos et que surgissaient des voix incertaines de la radio. C'est de cette façon qu'il découvrit Paul Robeson. Le chanteur semblait parfois se perdre, s'en aller, s'intéresser à autre chose. Par moments cycliques il chantait puissamment, avec une intensité renouvelée, et on aurait pu allumer une allumette à la chaleur de son haleine. *Rosa mystica*, *Turris Davidica*, *Turris eburnea*. Mais il y avait toujours une certaine distance, comme si la femme se trouvait d'un côté, et que sa voix se trouvait d'un autre côté, comme si elle aussi était en train d'écouter. La femme avait cessé de prier, d'égrener les perles de son chapelet. Nonobstant, les doigts ne s'étaient pas arrêtés. Ils avaient abandonné les perles de jais et faisaient à présent des comptes avec des boulettes de mie de pain. D'abord la première, lentement pétrie, on aurait dit qu'il n'y en aurait jamais une autre. Et puis, de plus en plus rapidement, elle avait pétri de minuscules sphères qui avaient progressivement rempli les carreaux bleus et blancs de la toile cirée. Terranova l'avait imitée. Tous les deux s'étaient mis à fabriquer des astres. Quelque chose avait peu à peu changé en elle, à mesure que l'heure des adieux approchait. Elle avait abandonné ses habits de deuil. Elle avait défait ses cheveux. Lorsque Curtis et lui retourneraient en ville,

Terranova lui enverrait une Atwater Kent. Avec piles, avec des accumulateurs.

Délaissant les mies de pain, la femme leva les yeux. Ils étaient humides. Brillants. Sa main tremblante explorait sous la table. Elle tenait toujours le chapelet vieux de plusieurs années. Et elle murmura finalement une invitation.

Les chiens aboient. Si nous allions voir qui traîne par là, dehors ?

La populace et la Providence

Il se passa quelque chose qui le troubla et le laissa sans voix. Ce jour-là, un de ses camarades, un gars qui allait arriver à de hautes fonctions, se mit à pisser sur un des brasiers. Un peu plus tôt, un incident était survenu. Quelqu'un, ce gamin géant qu'on appelait Hercule du Papagaio, avait sauté le bûcher à l'improviste, comme cela se fait le jour de la Saint-Jean pour éloigner les mauvais esprits. Ils s'étaient lancés à sa poursuite, mais sans succès. Il galopait comme s'il avait des ailes sous les pieds. Le fait est que, de retour de cette infructueuse poursuite, le camarade s'était mis à pisser sur le bûcher. Et tous les autres membres de la compagnie, dans une attitude réflexe qui n'avait nécessité ni invitation ni ordre, firent la même chose et commencèrent à pisser de conserve à ses côtés. Malgré sa condition de chef, Samos fut incapable d'exprimer le dégoût que cette attitude lui inspirait. Au contraire, il réagit avec un petit rire nerveux. Bienveillant. Cette action des plus basses écornait l'image qu'il s'était proposé de brandir, une image évangélique. À travers ce mélange d'urine et de fumée, les livres exhalaient plus que jamais une odeur de restes animaux. Il apercevait les dos et les morceaux de peau d'une reliure hollandaise, la peau ridée d'une couverture valencienne. Les nerfs de cheval des coutures. L'urine chaude, qui grésillait sur les restes des livres, dégageait une odeur tout à fait singulière. Sans doute que les gars ne la percevaient pas : la brise conduisait cette puanteur exclusivement jusqu'à ses narines. Il y avait toujours un moment, à la tombée de la nuit, après ces longues journées de chasse, où le groupe des chasseurs un peu ivres, obéissant à une espèce de consigne naturelle, se mettait à pisser en formation virile et lâchait d'obscènes et bravaches plaisanteries. C'était une image repoussante. Un fascisme moche, grossier. Un de ses collègues portugais, originaire de Coimbra, qui avait servi dans la Légion Virato, composée de volontaires renforçant l'armée de Franco, regagna les rangs des troupes amies, effaré par ce qu'il avait vu. Teutónio ne put s'empêcher de lui dire : Samos, je crois que l'Espagne est une terre vraiment dangereuse. Tes camarades ne te font-ils pas quelquefois peur ?

Lorsque, en 1940, il était allé à Milan et à Berlin, il en était revenu admiratif. Là-bas, disait-il, il y avait une certaine esthétique. Les choses avaient une autre dimension, un futurisme athlétique. Une synchronie de corps et d'armes. Ren était une caricature de rudesse. À l'époque de l'après-guerre, Léon Degrelle, un autre fasciste historique qui avait trouvé refuge en Espagne, avait décidé de faire le pèlerinage de Saint-Jacques-de-Compostelle et il s'était vivement plaint des puces et des poux qui pullulaient dans les pensions des villages. Et Ren, qui était allé lui souhaiter la bienvenue à Portomarín, en qualité d'ambassadeur du gouvernement, était revenu en se moquant de lui : Notre camarade semble être extrêmement délicat ! Quelque temps plus tard, le juge Samos avait entendu le ministre expliquer : Nous n'avons pas le choix, il nous faudra bien labourer avec les bœufs que nous possédons. Oui, cette odeur n'arrêtait pas d'aller et venir. Concernant les chefs de la chasse, lui et quelques autres, comme le père Muñ̃o lorsqu'il y assistait, tentaient de retenir leur envie et, s'ils ne pouvaient pas se retenir, se soulageaient dans un coin un peu en retrait, à une distance discrète, sans trop s'éloigner non plus pour ne pas attirer l'attention, mais sans se joindre à ce déluge commun. Les grandes pensées ne viennent pas toujours à la commande. Ce qui donnait un vrai sens au Régime, ce n'étaient pas les fanfaronnades, mais l'idée d'un commandement divin. Oubliez la vulgarité de la populace et pensez à la direction de l'histoire, lui avait un jour expliqué Dez, le plus raffiné du groupe, celui qui parlait avec les accents nostalgiques de la cour poétique de Primo de Rivera, et avec lequel il pouvait partager le leitmotiv suivant : Ce qu'il faut, c'est de la culture. Pour eux, le Chef devait être un émissaire de la Providence. Il fallait veiller à ce que ce rapport demeurât toujours inébranlable : Suivre le chef, c'est suivre la Providence, et c'est savoir s'imposer face à l'ennemi. La chose était extrêmement importante. C'était le sens de ce qui était estampillé, côté face, sur les pièces de monnaie avec lesquelles tout le monde payait, du nord au sud du pays : Caudillo par la grâce de Dieu. Et ce qu'on lisait côté pile, qui n'était pas estampillé sur la pièce, mais qui l'était dans tous les esprits, comme une tonsure pratiquée par les ciseaux de la peur, pourrait bien être le surnom du roi assyrien Tiglath : « Celui qui élimina tous ses ennemis. » C'était une référence historique qu'il évoquait toujours avec un grand plaisir. Au cours des séminaires et des conférences auxquels il participait, spécialement dans ses fonctions de collaborateur au sein du cercle *Arbor*, à Saint-Jacques-de-Compostelle et à Coimbra, ces deux occasions si particulières, ces deux occasions au cours desquelles il libérait l'Épiméthée chrétien et ouvrait la boîte de Pandore ou descendait dans la caverne de Platon avec Heidegger pour secouer les mous et confortablement installés descendants des élites de la Victoire. Il savait comment faire pour les réveiller. Et il n'y avait rien de mieux pour réveiller quelqu'un que le fouet de son maître Schmitt. « Caïn tue Abel. C'est ainsi que commence l'histoire du monde... »

À partir de ce moment, il n'était plus très difficile d'attirer son attention. Le juge se référait à un autre coup de massue — dans ce cas emprunté à un de ses insignes collègues — du futur ministre : Sans la guerre, l'Histoire n'existerait pas. Et il procédait alors à une bonne réinterprétation de l'Ancien Testament. Dieu ne serait rien d'autre que le « Seigneur des Armées ». Et tout sujet qui lutte en son nom n'a rien à craindre. Dieu sera toujours de son côté. « Un grand et terrible Dieu. »

Natura maxima in minimis

Il va examiner un échantillon de son sang. Il vient de tousser. Le sang qu'il a préparé sur la lame. Le nouveau monde qu'il va découvrir aujourd'hui est celui qui se trouve à l'intérieur de sa poitrine. Si la goutte d'eau est la sphère originelle, cette goutte de sang-là est la sphère finale, car elle contient la vie et la mort, qui travaillent ensemble l'une au service de l'autre. C'est un des moments extraordinaires passés au numéro 12 de la rue Panadeiras. Il se souvient de l'excitation de l'œil s'approchant du microscope, battant des cils, de l'œil en train de chanter *Natura maxima in minimis*, fasciné par le spectacle universel que contient une goutte de sang, de son propre sang. Ils spolièrent également son cabinet de curiosités, avec ses instruments d'amoureux de la science, les outils qui permettaient enfin de voir l'invisible, l'au-delà et l'en deçà contenus dans une goutte de sang. Dans chaque goutte de sang. Et puisqu'on parle de sphères, ils spolièrent également cette sphère-là. Le globe terrestre en bois, fabriqué en Angleterre. La première chose qu'il avait remarquée sur cette sphère, ressemblant à de curieux territoires sans nom, ce furent les roses des vents et les dessins représentant d'étranges créatures marines. Celle qui lui plaisait le plus et que, le temps passant, il continuait à apprécier était une créature mi-serpent marin, mi-homme, jouant du luth à hauteur des îles Seychelles. Ensuite, il s'intéressa aux grandes taches de couleur. Sur les mers, sur les océans, la sphère présentait des dessins de voiliers marquant les routes historiques. La première chose que lui indiqua le doigt de son père, ce fut le *Beagle*, près des îles Galápagos. Le bateau de Darwin. C'était un doigt obstiné. Il revenait toujours à cet endroit. *Beagle*, le doigt Darwin. Plus tard, lorsque c'était son propre doigt qui montrait et sa fille qui lisait, ce qui avait intéressé le plus Vitola, sa grande trouvaille, ce furent les noms des lieux. Ces mots étaient la plus belle invitation du globe terrestre. Par exemple, le Pacifique était tout entier habité de mots. Il était criblé de petits points à peine visibles représentant les îles, mais ce sont les noms qui renfermaient la vraie réalité. Nanumea. Nanumano. Nanumanga. Nukononu. Pukapuka. En novembre 1937, dans sa ville natale de La Corogne, le gouverneur envoie une lettre au président de l'Audience en lui proposant de prendre la décision d'arracher et d'éliminer la feuille du Registre officiel de l'état civil où figure le nom de Santiago Casarès Quiroga. Afin de le soumettre à un châtiment jusqu'alors inconnu. Faire disparaître son nom.

Le nom se trouve à la page 447. À cet endroit, le juge municipal, maître Pérez Arias, certifie que le 8 mai 1884 est né, à dix heures et demie du matin, au numéro 6 de la rue San-Andrés, un garçon prénommé Santiago. La page 446 correspond à un garçon nommé José Suárez Campos et la 448 à une fille nommée María de la Concepción Vaamonde. La calligraphie du secrétaire, monsieur Patiño, est fort élégante, elle fait penser à une partition de musique, avec des lettres hybrides évoquant des croches. Le stylographe imite une plume de loriot.

Natura maxima in minimis. Viens, Vitola, viens, ma fille. Regarde ce qu'on peut trouver dans une goutte d'eau. La semence de l'univers. Viens, viens, Vitola. Regarde ce qu'on peut trouver dans une goutte de sang. La composition de la vie. Tout est là. La haine aussi. Grâce à elle, nous pouvons approcher le mystère de la vie, mais il est impossible de comprendre le mystère de la haine. De cette haine qui conduit non seulement à tuer, mais aussi à vouloir gommer quelqu'un du registre des naissances. Il faut que j'étudie ce mystère. Je vais lire tout ce qui existe à son propos. La clé doit se trouver dans la goutte de sang. Elle doit posséder une chimie bien particulière.

Non, il ne dit rien. Il est immobile. À l'affût de lui-même. Il tente d'utiliser le moins d'oxygène possible. Lorsqu'il rechute, Maria Casarès, Vitola pour ses parents, pense toujours à l'image de quelqu'un en train de porter un baquet d'eau invisible sur la tête. Il sait qu'il ne doit pas en renverser une seule goutte sous peine de mort. À une certaine époque, il crut un instant avoir vaincu cette menace. Cela s'était passé alors qu'il était encore jeune, au Sanatorium de Durtol. Santiago Casarès a toujours porté ce baquet sur sa tête. Il a toujours senti la faux près de lui. La mort faisait partie de sa façon de vivre. Mais ce qu'il n'a jamais imaginé, c'est qu'on tenterait un jour de le transformer en personne inexistante.

Il ne connaissait pas du tout ce fameux Arellano, le gouverneur qui l'a officiellement déclaré nuisible, et qui a également donné l'ordre que le nom de Santiago Casarès Quiroga soit rayé du Collège des Avocats et de n'importe quel autre livre afin que « les générations futures ne trouvent rien d'autre de lui que la fiche anthropométrique de ce hors-la-loi ». Pendant de nombreuses années, Casarès, qui entre autres fonctions fut président du Conseil des ministres de la République, ne figurera pas dans les encyclopédies espagnoles. Maria Casarès sait que le fascisme espagnol a en grande partie gagné son pari. Gommer son père de la géographie mentale des jeunes générations. Il était le symbole de la République et à présent il est devenu un cratère. Ils lui ont pris tout ce qui lui appartenait. Les livres, les meubles, la maison. Le microscope. Les herbiers. Les boîtes entomologiques. Elle a quelque chose sur le bout de la langue. De presque sphérique, rouge, avec sept petits points noirs sur les ailes.

Une des premières chansons qu'il lui avait apprises était une chanson qui permettait d'apprendre à compter. Une chanson de la campagne, une chanson scientifique.

Reirrei, cantos anos durarei ?
Veintecinco ? Non o sei.
Un, dous, tres...

(Coccinelle, combien d'années durerez-vous ? / Vingt-cinq ? Je ne le sais pas / Un, deux, trois...)

La *coccinella septempunctata*, explique-t-il, est avec le ver luisant l'insecte qui possède le plus de noms en Galice. Je me demande bien pourquoi. Pourquoi ces deux-là ? La coccinelle est appelée *reirrei*. On l'appelle aussi *maruxiña*. On l'appelle *papasol*. On l'appelle *barrosiña*. On l'appelle *costureira*. On l'appelle *voaniña*. Plus la taille des choses est petite et plus les choses portent de noms. Dans ses *Histoires naturelles*, Jules Renard n'explique-t-il pas lui-même que la vérité est de petite taille ?

En novembre 1944, alors que la famille était à Paris, ils reçurent la nouvelle que la maison du 12 rue Panadeiras et tous les biens des Casarès étaient désormais devenus propriété de l'État franquiste. La spoliation s'était transformée en loi. À cette époque, il se trouvait à Londres, pour ne pas tomber entre les mains de la Gestapo. Sa femme, Gloria, avait arrêté de jouer à ce jeu qui consistait à penser que, si elle fermait les yeux dans l'entrée du 148 rue de Vaugirard, elle allait se retrouver dans l'escalier du 12 rue Panadeiras. Lorsqu'il revint, l'atmosphère de Paris libéré lui permit de mieux respirer. Comme il le disait, grâce à son optimisme phtisique, il pouvait voir chaque molécule, savourer l'air : *Natura maxima in minimis*.

Gloria mourut quelques mois plus tard d'un cancer qui l'atteignit sans crier gare comme le poignard d'un efficace assassin. Il eut le courage de lui fermer les paupières. María était stupéfaite devant sa mère morte. Tous les visages qui avaient jadis existé lui revenaient en mémoire. La fille de la cigarière célibataire, la couturière, la femme mélancolique penchée à la fenêtre du 12 rue Panadeiras, l'épouse du ministre, l'infirmière d'un hôpital de guerre. Le mot qui lui venait aux lèvres, se frayant un passage parmi la souffrance, était le mot beauté. Quelle beauté ! Et son père lui répondit : Elle a toujours été belle, en toutes circonstances.

Son père sentait venir ses crises sur le baromètre de sa poitrine. Elles étaient de plus en plus fortes. Il prenait la position du lotus, restait immobile, adoptant la même stratégie qu'un plongeur qui ne va pas tarder à manquer d'oxygène.

Le pire, ce serait que sa fièvre commençât à monter car, dans ces moments-là, il consommait de l'oxygène même en rêvant, même pendant ses cauchemars.

Une fois, il était sorti de son délire avec un visage de mutilé, comme s'il avait perdu ses dents, les yeux exorbités. Il expliqua qu'on venait de l'arracher. Qu'il avait senti dans sa chair de quelle façon on l'arrachait du Registre officiel de l'état civil. Du Livre des Naissances.

Ne pense pas à cela, papa. Ils n'oseront jamais.

Je ne sais même pas qui est cet homme, ce gouverneur qui veut arracher mon acte de naissance. Il faut que j'étudie cette chose, la nature de la haine.

Ne pense plus à ça, papa.

Tu as raison. Ça demanderait beaucoup trop d'oxygène.

Et il se mettait à parler avec les mains. S'il lui tendait son doigt pour qu'elle l'attrape, il ne serrait pas plus fort qu'un nouveau-né.

Phosphore vif

Il y avait longtemps que Polca ne jouait plus de la cornemuse. Depuis la guerre, il n'y avait plus touché. Lorsqu'on le remit en liberté, après avoir peiné dans le camp de travail de la mine de wolfram, il mit encore un bon moment, non pas à jouer, ne serait-ce qu'à toucher l'instrument, à le prendre dans ses mains. Pendant tout le temps de son absence, Olinda avait parfois laissé la gamine souffler dedans, pour tenter de remplir le réservoir d'air en peau de chèvre recouvert de velours bleu sombre et brodé de la même couleur. La gamine avait l'impression que cet instrument n'allait pas tarder à devenir tout noir, comme si c'était là, dans la cornemuse suspendue au mur, qu'était conservée la nuit qui contenait le mystère de son père. Mais le père revint et la cornemuse demeurait toujours là, solitaire. À mesure que le temps passait, sans que Polca ne prêtât attention à la cornemuse, Ó avait l'impression que l'instrument avait rétréci et était peu à peu devenu une présence vouée à s'éteindre, un objet ancien appartenant à une légende oubliée, les os et la peau d'un étrange échassier aux couleurs mélancoliques et aux franges dorées, qui avait visiblement perdu toute majesté, mais qui pour elle possédait encore la couleur des caresses. Non, il n'osait plus jouer de la cornemuse. Peut-être un peu plus tard. Polca prétendait qu'il avait perdu son souffle. Qu'il n'avait plus de forces dans sa poitrine. Mais un soir de Noël, alors qu'Olinda était enceinte de Pinche, il se remit à jouer. Ó était stupéfaite et Olinda n'arrêtait plus de rire en serrant son ventre avec ses bras, comme s'il s'agissait de la réserve d'air de l'instrument. Au début, on eut l'impression que Polca et la cornemuse étaient sur le point d'éclater. Le visage de Polca était complètement congestionné par l'effort qu'il faisait pour emprisonner l'air. Mais l'instrument recommença à résonner et Ó se dit que ce sac de peau était en train d'enfin restituer tout ce qu'elles avaient économisé pendant des années.

Le sac de peau ne conservait pas seulement, dans son velours noir, la lumière qu'Olinda et Ó avaient économisée. Il conservait également beaucoup de silence. Il faut conserver le silence. Ó sut immédiatement faire la différence entre deux sortes de silences. Il y avait le silence muet. Le silence de celui qui tait ce qu'on ne peut ou ne doit pas dire. C'est un silence de précaution, de peur. Et puis il y avait aussi le silence amical. Le silence qui permet de réfléchir. Le silence qui protège, qui permet de méditer. Le silence de la cornemuse qui avait décidé d'attendre Polca.

Sa mère et elle avaient également économisé beaucoup de joie. Tout le temps que Polca avait été absent, il avait fallu tout économiser. Comme les femmes qui portaient le deuil. Elles aussi économisaient. Elles ne portaient pas seulement des vêtements noirs, toute leur façon d'être avait changé. Elles parlaient moins, ne riaient jamais, prenaient tout juste la peine de regarder les autres. Elles économisaient les mots, la joie, la lumière. Et, nonobstant, toutes ces personnes qui portaient le deuil, comme Ó et Olinda, ne ressentaient pas moins les choses que les autres qui ne le portaient pas, elles en ressentaient peut-être même davantage, et elles n'avaient pas moins de choses à dire que les autres non plus, elles en avaient tout aussi bien davantage.

Elles économisaient.

Tout ce qu'on économisait à la maison, tout ce qu'on avait économisé dans toutes les maisons, sortait à présent de la poche d'air de Polca. Car il avait commencé à reprendre confiance en cette cornemuse tombale, au son grave, en cette cornemuse ronfleuse, qu'il avait héritée, qui avait bien joué dans les fêtes, mais aussi à la chorale, à l'occasion des processions ainsi que des manifestations syndicales.

Ce fameux 1er mai où le curé lui avait dit : Tu joues dans toute la ville en l'honneur de ces Sacco et Vanzetti et voilà qu'à présent tu viens souffler ici en l'honneur de saint Joseph.

Moi, je joue la *Saudade* pour les âmes de tout le monde, monsieur le curé. Ce requiem dansable n'a jamais fait de mal à personne.

Non, non, ce n'était pas ce curé-là qui l'avait dénoncé. Il ne pourrait jamais parvenir à savoir qui l'avait fait. Certaines personnes étaient mortes parce qu'on avait misé leur sort au cours d'une partie de cartes. Elles ne le savaient pas, peut-être dormaient-elles tandis que leur vie dépendait d'un coup de dés ou d'une carte abattue. Lorsqu'il fut conduit en prison, Olinda fut renvoyée de l'usine d'allumettes Zaragüeta. En réalité, on renvoya tout le personnel, et en majorité les allumettières, environ trois cents, puis on déclara illégal le syndicat au sein duquel elles s'étaient organisées. L'usine demeura fermée pendant plusieurs mois. Elle rouvrit ensuite avec un personnel trié sur le volet par les phalangistes, en exigeant de celui-ci qu'il adhérât au préalable au Glorieux Mouvement. Olinda ne passa pas le crible. Elle réussit tout juste à éviter qu'on ne rédigeât un mauvais rapport sur elle en graissant la patte à l'un de ces chefaillons qui se multipliaient dans la hiérarchie de commandement supervisant les confiscations. Mais les choses empirèrent lorsqu'un autre de ces chefs imposa l'embauche d'un nouveau groupe de gens recommandés qui venaient tout juste d'adhérer au parti fasciste. En quelques mois, après avoir occupé le pouvoir auprès des militaires, ce groupe marginal et fanatique, bandits mal vus dans La Corogne libérale, prit le contrôle de la ville. Tout au long de son angoissant périple Olinda allait de surprise en surprise. Un ordre du gouverneur instaura l'obligation de faire le salut romain. Dans tous les bâtiments officiels, et même dans la rue, il fallait, à la demande de n'importe qui, lever le bras et lancer les vivats de rigueur. Et, dans cette ambiance, Olinda assistait à un changement chez de nombreuses personnes, qui excédait de beaucoup le simple opportunisme politique. Cela ressemblait plutôt à une mue biologique. Pas seulement dans les apparences. Certaines personnes changeaient même de voix. D'autres personnes n'entendaient pas Olinda. Et le plus perturbant, c'est que nombreux étaient ceux qui ne la voyaient même pas. Et pourtant elle était enceinte. Elle finit par se demander si elle existait vraiment. De nombreuses personnes avaient disparu. Elle-même avait peut-être disparu sans le savoir. La plupart des cigarières de l'usine Palloza et des allumettières de l'usine Castiñeiras habitaient, comme Olinda, à la périphérie de la ville. Elles partaient de très bonne heure, il faisait encore nuit, avec leurs lumignons ou leurs chandelles pour éclairer les chemins. Les colonnes lumineuses convergeaient. Elles s'orientaient, s'apercevaient l'une l'autre, formant des sentiers de lucioles dans la nuit. Ces sentiers en mouvement ne transportaient pas seulement de la lumière, mais aussi des mots. Ils fabriquaient des murmures, des chansons ou des nouvelles, à l'aide de chaque chandelle. Parfois, il manquait une lueur, et on apercevait un vide sur le chemin, un creux dans la phrase. Cela signifiait que quelqu'un avait disparu. Olinda fréquenta toujours assidûment le sentier des lueurs, jusqu'à la naissance de la petite. Certaines personnes comparaient ces colonnes d'employées aux Saintes Âmes du Purgatoire. Mais pour Olinda, c'était exactement le contraire. Arturo da Silva mort, Polca prisonnier, disparus tous les jeunes qui avaient un jour projeté de prendre le train spécial pour se rendre à la grande fête des Caneiros, Olinda considérait que sa présence, avec cette chandelle éclairant la nuit, était devenue une étrange obligation dont elle ne pourrait, tant qu'elle serait en vie, jamais se départir. On aurait même pu penser que l'enfant qu'elle portait, le lourd balluchon qui se trouvait dans son ventre, était pour elle une autre certitude. Porter cet embarrassant greffon à l'intérieur de son corps, c'était comme porter un appel, une garantie de réalité. Ou plutôt ç'aurait dû l'être. Mais ce qui la préoccupait, c'était que personne, dans sa pérégrination bureaucratique pour chercher du travail, n'évoquait à aucun moment son état. Personne n'avait utilisé, ne serait-ce qu'en la laissant échapper par habitude, l'expression « état de belle espérance », comme si, dans son cas, la grossesse était une incorrection. Personne ne la félicitait. On peut très bien avoir disparu et être enceinte, se disait Olinda. Le bébé peut être réel, mais pas toi. C'est pour cette raison qu'il était si important de se lever chaque jour et d'aller rejoindre le sentier des lueurs.

Olinda ne parvint pas à surmonter l'épreuve de ladite « période d'épuration ». D'après ce qu'elle avait réussi à savoir, il existait deux éléments en sa défaveur. Son mari était en prison et elle venait juste d'accoucher. De peur de la perdre, elle tentait de ne pas penser avec sa tête. Cependant, il arrivait de temps à autre qu'une pensée furtive lui traversât l'esprit, comme celle de croire que sa situation pouvait inspirer de la pitié et non pas une punition encore plus dure que pour quiconque. Mais il lui fallait vite écarter cette pensée, car cela pouvait l'entraîner vers la folie. Les règles les plus élémentaires n'avaient plus cours. Elle devait aussi oublier le mot *épuration*. Elle n'était pas parvenue à surmonter l'*épuration*. Ceux qui dirigeaient à présent la ville s'appuyaient sur des centaines d'assassinats jamais élucidés. Qui donc avait violé et coupé les seins et torturé à mort la bibliothécaire, l'épouse du gouverneur républicain, après l'avoir fait avorter ? Qui étaient les épurateurs ? Elle devrait se sentir honorée de faire partie des familles qu'on avait épurées. Les murmures qu'elle percevait lorsqu'elle passait quelque part auraient dû être une consolation pour elle : Regarde-la, elle fait partie de la grande épuration. Mais pas du tout. Tout ce qui était en train de se passer la troublait dans son corps. Elle se sentait moche. Il n'y avait plus aucune lueur dans ses yeux et dans ses cheveux. Épurée, impure. Elle n'avait presque pas de lait pour nourrir la petite. Comment avait-elle fait pour naître si belle ?

L'usine d'allumettes était entourée d'un grand mur. Pendant de nombreuses années elle avait travaillé à l'intérieur de cette enceinte. Elle avait été embauchée alors qu'elle était encore toute gamine. Il lui fallait se lever très tôt le matin, lorsque la nuit n'était pas encore finie. Mais elle se souvenait de cette période comme d'une fête. Comme le jour où les gens de la paroisse se présentèrent, avec des passacailles, pour lui demander de porter le rameau de la fête. Elle était très émue, avec sa chandelle à la main. Elle n'éprouva pas de peine au moment de quitter la maison, d'abandonner ses parents, comme cela lui était quelquefois arrivé. Elle avait occupé tous les postes. Elle avait commencé par le comptage des allumettes. Elle avait les mains et l'esprit extrêmement vifs et elle parvint à compter à une telle rapidité, de trente en trente, de cinquante en cinquante, de soixante-dix en soixante-dix, de quatre-vingt-dix en quatre-vingt-dix, que ses doigts circulaient plus rapidement que son esprit, sautillaient au rythme de sa voix. Ensuite elle fut chargée de coller les bandes de papier de verre qui servaient à gratter les allumettes pour les allumer. Son poste de travail préféré était celui où il fallait couper et confectionner les boîtes. On y était toujours en aimable compagnie. Elle était experte en fabrication de boîtes. Elle savait l'importance qu'avait à la maison une boîte d'allumettes bien faite. Et elle savait également que ces boîtes, surtout celles qui étaient décorées avec des gravures, pouvaient devenir des coffrets à bijoux. Renfermer la première dent qui tombe, une mèche de cheveux, une lettre, le billet pour un train spécial. Les femmes qui coupaient et confectionnaient les boîtes cultivaient une façon particulière de raconter les histoires. Leurs histoires, leurs confidences avaient toutes les mêmes dimensions qu'une boîte. Voilà pourquoi, lorsqu'on porte à son oreille une boîte d'allumettes vide et à moitié ouverte, on entend un murmure.

On n'entend rien dans cette boîte.

Certains jours, elles demeuraient muettes. Les femmes. Et alors les boîtes étaient remplies d'allumettes, bien entendu, mais elles étaient muettes.

Elle travailla également quelque temps au laboratoire, comme aide pour peser et effectuer le mélange du phosphore vif, du chlorate de potassium, de la colle, du verre moulu et de l'aniline rouge, cette pâte qui contient l'âme véritable de l'allumette. La pâte anglaise. Le mystère du feu. Le sang qui fume, dit-on à l'usine.

Olinda se réveillait au milieu de la nuit et regardait par la fenêtre la colonne des femmes-lueur.

Dans sa baraque, au camp de travail, chaque fois que Polca allumait une allumette, il la laissait brûler jusqu'à ce que la flamme atteignît la pince de l'extrême bout de ses doigts. Les allumettes étaient quelque chose de très important pour lui. Pour tout le monde, car ils étaient très rationnés dans le camp de travail. Ça, c'est l'avantage des choses de petite taille. Par exemple, une de ces grosses boîtes d'allumettes — qu'on appelait les « boîtes-wagons » et qui contenaient quatre-vingt-dix allumettes — pouvait avec un peu d'habileté passer discrètement de main en main, tout en contenant une information vitale, des plans détaillés pour éviter qu'un train ne parvienne à bon port chargé de plusieurs tonnes de wolfram. Une « boîte économique », une de celles qui sont jaunes, contient soixante-dix allumettes. Il y en a de plus petites, qu'on peut mettre dans sa poche, d'une cinquantaine ou d'une trentaine d'allumettes. La moins discrète est celle sur laquelle il y a des gravures en couleurs. La méthode afin qu'une simple boîte d'allumettes devienne un magnifique transmetteur d'informations secrètes consiste à ce qu'une boîte soit en réalité deux boîtes. Mais pour cela, il faut les découper et les emboîter avec beaucoup de soin. Le message écrit sur du papier à rouler peut tout à fait être glissé dans le double fond très mince. On peut aussi le coder. Pour cela il faut que celui ou ceux qui envoient le message et celui qui le reçoit possèdent le même livre de référence. Un numéro identifie la lettre, un autre, la ligne, un autre la page. Si on ne découvre pas ou on ne connait pas le livre, il est extrêmement difficile de déchiffrer le message intercepté.

Polca plaça une nouvelle allumette devant ses yeux, il ferma le gauche et examina le bout incandescent comme si c'était le point de référence d'un arpenteur qui se serait proposé de mesurer le monde.

Le bout de l'allumette englobait l'entrée de la mine.

Je vais vous dire de quoi elle est composée, la formule de la pâte anglaise, du sang qui fume : phosphore vif, chlorate de potassium, colle-plâtre, verre moulu et aniline rouge. Il pourrait ajouter : et Olinda.

Et aussi Olinda.

C'est quoi de l'Olinda ?

Un composant particulier que contiennent certaines allumettes. Celles qui s'allument du premier coup contiennent de l'Olinda.

Parmi les techniciens de l'exploitation minière, il y avait un ingénieur portugais. Il choisit plusieurs aides parmi les prisonniers. Il y avait des prisonniers très compétents. L'un d'eux, un Catalan, séjournait à La Corogne l'été 36 lorsque la guerre éclata, il se trouvait en compagnie de plusieurs amis architectes. Joan Sert a sympathisé avec Polca. En réalité, il le suit partout, car il ne l'a jamais entendu se plaindre. Il traîne plusieurs blessures après sa tentative d'évasion. Il dit qu'il a encore des fourmis à l'intérieur de son corps, et il lui parle alors des abeilles qui pondent à l'intérieur des figues.

Elles pondent leurs œufs dans la fleur et puis le fruit se développe et les abeilles sont obligées de pratiquer un trou dans la chair. C'est pour cette raison qu'il y a toujours des abeilles autour des figuiers. Moi, il m'est arrivé la même chose. Ils m'ont ligoté à un arbre avec mes plaies encore sanguinolentes et les fourmis en ont profité pour entrer dans mon corps.

Et maintenant, de temps à autre, elles tentent de sortir.

Polca porta la main à sa bouche et en tira une petite poignée de fourmis : Tu vois ? Tu vois qu'elles essaient de sortir ?

Joan Sert le regarda, fasciné. Il dit : Tu es un surréaliste !

Ne retiens pas de charges supplémentaires contre moi, s'il te plaît. Tu sais combien ça vaut d'années de prison ce genre de chose ?

Quel genre de chose ?

D'être un surréaliste.

Olinda ne put pas retourner à l'usine d'allumettes. Mais il lui restait toujours la rivière. C'était le métier traditionnel des femmes de Castro, elles lavaient pour la bourgeoisie de La Corogne. Les lavandières, en bien ou en mal, faisaient partie d'un autre monde. Y compris par leur forme, par leur silhouette lorsqu'elles passaient dans la rue. Des corps avec un gros balluchon de linge, avec une énorme sphère posée sur la tête. Des êtres amphibies venus des villages traversés par ruisseaux et rus, et qui emportaient du linge sale et s'en retournaient avec du linge propre. Et même parfois repassé et parfumé à la rose.

Alors Olinda rejoignit le sentier des femmes qui portaient des choses sur leur tête. Une de ses voisines lavandières lui proposa un travail. Cela consistait à laver pour la maison et la petite clinique du médecin des yeux. Et ce fut une chance. Car cela lui permit de reprendre confiance en elle. Et de renouer avec la réalité. Si elle lavait du linge pour le médecin de la vue, cela signifiait qu'il y avait encore un peu de lumière. Et puis, sans trop savoir comment, on lui proposa de laver pour la maison de Chelo Vidal. Une porte ouvre parfois une autre porte. Il ne lui manqua pas d'allumettes non plus. Des amies invisibles l'approvisionnaient. Elle pouvait en mettre quelques boîtes dans son balluchon et les revendre. Et même, parfois, apporter au docteur et à la femme peintre des boîtes d'allumettes, au phosphore vif.

Le corps ouvert

Une bonne lavandière doit avoir de la repartie. Être prompte à la réplique ; sans quoi, on te mange toute crue, ma fille. Mais il faut le faire avec élégance. Une fois que les mots sont jetés, ils deviennent comme les pierres, on ne peut plus les rattraper. C'est Olinda qui m'a appris le métier. Je sais aussi faire la lessive à l'ancienne, avec de l'eau et des cendres. Mais c'est Polca qui m'a inculqué le sens de la repartie.

C'est lui qui a déclaré : Cette gamine a un corps ouvert, elle a la capacité d'héberger et de parler avec la voix d'une autre personne. Elle n'aura aucun problème dans la vie. Elle a le corps plus ouvert que la fille de Moeche.

La fille de Moeche ?

Oui, bien sûr. Une jeune fille qui s'était un jour mise à parler avec une voix de curé, un spécialiste de théologie dogmatique qui était mort à La Havane. Elle sortait tous les dimanches sur son balcon et lançait des prédications épatantes, avec un accent cubain. Les gens de la paroisse accouraient en trombe. Et puis un jour, elle en avait eu assez, elle s'était penchée au balcon et avait traité les paroissiens de païens et de corinthiens. Elle leur avait dit de tout.

Et toi, tu n'arrêtes jamais de plaisanter, n'est-ce pas ?

Mais, je te dis que c'est vrai, on a écrit beaucoup d'articles à son propos. Elle s'appelait Manuela Rodríguez. Ça a dû se passer autour de 1925. Ce sont des choses qui arrivent lorsque les gens s'ennuient. S'il t'arrivait un jour de parler avec une voix qui ne t'appartient pas, ne t'en fais pas. Ne t'angoisse pas. Cela arrive à toutes les personnes qui ont le corps ouvert.

Et cette histoire de corps ouvert que soi-disant je possédais avait énormément tranquillisé Olinda. Car Olinda souffrait surtout à l'idée que je puisse ne pas avoir de repartie, que j'aie hérité de son silence. Pourtant on ne peut pas dire qu'Olinda était bègue, ni qu'elle bafouillait. Olinda était très boute-en-train. On dit même que lorsqu'elle était jeune, et qu'elle travaillait comme allumettière à l'usine Zaragüeta, elle n'avait besoin de personne pour mettre de l'ambiance et faire rire toutes les ouvrières du pavillon où l'on fabriquait les boîtes d'allumettes, on l'appelait l'« étincelle de Castiñeiras », disait Polca, et pourtant c'était vraiment dangereux d'utiliser un mot pareil dans une usine d'allumettes. Mon étincelle, l'appelle-t-il encore aujourd'hui lorsqu'il se sent amoureux et pour qu'elle lui sourie. Parmi les papiers, les vieux papiers jaunis du tiroir de la table de nuit, il y a une coupure du journal *La Voz de Galicia* intitulée « Une promenade à Castiñeiras », avec un paragraphe bien détaché où l'on peut lire : « Les femmes qui parlent entre elles travaillent sur les tables d'une salle toute proche, elles collent des boîtes et assemblent des tiroirs. Il n'y a que des femmes, il y en a beaucoup et elles sont très belles ! » Polca répète : Il n'y a que des femmes, il y en a beaucoup et elles sont très belles ! Voilà ce que j'appelle un excellent journaliste.

Il s'est passé quelque chose chez Olinda, pour que le silence ait ainsi envahi l'intérieur de son corps. Mais ça, c'est une autre histoire ! À présent elle ne parle pas beaucoup. Mais elle n'est pourtant pas muette. En réalité, elle craint le silence. Elle dit que le silence peut envahir le corps de n'importe qui, puis refuser ensuite de le quitter. Elle dit que, à l'usine, elle avait des amies qui avaient été envahies par le silence. Mais il existe aussi un autre genre de silence, agréable celui-là, qui peut quelquefois nous aider, un silence qu'elle appelle le silence ami. Elle me dit : Les mots agréables ne coûtent pas cher et pourtant ils sont d'une grande valeur. On voit qu'elle choisit toujours ses mots. Ceux qu'elle dit et aussi ceux qu'elle accepte d'écouter. Y compris lorsque c'est Polca qui parle. Cela ne la gêne pas qu'il parle sans arrêt, comme la radio. Mais elle ne l'écoute pas tout le temps. Je me suis aperçue que parfois, tandis qu'il est en train de diffuser son discours de façon continue, elle demeure plongée dans son silence. Puis soudain, elle surgit de son trou et se met à écouter ce qu'il dit, ou parfois elle éclate de rire. Ça, oui, ce sont des mots qui ont de la valeur ! Mais qui peut bien savoir quels sont exactement ces mots qui ont tant de valeur ?

Guillerme, Pinche, mon petit frère, lui ressemble beaucoup, il ressemble beaucoup à Olinda. Il est né sans rien dire. Il est né alors qu'il était déjà un homme. Un petit homme. La première fois que je me suis aperçue que Pinche ressemblait énormément à Olinda, c'est lorsque je l'ai vu l'aider à dévider la laine d'un vieux chandail et à la rembobiner pour en faire un nouveau. Pinche avait les bras tendus vers l'avant, bien raides, parallèles, et il tenait la laine. Tous les deux étaient là, réunis l'un à l'autre par le fil qui tournait. Ils ne disaient pas un mot. Ils dévidaient le silence.

Lui, pour ce qui est de parler, lorsqu'il parle, il parle bien. Sauf lorsqu'il s'agit de prononcer le mot salicylique. Il n'arrive pas à dire salicylique.

Non, pas sacilytique ! se fâche Polca. Salicylique.

D'après Polca, à deux ans, moi, je prononçais déjà très bien le mot salicylique. C'est la première et la seule fois qu'Olinda m'avait emmenée rendre visite à Polca, au camp des prisonniers. C'était une visite dominicale. Elle ne dura que quelques minutes. Ça n'avait pas été simple d'arriver jusque là-bas, jusqu'à cette mine lointaine ! C'est Couceiro, le vendeur d'épices et de condiments, qui nous y avait conduites dans son side-car. Et Polca qui n'arrêtait pas de me faire répéter sa-li-cy-li-que. Acide salicylique. Et je ne pouvais pas savoir que c'était une preuve d'amour passionné d'un père pour sa fille. Lui faire répéter salicylique. Je crois que j'en ai même pleuré. Je m'étais dit que, lorsqu'on ressortait du trou de la mine, on était possédé par des mots étranges. Mais je m'étais appliquée à répéter ce mot. Salicylique. Puis il m'avait offert des sabots qu'il avait lui-même taillés. Il m'avait dit : Ce sera pour quand tu vas à la rivière. Mais les sabots étaient trop petits, taillés dans du bouleau. Je pouvais à peine y introduire les doigts de ma main. On aurait dit des dés à coudre. Je pouvais aussi m'amuser à les faire flotter sur l'eau, c'est à peu près tout ce que je pouvais en faire. Des barques pour les coccinelles, avec leurs sept petits points noirs sur leur corps tout rouge.

Et lorsqu'il était sorti de prison, une des choses qui l'avaient peut-être rendu le plus heureux, ç'avait été de m'entendre lire à haute voix.

Quel dommage que tu ne sois pas née un demi-siècle plus tôt, dit-il. Tu aurais sans doute pu devenir lectrice à l'usine de cigares. Il avait raconté que les cigarières payaient toujours une des ouvrières pour leur lire des romans, tandis qu'elles travaillaient. Dommage. Tu aurais pu avoir un doctorat ès Dickens ! Dommage.

Bien sûr, mon gars, bien sûr, lança Olinda. Mais si on lui rajoutait un demi-siècle, ce serait une vieille à présent.

Polca était demeuré pensif. Et il avait sorti ce livre, le petit livre, celui qui avait des marques. Le roman de *L'Homme invisible*. Il avait caché les deux, celui d'Élisée et celui de l'Invisible, avec plusieurs coupures de journaux, dans un sac en cuir qu'il avait enterré avec une grosse pierre par-dessus, une pierre qui avait la forme d'une chaise. On voyait qu'il disait cela avec une certaine émotion. Que pour lui c'était quelque chose de très important. Quelque chose qui ressemblait à un trésor.

Tiens. Voyons de quoi ça parle. Voyons ce que raconte ce livre qui a un jour pointé ses oreilles parmi les cendres.

J'ai très souvent lu cette histoire. Pour eux trois. Et aussi pour les voisins qui venaient parfois passer la veillée, en hiver, le samedi, manger des châtaignes grillées ou n'importe quoi d'autre. Nous avons beaucoup ri en racontant que l'homme invisible devait faire attention à ce qu'il mangeait. Lui, il était invisible, mais pas la nourriture. Le lait, la nuit, en train de bouger dans son ventre comme un serpent lumineux dans les airs. Cet homme invisible avait beaucoup fait parler de lui à Castro. Et qu'est-ce qu'on rigolait à ses dépens, pauvre homme, lorsqu'un chien le découvrait et le mordait. Et aussi aux dépens de la chatte, lorsque Griffin avait fait sa première expérience. Il avait réussi à la rendre invisible, mais à deux exceptions près : ses yeux qui continuaient à briller et ses griffes. Ça, c'était une des choses qui avaient le plus de succès. Les gens qui écoutaient l'histoire tentaient de deviner les fameux yeux solitaires dans la pénombre. Pour un homme invisible, c'est un problème lorsqu'il neige. Les flocons se posent sur lui et il devient alors visible. Le grand rêve de tous, devenir invisibles, s'avérait alors horriblement compliqué. C'est pour cette raison que, après avoir tant ri de ses malheurs, les gens qui écoutaient l'histoire gardaient, comme l'on dit, un silence respectueux lorsqu'une fois mort l'homme albinos devient visible et que quelqu'un s'écrie : « Couvrez-lui le visage ! Pour l'amour de Dieu, couvrez-lui le visage ! » Je pense qu'à l'époque Griffin a été bien plus célèbre à Castro que dans son village d'Iping. Peut-être parce que c'était un déguisement qui existait depuis toujours pour Carnaval. Ce qu'on appelle les « choqueiros » n'étaient, dans le fond, que des hommes invisibles pendant quelques jours. Ils se couvraient complètement, ne laissaient rien d'apparent, même pas leur bouche, ils s'enfonçaient des bas sur la tête qu'ils recouvraient de draps par-dessus, de bandes et de chiffons. Une partie de ce déguisement consistait aussi à ne pas parler, ou à parler très peu, en faisant exprès de déformer sa voix. Au bout d'un moment, raconter cette histoire de l'homme invisible était devenu pour moi un calvaire. Cela ne me faisait plus rire du tout. J'avais même mal à l'estomac lorsque je lisais, comme si l'on me voyait aussi les nœuds que j'avais dans le ventre. La solitude de l'albinos de Griffin était une solitude on ne peut plus totale.

Des années plus tard, lorsque le contrat permettant d'émigrer en Angleterre et de s'engager dans le service domestique avait fait son apparition, ma destination avait été une maison de campagne dans le West Sussex, à Chichester, pas très loin de Brighton. J'étais d'abord partie toute seule, pendant plusieurs mois, et puis Pinche avait pu venir me rejoindre, pour travailler le jardin et faire toute sorte d'autres travaux. Avant que Pinche n'arrive, les choses ne se passaient pas très bien pour moi. Certains jours, je me prenais pour la femme invisible, mais j'avais complètement oublié l'histoire de l'albinos jusqu'à ce jour de printemps où Pinche était allé chercher une bicyclette et que le propriétaire de la maison, monsieur Sutherland, lui avait indiqué la ligne d'horizon avec son bras de pilote et lui avait dit : Voyons si tu parviens à aller jusqu'à Iping !

Ce serait très aimable à vous de ne pas me fourrer les doigts dans l'œil, devait certainement se dire l'homme invisible.

C'est une phrase de ce genre qui était restée à jamais gravée dans mon crâne. Et je l'ai par la suite souvent utilisée en guise de repartie.

Ne pas avoir de repartie, c'était pareil que de naître sans ses mains. Les lavandières se sentent complètement désarmées si leur langue ne fonctionne pas correctement. Les lavandières et n'importe quelle autre femme d'ailleurs, toutes les femmes qui doivent vivre de leur travail. Il faut savoir se défendre. Si jamais on perd une pièce de linge, eh bien, il faut savoir se sortir de l'embarras, il faut savoir se fabriquer un alibi, comme on dit dans les films policiers. Moi, j'ai un discours tout fait sur les affaires dépareillées. Car c'est un des problèmes les plus fréquents. Les chaussettes ont souvent tendance à se dépareiller. Si tu te mets à bégayer, à ne plus savoir quoi dire, ça les fait marrer. Et s'ils se mettent à rire, ça te fait bégayer encore plus. Et alors tu te retrouves désarmée. Tu es incapable de montrer ce que tu vaux. C'est Polca qui m'a libérée, qui a défait un à un tous les nœuds que chacun possède à l'intérieur de soi.

Il faut bien sculpter chaque mot. Lentement. Dans

la bouche. Pense toujours à ça. Un oiseau, un merle par exemple, prend la nourriture dans son bec pour l'emporter à ses petits. Ce qu'il transporte représente une mesure. La béquée. Toi, tu es en même temps la mère et le petit. Il te faut toujours porter ta béquée pour ne jamais rester sans défense. Tu attrapes les mots dont tu as besoin. Il faut que tu les sculptes et que tu les sculptes encore pour pouvoir les chanter sur l'air que tu as choisi. Afin que les mots comprennent que tu ne les crains pas.

C'est Polca qui m'a également conseillé de m'entraîner à parler devant la glace pour pratiquer mon sens de la repartie.

Tu ne dois pas lui dire qu'elle a raison. Ça ne sert à rien. La première chose que tu dois dire à la fille qui se reflète dans le miroir, c'est que tu n'es pas d'accord avec elle. La première règle, c'est d'avoir le courage de dire non.

Lorsque j'ai essayé de le faire, j'ai très bien réussi la chose. C'était mieux que de sculpter les mots. J'ai regardé mon interlocutrice dans la glace et ça m'est venu tout seul : Eh bien, je ne suis pas d'accord. Il m'avait suffi de me lancer et c'était venu tout seul.

Très bien, ma fille. Continue, continue. Empêche-la de regarder par-dessus ton épaule.

Bien sûr que je vais l'en empêcher. Je me suis plantée devant mon interlocutrice dans le miroir et je lui ai dit : Ce serait très aimable à toi de ne pas me fourrer les doigts dans l'œil.

Très bien, ma petite. Ça, c'est une excellente repartie.

J'avais toujours un petit miroir sur moi, à la maison. Au début, je n'arrêtais pas de la contredire. Mais je n'avais pas envie de passer tout mon temps à me fâcher contre elle. Je me trouvais assez belle lorsque j'étais fâchée, ça m'allait bien, mais ce n'est pas ma nature. Alors de temps en temps je lui disais des choses aimables. Et lorsque Polca arrivait, je la remettais à nouveau à sa place. Il ne faudrait pas abuser de notre confiance réciproque.

Tout a changé lorsqu'on a commencé à se parler au bord de la rivière. À la rivière, je ne pouvais pas me fâcher contre elle, car elle n'était pas exactement comme dans le miroir. Elle était différente. Pour commencer, elle et moi étions déjà plus âgées.

Et puis il y avait d'autres personnes dans la rivière. Il y avait les visages dans l'eau.

La gifle des morts

C'était le pont de fer de Castrelo, sur le Miño. La nuit agrandissait sa structure en arc. La nuit agrandissait tout. Même la pente raide de la montagne, couronnée par l'église, avec sa silhouette de forteresse. Lorsqu'il n'y a plus d'espoir, tout semble se trouver du côté du crime. Le projecteur de la lune. Le hululement de la chouette, juste maintenant. L'écho métallique des pas. Oui, tout s'est agrandi, y compris l'embouchure du fleuve, le rugissement des courants, l'abîme sous les pieds, tout sauf lui, qui se sentait de plus en plus petit, de la même taille que lorsqu'il avait vu ce pont pour la première fois, en compagnie de son père qui lui avait lu le nom des aciéries, Zorroza, Bilbao, 1907, et qui lui avait parlé du progrès. Ce pont était magnifique. Il rend la nature encore plus belle, avait déclaré son père. Et lui aussi avait eu l'impression que tout autour de lui — les berges et les montagnes, y compris l'église — était plus beau grâce à ce pont. Ils étaient là en plein milieu, accoudés au parapet, et ils pouvaient observer le paysage avec les yeux du pont qui enjambait le fleuve. Si l'on devait faire une carte postale de Castrelo, il ne faudrait pas oublier le pont. À présent, il savait ce que cela signifiait de se retrouver là, au milieu du pont, en pleine nuit. Sa dernière image serait celle-là, celle d'une carte postale du pont. Il n'aurait pas besoin d'écrire quelque chose. Juste son nom à l'endroit de l'expéditeur. Un signe d'inexistence. Là où la carte postale arriverait, on saurait que la force de gravité n'avait plus de prise sur lui. Ce qui allait lui arriver ne s'appellerait même pas la mort. Les assassins, si un jour ils ont trop bu, diront : Nous l'avons emmené en *balade* à la rivière. L'action de tuer n'existe pas : il n'y a que les morts qui existent.

Lorsque les assassins l'avaient balancé par-dessus le pont, il n'était déjà pas plus lourd que cette carte postale qu'il avait imaginée la première fois qu'il s'était retrouvé là. Mais il avait dans un premier temps récupéré son corps réel. Il s'était accroché aux deux rampes du parapet avec une telle force que ses mains étaient devenues de fer, elles faisaient partie des aciéries Zorroza, Bilbao, 1907. La scénographie du paysage n'avait rien d'inquiétant. Il était cependant sur le qui-vive, abasourdi, il espérait qu'il se passe autre chose que ce crime prémédité. Peut-être que le pont de fer de Castrelo en avait assez lui aussi d'être devenu un des lieux d'horreur de cette chasse à l'être humain. Au début, les assassins éclatèrent de rire. Il ne veut pas tomber, dit l'un d'eux, qui lui donna plusieurs coups de pied avec la pointe de ses bottes sur les mains. Il devenait de plus en plus furieux parce que sa victime ne lâchait pas prise. Nom de... nom de Dieu, laisse-moi faire. Et l'autre lui écrasa furieusement les doigts avec la crosse de son fusil.

On dirait qu'ils sont du même métal que le pont, merde alors ! Il est instituteur, mais il a des mains de forgeron.

Ses doigts ne sont pas en fer, dit un autre. Tu vas voir.

Il tira un couteau de sa poche et le fit claquer en l'ouvrant. Pour la victime accrochée au pont, la nuit agrandissait à nouveau les choses. La voix d'un visage qu'on ne voyait pas. La lame étincelante du couteau au clair de lune.

Il vaudrait mieux pour lui qu'il lâche, dit l'homme au couteau tout en lui coupant un premier doigt et sans lui parler directement, comme s'il n'existait déjà plus dans le monde des mots, mais en s'adressant plutôt à son collègue. Pourquoi ne lâche-t-il pas ?

Le deuxième homme de l'expédition (il y en avait un troisième avec un fusil au bout du pont) était en train d'observer les deux doigts, étonné que, après les avoir sectionnés, ils ne se tortillent pas comme la queue des lézards. Je crois qu'il ne va pas lâcher, dit-il.

Le chef de l'expédition se dépêcha de couper le reste des doigts. Il était furieux, très fâché contre la victime, d'être obligé de faire tant de dégâts. Normalement, il aurait dû mourir en tombant, s'écraser sur les roches du fond et être emporté par le courant. Lorsque enfin il était tombé, le troisième homme, qui s'impatientait avec le fusil à la main, se mit à tirer sur la chemise blanche qui dégringolait dans les airs, semblable à la chouette de tout à l'heure, plus grande et abattue. Les trois hommes n'arrêtaient pas de tirer. Sur la proie humaine, sur la rivière, sur la nuit. Et encore du travail pour la batelière d'Arnoia, qui allait devoir repêcher un autre cadavre dans l'eau. Il paraît que le juge lui avait déjà dit : Arrêtez de ramasser tous ces morts, on ne sait plus qu'en faire. Mais elle continuait en pensant aux familles qui n'arrêtaient pas leurs pérégrinations sur les berges pour tenter de retrouver leurs disparus. Mais malgré le zèle de tout le monde, ni elle ni les autres bateleurs de la rivière en aval ne pourraient récupérer tous les suppliciés. Certains corps se retrouvaient dans la mer, là-bas, à l'ouest, et allez savoir où les courants marins allaient les emporter. Un homme jeté du pont de Castrelo pouvait tout à fait se retrouver dans la mer du Rostro, au Finisterre, ou même à Galway, en Irlande. Ou dans la fosse atlantique de Prior, sur une isobathe de huit cents brasses, d'où l'on ne revient jamais.

Ou rejoindre, à pied et en remontant le fleuve, une taverne de Ribeiro, dans la même paroisse, vingt ans plus tard.

Qu'est-ce que je vous sers ? demande le patron de la taverne. C'est un gars qu'on appelle quelquefois Abisinio et d'autres fois Silvo. Il a un regard acide. Et son vin n'est pas du meilleur cru.

Une carafe de vin, répond l'étranger.

Le tavernier apporte la carafe et un godet. Le temps passe. L'étranger demeure là, immobile, en silence. Il regarde fixement la carafe. Le tavernier va et vient. Lui aussi regarde la carafe, mais du coin de l'œil.

En général, il ne parle pas avec la clientèle, et encore moins s'il s'agit d'un inconnu. Il se racle la gorge et cela ressemble à un grognement.

Alors quoi ? Vous ne buvez pas ?

Il n'aime pas son métier, le tavernier. Derrière son comptoir, il a l'impression d'être enfermé dans une cage.

Je suis en train d'attendre que vous me serviez, dit le client d'une voix calme.

Il n'a pas bougé, il est toujours dans la même position que lorsqu'il s'est assis.

Ici, les clients se servent tout seuls, répond le tavernier en contenant sa colère. Les clients sont tous des gens de confiance.

Alors l'étranger sort les mains de ses poches. Les moignons de ses doigts coupés.

Tous des gens de confiance !

Voilà à quoi elles ressemblent, raconta Polca, voilà à quoi ressemblent les gifles des morts.

Le coup de heurtoir

26 juillet 1952

On fait tout pour de l'argent, y compris tuer, fixer le prix de la vie et tout ça, bien qu'il y ait des bourreaux qui perçoivent un salaire fixe de l'État et tout, d'ailleurs pour l'exécution de Foucellas, le maquisard le plus recherché, je crois qu'on lui avait attribué le meilleur bourreau, il ne devait pas être un si méchant homme qu'on l'a dit puisqu'on lui avait attribué un bourreau de l'extérieur, de Salamanque, le plus compétent. On ne lui envoya pas le pire, mais plutôt celui qui tuait le mieux. Ils n'avaient pas voulu révéler le jour et l'heure de l'exécution, mais tout le monde était au courant. Parce que le bourreau était descendu du train à Teixeiro pour prendre un café. Et celui qui le lui avait servi s'était tout de suite aperçu qu'il s'agissait du bourreau, comme s'il avait porté un insigne ou un uniforme. Comment s'en était-il aperçu ? Grâce à ses mains. Il avait des mains très fines, manucurées, dissimulées, dépassant à peine de la tanière de ses manches. Et parce qu'il s'était servi beaucoup de sucre. Personne auparavant n'avait à ce point sucré son café à Teixeiro. Des gens avaient même prétendu : Il a eu une belle mort, on lui a envoyé le bourreau le plus rapide. S'agissant du supplice du garrot, tu parles d'une consolation ! Sa fille, qui avait treize ans, était allée frapper avec le heurtoir à la porte du gouverneur, pour qu'on ne tue pas son père. Nous, on était passés devant elle, avec les balluchons de linge, et ma mère m'avait dit à voix basse : Cette petite fille qui est en train de frapper à la porte du gouverneur est la fille de Foucellas. Il était très tôt, il faisait un froid injuste. On n'entendait que le bruit de ce heurtoir dans toute la ville. Tous ceux qui passaient par là, tous les employés de bureau, l'équipe qui portait un énorme tapis, les techniciens qui démontaient la grande affiche du théâtre Colomb, les maçons avec les gamelles couleur tuile sous le bras, tout le monde évitait cet endroit, évitait ce bruit qui donnait le frisson. Les regards suivaient les traces poisseuses que laisse le balai de genêts sur les pavés. Le heurtoir, comme un battant de cloche, produisait un craquement osseux.

Le chanteur de rues

Il marche en direction du bureau de la censure. Il regarde du coin de l'œil la vitrine de la Chemiserie Anglaise, dans la rue Real. Elles sont là. Les chemises de musiciens. C'est ici que se fournissent orchestres et fanfares. Les chemises à jabot, celles qui ont des broderies, des franges, des manchettes en dentelle, de grands cols avec des pointes falciformes. Il y a même des costumes de mariachi mexicain. Une féerie de chemises. C'est un lieu aux couleurs intenses. Et il y a même une chemise fuchsia. Oh ! nom de... de la jalousie des abeilles ! Il ferait mieux d'entrer maintenant et d'acheter la chemise fuchsia. Comme ça, sans hésiter un seul instant. Et ce jour si lumineux ! Tous les miroirs marins et ceux de la ville travaillent pour la lumière. C'est un péché que ce fuchsia.

Aujourd'hui, il est habillé en civil. Personne ne pouvait risquer de pérorer dans le coin : Eh bien, figurez-vous que le censeur, le commandant Dez, s'est acheté une chemise fuchsia ! Mais on ne sait jamais. Ou plutôt si, le commandant Dez savait que ce jour-là non plus il n'oserait pas entrer dans la Chemiserie Anglaise. On devrait lui adjoindre un assistant pour ce genre de commission. Il en avait déjà demandé un à la Capitainerie. Oui, il aurait besoin, comme bien d'autres officiers, d'un soldat pour s'occuper de ses affaires domestiques. Il continua à marcher. Puis il s'arrêta devant la vitrine de la librairie Colomb, devant l'ancienne librairie La Fe. Dans les années trente, c'était un repaire d'avant-gardistes. Avec ce nom, La Foi. Qui l'eût cru. Les mots ressemblent parfois à des chemises. Nous y voilà ! Il s'arrêtait tout simplement là, pour oublier ce qu'il venait de voir. Pour effacer la couleur fuchsia de sa tête. Aujourd'hui, il n'avait pas du tout envie de regarder des livres. Il y en avait déjà un bon tas sur sa table de travail, au bureau de la Censure, il n'y avait que des inédits. Sa paresse durait depuis un long moment à présent. Et puis il y avait également le problème de ses doigts. De cette dermatite de contact.

Près de l'Obélisque. Ça, c'est vraiment une belle voix.

Ya son las diez, suena el reloj, un paso doy, voy a mi Dios.

Une belle voix ? Extraordinaire, oui ! Ça, c'est une vraie voix. Une source. Et il ose chanter ça ici, en plein centre-ville, le tango du condamné à mort. La peau cuivrée et les yeux clairs. Pas mal, ce type !

Il lui lança négligemment une pièce de monnaie. Une grosse pièce. Elle atterrit en dehors de la casquette et roula sur la tranche en s'éloignant, comme mue par un destin moqueur. Puis la pièce se mit à danser en tournant et s'arrêta enfin pas très loin de Curtis, le photographe ambulant, un gars aussi costaud qu'une tour, robuste et silencieux, à ce point immobile que Dez eut l'impression qu'il était en bois lui aussi, tout comme son cheval.

Tes sous sont tombés par terre, dit le commandant Dez à Terranova. Tu ne te baisses pas pour les ramasser ?

Moi, je n'ai rien vu tomber, dit Terranova en regardant comiquement vers le ciel.

Dez trouva sa réaction tout à fait plaisante. Il était bien disposé envers lui. Tout ce que faisait ce garçon avait beaucoup de style. Il plongea sa main dans la poche intérieure de sa veste, ouvrit son portefeuille et en tira un billet qu'il brandit en l'air, entre ses doigts, puis il le lâcha. La chute du billet semblait irréelle. Un temps au ralenti qui se propagea à tous les mouvements dans la rue Cantón. Le billet retomba paresseusement, comme dégoûté. Cette fois il s'arrêta près de la casquette, et par terre, il avait l'inquiétude tremblante de quelqu'un qui passerait de la chaleur à la rudesse.

Le chanteur regarda du coin de l'œil. Le billet résistait, il ne voulait pas aller se ranger au bon endroit. Et finalement Terranova se baissa pour le ramasser.

Parfois je fais des exceptions. Je me baisse.

Tu chantes bien, lança Dez. Tu ne devrais pas t'abaisser à ça, quémander dans la rue.

Je suis en train de faire des économies pour acheter un costume. Un costume blanc avec une chemise de couleur.

Dez, le censeur, sourit. Il avait failli lui demander de quelle couleur il préférait la chemise, mais il sentit une espèce de courant électrique lui traverser la bouche.

Il dit : Et c'est pour ça que tu veux des sous ? Tu ne quémandes que pour t'habiller ?

Et pour acheter un billet d'embarquement.

Et pour où, ce billet ? demanda Dez, histoire de demander. Il savait déjà pour quelle destination étaient tous les billets d'embarquement.

Pour Buenos Aires !

Buenos Aires, Buenos Aires ! répéta le commandant sur un ton moqueur.

Il se retourna. Il s'en allait déjà. La nausée le reprit. Alors il se ravisa pour hurler :

Eh bien, fais ce que fait tout le monde, imbécile ! D'abord tu t'en vas et après tu t'achètes ton costume blanc et aussi la chemise de couleur.

Non. Moi, je veux voyager sur le bateau en costume blanc, avec une belle chemise de couleur. Une chemise qu'on puisse apercevoir depuis le phare !

Tomás Dez retourna sur ses pas. Il regarda l'imperturbable photographe cow-boy du coin de l'œil et tira un autre billet de son portefeuille.

Peut-être qu'avec celui-là tu en auras assez pour la chemise. Ce n'est pas un endroit pour toi, ici. Toi, tu pourrais devenir un grand prince.

Et voilà qu'aujourd'hui il était à nouveau là, exactement au même endroit. Avec sa peau cuivrée et ses yeux clairs. Et vas-y qu'il entonnait son *Chessman*. Il connaissait parfaitement toutes sortes de tangos, il savait même chanter *Malevaje* ou *Por una cabeza.*

Por una cabeza,
todas las locuras...

(Passant par la tête, toutes les folies...)

Cette fois, Dez avait mis son uniforme. Le claquement de ses bottes militaires sur les dalles de la rue Real s'accordait au rythme de la chanson. Il marchait d'un pas décidé, martial, et, lorsqu'il marchait de cette façon, on avait l'impression que l'écho de ses pas résonnait dans un imaginaire bocal de verre, où l'on aurait emprisonné l'ensemble de la ville.

Il se dirigea directement vers lui. Il le regarda bien en face. Il tira une pièce de sa poche et la lança en l'air pour la rattraper avant qu'elle ne tombe par terre.

Il n'y avait que lui qui pouvait voir si c'était pile ou face.

Toi, tu n'es pas gitan, dit le commandant Dez à Terranova. Ni gitan, ni forain, ni portugais.

Terranova se tut. Son regard d'écureuil chercha celui de Curtis. Et le regard de bécasse de Curtis lui désigna les trottoirs des deux côtés de la rue. Justement deux jeeps de la police militaire venaient de se garer. Puis une Opel noire vint s'arrêter derrière lui.

Je sais très bien qui tu es, dit Tomás Dez. J'en sais beaucoup sur toi, beaucoup plus que tu ne peux l'imaginer. Je sais même où est-ce que vous êtes allés vous cacher.

Terranova chercha à nouveau le regard de Curtis. À présent, ses yeux avaient la même texture que ceux du cheval Cariri.

Vous êtes tous les deux des déserteurs, lança Dez. Vous auriez dû faire l'armée. Ça fait déjà longtemps, je le sais bien, mais vos papiers vous attendent toujours quelque part, au bureau des archives. Et si quelqu'un ouvrait malencontreusement ce dossier et trouvait ces papiers, vous le sentiriez passer, croyez-moi, c'est moi qui vous le dis.

Et toi, de quoi te mêles-tu, qui es-tu pour nous dire ça ? demanda Terranova.

Je suis quelqu'un qui va te laisser une chance, mon cher. Et je vais même te dire pour quelle raison. Parce qu'il existe des voix qui sont un don de Dieu. Suis-moi. J'ai un bureau là-haut. Et ne tente pas de t'enfuir, sinon je ne donne pas cher de ta peau.

Luis Terranova regarda Curtis : Et lui, il reste là ?

Lui ? Ce gros balourd ? Il n'a qu'à foutre le camp avec son cheval de bois !

Tu as trouvé un assistant ? Eh bien, il était temps, mon cher Dez ! Mais il doit d'abord faire ses classes, personne ne peut y couper. Dans trois mois, tu pourras disposer de lui à plein temps. Mais il faudra qu'il passe de temps en temps se montrer à la caserne. C'est lui ? Il est pas mal du tout, ce type. Ah, c'est le fils des domestiques de tes parents ? Bien sûr, ne t'inquiète pas, je vais te pistonner. Et si, comme tu le dis, c'est un artiste, s'il a des dons, s'il fait des merveilles avec sa voix, s'il avait vraiment pu être un génial haute-contre à une autre époque, eh bien, il n'est pas question qu'il continue à monter la garde. Tu dois avoir un assistant, oui, dans ton cas, ça se justifie tout à fait. Si tu as besoin de le dresser un peu, eh bien, tu nous le renvoies à la caserne, un point c'est tout. L'affaire est dans le sac, mon cher Dez.

La locomotive de plomb et la barque volante

La locomotive de plomb progressait sur la voie montante qui était remplie de virages. De gros costauds attendaient leur tour, en file indienne. Si l'on parvenait à la faire aller jusqu'en haut, le pétard éclatait en produisant un énorme fracas. Mais l'engin n'atteignait jamais le sommet. Aucun joueur ne parvenait à faire rouler la locomotive de plomb jusqu'à la cime où la fameuse explosion devait avoir lieu. Luis Terranova paya l'attraction et demanda à Curtis de jouer à sa place, c'était lui le gros costaud. Sans forcer vraiment, Curtis s'exécuta. Et la locomotive de plomb monta rapidement le long de la voie pour aller se cogner contre l'arrêt. On vit un éclair, suivi d'un terrible coup de tonnerre. Le silence qui s'ensuivit était bien plus qu'une reconnaissance ou qu'une jalousie, on aurait dit qu'il méditait autour de l'idée qu'on peut se faire d'un événement inexplicable. Luis leva le bras de Curtis en signe de triomphe, comme s'il était son manageur. Luis portait un costume blanc et participait à la fête avec cette fébrilité que procure en général le bonheur, mais on voyait qu'il était en même temps extrêmement préoccupé.

Luis Terranova avait décidé de rompre avec Dez. Il s'était engagé dans cette histoire avec lui pour éviter la prison et c'est maintenant qu'il avait l'impression d'être vraiment un déserteur. Il avait fui, avec Curtis, dans un endroit éloigné de la ville, où l'on n'aurait sans doute pas l'idée de le chercher, et c'était à présent qu'il ressentait à quel point l'ombre de Dez lui collait à la peau. Il n'avait jamais pensé que la liberté pouvait avoir ce visage de tempête. Il éprouvait une peur terrifiante.

Terranova avait franchi le pas décisif deux jours auparavant. Aller à la recherche de Curtis pour l'inviter au restaurant Fornos. Il y avait quelque temps, ils avaient pris le temps de lire la carte qu'on proposait. *Crevettes, gambas, tourteaux, clovisses à la marinière, huîtres de Pontesampaio, tripes à l'andalouse, lamproie à l'étouffée, rognons à la Fornos*. Ils avaient passé la tête par la porte pour regarder les peintures de Sada. Ç'avait été comme ouvrir la trappe d'un sous-marin et se retrouver devant un banc de poissons et d'algues. Rentrez, venez voir, leur dit Sada, parfois l'illusion suffit pour se nourrir. Mais Terranova promit qu'ils reviendraient une autre fois et qu'ils mangeraient vraiment. Et à présent, voilà qu'ils étaient là, assis, en train de commander un menu. Terranova n'avait jamais été aussi heureux. Il avait enfin tenu sa promesse. Mais pas de chance. C'est Curtis qui, à peine entré, aperçut le commandant Dez. Il était au fond de la salle, installé autour d'une table, en compagnie de trois autres convives. De son côté, Dez ne se contenta pas seulement de les regarder entrer, car une partie de son visage ne retourna jamais plus à sa position initiale, la position d'un participant à un joyeux bavardage couleur vermouth. Son visage demeura divisé en deux hémisphères. Cela n'était peut-être pas visible pour les autres, mais ça l'était pour Curtis. La partie du visage qui n'avait pas repris sa place les observait avec étonnement et une colère mal contenue. Luis arrangea le nœud de cravate de Curtis sans cesser de rire car, d'après ce qu'il disait, celui-ci n'avait jamais été dénoué depuis qu'on le lui avait fait pour la première fois.

Le nœud de Samantha ! proclama Luis. Il faudrait un sabre impérial pour le défaire.

Ou Terranova n'avait vraiment pas vu Tomás Dez, ou il faisait semblant de ne pas le voir. Il lui tournait le dos, et donc la ligne droite que décrivait la colère de son protecteur, à travers la salle, ricocha sur la nuque de Luis et atteignit le regard de Curtis. Il était déjà en train d'appeler le serveur avec la nonchalance d'un habitué et en lisant le menu à haute voix, avec ce timbre de harangueur futuriste qu'il adoptait parfois lorsqu'il se perchait sur un promontoire.

Il est là, dans le fond, prévint Curtis lorsqu'il parvint à recouvrer son calme.

Qui ça ? Bela Lugosi ? Mon Dieu, que j'ai peur !

Il fait plutôt peur, j'ai bien l'impression que oui, répondit Curtis tout bas. Il secoue la tête comme si le col de sa chemise le gênait.

Ça, c'est juste un tic, dit Terranova. Ensuite, il va se mettre à brandir la menace. C'est un de ses autres tics. Mais ce qu'il ignore, c'est que, en ce moment, je suis en train de dîner avec le champion de Galice.

Ils ne reparlèrent plus de la situation. Curtis sortit Terranova du pétrin en le protégeant de ses grandes pattes. Mais il n'écarta pas la perspective d'un danger. Il était préoccupé. Ses yeux regardaient derrière lui.

Tu sais ce que tu es en train de me rappeler ?

Il fit non avec la tête. Voilà longtemps qu'il n'avait pas surpris Terranova dans cet état. Il était joyeux et vulnérable à la fois. À l'affût. Avec des yeux rieurs, mais sur le point de se briser en mille morceaux. Tout son corps était en alerte. Comme lorsqu'ils allaient pêcher les pouces-pieds et qu'ils se mesuraient à l'hydromécanique de l'océan. À l'instant où terreur et euphorie se concentraient à l'extrémité de leurs pieds. Si l'on n'était pas sûr de soi, il valait mieux caler à nouveau correctement ses pieds et s'accroupir, faire un *lynch* avec la mer, comme lorsqu'on s'enlace dans un combat de boxe pour éviter les coups, mais surtout ne jamais lui tourner le dos. À l'heure de vérité, le pire qu'on pouvait faire, c'était hésiter. Luis bondissait toujours. Il fallait tout dire et tout faire pendant la parenthèse où la mer cesse de haleter. Il reprenait son gros crochet, une lame de fer qui lui permettait d'arracher les meilleurs fruits à la roche, et il bondissait à nouveau, juste au moment où l'écume ceinturait tout le rocher. Tout cela entre les deux temps de la respiration de la mer. Et il ne considérait pas cela comme une prouesse, mais plutôt comme un jeu, comme une blague. Les plus anciens n'appréciaient pas du tout qu'il fasse des singeries au milieu du rugissement belliqueux des vagues.

Chacune de ces vagues équivaut à l'impact de trente tonnes au mètre carré, lui expliqua un jour Mariñas, pour lui remettre un peu de plomb dans la cervelle. C'est la machine la plus puissante de l'univers.

Et elle n'a même pas été capable de faire bouger ce bigorneau d'un millimètre !

La discussion s'arrêtait là ! Au bout du compte, Luis Terranova avait le droit de se moquer de la mer. Chacun combat sa frousse comme il l'entend.

Au moment de quitter le restaurant, Dez passa à côté d'eux sans les saluer. Le visage tendu par une indifférence tout à fait hostile.

Ils en reparleraient plus tard, à la maison. Voilà ce que disait son regard.

Pourquoi es-tu venu dans ce restaurant avec lui ?

Et pourquoi pas ? C'est mon ami. C'est mon ami d'enfance. Je ne vois pas pourquoi tu es jaloux de lui.

À présent, tu es mon protégé. Tu étais mon assistant et maintenant tu es mon protégé. Pour toi, c'est une ascension sociale ! Et c'est aussi la raison pour laquelle tu habites avec moi, dans cette maison, parce que je suis ton protecteur et que toi tu es mon protégé. Tu sais très bien ce que c'est, les potins : Oh ! mon cher Dez, tu vas bientôt être aussi obligé d'héberger cette espèce d'Hercule. Sans compter son cheval. Ça va finir par nous faire une famille nombreuse tout ça. Et qui va payer la note, mon cher Dez, pour la luzerne du cheval de bois ? Voilà ce qu'on va raconter.

Comme tu le dirais toi-même. Cela ne serait pas arrivé si tu n'avais pas fréquenté des gens vulgaires comme moi.

Mais pourquoi parlais-tu de jalousie, tout à l'heure ? Pour qui te prends-tu, mon cher Luis ?

C'était une soirée trop chaude pour la côte atlantique. Soudain, comme si elle avait attendu que les gens ne se méfient plus, une armée orageuse avait fait son apparition derrière les îles Sisargas. Pour qui voulait bien se donner la peine de regarder attentivement, le front des nuages progressait dans la masse ténébreuse, comme une nuit dans la nuit. Et l'on confondit ainsi le premier éclair avec une avarie céleste. Mais le tonnerre fusa depuis les poudrières de la mer. Et tout le monde aperçut la flottille de nuages. Cependant on continua à danser.

Une partie de la lueur s'était posée sur le costume blanc de Luis Terranova. Il attendit que la stupeur se dissipât et puis il tapa amicalement dans le dos de Curtis : Tu as réussi. Tu as réussi, Curtis. Tu as réussi à faire grimper la locomotive de plomb jusqu'au sommet de la pente.

Soudain, la mer tentait d'avaler les maisons, mais l'orchestre continuait toujours à jouer. On aurait dit qu'il s'agissait d'un vieux litige. Pucho Boedo chantait. Luis Terranova monta dans la barque volante. Lui aussi chantait la même chanson. Contre le vent, dont les rafales troublaient la perspective, arrachaient les visages et ne laissaient que leur expression intacte. Il n'y avait que l'estrade où l'on jouait de la musique et que la petite barque volante qui supportaient le paysage. Le forain de l'attraction était en train de ranger sa locomotive de plomb, car à présent tous les bras luttaient contre la mer, arrachant les barques à la gueule de la houle, le forain se tourna vers Luis et alla droit au but : Le voyage est terminé, mon gars !

Laissez-moi me balancer encore un petit peu, monsieur.

Surpris que sa voix de tonnerre n'eût pas un effet fulminant sur Terranova, le forain se mit pour la première fois en quête des yeux de cette figurine vêtue d'un costume blanc, avec un foulard rouge noué autour du cou. Curtis avait cessé de pousser Terranova et le vol de la barque avait bien baissé. Il était brun, mais possédait des yeux très clairs, aquatiques. Le forain eut envie de faire ce qu'il n'avait jamais fait : utiliser un pétard de la locomotive de plomb. Mais, par ailleurs, à présent que l'orchestre avait cessé de jouer, il ne pouvait pas s'empêcher d'écouter chanter ce garçon.

Le vent va tout emporter sur son passage. Ça, c'est plus que de l'air, c'est de la violence.

Bon, merci, monsieur, j'ai le droit de faire un tour de plus, décida Luis.

La tempête était en train de déverser la totalité de la mer sur la terre ferme.

Moi, je n'en prends pas la responsabilité, dit le patron de l'attraction à Curtis. Je ne prends pas la responsabilité de cette balançoire dans laquelle se trouve votre ami.

C'est à ce moment-là qu'arrivèrent ses trois fils. Ils étaient tout blonds et venaient d'aider à attacher les balançoires. Ils étaient essoufflés et trempés comme s'ils étaient habillés d'eau et de graisse. L'un d'eux aida son père à démonter le jeu de la locomotive de plomb. Les deux autres, sans prêter attention aux protestations de Terranova, freinèrent la barque volante qui se balançait.

J'ai le droit de faire un tour de plus !

Toi, tu veux finir au fond de la mer, comme Faustino ?

L'autre se mit à rire de la réplique de son frère. Faustino était un homme de paille très bien monté virilement, que l'on jetait tous les ans à la mer, à l'époque du Carnaval. Après sa chute, il flottait un moment sur le dos, avec son énorme phallus dressé vers le ciel, comme le mât d'un navire. Une procession de pleureuses le suivaient en déplorant sa disparition : Ce sont toujours les meilleurs qui partent ! Ce sont toujours les meilleurs qui s'en vont ! Certains hommes se marraient, d'autres pas du tout.

Non che teño medo, moucho, répondit Terranova en se moquant de lui. *Moucho, non che teño medo*. (Je n'ai pas peur de toi, hibou. Hibou, je n'ai pas peur de toi.)

Laisse-le faire, dit le père à qui appartenait la barque. Qu'il se balance tant qu'il voudra, mais à condition qu'il chante.

Puis il cracha dans ses mains tachées de graisse des roulements de la locomotive de plomb : La nuit semble bien capricieuse, ce soir !

Dez et Terranova

Il alluma à nouveau la lumière et commença à lire sans conviction, se contenta de parcourir rapidement les annonces publicitaires. Son regard insomniaque circule librement. Il s'arrêta sur quelque chose qu'il n'avait pas remarqué jusqu'alors. La grande quantité de publicités pour les appareils ménagers, pour les matelas moelleux et les marques de shampoing. On vantait la qualité antipelliculaire de ces derniers. On aurait dit que toute l'Espagne s'était mise à se laver les cheveux. Il avait rapporté un paquet de journaux de la Délégation et il était en train de lire l'*Abc*, publié à Madrid. Il avait aussi pris *Arriba*, l'organe officiel de la Phalange. C'était son journal, le porte-voix idéologique et le média indispensable pour sonder les tendances du moment de sa hiérarchie, c'était une lecture indispensable pour un homme dans sa position, qui occupait une telle charge. Il s'amusait parfois à chercher les petites différences de points de vue entre les différents journaux. La nouvelle que certains mettaient en avant, et celle dont ils ne parlaient pas. Le langage des silences. Le quotidien conservateur et monarchiste commençait à développer quelques commentaires à propos de l'Europe, parfois même favorables à l'européisme, un concept bafoué par la presse du Mouvement représentée par *Arriba*. L'européisme était devenu le cheval de Troie de l'opposition, de l'ennemi, des exilés. À une autre époque, une époque qui lui semblait à présent irréelle, il avait beaucoup écrit sur l'Europe, sur la reconstruction d'un nouveau Saint Empire romain germanique. À partir du triomphe d'Hitler, de Mussolini et de Franco, avec la bénédiction du Pape. C'était une référence intellectuelle que partageait beaucoup de monde. La pensée officielle. Quelquefois le temps lui jouait le mauvais tour de revenir avec l'épaisseur poisseuse et délirante d'une épidémie en lui laissant croire que l'idée du Saint Empire était propre à son imagination, qu'il était le seul en Espagne, en Europe et dans le monde entier à avoir écrit des choses semblables. Dans son rêve, il décidait alors de prendre des véhicules vides, fantasmagoriques, qui le conduisaient la nuit dans les endroits les plus reculés où l'on pouvait encore trouver une hémérothèque et certaines archives oubliées. Il forçait toutes les portes et détruisait tous ses anciens articles d'inspiration nazie. Mais l'interminable chapelet de presque tout ce qu'il avait écrit était d'inspiration nazie. Et, toujours dans son rêve qui était devenu un cauchemar, les articles se multipliaient, et se reproduisaient à l'infini. Il arrachait les pages. Il n'arrêtait pas de les arracher. Dans le fond, cependant, il avait écrit la même chose que tout le monde, n'est-ce pas ? Sans chercher plus loin, le juge et ses amis de la revue *Arbor*, les catholiques de l'Opus Dei, le juriste de la famille, le fameux Karl Schmitt, ne parlaient-ils pas de la même chose que lui ? Même si c'était de façon différente. Mais, dans son cauchemar, le juge Samos se tournait vers lui et lui reprochait : Comment as-tu pu écrire des choses pareilles, Dez ?

De quelles choses parles-tu ?

Et desquelles veux-tu que je parle ? Je parle de tes éloges envers le nazisme. Tu aurais tout de même pu te censurer, merde ! Dans la vie, il faut savoir se contenir. Il faut savoir changer de style.

Et c'est toi qui me reproches ça !

Moi, c'est différent, Dez. Moi, j'étais catholique, tu te souviens ? Le *Katechon*. J'étais celui qui fixe les limites. C'est de ça que je parle.

Eh, un instant, l'ami ! Moi aussi, je suis *Katechon*. Moi aussi, je fixe les limites. Je les trace même en rouge sur les mots. Ce n'est pas si facile de fixer les limites à des mots. Les mots sont comme les cafards et les souris qui se déplacent sous terre, le long des égouts et entre les tombes. Comme les insectes. Les bactéries. C'est facile de fixer ses limites à un homme, mais ce n'est pas si facile de fixer leurs limites à des mots. Les silences, les pauses font partie du langage. Un homme silencieux, si c'est quelqu'un d'honnête, est un homme dangereux.

Tu aurais dû te censurer toi-même, Dez.

Et allons-y ! Remettons-en une couche. C'était de la pure méchanceté de recommander à un censeur de se contrôler. Dez aussi pouvait revenir sur le passé de Samos, s'il le voulait. Lui rappeler le jeune universitaire qu'il avait été, avec ses prétentions d'intellectuel catholique. À l'époque, il adhérait à l'idée d'un Dieu bienveillant. Il était encore indécis et hésitant à la veille du coup d'État, comme le jour du fameux incident sur la place Pontevedra, lorsqu'il se mit à trembler devant Arturo da Silva, le plombier boxeur qui lui avait arraché le pistolet des mains pour le jeter dans la mer d'Orzán : Interdit de s'amuser avec une arme à feu, espèce de petit freluquet, lui avait-il dit. Et il avait lancé le revolver par-dessus la tête des baigneurs. Celui-ci avait décrit une parabole que tout le monde avait pu observer. Ç'avait vraiment fait du barouf. Mais Samos s'est bien vengé par la suite, il faut voir comment un homme peut changer en seulement un mois, il faut voir la soudaine excitation de ce jeune cultivé, catholique, esthète, harangueur, bibliographe. Il faut voir comment ses yeux s'injectent de sang à présent, comment lui, qui était si timoré, montre de l'audace pour tout. Dez lui-même a été surpris devant son caractère volontaire, son pas assuré. Il ne tremble plus. Avec son uniforme et son arme, il a l'air plus grand qu'il n'est, plus costaud. Sa voix si discrète a pris une toute nouvelle assurance. Il a réussi à obtenir le commandement. Dez est avec Samos, devant les brasiers des livres qui brûlent, sur l'esplanade de la Darse.

La Divine Saynète ?

Manuel Curros Enríquez. Au feu celui-là, et avant tous les autres !

Tu te souviens, Samos ?

Il se demandait pourquoi il avait choisi Samos dans ce cauchemar, par cette nuit aux heures poisseuses où même l'horloge était en train de se dissoudre. Pourquoi Dez alimentait-il une telle tension dans leur dialogue, alors qu'ils étaient finalement du même bord, qu'ils avaient les mêmes opinions. En tout cas, ça finissait toujours de la même façon. La simple évocation des livres en train de brûler estompait le tableau. Tous les personnages devenaient muets. Disparaissaient. Le cauchemar était fini. Il n'y avait jamais eu de consigne particulière entre eux. Dez et Samos ne s'étaient jamais réunis pour convenir d'un silence définitif à propos des bûchers de livres. Personne non plus n'avait donné la moindre instruction lors d'une réunion. La destruction des livres par le feu avait tout simplement, et d'un commun accord, cessé d'exister dans leur tête. Puis, le pacte du silence avait fini par atteindre l'inconscient.

N° 5 de Chanel, Paris.

Tout était soudain résumé dans ce flacon de parfum.

Il occupait une pleine page de l'*Abc*.

Le flacon avait pris tout à coup davantage d'importance que tout autre événement singulier qui aurait normalement dû attirer l'attention de ses yeux. Il s'aperçut alors que ses yeux ne lui obéissaient plus. Rien d'autre ne l'intéressait, ni les articles ni les informations contenues dans les fascicules lugubres et doctrinaires d'*Arriba*. Désormais, les nouveautés, le sortilège, se trouvaient dans la publicité qui émergeait à peine.

Le censeur aimerait vraiment tenir ce flacon dans ses propres mains.

Oui, l'*Abc* contenait beaucoup plus de publicité que les autres journaux. Les réclames brillaient mieux sur son papier satiné et parfaitement imprimé. On entendait tinter l'argent qui venait d'entrer en action pour acquérir de grands espaces : Parcelles pour construire des villas à Torrelodones. Pour vous, fiancées de médecins, d'ingénieurs et de chefs d'entreprise, venez visiter les appartements en construction dans le Quartier du Pilar. Il y avait aussi davantage de shampoing, de matelas moelleux, d'appareils électroménagers. Dans la rubrique loisirs, ses yeux s'arrêtèrent sur les grandes réclames des lieux de la nuit à la mode à Madrid, comme le Cisne Negro et le Molino Rojo. Une publicité montrait un réfrigérateur de marque Kelvinator, et une femme très souriante, à côté de l'appareil, tenant un drapeau des États-Unis dans une main et celui de l'Espagne dans l'autre. Il se leva. Il n'y avait qu'un chou-fleur dans son réfrigérateur et une assiette de miettes de morue. Les deux choses étaient jaunâtres, comme teintées par la lumière intérieure d'une prison. Il avait passé une nuit « dans son imaginaire » comme il disait dans son argot militaire, c'est-à-dire blanche, à se retourner dans son lit. Puis il referma le réfrigérateur d'un air rageur et commença à aller et venir le long du couloir, d'un pas cyclothymique, passant d'un état déprimé, songeur, pendant lequel il tentait de mettre en scène quelque chose aussi difficile qu'une justification séductrice, à un état sans cesse grandissant de guerre intérieure. Sa façon de marcher s'accordait à son humeur. Il y eut une parenthèse. Il passa *La Favorita* sur le tourne-disque et alla s'asseoir sur le canapé, pour l'attendre, avec le secret espoir que surgisse enfin de l'épaisseur de la musique un bruit annonçant l'arrivée de Luis Terranova, la clé tournant dans la serrure, la porte s'ouvrant et transformant tout. Il murmura quelques bribes de regret. Il se sentit joyeux. Bien. Fredonna un air pour accompagner la romance. *Vien, Leonora, a' piedi tuoi serto e soglio*. Quelle importance, l'heure qu'il était ? Qui pouvait être gêné par une chanson si sublime ? N'ayez crainte, dormez tous, tandis que le Grand État-Major du Bel Canto, toujours « dans son imaginaire », délibère sur le destin d'un prince, dans une pièce dont les rideaux forment des plis turbulents, semblables aux cieux belliqueux et fastueux de Sotomayor dans ses tableaux exaltant quelque haute personnalité. Ça, c'est ce qu'on appelle avoir un peintre en main. Un homme qui aurait été capable de glorifier le moindre pot à tabac. La musique cessant, il se leva et se dirigea vers la fenêtre. Il s'imaginait comme ça, tranquillement, sur un portrait de Sotomayor. Des vainqueurs peints avec de la peinture victorieuse. Une garantie de se retrouver bien à son avantage. Bien entendu, Sotomayor, le directeur général des Beaux-Arts, était quelqu'un d'inaccessible pour lui. C'était le généralissime de la peinture. Mais où se cachaient donc ses vrais disciples ? Il n'aimait aucun de tous ceux qu'il avait connus. Aucun qui ait la même envergure, sans être un décadent ou un abstrait. Chelo Vidal, oui, c'était une excellente peintre. Mais, rien à voir avec l'école de Sotomayor, évidemment. L'atmosphère de ses toiles était plutôt naïve, comme Chagall. Leur réalisme contenait un certain mystère. Mystère, c'était le mot. En y réfléchissant soudain, c'était une artiste qui transmettait une aura à sa toile. Le juge avait raison. Elle devrait faire des efforts pour mieux se faire connaître. Quitter la Province. Et changer de thème d'inspiration. Elle n'allait tout de même pas passer sa vie à peindre toutes ces femmes portant des choses sur leur tête. Même si elle le faisait de façon tout à fait singulière. Non, ce n'étaient pas des représentations typiques. Ce n'était pas de la peinture folklorique. Les femmes qu'elle prenait pour modèles, ici ou là, une fois couchées sur la toile ensuite, avaient des allures de déesses. Le type de Naviera qui lui achetait toute sa production était quelqu'un de très subtil. La toile n'était pas encore finie que, lui, il savait déjà où la placer. Encore des Juifs, lui avait un jour laconiquement dit son collègue Ren. Ce type, le type de Naviera, avait plus ou moins les traits d'un Juif. Il s'appelle Loureiro. On dit que les personnes qui portent des noms d'arbres sont d'origine juive. Maceiras, Carballo, Pexegueiro, Nespereire, Freixo, Salgueiro... Pommier, Chêne, Pêcher, Néflier, Frêne et Saule... Saule ? Salgueiro ? À ce compte-là, une bonne moitié des Galiciens était des Juifs ! Il faut faire très attention. Le fameux Ren se méfie même de son ombre. Ce n'est vraiment pas une vie, ça. Il se méfie même des morts. Il lui avait déjà demandé de se calmer. Tu ne vas même pas épargner un seul ennemi, Ren. Épargne ne serait-ce qu'un boiteux, juste pour mettre au musée. Pourquoi tant de zèle ? Ça, il le lui avait dit pour plaisanter. Mais, chez lui, la zone du cerveau correspondant à l'humour n'était pas très développée. Ce n'est pas du zèle, lui avait-il répondu. J'aime ça, un point c'est tout. Chacun se fait plaisir comme il peut, et ça, c'est mon plaisir. Un jour, il avait été obligé de lui donner l'ordre de se calmer. À cause de Luis Terranova, voyez-vous ça. Il avait commencé à dire : Eh bien, ton assistant, le chanteur…

Ça, ça me regarde, Ren. C'est mon protégé. Ren, je ne t'avais pas dit que c'était mon protégé ? Il me semble bien que je te l'ai déjà dit.

Il allait poursuivre en disant : *Gilda* aussi a un protégé. Car tout se sait, et le commandant Dez a aussi ses oreilles qui traînent par-ci par-là. De grandes oreilles même. Et une de ces oreilles lui avait fait cette confidence à propos de Gilda. Lorsqu'on boit un coup de trop, même les muets deviennent trop bavards. Et c'est exactement ce qui s'était passé, le nom de Gilda lui avait échappé, tandis qu'ils étaient en train de parler du personnel travaillant au bureau de la Censure. Ensuite, il essaya de corriger le tir en prétendant qu'il ne parlait de personne en particulier, mais les commérages ont la vie dure.

Chacun possède ses faiblesses, mon cher Ren. Moi, comme tant d'autres, j'ai un assistant. Il est propre, dévoué. Et si je lui demande de chanter, il chante. Il chante même *Amado mío*, comme Gilda, comme Rita Hayworth en faisant son strip-tease. Il chante très bien, mais je n'ai pas besoin de l'y forcer. C'est bien compris, Ren ?

Il grommela un peu et se tut. Compris.

Oui. Le juge et lui étaient de vieux amis. Celui-ci s'était procuré une des femmes les plus belles de La Corogne. Elle n'était pas plus en vue qu'une autre, il suffisait seulement de la voir, et, lui, il la vit. Ricardo Samos avait parfaitement visé. Une femme à la fois artiste et sportive. Moderne, mais surtout pas genre *modern style*. Une femme futuriste, pensa-t-il à l'époque, et il éclata de rire. Lui aussi avait été un poète futuriste en son temps. Pendant quelques mois, comme Eugenio Montes. Qu'était devenu le futurisme, aujourd'hui ? Il avait fini dans les réfrigérateurs. Lui, il voyait désormais le futurisme dans les publicités pour les appareils ménagers. Oui. Elle, c'était une artiste et une nageuse. Il avait connu Chelo Vidal avant la guerre. Elle faisait partie des sirènes qui avaient nagé de La Corogne à Ferrol. Le juge, lui, était un triton. Lui aussi, Dez, était un vrai triton. Il se remit à rire tout seul : à sa façon. Et donc le juge l'avait trouvée, comme qui dirait, dans la mer. Puis ils s'étaient rencontrés à l'occasion d'un vernissage. Une exposition de groupe de femmes peintres. La République donnait beaucoup d'importance au concept de femme libre. Et il y avait María Corredoira, Maruja Mallo, Elena Olmos, Lolita Díaz Valiño et bien d'autres. Et parmi ces autres, parmi les moins connues, Chelo Vidal. À l'époque, elle avait un pseudonyme, lequel déjà ? Bah ! peu importe. En tout cas, elle était là. Samos la regarda bien plus, elle, qu'en réalité il n'observa ses tableaux. Et pourtant ses tableaux n'étaient pas mal du tout. De son côté, Dez avait surtout été attiré par la tenue de Chelo. Chacun ses goûts. À présent, dans les bureaux de la Censure, il adorait mesurer les jupes et les décolletés des chanteuses. Ce jour-là, Chelo Vidal portait un pantalon de rayonne noire. Avec des pattes très larges, semblables à deux jupes jumelles. À la taille un ceinturon de chanvre, tressé comme un cordage marin. L'échancrure des manches permettait de mettre en valeur les bras de crawleuse de

Chelo Vidal. L'ensemble était tout à fait style *garçonne**. Tout était si naturel, tellement simple, que c'en devenait aguichant. Où avait bien pu aller atterrir ce pantalon de rayonne noire ? La guerre avait enterré tous ces plaisirs et il se passerait de nombreuses années avant qu'une femme, y compris Chelo Vidal, ose porter un pantalon en public. Histoire de provoquer, Dez prétendait qu'il aimait les femmes en pantalon. Les femmes qui s'habillaient comme des hommes. Et cela perturbait tous ces machos qui travaillaient avec lui. Et merde, il pouvait bien se prendre quelques libertés de temps en temps. Il faisait partie des vainqueurs, non ? Et pas des moindres. Oui, bien entendu, je travaille à la Censure, mais j'ai aussi le droit d'avoir mes goûts personnels. Et mon jardin secret, concernant la façon dont on devrait s'habiller. Il évitait de dire cette dernière chose, bien entendu. S'il n'avait pas fait ce qu'il faisait, il aurait pu devenir un grand spécialiste dans le domaine de la mode. Le fait est que Ricardo Samos et Chelo Vidal avaient un vague lien familial, une lointaine parenté du côté de son père à elle et de sa mère à lui. Ils étaient à moitié cousins. Oui, il se souvient des yeux et des mots enflammés de Samos lorsqu'il s'était épris de l'artiste à la rayonne noire. Ah, ma cousine, elle vous damnerait un saint ! Ça, c'était vraiment un compliment. Parce que lorsque la guerre avait éclaté elle se trouvait en France. Elle avait obtenu une bourse du gouvernement, avec un groupe d'autres jeunes artistes. Mais elle n'avait pas fait comme la plupart d'entre eux. Elle était retournée au pays après la victoire. Elle était artiste, bien sûr, mais il n'existait aucune charge contre elle. En tout cas, on n'en avait pas trouvé. Sauf l'attitude de son frère. Le photographe dingue. Le fameux Leica était un ami d'Huici, celui qui avait transformé son atelier de sculpteur en repaire d'avant-gardistes et qui avait fini comme on savait qu'il avait fini. Et Leica avait sauvé sa peau grâce à sa sœur et grâce à son mariage. C'était un beau garçon, ça, c'est sûr. Lui aussi avait fini par se marier avec la fille d'une personnalité locale. Elle était folle de lui. Leica doit être un remarquable coq. Elle s'arrange pour ne pas le lâcher d'une semelle. Et même comme ça, ce qu'on m'a raconté de lui a de quoi vous chauffer un caillou. Ça s'est passé un jour où il était allé prendre des photos d'un couple de jeunes mariés qui sortait tout juste de l'église, dans les jardins du manoir de Mariñán. Il les prit d'abord en photo ensemble, comme ça, oui, l'un et l'autre bien souriants. Voilà, et maintenant la mariée toute seule. C'est long de bien placer la robe blanche, en tulle, sans abîmer la longue traîne. C'est normal tout ça. Mais le marié commence à en avoir marre, il s'en va avant la fin, pour s'occuper de l'organisation du repas de noce. Lui, le photographe, et la mariée restent seuls à travailler la lumière sur la robe. La façon de regarder de la mariée, attention, ne me regarde plus, maintenant, regarde-moi. Et puis, petit à petit, on commence à se frôler, les cheveux sont mieux comme ceci, baisse un peu le bouquet de fleurs, le décolleté est plus joli que le bouquet. Et puis il faut dire aussi que, ce jour-là où l'on prenait les photos de mariage, il faisait très chaud, les berges du Mandeo exhalaient de multiples fragrances, on aurait dit un jour de fête aux Caneiros, tout pouvait se produire et cela s'était finalement produit. Ils pensaient qu'ils étaient tout seuls. Lui était debout et elle était à califourchon devant lui, ils étaient enveloppés dans le tulle, le dos de la jeune femme appuyé contre le tronc du vieil arbre de Jupiter, secouant les grands rameaux de fleurs roses. Ils se prirent une fameuse photo. Une photo formidable, mémorable. Peut-être n'était-ce pas contre l'arbre de Jupiter, mais plutôt sous les immenses visières du sapin du Caucase. Ou du cèdre élégant. Ça marchait avec n'importe quelle espèce d'arbre, mais Dez préférait l'arbre de Jupiter, qui avait des fleurs roses. En tout cas, ils secouèrent bien les branches et leur corps aussi. Ce récit, que Dez avait enjolivé à mesure qu'il le racontait, était né d'une rumeur imprécise et remportait un franc succès pendant les veillées nocturnes, surtout parmi les couples de gens bien. Il évitait les mots grossiers, mais il utilisait des tournures françaises relevées dans les romans érotiques qui avaient désormais disparu, *coup de foudre***, *coup de folie***, c'était le *coup** qui créait l'atmosphère. Il mettait toute son emphase dans la description du mouvement rythmé des fleurs roses et du tulle, et il observait la montée d'une espèce de trouble jubilatoire sur les visages, la façon dont ceux-ci viraient de couleur. Il prenait plaisir à imaginer le plaisir de ceux qui étaient scandalisés. Le plaisir d'écouter le censeur raconter avec les qualités d'un poète ce *coup sur coup** du *s'accoupler** sous l'arbre du photographe de mariages et de la jeune mariée.

Bien entendu, il ne racontait jamais cet épisode si élaboré en présence de Ricardo Samos et de Chelo Vidal. Il éprouvait envers elle, envers la femme peintre, une admiration sans bornes. Elle avait la présence d'une grande dame en même temps que le charme de la jeune fille venue de Cuba, avec cette petite touche — semblable à l'ombre légère d'un crayon à yeux — de bohème artistique qu'on trouvait dans cette ville républicaine. Elle avait toujours mis l'art au-dessus de tout. Elle allait son chemin. La chose la plus révolutionnaire que Chelo avait faite, pensa Dez, c'était de s'habiller avec le fameux pantalon de rayonne pour séduire Samos une bonne fois pour toutes, car il n'était pas si facile pour une femme de troubler le rythme cardiaque de Samos. Il s'était d'abord confié à lui. D'abord il lança cette chose impensable venant de lui : Ah, ma cousine, elle vous damnerait un saint ! Et puis il lui dit avec détermination : Elle va devenir ma femme. À l'époque, Dez était déjà phalangiste, mais Samos, le futur juge, traînait encore dans le monde des idées, il voulait devenir un intellectuel et collaborait aux revues *Acción española* et *Integralismo Lusitano*, dirigées par deux groupes, monarchiste et catholique, qui militaient en faveur d'une fraternité conservatrice ibérique. La Cité de Dieu, prétendait alors Samos, était en contradiction avec l'« agressivité primitive » des phalangistes, même s'il leur reconnaissait un « charme barbare ». Et Dez en profitait pour se moquer de lui : Si tu veux de l'action, de l'action digne de ce nom, tu sais à qui t'adresser. Mais ce furent les livres et non l'insistance de Dez qui conduisirent Samos à rejoindre la conspiration des fascistes contre la République. Ce fut sa découverte de Carl Schmitt, *don Carl* pour les intimes. Lorsqu'ils traversaient la place de la Mina, où flottait le gigantesque drapeau arborant la croix gammée de la délégation du Consulat allemand, Dez faisait le salut romain, et cela rendait Samos très nerveux au début. Il avait conservé son préjugé catholique contre les nazis. Mais cela lui passa grâce à sa lecture de Carl Schmitt. Car c'est bien le fameux *don Carl* qui le ramena vers Donoso Cortés et Joseph de Maistre. Voilà quelle fut la potion magique qui transforma Samos.

À présent, le commandant Dez se lève et se dirige vers le tourne-disque. *La Favorita* venait de se finir, mais le disque continuait à tourner. Il trouvait ce dysfonctionnement agaçant. Et en général la désobéissance de tous les appareils qui dysfonctionnent. Ce crissement horripilant, presque inaudible, le gémissement du pivot grinçait encore plus fort en pleine nuit. Il avait déjà demandé à Luis Terranova de le faire réparer.

Ce n'est rien.

Comment ça, ce n'est rien ?

Il suffit de soulever le bras et de le remettre en place.

Pourquoi est-ce que tu me contredis tout le temps ?

Je ne te contredis pas. Je pense différemment.

Ce qui s'était produit entre eux, se disait le commandant Dez, c'était un phénomène électrique, les deux pôles opposés qui s'attirent l'un l'autre. En tout cas, pour ce qui le concernait c'était cela. Ce qui l'irritait, lui, faisait rire Terranova. Et cela resterait toujours une énigme. Une énigme simple, mais insurmontable. Celle d'un corps aimanté. C'est exactement ça, celle de l'électricité statique. Les corps passaient leur chemin en s'ignorant, jouaient avec les distances ou s'affrontaient directement pour rentrer l'un dans l'autre, pour s'emboîter, en respectant les courbes et les angles, les os, les muscles, les creux, les ventouses. Un genre de symétrie. Ad libitum.

Qu'est-ce que tu as dit ?

Ad libitum.

Tu es un fou. Un dégénéré.

Dégénéré. Il adorait vraiment qu'il lui dise cela, dans ces moments-là. C'était un terme « officiel », le genre de mot qu'il utilisait habituellement lorsqu'il s'agissait de qualifier quelque chose d'inacceptable. Dégénéré. Il fallait voir avec quel plaisir lui-même avait parlé de l'art dégénéré des avant-gardes comme symptôme de la maladie sociale et de la décadence de l'Occident ! Il aimait utiliser ce ton harangueur et viril, et surtout lorsque l'ambiance lui semblait tiède, à l'occasion des manifestations culturelles organisées par les petites maîtresses d'école, qui devaient certainement lire en cachette allez savoir quel titre de la comtesse de Pardo Bazán et de Benito Pérez Galdós, et par de petites artistes qui avaient toujours le diable anticonformiste au corps et la dangereuse tête de mort de faim de tous ceux qui rêvent d'avaler le monde des bonnes manières. Lorsqu'on donna l'ordre de fermer la revue *Atlántida* — cela avait plus ou moins coïncidé avec le moment où Dionisio Ridruejo ainsi que d'autres militants à la cervelle bien ramollie étaient tombés en disgrâce à Madrid —, c'est lui qui fut chargé, en compagnie de quelques autres, d'annoncer la décision au comité de rédaction, et il faut voir le plaisir qu'il avait pris à restituer l'anathème du censeur en chef : « C'est une couillonnade existentialiste ! » Il eut cependant l'honnêteté de dire que ce n'était pas son opinion. Sada faisait aussi partie de cette revue. Et c'était vraiment un grand peintre, celui-là, on pouvait dire qu'il était la peinture en personne, dommage qu'il n'ait jamais eu l'idée de faire des portraits. Un beau jour, il s'était mis à couler, puis il n'était jamais parvenu à regagner la surface. Encore un qui n'avait pas su percer. Et pourtant on lui avait commandé des peintures pour décorer les intérieurs de l'*Azur*, le yacht du Caudillo. Eh bien, rien à faire. On continuait à le cataloguer parmi la « couillonnade existentialiste ». Lorsque le tocsin sonnait, c'étaient les mots qui prenaient en premier. Fixes, en file indienne. Il les avait déjà prévenus, lors de la publication du dernier numéro, celui consacré à Valle-Inclán, qu'ils étaient sur la « ligne rouge ». Non. Les petites maîtresses d'école, les petites artistes ne pouvaient pas comprendre le plaisir qu'il ressentait lorsqu'il condamnait l'« art dégénéré ». Il faisait une moue de dégoût, mais à l'intérieur de lui il sentait un courant électrique le traverser. Elles ne pouvaient pas comprendre le frisson qu'il avait éprouvé lorsqu'il avait entendu parler de la « couillonnade existentialiste » de la revue *Atlántida*, à la Direction Générale. Il emmagasinait tous ces mots ennemis. Puis il les déversait ensuite avec sa salive, sèche et fermentée en amas salés, à l'oreille de Terranova : Dégénéré, existentialiste, rebelle.

Ils partageaient l'un et l'autre la même fascination pour la musique. C'était une chose qui l'émouvait, il devait l'avouer. Arriver et surprendre Luis Terranova en train d'écouter les *lieder* de Schubert, le fameux *Die Forelle*, la chanson de la truite, les yeux écarquillés, sans paupières, comme un poisson qui serait en train de regarder les sons dans la maison inondée. Absorbé, immobile, respirant la musique à travers la peau. Et la voix. La voix le rendait fou. Dez était exigeant, très exigeant. Il savait reconnaître une voix, une véritable voix. Il y avait déjà un certain temps, au début qu'il l'avait emmené chez lui, il lui avait trouvé deux excellents professeurs. Un professeur de solfège et un professeur de chant. Et tous les deux étaient d'accord. Il avait tout pour lui, il avait la voix et il avait le talent pour triompher. Mais, dans le fond, Terranova se moquait bien du bel canto. Il avait toujours un regard moqueur. Il n'avait aucune ambition. Il n'était pas à la hauteur. Il aurait dû s'en apercevoir plus tôt. Ce fut sans doute une absurdité d'avoir tenté de le remettre sur le droit chemin. Il lui avait obtenu quelques récitals. Des concerts de bienfaisance pour Noël et d'autres occasions du même genre. Il aurait pu lui en obtenir davantage si seulement Terranova y avait mis un peu du sien. Ça n'avait pas été un désastre, non. Personne ne pourrait dire de lui qu'il avait fait la même chose que le puissant Kane avec sa maîtresse, c'est-à-dire qu'il avait tenté de transformer cette voix de cane en diva d'opéra. Luis Terranova chantait bien. Il plaisait au public. Les gens étaient aux anges lorsqu'ils le voyaient entrer en scène avec son nœud papillon. Il vivait avec un plaisir tout à fait particulier les récitals de Terranova à l'occasion de fêtes privées, que ce soit dans les hôtels ou dans les châteaux et les villas de la haute société. Il prenait les applaudissements également pour lui. Il était félicité pour le talent de son protégé. Dans ces moments-là, il n'avait que faire des commérages. Il ne se fatiguait pas à expliquer comment Terranova était passé de simple assistant à neveu, puis à filleul et enfin à protégé artistique. Il était tout simplement fier de lui. Luis Terranova plaisait autant aux hommes qu'aux femmes. Mais il lui appartenait exclusivement. Il fallait que cela soit clair. Au cours des fêtes qui se donnaient dans les grandes propriétés, il tolérait les flirts et même de petites aventures de séduction, quelques jeux adultérins. Terranova était délicieux, un gars très beau et sympathique, idéal à dévorer à l'occasion de ces folles nuits organisées pour tromper l'ennui des riches. Le censeur était à l'aise à ce jeu-là. Les épines de la jalousie lui provoquaient un furieux plaisir. Il savourait sa jalousie comme l'antichambre de ce qu'il appelait des séances de dressage, de domptage et de conquête.

Plusieurs années s'écoulèrent à ce rythme. Les deux amants menaient cette double vie, et Dez était toujours persuadé de contrôler la situation. Terranova s'était habitué au rôle qui lui avait été assigné. Et il y avait quelque chose que presque personne ne savait, et qui était un secret enfermé à double tour. Terranova vivait sous la menace d'un esclavagiste. Cela avait peut-être l'air incroyable, mais c'était la réalité. Terranova savait parfaitement que, pour lui, il n'y avait point de salut hors de la domination de Dez. Comme un agneau craintif, il s'était lui-même attaché avec ses propres liens.

Les maisons ont tendance à ne pas s'écrouler, disait un aphorisme humoristique qu'il utilisait dans ses discours patriotiques, lorsque les Nations unies condamnèrent le Régime, et celui-ci lui était revenu à présent en mémoire dans son esprit de censeur. Comme un paradoxe. Car sa maison, sa construction, était bel et bien en train de s'écrouler. Luis Terranova se présenta un jour devant lui au bureau de la censure, il le fixa profondément dans les yeux et lui dit que désormais il voulait vivre sa propre vie. Dez ne sut pas comment interpréter la chose. Terranova avait mis son nœud papillon bleu nuit avec un galon argenté. Tu ne devrais pas le mettre pendant la journée, ça perd tout son charme, lui répondit-il. Vivre sa propre vie. En commençant par le travail. Fini les récitals ulcérants. Fini le bel canto, mon cher Tomás. Je vais chanter dans un orchestre de bal. Oui. Ce qu'il aimait, lui, c'était chanter dans les fêtes de quartier. Il aurait voulu qu'un de ses amis chanteurs, le fameux Pucho Boedo, l'invite à monter sur les planches et que le public demande qui était ce gars qui venait de passer et que quelqu'un d'autre lui réponde : Un gars qui chante comme Pucho Boedo. C'est ce genre de chose qui était un triomphe pour lui. Qu'on le compare à Pucho Boedo. Triompher dans les fêtes ou dans les salles de danse. Ou ciseler un tango le dimanche soir à La Chaparrita, là-bas, sur la piste du pont del Pasaje. À présent, il était obnubilé par l'idée de participer et de gagner le fameux concours radiophonique qu'on appelait le *Défilé des Étoiles*, et qui était tellement à la mode.

Tu es vraiment un gamin. Que va donc faire un gars comme toi au *Défilé des Étoiles* ?

Ne t'en fais pas, Dez. Je ne vais pas chanter la *caba-letta* de Violeta.

Peut-être avait-il réagi trop violemment. Il ne lui envoya cependant qu'un seul coup de poing. Le problème, c'est qu'il était si fragile. Il avait un nez de verre et il se mit à saigner. Il l'avait fait dans son intérêt. Pour qu'il cesse de sombrer dans cette vulgarité et qu'il se choisisse enfin un horizon plus prestigieux. Il n'avait pas pu se retenir non plus le jour où il avait ramené à la maison cet ami à lui, le cow-boy qui prenait des photos, l'Hercule du quartier du Papagaio.

Je ne veux plus voir ce balourd.

La maison a tendance à ne pas s'écrouler. Il se présenta dans son bureau, élégamment vêtu. C'était la première visite de Terranova depuis la fois où il l'avait convoqué pour lui expliquer combien la situation était délicate. Des années avaient passé. Il avait réussi son projet. Prendre possession de lui. Il gouvernait sa vie et jouissait de son corps. Tout en maintenant son pouvoir, sa fonction, sa considération sociale. Pourquoi s'était-il présenté ici ? Pour lui dire que la maison était en ruine ?

Tu es un pauvre type. Je vais t'écraser comme un ver de terre. Tu vas finir dans une prison pour pédés ou avec une balle dans le trou du cul.

Je veux seulement vivre ma propre vie. Suivre mon propre chemin.

La chèvre est toujours attirée par la montagne, n'est-ce pas ?

Tomás Dez se dirigea vers la fenêtre. À présent l'orage semblait pousser, depuis les toits de la Vieille-

Ville, un hurlement de rat. La tempête empêchait les gros nuages, arrachés à l'énorme masse de la mer, de boucher les premières lézardes de l'aurore.

S'il n'était pas si inconscient, si sauvage, si... Il trouva enfin le mot qu'une partie silencieuse de son esprit cherchait alors qu'il n'arrivait pas à s'endormir. Si ingrat. Il répéta à voix suffisamment haute pour que cela résonne comme une satisfaction. Si ingrat ! À quoi rimait donc de passer cette nuit blanche, de se martyriser, tandis que cette espèce de macaque se baladait on ne sait où, en liberté ? Martyre, martyre, martyre, voilà il avait trouvé le mot juste. À partir de cet instant, sa façon de se déplacer dans la maison, au rythme d'une procession, devint la marque d'un jugement extrêmement sommaire. Chaque pas qu'il faisait devenait une nouvelle charge contre Luis Terranova. Enfin, il se sentait bien. Le chef prenait le commandement à la place du corps fragile, canaille et rebelle. Oui, il se sentait bien. Comme lorsqu'il avait fait irruption au centre de la scène, provoquant une extrême tension parmi le public, comme lorsqu'il avait interrompu le ridicule froufrou de ces poèmes mièvres, cette espèce de froissement de fausses dentelles, et qu'il avait provoqué non pas l'émotion, mais la peur, en plein milieu du festival littéraire organisé par le groupe Amanecer. C'était une fête de printemps où tout se passait de façon printanière. Il y avait une atmosphère détendue, comme un vent de plaisanterie aussi. Un des participants avait récité un poème avec un refrain qui revenait toujours, en forme de question : « Où est donc la clé ? » faisait-il. Jusqu'à ce que quelqu'un dans le public lui réponde : « Elle est ici, dans ma braguette ! » L'organisation était sympathisante du Régime, mais on pouvait s'apercevoir que l'époque des chaleureux hymnes patriotiques était révolue. Dez était nerveux, il avait aussi plusieurs petits feuillets « printaniers » à la main. Il s'était fait inviter par une amie d'enfance, une personne simple qui se disait poétesse et qui un jour, après avoir été possédée, pendant une promenade nocturne, par le spectre de Gustave-Adolphe Bécquer, sur la place des Bárbaras, avait eu la naïveté de se prétendre « enceinte de poésie ». Quoi qu'il en soit, elle avait proposé à Dez de jouer les intermédiaires pour le faire inviter au festival. Elle lui dit : Eh bien, dis donc, mon cher Dez ! Censeur et poète, il n'y a rien de plus passionnant ! Oui, pour elle, tout était passionnant. Et il allait vite deviner également la peur sur son visage à elle. Car lorsqu'on l'annonça comme poète, bien sûr pas comme censeur, une autre personne, à l'intérieur de lui, oublia les petits feuillets printaniers et calma sa nervosité. C'était le chef qui prenait à présent le commandement. Et sa voix tonna comme le canon en plein festival. Elle eut raison des plaisanteries et autres froufrous.

Mon esprit est devenu exact, défini, sûr,
loin de toute brume de vague réalité.
La Guerre est chaste et dure
comme est dure et chaste la vérité.

C'était le *Poème de la Bête et de l'Ange*, la contribution de José María Pemán à la « guerre sainte » contre la République satanique. C'était un poème à eux, aux victorieux qui formaient le public. Et malgré cela ils étaient confus. Confus au printemps. Stupéfaits. Ils mirent du temps à applaudir. Il prit un merveilleux plaisir devant ce lyrique frisson.

Il se prépara un café. Oui, il se sentait bien. La sentence était on ne peut plus claire. Cette canaille allait se souvenir toute sa vie de Tomás Dez. Il allait lui enfoncer l'épaisseur de la nuit par la bouche. Il lui fallait d'abord passer un coup de fil. Ren répondit tout de suite. Il continuait à dormir ainsi. Avec, comme il le disait, ces « deux bestioles à côté de moi ». Le téléphone et le pistolet. Oui, c'était un service, une faveur, après toutes ces années. Oui, je prends la voiture. Et une couverture pour la tapisserie, oui. Puis Dez alla s'habiller. En tout cas ses chaussures étaient parfaitement lustrées. Il sourit comme s'il se regardait dans un miroir. Non, non et non, dit-il à ses chaussures, ne venez pas me demander de la clémence. Il adopta ensuite une démarche martiale. Il se sentait bien en enchaînant à nouveau des pas assurés. Il observa autour de lui. Le pouvoir de séduction de Terranova s'était emparé de toute la maison, il allait falloir que Dez la reconquière. Luis Terranova avait progressivement tissé une complicité avec tous les objets. Bien entendu. C'était lui qui passait le plus de temps avec eux. Il leur permettait de dysfonctionner. À présent, au petit jour, les objets étaient réveillés et malicieux. Avec un air distant. Ils devaient certainement attendre qu'il s'en aille pour commencer à cancaner. Ça aussi, Terranova avait dû le prévoir. Qu'il sortirait de bonne heure. Qu'il irait prendre un café et lire la presse au café Oriental, ou à l'Alcázar, tout près de la Délégation. Eh bien, pas question. Il resterait là, ne sortirait pas.

Il entendit la serrure étouffer le bruit de son propre mécanisme. Une complicité. Il lui serait impossible à lui d'ouvrir la porte avec un silence pareil.

Luis Terranova portait un sac de marin. Vide. Il aperçut Dez qui se trouvait là, entre l'aurore et l'épaisseur de l'air, bras croisés, raide. C'est curieux, pensa-t-il. La première chose qu'il remarqua dans l'obscurité, ce furent les chaussures noires. Les chaussures qu'il avait lui-même cirées. Du bon travail. Il le faisait presque aussi bien que le cireur de chaussures du Cantón Bar.

Il décida d'entrer dans sa chambre pour faire ses bagages. Ses affaires contiendraient du reste dans son sac de toile. Il n'emporterait aucun des cadeaux, même pas un foulard. Il aurait pu ne pas retourner à l'appartement. En y réfléchissant à présent, après avoir observé le spectre de Dez comme une armure en pied, près du portemanteau, il aurait mieux valu. Je m'en vais comme je suis venu.

Et où vas-tu ? Chanter dans la rue ?

Adieu, Dez. Je ne suis plus ton assistant. Ni ton filleul. Ni le fils de tes domestiques. Ni ton neveu. Ni ton protégé. Fini. Je ne suis plus ton esclave. Toni, le clown triste. J'ai largement remboursé le service que tu m'as rendu.

Il abattit sa main comme un coup de patte de fauve sur son épaule.

Esclavage ? On peut dire que ça, c'est un sublime adieu, mon cher Terranova. Après toutes ces années, tu ne peux pas faire moins que me chanter une chanson de castrat.

Il se trouvait à deux pas de la porte. Il se retourna soudainement et envoya un coup de sac à Dez. Pas assez fort pour enrayer la machinerie bien huilée de celui-ci. Alors que Terranova était sur le point de sortir, Dez l'attrapa par les cheveux.

Je t'ai déjà dit que tu devrais te faire couper les cheveux comme un homme. Tu te souviens de ce que je t'ai appris ? La capacité pulmonaire d'un homme au service d'une voix enfantine. Toi, tu sais les imiter. Fais-moi Gaetano Caffarelli à la chapelle Sixtine !

La pression sur sa tête et sur son cou le fit tomber à genoux. Dez referma la porte d'un coup de pied. Le premier coup de poing chercha délibérément à le défigurer. Luis entendit son nez éclater, comme s'il s'agissait d'un effondrement et que le plafond lui était tombé dessus. Peut-être que tout ce sang venait des poutres qui s'étaient fendues. Le col de la veste claire était constellé de taches.

À présent plus question de faire ton numéro de castrat. Chante quelque chose qui vienne de la terre. C'était quoi déjà, cette chanson, mon cher Terranova ? Celle que tu m'avais chantée pour me rendre jaloux. Oui, ne fais pas cette tête, tu es vraiment moche à présent.

Lâche-moi les cheveux. S'il te plaît, Dez ! Ça me fait encore plus mal que mon nez.

Il les lui tira encore plus fort. Une mèche de cheveux resta dans ses mains.

Ça, ça fait vraiment mal, balbutia Terranova.

Je suis tombé amoureux d'une aubépine… C'était comment déjà, cette chanson, mon cher Terranova ? Chante-la-moi une nouvelle fois. La fleur qui s'en est allée. Non. Ce n'était pas ça. Tu te souviens ? Tu étais fier de toi. *Alalá de Pontevedra !*

Mal fai aquel que namora…

C'est ça. C'est ça.

… *cousas que do vento son.*

Bien, bien. Voilà notre sublime adieu. Maintenant, je peux t'écraser tranquillement la gueule.

Si tu continues à me frapper, je ne pourrai pas me présenter au concours radiophonique pour chanter la *cabaletta*.

Il y avait une malice innocente, sans défense, dans les yeux de Luis Terranova. Dez observa un instant le sang qui continuait à bouillonner dans le creux de ses fosses nasales. C'était de la même couleur qu'un bûcher.

Je vais t'emmener te faire soigner, dit-il sans le lâcher.

Non, non. J'irai tout seul.

Tout seul ? Tu n'iras tout seul nulle part. Tu me prends pour un imbécile, mon cher Terranova ?

Ne t'inquiète pas, Dez. Je ne me plaindrai à personne. Je vais me fourrer dans un trou et je n'en ressortirai que lorsque je serai guéri. Je te le jure. Laisse-moi partir, Dez.

Voilà comment je t'aime, docile. N'en parlons plus. Nous allons nous rendre chez un guérisseur, beau blond. On va réparer ce nez de chérubin.

Lorsque, en arrivant dans la rue, Luis Terranova aperçut la voiture noire et, en ouvrant la porte de derrière, le type costaud avec un chapeau et un caban couleur gris cendre, il fit une ultime tentative pour s'enfuir. Mais ils se mirent à deux pour le retenir, ils l'allongèrent sur le siège arrière et lorsqu'il sentit dans son cou, juste sous l'oreille, la terrible pression du canon d'un revolver, il cessa de bouger. Il eut l'impression qu'une balle avait pénétré dans son corps sans qu'il fût besoin de l'avoir tirée.

C'est sur le flanc ouest de la montagne du phare qu'ils lui donnèrent la raclée. La dernière chose qu'il se souvient d'avoir entendue, c'est un bruit qui lui était propre, mais qui venait du dehors. Un claquement de dents. Le claquement de ses dents. Puis il entendit une voix qui appartenait déjà à son état d'inconscience : Tu ne chanteras plus de toute ta vie, mon cher Terranova ! Et la première chose qu'il entendit en revenant à lui, ce fut en réalité une vision : les éclats lumineux du phare.

Plus fort ! On n'entend rien. Plus fort !

Le deuxième combat de Curtis

La terreur s'était cristallisée sur le visage de Luis Terranova. La gelée de la nuit par-dessus la raclée. Dès qu'il entendit le heurtoir de la porte frapper son message morse, Curtis courut ouvrir la porte. Il le fit asseoir au milieu de la pièce, juste sous la lampe. La petite maison de la ruelle Atocha-Baja ressemblait à ceci : une seule pièce avec cuisine et toilettes, une espèce de quadrilatère sur lequel avaient poussé quatre murs et un toit. Même assis dans le halo central de la lampe, Luis continuait à se protéger. Les mains entre les cuisses, au niveau de l'aine. Il avait l'instinct de préserver ses parties. Il était presque incapable de parler. Il balbutiait des mots éclaboussés de sang à travers les espaces ouverts entre les dents cassées. Mais il n'arrêtait pas. Il savait que Curtis comprenait chacun de ses trilles. Qu'il pouvait recomposer les onomatopées, les mots estropiés. Il avait le visage tuméfié, la peau du crâne couverte de croûtes de sang là où les longues mèches de cheveux avaient été arrachées à poignées, les lèvres ouvertes. Ils s'étaient acharnés sur sa bouche. C'est peut-être pour cette raison que Luis Terranova s'obstinait à tenter de parler. En mille morceaux, sa gorge avait éclaté. Il s'assurait qu'il vivait encore. Il chantait un tango balbutiant, une chanson personnelle composée de fragments sans rapport les uns avec les autres, appartenant à différentes chansons, des lambeaux de *Cuesta abajo*, de *Ríe payaso*, de *Chessman*, qui prenaient peu à peu un certain sens. Il n'avait pas besoin de soigner la prononciation. Curtis comprenait tout ce qu'il chantait. Il pouvait voir les mots s'ouvrir un passage parmi les caillots de sang, clapoter un instant dans la salive. Il lui tendit un verre d'eau. Arturo da Silva avait raison. Le globe terrestre change d'endroit, mais il y en a toujours un dans le creux de la bouche de Terranova.

N'avale pas. Rince-toi et crache. Crache doucement.

Eche, mozo, más champán...

Il savait très bien ce qu'il fallait chanter.

À présent, c'est sûr que je ressemble à un boxeur, n'est-ce pas, Curtis ? Si Arturo da Silva me voyait, il m'engueulerait une fois de plus. Il me dirait : Tu as un teint de viande crue. Mais pourquoi on t'a broyé à ce point ? Pourquoi tu n'as pas gardé les distances ? Pourquoi tu n'as pas utilisé ta feinte, pourquoi tu ne leur as pas ouvert le corridor du vide ?

Je n'ai pas eu le temps, Arturo. Voilà ce qu'il lui répondrait si Arturo da Silva venait à passer par là. J'étais sur le point de leur ouvrir le corridor du vide, mon cher Arturo, mais j'ai manqué de temps.

C'est ce rien qui est décisif, rétorquerait Arturo. Pour un rien tu peux te retrouver mort ou vivant.

Curtis avait rempli une baignoire en zinc d'eau tiède. Il alluma le brasero et le posa tout près de lui. Il le déchaussa et l'aida à se déshabiller. Il nettoya les blessures. Mit de l'iode. Il lui coupa les cheveux afin de mieux pouvoir lui soigner le cuir chevelu. Il lui sutura une arcade. Trois points à vif. Et tandis qu'il le faisait, Curtis imaginait l'avenir immédiat de Luis Terranova. Il savait que, derrière son apparente fragilité, c'était un dur. C'est lui qui lui avait appris à laisser sortir les épines des oursins toutes seules, sans entailler les doigts.

Il reconnut le cheval de bois dans un angle de la pièce. Il dit : Carirí est ici ! Et le cheval répondit avec l'affection des choses inanimées lorsqu'on les appelle par un nom. Cela permit à Terranova d'abandonner la terreur cristallisée sur son visage et de faire un sourire pour qu'on le prenne en photo. Il venait de se souvenir de l'autre photographe ambulant qui, heurté par le tramway, était tombé par terre, blessé, avec son cheval de bois. À l'hôpital, à l'hôpital, hurlait un témoin qui s'était précipité pour venir en aide à cet homme très gravement blessé. Le photographe avait alors relevé la tête avec difficulté et avait répondu : Pas à l'hôpital, non ! Pas à l'hôpital ! À l'usine à chevaux !

Conduis-moi à l'atelier des chevaux, murmura Luis Terranova. Un guérisseur avec du carton et de la colle à tapisserie. Curtis sourit. Curtis savait ce que signifiait cette histoire. Ils s'étaient souvent attardés à l'angle des rues Troncoso et Nosa-Señora-do-Rosario, où se trouvait l'usine à chevaux. Il y en avait de toutes tailles. Depuis le petit cheval qu'on accroche à son porte-clés, au cheval de carrousel et même de photographe. Ça ferait une belle carte de visite : Vicente Curtis, *Hercule*, boxeur et fabricant de chevaux. Il tenta de déplier ses doigts, mais l'index et le majeur de la main droite ne répondaient plus. Ils les lui avaient pliés jusqu'à les faire éclater. Un réparateur de chevaux, lança-t-il. Ou mieux encore, un de ces types qui dissèquent les animaux. Un taxidermiste. Je peux dormir ici, Curtis, avec le cheval ? En attendant que tout soit passé. C'est fini, n'est-ce pas, Curtis, plus rien ne passera tout à fait ? Je dois avoir une tête assez intéressante, à présent. Un teint de viande crue. Une allure plutôt cubiste. Je vais enfin pouvoir pleinement profiter de mon miroir, Curtis.

Et c'était exact. Dans la maison de la ruelle Atocha-Baja, il n'y avait qu'un miroir minuscule, que Curtis utilisait pour se raser, mais il était tout cassé et recollé avec du sparadrap, bien que le morceau qui restait intact aurait été suffisant. Il n'était pas plus grand qu'une lame de rasoir.

Manlle n'avait pas besoin de beaucoup de lumière. Il fumait un havane et avait l'air de n'être pressé de rien, pareil à la fumée qui allait s'épaississant lentement, formant une cloche blanchâtre à l'entresol du bâtiment portuaire. Il avait une philosophie. Et donc il prenait son temps pour expliquer sa philosophie. Ce n'était pas un homme pour qui les affaires étaient seulement des affaires. Il en faisait aussi une affaire personnelle. Il n'aurait par exemple jamais fait affaire avec quelqu'un à qui il n'aurait pas pu serrer la main. Il était en train d'expliquer cela à Curtis. Il n'était vraiment pas pressé. L'argent ? Il a remarqué que plus on courait après l'argent, et plus il nous échappait.

Tu comprends ça, Curtis ? Oui, bien sûr que tu le comprends. Un homme est un homme. Je respecte les gens qui n'ont rien du tout dans la vie que la nuit et le jour. Moi aussi j'ai su ce que c'était de ne même pas avoir un sou, pour demander une chanson à un aveugle. Ces gens qui se remplissent les poches en se contentant de prendre leur téléphone et de faire un numéro me dégoûtent. C'est comme ça qu'on fait de l'argent maintenant, Curtis, un paquet d'argent. Il suffit d'avoir des relations. Qu'est-ce que ça peut faire que l'immeuble que tu viens de faire construire cache le phare d'Hercule ! Du moment que tu as les relations nécessaires, ça peut se faire. Et la vue panoramique, et le cadre exceptionnel, et la ville sourire, et le balcon de l'Atlantique n'ont qu'à aller se faire foutre tous ensemble. Les grandes affaires se traitent de cette façon, mon cher Curtis. Ceux qui se font de l'argent ne touchent pas la moindre brique, ne vont même pas à la pêche, ne touchent jamais à rien. Les relations et l'information : il n'y a que ça qui compte. Et moi j'ai mes relations et j'ai aussi mes informations. Mais j'ai toujours voulu toucher aux choses, à la marchandise. Toucher ce qu'on vend. Le whisky, le tabac. Les femmes. Moi, j'aime voir. C'est mon plaisir. J'aime voir le mécanisme, tu comprends ? S'il y a un déchargement, j'aime être là où ça se passe. Voir comment ça bouge, voir comment, mètre après mètre, la marchandise change de valeur. C'est la même chose pour les gens, Curtis. Je suis heureux que tu sois venu. Que tu aies bougé. Je sais que tu es un homme intègre. Nous ne nous sommes pas connus à une bonne époque, c'est bien dommage. Mais on n'y peut rien ! Le passé est le passé. J'avais très envie de parler d'Arturo da Silva avec quelqu'un comme toi. Ce qui s'est passé est lamentable, Curtis. Cet homme était un champion sur le ring et hors du ring aussi. Moi, je l'ai vu faire, quelques jours avant la guerre, lorsqu'il a désarmé ce type, celui qui est devenu juge ensuite, sur la place Pontevedra. Il s'est planté franchement devant lui, lui a arraché le pistolet des mains et l'a balancé dans la mer. Et tu sais ce qui s'est passé ensuite. On l'a rayé de la carte. Il n'y a plus personne avec qui l'on puisse parler de lui. On ne peut parler de lui qu'avec ceux qui l'ont tué. J'en ai connu un. Tu sais bien, dans mes affaires, on croise toutes sortes d'individus. Et moi, je me suis retrouvé un jour avec un de ses assassins, en train de discuter sur la façon de boxer d'Arturo da Silva. Il a bien fallu qu'il reconnaisse que c'était lui le meilleur sur le ring, et que c'est en plus pour cette raison qu'il a eu droit au sommeil éternel. Qu'est-ce qu'il ne faut pas entendre ! Je l'aurais bouffé sur place, pour aller le chier tout de suite après aux toilettes. Mais moi, je ne suis pas sainte Clara, Curtis. Il faut que je préserve mes intérêts. Je ne peux pas me balader, garde baissée, à travers le monde.

Arturo da Silva, oui, monsieur. Tu as eu la chance de le fréquenter, de fréquenter le meilleur de tous. Tu sais ce que je préférais chez lui ? C'était sa façon d'occuper l'espace. C'est important de bien se sentir dans le lieu où tu évolues. Sa terre à lui, c'était le ring, et son adversaire devait tenter de la conquérir. C'est exactement ça. Moi, je sais qu'il avait l'habitude d'aller voir à quoi ressemblait le ring un peu avant le combat.

Oui. Il s'arrangeait toujours pour arriver en avance, acquiesça Curtis.

Je le voyais faire. Lorsqu'il n'y avait personne, il faisait un tour du côté du ring. En tenue de ville. Les mains dans les poches. Il restait là un instant, pensif, et il faisait tout le tour.

Il était toujours obnubilé par l'idée de la sphère.

La sphère ?

La sphère terrestre bouge. Il faut essayer de trouver quel est l'endroit sur lequel elle s'appuie à chaque instant. Le point d'appui.

Oui, pensa-t-il. L'appui de la sphère.

Manlle rejeta un nuage de fumée du côté gauche de la bouche, comme s'il faisait de la place à ce qu'il était en train d'écouter attentivement. C'était une éponge. Et il s'en vantait.

Chaque individu, déclara sentencieusement Manlle, a au moins une idée géniale au cours de sa vie. Peut-être pas plus. Mais au moins une.

Le téléphone se mit à sonner. Trois fois. Il ne décrocha pas. Il sonna à nouveau, à deux reprises. Il attendit. Au troisième coup, il saisit le combiné. Il dit : Tu ne te sens pas bien ? Ne t'en fais pas. Il raccrocha et composa un numéro. Halcón ? Dis à *mamma* qu'on n'ira pas dîner chez elle, ce soir.

Il regarda l'heure, puis se tourna vers Curtis : Moi, les idées ne parvenaient jamais jusqu'à mes poings. Je savais frapper fort, ça oui. Mais ce n'est pas pareil de frapper fort et de frapper avec de l'idée. Toi, tu avais des idées, Curtis. Tu faisais partie de l'école d'Arturo. Ton gauche était un vrai cobra. Cette espèce de une-deux assassin. Tu vois, Curtis, je n'ai jamais oublié ce combat. Tu ne m'as pas laissé le temps de souffler. Moi, je frappais fort, mais les idées n'arrivaient pas jusqu'à mes poings. Tu ne m'en as pas laissé le temps.

J'étais pressé, répondit Curtis. C'était un jour particulier.

Quelle précision, eh, Curtis ! Faire ses débuts le premier jour de la guerre. Merde alors ! Tu aurais pu devenir un grand champion, tu sais ? Je ne te remercierai jamais pour ce K.-O. J'ai tout de suite compris que ma place dans le milieu de la boxe n'était pas sur le ring. Ce n'était pas du tout ça, mon idée géniale. Je ne sais si tu vois. Ce jour-là, j'ai perdu une dent et j'ai découvert une mine. Moi, j'avais une bonne vision des choses, mais je ne le savais pas encore.

Il ouvrit la bouche et montra une canine en or : ils auraient au moins pu nous mettre un protège-dents ! Mais tu vois. L'or de la loi. J'ai toujours gardé l'autre, ne t'en fais pas. Je te remercie de me l'avoir rendue. C'était un beau trophée. Plantée dans ton gant, merde alors. Tu avais une bonne frappe, mon salaud ! Je regrette qu'ils ne t'aient pas donné l'autorisation de continuer la compétition.

Il se racla la gorge comme s'il avait repéré un filon à la saveur amère. Il écrasa son cigare dans le cendrier, d'une seule pression, avec un air fâché. Curtis savait tout ce qui s'était passé. Ce type connaissait parfaitement chacun des rouages de la mécanique. Voilà ce qui s'était passé.

Aujourd'hui, c'est moi qui suis pressé, champion. J'ai une affaire urgente à régler. Je ferai tout ce que je peux pour t'être utile. Qu'est-ce que tu veux, Curtis ?

Un passeport et un billet de bateau pour l'Argentine.

Finalement tu t'en vas, Curtis ? Tu fais bien. J'ai toujours pensé que cette façon de traîner dans le coin avec un cheval de photographe n'était pas un travail pour un champion.

Le passeport est pour quelqu'un d'autre. Pour un ami.

Ce doit être un très bon ami, alors !

Oui. Un excellent ami.

C'est pareil. Il y a ceux qui s'enfuient et ceux qui s'en vont. C'est la grande affaire de ce pays. L'exportation des personnes. J'en ai déjà parlé à une grosse huile : À ce train-là, on n'aura bientôt plus de clients. Seulement vous, les curés, et moi-même. Et il m'a répondu : Ceux qui ne sont pas contents, il vaut mieux qu'ils s'en aillent. C'est toujours ça de moins. Qu'ils aillent se faire foutre ! C'est pareil que de les envoyer au cimetière. C'est pas très compliqué d'exporter. Le problème, c'est l'importation. Tu ne fumes pas, hein ?

De temps en temps, répondit Curtis.

Tiens. Des authentiques Sport A. Un billet de bateau et un passeport avec un visa ? C'est comme si c'était fait. Tu sais ce que tu dois faire, hein ?

J'ai tout apporté, dit Curtis, et il lui remit la photographie et les papiers de Luis Terranova.

Très bien. Et toi, tu sais ce que tu dois faire, toi, n'est-ce pas ?

Une fumée sale s'élevait au-dessus du cendrier.

Ce sera un combat à mains nues et sans limite de temps. Il y aura peu de spectateurs, mais tous très riches. Les paris se prennent pendant le combat. Ce sera samedi soir prochain. Il n'y a pas d'adresse. Quelqu'un viendra te chercher et au retour, après le combat, il te donnera ce qui est convenu. Fais-moi confiance. Moi, j'ai confiance en toi.

Il regarda ses mains. Il était en train de se les frotter très lentement.

Mais pas question de combattre à la Hercule, hein ? Pas question d'utiliser ton fatidique une-deux. Tu dois absolument retenir ton gauche, ton cobra, tu comprends ? Il faut absolument que tu perdes, Curtis. Voilà ce qu'il faut que tu fasses. Tu combats comme si tu allais gagner mais, à la fin, il faut que tu perdes. Tu choisis le moment de t'écrouler sur les planches, mais tu fais ça comme il faut. Beaucoup de monde va parier sur toi. Il faut qu'on te voie saigner vraiment. Et si c'est une vraie mare de sang, c'est encore mieux.

Quelqu'un frappa à la porte de la maison de la ruelle Atocha-Baja avec le heurtoir. Terranova se redressa en faisant un grand effort. Il maugréa un juron : la porte était fermée du dehors, impossible d'ouvrir.

Il entendit qu'on lui disait : Regarde ce qui est glissé sous la porte.

Alors il aperçut l'enveloppe.

Prends ton billet, ajouta Curtis de l'autre côté.

Mais qu'est-ce qui se passe, Curtis ? Pourquoi tu n'entres pas ?

Pour Buenos Aires, ce n'était pas possible. C'est un billet pour La Guaira. Pour le prochain départ, tu entends ? J'imagine qu'ils doivent chanter des tangos là-bas aussi.

D'où est-ce que tu viens, Curtis ?

Écoute-moi. Lorsque tu arriveras à la douane, au Venezuela, et qu'on te demandera quelle est ta profession, il faut que tu dises que tu es ingénieur électricien. Tu as compris ?

Oui, Curtis. J'ai compris.

Voyons. Répète.

Ingénieur électricien. Ingénieur électricien. Ingénieur électricien.

Il se dirigea vers la fenêtre. Elle était bien barricadée. Il retira la barre et ouvrit l'espagnolette. Il passa la tête. Mais il n'y avait déjà plus personne dans la ruelle.

Les roses blanches

Les roses blanches, sauvages, sur le bord de la route qui mène de Castro à Elviña, sont petites et on dirait qu'elles concentrent tous leurs efforts non pas à croître, mais à sentir. Il arrive qu'on ne les aperçoive pas. Elles sont cachées, timides comme lorsqu'on les surprend parfois sur l'écran des myrtes. Mais elles pointent leur tête au loin et cet endroit en est rempli. Polca dit que c'est sur ces rosiers que se retrouvent toujours les fameuses abeilles jalousées.

Il existe des abeilles qui vont en éclaireuses, pour découvrir où se trouve la fleur, mais elles ne le révèlent jamais au reste de l'essaim. Elles gardent le renseignement pour elles.

Alors, elles ne sont pas jalousées, elles sont tout simplement égoïstes.

Pas du tout. Lorsque Olinda et toi ne pourrez plus aller cueillir des roses sauvages, c'est qu'il n'y aura plus d'abeilles non plus.

Elle mettait des roses blanches dans le balluchon de linge et dans le panier et aussi de l'origan, et du romarin, et des immortelles, et du fenouil, des herbes aromatiques pour le linge blanc de la maison de la femme peintre. C'était un savoir qu'elle avait hérité d'Olinda. Et en retour, Neves, la domestique, lui donnait des magazines de mode qu'elle aimait lire dans les toilettes.

Les épines des mots

Il ne se souvenait pas à quel moment sa langue avait commencé à accrocher certains mots, mais il se rappelait parfaitement le jour où son père s'en était aperçu. Ce fut sa première alerte. À l'intérieur de lui, quelque chose lui avait dit voilà un mot qui te pose problème. Un mot qui laissait traîner son squelette. Un spicule sans éponge. Un champignon plongé dans l'ombre. Un crabe estropié. Et cette alerte, cet avertissement, tomba par surprise et en présence de son père. Il n'arrivait pas à faire sortir le mot, il sentait comment celui-ci tirait, comment il tentait de grimper, il sentait ses épines, mais ne parvenait pas à le faire sortir car il était boiteux, impotent, tremblotant, ou peut-être hors de lui.

Que t'arrive-t-il, Gabriel ?

La façon de lui poser la question. La façon de le regarder. La catastrophe. Plus qu'à l'intérieur de lui, tout était en train de se dérouler sur le visage de son père. Il comprit que la peur qu'il éprouvait pour ces mots qui tremblotaient ou boitaient n'était rien comparée à la peur que lui inspirait la peur de son père. Et il eut l'intuition que la peur de son père était la peur de ce qu'on allait dire en ville. Il avait quelquefois, pas très souvent, entendu parler de cela. Que va-t-on dire, que pensera-t-on en ville ? Mais lorsqu'il évoquait la ville, il ne parlait pas de toute la ville. Gabriel savait ce que voulait dire son père lorsqu'il disait en ville.

Qu'est-ce que tu voulais dire, Gabriel ?

Il fait non de la tête.

Son père insiste. Il tente de rationaliser ce qui s'est passé. Son oreille se souvient. Pas une fois, ni deux fois, davantage. Gabriel bégayant. Son fils. Un gamin… parfait. C'était celui-là, le mot. En résumé. Il veut se prouver que ce n'est pas un cauchemar.

Tu allais dire quelque chose, Gabriel. Alors vas-y. Dis-le. Que t'arrive-t-il ? Ça ne va pas ? Dis quelque chose. Raconte-moi l'histoire du trolleybus. Il l'interrogeait à propos des voyages imaginaires avec Chelo, avec sa mère. Tous les mardis, ils partaient de la Porta-Real. Les trolleybus avaient été ramenés de Londres, des véhicules d'occasion, rouges et à étage. C'était la fête d'aller s'installer là-haut, sur les sièges de devant, derrière l'immense vitre qui ressemblait à l'écran du grand cinéma de la ville. Où es-tu allé, hier ? À Montevideo. Voyons, dis Montevideo. Parfois vous allez aussi à Lisbonne, n'est-ce pas ? C'est facile de dire Lisbonne. Dis Lisbonne.

Lisbonne.

Très bien, Gabriel. Et l'autre ville où vous allez aussi, c'est Paris. Voyons comment tu dis Montevideo, Lisbonne, Paris, Berlin, Barcelone. C'est une bêtise. C'est un jeu. Je sais que tu peux dire tout ça très bien. Mais dis-le-moi maintenant, à moi.

Montevideo, Lisbonne, Paris…

Les choses se produisaient toujours dans un lieu. À la plage, cet été, on lui avait appris à plonger. Un peu. Mais pour lui, ces premières expériences équivalaient à de vrais voyages sous-marins. Ce fut extraordinaire, la première fois, d'ouvrir les yeux et de voir les pieds de Chelo, énormes sous l'eau, ses orteils comme des êtres de pierre avec des coquillages nacrés. En ce moment, il aimerait plonger et passer entre les jambes de son père. Il sentit, derrière lui, la présence de la Grand Mother Circa. L'horloge murale. Elle venait de Cuba, comme le cheval de bois Carirí, et ce fut le cadeau de mariage du père de Chelo. Lorsque Gabriel commença à marcher, il allait toujours s'appuyer contre elle, pour observer le balancier. Pour lui, c'était un être vivant, un être fantastique qui parlait à sa façon, le jour et la nuit. Il rêvait souvent qu'il se passait quelque chose de désagréable et qu'il courait se réfugier près d'elle. L'horloge était posée contre la colonne centrale de la pièce. La lumière du soleil qui entrait à travers le balcon vitré — et pourtant aujourd'hui c'était un jour d'hiver mais il y avait un soleil généreux, un « soleil catholique » avait dit quelqu'un au Tribunal — traçait une ligne limitrophe avec la colonne centrale. Ainsi la Grand Mother Circa était également, à sa façon, un mécanisme de lumière. Il l'écouta de très près. Il l'écouta à l'intérieur. Il calmait et remettait les mots en ordre. Cette fois-là, Chelo et Gabriel étaient allés se promener en barque du côté des Xubias. Ils avaient longé la plage plusieurs fois, depuis l'embarcadère jusqu'au canal de la baie. Sur le banc de sable, depuis la dune limitrophe, ils pouvaient voir le combat que se menaient les deux eaux. La bleue et la verte. Finalement, ils avaient grimpé sur les rochers et étaient arrivés à une villa. Gabriel avait trébuché plusieurs fois. Chelo lui avait pris la main et l'avait aidé à monter le long de ce raccourci pentu. La maison était complètement fermée, sauf un des contrevents. C'est étrange. Regarde. C'était une maison remplie de livres. Une maison habitée par des livres. Ce devait être triste une maison sans livres. Ce devait être encore plus triste une maison avec des livres, mais sans les habitants. Sur les pergolas, les ronces se mêlaient aux rosiers. Il se plaignit : Qu'est-ce qu'on fait ici ? Pourquoi sommes-nous venus ?

Regarde. C'est une maison-bateau. C'est la plus belle de toutes.

Où êtes-vous allés, Gabriel ?

Nous sommes allés à Santa-Cristina.

La préoccupation de son père avait soudain changé d'objectif. Il avait oublié Gabriel, pour réfléchir à ce lieu.

À Santa-Cristina ? Sur cette plage et par un temps pareil ?

La canne en rotin de grand-père Mayarí

Grand-père Mayarí chassait les nouvelles avec la pointe renforcée de sa canne en rotin. Il avait une préférence pour celles qui avaient jauni, sous l'effet des gelées et du soleil, traînées au hasard le long des mêmes sentiers que les feuilles mortes, même si le papier des nouvelles vole un peu plus lentement, comme un gallinacé, et de façon plus solitaire. Des feuilles d'arbre et des feuilles de journal, libérées de leur date, se promènent côté ouest en troupeau étourdi et mélancolique. Parfois elles s'accroupissent dans le coin d'un porche abandonné, couvertes de crasse, comme le pelage d'un animal domestique revenant de rôder toute la nuit avec la gifle froide des morts et qui est incapable de retrouver le trou de la chatière. Quelques-unes de ces feuilles voyageuses s'accrochent aux buissons épineux de Monte Alto, sur le promontoire marin où se dresse le phare d'Hercule, et elles se transforment en viande séchée. Mais quelques autres, très peu, entrent en transe, suspendues au petit bonheur, tatouant le vent.

Ce sont celles-là que préfère la pointe de la canne en rotin d'Antonio Vidal, le grand-père Mayarí.

En voici une. Il fait semblant de ne pas la voir. Et soudain, vlan ! la canne en rotin part en l'air, comme un harpon, trace une parabole et transperce la nouvelle sur le sentier tracé par les pieds dans l'herbe tendre. La promenade a lieu au sommet de la falaise du Gaivoteiro, vers la Fura do Touciño, et cette feuille de papier a quelque chose d'un oiseau marin. Une ultime agitation de plumes rectrices.

Mayarí mettait en gérance son épicerie, La Lanterne d'Aristote, et choisissait le début de l'été, le meilleur moment de l'été d'après lui, pour passer quelque temps à La Corogne. Il venait admirer les bateaux. Ce n'était pas un prétexte, ni une façon de parler. C'était la vérité. Rien que la vérité. Il se levait de très bonne heure pour se rendre au Muro, la halle des marées où l'on déchargeait les morutiers et les chalutiers de Gran Sol. Bien que là-bas on ne vendît qu'à la criée et qu'en gros, il se procurait toujours quelques poissons, de préférence des daurades, et parfois il ramenait un de ces colins allongés qu'en Galice les gens de la mer appellent des *loliñas*, peut-être parce qu'elles ressemblent à des alevins de sirène. Grand-père Mayarí emportait ces poissons parce qu'on les lui avait fourrés dans les mains sans rien lui demander et qu'il n'aurait jamais osé contredire la loquacité d'une poissonnière, comme tout paysan venu au monde au milieu de la logorrhée d'un quai de pêcheurs. Il n'en mangeait jamais. Il n'aimait pas le poisson, seulement les bateaux. Et au bout d'un moment, je me suis dit que, s'il en achetait, c'était surtout pour avoir des nouvelles et, dans ce cas de figure, des nouvelles mouillées et couvertes d'écailles, car à l'époque on enveloppait le poisson dans du papier journal. En réalité, il se débarrassait tout de suite du poisson, comme qui se débarrasserait enfin d'une infinie et innocente tristesse, pour la remettre en bonnes mains, dans ce cas précis, entre celles de Neves, la cuisinière et la domestique de la maison. Mais pendant quelques minutes il lisait dans ces tuniques de papier journal qui servaient aussi de suaire marin. Cette observation de ma part n'a pas de quoi sembler spécialement étrange. Ce qui semblait étrange, et voilà pourquoi cela avait attiré mon attention, c'est que grand-père Mayarí ne lisait jamais les journaux normaux, les journaux entiers, alors qu'il y en avait plusieurs, y compris les deux qui arrivaient de Madrid avec un ou deux jours de retard, par abonnement.

Après cette première descente à la halle, il s'en retournait lorsque le chalutier de l'aurore démarrait à toutes rames, depuis Mera, de l'autre côté de la baie. Ainsi, il arrivait chez lui alors que le soleil était monté dans le ciel, à hauteur d'homme, du côté de l'orient. Puis il déjeunait et depuis la véranda, heureux comme une grenouille au milieu d'une mare, il admirait la vue panoramique du port. Il adorait sa fille, mais adoptait un silence solennel devant ses tableaux. Et sa fille, Chelo, respectait le silence de son père. Je ne me souviens pas de l'avoir jamais surprise en train de lui demander son opinion, ou d'attendre un adjectif de lui, et il lui aurait pourtant été si facile d'obtenir des compliments de son père qui l'aimait tant. Antonio Vidal devait certainement apprécier les tableaux de ma mère, je n'en doute pas un seul instant, car je crois être parvenu à bien le connaître, mais je pense cependant qu'il se demandait, comme presque tout le monde, pourquoi Chelo ne peignait pas plutôt des paysages et, surtout, et surtout pourquoi elle ne peignait pas des marines.

Moi, j'avais la réponse à la question que mon grand-père n'avait jamais posée à sa fille. Et lorsqu'il me la posa à moi, je m'étais arrangé pour ne pas lui répondre.

Chelo peignait des paysages sur ma main. Des *sou-*

*venirs**, disait-elle. Lorsqu'elle était satisfaite, elle ajoutait un titre : *Souvenir** de Corot. Ce nom a toujours été très familier pour moi, comme les chatouilles dans le creux de ma main. Un nom qui allait des mains aux yeux, en portant son chevalet sur l'épaule.

Lorsque la parole mettait du temps à sortir, lorsqu'un mot se coinçait et qu'elle s'apercevait que ce combat contre le langage était en train de me transformer en terreur glacée, et que cette terreur glacée appartenait à un être intérieur qui claquait des dents à cause du froid, mais que ce froid et ces dents venaient du dedans, de derrière les yeux, de derrière la langue, alors elle me disait :

Viens.

Et elle me dessinait un *souvenir** dans la main. Aujourd'hui, blanc, bleu, gris et argent.

Et ce tic d'ouvrir et de refermer la main.

Voyons. Qu'est-ce que tu as dans la main ? demandait grand-père Mayarí.

L'après-midi nous partions en direction de Monte Alto et nous arrivions jusqu'au phare d'Hercule. Mais d'abord nous faisions une halte au bar de la Parra, assis sous la treille. Il me disait : Tu vas voir, elle va se fendre de rire. Lorsque la patronne s'approchait de notre table, il me commandait une limonade de la marque La Revoltosa, autrement dit La Turbulente. Et pour le vieux, ajoutait-il en parlant de lui, un blanc électrique. Et c'était vrai que la patronne éclatait de rire.

Maintenant, fais-moi voir ce que tu as là, dans ta cachette.

Et moi j'ouvrais la main dans un mouvement lent, extrêmement lent.

Un bateau, hein ? C'est un bateau dans la brume. Il y en a qui ont de la chance.

Mais Chelo utilisait aussi un autre traitement pour me réconcilier avec le langage. Elle voulait m'apprendre le plus rapidement possible à lire et à écrire. Elle ne voulait pas attendre que je sois en âge d'aller à l'école. L'idée que Chelo s'était mise dans la tête, c'était qu'il me fallait parvenir à communiquer mes pensées à ma main. Et ainsi ta bouche, disait-elle, finira par parler à travers tes doigts. Et ce que tu feras avec tes doigts aura à son tour besoin de son. Et c'était vrai. La ligne droite possédait un certain son. Une ligne courbe réclamait un son différent. Et une boucle fermée encore un autre. Il me fallait les représenter. Jouer avec les sons. Cesser d'en avoir peur.

Je me mis à écrire avec des dessins. Chez moi, les formes précédèrent les lettres. Les lignes brisées, les spirales, les croix. Et c'est vrai que les formes produisent un son, un son qui est déjà à l'intérieur de nous, à l'affût, dans le fond de la gorge. Je m'en aperçus, par exemple, la première fois que j'ai tracé un grand triangle. Parce qu'un grand triangle réclame un son de grand triangle. Et ma voix finit par progresser de cette façon, en suivant les dessins que traçait ma main. De telle façon que, lorsqu'il s'agit d'apprendre les lettres, elles étaient également pour moi des formes de la nature, comme le *t* qui représente un mât de bateau, et le *l* qui a l'allure d'un cyprès. Le *o* peut représenter de nombreuses choses. Le *o* peut être à la fois le soleil et la lune. Chez nous, il y avait une lavandière qui s'appelait Ó. Dans le calendrier des saints c'était Notre Dame de l'Expectation c'est-à-dire María da Ó. Et moi, je trouvais très amusant d'entendre ma mère s'exclamer en la voyant arriver de loin dans la rue : Voilà Notre Dame de l'Expectation qui arrive. Elle était facile à reconnaître, elle portait un énorme O sur la tête. Et à l'intérieur de ce O, il y avait du linge.

À mesure qu'elle s'approchait, son visage aussi devenait un O très souriant, avec des yeux très clairs, de telle façon que sa présence renvoyait au soleil, mais aussi aux ronds dans l'eau.

Hola, Ó, bonjour !

Ó, la lavandière, faisait partie des femmes que Chelo avait représentées sur ses toiles. Cette série qui semblait infinie et qui, de fait, l'était, avait été intitulée par Chelo : *Femmes portant des choses sur la tête*.

Ó et Armonía

Ce n'était plus un gamin. Il avait cinq ou six ans et il pissait encore au lit. Il ne le faisait plus. Et puis ça lui avait repris à cet âge-là. Personne ne le criait sur les toits. On ne se présentait pas pour ramasser le linge, en disant : Et ça, ce sont les draps que le gamin a mouillés, car il n'arrive pas à se retenir. Mais le problème, c'est que le linge raconte beaucoup d'histoires, c'est pareil que les livres. Et moi, je ne suis pas tout le temps en train de raconter ce que dit le linge. Ça reste entre nous. Entre le linge et nous, les lavandières. Voilà pourquoi ce que je préfère dans le lavage, c'est le moment du rinçage. Le moment où le soleil rend leur couleur aux vêtements et aux choses, car on dirait même, dans ce don du soleil, qu'on a tout lavé ensemble, le linge et ce qu'il raconte. Qu'on a rendu les couleurs au linge, bien entendu, mais aussi au paysage, aux choses, au regard des gens. On dirait que c'est nous qui teintons de noir et de jaune canari les épis striés du maïs de ce pays, ainsi que les maillots de foot du Relámpago d'Elviña. Et de pourpre la bruyère. Parfois, on parle du bonheur comme d'une chose impossible. Parmi nous, il n'y a rien qui ressemble plus à quelqu'un de malheureux, que quelqu'un d'heureux. Moi, j'ai déjà entendu qu'on disait de Brevo, qui est un peu simplet, eh bien, j'ai entendu qu'on disait de lui deux choses très différentes : que c'est un bienheureux et que c'est un malheureux. On dirait que c'est la même chose. Les gamins, eux, l'appellent l'idiot, un point c'est tout. Les gamins. Ils me font peur. Ça ne m'étonne pas qu'il y en ait qui n'arrivent pas à faire sortir les mots de leur bouche. Certains mots sont comme des bestioles, ces bestioles qui muent, qui ressemblent à quelque chose et sont en réalité autre chose. Polca prétend que c'est le contraire de ce qu'on pense. Que les mots ne sont pas nés pour nommer les choses. Qu'au début il y a eu les mots et que les choses sont venues ensuite. Que quelqu'un a d'abord dit mille-pattes et que la bestiole est arrivée après. Je sais bien qu'ils ne possèdent pas vraiment mille pattes. Mais c'est l'intention qui compte. Qui invente le mot, invente le piège. Je ne veux pas penser au nom de quelque chose de mal. Imagine que tu dises et que ça fonctionne. Il faut faire attention à ce qu'on dit. Pas vrai ? C'est sans doute ce qui est arrivé à ce gamin, au fils de la femme peintre et du juge, il a voulu peut-être essayer de rentrer les mots en dedans et il s'est formé une boule, un bouchon. Car les paroles ressemblent aussi à de la mie de pain. Moi, lorsque je suis seule, à table, en silence, en train de méditer, mes doigts font des boulettes de pain sur la toile cirée. Et lorsque tout à coup tu t'en aperçois, lorsque tu reviens à la réalité, les petites formes sphériques, toutes lisses, comme des astres, sont en train de regarder vers toi. Moi, je ne sais pas ce que tu fais, toi, mais moi je me mets à manger lentement les mots en pain, les mots du silence, pour ne pas m'étrangler. Moi, j'ai eu la chance d'avoir Polca. D'avoir pai pai, mon papa. Je crois que s'il n'avait pas été là, je n'aurais jamais parlé. Je serais heureuse. Je serais malheureuse. Je serais muette. Je ferais encore pipi au lit. Un de ces jours, il faut que j'emmène pai pai avec moi, pour qu'il voie le gamin, pour qu'il voie Gabriel. Je suis certaine qu'il va trouver le moyen de dégourdir cet enfant. Elle, la peintre, est très souriante mais peu bavarde. Moi non plus je n'aime pas les cancans. Cette façon de se coincer les gens entre les dents. Personne ne m'entendra jamais dire : Ce gamin pisse au lit ! Je suppose que le fait de pisser au lit, l'incontinence quoi, doit avoir un rapport avec le fait que de temps en temps il accroche les mots. Sa mère m'a dit que ce devait être nerveux, que ce devait être une terreur qui s'était logée dans sa tête. Et que cela avait empiré au moment où il avait commencé à parler. Lorsqu'on remarqua davantage qu'il bégayait. Le corps est rempli de canaux et d'écluses, ça, moi, je le sais parfaitement. De mon côté, moi, c'est lorsque je ris que je ne parviens pas à me contenir. Si j'ai très envie de rire, si je n'arrive pas à le maîtriser, j'ai beau serrer les cuisses, la joie de mon organisme se met à fuser comme une cascade. Polca raconte toujours cette histoire d'un copain soûl qui s'était mis à pisser au bord du chemin sans s'apercevoir qu'il y avait une fontaine. Le gars avait déjà fini de vider sa vessie, un vrai océan, mais il continuait à rester là, debout, il avait confondu son instrument avec le robinet de la fontaine et, tout d'un coup, pris d'une terrible angoisse : Oh, mon Dieu, je sens que je me vidange !

Armonía me gronde : C'est vraiment tout toi, ça ! Tu ne peux pas t'empêcher de tout prendre à la rigolade.

Non. Non, je ne suis pas d'accord. Le problème, c'est que j'aime bien parler toute seule. Parfois, je ferais n'importe quoi pour rester seule, pour être seule, pour parler toute seule. Je me mets à marcher et j'éprouve un bonheur particulier dans les jambes. Tout mon corps se met à parler. Et il y a même des moments où je sens que je vais inventer des mots et où il faut que je m'arrête. Il ne faudrait surtout pas que cela se produise. Une fois, j'en ai vu un que j'ai eu l'impression d'avoir moi-même inventé. C'était un apprenti maçon qui portait un sac de ciment sur lequel il y avait écrit en grosses lettres « Portland ». Eh bien, il me semble que ce mot c'est moi qui l'avais inventé. Qu'il n'existait pas auparavant. Il faudrait que je pose la question à ce garçon. Il avait belle allure, avec son tricot de corps très échancré. Et à partir de ce jour-là, j'en ai vu plusieurs autres, qui n'étaient pas mal non plus, qui parfois portaient ce mot dans leur dos. Je veux parler du sac Portland.

La seule à qui je pense devoir des explications c'est Armonía. Armonía, oui. Je sais qu'il me faut toujours écouter ce que dit Armonía.

La femme peintre m'avait dit qu'elle avait trouvé un appareil d'alarme qui se met à sonner lorsque le gamin va pisser au lit en rêvant. Un appareil qui vient de l'étranger. Je trouve ça parfait, moi. On devrait tous posséder une alarme qui prévienne en cas de dysfonctionnement. Lorsque j'ai découvert le machin en question, j'ai compris à quel point le monde était en train de changer. L'importance des machines. Ils devraient en inventer encore davantage. Il y a des gens qui se méfient de tous les médicaments. Surtout ceux qui servent à soigner la tête. C'est facile de dire ça lorsqu'on est en bonne santé. Mais, moi, si je suis malade, j'accepterai de prendre de tout. De l'acide acétylsalicylique, bien entendu. Et tout ce qu'il faudra. Ce n'est pas un problème pour moi de rester seule, mais il faut qu'on me laisse quelque chose à prendre contre les maux de tête. Parfois, lorsque j'ai trop de repartie, lorsque je me rebelle contre le monde, j'ai peur que celle qui organise les choses à l'intérieur de moi ne se fâche et ne quitte mon corps. Car parmi toutes les femmes qui se trouvent à l'intérieur de moi, Armonía est la plus aimable. Elle est très astucieuse pour remettre de l'ordre dans toute cette confusion. C'est elle, Armonía, qui rassemble les mille morceaux, les restes éparpillés, qui remet ce que dit ma bouche à sa place et surtout qui m'aide à assortir les chaussettes. Car s'il y a quelque chose qui me déprime, lorsque le soir tombe, c'est que toutes les chaussettes soient encore dépareillées. Pas une, ni deux, ni trois, mais peut-être une douzaine de chaussettes qui ne retrouvent pas leur moitié et qui esseulées deviennent une énigme, celle de se demander ce qu'est devenue l'autre, l'autre chaussette. Et ce n'est pas du tout la même chose si cela se produit dans une pièce, que s'il faut se mettre à parcourir tout le lavoir sous la rosée, en pleine humidité, à la recherche de ces chaussettes qui, lorsqu'elles se dépareillent, deviennent, oui, des bestioles qui vont chacune leur bonhomme de chemin. Elles adorent se dépareiller. Et c'est exactement ce qui se passe à l'intérieur de la tête. Avant de se coucher, parfois on s'aperçoit qu'il y a un dérèglement, qu'il manque une chaussette dans ce que tu viens de penser ou dans ce que tu viens de dire. Que l'une d'elles est restée accrochée à une ronce, dans un coin qui se trouve derrière les yeux, et qu'il faut aller la chercher. C'est alors qu'intervient Armonía. Et ensuite elle prend encore le temps de parler avec sa voix de guérisseuse, une voix capable de remettre les os des mots à leur place, pour que tu puisses t'endormir sans douleur, sans fourmillements, sans ce froid qui te fait perdre les mains et les pieds. Car, en réalité, ça m'arrive parfois. Soudain, tu ne sens plus tes mains.

Tu es en train de laver, mais tu ne les sens plus. Elles prennent la même couleur que le bois de sureau. Et tu les frottes pour que le sang recommence à circuler. Tu souffles ton haleine, le plus possible, comme le bœuf de la crèche. Mais le mieux, c'est de se les fourrer dans la chatte. Entre les cuisses, dans le con, là elles se réchauffent vraiment. Là, elles reprennent vie. Mais perdre ses mains pendant son sommeil, c'est bien pire que ça. À ce moment-là, il n'y a qu'Armonía qui puisse te sauver. Armonía arrive et elle te remplace les mains par d'autres mains toutes neuves, comme celles des mannequins qu'on voit dans les vitrines. Quel soulagement.

Armonía, Armonía. Combien j'aime Armonía. J'ai d'autres femmes enfermées dans ma tête, chacune avec ses particularités. Chacune avec ses bizarreries et ses charmes. Il y en a qui disparaissent un beau jour et qui reviennent au moment où tu t'y attends le moins. Il y en a que tu ne regrettes pas vraiment, mais, moi, je ne me résignerai jamais à laisser partir Armonía. Lorsque je la perds, lorsque je me désespère à cause de quelque chose, lorsque mes chaussettes sont dépareillées, la première chose que je fais c'est de chercher Armonía. Et je la trouve presque toujours dans les vitrines. Je me demande bien pourquoi. Mais elle est toujours là. La dernière fois, c'était au magasin Chocolats Bonilla. « Bonilla en vue ! », a-t-on marqué sur l'enseigne représentant un petit voilier. D'abord, j'ai aperçu mon reflet sur la vitrine. J'avais mauvaise mine. Le ballot de linge avait la forme d'une grosse pierre sur ma tête. J'avais attaché Tosca sur la place Pontevedra, à l'endroit où l'on doit laisser les animaux. Ce jour-là, j'avais eu une altercation avec un policier municipal. Avec le nabot, il est méchant comme la teigne ! Il y en a certains qui, plus ils sont petits, plus ils vous regardent de haut, par-dessus l'épaule.

Avant d'arriver à Santa-Lucía, en descendant la rue Falperra, le policier municipal me lance : Pousse ta starlette de là. J'avais bien compris qu'il voulait parler de Tosca, mais je n'avais pas apprécié son ton moqueur, sa façon de parler comme si c'était un être supérieur. Il a dû s'apercevoir que j'étais un peu troublée par sa réflexion, car il s'est permis d'ajouter : Quelquefois, on a du mal à savoir qui est la plus mule des deux, celle qui est guidée ou celle qui la guide. Pour qui se prenait-il, celui-là, pour s'autoriser à insulter les gens comme ça ? Ni une ni deux je lui ai répondu : Pour avoir de l'autorité, il faut d'abord avoir un peu d'éducation. J'avais perdu toute la peur que je portais sur la tête. Soudain, la colère s'est emparée de moi et je me suis mise à parler de la même façon que Griffin : Je vous prierais d'avoir l'amabilité de ne pas me mettre les doigts dans l'œil. Les autorités ont toujours tendance à se laisser aller, à dire des choses blessantes et à abuser de leur pouvoir. Dans le seul but de tourmenter les gens. Comme on l'a déjà fait avec tant de monde. Polca dit que les autorités sont devenues de vrais Judas. C'est le monde à l'envers. Dans ce pays, nous labourons désormais sur les ossements des morts, ma fille.

Toi, tu sais à qui tu t'adresses, tu le vois pas, espèce de morveuse ?

Et toi, tu ferais mieux de t'acheter des talonnettes pour que je puisse mieux te voir et savoir à qui je parle !

Eh bien, tu vas savoir l'amende que je vais te coller, pour outrage à agent, crois-moi que tu vas t'en souvenir toute ta chienne de vie.

C'est la laitière qui s'est interposée en premier : Qu'est-ce que tu as dit, espèce de crapoteux ? Et puis une autre femme, une femme a posé son panier d'oursins et lui a fait le signe du Capricorne : Colonel ! Colonel ! lui a-t-elle dit.

Il a certainement dû comprendre que cela commençait à sentir le roussi, parce qu'il y avait de plus en plus de femmes qui lui faisaient des signes pour écarter le mauvais œil et qui le traitaient de Satan, de Malin, de Queue du Diable, de Cocu, de Belle Ramure, de Cerf : Quels bois, monsieur ! et il finit par changer de discours.

Ça suffit ! Circulez, circulez. Cette affaire est terminée.

Et après ça, on viendra dire que les mots ne servent à rien.

Et malgré ça, cet homme avait réussi à faire disparaître la joie que je ressentais, ce jour-là. Et mon envie de discuter avec quelqu'un. J'allais laisser le linge à la maison du juge et de la femme peintre. Mais voilà que mes mots étaient à présent tout dépareillés. Je me suis sentie nerveuse. J'avais perdu Armonía. Et j'ai vraiment eu peur. Parce que soudain j'ai eu le Frisson. Moi, j'appelle ça comme ça, le Frisson, parce que c'est le souvenir le plus terrible que je possède.

Ça s'était passé là-bas, à l'école. Lorsqu'elle était entrée, comme une Vierge, avec l'enfant. C'était une poupée, c'est vrai, mais qu'est-ce que ça pouvait leur faire à eux, à tout le monde, que ce soit une poupée ou un enfant. Car elle, elle la portait dans ses bras comme un enfant, et elle était entrée à l'école, puis elle s'était assise à un pupitre. Je suppose qu'elle était entrée là parce qu'elle se disait que personne ne lui ferait de mal, dans une école. Eh bien, moi, maintenant, je sais que dans une école, les premiers qui peuvent faire mal, ce sont les gamins. Elle dégrafa son corsage et sortit un sein pour donner à téter à l'enfant. Oui, je sais, c'était une poupée. Ce n'était même pas une poupée de porcelaine. Son corps était bourré de sciure et sa tête avait été faite avec des feuilles de maïs. Mais elle, elle faisait tout comme si c'était une madone. Chacun de ses gestes était vrai. Elle était entrée dans l'école parce que c'était l'hiver et que des enfants s'y trouvaient. Et parce qu'elle s'était échappée de chez elle. Qui pouvait bien lui faire du mal, à l'école ? Elle était entrée discrètement, on ne l'avait même pas entendue venir, je pense qu'elle devait être pieds nus et, on s'était aperçues qu'elle s'était assise au pupitre vide, celui du fond, parce que le visage de la maîtresse avait été peu à peu transformé par la peur. Oui, la maîtresse avait peur. Elle ne savait pas quoi faire. On voyait dans ses yeux que personne ne lui avait appris ce qu'il fallait faire lorsqu'une femme, qui berce une poupée dans les bras, en rêvant que c'est un enfant, pénètre dans une école pour y trouver refuge. Et puis son mari était arrivé. Il avait retiré son ceinturon. Il l'avait frappée par terre avec son ceinturon et on avait senti le coup de fouet cingler le dos de l'école. Le toit, les poutres. Le mari avait frappé par terre, mais on regardait en direction du plafond, parce qu'on avait l'impression que tout allait s'écrouler. Je n'avais jamais imaginé qu'un ceinturon de cuir puisse produire un tel fracas. Ce jour-là, je me suis aperçue que tout était dépareillé autour de moi. Les yeux de la maîtresse, aussi.

Ne faites pas ça, enfin !

Que je ne fasse pas quoi ? Que voulez-vous que je fasse ? Maudits soient le jour et la nuit !

Et il frappa à nouveau par terre. Et encore une fois. Le coup de fouet cingla le sol. Le dos de la terre.

À présent que je suis devant la chocolaterie et

qu'Armonía est assise, en train de boire sa tasse, en faisant semblant de ne pas me voir, de ne pas me reconnaître, parce que je dois avoir mauvaise mine, les yeux tout dépareillés, et que je porte aussi un ballot de pensées dépareillées sur la tête, à présent, le souvenir de cette école me revient en mémoire. En raison de la saveur du lait en poudre. Une saveur jaune. Je ne sais pas très bien dire si elle était sucrée ou amère. Elle était jaune, un point c'est tout.

Le lait en poudre était arrivé dans des sacs envoyés par les Nord-Américains. Au début, en voyant une telle quantité de sacs, plusieurs pauvres, plusieurs de ces misérables qui frappent aux portes pour réclamer une aumône, s'approchèrent, mais ensuite on ne les revit plus. Ils n'avaient pas aimé le goût du lait en poudre. Ou sa couleur, c'est peut-être la couleur qu'ils n'avaient pas aimée. Voilà pourquoi parfois je pense que, tant qu'à être pauvre, autant l'être tout à fait, car on peut se permettre cette liberté d'assumer de ne rien avoir, rien de rien. Et de ne pas accepter ce qu'on n'aime pas. Par exemple, le goût jaune pâle. Personne ne les avait forcés de retourner à l'école, eux. Si vous n'aimez pas ça, vous le boirez quand même. C'est ce qu'avait dit la maîtresse les premiers jours, mais en réalité elle n'était pas très convaincue, elle non plus. Ils auraient dû envoyer quelque chose d'autre. Par exemple du Coca-Cola. Car les gens ne pouvaient pas comprendre comment le lait pouvait devenir de la poudre. Les gens étaient bien disposés à recevoir des choses. Ils ouvraient les bras à tout. Mais il ne fallait tout de même pas confondre la courtoisie avec l'obligation de s'enfiler du lait en poudre, surtout avec toutes les vaches qui se baladaient autour de nous. Lorsque les premiers avions étaient passés au-dessus de nous, on criait : Des bonbons, des bonbons ! Les adultes se méfiaient des avions, mais nous, on leur faisait confiance. On avait une grande admiration pour l'aviation. Plus tard, on a prétendu que les doryphores des patates étaient venus par les airs. Pas comme un fléau biblique, sous forme de nuage malsain, mais intentionnellement transportés dans de petits avions. Et si c'est vrai, pendant que nous étions en train de réclamer des bonbons, les mains tendues vers le ciel, ce qui tombait c'étaient des doryphores. C'est pourtant beau un doryphore, moi je trouve que tous les coléoptères sont beaux, y compris les doryphores qui dévorent les patates, ils sont dorés avec les élytres rayés de noir. On dirait de minuscules jouets en fer-blanc, tout minces. Pendant qu'ils rongent, on dirait que leur ressort est bien remonté. Puis ils meurent de façon très moderne, par milliers, à cause des insecticides. D'après Polca, la maladie des patates est un vrai commerce. Il dit qu'il ne donnera jamais un sou au gars du DDT. Qu'il ne se laissera pas faire. Maman a hérité d'un bout de terrain, baptisé la parcelle des Douze Sœurs. Lorsque Polca veut la faire enrager, il lui parle du nom de la parcelle. Les Douze Sœurs ? On l'appelle peut-être comme ça parce que chaque sillon peut contenir une douzaine de courges. Elle n'apprécie pas du tout cette blague. Elle aime beaucoup, mais vraiment beaucoup, ce petit lopin de terre. Les douze courges. Elles poussent comme qui dirait à la main. Gourde après gourde. Chaque courge arrachée est un échelon dans une grande ascension. Les gourdes. Quelle merveille. Quelle volonté. Une propriété, la seule propriété, qui est si éloignée, si difficile à bêcher, que les doryphores ne l'atteignent jamais. Ni l'aviation.

La langue des chimpanzés

19 août 1957

Sur le chemin du phare, sur la falaise, Antonio Vidal actionna prestement sa canne en rotin à la façon d'un harpon. Vlan ! La feuille de papier journal était là, clouée au sol, essoufflée, agitant encore les plumes des ailes et celles de la queue.

Ils l'observaient tous les deux, comme hypnotisés. Grand-père Mayarí encore avec la nervosité qui caractérise les gens qui viennent de capturer un être vivant.

Qu'est-ce qui est écrit, là ?

Gabriel lut : « Avant de meubler votre maison, visitez La Niebla. »

Visitez le brouillard ?

Et il fixa les fonds abyssaux des rochers escarpés. Là-bas, dans les grottes marines, il y a des plaques de brouillard.

C'est le nom d'un magasin de meubles La Niebla, le brouillard.

Continue à lire !

Gabriel poursuivit la lecture, lentement : « Industrie des cravates du Nord-Est. Usines de cravates fines et des incomparables caleçons sans couture derrière, confortables comme aucun autre (modèle américain). »

Modèle américain ? questionna Mayarí avec étonnement. Et après un silence, comme si la parole revenait d'un voyage de reconnaissance, il ajouta une autre question restée sans réponse : Sans couture derrière ?

Ce n'est qu'une publicité, grand-père.

Tu ne te trompes jamais lorsque tu lis. Tu te rends compte ?

Il déplaça l'extrémité de sa canne. Et là qu'est-ce qui est écrit ?

Gabriel lut avec application : « Au Congo, Patrice Lumumba a déclaré que si cela était nécessaire il demanderait l'aide du "diable" pour chasser les Belges. »

Tous les deux demeurèrent pensifs. Comme si un œil-de-bœuf venait de s'ouvrir dans le sol.

La première chose à savoir pour traiter avec le diable, dit Mayarí, c'est qu'il faut éviter de l'appeler par son nom. Si tu lui parles en espagnol, tu peux lui dire *Señor* ou *Caballero*, il aime beaucoup ça. Il adore aussi qu'on le traite de prince. Le Prince des ténèbres, le Prince de l'Air et toutes sortes de choses de ce genre. Ne parlons même pas de Son Excellence, Son Éminence, Son Illustrissime. Ce genre de protocole l'enchante. Si tu commences par *don*, il est capable de se mettre à siffler. Et il siffle très mal. C'est un des grands défauts du diable. Enfin. Ce sont des histoires de vieux.

La feuille de papier demeura muette. Au-dessus d'eux, en train de surveiller la proie de la canne, les mouettes criaient d'un air moqueur.

Le mieux, c'est de lui parler dans des langues qu'il ne comprend pas, ajouta Mayarí.

Soudain, Gabriel éprouva du courage, le besoin de partager ce que l'on cache à l'intérieur de soi. Il n'avait parlé qu'une seule fois la langue des chimpanzés avec quelqu'un. C'était une jeune fille très élancée, avec de longues jambes fines, la poitrine toute plate. De loin, on aurait dit une feuille de carton à découper. Elle était près des dunes, à Santa Cristina. À marée haute, la grande plage prenait la forme d'un archipel. Sur la partie plate et inondée, les cabanes où l'on vendait les boissons et des tapas émergeaient, avec leur forme de palafitte. C'étaient des cabanes en bois avec un toit de paille, de feuilles de palmier ou de genêts séchés, et elles étaient soutenues par des poteaux profondément enfoncés dans le sable. Les calmes eaux montantes ramenaient avec elles des franges d'écume et des lambeaux de soleil gorgés d'ombres vertes. Cette irréelle peinture à l'huile cernait les constructions, isolait les adultes dans les entrées d'un village heureux, comme si la nature obéissait à un ordre dominical et flottant. Gabriel lui tournait le dos et disposait d'un territoire suffisamment étendu vers l'ouest, où la liberté consistait surtout à pouvoir s'éloigner des autres êtres qui, comme lui, creusaient des trous et perçaient des puits qu'ensuite ils fortifiaient. C'était le moment de parler tout seul dans cette langue secrète qu'il connaissait bien.

— *Kagoda, sord ab ?*

— *Kagoda !*

Il sentit la fraîcheur particulière d'une ombre mouillée. Il était caché, en train de creuser, et l'ombre passait par-dessus la sienne et s'allongeait sur les flancs de la dune. Il pensa à un Mau Mau. À l'époque, on parlait beaucoup des rebelles Mau Mau en Afrique. Peut-être que les Mau Mau parlaient la langue de Tarzan, lorsqu'ils sortaient de leur territoire.

— *Tand-ramba !*

Devait-il obéir ? Son instinct de survie disait que oui, qu'il devait se lever. Et il le fit, la peur au ventre, sans oser regarder derrière lui.

— *Tand-unk !*

Il obéit. Non, il ne bougerait pas.

— *Tand-utor !*

Et ensuite, il y eut cet éclat de rire. L'ombre qui glissait et regagnait un corps qui se laissait tomber dans le sable. En faisant des tonneaux, au milieu des éclats de rire. Il courut jusqu'à elle avec une rage qu'il n'avait jamais éprouvée. Mais elle se remit debout, se mit à courir et grimpa sur l'autre flanc de la dune avec une agilité de félin. À présent, il était parvenu au sommet, essoufflé, et elle était encore en bas. Elle était très mince, plus grande que lui. La peau extrêmement blanche, rougie par le soleil sur les épaules, comme si on l'avait lâchée pour la première fois sur la plage, les os tellement saillants qu'elle avait l'air d'avoir un squelette qu'on avait à peine achevé de monter à toute vitesse. Elle avait les cheveux blonds, frisés et des taches de rousseur sur le visage. Sa grande bouche était constamment souriante, peut-être comme un tic pour se défendre contre le soleil qui lui frappait à présent le front. De toute façon, ce qui étonna le plus Gabriel c'est qu'elle ne porte pas le maillot de bain que portaient toutes les autres jeunes filles. Elle était juste en culotte. Bien sûr sa poitrine était presque plate, mais les bouts de ses tétons, par leur couleur et par leur taille, représentaient des cercles de confusion, aux yeux de Gabriel. Ils contenaient toute l'imagination qu'il avait thésaurisée à propos du sexe, et qui incluait le stylo de Zonzo. Le premier jour qu'il avait découvert cet objet, il s'était dit qu'il échangerait bien toutes les pièces de son Cabinet de Curiosités pour ce stylo qui avait la forme d'un tube transparent, rempli de liquide, avec une petite bulle d'air qui permettait les déplacements d'une baigneuse toute nue. Même si cet objet avait été réquisitionné à la douane, il était presque impossible qu'une pièce pareille pût un jour tomber entre les mains de son père. Une chose telle que celle-là ne manquerait pas de se perdre en chemin. Cela ne pouvait être qu'un cadeau de Manlle, le patron de La Boîte de Pandore. C'était un des privilèges de Zonzo. Une des choses que tout le monde lui enviait et à laquelle il semblait en revanche donner peu d'importance. Car il y avait chez lui un sentiment qui avait pris le dessus sur tous les autres. C'était la haine qu'il éprouvait pour Manlle.

— D'où es-tu ? demanda Gabriel à la jeune fille qui parlait la langue de Tarzan.

— *Dan-do !* hurla-t-elle, très fâchée.

Et Gabriel lui obéit. Il demeura planté dans le sable. Il aurait aimé la suivre, mais il ne bougea pas. Et elle disparut.

— *Zu-dak-lul !* cria Gabriel, en faisant un geste circulaire en direction de l'immensité de la mer.

— Et qu'est-ce que cela signifie ? demanda Mayarí.

— L'océan. C'est l'océan.

— En quelle langue ?

Gabriel hésite. Le cri est venu du dedans et il craint à présent d'avoir l'air ridicule. Mayarí lui dit : Ne t'en fais pas. Les gens qui bégaient sont ceux qui chantent le mieux. À Cuba, il y avait un bègue qui était le roi du boléro.

— C'était dans la langue des chimpanzés de Tarzan, explique Gabriel.

— J'aime que tu saches parler plusieurs langues.

Mayarí laissa échapper la nouvelle et écrasa le trou creusé dans le sentier par la pointe de sa canne en rotin, comme si cela suffisait à en finir avec l'indiscrétion d'un œil regardant vers l'intérieur de la terre.

La stratégie de la lumière

Sur les rochers tournés vers l'îlot, il y avait un pêcheur de labres. Gabriel se souvient de ce détail parce que l'homme à la canne à pêche avait dit très fier de lui, presque avec arrogance, qu'il voulait seulement pêcher des labres, des vieilles et des labres, et aussi à cause du mépris avec lequel il traitait les autres poissons qui s'accrochaient à son hameçon. Il y en avait certains qu'il ne mettait même pas dans son panier, il les écrabouillait contre le rocher. Les labres étaient vraiment des œuvres maîtresses, avec cette brillance fulgurante, verte et rouge, et par-dessus le marché avec cette excitation qui s'emparait du pêcheur et des curieux lorsqu'ils apercevaient cette pure beauté soustraite à la mer. En plus de la couleur, avant de disparaître dans le panier, les labres laissaient le souvenir de leurs lèvres. Une sensualité qui surgissait soudain. Le pêcheur à la ligne automatique, habillé de façon impeccable, avec une attitude de statue sur son rocher, prononçait quelquefois le nom des poissons qui ne l'intéressaient pas au moment où il les rejetait à la mer.

Ça c'est un musicien, disait-il en le lançant.

Beurk, un clown !

De telle façon que Gabriel pensa qu'il inventait ces qualificatifs, puis qu'il les rejetait parce qu'ils ne lui plaisaient pas. La principale source d'attention de Gabriel et de Mayarí était la façon dont les poissons ouvraient la bouche et se convulsaient. Il se demandait à quoi pensait exactement son grand-père. Il ne disait rien. Mais le fait de regarder fixement vers un même lieu, vers ces animaux qui se tordaient, en agonisant par détentes successives dans un silence muet, a été un moment dont Gabriel s'est toujours souvenu comme d'un épisode de perplexe fraternité.

Son père, le juge, était chasseur. Ce n'était pas une passion passagère ou saisonnière. Comme il la définissait lui-même, c'était une passion qui le construisait. À la maison, surtout dans le grand bureau, qui était une pièce à l'italienne avec sa petite antichambre, et dans un coin contigu du grand salon, il y avait plusieurs trophées. Le plus impressionnant de tous était la tête d'un cerf avec des bois immenses. Il y avait aussi une tête de sanglier, dont son père était particulièrement fier, pas seulement par la façon dont il s'y était pris pour chasser l'animal, mais pour la tête elle-même, pour le travail effectué par le taxidermiste, une œuvre d'art d'après lui, où l'on avait réussi à garder toute sa vivacité et toute sa bravoure à l'animal, à tel point que lorsqu'il la regardait, là-haut sur le mur latéral du bureau, presque dans la pénombre, avec un éclat de soleil noir dans les yeux, son père avait l'impression de voir le moment exact où la fin de l'animal s'était profilée. Et lorsqu'il racontait cet événement de chasse, le juge apposait toujours la même marque de fabrique.

Ce n'est pas pour me vanter, mais c'est le grand gibier qui décide lui-même qui a le droit de le chasser. Il choisit toujours plus fort que lui. Seul celui qui connaît la proie mieux qu'elle ne se connaît elle-même a le droit de la chasser.

Et cela valait aussi pour la bécasse. Encore une capture dont il se sentait très fier. Pas par la taille, bien entendu, mais par la subtilité que cela suppose.

La sentinelle des bois est capable de se camoufler comme personne. Bien mieux que la perdrix, c'est incomparable. C'est un vrai détecteur vivant, un périscope, qui s'enfonce dans les fougères et les feuilles mortes. Elle voit et entend tout ce qui se passe dans le bois. Même avec un bon chien, il est très difficile de lever une bécasse. Et pourtant nous avions le meilleur chien de chasse de la région, Eusebio, un braque. Un bon compagnon, parfaitement ! Nous lui avions mis une clochette autour du cou. Et lorsqu'elle cessa de tinter, nous sûmes qu'il avait trouvé la bécasse. J'entends encore ce silence !

Le juge mettait toute son emphase pour raconter la prise de cette pièce. On voyait qu'il lui attribuait une valeur tout à fait personnelle. Quelques années plus tard, au printemps 1963, un coq de bruyère devint la star des trophées. Car en plus de cela ce coq avait un jumeau illustre. Le juge avait participé à une chasse à courre avec son ami, le ministre, dans la réserve d'Os Ancares. Et, comme il disait, ce trophée avait une histoire. Le ministre avait chassé une des deux pièces, et lui avait chassé sa sœur jumelle.

Aussi bien la bécasse, que le coq de bruyère ensuite, étaient exposés sur un rayonnage, entre de gros volumes qui leur servaient de loges, à l'endroit le plus visible de la bibliothèque du juge, celle qui occupait la totalité du mur latéral du salon contigu à la pièce italienne où se trouvait son bureau. Tous les murs étaient couverts de rayonnages de livres. C'était ce qu'il appelait lui-même, avec une fierté ironique, « ma Crypte ». Et le mot fut adopté par tous dans la maison, la Crypte. Et la partie du grand salon qui fut réservée à l'atelier de peinture de

Chelo finit par être baptisé le Pavillon Chinois. Le nom fut d'abord inspiré par un paravent chinois (fort expertement ouvragé, apprirent-ils à dire à Gabriel pour ses exercices de prononciation), que le juge avait acheté au Portugal — au cours de l'un de ses voyages où il avait été invité à donner une conférence à l'université de Coimbra —, qui devint inévitablement une marque frontalière à l'intérieur de la maison. C'est encore le nom qui avait inventé le lieu. Un paysage de parterres et de plantes, donnant l'impression d'être en perpétuel mouvement lent. Détail exotique, on avait même disposé dans un coin de l'atelier un grand massif de bambous, avec quelques fougères et quelques plantes herbacées comme des aureolas. Nonobstant s'agissant des plantes, il était évident qu'elles étaient presque toutes concentrées dans cette partie orientale de la maison. Il y en avait partout, de différentes variétés, par terre, posées sur les meubles, et aussi tout le long de la galerie. Mais les bégonias étaient aussi là, répondant avec conviction, surtout en hiver, à l'affection de Chelo : leurs feuilles allaient au-delà des fleurs en intensité des couleurs.

Deux hémisphères presque symétriques coexistaient donc dans le salon. Mais il y avait aussi une deuxième ligne de démarcation dans l'espace, celle provoquée par la ligne d'ombre que projetait la colonne centrale, et qui matérialisait l'orbite du soleil pendant la journée, de telle façon que, le matin, le côté bibliothèque demeurait dans l'ombre tandis que s'éclairait ledit Pavillon Chinois, dans lequel le premier cercle, le noyau, était la femme peintre avec son chevalet et une table du même style que le pétrin de bois des maisons campagnardes. Sa Table des Couleurs. Plutôt que du pain, le pétrin était rempli d'une multitude de tubes de peinture, de pots, de pigments, de résines, de vernis, de laques, de flacons et même de pierres feuilletées de mica et autres minéraux de toutes sortes. Sur la table, en plus des planchettes, des assiettes, des boîtes de conserve et des cartons faisant office de palettes, elle entassait des chiffons tachés. Elle en entassait et elle en entassait. Chelo n'avait pas attendu que quelqu'un lui fît la plaisante réflexion qu'on fait d'habitude à propos de ce phénomène. Elle déclarait tout de suite que c'était son œuvre maîtresse. Et elle ne se débarrassait de ses tas de chiffons que lorsqu'ils débordaient du pétrin et commençaient à envahir ce qui constituait le deuxième cercle, celui qui s'étendait au-delà des bambous. C'était alors le moment pour Ó, la lavandière, de remplir ses sacs de grosse toile avec les tas de chiffons tachés de peinture.

En atteignant la plage des Lapas, ils aperçurent une barque qui avançait. Elle se déplaçait sur le sec, à même le sable. Elle le faisait avec cet air têtu qu'ont les embarcations, même lorsqu'elles naviguent. Le fond, tourné à l'envers, possédait exactement la courbure d'une personne qui s'appuie sur un balcon pour regarder. C'était un être étrange, une espèce de géant et de créature comique peinte avec les couleurs de l'aurore et née de l'imagination de la mer. La barque tourna soudain dans leur direction. Sous le grand coquillage de planches, blanc et rouge, il y avait un homme souriant et édenté. Les trous de sa dentition accentuaient sa ressemblance avec Mayarí. Lorsque Chelo insistait en lui disant qu'il profite de son séjour à La Corogne pour se faire placer un dentier, il éludait la chose en racontant une de ses blagues préférées, dont Gabriel mit longtemps à comprendre le sens. Il lui répondait en montrant l'intérieur de sa bouche : Ça ne se voit pas, c'est juste deux-dents.

Sauf lorsqu'il parlait tout seul, Mayarí était quelqu'un de plutôt silencieux. Il semblait considérer que son silence était une façon d'occuper le moins d'espace possible. Mais lorsqu'on lui posait une question, surtout son gendre, le juge, il tentait de lui donner satisfaction, ce qui signifiait pour lui opposer au sérieux de la situation une pointe d'humour, qui avait vraiment la saveur d'un excellent dessert. Les rapports entre eux étaient corrects, mais leur conversation, lorsqu'ils en avaient une, n'avait lieu que pendant le dîner. Gabriel ne pouvait s'empêcher de penser à la différence entre la dentition de son père et celle de son grand-père. La différence était… monumentale. La dentition de son père n'était pas seulement parfaite, elle était de marbre. Celle de son grand-père, si clairsemée, de granit. Une série de dolmens en pierre. Quelques années plus tard, il était parvenu à devenir plus précis. Celle de son père était néoclassique. Celle de Mayarí, préhistorique. Il se souvenait d'un bout de conversation qui avait eu lieu la veille au soir, de l'intervention de Mayarí entrecoupée d'éclats de rire et qui cachait apparemment une mystérieuse information. Le juge lui avait demandé pourquoi tant de gens abandonnaient leur travail aux champs. Pourquoi ils quittaient les villages. Après plusieurs considérations, Mayarí adopta un air plus solennel et déclara : Au bout du compte, monsieur le juge, le problème de la campagne est un problème de hauteur. Tout le monde le regarda avec une certaine perplexité, surtout Chelo, qui lui avait déjà demandé, à d'autres occasions, de cesser d'utiliser cette formule, « monsieur le juge », car celui-ci était de la famille et qui plus est le mari de sa fille. Mais cette fois-là, elle ne dit rien, car ce qu'elle attendait, comme tout le monde d'ailleurs, c'était la réponse à l'énigme de la « hauteur » de la campagne.

De quelle hauteur voulez-vous parler, monsieur Antonio ? demanda très sérieusement le juge.

Je veux dire que les champs sont très bas, répondit Mayarí, en écartant les bras comme qui assène une évidence.

Oui, bon, d'accord, mais pas si bas que cela, dit le juge, confus devant une telle affirmation. Les choses s'arrangent peu à peu.

Les champs sont très bas et donc il faut se baisser, expliqua Mayarí. La terre devrait être plus haute, disons à hauteur de cette table autour de laquelle nous sommes en ce moment.

Tout le monde finit par éclater de rire, mais avec un rire plutôt lent. Voilà le genre de rire que provoquait toujours Mayarí. Un rire lent. Ou, autrement dit, un comique sérieux.

Dans un des livres que Gabriel était en train de lire à l'époque dans l'antichambre, et dont il appréciait surtout les illustrations, il y avait une grande photo, en pleine page, qu'il avait arrachée de l'ouvrage pour la mettre dans sa poche ou l'accrocher dans sa chambre, bien qu'elle ne soit pas du tout comparable au style de la femme nue de Zonzo. Il s'agissait d'une image intitulée *Beauté esquimaude*. Le visage de la gamine ressemblait beaucoup à Ó, la lavandière. Elle était vêtue du costume de fêtes groenlandais. La pièce d'habillement la plus curieuse était son pantalon, fait en peau des cuisses aux genoux, et puis sur les mollets, couvrant une partie de la tige des bottes, de toile fine et blanche décorée de dentelles. L'ensemble avait quelque chose du costume d'arlequin. Mayarí et le marin qui transportait la barque sur son dos semblaient appartenir, à cette même époque, sur la plage des Lapas, à une même race qui ne figurait cependant pas sur l'inventaire de Pericot. Celle des hommes qui sourient en deux-dents. Tout au long de sa vie, il vérifierait que c'est un des sourires les plus gracieux que peut offrir l'être humain. Mayarí porta sa main sur le rebord de son chapeau et inclina légèrement la tête, et le marin en fit autant avec la barque.

L'homme-barque marcha en direction de l'eau. Au bout d'un moment, après l'avoir posée, le vieux tira l'embarcation comme s'il s'agissait d'un grand animal, docile et aveugle. Lorsqu'il eut tout préparé et qu'il grimpa dans la barque, il plaça les avirons dans les dames de nage et commença à voguer. C'était curieux. Il était assis et ramait en tournant le dos à la destination vers laquelle il se propulsait. C'était sa façon infaillible de s'orienter. Il regardait ce qu'il laissait derrière lui et la vue devenait de plus en plus panoramique. Sa présence fluette transforma la totalité de la mer. Encore au loin, on pouvait apercevoir la porte à colonnades de son sourire en deux-dents.

Le grand-père dit à présent à Gabriel : Allons voir notre cheval Carirí. On m'a dit qu'il était très heureux de vivre avec Hercule, le photographe ambulant. Dommage que ton oncle Leica ne se soit pas entendu avec lui. Et pourtant j'ai insisté. Les animaux ont toujours adoré vivre en ville.

La femme aux oursins

Bien. D'accord. Il n'aurait pas de rôle important dans la pièce. Lui-même, le juge, était conscient de ses limites. Le spectacle des enfants devait avoir lieu sur la place María-Pita. L'estrade était imposante. Et les circonstances encore plus. On annonçait cela comme un hommage public des enfants de la ville envers les neveux du Caudillo. En avant-première, il y aurait de la musique et des danses folkloriques. Puis, en vedette, la représentation de *La Cabra Montesina*. On lui dit que son fils pourrait éventuellement faire une figuration. Il lui suffisait d'être sur scène. Non, il n'aurait pas de texte à dire. Les acteurs étaient là pour cela. Il allait y avoir les caméras du NO-DO, les informations cinématographiques. Cela avait beau être un spectacle pour enfants, il n'y avait pas de place pour l'improvisation. Tout devait être bien mesuré. Le chef de l'État ne serait pas présent, mais ce serait comme si. En tout cas, son épouse, doña Carmen Polo de Franco, assisterait au spectacle. Il s'agissait de montrer une image plus chaleureuse, plus humaine, c'était le mot, humaine, du Caudillo et de sa famille. Et le juge répondit que bien entendu, qu'il n'y avait pas de problème, que ce serait un honneur, qu'il était reconnaissant qu'on eût pensé à lui, à son fils voulait-il dire, je remercierai moi-même en personne l'adjoint au maire, et cetera. Mais était-ce bien sûr que le gamin n'avait rien à dire ? Non, vous pouvez y compter. Il ne faut pas vous en faire. Ce qu'ils cherchaient, c'étaient des enfants en qui on pût avoir une confiance absolue sur scène. On pouvait s'approcher des gens, bien sûr, mais chacun devait rester à sa place. Ils s'étaient déjà entretenus avec les autorités locales. Par exemple, le fils du procureur serait là lui aussi. C'est vrai ? Oui, bien sûr. Il pourrait peut-être faire quelque chose, je veux dire, dans *La Cabra Montesina*. Ça, il faut le demander au metteur en scène. Et c'est alors que jaillit l'idée que Gabriel pouvait faire partie du groupe des effets spéciaux. Il serait un des Boréaux, les fils de Borée, le dieu du vent du nord. Évidemment avec des ailes d'ange. Dans un coin de la scène, sur un escabeau, en haut de la colline, avec un tuba et une feuille de laiton, c'est là que se trouvaient les Boréaux. À un moment précis, ils soufflent dans le tuba, et font vibrer le laiton.

Eh, ces gamins, ils ont vraiment bien imité la tempête !

Gabriel entendit lui-même dire cela à doña Carmen Polo, la femme du Caudillo, qui présidait la représentation avec ses petits-enfants. Lui, il ne répondit rien, même pas merci car on lui avait déjà dit de faire attention aux mots. Il s'était concentré pendant toute la semaine sur les onomatopées et les tempêtes. À souffler dans le tuba et à faire vibrer la lame de métal. Mais ce n'était pas important s'il n'avait pas ouvert la bouche. Au contraire. On voyait bien que la famille du Chef de l'État était habituée à impressionner ses sujets. Et puis c'était l'heure des cadeaux. Lui, il avait eu une panoplie de shérif, avec un revolver à la ceinture et une étoile sur laquelle on pouvait lire USA. Leica était venu également, son oncle Sebastián, pour prendre des photos, dans un état quelque peu second, disait en utilisant un bel euphémisme le juge, car chaque fois qu'il devait répondre à une de ces commandes officielles il buvait plus que de raison. On ne pouvait jamais prévoir comment allaient être les photos de Leica, mais même les pires n'étaient pas si mauvaises. Il associait le résultat à l'humeur de l'appareil photo. Il avait une réputation de conquérant avec son appareil photo, et cela facilitait son travail avec les hommes et les femmes, car les gens qui posaient pour lui, le faisaient toujours avec une certaine perplexité, et cela améliore toujours la qualité de la pose. N'est-ce pas ? Leica lui passe la main dans les cheveux et murmure : C'est parfait, Gabriel ! Et ensuite à voix basse, dans sa barbe : Parfait, grotesque, mais parfait ! Et lorsqu'il s'approcha du juge enfin soulagé, heureux, il leur prit une photo ensemble. Pour arracher un sourire au juge, il lui demandait tout le temps de dire trente-trois, dites trente-trois, mais le juge n'accédait jamais à sa demande. C'était une blague ou quelque chose de ce genre, que Gabriel ne comprenait pas. Sur toutes les photos que Leica lui a prises, il a une pose très sévère. Mais cette fois-là, il lui avait dit : Le mieux de tout, c'était la tempête ! Et le juge sourit pour la photo.

Son père avait répété avec lui. Et il avait demandé à Chelo de lui apprendre. Lui apprendre quoi ? À bien faire la tempête. D'abord, je vais t'apprendre autre chose, céda Chelo. À marcher comme un jeune premier. Lorsque tu traverseras la scène pour prendre ta place, il te faut marcher comme si tu étais vraiment Borée, le dieu du vent. Et laisse tomber cette ridicule histoire d'ailes. Tu choisis d'être le dieu du vent ou alors un ange. Le rôle d'un ange n'est pas d'effrayer les brebis. Le titre de la représentation est *La Cabra Montesina*, rappela le juge. Et paraphrasant le conte populaire, il ajouta : Il s'agit bien de la chèvre montagnarde de la montagne de Montepelado et j'avalerai d'une seule bouchée qui me dira le contraire. Et tous deux éclatèrent de rire. C'est sans doute la dernière fois qu'ils rirent ensemble, se souvient Gabriel, en tout cas de cette façon, aux éclats, sans retenue.

Je sais que ça ne colle pas avec l'histoire, dit le juge, mais il faut qu'il porte des ailes. Ce sont les instructions, et on ne va pas commencer à se faire nous-mêmes des corrections. L'essentiel c'est qu'on ait bien l'impression qu'il s'agit d'un orage. Qu'il fasse bien la tempête. Tu dois souffler dans le tuba et agiter la lame de laiton comme si toute la ville était venue seulement pour t'écouter.

Le mieux, ce serait de l'accompagner jusqu'au phare, suggéra sérieusement Chelo. Dans le temps, les chanteurs se rendaient là-bas, jusque sur les rochers qui se trouvent au pied du phare d'Hercule, pour lutter contre l'air, pour gagner de la puissance.

On va jusqu'au phare, et puis là-bas, qu'est-ce qu'on fait ? On se met à hurler, et un point c'est tout ?

Hors de ses espaces habituels, son bureau, le tribunal, sa chasse gardée, le juge était un homme toujours sur la défensive, en alerte permanente. Et en plus, nous sommes au mois d'août, il fait beau. Ce doit être bourré de promeneurs là-bas. Ils vont se dire…

Et que vont-ils se dire ?

Voilà un fou en train de hurler et un gamin en train de jouer du tuba. Je ne suis pas Salvador Dalí ! Je suis un juge.

Ils partirent tous les trois en direction du phare dans l'Hispano-Suiza. Au début, Samos se mit à chercher un endroit un peu en retrait. Il contemplait la mer. Il tentait de deviner le profil des îles Sisargas, mais ce n'était pas un bon jour pour les voir. Il y avait de la brume de chaleur, un brouillard paresseux mais obstiné. Soudain, il entendit le son du tuba de Gabriel et les indications de Chelo lui hurlant de jouer plus fort, plus fort. Mais il ne les voyait pas. Il se dit qu'il ne serait pas très difficile de les retrouver. Il fallait avancer dans cette direction. Il contourna quelques buissons d'ajoncs. Entendit la corne de brume d'un bateau. Le tuba. N'était-ce pas plutôt une autre sirène ? Voilà longtemps qu'il n'avait pas entendu les sirènes des bateaux d'aussi près, sans savoir, sans voir. Il se sentit soudain très inquiet. La brume de chaleur, la corne de brume. La peur que cette combinaison lui inspirait sans trop savoir pourquoi. Il cria le nom de Chelo. Et il entendit la voix qui lui répondait.

Plus fort, plus fort !

Ils étaient tous les deux cachés derrière un rocher, au bord de la falaise, en train de crier : Plus fort, plus fort !

Sur le chemin du retour le long de la route qui mène au phare, l'homme avait l'air soulagé. Il récita d'une voix magnifique ce fragment qu'il n'avait pas dit depuis si longtemps.

E eu, que amo a civilização moderna, eu que beijo
com a alma as máquinas,
eu o engenheiro, eu o civilizado, eu o educado no
estrangeiro,
gostaria de ter outra vez ao pé da minha vista só
veleiros e barcos de madeira,
de não saber doutra vida marítima que a antiga
vida dos mares !

(Et moi qui aime la civilisation moderne, moi qui embrasse les machines de toute mon âme, / moi l'ingénieur, moi le civilisé, moi qui fus éduqué à l'étranger, / je voudrais à nouveau juste avoir en vue voiliers et bateaux de bois, / et ne savoir de la vie maritime que l'ancienne vie des océans !)

Rien que pour cela, dit-il à Gabriel, grand-père Samos pardonne tous les péchés. C'est un dévot de l'Ode maritime. Et moi qui, sur l'eau, ai le mal de mer, j'éprouve la même chose avec ces vers.

Le jour venu, Gabriel fit le vent avec une conviction de furieux nordet, un vrai ventriloque de l'air. Le juge était extrêmement attentif. S'il pouvait l'apercevoir, il aurait vu de quelle façon son père entrouvrait la bouche pour accentuer l'effet du vent. S'il ne s'agissait que de lui, il se serait placé là, derrière le rideau, en train de faire les éclairs et le tonnerre. Et pourtant il est juge. Un juge vraiment pas commode. Il n'y a pas si longtemps, au niveau de la confiserie La Gran Antilla, une femme au châle noir, qui portait un grand panier d'osier sur la tête, s'était approchée de lui. Il était plus grand qu'elle, beaucoup plus grand. Lorsque cette femme l'aborda, il ne la regardait pas en face, il avait plutôt l'air de fouiller du regard et de flairer le contenu du panier.

Monsieur le juge, si vous l'envoyez en prison, c'en est fini de lui. C'est comme un verre en cristal. Il va se casser en mille morceaux.

Gabriel s'aperçut que le tablier était plein d'écailles de poisson, qu'il n'avait pas remarquées auparavant.

Taisez-vous, madame. Ce n'est pas le lieu pour parler de cela, dit le juge en se remettant à marcher. Ce n'est pas le lieu.

Elle s'avança, lui barra le passage. Dans ce cas, dites-moi où je peux vous voir !

Votre avocat. Parlez donc avec votre avocat, madame.

Mon avocat ?

Oui. Parlez avec lui. Il vous dira ce que vous devez faire.

C'est justement ce monsieur qui m'a dit qu'il n'y avait rien à faire si vous ne vouliez pas. Que la loi c'était vous. Que dans son cas à lui certains juges avaient une façon de mesurer et d'autres une façon différente. Que c'est de vous que dépendait qu'il aille en prison ou pas. C'est la première fois, monsieur le juge. Ce n'est pas un criminel. C'est une manie qu'il a attrapée.

Eh bien, on va justement le guérir de cette vilaine manie. On va lui remettre à l'endroit ce qui, pour l'instant, est chez lui à l'envers.

Vous n'allez pas faire ça ? Non. Vous allez le casser en mille morceaux, comme un verre en cristal.

Le juge se retourna soudain, avec un air grave, vers la femme qui portait des oursins sur sa tête. En plus de leur taille respective, en plus que l'un soit un homme et l'autre une femme, voilà ce qui les différenciait de façon déterminante, visible et sans appel. C'était que l'un était coiffé d'un chapeau couleur cannelle à large rebord et que la femme portait un grand panier en osier. Gabriel se trouvait avec son père. Il était près de lui et il était de son avis. Cette rue, l'heure qu'il était constituaient son espace et son temps. La femme avait interrompu sa tranquillité, elle venait d'ailleurs, avec son panier rempli d'oursins et de problèmes. Un panier qu'elle pose par terre et dont elle permet de voir le contenu, le *mulido* est resté sur sa tête, c'est une espèce de couronne en chiffon sur laquelle on pose tout le poids. Elle a oublié que sa couronne de chiffon est toujours là.

On lui avait déjà collé la réputation d'être un gars tordu. Un tordu social ! En disant cela, la femme hausse le ton et quelques passants se retournent, dans cette espèce d'attitude fugace et muette qui rend coupable la personne qu'on observe. Si vous ne croyez pas que la punition est suffisante ! Il ne trouve pas de travail. Il n'a pas le droit de conduire, il ne peut pas obtenir de passeport. On lui a gâché la vie. Un tordu ? On le traite de *dangereuse*, dans la rue ! Oui, *dangereuse* ! Mon Dieu, c'est lui qui est en danger.

La main de la femme plongea dans une des grandes poches de son tablier, elle fouilla un instant et en tira une coupure de journal. Gabriel se souvint des morceaux de papier de grand-père Mayarí. Cette coupure de presse avait des traces de sang et était pleine d'écailles de poisson.

C'est déjà passé dans les journaux. Regardez. On a noté son nom et tout. C'est déjà un paria. N'allez pas en plus me l'envoyer à Badajoz, monsieur le juge.

Ils vont le soigner, madame. Chez lui, c'est une vilaine maladie. Et ils vont le soigner.

En prison ? Ils vont le soigner en prison ? Et comment ? En lui donnant des raclées peut-être ? Avec de l'eau glacée ? De l'électricité ?

Sa poitrine se soulevait violemment. On aurait dit qu'elle allait exploser et le juge prit Gabriel par les épaules et ils se reculèrent. Mais tout ce qu'elle fit, ce fut de se mettre à pleurer. Pas en gémissant, en silence. D'énormes larmes roulaient sur son visage.

Allez-vous-en, madame !

Ignorants ! répliqua-t-elle. Ignorants !

Le juge regarda de tous les côtés. Il était congestionné de colère. Ignorants ? Cette insulte imprévue parvint à le déstabiliser. Certainement que quelqu'un le connaissait parmi la foule. Et cette poissonnière, malodorante, avec son panier en guise de capeline, qui traitait le juge d'ignorant. Ça allait en faire rire plus d'un. Black Eye ne devait pas être loin. Ce connard est toujours partout. Gabriel aussi regarda de tous les côtés. Cette femme lui semblait désagréable, et encore plus lorsqu'elle s'était mise à pleurer. À parler d'électricité tout en pleurant. C'était une femme étrange qui parlait d'un fils étrange. Elle était en train d'importuner son père, de leur gâcher la promenade. Mais il était vrai que cette destination était un peu déplacée, la prison de Badajoz, juste devant La Gran Antilla. C'était un vendredi après-midi. Il y avait une grande animation. Sur les terrasses remplies de monde, les garçons, avec leurs petites vestes blanches à boutons dorés estampillés d'une ancre, plutôt que de transporter des boissons, ressemblaient à d'élégants marins en train de se maintenir en équilibre sur le pont de la ville.

Cette impression allait de pair avec la description que répétait toujours le juge, comme un message publicitaire : En été, La Corogne ressemble à un grand transatlantique.

Ils se promenèrent dans la rue Real. Comme le juge en avait l'habitude, ils pénétrèrent dans la pharmacie Villar et ils se pesèrent sur la bascule. C'était une magnifique machine, avec la marque et la provenance inscrites sur une plaque bien en vue, Toledo Scale Company (Ohio) et qui transformait la pesée en une action sérieuse, de solennelle adéquation du corps au processus industriel. Tu prenais place sur la plate-forme et, à travers la vitre, on pouvait voir tout le mécanisme en action. C'était ton poids qui activait tout cela, et tout le temps que tu restais dessus, tu ne pouvais pas t'empêcher de considérer l'appareil comme une partie de toi-même et de te sentir transporté dans l'Ohio. Lorsque le juge se pesait, il avait toujours la même habitude. Il retirait son chapeau et le tendait à son fils. Gabriel ne sut jamais quel poids pesait le juge. Il était mince, mais fortement charpenté. Il était très important pour lui de « maîtriser son poids ». C'était une de ses façons de se distinguer de la masse. C'était une préoccupation qu'il partageait avec Chelo et qui les différenciait de la plupart de leurs relations. Lorsqu'ils faisaient « le point », c'est ainsi qu'ils avaient baptisé leurs commérages, leurs commentaires semblaient régis par le mécanisme de la bascule venue de l'Ohio. En général, le poids des gens concernés augmentait au fil des années écoulées.

Le chapeau de feutre de son père, le juge, était très léger, en tout cas c'est l'effet que cela lui faisait lorsqu'il le lui gardait pendant qu'il se pesait. Maintenant, à mesure qu'il s'énervait à cause de la présence inopportune de la femme aux oursins, le chapeau ressemblait à autre chose qu'à un vêtement. À quelque chose de lourd. De calcaire. Il faisait partie de son corps.

Ils se trouvaient à l'angle des rues Real et Rego-de-Auga, sous les arcades du théâtre Rosalía de Castro et de La Gran Antilla. Chaque espace urbain possède sa spécialité et celui-ci était également, dans la topographie intime de Gabriel, un endroit chaleureux et animé, destiné à d'agréables rencontres et à de courtois saluts. Parmi le paysage des têtes, on pouvait remarquer les ballons de baudruche et les gaufres des marchands. C'était un excellent endroit pour installer le cheval Carirí de Curtis. Les gamins le chevauchaient et se faisaient photographier en s'accrochant à sa crinière naturelle, noir de jais. Voilà pourquoi l'allusion inattendue à la prison de Badajoz lui fit en ces lieux soudain l'effet d'un véritable accident orographique. Si elle n'avait rien dit, rien d'aussi concret en tout cas, si elle n'avait pas dit ce nom, Gabriel se serait probablement approché de la vitrine de la confiserie La Gran Antilla et cela aurait pu par la même occasion aider son père à improviser une excuse pour se débarrasser de cette femme geignarde avec son chargement d'épines. Mais non. Mais non.

Elle avait fait référence à cet endroit qui était justement le premier trou dans cet ancien jeu d'adresse du GMN (Glorieux Mouvement National) baptisé « La reconquête de l'Espagne », que lui avait offert l'inspecteur Ren pour compléter son Cabinet de Curiosités, aux côtés de son autre jeu de bombardement baptisé, lui, « Les Ailes Victorieuses ». Et donc, lorsque Gabriel avait entendu le nom Badajoz, il avait eu l'impression de voir la petite bille d'acier se remettre à rouler et, au lieu d'esquiver les autres trous pour suivre le bon ordre des conquêtes, tomber directement dans le fameux trou symbolisant Badajoz. Il entendait alors la voix de Ren, comme faisant partie du jeu d'adresse GMN, égrener en chantonnant le bon ordre des villes et des dates qu'aurait dû suivre la bille d'acier, si le joueur avait eu l'habileté de respecter la progression triomphale : Badajoz (14/08/36), Tolède (27/09/36), Málaga (08/02/37), Bilbao (19/06/37), Teruel (22/02/38), Lérida (03/04/38), Barcelone (26/01/39) et Madrid (28/03/39).

Prise de Badajoz, le 14 août 1936.

Et il ajoutait sur un ton énigmatique : lieutenant-colonel Yagüe, parfaitement, monsieur. Et ça c'est la meilleure de toutes !

Chaque fois que la bille d'acier tombait dans le trou Badajoz, sans parvenir à l'éviter pour regagner d'autres villes conquises, il entendait le même refrain : Ça c'est la meilleure ! C'était, malgré tout, y compris dans la voix de Ren exultant et tenant entre ses mains le jeu du GMN, une exclamation plutôt funeste. Quelque chose qui s'était collé au nom de la ville comme un accent involontaire. Et qui, finalement, signifiait qu'on avait perdu. Il faudrait attendre de nombreuses années avant que Gabriel n'apprît ce qui s'était réellement passé dans ce trou à travers lequel se précipitait quelquefois la bille d'acier. Avant qu'il ne découvrît que là, au fond de ce trou du jeu d'adresse, il y avait une Plaza de Toros bourrée de cadavres, à la suite d'une corrida guerrière pendant laquelle on toréa des hommes. La bille restait la même, mais lorsque Ren s'emparait du jeu d'adresse GMN, qu'il bandait ses muscles pour la diriger, elle n'allait pas toujours où il voulait et se mettait à rouler en n'en faisant qu'à sa tête, pour finir par tomber dans le trou baptisé Badajoz et entraîner, en écho, toujours la même exclamation : Ça c'est la meilleure de toutes ! que le garçon percevait comme une bizarre distorsion du sens, car en réalité cela signifiait qu'on avait perdu lorsque la bille tombait dans ce trou.

Voilà pourquoi, bien des années plus tard, Sofía, une amoureuse de Gabriel, ne comprit pas le regard de frayeur, presque de panique, qu'elle observa chez lui en lançant une expression aussi courante que : Ça c'est la meilleure de toutes ! Ils parlaient de choses et d'autres. Elle ne se souvenait même plus de quoi tellement elle avait été bouleversée par l'effet qu'avait produit son exclamation. Il lui fallait s'habituer à cet homme qui entretenait un rapport physique tendu, toujours sur le qui-vive, avec les mots. Qui vivait dans un état de méfiance extrême envers les mots. Bien entendu, elle ne pouvait pas voir ce que lui était en train de voir. Le jouet GMN. Le trajet de la bille. Badajoz. La Plaza de Toros. L'exclamation de l'inspecteur Ren : Ça c'est la meilleure de toutes !

Au début Sofía pensa que sa relation avec Gabriel ne pourrait pas durer. Cet homme oscillait entre le silence et une précision d'entomologiste lorsqu'il s'agissait de choisir un mot, et elle s'aperçut qu'il y en avait beaucoup qui, pour une raison ou une autre, lui produisaient de l'émotion ou faisaient naître un conflit intérieur. On pouvait dire qu'il voyait les mots. Il avait attribué cette extrême précaution à une phase très consciente de sa préparation pour devenir juge. N'importe qui pouvait trahir la signification des mots. N'importe qui, et d'abord un écrivain. Un juge, jamais.

Même pas si l'on parle d'amour ?

Il griffonna quelque chose avec les yeux. Avant de parler, il dessinait de façon imaginaire, avec des signes de sténographie, ce qu'il allait dire et ce que cela allait impliquer. Parfois même ses doigts se mettaient en mouvement sur une surface. Il cherchait instinctivement une feuille de papier, une feuille blanche.

Ce dont tu parles est un état d'exception.

Jolies mesdames*

Lorsque Chelo peignait, il y avait toujours un moment où les femmes entraient dans la toile. Était-ce le contraire ?

Elle donnait du repos à la fatigue des corps.

Parfois, elle faisait danser les pieds et les peignait avec de petits points et des filigranes, les pieds, mais aussi les chevilles, comme qui enfilerait un bas surchargé de dentelles.

Une jambe de Chantilly, Chez Jacques Fath, une autre de Camariñas, Casa Chuchú.

À part certains moments d'absolue mélancolie, c'était une femme joviale. Elle adorait feindre cette frivolité qui consistait à prononcer à haute voix les phrases recherchées des magazines féminins ou de la rubrique mode dans les journaux, qui prenait de plus en plus de volume, surtout le dimanche. Des nouveautés dans les vêtements et dans les coiffures qui rendaient les journaux moins sombres.

Piqué de coton blanc imprimé de pois noirs !

Elle faisait une pause. Se levait. Étirait ses bras en direction du soleil et proclamait à l'adresse des bégonias : *Jolies mesdames* !*

Une des femmes qui entraient et sortaient de la toile n'était autre que la femme aux dentelles.

Le plus difficile à faire pour moi, dit la brodeuse, ce sont les chaussettes de bébé. Ma mère est très habile pour faire ces chaussettes. Nous, nous n'en avons jamais mis. Lorsqu'elle était enceinte, elle se mettait à broder des chaussettes de dentelle pour les enfants des médecins de Saint-Jacques-de-Compostelle. Et à faire des *entre-deux**, moi j'appelle ça des *entre-deux**, parce qu'on a toujours dit ça, à la française. Nous sommes trois filles de trois pères différents. Nos pères aussi étaient frères. Trois blonds qui se présentèrent un jour à la fête et qui ressemblaient à des Vikings autour du quinquet. L'aîné périt en mer, et maman se maria avec le suivant. Le cadet mourut noyé lors d'un naufrage et maman se maria avec le benjamin. C'est lui qui était mon père. Maman dit : Chaque fois que je me suis mariée, je me suis mariée avec celui qui me plaisait. Lorsqu'elle était gamine, maman avait trouvé un Christ sur la plage, bercé par la mer. Il n'en restait que la poutre centrale de la croix, les bras avaient été arrachés. Et il devait être très ancien, car c'était du bois pétrifié, rongé et reconstitué par la mer, comme de la coquille ou de l'os, et le volume du corps, au lieu de se détacher comme on suppose que cela s'était produit avec les bras, s'était amalgamé à la poutre du sacrifice avec un amas de coquillages, cela semblait être presque un travail d'artisan. La matière des coquilles, un manteau de calcaire et de nacre, recouvrait le Christ. Mais ce qui était le plus surprenant, c'était la chevelure qui s'était créée. Au début, on avait pensé que ce n'était qu'une poignée d'algues, car elle était emmêlée avec ces courroies marines qu'on appelle des cordes de sirènes, avec aussi une poignée de renoncules blondes et d'algues d'Irlande et de laitue de mer. Et lorsqu'on voulut l'arracher, on s'aperçut que les algues résistaient, qu'elles étaient prises dans de vrais cheveux. On les lui avait coupés avec des ciseaux et ils avaient recommencé à pousser. J'ai vu ça de mes propres yeux.

Qu'est-ce que vous avez vu ? Vous avez vu pousser les cheveux ? Il est plus fréquent de voir pousser de l'herbe.

Ce qu'elle voulait dire c'était que...

Chelo, tu as toujours été un aimant pour toutes les histoires spirites de Galice.

Puis s'adressant au curé : C'est comme ça, don Munio. Nous avons devant nous un épicentre.

C'est peut-être vrai, dit l'abbé. Je parle de son histoire de cheveux. Le Christ du Finisterre était pareil. On utilisait des cheveux humains et on a alors l'impression qu'ils sont en train de pousser. On appelait ceux que la mer rejetait des Christs protestants. Il y avait aussi des Vierges, des icônes venues par la mer dont les cheveux continuaient à pousser. Des Vierges de bois avec des cheveux de vierges en chair et en os. Lorsque j'ai été ordonné prêtre et qu'on m'a envoyé dans la paroisse de...

Vous n'avez pas duré très longtemps, don Munio ! Un endroit pourtant si beau. Avec la maison du recteur située juste devant la mer.

Oui, je n'ai pas duré longtemps. Je ne suis pas un typique curé catholique. Je suis ambitieux. Comme vous envers l'art. Spirituellement ambitieux.

Gabriel lui avait raconté ce que le père Munio lui avait dit, il n'y avait pas si longtemps, un matin où il avait une heure de retard : Je ne peux ni ne veux supporter que mes enfants arrivent en retard.

Mes enfants ? Il appelle tous les gamins comme ça ?

Non. C'était la première fois qu'il disait cela. J'étais très en colère. Il y en avait plusieurs qui avaient ri sous cape.

Ne fais pas attention.

Une autre phrase curieuse du père Munio adressée à Gabriel : Lorsque nous nous verrons seul à seul, toi et moi, je te raconterai un autre répertoire à l'oreille.

Un répertoire ? C'est bien ce qu'il a dit ?

Vous allez voir que l'histoire du lion de la Metro va être vraie, dit le juge en s'amusant de son ironie.

Le lion de la Metro ?

Le lion du cinéma, mon père. Une informatrice de Chelo, une de ses spirites, lui a raconté que le lion rôdait sur la côte Da Morte et pas sur le grand écran. En réalité, il s'agissait d'un des animaux sauvages qu'on avait embarqués sur le *Nil* à destination du zoo de Dublin. Le navire avait fait naufrage et une bonne partie de la faune avait rejoint la plage de Traba à la nage. Le lion également. C'est bien cela, Chelo ? Vous vous êtes demandé ce qu'ont fait les animaux ensuite ? Eh bien, ils ont eu peur des chiens et ils n'ont pas bougé de là. Ils ont attendu l'arrivée du Consul.

Tu racontes tout de travers, rétorqua Chelo. Ça m'apprendra à donner de la nourriture à un ingrat.

Et ils jouaient également à s'aimer. Ils cherchaient un certain équilibre à travers ce jeu. Il y avait eu une époque où ils s'étaient laissés aller à des reparties pleines d'humour que le juge, avec sa soif de précision, qualifia de dangereuses. L'exemple qu'il ne parvenait pas à s'ôter de la tête était celui du jour où des amis avec qui ils avaient rendez-vous frappèrent à la porte, qui était entrouverte, et qu'elle cria depuis le Pavillon Chinois : Attendez un instant, nous sommes en train de faire l'amour ! En réalité, elle était seule dans cette partie du salon. En train de peindre. Et elle leur avait crié cela. Alors que le juge se dirigeait vers la porte, le long du couloir, il entendit Chelo qui leur criait cela, qu'ils étaient en train de faire l'amour. Puis les éclats de rire fusèrent. Il se souvient que le mot « indescriptible » lui était passé par la tête, et que la manifestation de ce mot avait quelque chose à voir avec lui, avec l'expression de son visage.

Vous voyez, père Munio, il ne reste plus rien du bon pain de la noce !

Le curé se sentait à son aise, comme dans une saynète, et il leur lança une de ses surprenantes métaphores modernes : Ne dites pas de bêtises ! Votre couple est comme une paire de ciseaux. Aucune des deux lames ne peut fonctionner sans l'autre.

Vous avez vraiment réussi à m'émouvoir, mon père, dit Chelo après un instant de stupéfaction. Elle savait que le centre d'intérêt du père Munio, c'était le juge. C'était lui son objectif, la personne influente et prédisposée, prête à présent à intégrer l'Opus. Elle dit : Eh bien, il faut que je vous dise que cette femme a travaillé avec trois ciseaux.

Qui ça ?

La mère de la femme aux dentelles. Avec trois frères. Et elle a eu une fille de chacun d'eux. Ce sont donc trois sœurs.

Chelo fit exprès de modifier la phrase de la mère de la femme aux dentelles.

Oui, elle se maria trois fois et déclara : Ils m'ont plu tous les trois, mais le troisième me plaît davantage.

Le juge se mit à rire : Un aimant, Chelo. Tu es un aimant pour toutes les histoires spirites de Galice.

L'apprenti taxidermiste

Le juge et le maître taxidermiste parlent de la façon de présenter le coq de bruyère pour qu'il ait l'air plus naturel. Le plus naturel possible. Les ailes ouvertes, révélant toute son envergure. Pendant ce temps, l'apprenti de l'atelier, le fils du taxidermiste, explique à Gabriel avec un air complice : Suis-moi ! Dans une pièce contiguë, plus sombre, éclairée par une lampe si poussiéreuse qu'on pourrait croire qu'elle possède un fin duvet, l'Apprenti pointe son doigt, fier de lui : Regarde. C'est moi qui l'ai inventé. J'ai inventé cet animal.

Un corps de canard avec une tête de lièvre. La créature a les ailes déployées et en même temps une allure de lièvre sur le qui-vive.

En voyant le visage effrayé du garçon, il sourit. Ce sont les animaux qui s'accordent le mieux. Le canard sauvage et le lièvre. Je suis également en train d'inventer une chaouette, un chat avec un corps de mouette, un aventurier des toits.

Et pourquoi fais-tu ça ? osa demander Gabriel.

Mon père est taxidermiste. Et moi je veux être artiste.

Dans une boîte en bois pleine de petits compartiments, du même genre que cette boîte à boutons à la mercerie, qui fascine tellement Chelo et dont elle dit qu'un jour elle finira par oser la peindre, ou du même genre que la boîte de typographe qu'il avait découverte le jour où il avait accompagné Leica à l'imprimerie Moret et où il s'aperçut que les mots étaient composés d'éléments solides qui parfois se coinçaient dans la gorge, eh bien, dans cette boîte-ci il y avait différentes catégories de perles de verre et de résine. Le jeune taxidermiste en saisit une poignée et la dépose dans la main du visiteur : Tu aimes les yeux ?

Il sourit, satisfait d'avoir réussi à produire un nouveau sentiment de frayeur chez Gabriel.

Ne sois pas bête. La nature également fait ce genre de chose. Elle est trompeuse aussi. Viens, suis-moi. Je vais te montrer quelque chose que tu n'as jamais vu. Et que sans doute tu ne reverras jamais.

Viens, viens, répéta-t-il avec son air mystérieux.

Des fenêtres dans un petit jardin intérieur. À l'abandon. Des orties. Plusieurs chats. Spectateurs silencieux d'un musée, qui acquièrent peu à peu la pose des statues. Imitant les animaux disséqués de l'intérieur.

Il l'entraîne par le bras, presque de force, car son air si délibérément énigmatique étourdit encore plus Gabriel. Ils s'approchent de la porte de la chambre froide. À présent, le jeune taxidermiste le regarde d'un air sévère. Jure que tu ne le raconteras à personne. L'Apprenti saisit la poignée à deux mains. Le dernier sourire qu'il lance à Gabriel semble faire partie du mécanisme d'ouverture de la porte, car il pivote également sur le visage de l'Apprenti dont l'expression devient dure, dénonçant un sentiment que Gabriel prend pour du dédain.

Il ouvre.

Referme brusquement la porte.

Tu l'as vu ?

Gabriel acquiesce. Cela n'a duré qu'une seconde, mais il est glacé de l'intérieur. Il ne pourra le raconter à personne. Jamais.

Tu es abasourdi, hein ? Tu veux le revoir ?

Et murmurant tout doucement : Allez. On va le voir à nouveau.

Il recommence son cérémonial. Mais à présent, il ne referme pas brusquement la porte. L'ange se trouve là. Son plumage blanc. La froide buée du lieu fait penser à une espèce de souffle que le corps blanc expulse, une fuite de la couleur.

Tu veux le toucher ? C'est un ange gardien.

Gabriel se sentait plus à l'aise face au dédain énigmatique de l'Apprenti que face à la complicité que tente de susciter cette plaisanterie de mauvais goût. Au fond de lui, il regrette ce revirement. Il tend le bras. Il caresse le plumage et, peu à peu, dans l'épaisseur des ailes, poussée par le rire de l'autre, sort de sa cachette, s'immisce et se balance, tel un pendule, la tête du cygne.

Le juge n'avait aucune propension à montrer ce qu'il appelait son « identité intérieure ». Les sentiments. Son principal trait de caractère était son absence d'expressivité. Il considérait que, s'efforcer d'être dépassionné et d'agir toujours avec discrétion, était une des obligations de sa fonction. Cela ne signifiait pas du détachement envers son idéologie ou le pouvoir politique en place. Bien au contraire, ses conseils en matière juridique étaient de plus en plus sollicités par les hautes instances. Et il avait également accru ses collaborations journalistiques et, pour l'occasion, récupéré son pseudonyme : Syllabus. Tout le monde, c'était l'expression utilisée par ses collègues de discussion à la Crypte, « tout le monde » savait que sa promotion viendrait tôt ou tard. Sa nomination à Madrid. Peut-être, pourquoi pas, c'est ce qu'il désirait le plus. Un poste au sein du plus haut tribunal du pays.

Oui, il était très réservé. Professionnellement austère. Mais, dans certains domaines, il ne tentait pas de maîtriser les débordements. Il avait une passion qui venait de loin, d'une certaine façon, il l'avait héritée de son père. La passion pour la bibliophilie. Et son autre passion était la chasse, elle s'était développée à l'âge mûr. Il parlait de cela comme d'une soudaine conversion. Il avait été pratiquement forcé, pour maintenir ses relations amicales, de participer à sa première chasse à courre, mais ce qui ne devait être qu'un simple passe-temps déboucha bientôt sur une véritable dévotion. Il situe l'instant de cette transformation non pas dans la montagne, mais dans un marais, le jour où il abattit une oie sauvage. Le *swing* dessiné dans les airs à la poursuite du gibier, le coup de feu, la chute de la proie et, par-dessus tout, la gerbe d'eau que celle-ci souleva. Tu ne peux pas imaginer l'émotion. Le moment de la gerbe d'eau est quelque chose d'inénarrable. Les parties de chasse se mirent à occuper un espace très important pour Ricardo Samos, dans le récit de son existence. Voilà pourquoi il avait également cette passion pour les trophées. Ce n'étaient ni des abstractions ni des symboles. Ils représentaient pour lui la vraie nature, la nature conquise. Cependant, il faisait partie de ces chasseurs qui s'efforcent de contrôler leur instinct exhibitionniste. Il sélectionnait sévèrement les pièces qu'il confiait au taxidermiste. Les têtes de sanglier, de cerf, de bouquetin d'Espagne. Et les oiseaux. La bécasse. La perdrix blanche rapportée des Pyrénées. Et puis, plus tard, la pièce qu'il apprécia le plus, le coq de bruyère de la région des Ancares. Mais à présent, il est en train de parler à Gabriel. C'est une étrange situation où, dans ce cas, l'cnthousiasme presque infantile vient de l'adulte. Il lui raconte ses projets, des aventures que, sur l'instant, le gamin trouve illusoires, mais que raconte, et sur cela il n'y a vraiment aucun doute, une personne qui d'habitude incarne le sérieux à l'excès. Cet après-midi, en quittant l'atelier du taxidermiste, Ricardo Samos parle à son fils de l'ours des Carpates. Lui, qui se sent si heureux, si satisfait, va confier à son fils, et c'est un secret qui doit rester entre eux, qu'il possède deux désirs profonds, dans sa vie : chasser un ours des Carpates et retrouver un livre très particulier. Non, non ce n'est pas un incunable. C'est un Nouveau Testament imprimé en Espagne au milieu du XIXe siècle. Oui, bien sûr, il possède déjà des Bibles et des Évangiles de cette époque. Mais ce livre contient une singulière dédicace et une signature. C'est un caprice. Une obsession. Oui, on pourrait affirmer qu'il s'agit d'une obsession.

À propos d'obsessions, la saison des bécasses approche.

L'heure d'Eusebio approche.

Le chasseur de bécasses était devenu le guide et le collègue indispensable de Ricardo Samos. Lorsqu'il allait en ville, il faisait presque toujours un détour par cette maison. Eusebio était chasseur, mais il conduisait également les affaires de la ville, il en était le maire. Il apportait presque toujours des cadeaux. Des cadeaux solides, qui établissaient un lien solide. Des produits de la terre. Parfois de la viande. Comme s'il découpait la nature en quartiers. Mais parfois, il apportait aussi des livres pour le juge, venant de quelque presbytère, manoir ou grande maison qui avait périclité. Eusebio s'efforçait d'éviter toute identification au topique de l'homme rustique. Lors de ses visites, il était toujours habillé de façon élégante, peut-être même un peu guindée.

Chelo disait : Il ne lui manque plus que la queue pour ressembler à un vrai renard.

Elle qui était toujours aimable, accommodante, avec une capacité étonnante à se transformer en masque *art déco** si cela s'avérait nécessaire, était cependant assez sèche avec ce visiteur. Elle ne dissimulait pas son antipathie. Je ne peux pas m'en empêcher, disait-elle à Samos. C'est vraiment physique.

Eusebio s'était présenté avec une plume de bécasse dans un bocal en verre.

Le trophée le plus prisé du chasseur, déclara le juge. Il y avait chez lui un réel désir d'intercéder pour rendre sympathique son protecteur dans l'univers de la chasse. Une phrase historique du juge : On peut partir dans la montagne sans chien, mais pas sans Eusebio. Il est né chasseur. Je te jure qu'il a le flair d'un braque. C'est la race de chiens qu'il utilise lorsqu'il part à la bécasse, un braque, et il communique avec lui grâce à un code composé de gestes silencieux. On ne sait plus qui aide qui. Il est toujours le premier à voir les miroirs.

Les miroirs ?

Les excréments. Ils sont blancs, avec du vert au centre. Les excréments sont la seule chose qui trahisse leur présence. Ils sont la seule chose qui trahisse l'oiseau le plus secret des bois de Galice.

Chelo, qui ne s'intéresse absolument pas à la chasse, éprouve de la curiosité pour cet oiseau. Elle se renseigne auprès des femmes qui se déplacent avec des choses sur la tête. Au bout d'un moment, on devient experte. La bécasse. La sentinelle des bois. Sa mission n'est pas seulement de survivre, mais surtout d'alerter la forêt du danger qui approche. Le soudain envol de la bécasse est une consigne de sauve-qui-peut que tous les animaux respectent. C'est une complice de la terre. Elle couve ses œufs rougeâtres et gris par terre, parmi les fougères. C'est le camouflage le plus efficace. Des couleurs rouges, brunes et beiges avec une rayure transversale sur les ailes. Elle possède la meilleure arme défensive au monde. Une vue absolument extraordinaire. Qui, contrairement à l'homme, est dépourvue de champ aveugle, et couvre les trois cent soixante degrés qui se trouvent autour d'elle.

Eusebio passe devant pour repérer les miroirs avec son flair de braque. Mais c'est aussi un ennemi rusé. Dans la montagne, il se transforme. Lui aussi sait se camoufler. Il peut ressembler à un rocher. De fait, c'est bien un rocher. Son visage ressemble à du liège. Son champ de vision n'est pas comparable à celui de la bécasse. Il a un large champ aveugle, lui. Son champ de vision ressemble à peu près à celui d'un aigle. Cela peut devenir un inconvénient de ne pas voir ce qui se passe derrière. Mais la seule chose qui l'intéresse pour l'instant, c'est la précision de son œil. Il faut s'approcher le plus possible. Cadrer la bécasse dans son champ de tir. Réussir son coup. Abattre la sentinelle.

À l'extrémité de l'aile de la bécasse, on trouve une plume d'une grande finesse. D'une qualité mythologique pour le pinceau du peintre, quelque chose de mieux que n'importe quel poil. Une plume unique que ne savent distinguer que les yeux et les doigts d'un expert.

Quelle merveille, Chelo ! Aucun chasseur n'accepterait de se dessaisir d'un semblable trophée.

Aujourd'hui, Eusebio porte des lunettes Ray-Ban, avec une monture dorée et des verres vert foncé. On ne voit pas ses yeux. Il sourit. C'est vrai qu'il a des canines très affûtées.

Les « 666 » châtaignes

Cette espèce de fainéant, s'il a fait de la prison et les travaux forcés, ça n'est certainement pas pour rien, va ! Je sais bien qu'il est revenu boiteux. Boiteux ou pas, un homme doit rapporter de l'argent à la maison. Personne ne veut lui donner de travail ? Eh bien, il n'a qu'à aller en chercher en enfer. Que Dieu me pardonne. Voilà des heures qu'ils sont là en train de parler sans arrêt. De quoi peuvent-ils bien parler d'ailleurs ? D'égal à égal, comme un théologien face au curé. Je me demande encore comment le curé peut tolérer ça. Pourquoi ne lui cloue-t-il pas le bec avec quelques citations latines. Bien que lui aussi connaisse le latin. Car il avait été jadis l'enfant de chœur de don Benigno, et lorsque celui-ci avait commencé à perdre la mémoire, Polca avait toujours été là pour jouer le rôle du souffleur, pendant la messe. Polca en a dans la tête, et il entretient tout ça très bien, dommage qu'il ait les idées qu'il a. À quoi peuvent bien servir les idées à un pauvre ? À lui compliquer la vie, la sienne et aussi celle de sa famille.

Au début, lorsqu'elle lui ouvrit la porte, elle pensa qu'il allait encore y avoir des problèmes. Elle savait parfaitement ce qu'il était venu faire. Il venait certainement demander des comptes après l'incident avec la gamine. Bah, elle n'était plus si gamine que ça, une poulette, et il fallait voir comment elle répondait aux gens cette damnée. Elle n'avait pas trouvé bien la punition qu'on lui avait infligée, tout ça pour quelques châtaignes, le problème c'est qu'Ó, la gamine, n'aurait pas dû se montrer aussi rebelle, aussi morveuse, c'est quoi cette façon d'aller citer les Évangiles à la face du curé, où a-t-on jamais vu ça ? La gamine, pour l'instant admettons que c'est une gamine, avait pénétré avec d'autres gamins dans l'enceinte du presbytère pour voler des châtaignes. Ils savaient pourtant ce qui risquait de leur arriver. Certains d'entre eux avaient déjà reçu un sacré coup de bâton de la part du curé. À ce niveau-là, ils savaient très bien que don Marcelo était un fervent dévot de la Vierge du Coup de Poing ! Un jour, il avait même fait une prédication à ce sujet pendant la messe, lorsqu'on avait lancé cette fameuse idée du domaine communal, il avait répondu que lui, le communisme, il n'en voulait même pas pour partager ses châtaignes. Et à l'époque, Polca avait déjà osé déclarer à la taverne de Pena do Cuco que s'il y en avait bien un qui était communiste, c'était justement le Christ, qui n'avait jamais rien possédé, même pas le bois de sa croix, tellement il était pauvre. Mais don Marcelo, ce n'était pas don Benigno. Et elle le savait parfaitement. C'était quelqu'un de rancunier. Peut-être que ça avait joué pour la punition de la petite, je n'en sais rien. Le fait est que c'était dimanche après-midi et que les gamins étaient entrés pour voler des châtaignes. Ils avaient dû se dire qu'il était en train de faire la sieste. Et donc ils étaient entrés, sûrs d'eux, ils avaient même apporté une échelle pour franchir le mur de pierre, qui est haut, sans la moindre brèche, et surmonté de tessons de bouteille très pointus. Mais lui, pour ce qui est d'entendre, il entend même les pensées des gens autour de lui. Pendant la messe, il avait déjà remarqué qu'ils avaient tous une tête à aller lui voler ses châtaignes. Et il les guettait. Il les avait laissés ouvrir une bonne quantité de bogues et entasser les châtaignes. Et lorsque le travail était pratiquement terminé, il s'était présenté, en soutane, immense, comme s'il venait d'entrouvrir les portes des ténèbres. Et il s'était mis à tempêter. Qui vole un œuf, vole un bœuf ! Tout le monde s'enfuit à toutes jambes, sauf Ó. Elle resta là et elle eut même l'audace de lui tenir tête : Qui est astucieux, se tire à soi-même les marrons du feu. Lui, bien entendu, ne donna aucun crédit à ce qu'il venait d'entendre. Il l'attrapa par le bras et la secoua. Qu'est-ce que c'est que cette vulgarité, hein, toi, la lavandière ? Si tu craches en l'air, ça va te retomber sur la figure. Et Ó lui dit : Dites votre sermon si cela vous chante, mais évitez de donner des coups sur la chaire.

Cette gamine a une repartie insupportable.

Non, la punition n'a pas été juste, murmura la bonne du curé. Le fait de la menacer de la conduire à la garde civile, enfin, ça on s'y attendait. Mais lui faire ramasser un tel nombre de châtaignes jusqu'à atteindre un tel chiffre. Ça ce n'était pas bien. Ce n'était pas bien de lui faire compter six cent soixante-six châtaignes. Et à genoux en plus, sur l'herbe humide, avec le froid qu'il faisait. En tout cas, il fallait voir la gamine. Il fallait la voir en train de compter. Les châtaignes voltigeaient entre ses doigts. De la même façon que lorsque sa mère comptait les allumettes.

Six cent soixante-six, en un tournemain.

Maintenant va-t'en raconter ce qui s'est passé à ton père.

Ça aussi, c'était de trop. Ça, c'était remuer le couteau dans la plaie. Voilà pourquoi, lorsqu'on frappa à la porte, que la bonne alla ouvrir et qu'elle s'aperçut que c'était Polca, elle pensa tout de suite au pire, qu'une étincelle de rien du tout pouvait mettre le feu à toute la maison.

Mais pendant la conversation qui suivit, le curé ne donna qu'un coup de poing sur la table de la salle du presbytère. C'était une table aussi grande qu'un diocèse, pour utiliser une métaphore de paroissien, car le jour de la grande fête, tous les fidèles de l'archiprêtré pouvaient s'asseoir autour pour manger. Don Marcelo donna donc son coup de poing et dit : Ne me redemande pas une autre fois ce que fit Loth avec ses filles ! Nous sommes au courant de ça, parce que c'est la bonne qui l'avait entendu, depuis la cuisine. Et ça l'inquiéta car elle avait très souvent entendu parler de la femme de Loth, dans cette épître des Saintes Écritures qu'on lisait à la messe et qui semblait vouloir blâmer toutes les femmes, à cause de leur curiosité, de leur instinct de toujours chercher à savoir ce qui se passe, de leur cancanage insupportable, c'est pour cette raison qu'elle fut punie et transformée en statue de sel. Mais aussi, qu'est-ce que Loth avait eu besoin de regarder dans leur direction, tandis que les anges accomplissaient, détruisaient, brûlaient et rasaient Sodome et Gomorrhe, il ne devait y avoir aucun témoin de ce désastre, il fallait que personne ne puisse raconter, par-ci par-là, la terreur que ces anges furent capables de déployer. Voilà à quoi venait de penser la bonne, comme tout le monde, à cette leçon qu'on doit respecter et qui dicte de toujours regarder ailleurs dans ces cas-là. Mais ce qui la perturbe le plus en ce moment, ce qui l'inquiète, tandis qu'elle est en train de plumer deux pigeons pour le dîner du curé, c'est l'avertissement que celui-ci a lancé à Polca. Il lui a dit que ce dernier ne recommence plus à lui parler de ce que Loth avait fait à ses filles et vice versa. Que ce n'était pas à Polca de lui faire des sermons. Que s'il ne raconte pas l'histoire jusqu'à la fin, c'est parce qu'il a décidé qu'il ne le ferait pas, que l'histoire de la statue de sel suffit aux gens pour comprendre ce qui s'est passé. Elle prête l'oreille à ce qui se dit. À présent Polca insiste et commence à parler d'un certain Élisée, prophète, disciple d'Élie, qui devint absolument furieux contre des enfants qui l'avaient traité de chauve alors qu'il était en train de grimper sur un talus : Grimpe, le chauve, grimpe ! Il était vraiment chauve et il commença à les maudire au nom de Yahvé et quarante-deux enfants furent dévorés par les ours. Combien tu dis ? Ce fut une énorme boucherie perpétrée par Notre-Seigneur, me semble-t-il. En tout cas, pour ce qui est de parler, on peut dire que Polca parle vraiment bien, il tient la dragée haute au curé, il parle même mieux que lui. Il est vraiment très intéressant notre possédé ! Le curé se gratta la tête, qui était parfaitement chauve, et lui dit : J'ai eu la main un peu lourde, d'accord, mais tu ne vas pas comparer l'énormité du prophète chauve avec mon histoire de châtaignes ?

Elle ne tient plus en place, c'est à peine si elle se nettoie la saleté de plumes et de sang sur les mains. Elle est nerveuse et sort, par la porte de service, en direction de la chapelle pour voir ce qu'on y dit de Loth et de ses filles, les livres doivent bien en dire quelque chose, à un endroit ou un autre, ils doivent bien dire également quelque chose des quarante-deux enfants dévorés par les ours à cause de la colère du prophète. Voilà pourquoi la bonne avait soudain changé de regard, peut-être pour toujours d'ailleurs, et voilà pourquoi le curé lui avait demandé si tout allait bien, lorsqu'elle était revenue, le visage complètement livide. Et comme il s'aperçut qu'elle avait l'air si choquée, il ne lui reprocha même pas de le servir avec du duvet de pigeon coincé sous les ongles.

Ce sera notre nouveau fossoyeur, dit le curé.

Elle s'essuya les taches de sang des oiseaux sur son tablier. Elle savait que, plutôt que de parler à quelqu'un, le curé était en train de tenter de se convaincre lui-même.

Il en faut bien un, ajouta-t-il. En revanche, j'ai posé mes conditions. Fini la procession de Carnaval. Fini le Cardinal Boiteux des Choqueiros. Plus de sermons blasphématoires sur la chaire de la taverne.

Et elle, sans trop savoir pourquoi, ressentit un peu de regret. Polca était un damné, mais il faisait rire tout le monde. Elle le maudissait mais, tous les ans, pour Carnaval, elle était aux aguets pour le voir déguisé en cardinal dans le cortège de Rexumeiros, avec son *ora pro nobis*, et en train de tout asperger d'eau bénite, avec une sulfateuse, autour de lui. Vêtu de pourpre, il avait bien plus fière allure que le curé. Il présidait la procession au cours de laquelle on portait le mannequin de Carnaval, entièrement composé de navets, et on allait le jeter dans le fleuve Monelos. Depuis la guerre, il était interdit de se déguiser, mais ils sortaient à la tombée de la nuit, de sous les pierres. Il y a deux ans ils eurent même l'audace de se rendre à la procession avec le mannequin en navets couvert de photos de Franco, le Caudillo, accrochées avec des épingles, et avec une escorte composée de Choqueiros déguisés en Soldats maures, une escorte semblable à celle qui protégeait le Caudillo, mais chevauchant des ânes. Les gardes civils arrivèrent et chargèrent la procession à coups de crosse. Mais le mannequin avait déjà coulé dans la rivière.

Elle ne répondait pas. De toute façon que pouvait-elle bien répondre ? En plus, on n'avait pas vraiment le choix. Les jeunes partaient tous pour l'émigration. Et les vieux étaient plus enclins à mourir qu'à enterrer les autres.

Peu à peu, il en prendra l'habitude, lança don Marcelo. Il finira même par devenir le gars le plus sérieux de toute la contrée, j'en suis sûr.

Oui, acquiesça-t-elle. C'était propre à ce métier. Tous ceux qui l'avaient fait avaient fini par bien entrer dans leur rôle, comme si le monde entier était un cimetière.

Rocío, la bonne, se rappela soudain : Mais est-ce qu'il pourra encore se déguiser en femme ?

Pas à l'intérieur de la paroisse. Il n'en est pas question. S'il le fait à l'extérieur, c'est son problème. Je ne vais tout de même pas aller lui admirer les jambes.

Dieu soit loué !

Et le curé ne sut pas très bien si c'était une exclamation exprimant le soulagement ou si la bonne venait de s'offusquer.

Le fossoyeur

Il y a du travail pour toi, Crecente, lui dit le curé.

Il se leva et alla allumer la lumière. Un lustre à plusieurs branches où l'électricité était devenue une hôtesse épuisée. Rangées dans un panier posé dans un coin de la pièce, on pouvait apercevoir les châtaignes, leur couleur était à présent lumineuse, on aurait dit qu'elles avaient été cirées, et elles possédaient cette joie contenue d'une deuxième vie qu'expriment les fruits qui mûrissent à l'intérieur d'une maison. Comme sur d'autres lustres, il y avait des grappes de raisin à vin doux suspendues à une branche de mimosa. Les pommes, sur le planisphère des couvertures de Zamora, étaient gorgées d'arôme. Les noix, elles, étaient absorbées dans leurs pensées. Polca était bien plus attentif à la présence singulière de ces fruits, qu'au mobilier massif, d'un bois presque minéral, pétrifié, extrait de la forêt en pleine nuit.

Il travaillait comme manœuvre. Prenait tout ce qui se présentait. En été, quelques aubades avec sa cornemuse. Reprendre du service comme agent des parcs et jardins. Voilà ce qui lui aurait fait plaisir. Mais il était devenu boiteux et il possédait ces fameux antécédents. Être boiteux, disait Polca, ça c'est un fichu antécédent !

Il ne fallait pas avoir d'antécédents du tout. Les antécédents. En principe, c'était un mot plus facile à prononcer que salicylique, mais c'était un mot lourd à porter sur ses épaules et alors qu'il fallait toujours tenter de remonter la pente.

Il existait des hommes avec des antécédents et des hommes sans antécédents.

Et dans son cas, il semblait qu'il existât également un destin obstiné.

Pendant la guerre, on l'avait arrêté au moment où il pensait qu'on l'avait complètement oublié. Ils étaient allés le chercher dans une camionnette où il y avait déjà plusieurs autres gars de Silva et de San Cristovo. Et ils avaient organisé un simulacre. Ils les avaient conduits en pleine nuit jusqu'aux fortifications. Sur les ruines du village celte. C'était la pleine lune et Polca put apercevoir les ombres des souvenirs, lorsque neuf mois auparavant Holando leur avait lu les Commandements du Naturiste. On leur avait demandé de creuser. Tout cela était parfaitement sinistre. Aller creuser une fosse à cet endroit, dans les fortifications. L'ordre précis était : Creusez bien en ligne droite ! Et il pensa : Merde alors, il ne manquerait plus que je trouve maintenant le trésor de Terranova ! Plaisanter dans de telles circonstances, il fallait vraiment le faire, juste à l'instant de creuser sa propre tombe. Toi, tu as l'esprit qui tourne à l'envers, lui avait dit Holando. Lorsqu'il faut pleurer, tu ris. Tu es un paradoxe ambulant. C'est le don du libre penseur. Il se mordait les lèvres jusqu'au sang pour tenter d'inverser le courant. Creusez, merde, creusez. Mais un des outils frappa soudain sur quelque chose de métallique. Qu'est-ce que c'est que ce truc ? Ce doit être de la ferraille, dit un gars de l'expédition. Fais voir, rétorqua un autre, enveloppé dans sa capote. Il tapa l'objet sur un rocher pour retirer l'argile et le tourna en direction de la lune.

Que je devienne aveugle, si ce truc-là n'est pas une torque !

Montre un peu. Ce n'est pas plutôt un fer à cheval ?

Ils étaient tous en train d'étudier la trouvaille à la lumière de la lune, secouant le métal, cherchant de l'or.

Il faudra l'examiner en plein jour. Pour l'instant, on creuse.

Tout droit ?

En diagonale ! En diagonale, une pièce conduit toujours à une autre.

Il vaut mieux que ce soit en diagonale, pensa Polca en reprenant espoir, on ne creuse jamais de tombes en diagonale.

Ils demeurèrent là, à creuser toute la nuit. Alors que l'équipe de *paseadores* fébriles cherchait dans chaque motte de terre, examinait chaque pierre, fouillait le moindre trou.

Il y a quelque chose de dur, ici. Bah, ce sont des os !

Des os ? Des os d'animaux alors.

Bien sûr d'animaux. Des os de quoi veux-tu que ce soit ? dit la grande perche qui commandait l'équipe. Puis il regarda en direction du trou comme si la question qu'il venait de poser se baladait par là, en train de retourner la terre.

Et tandis qu'ils cherchaient encore fébrilement de l'or, l'aube commença à pointer. À dessiner des témoins à l'horizon. Des hommes à moto et à bicyclette, des femmes avec des paquets, transportant les premières lueurs du jour. La cime de la montagne se découpait maintenant entre les rochers de l'Ara Solis. La consigne était de tuer pendant la nuit. Ce n'est plus l'heure, expliqua un des hommes de l'équipe de *pasea-*

dores, et on ne sut pas très bien s'il le disait à propos du fait de creuser ou de tuer. En tout cas, on leur demanda de remonter dans la camionnette et c'est ainsi que Polca avait atterri en prison. Après avoir creusé sa tombe, d'abord en ligne droite, puis en diagonale.

Il y a du travail pour toi, Crecente, lui avait dit le curé. Il n'avait pas cessé de réfléchir depuis qu'il avait puni Ó. Il avait probablement des remords. Du travail pour toi. À deux conditions. Fini les processions païennes, le Cardinal Boiteux et les femmes fatales du Carnaval. Et fini de me faire concurrence en allant prédiquer dans les tavernes. Je sais que tu t'exprimes très bien, que tu fais rire les gens, mais ton rôle c'est de te taire, Polca. Les choses sont ainsi. Tu ne peux pas être curé, dit-il en se moquant. Le poste de sacristain est déjà pourvu. En revanche, celui de fossoyeur est vacant. Qu'en penses-tu ? Tu gagneras un peu d'argent comme fossoyeur, et un autre peu comme joueur de cornemuse, bon an mal an, comme on dit... L'homme était devenu très familier avec moi, avait expliqué Polca à Olinda.

La blatte du Roi Cintolo [1]

Il fallait le dire de façon convaincante, pas n'importe comment. Acide acétylsalicylique.

Voyons, Pinche, répète.

Acide acétylsacylitique.

Non, pas sacylitique. Salicylique.

Pour Polca, un individu commençait à bien parler, à se défendre dans la vie, lorsqu'il était capable de dire « acide acétylsalicylique ». Cette invention se trouvait déjà dans la nature, comme toutes les inventions. Le problème, c'est qu'il fallait la sauver du monde invisible, tout comme la musique est un son sauvé dans le sac à air en peau de la cornemuse. Cette phrase faisait partie du répertoire de Polca, mais il ne la prononçait cependant jamais. Tout ce qui avait une importance à ses yeux avait été sauvé du monde de l'invisible. Et l'aspirine ne dérogeait absolument pas à la règle. La meilleure preuve des vertus de l'aspirine se trouvait

1. La grotte la plus importante de Galice est connue sous le nom de « grotte du Roi Cintolo », elle se trouve dans la commune de Mondodeño. Le Roi Cintolo est un des protagonistes typiques des légendes populaires galiciennes. Son histoire fait appel aux éléments habituels, tels que villes enchantées, trésors cachés et princesses à marier.

dans le monde des rats de la rivière, et le problème, c'est qu'il fallait arriver à les voir. Ils étaient toujours sains, propres, avec le poil lustré. Et pour quelle raison ? Tout simplement parce qu'ils rongeaient les racines des saules. Et que renfermaient les racines de ces saules ?

De l'acide acétylsacylitique.

Salicylique !

Ó appréciait beaucoup la théorie du monde invisible, mais pas du tout les rats. Il lui était impossible de les imaginer comme un canon de beauté salutaire. Elle s'arrangeait toujours pour avoir un caillou à la main, au cas où l'un d'eux se serait aventuré à grimper sur la berge. Mais un jour, un rat qui se trouvait de l'autre côté de la rivière la regarda bien en face. C'était la première fois qu'Ó voyait les yeux d'un rat, et elle finit par penser la même chose que Polca. Elle le trouva magnifique. D'une beauté inquiétante, comme tous les animaux qui fréquentaient les abords de la rivière et qui tentaient de ne pas être vus, ainsi les mantes religieuses qui se confondaient avec les herbes, ou les araignées d'eau qu'on appelle des cordonniers, qui vivaient posées à la surface sans jamais se mouiller, raccommodant les marques de la rivière avec les traces de leurs pattes extrêmement fines. Pour Polca, les êtres les plus intéressants faisaient également partie de ce qui ne se voit pas à première vue. Du monde de l'invisible. Et voilà qu'était venu l'instant solennel où Polca faisait part de sa découverte personnelle.

Non, lui disait Olinda qui, à ce moment-là, perdait patience. Ne recommence pas à me raconter tes histoires !

Et qu'est-ce que je fais de mal ?

Ó et Pinche éclataient de rire. Ils avaient entendu

plusieurs fois cette histoire. Ils savaient déjà que, pour Polca, l'animal le plus beau de la terre c'est la blatte, qui mange la merde des chauves-souris, dans la grotte du Roi Cintolo.

Acide acétylsalicylique

Ce gamin a tout simplement besoin d'acide acétylsalicylique. Va donc chercher une aspirine.

Neves est étonnée. Abasourdie. Elle s'attendait à autre chose, à un autre traitement. À quelques mots divinatoires. À quelque organe anomal. À quelque gravure de saint. Ou de chanteuse. À des herbes infusées. À quelque chose d'autre.

Vous n'allez pas lui dire une formule ?

Voyons voir, il n'y a pas une aspirine dans le coin ?

Bien sûr qu'il y en a. Mais faites attention, ça pourrait lui trouer l'estomac.

Bien entendu, ne t'en fais pas. Il faut la dissoudre dans une cuillerée d'eau. Et prépare un peu de café.

Du café ?

Oui. Du café. Du café maison. Voilà. Écoute-moi, Gabriel. Tu vas boire cette aspirine et tu vas garder un petit moment l'eau avec l'aspirine dans la bouche, sans l'avaler, pour que le goût ne s'en aille pas. C'est un goût amer. Ne crache pas. Bien. Très bien. Et maintenant tu vas boire une gorgée de café. Le café aussi est amer. L'amertume sur le palais, c'est ce qu'il y a de mieux pour arriver à démarrer et à sortir les mots. Le sucré est un élément bien trop conformiste. C'est bien, mon gars. À présent il te faut essayer de dire : Acide acétylsalicylique.

Gabriel répéta le mot de façon très rapide, et absolument parfaite.

Bien, très bien, mon garçon. Tu as remarqué comment ce dont nous avons parlé pénétrait au cœur des mots ?

Gabriel regarda Neves, puis se tourna vers Ó. Elles écarquillaient leurs yeux, de grands yeux, magnifiques. Il se dit qu'il aimerait devenir ophtalmologue plus tard, en plus d'archéologue sous-marin. Il voulait être capable de regarder à l'intérieur de ces yeux-là.

Ophtalmologue, répéta-t-il pour lui-même, surpris par le fait que, cette fois-ci, son appréhension ne s'était pas manifestée, ne s'était pas mise à grimper le long des murs de la gorge.

Qu'est-ce que tu as dit ? demanda Polca.

Ophtalmologue.

Ça aussi, c'est un mot convenable, dit Polca satisfait, en considérant que cette initiative de Gabriel constituait un réel progrès. C'est un mot scientifique. À présent, nous allons peaufiner d'autres mots, les peaufiner de façon parfaite. Comme si on les chantait, mais sans les chanter vraiment. Répète : *L'accordéon soûl parle en anglais, en allemand…*

C'est alors que s'ouvrit brusquement la porte de la cuisine. Le juge portait un chapeau et un caban, il ne les avait pas accrochés au portemanteau du vestibule, comme il le faisait d'habitude, et c'est sans doute pour cette raison que sa silhouette avait l'air plus grande que la porte elle-même. Pour Neves, plus nerveuse que tout le monde, sa silhouette ressemblait à celle d'un être énorme qui tenterait de s'introduire dans une maison miniature. L'ogre du Petit Poucet, par exemple. La tête du chat avec les moustaches de la taille de la porte, juste devant le trou des souris. Derrière ses lunettes, les yeux du juge exprimaient une certaine urgence. Il regarda machinalement Polca. Un villageois. Il se trouvait dans la cuisine. À sa place. À cet instant, la lumière ténue de la cuisine semblait être le prolongement d'une intempérie rurale.

Où est madame ?

On l'a appelée des Beaux-Arts, monsieur le juge. Pour guider un groupe d'étrangers à travers la ville, répondit Neves, nerveusement et promptement. Sans se tromper. Elle a dit que si vous téléphoniez, il ne fallait pas vous inquiéter. Qu'elle serait à l'heure au dîner officiel, comme convenu.

Très bien.

Avant de sortir, il regarda une nouvelle fois Polca. Ce fut un regard fugace et il ne dit pas un mot. Il attendait que Polca le salue en ôtant sa casquette de velours à visière. De son côté, Polca attendait le contraire. Il pensait que l'initiative devait venir de l'homme au chapeau. C'était lui le maître de maison. C'était au juge de donner la bienvenue.

C'est mon père, monsieur le juge, dit Ó.

Bonjour. Comment allez-vous ?

Eh bien, comme d'habitude, monsieur...

Il allait ajouter ce qu'ajoutait toujours le fossoyeur sur un ton amical : Je travaille pour l'éternité, je fais le lit de ceux qui vont dormir dehors. Mais cette fois, il n'en eut pas le temps, il se tut, car le juge était déjà en train de dire au revoir à son fils : Ne renvoie pas tes exercices à plus tard. C'était une recommandation qui, vu le ton, s'adressait à tout le monde.

Neves accompagna le juge jusqu'à la porte. Et pendant ce temps, Polca versa du café dans une tasse, avec beaucoup de sucre.

Toi... tu le bois avec... avec du sucre ! reprocha le gamin.

Polca lui lança un clin d'œil.

C'est que, moi, ça fait longtemps que j'ai peaufiné les mots, Gabriel.

Ouf ! Heureusement qu'il n'a pas demandé ce que nous étions en train de faire, soupira Neves en revenant dans la pièce.

Je le lui aurais expliqué moi-même, dit Ó. Nous ne faisions rien de mal.

Il est très particulier, murmura Neves. Lorsque ça lui prend, qu'il se met à être autoritaire, on ne peut rien en tirer. Son torse devient tout raide, comme un poteau.

Polca savoura la dernière goutte de café sucré. Il appelait ce petit reste de marc la *dolce vita*. Il avait emprunté l'expression à Luis Terranova. Où pouvait donc se trouver Terranova, où pouvait donc se trouver à présent ce garçon qui promettait de devenir un vrai Gardel, un diamant ? Pourvu qu'il ne soit pas en affaire avec l'éternité.

Polca savoura la dernière goutte avec un plaisir infini, puis il fit claquer sa langue.

Quel problème voulais-tu qu'il y ait ? Il m'a regardé et il ne m'a même pas vu.

Il se tourna vers Gabriel.

Souviens-toi. Ce qu'il te faut faire, c'est tout simplement voir ce que tu regardes. Il faut que tu introduises ce que tu vois à l'intérieur de tes yeux. Il faut que tu y introduises ce qui se dit à l'intérieur des mots. Allons-y. Recommençons à peaufiner d'autres mots. Répète :

En cada nota el gaitero lanzaba un limpio diamante.

(À chacune de ses notes, le joueur de cornemuse lançait du pur diamant.)

Gabriel récita le couplet sans buter sur le redoublement des sons. Il n'écorcha pas le moindre mot. Il avait une voix joyeuse, chantante, à travers laquelle on sentait que les mots contenaient parfaitement ce qu'ils disaient.

Cette fois, ça y est. Cette fois, il a parfaitement peaufiné les mots qu'il a prononcés, il n'en a écorché absolument aucun, se félicita Polca. Tu vois, il suffisait de trouver la clé qui ouvre la serrure du cadenas !

Polca était vraiment ému. Il saisit la tête de Gabriel entre ses mains, comme s'il avait pu un instant la soulever au-dessus du corps et continuer à polir ce qu'elle venait de sculpter. Le couplet qu'il lui avait fait répéter n'était pourtant pas un couplet triste, mais Polca avait les yeux humides. Il entendait à nouveau la voix de son ami Luis Terranova. Il était tout nu, « un dieu à poil » au sommet de l'Ara Solis, sur les anciennes fortifications de la ville. Il murmura, telle une formule latine, cet incompréhensible refrain. *Yamba, yambó, yambambé !* Lorsqu'il arrivait à Polca de lâcher ce genre de chose, on pouvait penser qu'il était parvenu à tuer le ver de la peur, au fond de lui.

Le baiser de la sorcière

Alors ? Personne n'a l'intention de mourir ? Dites donc, vous ne me rapportez pas le moindre rond, vous !

Voilà ce que disait Polca chaque fois qu'il passait devant la taverne de Pena do Cuco. Ses plaisanteries de fossoyeur paroissial poussaient vraiment les gens à vivre longtemps. Parfois, il changeait de refrain et lançait depuis le seuil de la porte :

Quelqu'un a besoin d'une recommandation ?

Et on l'appelait depuis le comptoir : Face à la mort, le meilleur remède, c'est d'ouvrir la bouche. Allez, Polca, viens prendre un verre de vin !

Là il était sûr de son coup. On l'invitait à boire une tournée de vin. Mais il se la gagnait aussi à la force du poignet. Polca ne savait pas boire seul. Il existe beaucoup de buveurs solitaires, mais il n'en était pas. Polca, lui, n'aimait pas le vin de la solitude. Un verre de vin méritait une histoire, quelque chose à raconter. D'après les gens du village, il en savait davantage à propos de l'En Deçà et de l'Au-Delà que le curé du village, qui lui se contentait toujours de la version officielle. Il y avait des sujets qu'on ne pouvait pas aborder en présence du curé, et il n'y avait pas d'autre raison à cela que l'incompétence crasse de l'abbé dans ces domaines. Par exemple : Polca, explique-nous qui commande parmi les Saintes Âmes du Purgatoire, dans la procession des défunts ? Celui qui met en route les Saintes Âmes du Purgatoire, d'après ce qu'on m'a dit, c'est le fossoyeur le plus ancien. Et qui est le commandant en question ? Je suppose que ce doit être Adam. Et qui est-ce qui a enterré Adam, Polca ? Est-ce que c'est Ève qui l'a enterré, non, c'est un fils, un troisième fils de qui on ne parle presque jamais et qui devait être le meilleur des trois. Ici-bas, c'est Caïn et Abel qui ont volé la vedette. Le troisième homme ne devait pas vouloir de publicité. Mais c'est lui, il s'appelait Set, qui enterra son père. Et c'est dans la terre qui recouvre ce premier mort qu'il plante un olivier. Et c'est cet olivier qui fournira par la suite le bois de la Sainte Croix.

Ça fait beaucoup de coïncidences tout ça, mon cher Polca.

C'est la vie, camarade, la vie a toujours vocation à devenir une histoire. Et si tu ne comprends pas ça, tu ne comprends rien à la vie. On peut supposer que c'est Adam qui appelle tous les autres, par ordre d'ancienneté : Debout, les morts et avancez, tous ensemble ! Moi je trouve que c'est une précision extrêmement importante. Qu'ils décident de marcher tous ensemble, sans distinction d'aucune sorte.

Polca à Ó : Il ne te faut pas avoir peur des morts. Il faut surtout te méfier des vivants, ce sont eux qui peuvent détruire ta vie. Les vieux appelaient ceux qui haïssent la vie, les gars du Club des Ossements. Semer la terreur est une chose très ancienne et très moderne à la fois. Ce que faisaient ces gars-là, c'était de balancer un ossement contre n'importe quelle fenêtre pourvu qu'elle fût éclairée. C'était leur façon de désigner la victime. Mais les morts eux aussi savent se venger. C'est ce qu'ignorent les meurtriers. Que les morts cherchent toujours une façon de se défendre. Les vieux parlent de la gifle glacée, il s'agit de la gifle des morts qui sont mal enterrés. Moi, je connais de nombreux cas. De nombreux cas d'assassins qui n'ont jamais été jugés. Pire que ça. D'assassins qui rendent la justice et qui promulguent des lois. Mais la plupart d'entre eux se sont également pris la gifle glacée des morts. Il y a des assassins qui sont devenus fous. Comme l'un d'eux qui a conservé le stylo plume de Luis Huici. Tu sais qui était Luis Huici ? Un des hommes des plus cultivés et des plus raffinés qu'ait jamais connus cette ville. Un précurseur, un phare. Eh bien, l'assassin était entré dans le café, fier de lui, avec le stylo plume du mort. Et ce jour-là, il s'était mis en tête d'écrire avec le stylo de Luis Huici. Et la seule chose qui en était sortie, c'était la signature de son propriétaire. L'assassin est mort quelque temps plus tard, de maladie. C'est ce qu'on a déclaré. Mais moi, je sais ce qui s'est passé. Il a tout simplement essuyé la gifle glacée.

Il y a plusieurs années, lorsque j'étais petite, dit Ó, je t'ai entendu raconter que les morts, lorsqu'ils sortent du cortège des Saintes Âmes du Purgatoire, se promènent parfois en compagnie d'une chienne toute noire.

Ah, oui, bien sûr. Une petite chienne toute noire avec une clochette autour du cou.

Quel baratineur tu me fais ! Tu l'as déjà vue, toi, peut-être ?

Non, je ne l'ai jamais vue, répondit Polca, mais une fois j'ai entendu la clochette et je me suis immédiatement éloigné. Tu sais, Ó, la seule personne du monde dont tu parles que j'ai jamais fréquentée, c'est Antaruxa.

Tais-toi, ça suffit, lança Olinda qui, pour parvenir à enfiler son aiguille à la faible lumière de la lampe, était obligée de faire un tel effort de concentration que tous ses muscles étaient entrés en action et même la maison tout entière et ses cercles concentriques, depuis le village jusqu'aux antipodes, de telle façon que si elle échouait dans cette épreuve olympique les poutres du monde ne tarderaient pas à s'effondrer sur eux.

Polca attendit que le fil entrât dans le chas de l'aiguille. Puis il répondit à la question qui était restée en suspens, malgré Olinda qui tenta de la chasser avec l'éventail de sa main.

Antaruxa est une sorcière très autoritaire. C'est celle qui embrasse le diable.

Tais-toi, Francisco !

Lorsque Olinda s'adressait à lui en utilisant son vrai prénom, cela signifiait qu'elle parlait très sérieusement. Qu'elle était très fâchée. Et Olinda, fâchée, ce n'était pas de la rigolade. Les femmes de Castro s'y entendaient pour vous engueuler et taper du poing sur la table. Et Olinda déclara : Ou tu cloues ton bec, ou je te le couds. Polca s'éloigna un peu d'elle pour continuer à parler, il s'assit sur une banquette et murmura dans la pénombre.

Pour l'embrasser, la sorcière Antaruxa aspire le diable par-derrière, chuchota Polca comme s'il était en train de révéler un des plus grands secrets de la nuit des esprits.

Mais comment, comment est-ce qu'elle l'aspire ? demanda Ó intriguée.

Olinda regarda Polca sévèrement, du coin de l'œil. Ils se turent. On entendait la mer de la forêt qui hurlait, les vagues rouges du soir dans les champs de bruyère de Zapateira. Ó se demandait si Olinda serait vraiment capable de coudre la bouche de Polca. Soudain, la femme et le mari éclatèrent de rire en chœur.

En lui embrassant le trou du cul, murmura Olinda.

Ó se mit également à rire.

La bicyclette de Pinche

Olinda dit à Polca : Il faut acheter une bicyclette à Pinche. Pour quelqu'un qui s'exprimait si peu, c'était vraiment beaucoup parler. Une phrase biblique. Si toute la semaine, il va travailler au chantier et qu'ensuite, pendant le week-end, il veut aller jouer de la musique dans le coin, il ne va pas pouvoir tout faire. Car Pinche jouait déjà un peu de la cornemuse. Il empruntait l'instrument à Polca et se faisait ainsi quelques sous. Le père disait à son gamin : Ce qu'a de bon cette cornemuse, c'est qu'elle porte déjà la musique à l'intérieur d'elle. Et Polca se tourna vers Olinda, qui attendait son autorisation. Il répondit : Tu as absolument raison. Il aurait bien besoin d'un moyen de transport. Ce fut une phrase vraiment convaincante, qui élimina toutes ses réticences, car à l'époque une bicyclette coûtait énormément cher, même d'occasion.

En tout cas, Polca fit ce raisonnement, celui de la nécessité d'un moyen de transport et il ne remit jamais en cause son utilité. Il fut très satisfait, comme si c'était une voix de la Providence, passant par là, qui lui avait soufflé la chose. À l'époque, il y avait très peu de bicyclettes dans la région, et pour que personne ne juge que c'était une dépense absurde, un caprice, pour se méfier du qu'en-dira-t-on, de l'opinion du voisinage, le père de Pinche déclara :

C'est juste un moyen de transport ! Un moyen de locomotion indispensable !

Et cet argument, qui réussit à parfaitement séduire l'entourage, ne fut dévoilé à haute et intelligible voix que lorsque l'achat fut conclu et que tous les deux, le père et le fils, ramenaient déjà l'engin à la maison et dirigeaient le nouveau moyen de locomotion en le tenant par le guidon. D'une certaine façon, c'était un hommage à son précédent propriétaire, un ancien camarade, un ouvrier aussi, tombé en disgrâce, et qu'on appelait Estremil. La veuve leur avait parlé de son mari et de sa bicyclette : Il marchait très souvent à côté d'elle, la guidant d'une main. Il montait rarement dessus, seulement sur le plat, et vous savez bien que par ici il n'y a pas beaucoup de plat. C'est pour ça qu'elle est en si bon état. Il était très soigneux avec toutes ses affaires. Et cette dernière précision, qui aurait pu n'être qu'un éloge du défunt, se révéla être une splendide vérité lorsqu'ils furent invités à visiter l'atelier. Ils purent découvrir l'ordre et la propreté qui y régnaient, mais aussi le deuil accablant que semblaient porter les outils qui s'y trouvaient, désormais sans maître.

Vous voulez que je vous montre ses chaussures ?

C'est une proposition très inhabituelle, se dit Polca, mais qui pouvait refuser d'examiner les chaussures d'un défunt ? Et alors, la veuve ouvrit la porte d'un appentis de bois où se trouvaient toutes les chaussures de cet homme, rangées sur des étagères, ses godillots et ses bottes. Mais il n'y en avait pas que quatre ou cinq paires, on pouvait voir toutes les paires qu'il avait possédées sa vie durant. La femme indiqua où se trouvaient les sabots de quand il était petit, les crampons de l'époque où il jouait au football, les chaussures du mariage que lui avait offertes un de ses frères, qui travaillait à l'usine des chaussures Senra. Tous les dimanches matin, Estremil sortait ses chaussures, les disposait en rang d'oignons, puis les cirait et les faisait briller. Il faisait en silence le chemin inverse de son existence.

Vous voulez voir ses postes de radio ? Il en a cinq ou six qu'il a réparés en y mettant toute sa patience. Ces appareils-là, je ne peux décemment pas les vendre, car lorsqu'ils sortent d'ici ils ne fonctionnent plus. Et ses livres ? Il a toujours eu une passion pour les livres. Il en avait plus qu'il ne pouvait en lire.

Les choses aussi ont un certain attachement, madame, dit Polca.

Et un certain égoïsme également ! ajouta la veuve. Soigne bien la bicyclette, mon garçon. Mon homme l'aimait comme une alezane.

Et cette image resta gravée pour toujours dans la tête de Pinche. À peine saisit-il l'engin qu'il sentit comment cet animal insignifiant, mais plein de ressentiment, tirait.

Escorté par un bataillon de gamins, ils firent une halte à Pena do Cuco. À la tombée de la nuit, à la lueur fumante et grillée de la taverne, la bicyclette possédait l'aura d'un animal, la forme d'un cervidé. L'engin s'était retrouvé là, en attendant une espèce de reconnaissance communale et les gens se plièrent à cette cérémonie.

Il te faut bien huiler la chaîne. C'est l'âme du véhicule.

Le cadre est assez lourd. Il risque de traîner dans les côtes.

Tout ce qui monte, d'une certaine façon, descend aussi.

Et à qui l'avez-vous achetée, si ce n'est pas indiscret ?

Et le renseignement lui échappa, Polca répondit : À Estremil de Laz. Il s'en aperçut trop tard. C'était un renseignement irrecevable, en tout cas à cet instant précis, et il tenta de se reprendre, sans trop de bonheur : Je veux dire, à la veuve qui possédait la bicyclette. C'est ce qui arrive lorsqu'on s'emmêle avec le discours, on finit par perdre toute cohérence.

C'est bien lui qu'on a renversé alors qu'il marchait à côté d'elle en la guidant de la main ?

Les autres regardèrent la bicyclette d'un air suspicieux. Certains s'éloignèrent même d'elle, en ne plaisantant qu'à moitié. Et Pinche et Polca se retrouvèrent tout seuls.

Vous savez ce que je pense ? lança Polca à haute voix. Que vous êtes de fieffés ignorants !

Et il n'en dit pas plus. C'était déjà suffisant. Car pour Polca être ignorant était l'insulte la plus dure qu'il pouvait faire à quelqu'un.

Ce n'est qu'une bicyclette, dit-il à Pinche. Caresse-la de temps en temps. Pour qu'elle s'habitue bien à toi.

La femme à la fenêtre

La mère de Zonzo se trouvait presque toujours à sa fenêtre. Ou plutôt, elle se déplaçait le long de la galerie comme si c'était une cage de verre. Gabriel ne l'avait jamais aperçue hors de la maison et vint le moment où il fut même incapable de l'imaginer loin de la fenêtre. Le grand appartement où ils habitaient ressemblait beaucoup à celui des Samos, dans le quartier de la Marina, il avait la même orientation par rapport à la baie. Les halls d'entrée de ces maisons, vouées à devenir le lieu de résidence de la riche et puissante bourgeoisie dans cet espace laissé vide par l'écroulement du mur d'enceinte de la Vieille Ville, donnent sur la place María-Pita ou sur la rue Rego-de-Auga, du côté qui se cache à l'est. Par rapport aux plans initiaux des architectes, une curieuse révolution s'était produite, menée par la lumière. Ce qui devait être la partie arrière, avec un mur de pierre et de minuscules fenêtres, se transforma, à cause d'une orientation radicale de la façade vers l'ouest. Au lieu du visage sévère du granit lisse, on vit apparaître de grands balcons vitrés. Des boîtes de lumière. Une grande galerie qui saisit la lumière, qui la saisit et qui la cueille. Qui la restitue multipliée. Chelo Vidal préparait un travail pour la future revue *Oeste*, dans lequel elle expliquait que cette opération fut la plus importante de « l'histoire du corps de la ville ». Un travail très savant comportant plusieurs dessins de *Femmes à leur fenêtre*.

On dirait que la mère de Zonzo ne se décolle jamais de la fenêtre. Elle y est restée tout le temps qu'elle a vécu avec lui. Elle fume. Elle se manucure. Elle bavarde au téléphone. De temps en temps, elle contemple la Darse. Et au-delà, la baie. Sur une petite table, là où est posé le téléphone, il y a des jumelles. Zonzo ne parle presque jamais de sa famille. Quelquefois il lâche, sans trop s'en apercevoir, une petite précision. Par exemple que son père est musicien et qu'il est en tournée. Il est toujours en tournée. Il révèle toujours un petit élément lorsqu'il est en présence de Corea. Corea est le seul à savoir des choses sur lui.

Il lui affirma : Ce qui est puissant, c'est la marque que ton père porte sur la bouche. C'est un cercle parfait.

C'est à cause de l'embouchure de la trompette, répondit Zonzo.

C'est un sacré musicien, dit Corea. Tu l'as déjà entendu jouer ?

Bien sûr que je l'ai entendu, répondit Zonzo offensé.

Ne te mets pas en colère, dit Corea.

Ce jour-là, Zonzo avait une canne à pêche avec un moulinet automatique. Une canne flambant neuve. De marque américaine. Tous les trois allaient pêcher des calamars à hauteur du château de San Antón.

Ne te mets pas en colère, mec, répéta Corea. Tu entends ? Cette lumière, dans cet appartement, ce n'est pas celle de chez vous ?

Ce doit être ça, répondit Zonzo sans presque prendre la peine de regarder.

Ta mère est vraiment canon, dit Corea. Celle de

Gabriel, qui est peintre, n'est pas mal non plus. Mais la tienne, Zonzo, la tienne, c'est une miss. Une vraie miss. C'est vrai que lorsqu'elle chantait on l'appelait María Belida ?

Va te faire foutre, fit Zonzo. Et il s'éloigna avec sa canne à pêche toute neuve.

C'est bon, n'en parlons plus, je ne dirai plus rien ! lui lança Corea. On ne va pas attraper les calamars à la main ? Aujourd'hui ça doit mordre, Zonzo. T'as vu la lune qu'il y a !

Fais attention à toi, Corea. Un de ces jours, je vais te tuer.

Zonzo est un type un peu particulier. Il ne connaît pas la peur. Il n'a absolument pas peur de Corea, et cela signifie qu'il a du courage. Gabriel se souvient d'un jour où il était chez Zonzo. La mère de son copain est à la fenêtre. Un homme très bien habillé entre. Il est grand, costaud. Il est debout, au milieu de la pièce, avec la prestance absolue de quelqu'un en train de s'emparer de l'espace avec un regard imposant. Personne n'a entendu frapper à la porte. Salut, les gamins. Il lance un paquet à Zonzo, qui ne le regarde et ne l'ouvre même pas.

Je t'ai arrangé l'affaire pour chanter dans cette Boîte. Si tu ne veux plus t'appeler María Belida, il te faut choisir un autre nom. Que penses-tu de María da Saudade ?

Da Saudade ? J'en ai ras le bol de la saudade. Ça commence à sentir un peu rance.

Il éclate de rire. Il est plié en deux. Il s'approche d'elle, de la femme à la fenêtre. Il la prend dans ses bras et l'embrasse sur la bouche.

Viens, on s'en va, dit Zonzo. Il ne dit même pas au revoir. En sortant, il ouvre le cadeau. Des chaussures toutes neuves, de vrais crampons de football. Il les laisse tomber par-dessus la rampe de l'escalier.

Un de ces jours, je vais le tuer.

Il a vraiment mauvais caractère ! s'exclama Corea. Ce type est amoureux de sa mère. Heureusement que je ne lui ai pas dit que c'était Manlle.

Qui est ce Manlle ?

A demandé la Justice, enchaîna Corea d'un air goguenard.

Le tiroir du juge

C'est dans ce tiroir, le plus grand de son secrétaire, celui du bas à droite, que le juge rangeait les chemises contenant ses manuscrits, les articles de Syllabus, son pseudonyme, et les collaborations juridiques dont il s'occupait. Il le fermait à clé. Toujours. Mais l'endroit où se trouvait la clé n'était pas secret. Il fermait le tiroir et la rangeait avec les autres clés dans ce que Chelo appelait la *potiche**, un cadeau qu'elle lui avait fait, une petite boîte aux formes incurvées en verre émaillé avec des motifs végétaux. La *potiche** se trouvait sur un rayonnage à gauche, en entrant, dans la même petite bibliothèque que la bécasse.

Le juge n'avait jamais dit à Gabriel qu'il lui était interdit d'ouvrir ce tiroir et de fouiller dans les papiers. Le fait d'ouvrir, puis de refermer, et ensuite de ranger la clé était suffisant pour comprendre qu'il s'agissait d'un espace réservé. Par ailleurs, et contrairement à ce qu'on pourrait penser en le voyant exercer comme juge, Samos ne donnait pas beaucoup d'ordres chez lui. Aussi bien lui que Chelo Vidal étaient, à leur façon, méthodiques. Gabriel n'aurait jamais osé aller mélanger les couleurs de sa mère, dans le Pavillon Chinois, sans sa permission. Il n'aurait non plus jamais osé aller fouiller dans le tiroir où se trouvaient les manuscrits de son père. Si finalement il l'avait fait, s'il avait osé y fouiller, c'est seulement à cause de ce fait surprenant. Un jour, il avait aperçu le juge en train de tirer un petit roman du Far West de ce tiroir.

Ensuite, lorsque l'occasion s'était présentée, il l'avait ouvert et avait fouillé à l'intérieur, à la façon d'un archéologue, par strates successives, entre les chemises. Il avait découvert qu'il n'y avait pas seulement un roman du Far West, mais au moins cinq ou six, tous du même auteur : John Black Eye. Et tous semblaient avoir été lus et relus. Ils étaient bourrés de bandes de papier faisant office de marque-pages. Et sur les pages marquées, on avait souligné des mots au crayon rouge. Dans presque toutes les phrases soulignées, dont certaines lui avaient semblé particulièrement énigmatiques pour un roman du Far West, il n'y avait qu'un seul protagoniste : le juge de l'Oklahoma.

Et donc il commença à lire :

— Le juge de l'Oklahoma avait toujours le dernier mot et cela lui fit penser qu'il avait toujours raison.

— Lorsqu'ils partaient en pique-nique près de la rivière, le juge de l'Oklahoma prévenait ses neveux : « Le premier qui se noie, je le tue ! »

— À propos de ses influences, le juge de l'Oklahoma n'avait que les discours de Cicéron à la bouche et ceux d'autres classiques. Un jour, un avocat d'un autre État osa lui répondre : « Mais qu'ont-ils à voir dans cette affaire, monsieur le juge ? »

— Lorsque au ball-trap il crie « Pull ! », aussi bien le « coup de feu » que le « plateau d'argile » se sentent enfin confortés.

— Le juge de l'Oklahoma, grand mangeur d'œufs, considérait que l'élevage des poules était une activité mineure.

— Un contrebandier arrêté pour non-respect de la

loi sur la prohibition avait fait cette déclaration : « Vous avez voulu interdire la merde et vous l'avez transformée en or. » Le juge de l'Oklahoma considéra cela comme un outrage à magistrat.

— Le juge de l'Oklahoma expliqua les différentes méthodes permettant d'appliquer la peine de mort : la pendaison, le peloton d'exécution, le garrot… Et alors dans la salle, parmi le public, quelqu'un ne put réprimer cette expression admirative : « Vous êtes vraiment polyvalent ! »

— Le juge de l'Oklahoma lisait les sentences avec la tête penchée de la même façon que dans la toile du peintre Castiglione : *L'Homme à la tête penchée*.

— Prévoyant des protestations dans la salle, il demanda de diviser le public en trois.

— « Allez à la source ! Cherchez à l'intérieur de la source ! » s'exclama le juge de l'Oklahoma pour endoctriner les futurs juges. Tout le monde pensa qu'il faisait référence au Droit romain, mais ce qu'il avait en tête c'était la blonde sirène nordique qui barbote dans la Fontaine de Trevi.

— S'il était seul au monde, il n'aurait aucun rival dans le monde de la justice.

— Miséricordieux, le juge de l'Oklahoma avait l'habitude de dire aux condamnés à mort, à l'époque où il était membre du tribunal d'exception : « Ne vous inquiétez pas. Le jour où vous mourrez, ce sera le dernier jour de votre vie. »

— « La séance est ouverte ! » dit solennellement le juge de l'Oklahoma. Et il ajouta tout de suite après : « Faites entrer le coupable ! »

Sur une des chemises archivées, il aperçut qu'on avait inscrit le nom de John Black Eye. Elle contenait la copie au papier carbone d'une lettre et l'original d'une autre. La première était datée à La Corogne et adressée à une maison d'édition de la série Far Off

West. L'auteur de la lettre se présentait comme « un inconditionnel amateur de John Black Eye » et citait quelques-uns des titres de ses romans comme des exemples d'« œuvres maîtresses dans le genre des romans du Far West ».

« Cette prose galopante, disait-il, n'est possible que dans le contexte d'une vaste culture, mise en relief par l'érudition des références historiques, ethnographiques et dans les précisions des descriptions géographiques. Mais ce qui est le plus remarquable, c'est le style ironique, la grande subtilité, cette caractéristique particulière qui permet de deviner l'existence d'un grand artiste ignoré. »

Enfin, l'auteur de cette lettre cherchait à connaître la véritable identité de John Black Eye ou, si cela se révélait impossible, son adresse, afin de lui faire parvenir « l'humble tribut d'un admirateur à celui qu'il admire ».

Cette missive comprenait un détail plutôt surprenant. Elle était signée par un certain R. Mandivi. Gabriel ne vit pas tout de suite que cela correspondait à l'initiale du prénom de son père et à son deuxième nom. Ce n'est pas lui qui se posait des questions. C'étaient les questions qui semblaient le poursuivre. Pourquoi ne pas avoir signé de son vrai nom ?

L'autre lettre, avec une date postérieure à la première, avait été postée à Barcelone. Le contenu, écrit à la machine, était très bref :

Cher Monsieur Mandivi,

Nous avons fait suivre votre requête à John Black Eye, qui nous communique qu'il vous remercie de tout cœur pour vos commentaires. Mais notre auteur s'est donné comme règle de ne pas instaurer de correspondance avec ses lecteurs. Il a cependant eu le plaisir de répondre à une autre de vos requêtes, c'est pourquoi nous vous envoyons cette lettre accompagnée d'un exemplaire signé de Parole de colt. *Nous sommes désolés et, en ce qui nous concerne, vous remercions également pour votre intérêt.*

Salomé Senra

Il poursuivit sa fouille. Un des romans de la collection Far Off West s'intitulait précisément *Le Juge de l'Oklahoma*. Il poursuivit : *L'Étranger mystérieux*, *Le Collectionneur de jougs*, *La Paix des cimetières*... Mais ce qu'il cherchait avec le plus d'intérêt et qu'il ne trouvait pas, c'était *Parole de colt*. Il découvrit, ça oui, autre chose, une autre strate qui n'avait rien à voir. 12 rue Panadeiras.

Le juge de l'Oklahoma

À une occasion, et c'est la seule fois, il perdit son allure de sphinx, cette présence inébranlable qui paralysait tant de défenseurs et que seulement quelques impertinents osaient parodier en grand secret et très loin du Palais de Justice, en évoquant ce monumental faux pas : « La séance est ouverte. Faites entrer le coupable ! »

Cette fois-là, son visage s'était décomposé sans rien pouvoir faire pour l'éviter et un tic involontaire lui fit frapper avec son poing droit, à la façon d'un marteau, dans la paume de sa main gauche, et tout cela parce que l'homme qu'il accusait d'un délit de « désordre public », pour « conduite inconvenante », se révélait être un type qui lui ressemblait comme deux gouttes d'eau. L'accusé était sa réplique exacte, qui semblait avoir été réalisée dans un moule satirique. La première réaction du juge, après lui avoir ordonné de se lever et de décliner son identité, avait été de lui demander des explications. Mais, au moment où il s'aperçut que l'accusé était absolument identique à lui-même, comme un frère jumeau, le juge éprouva un grand frisson. L'énorme différence de leur tenue vestimentaire ne parvenait pas à dissimuler leur étonnante ressemblance. Il examina l'assistance du coin de l'œil. Personne ne semblait avoir remarqué ce qui était devenu pour le juge un phénomène de recherche physionomique. Et pourtant il ne manquait pas de stéréotypes à observer, car lui-même correspondait à la description populaire qui définissait le genre commun dans tous les bureaux et tous les couloirs d'audience des tribunaux : démarche de bœuf, vue de renard et dents de loup.

L'accusé était vraiment un gars insolent. On aurait dit qu'il l'imitait. Qu'il le regardait bien en face et que, de façon imperceptible pour les autres, il était en train de composer une caricature à travers d'infimes froncements de sourcils et pincements de lèvres. Il battit des paupières et l'accusé fit la même chose. Il cligna d'un œil et l'accusé répéta son geste.

— Arrêtez de cligner des yeux !

— Je ne peux pas. C'est un tic, monsieur le juge.

— Vous n'aviez qu'à y penser plus tôt.

— On ne peut pas contrôler un tic, monsieur, tenta d'expliquer l'accusé, surpris de devoir expliquer à un juge une loi aussi évidente.

Ils se ressemblaient vraiment comme deux gouttes d'eau.

Tandis qu'un témoin faisait sa déclaration, l'accusé tira un livre que jusqu'alors il avait caché sous sa chemise et il commença à lire.

— Tenez-vous correctement, dit le juge. Ce n'est pas une salle de lecture ici.

L'accusé s'apprêtait à se séparer de son livre, mais le magistrat demanda qu'on le lui remît.

— Comme c'est intéressant, comme c'est curieux ! *L'Esprit des lois*, de Montesquieu. Il faudra le lire. Vous êtes naïf. Dites-moi, que faisiez-vous avant de vous retrouver ici ?

— J'étais juge, mais je faisais justice.

La réponse de l'étranger souleva une vague de murmures dans la salle.

— Vous êtes condamné à l'exil à perpétuité, prononça le juge. Je ne veux plus vous voir en Oklahoma.

(In *L'Étranger mystérieux*, série Far Off West, par John Black Eye.)

Le collectionneur de jougs

L'éditeur, publiciste, rédacteur unique et typographe du journal *The Maritime Awakening*, Ernest Botana, avançait en regardant le bout de ses chaussures à la suite de l'ordre d'interdiction prononcé par le juge de l'Oklahoma et exécuté par le shérif Triguer Happy et son peu malin adjoint Light Weight.

— Pourquoi ? demanda-t-il au magistrat, à l'occasion de la brève audience que celui-ci lui concéda en maintenant la porte entrouverte.

— En termes de loi, il n'existe pas de pourquoi, répondit la voix fuyante de Large White, le juge de l'Oklahoma. Et il ajouta depuis la pièce sombre : La force de la loi, c'est justement d'être la loi, ce n'est pas d'être juste.

Il avait déjà entendu cela plusieurs fois et ressentit un mélange de dégoût et de peur semblable à ce que doit éprouver le chardonneret juste au moment où il se pose sur une branche barbouillée de glu.

— Il est inutile de présenter d'autres recours. J'ai donné l'ordre de détruire le bâtiment. Je vous avais déjà prévenu : il n'y a pas de mer à Oklahoma.

Soudain, dans la rue Principale, il trébucha sur l'ombre d'une dalle disjointe. Il empoigna alors le journal enroulé en forme de ce que, dans ses passionnants billets d'opinion, il appelait « la Winchester de la liberté », et lorsqu'il leva les yeux il se retrouva nez à nez avec le profil de silex du suprême en personne. Son cœur lui demandait de faire œuvre de désobéissance. À ce niveau de civilisation, que la vie des habitants de l'Oklahoma se retrouve entre les mains d'individus tels que ce juge provoquait en lui un épuisement qu'il appelait de « l'étouffement réticulaire ». Il fut un temps où son optimisme semblait à toute épreuve et se multipliait sur lui-même à la façon d'un chou. C'est à cette époque qu'il écrivit un remarquable et mémorable pamphlet à propos des abus et de la corruption au sein de l'État : « Le collectionneur de jougs ».

En réalité, ce pamphlet fut surtout mémorable pour le juge. Et le jour où il le lut, celui-ci jura de se payer le rédacteur, ce dernier en était certain. Il le fit comparaître au tribunal. Il était vraiment indigné.

— Tout le poids de la loi va vous tomber dessus... et même un peu plus que j'ajouterai moi-même de mon côté.

Ce qui avait été publié dans *The Maritime Awakening* était cependant vrai. Le juge collectionnait des jougs qui étaient accrochés au mur du couloir de sa maison. Il possédait concrètement trois pièces d'un grand intérêt. Le joug du Texas, le joug du Kansas et le joug de l'Oklahoma.

(In *Le Collectionneur de jougs*, de John Black Eye.)

Sulfe regarda autour de lui. Parmi les cornes du troupeau, il y avait un crucifix. La vision de saint Eustache, patron de la chasse. Dans le vestibule, accrochés au mur, en guise de portemanteaux, les trois jougs. Les trois variétés existantes dans le pays, ce qu'on appelait les jougs *galiciens*, les *portugais* et les *castillans*. Pourquoi le juge avait-il bien pu les convoquer ? Soupçonnait-il que l'un d'entre eux avait pu être l'indicateur d'un écrivain de romans du Far West ? Comment s'appelait-il déjà celui-là ? Black Eye.

Voilà les trois jougs. Mais ce n'est pas une collection. Un bon joug suffit, déclara le juge à l'occasion de l'une de ses sorties ironiques et calculées qui fit rire toute l'assemblée. Comme tout le monde le sait, moi, ce que je collectionne, ce sont les Bibles. Ne pensez-vous pas que cet homme est complètement fou ?

Qui cela peut-il bien être ? demanda le père Munio. Vous soupçonnez quelqu'un ?

C'est lui qui avait le roman en main à présent. Et tout ce que touchaient les mains du curé, enveloppées dans des gants tricotés de laine blanche avec l'apparence d'une peau de mouton non tondue, prenait soudain la condition d'un déchet à expurger.

Dans cette histoire, la seule chose claire, expliqua Samos, c'est que quelqu'un tente de me diffamer en utilisant un procédé extrêmement retors, voire abject. Quelqu'un qui se garde bien de révéler des noms, dans un monde de fiction si vulgaire et lointain... Faire de moi le mauvais de l'Ouest. Cette espèce de juge pervers de l'Oklahoma ! Le problème, c'est qu'on ne sait jamais jusqu'où peut nous mener une telle absurdité, un jeu aussi ignoble. Imaginez qu'on attribue à ce juge, Large White, qui exerce dans l'État de l'Oklahoma, des choses indignes et cruelles... Il existe des gens qui ont l'obsession du passé.

Ce sont des coïncidences, intervint Tomás Dez. Je suis sûr que ce ne sont que des coïncidences, Ricardo.

Le regard du juge croisa celui du censeur. Dez savait pertinemment que cette réunion était une façon indirecte de le pousser à agir avec diligence. Une étroite complicité avait toujours régné entre eux. Il ne comprenait pas pourquoi Samos ne parvenait pas à maîtriser la situation, lui, qui avait toujours été si inébranlable, perdait pied pour un petit détail tel que celui-ci. Le pire qu'il pouvait faire, c'était de montrer que cela le touchait. Imaginez que... Mais personne n'avait rien à imaginer.

Nonobstant, Samos récupéra sa contenance, y compris avec un tantinet d'humour : Mes amis, je voulais que vous fussiez les premiers à être au courant de cette pittoresque situation. Même dans un pays aussi sûr que l'est le nôtre, nous ne sommes pas à l'abri du mauvais œil.

Il y a quelque chose d'artistique et de profondément humain, dans ces jougs, déclara finalement Sulfe. Et aussi dans ces muselières réservées au troupeau, dans ces objets artistiques de fil de fer et de roseau qui ont toujours servi à bâillonner la bouche.

Sulfe s'arrêta soudain de parler. Sa passion c'était de « fréquenter les classiques ». De devenir l'un d'entre eux. Voire chacun d'entre eux. De cultiver le modèle qu'il se choisissait après avoir mûrement réfléchi. Il ne s'efforçait pas seulement d'apprendre ce que pensaient les classiques, il voulait aussi maîtriser la façon dont ils s'exprimaient. Il appelait cela : s'emparer de leur voix. En définitive, il rêvait de les imiter. Ainsi, son rapport au savoir avait quelque chose d'une possession. Le secret de ses interventions brillantes, c'était son aisance pour s'identifier à son sujet lorsqu'il faisait cours, alors que c'était un homme en général plutôt insignifiant, qui ne s'exprimait pratiquement que par monosyllabes. Mais ces derniers temps le processus avait semble-t-il fini par s'inverser. À présent, c'était lui qui se sentait possédé par les personnages qu'il étudiait et qu'il décortiquait. Le moment n'était jamais prévisible, et il ne prévenait pas. C'était comme si soudain un ventriloque parlait à la place de Sulfe, sans lui avoir demandé son accord. Non seulement le ventriloque maîtrisait le mécanisme de la pensée, mais aussi les ressorts de la parole jusqu'à transformer Sulfe, et dans les circonstances les plus impropres, en comique, en satyre ou en homme lubrique. Il y a des gens qui perdaient la mémoire. Mais lui, Sulfe, semblait plutôt avoir récupéré d'autres mémoires. Il s'était mis à dévorer ce qu'il avait toujours fui. De Catulle et Sapho à Alfons'Eanes do Cotón et María Balteira. Ces deux derniers étant destinés à citer les personnages les plus obscènes de l'école des chansonniers luso-galiciens. La découverte de ce filon d'érotisme sauvage, où les mots forniquaient comme des corps, l'étude du lyrisme médiéval, parallèlement à l'approfondissement de l'œuvre de Rabelais, n'avaient pas seulement provoqué en lui une commotion mentale, ils avaient également engendré un changement organique proche de la révolution radicale que peut signifier la modification totale de son régime alimentaire. Peut-être s'agissait-il de se protéger du milieu conservateur, peut-être s'agissait-il de justifier son audace, d'aborder et de divulguer les créations les plus obscènes du lyrisme universel, Carolina Michaëlis parle des « plus dissolues bouffonneries carnavalesques » et de compositions qui, par leur langage, peuvent tout à fait se mesurer à celles des « misérables piliers de bistrots et de maisons de jeux ». Un autre grand protagoniste de la redécouverte du trésor médiéval, oublié pendant plusieurs siècles, était Rodrigues Lapa qui parle d'une courageuse volonté de se confronter à « certaines immondices verbales ». Bouffonneries dissolues ! Immondices verbales ! Lorsqu'il dut lui-même se référer à ce genre de travaux, il n'eut pas la moindre hésitation à parler d'une « branche vulgaire et immorale qui a poussé au beau milieu d'un arbre doré ». Et en même temps qu'il soignait sa santé, il avait à l'esprit cette chanson de João Soares :

Por deus, Luzia Sánchez, Dona Luzia,
se eu foder-vos podesse, foder-vos-ia.

(Mon Dieu, Luzia Sánchez, Dame Luzia, / si je pouvais vous baiser, je vous baiserais bien.)

Enfin tu entrevois la différence, lui disait cette voix familière de Gargantua mêlée à celle de Falstaff, entre le plaisir et la jouissance, enfin tu mets le doigt sur ce qui se doit. Oui, il y avait bien une deuxième vie et un deuxième monde, pour s'exprimer à la façon de Mikhaïl Bakhtine qu'à présent il admirait, mais pas seulement dans l'Antiquité et au Moyen Âge. C'était un secret, mais il était en train de vivre une deuxième vie dans un deuxième monde. Oui, c'était un amphibien dans le nouveau Moyen Âge espagnol. Il s'adressait aux autres toujours avec son attitude doctorale. « Avez-vous vu mes doigts tout jaunis, non pas par le tabac, mais à force de fréquenter les classiques. » Il était capable de soutenir avec véhémence, et même avec certains accès de colère, ce qu'il appelait la « grammaire du pouvoir ». La supériorité constitutive de certaines langues par rapport à d'autres. La défense de la nature mystique et guerrière de la langue castillane, qui permettait de s'adresser plus facilement à Dieu. La pertinence de la grammaire guerrière de Nebrija, la langue comme compagnon de l'empire, comme un apophtegme contemporain. Toute une collection de choses de ce genre. Mais si on le connaissait depuis longtemps, on pouvait observer chez lui, après qu'il était descendu de sa chaire, une façon ironique de s'exprimer et un désintéressement évident de la recherche de quelque notoriété publique, que ce soit dans le milieu académique ou dans celui de la culture officielle et du journalisme, où il avait atteint le grade de personnalité illustre. Interrogé pour donner son opinion sur des événements tout à fait particuliers, il était doté d'un sixième sens pour toujours retomber sur la « grammaire du pouvoir », sur les valeurs des mandarins, auxquels il distillait une culture qu'ils ne possédaient pas. Et il y avait certaines choses qu'il ne pouvait même pas raconter. Une fois, il croisa le maire de la ville et le salua avec son expression latine favorite : « *Quo vadis*, monsieur le maire ? » Et le maire lui répondit avec un air éberlué : « Toujours aussi cultivé, Sulfe, voilà que maintenant vous parlez l'allemand. » À présent, il prenait un immense plaisir dans son existence. Il avait traversé « le seuil de l'invisible ». C'était un être secret. Il adorait un seul dieu mortel, le grand Dionysos, à qui Cerbère, le chien qui gardait l'entrée des enfers, léchait les pieds. C'est à travers lui, à travers les yeux de Dionysos, qu'il apercevait tout à présent, sans que les autres le sachent. Il transforma ses séances de lecture en une fête nocturne, à la recherche de « dissolues bouffonneries carnavalesques » et d'« immondices verbales ». Tout avait commencé comme un paradoxe comique. Tout venait de la commande que lui avait passée le chapitre de la cathédrale de Saint-Jacques : étudier les expressions *risus paschalis*, le rire pascal, la célèbre *festa stultorum*, la fête des idiots, et même l'existence ou pas d'une *fête des ânes* dans la tradition de l'Église compostellienne. Évidemment, il n'avança pas beaucoup dans cette commande particulière. Il ne parvenait plus à être sur tous ces fronts qui s'étaient soudain ouverts devant lui. À s'intéresser à tous ces livres qui l'attendaient sur les rayonnages irrédentistes, dans les armoires fermées et enterrées vivantes dans des greniers ou dans des caves immondes. Il commença à fouiller les recoins qu'il avait jadis proscrits. Ses doigts jaunes de philologue guerrier sentaient à présent le sexe et brillaient de la même façon que la savoureuse lie des mots. Ce dont il s'était toujours écarté auparavant était aujourd'hui devenu son quotidien. Lorsqu'il lisait, il entendait ému et excité, comme des prières, le chœur des bacchantes : « Lorsque Dionysos sera devenu le maître, la terre tout entière dansera. »

On pourrait dire que tout petit déjà, il avait été un bibliophile. C'est vrai qu'il avait grandi parmi des lectures on ne peut plus convenables. Pour ainsi dire, toujours guidé par une parentèle de religieux carlistes qui avaient même mis sous surveillance les mystiques castillans, ne permettant de déguster qu'à très petite dose, avec une minuscule cuillère à dessert, les œuvres de curés illustres comme Feijoo et Sarmiento. Mais lui, quel que soit le chemin emprunté, était devenu un érudit. Sa possession la plus merveilleuse, c'étaient les livres. Lorsqu'il évoquait son manoir familial, là-bas du côté de Ribeiro, c'étaient les volumes qui envahissaient sa pensée et non la terre. C'était une grande différence par rapport aux autres professeurs et à ses amis ecclésiastiques et théologiens de Compostelle, qui étaient devenus de grands experts en matière de cadastre et de procès concernant l'héritage et la propriété des terres. Des hommes très préoccupés par la culture des revenus et la contenance des greniers. Lui, il s'était installé chez les classiques. Et s'il avait obtenu sa chaire ce fut grâce à ce savoir et pas à un butin de guerre ou à un piston quelconque. Il était très conservateur. Traditionaliste. Il ne l'avait jamais caché. Lorsqu'il était jeune, il s'était même dit que c'était quelque chose de biologique chez lui, de naturel. Il avait été un peu ému en se souvenant de cela, lorsque le doyen de la Faculté des Sciences de Saint-Jacques-de-Compostelle, pendant la cérémonie d'investiture honoris causa de Franco, avait comparé l'action guerrière du Caudillo à « une expérience scientifique dans le domaine de la biologie ». Dans sa deuxième vie, Sulfe avait toujours la même formule à la bouche : Je suis conservateur, pas inhumain. C'était un message si simple que, à force de le répéter en cette interminable après-guerre, on avait l'impression qu'il s'agissait d'une étrange devinette.

La deuxième existence du professeur Alfonso Sulfe était méconnue de presque tout le monde. Lui et le juge avaient sans doute pris le départ dans le même port, mais voilà des années que Sulfe avait subi une dérive qui n'avait rien de commun avec celle de Samos, ni avec celle des autres personnages convaincus d'être en lien direct avec Dieu. Si dernièrement il avait renoué avec son vieil ami des années quarante, en fréquentant les réunions de ladite Crypte (que le juge appelait aussi, avec une certaine coquetterie intellectuelle, « mon San Casciano », pour faire référence à la retraite de Machiavel), c'était pour une raison qu'il avait toujours tenue secrète. Au début, il avait répondu à l'invitation du juge avec une aimable courtoisie, mais en expliquant que ses obligations universitaires et les recherches qu'il avait entreprises ne lui permettaient pas de s'astreindre à quelque régularité que ce fût. Qu'il pouvait compter occasionnellement sur lui, c'était certain. Mais ensuite la braise d'un souvenir commença à se raviver pour bientôt devenir un bûcher qui se mit à brûler jour et nuit dans son esprit.

S'agissant d'un fou...

Le censeur Dez n'était pas à l'aise dans ces réunions. Il ne comprenait pas que Samos, qui était pourtant si intelligent et surtout si astucieux lorsque la situation le demandait, pût exposer en public, même si c'était au sein d'un cercle de gens de confiance, cette paranoïa provoquée par le romancier du Far West. Aujourd'hui, il semblait traiter cette affaire avec humour, mais il savait parfaitement combien cela le travaillait.

Ce que l'auteur écrit ensuite est très curieux, dit le père Munio qui, grâce à ses gants blancs transformait tous les livres qui lui tombaient entre les mains en un objet de dissection.

« Le journaliste Ernest Botana salua avec son chapeau les peupliers élagués, squelettiques et nus :

— Du nerf, les amis !

Ensuite, il vit s'approcher le juge et lui tendit la main :

— Je ne vous permettrai jamais de me considérer comme un ennemi.

Le serviteur de la loi se sentit confus et rougit. Il s'éloigna angoissé par le poids de ce pieux affront. »

Le juge tendit la main pour récupérer le petit roman de Black Eye. Il aurait préféré que le père Munio n'eût pas lu à haute voix ce passage, justement ce passage-là. Il avait ressenti un profond malaise la première fois qu'il l'avait lu tout seul, et c'est la raison pour laquelle il avait corné la page. Cependant, à présent que quelqu'un d'autre que lui l'avait lu à haute voix, il était enfin parvenu à situer l'origine du nouveau trouble dont souffrait son esprit. C'était le souvenir de cette phrase qu'on lui avait également adressée, un jour.

Cela se passa lors de sa dernière conversation avec Héctor Ríos, sur la place Mazarelos, à Saint-Jacques-de-Compostelle, juste en sortant de la Faculté de Droit, la veille de la Noël 1935. Le jour où le juge refusa son cadeau, le livre de Wells, et que Ríos eut cette audace envers lui, cet insupportable accès de bonté : Je ne te permettrai jamais de me considérer comme un ennemi.

Un beau *coup de théâtre**.

Oui, il refusa le livre que lui avait tendu Héctor Ríos, avec qui il partageait depuis l'enfance une grande passion pour la bibliophilie. Il refusa le livre de Wells, un essai sur « le sauvetage de la civilisation ».

Je l'ai déjà lu, mentit Samos.

Moi aussi j'ai lu ton article, finit par lui avouer Ríos. « Les savants allemands se savent proches du Führer ». Je crois que tu en as oublié quelques-uns...

Oui, Héctor Ríos était là, en train de descendre les marches de la Faculté de Droit en compagnie du professeur Del Riego, de qui il prend congé en s'adressant cordialement à lui, derrière ses lunettes de kantien endurci, avec un tas de livres à la main et les poches de la veste bourrées de toute sorte de choses. Va-t'en savoir. Il était bien capable de se balader encore avec les fiches cartonnées des notes relatives à la lecture d'*Ética* de Xohán Vicente Viqueira à La Corogne, que les disciples de l'Institution Libre de l'Enseignement se passaient avec une dévotion toute laïque, comme si c'étaient des prières. Samos, écoute bien ce que dit Viqueira : La conscience est une activité mentale qui consiste à estimer le bien. Peut-on l'énoncer mieux que cela ? Une fois, au printemps 1931, Héctor Ríos avait convaincu Samos de l'accompagner à un hommage organisé à la mémoire de Viqueira au cimetière d'Ouces. Un des participants, Bieito Varela, toqua avec ses doigts à la tombe de l'érudit pour lui annoncer : Monsieur Viqueira, la

République a enfin été promulguée ! L'ambiance était agréable et chaleureuse, il y avait beaucoup de gens cultivés, mais Samos se sentit quelque peu mal à l'aise. Au cimetière, la tombe de Viqueira ne se trouvait pas dans le carré des catholiques. Pourquoi l'a-t-on enterré en dehors ? demanda alors Samos. Ríos le regarda comme il le regardait quelquefois, le regard plein d'ironie derrière ses lunettes — lorsqu'il faisait cela Samos se sentait toujours dans la peau d'un blanc-bec —, et il lui dit : Il est dehors tout simplement parce qu'on ne l'a pas laissé entrer.

À présent, en 1935, Héctor Ríos est en route pour Madrid, il se rend à la Résidence des Étudiants, avec son brillant dossier académique en poche et avec l'intention de devenir, après sa nomination par le prestigieux président pénaliste Luis Jiménez de Asúa, un des plus jeunes procureurs de la République espagnole. Le fameux Héctor avec qui il avait partagé ses jeux d'enfant sur la plage du Parrote, les études au lycée, le théâtre au Centro de Artesanos et sa passion de jeunesse pour les œuvres de fiction d'Herbert George Wells.

Vous n'allez tout de même pas me considérer comme votre ennemi, monsieur Samos ? Les lunettes kantiennes le fixèrent à nouveau avec ironie et il ne supporta pas de se sentir une fois encore dans la peau d'un blanc-bec. Si c'est comme cela, déclama Ríos en continuant à descendre les marches, je ne le permettrai jamais.

Il finit de descendre les marches.

Lui tendit la main.

Samos mit un moment à accepter son salut, mais finalement il le lui rendit. À contrecœur. Samos savait que cela signifiait qu'il acceptait de poursuivre la conversation. À présent, il détestait ce qu'il considérait auparavant être une vertu. Héctor Ríos prenait un malin plaisir à polémiquer. Il ne s'avouait jamais vaincu. Et il ne perdit donc pas l'occasion de lui suggérer que, pour sa future thèse à propos de l'influence de Juan Donoso Cortés sur la pensée contemporaine et plus concrètement sur l'éminent juriste allemand Carl Schmitt, il lui serait très profitable de lire le juriste autrichien Hans Kelsen. Samos lui rétorqua qu'il avait déjà lu quelque chose de celui-ci et qu'il n'arrivait pas à la cheville de Carl Schmitt. Devant l'ascension du nazisme, répondit Ríos, et tandis que la plupart des juristes se camouflaient, Hans Kelsen eut le courage de prétendre clairement qu'il n'existait que deux natures possibles d'État : ou la démocratie ou l'autocratie. Ça, c'était arriver beaucoup plus haut que la cheville de Schmitt, et même le dominer de toute sa hauteur. Kelsen n'a pas été un devin, mais il a raison. Ce serait une folie d'aller mettre le globe terrestre entre les mains de ton monsieur Schmitt.

Il a raison ? Il est désormais un peu tard pour polémiquer. Le soleil a déjà suffisamment brillé pour toi, mon cher Ríos. Non. Il ne lui répondit pas cela. Ce n'était plus la peine. Héctor était encore dans son vieux monde libéral, toujours en train d'agiter la voie parlementaire. Il ne prit même pas la peine de répondre aux questions que lui avait posées Héctor Ríos, en lui demandant de les méditer. Peut-on être chrétien, y compris conservateur et catholique, et approuver le fascisme ? Est-il plus grand délabrement moral que la tyrannie ?

Lorsque Samos parlait, il se montrait toujours extrêmement prudent. Mais pas lorsqu'il écrivait. Dernièrement, sous la signature de Syllabus, sa main était devenue de plus en plus galopante et légère, il se sentait de plus en plus excité. Mais ce jour-là, la même fougue s'introduisit dans son discours. Et il ressentit le besoin de s'exprimer avec férocité.

Non, il n'avait rien à méditer. Il avait trouvé la réponse depuis belle lurette.

Je n'ai rien à méditer, répondit-il soudain.

Voilà qu'enfin il se sentait bien dans sa peau en s'exprimant de cette façon, en montrant qu'il avait le courage de ses opinions. Ríos avait toujours été meilleur que lui et à présent il considérait que les rôles étaient inversés, que c'était son tour, Samos était enfin parvenu à trouver sa place. C'était une sensation curieuse, excitante. À présent, Ríos, le jeune homme mûr, lui semblait être un pauvre garçon on ne peut plus naïf. L'admirable Schmitt évoquait la « providentielle » découverte du *Discours sur la dictature* de Donoso Cortés. À présent, lui aussi avait de l'admiration pour Schmitt, ce phare « providentiel ». Il était le détenteur d'une information que Ríos ne possédait pas : l'histoire allait avancer avec une férocité insoupçonnable. Ríos, lui, était convaincu de son bon droit, avec la fiction de Wells dans une poche et les fiches sur l'Éthique de Viqueira dans l'autre. En route pour la Résidence des Étudiants de Madrid, avec les coudes de sa veste élimés.

Non, je n'ai absolument rien à méditer. Et puisque tu me poses la question, j'ai une réponse à ce dont tu me parles. Et cette réponse, c'est Donoso Cortés qui me l'a donnée, en 1849.

Héctor Ríos savait de quoi il voulait parler, il était en train de lui parler de la dictature. Alors, il tira d'un air moqueur une petite montre à gousset de son gilet. En 1849 ? Je ne vais jamais avoir le temps de retourner sur mes pas, mon cher Ricardo. J'ai pris un billet de train pour demain.

Samos le regarda de telle façon qu'il était clair que son désir était de ne jamais plus le revoir : Ce n'est pas une réponse, mon cher Héctor, c'est ce qu'on appelle une frivolité. Puis, il lui tourna le dos et se mit à marcher à grandes enjambées. Il se fichait que, dans la perspective de Ríos, cela ressemblât à une fuite en arrière.

Ton *curé*, monsieur Schmitt, se trompe lorsqu'il affirme que l'histoire du monde commence avec Caïn. À partir de là, tout ce qu'il démontre est une erreur.

Ricardo Samos se retourna un instant. Il se sentait invincible, stimulé par la férocité insoupçonnée de son discours. Il pouvait parler de façon effrontée. À présent, c'est Héctor Ríos qui allait devenir un blanc-bec : *Auctoritas, non veritas, facit legem*.

Reviens Ricardo ! hurla Ríos. Cela fait plusieurs siècles que nous ne sommes plus en 1849. Reviens prendre le livre, reviens vers la civilisation !

Il parlait d'un air théâtral, mais à présent le fait que Samos refuse son cadeau, le livre de Wells, le contrariait vraiment. Il sentit son ventre se nouer. Pauvre Wells. Il est l'heure d'aller manger. Je prendrai soin de toi.

Je pense que tu ne devrais pas prendre ça au sérieux, insista le censeur. Tu es bien au-dessus de tout ça. Il lui semblait que ce pouvait être à la fois une façon de calmer le juge et une façon de le flatter. Il ne s'agit que d'auteurs de romans du Far West, de littérature mineure, populaire. Et même si c'était fait exprès, veux-tu me dire qui va faire le rapport avec toi, alors qu'on parle du juge de l'Oklahoma ? Qui lit ce genre de chose, Ricardo ? Demande dans un kiosque à journaux et tu verras. Les marins de Gran Sol, des gamins qui s'ennuient, les prisonniers…

Il fit une pause car son discours semblait inquiéter encore plus le juge. Il comprit à quoi pensait Samos : Les prisonniers ? Tu veux dire que même les prisonniers lisent John Black Eye ?

Sans doute penses-tu, dit finalement le juge, que c'est une obsession de ma part, Dez, mais j'ai mes raisons, crois-moi. Je veux poser une muselière sur cette bouche.

Il ouvrit le tiroir, y rangea *Le Collectionneur de jougs* et le referma à clé.

Je veux la tête de ce Black Eye. Apporte-la-moi, je la veux sur un plateau !

Le pourvoyeur de Bibles

19 août 1957

Le trésor le plus célèbre de la bibliothèque du juge, c'étaient surtout les Bibles qui s'y trouvaient. Il y avait des exemplaires d'époques et de langues différentes. Les Bibles occupaient la partie centrale des rayonnages de la salle de style italien où se trouvait la table de travail de Samos. Et c'est cette collection des différentes éditions des Saintes Écritures qui avait certainement conduit à baptiser le bureau du juge : la Crypte. La pièce, avec son antichambre, formait naturellement une enceinte privée. Puis le temps s'était montré discipliné et avait œuvré en faveur de cette appellation en plaçant dans les niches, dans les creux laissés par les livres ou sur la partie avancée des étagères, des objets religieux, des trophées de chasse ainsi que des photographies et des gravures dans des cadres en argent. Pour en revenir à la bibliothèque, c'est là que se trouvait la collection de Bibles, régulièrement complétée, et les manuels d'usage courant du juge, ouvrages de droit et traités de référence concernant l'histoire et la pensée. La littérature classique se trouvait dans l'antichambre, ainsi qu'un dépôt de « divers fragments d'épaves », comme le disait le juge, qu'il avait peu à peu amassés, en même temps qu'il développait sa recherche de bibliographe, celle des livres de l'Ancien et du Nouveau Testament. Lorsqu'il fut décidé que Gabriel pourrait utiliser la bibliothèque, on procéda à quelques petits aménagements dans l'antichambre. Personne ne demanda au garçon de s'y installer, au contraire, c'est lui qui s'accapara le lieu pour y faire ses devoirs, au grand étonnement de ses parents, et particulièrement de Chelo. C'est un endroit épatant pour les chauves-souris, lança-t-elle à Gabriel. Mais lui aimait cette place justement pour cette raison. Parce qu'il y faisait sombre, que c'était un cadre secret, semblable à une tanière dans une maison aussi lumineuse qu'un vase en cristal orienté vers la baie. Il n'y avait pas de maison de l'autre côté de la rue. Il y avait la mer. Les bateaux. La Darse. Gabriel transporta donc son Cabinet de Curiosités dans la pièce annexe de la Crypte.

Ce n'était pas un homme très ouvert. Il était presque toujours silencieux, de mauvaise humeur, pensait Gabriel, puis il finit par en conclure que c'était une attitude habituelle chez lui, qui ne correspondait à aucun sentiment, car même lorsqu'il riait il avait l'air de mauvaise humeur. Son corps bouillait, lentement mais il bouillait. C'était un corps immense qui avait toujours envie de se débarrasser de quelque chose, en commençant par son costume. C'est aussi peut-être à cause de son physique, réfléchissait Gabriel, qu'il ne pouvait s'empêcher d'être brutal lorsqu'il bougeait ou qu'il parlait. Il donnait toujours son opinion de façon brutale, au cours des réunions entre amis qui se déroulaient dans la Crypte, et qui avaient lieu quasiment tous les jeudis après-midi dans le bureau du juge. Il avait tendance à lancer des exclamations et des phrases cassantes, cinglantes. Cette façon de s'exprimer avait quelque peu troublé Gabriel à l'époque où il était en train de se battre avec les mots. Mais lorsqu'il saluait Chelo, il tentait systématiquement de métamorphoser son attitude. Et malgré cela, il était encore brutal. Il transformait son attitude en une amabilité si excessive, qu'on devinait la violence que se faisait à lui-même son corps.

Ce personnage, c'était Ren. L'inspecteur Ren.

Ren et le juge étaient très différents l'un de l'autre. Mais Gabriel comprit immédiatement qu'un lien extrêmement fort les unissait. Ren était un des pourvoyeurs de Bibles du juge. De livres anciens aussi. Lorsqu'il venait pour proposer un ouvrage à Samos, ils se voyaient toujours en tête à tête.

Un après-midi, alors qu'il était installé dans l'antichambre, Gabriel avait assisté à une des transactions qui eurent lieu entre Ren et le juge, un moment d'une certaine solennité. Ren, qui était d'habitude si brusque, se comporta à cette occasion de façon plutôt mesurée et posée. Il avait déposé un grand sac de voyage, en cuir et en daim, sur la table de travail et avait fait tout doucement glisser la fermeture Éclair, presque au ralenti. Ensuite, il avait lentement tiré, l'un après l'autre, les six tomes de son bagage. Le juge se mit à les feuilleter avec une certaine solennité. Ses mains approuvaient ce qu'elles touchaient. Prenaient possession de ce trésor.

C'est un vrai bijou, mon cher juge. Prenez donc la peine de bien examiner les gravures.

Viens ici, Gabriel ! Viens admirer la Sainte Bible, éditée par les frères Garnier, à Paris, en 1867. Regarde-moi ces illustrations, d'une incroyable qualité ! Regarde la perfection qu'ont réussi à atteindre les plaques d'acier.

Mais ce que Gabriel regardait surtout, c'étaient les illustrations, et notamment ce qu'elles représentaient. Toutes les gravures représentaient des femmes, des figures bibliques féminines. Il y avait la reine de Saba avec sa fontaine de perles. Rahab, la fille du pharaon, à sa fenêtre. Judith, avec son sabre recourbé, près de la couche où Holopherne gisait. Sarah, la femme de Tobias, avec ses clinquantes boucles d'oreilles et ses voyants bracelets aux poignets. Ève. Il n'avait jamais vu une Ève aussi belle. En réalité, c'était la première fois qu'il se demandait à quoi ressemblait Ève.

Ça te plaît, hein ? Un jour, je te parlerai de toutes les Bibles qui se trouvent ici. C'est encore trop tôt pour ça, mais plus tard ce sera à ton tour de compléter ce trésor.

Et Gabriel fut séduit par ces représentations. Ce livre deviendrait sa Bible préférée pendant très longtemps. Il allait aimer toutes ces femmes, les unes après les autres. Y compris Judith avec son sabre recourbé. La Sainte Bible des frères Garnier fut un de ses premiers livres érotiques, en plus de ceux qu'il trouva à l'endroit où étaient rangés ceux qui avaient brûlé, comme *Le Nu de Rabelais**. Ouvrir chacun de ces tomes, c'était la même chose qu'ouvrir les portes d'une ville féminine.

Mais aujourd'hui, le juge lui laissait seulement toucher l'ouvrage. Il n'y avait encore que lui qui avait le droit d'ouvrir la porte.

Chelo va être fascinée, dit-il.

Aujourd'hui, elle avait prévu de rentrer tard. Gabriel alla se coucher avant son retour. Dommage. Il aurait aimé voir ses doigts caresser les gravures de cette nouvelle Bible. Pour lui, c'était le trait le plus caractéristique de sa mère. La forme de ses mains, la longueur de ses doigts. Il pensait que, même lorsqu'il serait devenu un homme, ses doigts ne pourraient jamais atteindre une telle longueur et une telle finesse. Et les orteils avaient les mêmes proportions. Elle soignait et vernissait aussi bien les ongles de ses doigts que ceux de ses orteils. Et ce détail, qu'on pouvait remarquer lorsqu'elle portait des sandales ou marchait pieds nus sur la pelouse ou sur le sable, la distinguait de toutes les autres femmes. Chez elle, chaque fois qu'elle se mettait à peindre, et c'était presque tout le temps, elle marchait pieds nus. De temps en temps, on l'appelait des Beaux-Arts pour faire la guide auprès de visiteurs particuliers. Elle parlait bien le français et se défendait pas mal en anglais. Et elle savait surtout lire le livre de la ville. Elle connaissait l'art, l'architecture et l'histoire. Aujourd'hui, on lui avait demandé d'accompagner deux enseignantes françaises qui travaillaient à leur thèse de doctorat sur Emilia Pardo Bazán. Elles voulaient également rendre visite à une fille de Rosalía de Castro, c'était son unique descendante encore en vie, et elle se prénommait Gala. Rosalía était née de père et de mère inconnus, disait son acte de baptême, même si l'on savait parfaitement que son père était un curé. Elle s'était mariée avec le bibliothécaire et historien Manuel Murguía et ils avaient eu cinq enfants. Gala, qui a aujourd'hui quatre-vingt-six ans, leur dit qu'elle est non seulement la dernière survivante de ses frères et sœurs, mais qu'elle est aussi la dernière de la lignée. Puis, soudain, elle se tait. Un sentiment d'horreur froisse son visage, non, ce n'est pas de la tristesse. Chelo lui avait déjà rendu plusieurs fois visite auparavant, comme ambassadrice, mais elle ne l'avait jamais vue dans cet état. Josette et Nelly, les deux Françaises, se regardent inquiètes. La visite de courtoisie est en train de se transformer en autre chose. Alors Gala se met à raconter ce qu'elle assure n'avoir jamais raconté auparavant. Son frère jumeau Ovidio était peintre, et il avait un amour à Madrid, une jeune fille qui s'appelait Visitación Oliva. Ovidio avait contracté la tuberculose, le pire fléau de la jeunesse de l'époque, et il s'en était retourné à La Corogne pour tenter de se rétablir. En réalité, il était venu y mourir. Mais ce que Gala est en train de raconter, c'est qu'elle a brûlé les lettres d'amour qui provenaient de Madrid et étaient adressées à son frère moribond. Elle a brûlé les lettres l'une après l'autre, dit-elle. Et même celle où on lui annonçait l'heureuse nouvelle : il était sur le point d'avoir un fils. Et c'est son geste, lorsqu'elle avait jeté le message dans les flammes, qui avait aussi brûlé leur lignée. Ovidio Murguía était mort en pensant que son amour ne pensait plus à lui. Pourquoi ? Pourquoi avait-elle fait cela ? Pourquoi le leur raconte-t-elle aujourd'hui ? Voilà ce que demande le regard des trois femmes, mais personne n'ose poser la question. Personne ne dit mot. Gala murmure : Je regrette énormément ce qui s'est passé. Le soir, dans le brasero, dans un coin de la pièce, Chelo voit brûler les mots.

Lorsqu'elle retourne chez elle, Chelo trouve Ricardo Samos en train d'exulter. Il possède une nouvelle Bible, une extraordinaire édition parisienne, avec des illustrations réalisées par les plus grands maîtres européens de la gravure, au XIXe siècle. Et Chelo lui répond qu'elle n'est pas très en forme. Tout va bien, oui tout va bien, mais elle est fatiguée. Malgré tout, elle va jeter un coup d'œil. Les gravures concernent les femmes les plus célèbres de la Bible, explique le juge. Il savait que cela l'intéresserait. Elle s'assoit. Reste là en train de regarder, quelque peu envoûtée. Ensuite, elle dit qu'elle a changé d'avis. Qu'elle a des insomnies. Que la journée a été très fatigante. Qu'elle va peindre. Excuse-moi. Je vais peindre. Je vais peindre toute la nuit, dit-elle en pointant son doigt sur la toile de la cigarière qui, pour plaisanter, avait posé une lampe à huile allumée sur la tête de sa compagne de route.

Cet après-midi-là, avant que Ren ne s'en aille, ils avaient évoqué l'existence de lettres anonymes. Le juge lui avait montré l'enveloppe sans expéditeur et la feuille de papier qui se trouvait à l'intérieur. Un texte tapé à la machine à écrire. Une copie sur papier carbone.

La même chose que d'habitude, avait dit le juge. Toujours le même poème. Le Chant III de *La Divine Saynète* de Manuel Curros Enríquez. Et la même date à la fin. 19 août 1936.

Con rudo renxer de moas...

(Avec une insoutenable rage de dents...)

Plutôt que de lire, Ren semblait chercher des indices dactylographiques sur la feuille de papier.

Convidándome, dicía :
—¿Querme acompañar ? Sin gana
cómesell'esto. —¿E que é eso ?
— Un pouco de carne humana.

(Il m'invitait en disant : / — Voulez-vous en prendre ? Ça se mange / sans faim. — Et qu'est-ce que c'est ? / — Un peu de chair humaine.)

Ne pourrait-on pas retrouver la machine et son propriétaire ? demanda le juge en fixant son regard sur celui de Ren.

Moi aussi, j'ai reçu ce texte, répondit Ren. Et Dez m'a appelé pour me raconter exactement la même histoire. Sa moustache frémissait d'inquiétude tandis que son regard fouinait quelque part en dehors de la Crypte. Qui peut bien être le fils de pute qui nous envoie ça ? C'est la même machine à écrire que tous les ans. J'ai essayé de faire des rapprochements, en confrontant toutes sortes de bouffonneries, de pamphlets clandestins, d'écrits de prisonniers ou d'individus sous surveillance. Rien. Je n'ai trouvé absolument aucun indice.

Mais qu'est-ce qui a bien pu se passer ce jour-là, Samos ? Il a dû se passer quelque chose, je le sais bien. De toute façon, à l'époque, il s'en passait tous les jours, des choses. Mais que s'est-il passé de si particulier pour qu'une espèce de fou n'arrête pas de vouloir le dénoncer encore aujourd'hui ? Moi, en tout cas, je ne m'en souviens plus, dit Ren.

Le juge le regarda et se tut. Il s'était passé plusieurs choses. Lui non plus ne s'en souvenait pas, mais sa mémoire oui. Des avantages et des inconvénients de posséder une excellente mémoire. La mémoire va parfois son chemin toute seule, réfléchit le juge. Et lorsque tu t'en aperçois, tu te retrouves parfois, sans t'en apercevoir, avec un livre entre les mains contenant les chants brûlés, un livre qui se trouvait là, dans l'antichambre. Il aurait aussi pu entreprendre la recherche d'autres livres, d'autres joyaux de bibliophiles qui se trouvaient là, des éditions anglaises dorées à la tranche ou des dessins à l'aquarelle, des merveilles des imprimeurs d'Albion. Mais les choses s'étaient passées différemment, il s'aperçut soudain que la mémoire des mains était allée chercher le livre contenant les chants, dont les bords avaient brûlé, et qui portait le symbole de la coquille Saint-Jacques sur la page de garde, le petit livre contenant les *Six Poèmes galiciens*. Avec tout ce qui s'était passé, le poète et l'éditeur étaient morts le même jour, ce 19 août, lorsque fut perpétrée la fameuse destruction des livres par le feu, sur la Darse. Il fallait qu'il étudie cette loi qui ne se trouvait dans aucun code. La loi du hasard.

Je pense qu'il a dû se passer beaucoup de choses. L'inspecteur Ren examina à nouveau le courrier anonyme. *Con rudo renxer de moas*. Il le jeta avec mépris en direction de la serviette du juge. Bah ! Il était tout à fait convaincu que ce genre de typographie correspondait à une Underwood Universal. Mais il y avait beaucoup de machines à écrire de cette marque. Il allait falloir surveiller, les unes après les autres, toutes ces putains de machines à écrire. Le jour où il trouverait l'Underwood qu'il cherche, le type allait comprendre ce que signifiait une insoutenable rage de dents...

Le juge sourit. Il connaissait l'obsession de Ren envers les machines à écrire. Une fois, il lui avait raconté qu'il en avait une collection chez lui, à peu près une vingtaine, parmi lesquelles trônaient quelques spécimens réquisitionnés au début de la guerre. Il en possédait également quelques-unes prises aux maquisards et aux groupes clandestins de résistance. Parfois, en fin de journée, il s'asseyait devant et commençait à taper. Je n'écris rien qui ait du sens. Je me contente de taper des mugissements. Ouf, paf, houlà. Il prenait beaucoup de plaisir à taper sur ces machines à écrire.

Tout cela reste entre nous, hein, monsieur le juge ? On n'en parle à personne.

Un jour, j'aimerais bien que tu me fasses visiter ce sanctuaire, Ren.

Un de ces jours, d'accord. Il faudrait que j'organise une petite fête. Tout est en désordre, monsieur le juge. Ce n'est pas facile de vivre seul.

Tu connais le dicton portugais ? Désir d'indépendance, grande vertu, ou féroce malveillance.

Moi, mon seul vice, c'est la nourriture.

Samos parlait du bout des lèvres, et ses pensées étaient ailleurs. Il avait saisi son maillet. Quelle manie de se frapper dans la paume de la main avec son maillet.

Merci pour cette Bible, Ren. Tu me l'as faite à un bon prix, merci encore.

Oui, il se frappait, n'arrêtait pas de se frapper la paume de la main.

Il demanda : Aucune autre nouvelle ?

Toujours en train de se frapper la paume de la main avec le petit maillet. Le regard ailleurs. Tourné vers le mystère du sac de voyage en cuir.

S'il y avait d'autres nouvelles, je vous en aurais déjà informé, monsieur Samos.

Pas de nouvelles du Valeureux de Finisterre, donc ?

Rien, mon cher juge. J'ai fait tout ce qu'il était en mon pouvoir de faire. J'ai vérifié toutes les listes. J'ai vu les gars de la Phalange. La milice des *Caballeros*. Ceux qui ont déménagé la bibliothèque de Casarès Quiroga. Ceux qui ont fouillé toutes les maisons. Ceux qui se trouvaient sur la Darse et sur la place María-Pita. L'équipe d'ouvriers qui a ramassé les cendres des bûchers. J'ai enquêté sur tout. J'ai dressé des registres. Rien. Il vaut mieux oublier ce livre, mon cher juge. Je suis sur la piste d'un autre ouvrage, celui de l'Irlandais qui raconta l'histoire d'Huici. Je pense que ce livre ne doit pas être très loin. C'est mon flair qui me le dit. Les choses arrivent lorsqu'on s'y attend le moins. C'est toujours comme ça avec les vieilles histoires.

Mim desamparou

Il vit passer Hercule, le photographe un peu simplet, avec son cheval. L'ami de Terranova. C'était plus fort que lui, son regard orbital provoquait de l'inquiétude. Pas à lui, mais plutôt à la mémoire. Cette mémoire de merde, qui n'en faisait toujours qu'à sa tête. Elle s'en prenait à toutes sortes de choses sans jamais rien lui demander. Voilà que maintenant elle s'intéressait à ce photographe et à son cheval. Il connaissait déjà toute l'histoire. Il savait que le cheval venait de Cuba, que c'était l'Indien Vidal qui l'avait ramené, avec l'équipement photographique de son fils, de Leica. Et que ce dernier avait rangé le cheval dans son atelier. Car ce qu'il voulait, lui, c'est être artiste, et pas se sentir obligé d'aller de-ci de-là en traînant son cheval derrière lui. Alors il l'avait loué à Hercule, ou peut-être qu'il le lui avait simplement prêté, qu'importent les tractations entre les deux hommes, allez savoir, dans le temps ils étaient tous les deux du même bord, et il avait donc décidé de lui rendre ce service, de lui prêter le cheval ainsi que l'appareil photo instantané. Et finalement ce cheval et ce photographe l'avaient rendu nerveux. C'était insupportable, pour lui, de les voir sans arrêt. Pourquoi n'était-il pas parti, lui aussi, le colosse, le cow-boy, le rustre, l'attardé mental, le champion, le fils de pute, pourquoi n'était-il pas parti lui aussi au lieu d'être là, à sillonner la ville comme un fantôme avec son quadrupède de bois ?

Tomás Dez était si distrait, si distrait et troublé, comme s'il entendait *Chessman* — le tango d'un condamné à mort — dans la rumeur du vent, il était donc tellement dans ses pensées qu'il ne remarqua pas le signe insistant de sa secrétaire qui tentait de le prévenir, au moment où il s'était présenté devant les bureaux de la Censure. Et donc l'abordage de cet inconnu, tout juste débarqué d'un bateau fantôme, avec casquette et caban de marin, le saisit par surprise.

C'est vous le censeur ?

Le censeur ? C'était exact. Il était un des censeurs. Il le regarda de haut : Je suis très occupé.

Et il passa son chemin sans s'arrêter jusqu'à la porte de son bureau.

Mim desamparou !

Il se retourna comme s'il avait entendu un code étrange et indéchiffrable.

Quoi ?

Voilà des mois que j'attends une réponse. Mon livre. Un livre de poèmes. Son titre est *Mim Desamparou*. (Tout cela m'a désemparé.)

De quoi ça parle ?

Le Mystérieux des Mystérieux.

Ça semble intéressant. *Mim Desamparou ? Mim Desamparou ?* Une zone de sa mémoire reconnaissait cet écho.

Attendez un instant, demanda Dez. Je règle quelques affaires courantes, et je m'occupe de vous.

Il se sentit plein de générosité. Voilà une occasion de te racheter, mon cher Dez, réfléchit son penchant sardonique. Peut-être sur le palais le goût de la mastication de *Chessman*, le tango d'un condamné. Pourquoi se montrer despotique aujourd'hui, face à ce vieux qui portait un caban tout usé et avait évoqué le Mystérieux ? Il referma la porte et commença à fouiller dans la pile d'inédits en attente d'un rapport. Voilà un bout de temps qu'il ne lisait plus rien et ne rédigeait plus aucun avis. Son problème de dermatite de contact sur les mains s'aggravait. Mais, parfois l'allergie disparaissait de façon soudaine. Comme en ce moment, par exemple.

Mim Desamparou se trouvait là. Le recueil de poèmes était signé : Aurelio Anceis.

Il ouvrit le livre. Il fut frappé de stupéfaction, ne s'attendait vraiment pas à cela.

En guise de préface, l'extrait d'un poème de Pero Guterres, du *Cancioneiro de escárnio e maldizer* (Recueil de quolibets et de médisances) :

> *Tout le monde prétend que Dieu n'a jamais péché,*
> *mais moi je Le vois en train de mortellement*
> *pécher :*

Mais qu'est-ce qu'il avait donc entre ses mains ?
Il tourna la page.

Il lut :

LES MIETTES DE PAIN

Les miettes des mots,
sphériques,
polies
par les doigts du silence,
avec l'exactitude charnelle
des perles d'un chapelet
sur la carte astrale
d'une toile cirée.

Ces miettes
peuvent sauver les mains.

Il lut :

CROISADE

Moi, le guerrier, je te remercie,
mon Dieu,
de m'avoir rendu invalide.
Moi, je visais parfaitement,
mais toi, Seigneur,
tu conduis toujours la balle là où tu poses tes yeux :
dans l'âme du fusil,
un alléluia croasse.

Le commandant Dez avait lu ce poème, « Croisade », le soir même, dans un salon littéraire, celui de Rita Angélica. Tout le monde avait été ému. Auparavant, quelqu'un avait récité une bêtise en l'honneur de Christophe Colomb. Ils étaient tous assis sur des chaises tapissées de chintz. Il était impulsif, ils le savaient. Ils se souvenaient encore du jour où il avait récité le *Poème de la Bête et de l'Ange*, de Pemán et on craignait de réentendre cet appel à la guerre. Mais ce poème…

Ils étaient stupéfaits. Rita lui dit : C'est très différent des poèmes précédents.

Plus que différent !

Il lut :

CAMP DE CONCENTRATION (I)

Tes rayons,
en cette merveilleuse matinée de dimanche,

sont comme le sillage de l'œil divin :
l'instant précédant l'attaque.

Il lut :

CAMP DE CONCENTRATION (II)

Tu es comme le chat de la maison, mon Dieu,
qui ne va jamais à la chasse,
mais fait plutôt des cadavres,
pour jouer.

Il lut :

LES LIVRES BRÛLENT

Lorsque le fruit tombe,
il ne reste pas que du vide.
Sinon, pourquoi,
cette irritation aux yeux...

Il soulève l'écouteur. Compose un numéro intérieur. Pour l'instant, il est incapable de voir le visiteur. Il est incapable de voir son visage. Il est trop nerveux. À sa secrétaire : Le type qui est en train d'attendre, le gars à la casquette et au caban de marin, il ne faut pas qu'il s'en aille.

Pourquoi une telle rage contre Dieu ?

La toux qui faisait violemment irruption depuis sa poitrine et qu'Anceis tentait d'enrayer en portant son mouchoir devant sa bouche ne le rendait pas plus fragile. Au contraire, il venait dire qu'il n'avait plus grand-chose à perdre. Le censeur Dez comprenait à présent cette précision inédite, l'écriture physiologique, de certains passages. Comme celui-ci, « Le pêcheur se souvient de l'allumettière » :

L'écume de salive refusait de sortir,
se râpait au papier de verre des lèvres
puis explosait comme phosphore échoué
dans la nuit blanche de la Nouvelle-Écosse.

Après la quinte de toux, il ressuscitait et parlait de façon énergique.

Qu'est-ce que vous croyez ? Moi aussi, je me suis censuré avant de venir ici, dit soudain avec fermeté Aurelio Anceis. Réfléchissez à un vers qui se contenterait de reproduire ce qui est gravé sur les pièces de monnaie officielle : *Caudillo d'Espagne par la grâce de Dieu*. Cet excès est le pire des blasphèmes qu'on puisse imaginer. L'élimination totale de Dieu est un excès, c'est une élimination terrible. Elle conduit tout droit à un deuxième vers, qui poserait alors la question élémentaire : *Pourrai-je parler au Suprême ?*

Vous avez bien fait d'éliminer ça, dit Dez en poursuivant son ironie. Ce serait impubliable. Mais ce malaise, cette perpétuelle allusion à la défaite. Ce poème intitulé « Annonce de défaite »... Vous auriez pu trouver une autre date que le 1er avril. Car vous démoralisez les vainqueurs, alors imaginez les vaincus. Et cet autre qui parle du 18 juillet. Vous devriez vous montrer plus prudent. Vous présenter ici. Nous éclabousser.

Le visage d'Aurelio Anceis avait une expression sérieuse, était extrêmement noué. Il ne bougeait pas et sa respiration, un gargouillement interne, caverneux, semblait être celle de quelqu'un d'autre qui aurait habité à l'intérieur de lui. Ses yeux, mi-clos, semblaient être fixés dans les creux de sa peau parcheminée, ils ressemblaient à des scarabées brillants amenés jusque-là par ses longs cils.

Par exemple, dans « Doris ». Dans ce poème-là, il y a au moins une respiration particulière.

Le pêcheur solitaire
compose un lieu à grands coups de rames…

Là-dedans, il y a une vraie respiration :

Composer un lieu
avec le pêcheur solitaire d'Halifax.

Vous croyez ? Est-ce que vous savez vraiment ce qu'est un *doris* ?

Maintenant, je le sais. Je me suis renseigné. Grâce à vous. La mission de la poésie c'est aussi d'informer.

Le censeur Dez se lève et s'approche de la fenêtre. Il parle des piétons qui marchent dans la rue, de tous les gens en général : Tout le monde respecte la « distance de sécurité » ! Tout le monde, sauf les poètes. Sauf ces individus qui dévoilent le Saint des Saints et parviennent à dire l'indicible.

Aurelio Anceis observe la main qui s'agite comme une baguette de chef d'orchestre.

Ils ne sont pas conscients, poursuit Dez, de la teneur métaphysique de l'Histoire. De l'être au temps, et à présent du temps à l'être. Dehors avec votre temps ! Il se frotta les mains. C'est une façon de s'applaudir soi-même, se dit Anceis. Il ajouta, tout en se lamentant : Ils pensent toujours que je suis en train de leur parler d'horlogerie. Enfin. Ces poèmes sont extraordinaires, monsieur Anceis !

Il se tut un instant. Il le regarda. Il attendait une réaction. C'était un éloge vraiment conséquent, se dit Anceis. Mais il demeura toujours en silence.

En résumé. Je ferai tout ce qui est en mon pouvoir, absolument tout, pour qu'on les publie. Et il ajouta sur un ton humoristique : Si c'est nécessaire nous remuerons ciel et terre... la terre de Galice.

Et Anceis eut soudain un pressentiment. Quelque chose qui surgit précisément des entrailles de son corps, comme un avertissement biologique qui valait également pour ses poèmes. Soudain, l'affaire qui l'avait conduit jusque-là avait cessé d'avoir de l'importance pour lui. Il avait sa casquette de marin dans ses mains et la faisait lentement tourner, pas toujours dans le même sens, mais plutôt comme s'il barrait un navire. Il se leva, mit la casquette sur sa tête et s'apprêta à aller reprendre le manuscrit. Dez l'en empêcha. Extraordinaires. Il ouvrit le recueil et en lut un passage. Il ne l'avait jamais lu, mais il fit semblant de bien le connaître. Il déclama la fin du poème, comme s'il s'agissait d'un texte tout à fait familier pour lui.

Silencieuse femme de Godthab,
je parviens à entendre le pigment rouge de tes yeux,
le fil de ta rumeur
enfilant un long mot incompréhensible
et lumineux.
Bénie soit la pirogue qui conduit cette aiguille
entre les blocs de glace.

C'est mystérieux, dit Dez. Ce poème a quelque chose d'excessivement émouvant.

Anceis le regarda en silence.

Godthab ? demanda le censeur. Cet endroit aussi a un rapport avec Dieu ?

C'est un port du Groenland.

Il ne voulait pas se sentir soumis à un interrogatoire poétique, et s'empressa de satisfaire un minimum la curiosité de Dez.

La plupart des morutiers se ravitaillent à Saint-Pierre, à Saint-John's ou en Nouvelle-Écosse. J'ai embarqué quelque temps sur un chalutier qui s'aventurait un peu plus loin, vers le détroit de Davis, aux limites du Cercle polaire arctique. Nous avons fait une escale là-bas, à Godthab.

Rien qu'une escale ?

Oui, rien qu'une escale.

Alors, la femme de Godthab a bien existé ? C'était une Esquimaude ?

Elle était inuit. Eux disent inuit. Cela signifie : Une personne. Esquimaux signifie mangeurs de viande crue. Inuit c'est une personne.

Et que s'est-il passé ? Je suppose que vous pouvez le raconter. Vous l'avez invitée dans le bateau ?

Anceis demeura pensif. Une main explorant l'autre. Dez ne pouvait pas le savoir, mais le vieux marin était en train de placer des boulettes de pain entre ses doigts. À Godthab, avec les autres marins, Anceis décapitait et vidait les morues avec des gants de grosse toile. Les poissons sortaient de la mer recouverts d'un limon qui s'infiltrait entre les fibres de la toile et, avec le froid, il provoquait des plaies entre les doigts, des plaies très difficiles à soigner par la suite et la douleur était insupportable. La meilleure façon d'éviter les frottements qui rouvraient les blessures, c'était de dormir avec des boulettes de pain entre les doigts.

Mais ça, c'était une histoire trop personnelle, trop intime. Cela ne regardait surtout pas cette espèce de bureaucrate qui détenait ses textes, et à qui les livres devaient demander la permission d'exister, et qui s'excitait soudain devant l'image de la femme de Godthab.

Aurelio Anceis dit : Tous les renseignements se trouvent dans le poème. C'est un poème qui comporte beaucoup de renseignements.

Et il ajouta : Je suis désolé. Je dois m'en aller.

La sphère de ronces

Sa marchandise était composée de fougères. Des fougères vertes. Et elle en portait un chargement énorme.

Une bonne moitié de montagne, ma fille.

Elle allait les vendre à la criée de Muro pour disposer et protéger le poisson qu'on exportait dans des boîtes en bois de pin. Les femmes qui portaient des fougères sur la tête avaient toutes la même étrange particularité. C'étaient celles qui portaient le plus gros volume sur la tête et qui rapportaient le moins d'argent au retour. Mais un jour bien particulier dans l'année, Lola, celle que Chelo avait peinte, faisait régulièrement un bénéfice supplémentaire. Elle ramenait toute la montagne sur sa tête. La veille de la Saint-Jean, elle préparait des bouquets contenant les sept plantes aromatiques de la région. Elle les faisait tremper dans de l'eau toute la nuit, pour le bain curatif du lendemain matin. Cette eau aux plantes vous nettoyait de l'intérieur et à l'extérieur. Il fallait conserver le bouquet à la maison. Un an plus tard, alors qu'il avait séché, on le jetait dans les feux de la Saint-Jean. C'est pour cette raison qu'il existait trois tableaux peints par Chelo Vidal représentant cette femme d'Orro. *La Femme aux*

Fougères. *La Femme aux Bouquets de la Saint-Jean*. Et *La Femme à la Sphère de Ronces*.

Si tu observes attentivement celle qui porte des fougères, celle qui a l'air le plus humble, elle acquiert avec le temps une allure seigneuriale. Comme si elle portait une grande capeline naturelle, le noyau mystérieux d'une forêt, un ostensoir vert. S'agissant de plantes sylvestres, cette femme affirma un jour : Pour moi, la meilleure des plantes pour faire un lien, ce sont les ronces.

Les ronces ?

Elles sont flexibles comme un cordeau et solides comme du cuir. Dommage qu'elles aient des épines.

Chelo avait été fascinée par une telle description. Elle avait toujours considéré que les ronces étaient de nature belliqueuse, qu'elles étaient infréquentables, et qu'elles n'acceptaient de signer une trêve qu'à la période où elles faisaient des mûres. Et encore… pour cueillir les fruits, il fallait transformer ses doigts en bec de merle.

À présent, un merle sautillait entre la tête de Chelo et celle de la femme aux fougères.

Bien entendu que la vie est remplie de mûres et d'épines, dit Lola, la femme aux fougères. C'est un tissage d'épines.

Cette conversation fut à l'origine d'un des tableaux les plus célèbres de Chelo Vidal. Beaucoup d'interprétations présentent cette toile comme l'apogée d'un nouveau symbolisme, et la considèrent comme la plus aboutie de la série *Femmes portant des choses sur la tête*. Mais cela ne la rend pas pour autant moins énigmatique, elle représente ce que certains appellent « le calme perturbateur » de *La Femme à la Sphère de Ronces*.

Peut-on vraiment réaliser une grande boule de ronces ?

Et pourquoi ne serait-ce pas possible ? Il suffit de retirer les épines et de tisser les tiges entre elles.

Non. Il faut retirer les feuilles mais garder les épines.

La boule de ronces avait la forme d'une sphère armillaire. La femme portraiturée porte un petit coussin, comme la plupart de celles qui portent du poids, mais dans ce cas la toile est d'un gris argenté et elle ressemble plutôt à une couronne, sans doute car ce qui se trouve dessus est également d'un symbolisme plus abouti. Le caractère sphérique s'accentue lorsqu'on prend de la distance. De plus près, l'enchevêtrement rêche de la boule ressemble à un labyrinthe, que les épines rendent dramatique. Le portrait serait très dur, si ce n'était l'allure de la femme qui regarde sur sa gauche légèrement en perspective, avec un demi-sourire, se dit Chelo, et qui semble ne pas sentir le poids qu'elle porte sur la tête, comme s'il s'agissait d'un chapeau excentrique. Mais à qui sourit-elle donc ?

Pourquoi ris-tu ? demanda Chelo.

Cela va vous sembler bizarre. J'étais en train de penser au jour de ma première communion. Autant les filles que les garçons, on était tous et toutes très habillés, avec beaucoup de soin. On faisait comme on pouvait, on se faisait prêter des vêtements ou on s'arrangeait autrement, mais on était tous et toutes très soignés. Les garçons portaient un costume et une cravate, comme de petits hommes, et nous, les filles, on était vêtues de blanc. Une de mes tantes est domestique dans un manoir de Sigrás et la propriétaire m'avait prêté pour l'occasion une couronne avec un voile de tulle. On était là, agenouillés devant l'autel, à l'instant le plus solennel, en train d'attendre l'hostie consacrée, et j'avais eu le réflexe de regarder Daniel du coin de l'œil. D'habitude c'était un vrai écureuil, il ne tenait jamais en place. Ça m'avait fait marrer de lui voir un air aussi sérieux, le crâne rasé, les mains jointes. Soudain, il avait aussi regardé vers moi, sans changer de position, et…

La Femme à la Sphère de Ronces serra les lèvres. Elle battait des paupières. On voyait des larmes de joie sourdre de ses yeux.

Maintenant c'était Chelo qui souriait légèrement devant ce mystère.

Que s'est-il passé avec Daniel ?

Il a fait bouger ses oreilles.

Ses oreilles ?

Oui, madame. Il s'est mis à les faire bouger comme si c'étaient des ailes. Elles bougeaient toutes seules, sans avoir besoin de les toucher. Un truc à lui. Il appelait ça faire *ding, dong*. Mais moi, je ne l'ai vu faire que ce jour-là. Le jour de ma première communion. Dans l'église. Ce jour-là, il l'avait fait seulement pour moi.

Et voilà le secret, la raison pour laquelle la Femme à la Sphère de Ronces sourit sur le tableau de Chelo Vidal. Parce qu'elle voit Daniel en train d'agiter ses oreilles pointues comme des ailes.

Rien de plus inquiétant que le tableau qui était venu par la suite.

Celui de la femme qui porte un secret. On ne savait pas ce que contenait son panier couvert d'un chiffon. Les formes, sous le chiffon, faisaient penser à de petites sphères, mais plutôt irrégulières. Le chiffon lui-même était plutôt curieux. C'était un chiffon noir. Personne à Santo-Agostiño ou au Campo-de-la-Leña ne couvrait sa marchandise avec un chiffon noir. La tête, oui, avec un foulard noir. Mais la marchandise, jamais.

Elle m'a peinte en regardant de travers, lança la Femme au Secret.

Non, non, tu n'es pas mal. C'est exactement comme ça que tu regardes. Tu es tout à fait bien. Tu as même quelque chose de mystérieux.

Absolument pas. Je sais bien que je louche un peu, mais pas à ce point tout de même. Et puis il y a une différence entre ce à quoi on peut ressembler à un moment donné, et la façon dont on peut ensuite vous représenter pour toute la vie. Les tableaux durent toute la vie. Je ne vois pas l'intérêt de me peindre en train de loucher.

C'est ton vrai regard. La beauté, c'est ça. L'authenticité, l'émotion.

Eh bien, moi, je considère que ces yeux que vous m'avez peints sont une anomalie, pas une beauté.

Ces yeux permettent de voir tout ce qui existe à l'intérieur de toi, lui répondit sèchement Chelo.

Je préfère qu'on ne voit rien du tout.

C'est la femme aux paupières tombantes.

Et c'est mieux comme ça ?

Beaucoup mieux.

Gabriel se souvient qu'il la croisa dans l'escalier de service. Il montait souvent par là, pour arriver plus vite à la cuisine. Neves lui réservait toujours une petite entrée. La becquée, disait-elle. Il croisa la femme en deuil dont le foulard sur la tête s'accordait avec le chiffon sur le panier. Elle avait l'air très satisfaite. Lorsqu'elle l'aperçut, elle souleva le chiffon et lui tendit une poignée de secrets.

Les feuilles qui ne tombent jamais

Je crois qu'on l'appelle Antón, mais moi j'ai gardé en mémoire ce qu'avait expliqué monsieur Sada, il avait prétendu que ce n'était pas un pays qui méritait ses poètes, qu'il fallait voir comment on les traitait, qu'on les faisait travailler comme des manœuvres du bâtiment, toute la journée à charrier des sacs de ciment Portland. Et chaque fois que je croise un homme avec un sac sur l'épaule, je pense à lui. Je pense à mon poète. À mon Portland.

Son espoir de le rencontrer chez la femme peintre se réalisa ce jour-là. Elle allait remettre le linge propre. Sur le chemin qui mène de Castro à Elviña, elle cueillit des roses blanches et quelques branches de menthe et de fenouil. Pour parfumer le linge.

Neves la reçut dans le vestibule. Et elle entendit des voix qui venaient de l'endroit le plus ouvert du salon, celui qu'on appelait le Pavillon Chinois, et grâce à ses excellents rapports avec la bonne, elle se laissa un peu aller, tout juste ce qu'il fallait pour apercevoir un groupe de gens. Ils étaient tous très concentrés. Regardant dans la même direction. Ils étaient en train d'écouter. C'est lui qui récitait. Et elle eut le temps d'entendre l'histoire des feuilles qui ne tombent jamais dans le jardin de San-Carlos, qui brûlaient, c'est ce qu'il prétendit, à petit feu, là-bas à la cime des ormes. Et il ajouta quelque chose à propos de la beauté des spectres des grappes se balançant comme des pendules. Mais elle n'était pas si certaine de cette dernière précision.

Et elle s'y rendit l'après-midi même. Et d'autres après-midi aussi.

Dans le jardin de San-Carlos, à la cime des ormes, elle aperçut en effet quelques feuilles cuivrées qui n'étaient pas tombées. Elle savait qu'il existait des arbres qui ne perdaient pas leurs anciennes feuilles tant que les nouvelles n'avaient pas poussé. Mais ce qu'elle était en train d'observer à présent était très différent. Dans ce bosquet grandiose, dans les hauteurs austères des branches, elle observait de grosses traînées au fusain sur le ciel, prolongées par un filigrane de brindilles, de rejetons et de bourgeons, des lignes pures sans tache. Et tout là-haut, il y avait ces feuilles cuivrées, qui brûlaient à petit feu dans le crépuscule, sans même se consumer.

C'était un des plaisirs dont elle se souvenait pendant ses allées et venues le long des rues de la ville. Il n'était pas prévisible qu'elle, précisément elle, fût capable de voir les feuilles qui, en hiver, ne tombaient pas des ormes noirs dudit Jardin Romantique. Non seulement elles ne tombaient jamais, mais elles brûlaient, parmi les rais de la sobre jalousie du bosquet. Plus elle les regardait et plus elles brûlaient. Elles étaient très éloignées, mais elle sentait leur chaleur sur ses joues.

Voilà pourquoi lorsqu'elle retourna chez elle, et ce fut de nombreuses années plus tard, une des premières choses que fit Ó, ce fut d'aller voir les feuilles qui ne tombaient jamais dans le jardin de San-Carlos.

Mais Ó est encore ici, à présent. Elle a douze ans et elle commence à aller laver à la rivière. Elle aime la rivière, mais elle n'aime pas tellement laver. Au croisement, un chemin mène à l'école et l'autre à la rivière. Même si elle n'était pas obligée de laver, elle choisirait toujours celui qui mène à la rivière. Là-bas, elle est en train de découvrir la compagnie des visages dans l'eau.

Polca souffre de l'ignorance des gens. Hier, il était très affecté parce qu'il avait monté en amazone Tosca, l'âne qui porte le linge que nous lavons Olinda et moi. Et les gens s'étaient moqués de lui parce qu'il n'était pas monté à califourchon, comme les hommes. Tout ça par ignorance. Car l'animal souffre moins si tu le montes de cette façon, comme les femmes. Tout ce qui blesse est de la faute de l'ignorance. L'ignorance blesse. Ça c'est une idée de Polca. Auparavant, il avait de nombreux amis avec qui il pouvait parler de l'ignorance. Arturo par exemple, le champion de Galice des poids légers. Moi je sais qu'il y a des commérages, qu'il y a des gens qui disent qu'il se pourrait bien qu'Arturo soit mon père. Il fut assassiné avant ma naissance, mais il se trouve là, dans l'eau, oui, si la rivière l'a ramené jusqu'à moi, il y a peut-être quelque chose de vrai là-dessous. Les gens l'aimaient beaucoup. Il s'occupait toujours de ses gants de boxe et de ses livres. Et alors s'il était boxeur, pourquoi ne frappait-il pas ? Bien sûr qu'il frappait, dit Polca. Mais boxer ce n'est pas exactement la même chose que frapper. Il écrivait avec ses mains de boxeur dans une revue qui s'appelait *Brazo y Cerebro*. Avec quelques camarades, il avait fondé un athénée avec une bibliothèque, à Fontenova, qui s'appelait L'Éclat dans l'Abîme. Ils avaient fabriqué une enseigne en verre qui représentait un soleil. Une enseigne qui devait être merveilleuse avec le froid qu'il fait à Fontenova. Et que s'est-il passé ? Eh bien, ils l'ont assassiné comme un Christ. Ici, il n'y a pas eu de guerre, ma petite, ce qu'ils appellent la guerre a plutôt été une partie de chasse et lui ils l'ont abattu. Avant d'être assassiné, il a eu le temps d'écrire sur un morceau de papier : « Les adorateurs du Christ fabriquent quotidiennement des Christ. » Et que s'est-il passé avec l'enseigne représentant un soleil ? Elle est partie en mille morceaux. Et l'athénée et les livres ? Ils ont tout brûlé. Ils ont brûlé les livres ? Oui. Polca parle d'Arturo comme s'il s'agissait d'un héros, d'un champion dont personne ne se souvient. L'avenir est incertain, dit Polca. Nous ne savons pas ce qui va se passer. Peut-être viendra le jour où il n'y aura plus que toi, ma fille, qui saura qui était Arturo da Silva et que L'Éclat dans l'Abîme a existé dans un lieu devenu désormais si triste. Et tâche de ne pas oublier ce mot non plus. Arturo da Silva était anarchiste. Anarchiste ? Mais… Oui, je sais. Maintenant c'est dit. C'est un mot qui fait peur. Laisse-le là où il est. Il n'a besoin de personne pour prendre soin de lui-même, il n'a pas un poil de graisse. C'est la seule chose que je te demande. Que tu t'en souviennes. Tu lui fais une petite place dans ta tête, et tu n'auras plus besoin de t'en occuper par la suite. Il ne viendra plus te déranger. Il avait murmuré je ne sais quoi à propos d'une certaine résignation invincible. Ah ! cette manie de parler tout seul. Polca, Polca. Tu es un vrai père. Et Olinda ne parle jamais de ça. Olinda ne parle presque jamais de sa vie. Elle aime les pièces radiophoniques, elle est fascinée par elles, se glisse hors du temps. Moi je le sais parce qu'une fois chez la modiste, Amparo, qui possède une radio dans son atelier et lorsqu'elle met une pièce radiophonique avec les voix de Pedro

Pablo Ayuso et de Matilde Conesa on dirait que les machines à coudre fabriquent des larmes, que les pleurs remontent le long des nerfs de la jambe jusqu'aux yeux au rythme de la pédale, eh bien, cette fois-là chez la modiste ma mère est restée stupéfaite, possédée par un silence amical. Ça peut arriver à n'importe qui. Il y a aussi une jeune fille, et je l'ai appris par Ana, la laitière, qui écrit des poèmes et dont on raconte que son don lui avait été transmis par l'esprit de Bécquer, on avait d'ailleurs appris les poèmes de ce poète à l'école, par exemple ce vers *elles reviendront les sombres hirondelles*, je l'aimais beaucoup, et la jeune fille aussi avait dû l'aimer car sa rencontre avec l'esprit avait eu lieu sur la place des Bárbaras, et l'esprit l'avait possédée et on dit qu'il l'avait mise enceinte. Enceinte de poésie bien entendu. Amalia et Ana, la laitière, n'arrêtaient pas de rire avec cette histoire, avec le jet de lait de l'esprit, hou là, l'esprit coquin, ouille ouille ouille ! Il nous faut aller sur la place des Bárbaras, Ó, voir si nous aussi on arrive à croiser l'esprit de ce voyou de Gustavo Adolfo.

Eh bien, moi, j'y suis déjà allée, leur répondis-je. Et cela les surprit à tel point, qu'elles restèrent bouche bée, elles n'eurent plus envie de rire.

Et alors ?

J'en préfère un autre qui se trouve dans le jardin de San-Carlos. Celui-là, il ne vous met pas enceinte.

Amalia, feignant d'être scandalisée : Eh bien dis donc, ma petite ! Tu es devenue la pute des esprits.

Et moi je n'arrêtais pas de tirer Olinda par le bras, mais elle était entrée dans la pièce radiophonique et n'arrivait plus à en sortir. Elle n'en était sortie que lorsque les machines à coudre s'étaient arrêtées. Lorsqu'elles fonctionnent toutes en même temps, on dirait un train spécial. Et lorsqu'elles s'arrêtent au même moment… Que s'est-il passé ? avait demandé Olinda étonnée lorsqu'elles s'étaient arrêtées toutes ensemble.

L'Étoile et le cheval Romántico

Il pensa à une blague du destin. Des poèmes égarés. Volants. Entraînés par un médium spirite. Que faisaient-ils là, parmi les originaux du numéro zéro de la revue *Oeste*, attendant l'autorisation du bureau de la Censure ? Que faisaient là ces extraits de *Mim desamparou* ? On pourrait admettre que le chant médiéval qui figurait comme texte inaugural était un hasard, un grand hasard, mais en revanche d'où pouvaient bien venir les trois poèmes d'Aurelio Anceis ? Il revint en arrière. Nerveusement inquiet.

C'était noté dans le sommaire. En primeur, trois poèmes de *Mim desamparou*, recueil de poèmes inédits d'un auteur inconnu : « Zéro », « Infini » et « Vivats de rigueur ».

Il chercha les textes. Il y avait un détail frappant. Les dates des victoires avaient disparu. Ce jeu qu'avait établi Aurelio Anceis avec le calendrier des célébrations du Régime. Lui aussi, Tomás Dez, avait introduit une variante dans le livre qui était en train d'être fabriqué à l'imprimerie. Une différence. Il avait remplacé les éphémérides franquistes par d'autres dates qui se révélaient plus neutres ou renfermaient une exquise touche d'obsèques culturelles. Quel qu'il soit, le responsable de l'édition des poèmes d'Anceis dans la revue *Oeste* avait procédé purement et simplement à l'élimination des dates et s'était contenté de conserver, dans le poème « Zéro », l'ironie de la fin :

Mais personne n'est aussi savant que Leonardo
Fibonacci,
qui traça le zéro dans le creuset du vide.

Les doigts comme des serres d'aigles sur la presse. Il fouilla parmi les pages. Il avait éliminé du poème « Vivats de rigueur » les références à toutes ces femmes, sous forme de recueil profane de la vie des saints : Apache, Mediateta, Sira, Samantha, Galatea et autres célèbres hétaïres qui ne seraient jamais présentes dans les histoires officielles de la ville. Nonobstant, il conserva d'autres noms plus énigmatiques qui donneraient probablement du fil à retordre aux critiques le jour très probable où cette œuvre deviendrait un classique. La Chinoise du Tempest, au Cap, ou la Simone de l'Étoile de Saint-Pierre et Miquelon. Oui, la Simone, la Faneca, la Plate, la Chepita. Il avait demandé à Anceis de qui il parlait et il lui avait répondu : Ce sont des sirènes. On a toujours prétendu qu'en Galice on avait oublié les anciens mythes de la mer. Ce n'est pas vrai. En tout cas, en ce qui concerne les sirènes. Les sirènes sont les sirènes.

Vous voulez dire des putes ?

Je veux dire des sirènes. Sur ce sujet, je m'en remets à T. S. Eliot et à son idée des niveaux de sensibilité. Ça dépend du niveau de sensibilité.

Quel niveau ?

Du niveau auquel on écrit ou auquel on lit. Ou, si vous préférez, de la profondeur. Votre vision est très partielle. Pensez à des hommes en train de briser la glace sur le pont d'un navire. Mais pas des morceaux de glace, de la glace qui recouvrirait l'ensemble du bateau, chaque recoin. Et imaginez que le capitaine décide soudain de se rendre à Saint-Pierre. Voilà des mois que les marins n'ont ni vu ni foulé la terre. Aller à Saint-Pierre — en réalité c'est un petit port où la rue principale est une côte bordée de maisons de bois — eh bien, c'est pour eux comme se rendre au paradis. La nouvelle provoque une telle joie que beaucoup se mettent à boire pour fêter ça et lorsqu'ils atteignent Saint-Pierre ils ne sont plus en mesure de débarquer. Ils ne tiennent même pas debout. Pour cela, sans avoir besoin de se référer à monsieur Eliot, la simple évocation de Saint-Pierre, l'idée d'y aller, signifie qu'ils y sont déjà. Au paradis. Il s'agit de la puissance que contient le simple fait de dire les mots, ce sont eux qui créent le lieu et transforment les corps. Mais à présent je vais m'intéresser à ceux qui débarquent. La plupart vont faire la queue devant l'Étoile, tout de suite galicianisé sous le terme A Estrela, la salle de bal appartenant au seul plongeur de Saint-Pierre, également appelé le Communiste, et vous savez pour quelle raison ils vont faire la queue. Non, pas du tout, pas pour ce que vous pensez. Des dizaines d'hommes en train de patienter, en file indienne, piétinant dans la neige, pour danser, et uniquement pour danser, avec celle qu'on appelle la Chepuda ou la Chepita, c'est-à-dire la Bossue. Rien que pour poser leurs mains sur la bosse, tandis qu'ils dansent. Et les capitaines lui paieront jusqu'à mille francs si elle accepte de monter sur le bateau et de pisser sur les filets. Un sortilège. Des sirènes qui dansent, des sirènes lavandières, les sirènes de la chance.

Dez, le censeur, ne put contenir son tic, un claquement de doigts qui provoquait un soudain malaise.

Je suis très heureux, Anceis, que vous ayez trouvé

Eliot dans cette flotte de haute mer, et allez savoir qui d'autre encore.

Les gars de G. dansent autour de l'Axe de la Terre, à l'Étoile Flamboyante…

J'ai quelques petites notions en matière de maçonnerie, Anceis. Je sais ce que signifie cette histoire de G., de l'Axe de la Terre, de l'Étoile Flamboyante, de ce qui vient ensuite, le Liber Mundi. Ne me prenez pas pour un imbécile. Mais quel rapport y a-t-il entre tout cela et la pêche au thon à Terre-Neuve ?

Quelque chose de très simple. La géométrie d'une danse. La salle de bal la plus populaire parmi les pêcheurs de Saint-Pierre était celle-là : L'Étoile. La scène était une simple table de bois. Sur la table de bois, une chaise. Sur la chaise, un accordéoniste, le Plongeur. Au-dessus de l'accordéoniste, une lampe. C'était ça, l'axe de la terre. L'accordéon est le Liber Mundi, à la fois ouvert et fermé, matière vierge et matière fécondée.

Avec tout ça, dit Dez, ne vous étonnez pas que mon collègue ecclésiastique soit un peu noyé, avec son œil divin, devant ce que vous appelez un trouble déluge.

J'aime bien ça, reprit Anceis. Un trouble déluge. C'est une lecture réaliste.

Il tenta de reprendre son manuscrit pour la deuxième fois.

Il vaut mieux que je le remporte. En vérité, dit Anceis, je ne suis plus très sûr de tenir à le publier.

À présent la main de Tomás Dez, rapide comme une patte de fauve, attrapa le cartable qui contenait les deux copies manuscrites de *Mim desamparou*.

Non. Laissez-moi faire. Je vais défendre ce livre comme si c'était moi qui l'avais écrit. Nous avons le devoir de le tenter.

Il dit cela avec une véhémence qui surprit Anceis. Et surtout ce mot. Le devoir. C'était vrai. Pour lui, l'unique raison de l'écrire et de le publier était un étrange devoir, du même ordre que le destin.

Je vais défendre ce livre, répéta le censeur Dez. Et vous savez pourquoi ? Parce que je suis par-dessus tout un poète, monsieur Anceis. Je n'ai pas une âme de fonctionnaire. Cela peut vous paraître contradictoire par rapport à ma fonction, mais c'est le propre de la condition humaine, être contradictoire.

Vous avez déjà dit que le censeur ecclésiastique ne changerait jamais son rapport de lecture négatif. Que vous n'obtiendriez pas son *nihil obstat*. Qu'il était obnubilé par ce livre.

Et c'est la vérité. Il l'a en travers de la gorge. On va bien voir ce qu'il va écrire exactement. Il m'a dit qu'il considérait que *Mim desamparou* est un recueil de blasphèmes. Je lui ai déjà répondu que Dieu savait se défendre tout seul. C'est quelqu'un qui a toujours son *Index Librorum Prohibitorum* dans sa poche. N'allez pas croire. Moi non plus je ne lui suis pas très sympathique. Ce sont les choses de la vie... Moi, je fais partie de ces gens qui pensent que le fanatisme est à la religion ce qu'est l'hypocrisie à la vertu. Enfin, nous sommes face à un vrai mur, mais peut-être y a-t-il encore une solution. Il nous faut la trouver. Je vais faire quelques démarches. Vous le savez parfaitement. L'absolution vient toujours du même endroit que l'excommunication. Cela pourra prendre plusieurs mois. Et même plusieurs années. Mais je vous jure que *Mim desamparou* verra la lumière du jour.

Il avait réécrit le passage sur les sirènes dans « Vivats de rigueur » comme un texte à part, au langage volontairement provocateur, mais enrobé d'une leçon de morale au destin cruel pour qui la transgresserait. Un scandale édifiant. Aurelio Anceis parlait des « baffes de Dieu » en évoquant les coups aveugles d'une puissance arbitraire et brutale, ennemie jurée de la beauté, du plaisir et de la joie. Dans la version de Tomás Dez, les baffes de Dieu allaient toujours là où il fallait, et même le malheur des vertueux ou le désarroi des innocents avaient une finalité positive : la qualité des lamentations, le niveau des tragédies.

Dans la revue *Oeste*, le poème avait été fidèlement retranscrit.

Il donna un coup de poing sur la table. Il donna un coup de poing sur cette revue véreuse qui avait chahuté ses projets. Il allait en finir avec la revue *Oeste*. D'une quelconque façon, il allait en finir avec cette bestiole.

La sollicitation de publier cette revue, sous-titrée *Hebdomadaire de la culture indépendante*, était signée par Chelo Vidal, la femme de Ricardo Samos. La prima donna, dit-il entre ses dents. On proposait comme directeur, afin de remplir la condition que ce fût un journaliste possédant sa carte de presse, celui du journal du soir l'*Expreso*. Le comité de rédaction était composé du peintre Sada, de son jeune ami le poète Avilés, du docteur Abril, des professeures Eloísa Garza et Dora Castells et des deux Vidal, Chelo et le photographe Sebastián. Puis on donnait une interminable liste de collaborateurs, un méli-mélo dans lequel Tomás Dez pouvait détecter à la loupe quelques vieux survivants libéraux, des garçons suspects dès la première ligne, dès la première majuscule de ce qu'ils écrivaient, et quelques éléments plus exotiques, hors de tout soupçon, des compagnons de route, comme cette professeure de Formation Nationale, la belle Laura. Mais Dez connaissait le rapport de l'inspecteur Ren à propos de celle-ci. La belle Laura, qui est carliste, si belle dans son uniforme traditionnel, traînait désormais en compagnie des « lopettes existentialistes ». Tout avait été parfaitement prévu pour donner une certaine respectabilité à l'invention, qui avait tout l'air d'être une réédition de l'*Atlantide*, interdite depuis des années sur notification expresse de Madrid à cause d'un rapport qu'il ne reconnaîtrait jamais en public avoir lui-même rédigé, et qui lui provoquait du seul fait de répéter ses termes une excitation particulière au niveau du palais : « Un groupe de bohémiens dégénérés et existentialistes. »

Parmi les fondateurs de la revue *Oeste*, le jeune poète allait être rapidement mis hors-jeu. Ren avait prévu une opération très simple pour l'intimider et le pousser à quitter le pays. Lui faire parvenir son courrier décacheté, pour qu'il comprenne que sa correspondance était contrôlée de près. Ou lui passer un de ses coups de fil dont il avait le secret : « On veut bien que tu continues à vivre. » Dez concentra tous ses doutes sur Sada. C'était le plus vieux et il était bâti comme une toile d'araignée. On aurait dit qu'il flottait dans les airs, mais avec des points d'attache un peu partout. Il lui fallait s'en assurer. Il lui fallait localiser la source le plus rapidement possible. *Mim desamparou*, avec le nouveau titre *Le Moment de vérité*, était sur le point d'être publié sous son nom. Oui, *Le Moment de vérité*. C'était sa contribution personnelle, sa touche, et il en était satisfait. Il trouvait que la paternité du titre justifiait, d'une façon ou d'une autre, l'appropriation de l'ensemble de l'œuvre. C'était pour lui la même chose qu'une adoption. Un titre parfait, oui monsieur.

Huit mois après sa dernière tentative d'autoriser la publication de *Mim desamparou*, Aurelio Anceis mourut. Ce fut une mort poétique. Il se jeta dans la mer un jour de grande houle du haut du mur de la Coraza-del-Orzán.

Il y avait longtemps, bien avant la mort d'Anceis, que Dez avait décidé que *Mim desamparou* devait exister. Mais à sa façon. Cela allait à présent devenir un deuxième livre, le deuxième livre de Tomás Dez, après la publication de son premier recueil intitulé *De Mars à Daphné*. Voilà une dizaine d'années. C'était un livre pédant, mais il était obligé d'avoir une certaine reconnaissance envers cet ouvrage dont, au fond, il avait honte. Celui-ci lui avait permis d'établir des contacts, en effet on avait publié quelques comptes rendus avec d'aimables qualificatifs et depuis il était cité comme poète dans le sillage de ladite « jeunesse créatrice », ceux-là même qui, après la guerre, avaient choisi Garcilaso de la Vega pour flambeau, en sa double qualité de poète et de soldat. Intentionnellement, son ouvrage commençait par une citation de l'Élégie II de Garcilaso : « Ô rude, ô rigoureux, ô fier Mars, / avec sa tunique couvert de diamant / et endurci toujours en toute part ! » Sa stratégie fonctionna parfaitement. À l'occasion d'un premier compte rendu dans la presse locale, dépourvu de signature, on parlait de « poèmes d'une race intrépide », et cette formule fut répétée dans tous les autres commentaires. Il avait également envoyé son livre à Agustín de Foxá. Il le lui avait envoyé avec une dédicace soumise dans laquelle il utilisait à dessein des images tirées de ses vers sur l'évocation de Madrid par Foxá lui-même : « Depuis mes pénombres d'eucalyptus, ces poèmes vont en calèche tirée par des chevaux cannelle visiter le maître, se prosterner devant lui tandis que celui-ci boit dans un coquillage rosé et orné de veines d'arc-en-ciel. » C'était lui qu'il admirait vraiment. Il avait appris par cœur les deux sonnets des centaures.

Celui du jeune centaure et celui du vieux centaure. Les réciter faisait partie de ses *coups de théâtre** entre amis. Mais Foxá n'accusa pas réception. Peut-être n'apprécia-t-il pas l'image où quelqu'un se prosternait devant lui, tandis qu'il buvait dans un coquillage rosé. Cette dédicace était vraiment ridicule. Il s'en aperçut juste après avoir envoyé l'exemplaire par courrier postal. Comme cela se produit souvent avec les éloges excessifs, cela ressemblait à une parodie. Foxá ne répondit pas non plus à une seconde tentative, lorsqu'il lui envoya un exemplaire de *Retable du Moyen Âge* en lui demandant de le lui renvoyer dédicacé, en conséquence de quoi il avait joint une enveloppe dûment affranchie au tarif nécessaire. Il avait eu plus de chance avec Eugenio Montes, lorsqu'il avait fait la même chose avec le livre *L'Étoile et le sillage*, publié aux Ediciones del Movimiento. Cette fois il tapa dans le mille et il paraphrasa la préface de Sánchez Mazas avec une camaraderie fasciste : « Reconnaissant d'avoir mis les lettres humaines au service de la Phalange. »

Mim desamparou, autrement dit, *Le Moment de vérité*, allait marquer un virage radical. Une bombe littéraire. *Garcilasienne*, quelle bêtise ! Cet ouvrage allait commotionner le monde littéraire au-delà de cette ville-huître, cachée au fond de sa coquille. Et voilà que maintenant ce contretemps se présentait ! Il lui fallait se bouger, agir. Le plus rapidement possible.

Il se rendit une nouvelle fois à la pension Sahara, où s'était installé Anceis, pendant ses deux dernières années de marin échoué. Non, lui dit doña Dalia, la patronne, personne ne s'était intéressé à Aurelio Anceis. Aucun membre de sa famille ne s'était présenté. Personne n'avait réclamé quoi que ce fût.

Personne ?

Elle ne trouvait pas ça vraiment étrange. Depuis une pension telle que la sienne, avec une majorité de pensionnaires fixes, on avait une autre vision du monde. Il y avait des individus, des individus sains, qui ressemblaient à des bernard-l'ermite, qui ne sortaient de leur chambre que pour manger. Qui ne parlaient à personne. Qui vivaient comme un zéro.

Un zéro ? Pourquoi dites-vous un zéro ?

Ne le prenez pas mal, répondit doña Dalia. Je veux dire que personne ne l'a regretté. Personne n'est venu demander de ses nouvelles, sauf vous.

Dez se souvenait de cette visite. La dernière fois qu'il l'avait vu.

Anceis n'avait pratiquement pas parlé. Il avait expliqué qu'il souffrait d'une grosse migraine. Il était habillé sous sa couverture et avait sa casquette de marin bien enfoncée sur sa tête, comme s'il voulait retenir la douleur, au lieu de la lâcher. Il lui avait demandé pour la forme comment il se sentait et lui, Aurelio Anceis, lui avait répondu de façon tout à fait inattendue qu'il se sentait coupable.

Coupable de quoi ?

D'avoir survécu. Et vous, vous ne vous sentez pas coupable ?

Non, non pas trop, avait répondu Dez.

Je voudrais que vous me rendiez *Mim desamparou*.

Pourquoi ?

Je vous l'ai déjà dit. Tous les papiers. Les poèmes, les autorisations. Tout. C'est ma dernière volonté. Je ne peux pas vous y obliger, alors je vous le demande comme une dernière volonté, comme une prière. S'il ne me parvient pas à temps, alors brûlez-le. De toute façon, je l'aurais brûlé.

Je ne comprends pas.

Je voulais que les poèmes existent sous forme de livre pour les brûler. Faire un bûcher sur la Darse. Ils ont été écrits pour brûler.

Une violente toux le secoua, et il tenta immédiatement de l'étouffer avec un mouchoir, mais cela lui congestionna tout le visage. Dez avait alors associé les mots d'Anceis à la toux et à cette mue abrasive de la couleur de sa peau.

Il se leva en tournant la tête, en s'éloignant du malade. Ce n'était pas un comportement adéquat. Et merde. Il avait devant lui un ex-homme.

Arrivé devant la porte, il se tourna vers lui. Au revoir, monsieur Anceis. Bon rétablissement.

En entrant au bureau de la Censure, il dit à sa secrétaire : Si le poète marin revient ici, je ne suis pas là et on ne sait pas quand je serai de retour. Renvoyez-le sans égard.

Oui, commandant Dez.

Commandant. Il aimait entendre ce titre de la bouche de sa secrétaire.

Il n'y a rien de nouveau au sujet d'Aurelio Anceis ? demanda à présent Tomás Dez à la propriétaire de la pension Sahara. Dalia l'avait fait entrer dans la pièce où l'on pouvait encore voir un gramophone. Muet, mais il trônait là, conférant un style particulier à ce lieu. La femme lui sembla également plus âgée et plus attirante que la première fois, avec ses ongles vernis. Elle se déplaçait comme une libellule. Vous n'avez rien trouvé d'autre, il n'a rien demandé ?

Vous savez bien la chose qu'il a demandée. Qu'on brûle tout ce qui le concernait. Il m'a vraiment fait peur, lorsqu'il a tenté de le faire lui-même dans la cuisine. Il s'y prenait très mal avec le feu. À la fin, c'était devenu une obsession. Lorsqu'il était dans le salon, il écrivait des poèmes sur de petits bouts de papier, puis il y mettait le feu au fond d'un cendrier. C'est la seule chose que j'ai jamais eue à lui reprocher.

Il vaut mieux affronter les fantômes que les avoir dans son dos, pensa Dez. Mais quelque chose était en train de lui trotter dans la tête. Il comprit qu'il était en train de parler à une femme plutôt perspicace. Peut-être lisait-elle une autre littérature que ces magazines de mode à la couverture décolorée, qui traînaient dans le salon de la pension Sahara comme des prospectus estivaux surpris par l'hiver. D'une certaine façon, Dalia, la patronne, avait le même aspect. Sa coiffure, ses bijoux, le maquillage, ses ongles, tout chez elle avait un certain air de famille avec le gramophone et ces illustrations de programmes d'été, style *belle époque**.

J'ignore si vous partagez la même impression que moi, lança Dez. Aurelio Anceis devait avoir un problème. Je veux dire, en plus de sa maladie. Ces derniers temps, il était devenu très méfiant, vous ne trouvez pas ?

Je connais bien les gens qui passent leur vie en mer et qui viennent mourir à terre, monsieur Dez. Ils ne se satisfont pas de ce qu'ils voient. C'est nous qui sommes étranges. Mais lui n'était pas du tout un type grincheux. Au contraire, il trouvait tout merveilleux. Les derniers jours…

C'était un malheureux ! assena soudain Dez, sur un ton presque de colère. Retentissant et accusateur.

Est-ce que vous avez entendu parler du bal de L'Étoile ?

À présent, on aurait dit que c'étaient les mannequins des photos en couverture des magazines qui s'intéressaient à la narratrice. Dez savait que ce n'était pas le genre de personne qui allait éclater en sanglots, cependant elle battit plusieurs fois des paupières et se frotta les mains : Les derniers jours, qui pouvait penser que c'étaient les derniers, il s'émerveillait de n'importe quoi. De choses insignifiantes. Je lui donnais une pomme pour son dessert et il restait là, une heure, en train de regarder la pomme. Il me disait : N'est-elle pas merveilleuse, madame Dalia ?

Dez regarda dans la même direction que la patronne de la pension Sahara, mais ne trouva rien qui méritât le qualificatif de merveilleux. Soudain, elle secoua la tête et dit : Si vous me demandez, est-ce que monsieur Anceis avait quelque secret, je dois vous dire que je n'en sais absolument rien. S'il avait des secrets, il les a emportés avec lui. À moi, il m'a juste laissé une montre Festina.

Ce que vous dites est très intéressant pour comprendre le poète Anceis. Mais moi, j'étais en ce moment en train de réfléchir à un autre problème. Serait-il possible qu'Aurelio Anceis ne soit pas mort ?

Elle fut stupéfaite. Et Dez aurait aimé savoir si sa soudaine méditation avait un rapport avec lui, si elle se demandait s'il avait encore tout son bon sens, ou si elle était en train de réfléchir à l'hypothèse d'une fausse mort d'Anceis.

Écoutez, monsieur. Il a été très aimable de mourir comme il a décidé de le faire.

La propriétaire de la pension Sahara lui parla ensuite d'un ton sec et franc.

Il passait ses nuits à tousser, dit Dalia. Moi-même, malgré toute l'estime que j'avais pour lui, j'ai parfois eu envie de le renvoyer. Écoutez, Anceis, pourquoi n'allez-vous pas à l'hôpital ou dans un dispensaire ? Et lorsque je lui avais dit ça, il n'avait plus toussé et était demeuré en silence. Je crois qu'il n'a même plus toussé du tout pendant quelque temps. Il devait étouffer sa toux dans son oreiller. Je n'en sais rien. Et puis il a finalement eu l'élégance d'aller mourir dehors. Sans déranger personne. Il a même fait son lit avant de sortir. Il a écrit une lettre d'adieu, celle que j'ai apportée à la police. Mais avant ça, il a fait son lit. Il lissait toujours les plis du dessus-de-lit avec la main, comme s'il faisait glisser un fer à repasser. Il a été très aimable de décider de mourir de cette façon. Les marins sont des gens comme ça. Ils se suffisent à eux-mêmes.

À présent son visage se durcit en s'adressant à Dez. Pourquoi posait-il ce genre de question ? N'était-il pas son ami ? Elle dit : Monsieur Anceis était un homme très correct. N'a-t-on pas retrouvé, bien rangées, propres, côte à côte, comme s'il allait se coucher dans la mer, ses chaussures sur la Coraza-del-Orzán ?

L'étape suivante fut de partir à la recherche de Sada. Lorsqu'il le trouva, à la terrasse du café Galicia, il s'adressa à lui avec une grande prudence. Il lui fallait obtenir des renseignements, découvrir ce que Sada pouvait savoir, et surtout ne pas déraper. Ou Sada était dans un autre monde, ou il faisait le fou. Ou les deux à la fois. Mais s'il connaissait la vérité, il avait toutes les raisons du monde d'ourdir une vengeance.

Anceis ?

Il ne s'agit pas d'une affaire officielle, Sada, mon cher ami. Je ne suis qu'un intermédiaire. On s'intéresse à lui, à l'*Índice* de Madrid. Il leur a envoyé plusieurs poèmes. Ils ont été impressionnés par ses textes et ils veulent les publier avec une certaine publicité. Ce qui est curieux c'est qu'il a seulement inscrit comme expéditeur son nom et cette adresse : Mar de Orzán, A Coruña.

Amaro Orzán ? Amaro Orzán écrit également des poèmes.

Non, non ce n'est pas Amaro Orzán. C'est Aurelio

Anceis. Il n'a publié aucun livre. Je l'ai vérifié moi-même. Essayez de réfléchir, Sada. Y aurait-il un Parnasse clandestin parmi les tavernes du quartier d'Orzán ?

Anceis ? Non. Il y a eu un Aurelio, le grand Aguirre, qui s'est noyé dans la férocité des vagues de la baie d'Orzán, pas dans une taverne. Il faisait partie de ces gens qui vont tête nue sous les tempêtes de Dieu. *Wie Wenn am Feiertage*...

Dez, le censeur, savait que les mots, y compris lorsqu'ils sont lancés en l'air avec un chapeau, ont toujours un but particulier. *Comme lorsque les jours de fête*... Il connaissait ce poème, il l'avait entendu quelquefois, mais que venait faire Hölderlin dans cette conversation ? Sada commençait à léviter. Il grimpait aux nuages de l'expressionniste orage atlantique. Il lui échappait sans avoir résolu l'énigme.

Mais cela se passa à une autre époque, monsieur Dez, lorsqu'il y avait encore de la nacre dans les coquillages.

Il fit une dernière tentative.

Peut-être n'est-il pas vivant, lança Dez. Vous ne vous souvenez pas d'une absence qui aurait pu laisser une trace ? Si ce n'est dans la mer d'Orzán, dans d'autres parnasses marins. Cette route héroïque de la Estrella, Olmos, la Galera, la Franja... Pour ne pas citer les îles de l'Égée de Corogne, Casa Enrique, le Leonardo, le Delicias, le Nautilus, Os Belés.

Ne me torturez pas à cette heure-ci, Dez. Hier je suis né au Canto del Cuco, j'ai ressuscité dans El Bombilla et je suis allé mourir à Pena do Cuco. Il y a aussi des poètes sobres. Cherchez-en un. Les malheurs ne viennent jamais seuls.

Ne vous forcez pas à être désagréable, maître Sada. Les génies de votre trempe ne peuvent s'accommoder de ce défaut. S'il vous plaît. Faites une petite promenade dans le monde des fantômes. Et si vous trouvez quelque chose de nouveau appelez-moi.

Je trinquerai à votre santé avec Fósforo Ferrero. Et avec l'âme du filet de porc, à Casa Enrique. Mais je voulais vous demander…

Tomás Dez comprit qu'il avait trop prolongé la conversation. Il y avait des secondes qui s'introduisaient dans le temps, comme des grains de sable dans les yeux.

Demandez, Sada.

Où en est notre revue *Oeste* ?

Il avait failli répondre : Bien, les démarches sont engagées. Mais le sable avait déjà fait effet sur son caractère et Dez répondit avec une certaine légèreté.

De vous à moi, nous avons quelques difficultés. Est-ce que vous l'avez lue entièrement ?

Non, non pas entièrement. J'ai fait la couverture et quelques illustrations. Mais je peux vous assurer que cette revue est plus innocente que le pain de Carral, monsieur Dez.

Ce que je vous dis est strictement confidentiel. Mon rapport est très positif, mais l'autorisation n'est pas encore revenue des hautes instances. Il y a pas mal de turbulences dans les bureaux de Madrid. Tout est sens dessus dessous après le cas de ce Julián Grimau. Il faut être patient.

De la patience ? Vous savez pourquoi il y a tant de mouettes dans le ciel et de mulets dans la mer de cette ville ? Parce que ce sont des animaux qui s'alimentent de patience. Les égouts sont remplis de patience.

Il fit comme s'il appelait le garçon et dit : Apportez-moi un *foie gras** de patience.

N'oubliez pas, Sada. Ce que je vous ai dit est confidentiel. *Oeste* sortira. Il faudra faire intervenir les relations. Peut-être suffira-t-il de quelques coups de ciseaux par-ci par-là. Faites-moi confiance.

Quelles que soient les circonstances, vous savez que je pencherai toujours du côté de l'art. J'ai moi-même un nouveau recueil en route. *Le Moment de vérité*. Ce sera le titre.

Excellent, déclara Sada. Ça fait très taurin.

Dez prit congé sans regarder en direction des mouettes, mais, sur le chemin du bureau, il entendait leurs cris stridents, à la façon d'une bande-son soulignant le suspense. Ça fait très taurin. Que dois-je penser d'une telle expression. Quel connard ! Il avait des affaires à régler et il lui fallait les régler le plus tôt possible.

Il réfléchit à un plan de bataille. Il fallait provoquer un petit tremblement de terre, envoyer une alerte sismique au directeur de l'*Expreso*. Il ne lui avait jamais vraiment fait confiance. Avec son style trop professionnel, et sa façon de toujours garder les distances.

L'autre personne clé était le juge Samos.

Il l'appela. Il y avait un petit problème avec la revue *Oeste* et, vu leur amitié, il préférait en parler en tête à tête avec lui, également pour ne pas perturber l'humeur de Chelo Vidal. Puis il téléphona à nouveau. Cette fois à l'imprimerie. Il avait décidé de retirer trois poèmes qui ne le convainquaient pas du tout : « Zéro », « Infini » et « Vivats de rigueur ».

Il rencontra le juge dans l'après-midi, au café Unión. La revue *Oeste* se trouvait à Madrid pour avis, expliqua-t-il, dans les bureaux de la Direction Générale. Il avait rédigé un rapport favorable, enthousiaste même. Tout se passait bien jusqu'à ce qu'un fil, pour l'exprimer ainsi, accroche et fasse un petit nœud imprévisible. Quelqu'un avait remarqué plusieurs poèmes et les avait trouvés assez pervers, c'est le mot qu'il avait utilisé, de plus, le fait qu'ils aient été anonymes les rendait encore plus insidieux. Confidentiellement, il pouvait lui affirmer que c'était quelqu'un de haut placé. Mais il ne pouvait pas lui révéler son nom, le juge comprendrait bien cela.

Bien entendu que je le comprends. Et je comprends aussi, comme tu le sais très bien, parce que moi je vis également cela, combien on peut se sentir dérouté par ce genre de textes anonymes ou signés d'un pseudonyme.

En effet. Ils reparleraient de cela un peu plus tard, expliqua Dez. Il avait du nouveau à propos de l'affaire du juge de l'Oklahoma. Revenant au faux pas de la revue *Oeste* dans les bureaux de la Censure, il lui expliqua que les circonstances du moment avaient joué un grand rôle. Notamment l'état d'exception qui avait été déclaré pour une durée de deux ans, et le cas de ce Grimau, la fameuse campagne internationale... Tout cela avait joué et était à l'origine de la période actuelle où les contrôles devenaient d'autant plus rigoureux. Chacun son job. Dans le cas de ces poèmes, il pourrait s'agir d'un excès de zèle, mais il n'avait pas le pouvoir de décision. Il avait fait intervenir quelques relations et on lui avait suggéré une solution. La revue pourrait sortir si l'on faisait sauter ces poèmes. Mais il y avait une autre requête qu'il désirait lui exposer avec la plus grande discrétion. Les hautes instances désiraient connaître le nom de celui qui avait écrit ces vers. Bref, on lui avait demandé de rédiger un rapport confidentiel à ce sujet. Les renseignements personnels de l'auteur et son comportement en public. Les hautes instances avaient l'intention de suivre la démarche habituelle, qui consistait à demander des renseignements à la Brigade d'Investigation Politico-Sociale, mais il avait convaincu qui de droit que ce ne serait pas nécessaire, que les personnes qui se trouvaient à la tête de cette publication étaient des personnes proches du Régime, d'une totale confiance et possédant un grand prestige dans la ville, et il avait cité en premier lieu l'épouse de monsieur le juge.

Cette allusion a été suffisante, expliqua Dez. Et il proposa d'éclaircir lui-même cette affaire. Voilà pour quelle raison il lui avait été téléphoné et ils se trouvaient là à présent. Il s'agissait d'éviter un quelconque préjudice et de garantir la publication de la revue *Oeste*.

Et le plus important pour nous tous. C'est que cette affaire ne s'ébruite pas.

J'ai compris, mon cher Dez. Je parlerai à mon épouse. Il n'y aura aucun problème. Même si elle donne l'impression d'être toujours dans les nuages, c'est quelqu'un qui possède un bon sens de la réalité.

Je le sais. C'est pour cela que je fais appel à toi. J'ai cru que c'était un coup de Sada. Un pseudonyme. Je me suis déjà entretenu avec lui, sans lui dire la vérité. Tu sais qu'il faut le traiter différemment des autres.

Nous résoudrons le cas de ces vers pervers, dit le juge avec ironie. Ne crois pas que je dis cela à la légère. La perversité est un concept très important au sein de notre histoire juridique.

Il y a une deuxième affaire, poursuivit Dez. Une histoire en cours dans laquelle tu es impliqué. Il y a vraiment du nouveau à propos du cas Black Eye.

Le censeur put s'apercevoir une fois de plus que la simple évocation de ce nom, il ne savait pas pour quelle raison, provoquait une réaction épidermique chez le juge. Afin qu'il se détende, il ajouta : Moi aussi je suis amateur de romans du Far West. J'ai un cadeau pour toi.

À la grande surprise du juge, il tira un roman de sa poche. Samos s'associa à sa blague et l'accepta. L'ouvrage s'intitulait *Le Cheval Romántico.* L'auteur était John Black Eye. Afin de prouver qu'il connaissait déjà ce roman, bien que sa publication fût récente, le juge le feuilleta et chercha le chapitre où l'on racontait un jugement. Il s'aperçut alors que Dez avait déjà souligné le passage qu'il cherchait. Le juge prit un air complice. Il lut : « L'avocat Henry Botana eut le courage de dire au juge de l'Oklahoma que la peine de mort était un genre d'assassinat avec préméditation. »

Bien entendu qu'on ne devrait pas laisser passer ce genre de chose, expliqua Dez. En pleine affaire Grimau, le fusillé ! Mais dans les bureaux de la censure, on méprise également la littérature populaire. Mes collègues sont très académiques. Qui veux-tu qui révise *Le Cheval Romántico* au-delà du premier paragraphe ? Même pas jusque-là. Les romans à l'eau de rose doivent certainement avoir plus de lecteurs.

Dez ouvrit le petit roman au début et à présent ce fut lui qui lut avec un ton de pièce radiophonique : « Henry Botana mesurait six pieds de haut, il avait une fiancée qui l'aimait, un cheval qui s'appelait Romántico et une tête que le juge avait mise à prix pour une somme dérisoire. Il espérait que le jour du Jugement dernier l'archange saint Michel soit enfin plus juste à l'heure de soupeser son âme. »

Dez sourit d'un air sarcastique, puis il referma le livre.

C'est pas mal, n'est-ce pas ? Tu vas voir, Ricardo. Je ne suis pas resté inactif. Si tu as cru ça à un moment ou à un autre, eh bien, tu te trompais. En vérité c'est un mystère tout à fait simple à percer. La confusion s'est produite parce que dans la maison d'édition de Barcelone qui publie ses romans du Far West on connaissait notre homme sous le nom de docteur Montevideo, en réalité c'était un surnom. À force on finit par avoir l'habitude. Et puis après mon insistance, je dirais même mes mises en garde, ils ont fini par trouver sa véritable identité. La voilà. Héctor Ríos. Voilà notre homme.

Il y avait un moment que le censeur Dez possédait cette information, sans avoir eu besoin de lire *Le Cheval Romántico*. Mais il lui prit l'envie de faire un coup d'éclat pour satisfaire le juge. Cependant Samos n'éprouva pas vraiment ce sentiment de joie qu'on peut lire chez tout prédateur au moment où il vient de capturer sa proie. Il eut plutôt l'air de pâlir.

Ce nom te dit quelque chose ?

Quelque chose, oui.

C'est le gars que tu soupçonnais ?

Lorsqu'il fait mauvais temps, les vagues de la mer d'Orzán tentaient de récupérer l'ancien canal, la mémoire de l'isthme, avant que le grand terre-plein n'empêche à jamais la jonction des deux mers, le côté sauvage et la baie calme. La première tente de pénétrer dans la ville, grimpe tout le long de Riazor et arrive même grâce à ses flocons d'écume tout près du gigantesque eucalyptus de la place Pontevedra, l'endroit où les journaliers attendaient qu'on vînt les engager. Où les vendeurs de l'extérieur et les lavandières attachaient leurs bêtes de somme. Il pleut avec une conviction maritime. Ils sont jeunes. Héctor est plus âgé que lui. Voilà deux ans qu'il habite à Saint-Jacques-de-Compostelle, où il étudie le Droit, mais, à la fin de la semaine, il continue à travailler avec la troupe de théâtre et de déclamation du Centro Instructor y Recreativo de Artesanos. Grâce à lui, Samos fit une première lecture publique au salon du Centro. Ils déclamèrent la scène des deux fossoyeurs, plutôt comiques, de l'acte V d'*Hamlet*. Et lui eut le rôle du premier comique ! Combien de fois n'ont-ils pas médité cette question ? « Qui construit mieux que le tailleur de pierres, le calfat et le charpentier ? » À présent, Héctor pense à un projet très original. Préparer pour Radio Corogne, qui est en période d'essai, une adaptation des romans les plus célèbres d'Herbert George Wells. Samos doit y participer. Ils partagent la même admiration pour cet auteur. Une série intitulée *Wells, Wells, Wells*. Avec pour indicatif le son d'un message en morse à l'aide d'un émetteur de radio marine. Ils se dirigent vers la salle de répétition, sous la pluie. Aucune importance. Ríos tire un livre de sous son caban. Il lit : « Depuis les fortifications de Monte Alto, le visage de La Corogne semblait tout barbouillé par la poussière de la fumée noire. » Oui, la première pièce radiophonique serait une version de *La Guerre des mondes*. Qu'en penses-tu ? Ensuite, nous envisagerons d'adapter les aventures de *L'Homme invisible*.

Héctor n'arrête pas. C'est l'optimisme personnifié. L'été, il aide à l'académie familiale. Depuis tout petit, il maîtrise les deux techniques, écrire à la machine et prendre des notes en sténographie. Il dit toujours que ç'avait été ses premiers jeux pendant son enfance, et qu'il lui est difficile d'écrire en utilisant la calligraphie traditionnelle. C'est un prophète très passionné de l'espéranto, qu'il maîtrise comme un spécialiste après l'avoir étudié de nombreuses nuits. Cette passion pour une langue universelle est fondée sur l'idéologie d'un « socialisme rationnel » dont il cite Ramón de la Sagra en tant que précurseur, cet homme du XIXe siècle, originaire de La Corogne, qui selon lui devrait être considéré au même niveau que le Français Proudhon ou le Britannique Owen. Il se débat également toujours avec les notes d'*Éthique* du professeur Xohán Vicente Viqueira. Au début, le jeune Ricardo Samos apprécie également ce message de foi envers l'humanité. Ils marchent en direction du Centro de Artesanos, le long de la rue San-Andrés. Comme d'habitude, Héctor Ríos a un livre à la main. Par moments, il parle et lit avec une grande passion, comme s'il était inspiré par une partition. Il croise le docteur Hervada, qui lui fait remarquer qu'il marche avec un pied sur le trottoir et l'autre sur la chaussée. Héctor répond avec une rapide ingéniosité : Merci, docteur, j'avais cru que j'étais soudain devenu boiteux.

À l'époque de la République espagnole, vous n'avez jamais été tenté ? lui demanda un jour Schmitt, lors de cette rencontre l'été 1962 dans la villa de Casalonga, à Saint-Jacques-de-Compostelle.

J'ai été un socialiste rationnel, seulement pendant quelques heures de bonheur insensé, répondit Samos ironique.

Sa fascination envers Ríos dura un peu plus longtemps. Samos avait été élevé dans un catholicisme traditionnel, monarchique. Il y avait quelques mois, en avril, que la République avait été proclamée. L'accélération des événements lui donnait le vertige. Au début, il partagea la joie des autres étudiants. La République surgissait comme le printemps, on sentait une excitation créative dans toute la société. À l'occasion de ce vote en 1931, de l'élection des trente-neuf membres de la mairie de La Corogne, seulement cinq sont monarchistes. Mais peu à peu, il est rattrapé par la méfiance qui s'est emparée de l'atmosphère familiale, où la chute de la monarchie avait été vécue comme un authentique désastre. Il règne une énorme tension chez lui. L'inquiétude de la mère face à la laïcité la pousse à prier, parfois toute seule, parfois avec un groupe d'amies, pour le salut de l'Espagne. Le père, juriste de l'armée, historien de cœur, semblait prendre des distances avec tout, y compris avec sa vie de couple, même si parfois il se lançait dans un méli-mélo où l'on entendait parler en même temps des Philippines, de Cuba, de Porto Rico, du Maroc et du statut de la Catalogne. Qu'il le veuille ou pas, Ricardo Samos percevait chez lui une rumeur permanente qui annonçait l'apocalypse. À l'époque, Héctor Ríos faisait office de contrepoint. Il incarnait l'aspect séducteur des temps nouveaux. Lui, Ricardo, va également étudier le Droit. S'ils se retrouvent ensemble à Saint-Jacques-de-Compostelle, peut-être que Ríos pourrait lui apprendre l'espéranto ? Bien sûr qu'il le pourrait. Mais lorsqu'ils s'y retrouvèrent, un an plus tard, ni Samos n'exprima ce désir, ni Héctor n'était plus si désireux de divulguer la langue universelle.

Il existe une priorité pour laquelle nous avons besoin de toutes les langues. Il faut absolument faire connaître la Ligue des Droits de l'homme.

Samos n'aimait pas la chambre de la pension où il habitait. Sans doute, comme il était nouveau, lui avait-on donné la plus petite et la plus sombre, avec des taches d'humidité au plafond. Il n'avait pas encore décidé s'il allait tenir la promesse, qu'il avait faite à sa mère, d'aller à la première messe de la cathédrale le lendemain matin.

Et pourquoi ça ?

Lorsqu'il s'enthousiasmait, Héctor écrivait parfois des sortes de maximes : La seule façon de freiner les totalitarismes, c'est d'aller vers une Fédération Mondiale régie par des principes justes de droit universel. Ces droits de l'homme, sans frontière, deviendront le métier à tisser d'une langue commune, le véritable espéranto.

Ils s'étaient connus lorsqu'ils étaient enfants. Ils étaient voisins à la Ciudad Vieja. Ils sont en train de jouer sur la plage. On ne voit rien. Ils jouent aux cow-boys du Far West. Cela consiste à se cacher, à s'approcher discrètement et à trouver l'ennemi sans être vu. On tire avec la bouche.

Pan, Ríos !

Où suis-je ?

Cette histoire de la Ligue des Droits de l'homme, ça fait un peu maçonnique, lui rétorque Samos. Sa mère lui avait dit qu'enfin sa voix était en train de muer et il jurerait que ce fut ce jour-là, à cet instant précis.

Au début, Héctor accuse le coup. Il est déconcerté. Peut-être que sa confusion vient également de la voix de Samos, soudain si différente.

Maçonnique ? Tu trouves ça bien ou tu trouves ça mal ?

Samos refusa de répondre. Il teinta même son silence d'une certaine emphase. Il savait que ce silence signifiait qu'il prenait définitivement ses distances avec son ami. Des mois plus tard, il avait déjà rejoint le cercle de l'Action Espagnole. Et puis à la Faculté de Droit, il y avait également un groupe très actif de professeurs traditionalistes qui conspiraient, haut et fort, contre la République.

Maintenant tu as la même voix que le tonnerre. Tu devrais être phénoménal dans le rôle du dernier Martien. Tu te souviens ? Au lieu de le placer à Regent's Park, on l'avait mis à Monte Alto, tout près du phare d'Hercule. La voix surhumaine. Ou-lla ! Ou-lla !

Ils éclatèrent de rire.

Ou-lla ! Ou-lla !

Il était en train de brûler. Les flammes léchaient sa couverture. Les livres avaient été lâchés par la maudite machine du temps. Il entend une voix. Celle du type qui avait pris goût à annoncer les titres et les auteurs autour des bûchers de la Darse.

Wells !

Il se tourne de ce côté-là.

Wells ! Wells !

Bien qu'il regarde très sérieusement le livre, le type sourit : Il a écrit plein de choses ce merdeux ! Il a un troisième livre dans ses mains. Pourquoi s'acharner à vouloir paraître sympathique ? Pourquoi imite-t-il des aboiements ?

Wells, Wells, Wells !

Ils sont dans le feu. Ricardo Samos s'apprête à lever le bras, à balbutier quelque chose. Il tousse. Le corps qui se relâche. Le jeune Parallélépipède s'approche de lui pour lui venir en aide, avec une stupide camaraderie : Qu'est-ce qui vous arrive, chef ? C'est la fumée de cette mauvaise peste. C'est sûr. Allez plutôt prendre un peu l'air sur la plage. Le vent frais. Ou un café.

Ça va mieux, répond à présent Samos à Tomás Dez. Ne vous en faites pas.

Du café. Beaucoup de sucre. C'est le meilleur remède pour la tension.

Lo Prohibido[1]

Il y avait un personnage secret à l'intérieur de Sulfe. Tout ce qu'on savait de lui, c'est que c'était un solitaire. Son père disait plutôt : Un célibataire. Il était marié avec les livres. Et pas n'importe quels livres. Sa devise était : « Se couler dans les livres. ». Gabriel l'avait quelquefois entendue de la bouche de son père, toujours prononcée avec solennité. Mais à présent, il savait qu'elle venait d'Alfonso Sulfe, et qu'il en était l'auteur authentique.

Je n'ai rien apporté pour toi, Gabriel, mais je vais t'offrir un mot pour ton Cabinet de Curiosités. Note-le donc. Très bien. Tu es prêt ? Ce mot est le mot *colophon*. Un exemple : « Il manquait le colophon de ce livre. » Dans ce cas, cela signifie qu'il manquait l'achevé d'imprimer, c'est-à-dire la note finale, c'est d'ailleurs la signification générale de ce mot. Le colophon est la fin de quelque chose. Mais ce qui est curieux, c'est l'origine du mot. Il vient de l'existence d'un devin grec appelé Calchas. Un personnage important dans l'histoire des guerres, autrement dit,

1. Titre d'un ouvrage de Benito Pérez Galdós (1843-1920) signifiant : *Ce qui est interdit*.

dans l'histoire. C'est lui qui inventa la plus formidable stratégie qu'on connût, celle du Cheval de Troie. Mais il faisait également l'objet d'une terrible prophétie. Qu'il mourrait aussitôt qu'il croiserait un devin plus prodigieux que lui. Et c'est ce qui se produisit lorsqu'il retourna dans sa patrie, à Colophon.

Et qu'avait deviné l'autre devin ?

On ne le sait pas.

Gabriel se dit que cette histoire était intéressante pour écrire une carte postale depuis le Sanatorium de Durtol.

Tu aimes lire. C'est la meilleure chose qui pouvait t'arriver dans la vie. Écrire ne comporte pas les mêmes implications. Un autre mot, mon préféré. Scrupule. Du latin *scrupulus*. C'est le nom qu'on donnait à une petite pierre pointue. Elle pouvait parfois servir de monnaie d'échange lors d'un troc. Et puis le mot prit la signification que tu lui connais aujourd'hui. Il est difficile de savoir ce qu'est exactement un scrupule, c'est plus facile de le sentir, n'est-ce pas ? *Scrupulum injeci homini*. J'ai mis l'homme sur ses gardes. Curieux, n'est-ce pas ? Cela continue à être une petite pierre munie d'un dard. Mais aujourd'hui elle se trouve à l'intérieur du corps. Quel est ton mot préféré ? Le mot que tu aimes le plus. Allez. Rapidement.

Gabriel hésita un instant à dire son mot préféré. Mais l'homme avait l'air plutôt cordial et, par ailleurs, prononcer ce mot lui donnerait une bonne occasion de faire une blague à un savant.

Acétylsalicylique, monsieur.

Ce n'est pas mal.

Régulièrement, le juge Samos parlait d'Alfonso Sulfe comme d'un des hommes les plus talentueux du pays. Dommage qu'il déserte si rarement sa tanière. On voyait qu'il prenait beaucoup de plaisir à se lancer dans ses expéditions d'ordre étymologique. Sulfe, parlez-nous de l'origine du mot *chaqueta* (une veste, une jaque qui donnera le mot jaquette). Il distillait alors son savoir le plus amicalement du monde, comme une attraction parmi le cercle de la Crypte. Au début, Alfonso Sulfe devenait tout rouge, puis il se laissait aller à savourer ses quelques minutes de gloire.

Nous pourrions tout à fait affirmer que le mot *chaqueta* vient du chemin de Saint-Jacques-de-Compostelle. Voilà quelle est l'origine de ce mot. C'est tout simplement : Jacques. Les paysans qui portaient ce prénom étaient si nombreux que le mot devint un terme générique pour nommer les paysans et pour nommer également le vêtement qu'ils portaient. Eh bien...

Vous saviez cela, don Munio ?

Non. Mais c'est un autre miracle de notre Apôtre.

Pour le reste, Alfonso Sulfe intervenait à peine dans la conversation, lorsque celle-ci dérivait vers « l'état du problème », qui était la façon euphémique d'envisager l'actualité politique. Il maintenait une vieille amitié avec le juge, qui remontait au début des années quarante. Les années quarante ! Il faisait allusion à ces années comme s'il se référait à une époque lointaine, avec une sombre mélancolie. Voilà qu'un camarade de ces temps-là se rappelait à lui. Ils s'étaient retrouvés à Saint-Jacques-de-Compostelle, lors d'un hommage à Álvaro d'Ors et ils avaient décidé de se revoir. Le juge l'avait invité aux réunions de la Crypte. Sulfe le remerciait pour son invitation, mais il ne pouvait pas s'y rendre. En plus de son enseignement, il s'était logé dans le ventre d'une baleine médiévale, dit-il de façon énigmatique.

Est-ce qu'on trouve des Bibles dans cette baleine ? lui demanda Samos, entrant dans le jeu des sous-entendus. Alfonso Sulfe exerçait sur lui une espèce de séduction ésotérique. C'était la seule personne de sa connaissance qui avait étudié en détail la Bible de La Corogne, qu'on appelle aujourd'hui la Bible de Kennicott, et qui est conservée à la Bibliothèque Bodléienne d'Oxford. Sulfe s'était rendu là-bas, en 1935, et il lui en avait fait une description qui donnait à penser qu'il avait gravé dans son esprit une copie de ce trésor. La calligraphie Sefardi, des pages enluminées de vives couleurs et brunies à la feuille d'or et d'argent, l'étrange reliure coffret à six faces en peau de chèvre repoussée avec des matrices en laiton. Oui, il était en train de la voir. Une de ces inoubliables illustrations représentait l'instant où Jonas était entré dans la bouche de la baleine. Et il fallait voir la beauté de celle qui représentait l'astrologue Balaam consultant son astrolabe. Cette miniature équivaut à elle seule à une civilisation. Samos s'était alors posé cette question qui avait semblé plutôt puérile à Sulfe. Comment ont-ils pu laisser échapper ce trésor ? La Bible datait de 1476, expliqua Sulfe, et l'expulsion des Hébreux d'Espagne s'était produite quelque temps plus tard, en 1492. Il ne fallait pas que Samos oublie que la Bible de La Corogne était une commande d'une famille d'Hébreux et que c'est un génial artisan juif de La Corogne qui l'avait réalisée, Joseph Ibn Hayyim. Je ne voulais pas parler de lui, mais du livre, répondit Samos. Dommage qu'un trésor tel que celui-là se soit perdu.

Le jour suivant l'hommage à d'Ors, il fut surpris par l'appel de Sulfe. La baleine de Jonas levait son assignation à domicile, expliquait-il, car la proposition du juge Samos était très intéressante. Ils pouvaient compter sur sa présence. Samos était content de ces retrouvailles. Ils partageaient quelques passions lusitaniennes, comme celle qu'ils éprouvaient pour Teixeira de Pascoaes. Mais un jour, ils eurent un vif désaccord à propos de la *saudade*. Contrairement à son habitude, le juge haussa le ton et s'indigna comme s'ils reprenaient une discussion vieille de plusieurs années, et c'était d'ailleurs exactement ce qui se passait. Il assenait sans arrêt le mot *absurdité*. C'est une absurdité, Sulfe. La proposition de Teixeira de déclarer qu'un concept métaphysique tel que la *saudade* est un des fondements de l'État Nouveau. Un État c'est une chose... très sérieuse. Toi, tu n'es pas juriste, tu ne peux pas comprendre cela. Sans vouloir tomber dans la forfanterie, il y a un moment pour le guerrier et un moment pour le juriste. Il est indispensable de traduire l'acte victorieux en loi. Mais la *saudade*, qu'est-ce que c'est ? Cela n'a aucune valeur juridique. On ne peut pas défendre un État avec une épée de bois, Sulfe. Tu dis une épée de bois ? Oui, cette histoire de *saudade*, c'est une épée de bois pour jeux floraux.

Et lorsqu'on parle de la grâce de Dieu, alors ? Du Caudillo par la grâce de Dieu ? Du nouvel État comme *creatio a Deo*, qu'est-ce que cela signifie d'après toi ?

Déconcerté, le juge regarda les participants à la réunion.

Cette comparaison est irrecevable, dit Samos. Comparer Dieu à la *saudade*.

Oui, bien sûr. Tu parles de jeux floraux ! Comme ça, au premier abord, ne trouvez-vous pas que cette expression possède une certaine grâce ? demanda Sulfe sur un ton conciliateur. Cela ressemble un peu à la grâce de Dieu.

Et ils éclatèrent tous de rire, avec un soulagement amusé.

Alfonso Sulfe fut le dernier des invités à prendre congé. On voyait qu'il voulait rester seul avec Ricardo

Samos. Pas vraiment seul. Car Gabriel se trouvait là, dans l'antichambre, camouflé avec une peau verte à cause de la lumière de la tulipe, ainsi qu'il aimait s'imaginer lui-même, et concentré sur cette lettre écrite depuis le Sanatorium du château de Durtol. Il décrivait la fin de l'année 1913. Combien sa famille lui avait terriblement manqué. Il notait également le résultat de la pesée du jour, et dans son cas il utilisait celui qu'il avait obtenu sur la bascule Toledo-Ohio de la pharmacie Villar.

Samos, mon ami, je voulais te demander une faveur particulière.

De quoi s'agit-il, Sulfe ?

À l'université, peu de temps après la guerre, tu avais parlé de plusieurs livres fort intéressants qui, par les hasards de l'histoire, étaient tombés entre tes mains.

Ricardo Samos se mit sur la défensive. C'était la nervosité de se retrouver devant un individu dont on craint soudain la déraison. Pas une simple extravagance, mais un grave dérèglement.

Un de ces livres s'intitulait *Le Nu de Rabelais*...

Comment ?

Le Nu de Rabelais. Tel quel, en français. Un livre avec de nombreuses illustrations. Des dessins et des photos d'une haute qualité érotique...

Non, non je ne possède pas ce livre.

Sulfe sembla ne pas avoir entendu la réponse négative. Il se frottait les mains, tout excité, et un éclair de convoitise traversa son regard. Tu dois être surpris que je te reparle de cette chose-là après toutes ces années. Ce fut pour moi une soirée de camaraderie très particulière. La veille de mon voyage à Paris, puis à Milan et à Berlin. Quelque chose dans notre conversation nous isola du reste du groupe, tu te souviens ? C'était notre passion pour les livres. Et tu avais alors eu l'amabilité de partager ce secret avec moi.

Samos continuait à garder un silence glacé, mais il finit par interrompre froidement le récit : Je ne possède pas le livre dont tu parles, mon cher Sulfe. Mais quels sont les autres ouvrages qui t'intéressent ?

Écoute-moi. Je comprends que cela soit pour toi un épisode qui a fini par se perdre dans les brumes du temps, mais pour moi, et pour plusieurs raisons que je vais t'expliquer, c'est un moment qui demeure extrêmement présent. Je me suis plongé dans une recherche, où j'ai commencé par étudier le rire pascal au Moyen Âge. *Risus paschalis*. Et à partir duquel je suis passé à cet autre monde que nous pourrions appeler les rituels du rire. La *festa stultorum*, le *mardi gras**, si tu préfères... Tu sais bien comment cela se passe, lorsqu'une chose t'obsède, tu ne sais plus où elle va te mener... Cela va te sembler absurde, et même puéril, mon cher Samos, mais je n'arrête pas de penser à ce livre...

Il allait ajouter : Où l'on trouve des reines nues chevauchant des ânes et des moutons, des *femmes libellules* dans un bois sacré, des *femmes sirènes* à Lusignan, des *femmes guerrières*, des joueuses, armées de lances sensuelles, qui parodient les guerres à travers force combats amoureux. Silenius progresse à l'avant-garde de l'armée de Bacchus. À l'époque, le vin des tavernes de la rue du Franco et de l'Algalia avait fait sauter les verrous et avait délié la langue du juge Samos. Il se souvenait parfaitement des phrases de Samos, de la façon dont il savourait ses nouveaux trésors, les fruits de la spoliation, avait-il lui-même avoué.

Il ajouta :

Actuellement, je vis avec Rabelais, au XVIe siècle. Avec lui, je me suis immergé dans le festin des mots. C'est une partie de ce que j'ai découvert dans le ventre de la baleine. Et plus je plonge dans ces viscères, plus je pense à ce livre, aux photographies qu'il contient et qu'auparavant personne n'avait jamais vues.

Celui qui t'a parlé de l'existence de ce livre a dû être fort convaincant, et certainement très passionné. Mais ce n'est pas moi, mon cher Sulfe.

Tu ne te souviens plus de rien ? lança le professeur dérouté.

Le Nu de Rabelais ? Est-ce que ce livre existe ? J'avoue que je n'en ai pas la moindre idée.

Samos parlait d'un ton sec, cinglant : Première nouvelle. Tu te fourvoies, Sulfe. Complètement. Tu te trompes de personne, tu te trompes de soirée. Et si j'ai échangé quelque secret avec toi, quelque chose dont je ne me souviendrais pas aujourd'hui, j'espère que tu ne vas pas le crier sur les toits.

Ce fut la réponse de son père, le soudain changement de ton, qui alerta Gabriel. Il regarda en direction des deux hommes sans bouger. Dans le bureau, l'ambiance complice de cette plaisante altercation ne s'était pas encore évanouie. Pendant un instant encore, cette atmosphère, qui lui faisait penser à la technique des vignettes, dans le domaine de la bande dessinée, était demeurée présente. Les bulles qui entouraient les mots ou les pensées persistaient encore.

J'ai certainement dû me tromper de soirée. Cela fait déjà si longtemps. Je suis désolé de t'avoir importuné, reprit Alfonso Sulfe avec prudence, cependant étonné par la réponse de Samos. Chez moi, c'est devenu une obsession. Les gens à qui j'en parle ne comprennent pas toujours l'importance que tout cela a, pour moi. Mais tu sais ce qui arrive avec les obsessions. On finit comme le capitaine Achab à la poursuite de Moby Dick.

Il le regarda fixement : *Moby Dick* doit certainement traîner dans le coin. Et même *Benito Cereno*.

Mais je t'assure que ta baleine n'y est pas, mon cher Sulfe. Ni celle-là, ni toutes les autres dont tu parles. Il s'était levé et Alfonso Sulfe n'eut pas d'autre choix que de le suivre. Il regarda en direction des angles sombres, territoires reliés, des murs de la pièce. Gabriel capta sa nervosité. Il était convaincu que, s'il le pouvait, le professeur Sulfe sauterait par-dessus le juge pour fouiller dans les rayonnages. D'une certaine façon, en silence et à distance, il partageait la tension des deux hommes, participait à leur duel. On pourrait dire qu'il en savait plus qu'eux deux réunis. Il était dans la position de celui qui observe une partie de cartes en regardant le jeu des deux adversaires. Mais il contenait sa respiration. Si son père le repérait, ou si Sulfe posait son regard sur lui, il serait obligé de quitter le champ de bataille.

Ôte-moi au moins un doute de la tête, Samos ? Ce n'est pas toi qui avais une édition princeps de *Lo Prohibido* ?

Lo Prohibido ?

Pour la première fois, le juge sembla s'apercevoir que son fils se trouvait dans la pièce, en train d'écrire, enveloppé par le cercle de lumière de la tulipe verte qui, au lieu de le rapprocher de lui, le maintenait à distance, à travers cet effet astral des projecteurs la nuit.

Oui, ce livre avait également appartenu à Santiago Casarès. Tout comme *Le Nu de Rabelais*. Tu te souviens, nous avions parlé d'une dentition, insista Sulfe. De l'effet érotique qu'exerce la description que fait Galdós de la dentition de femme.

Lo Prohibido ? répéta le juge. *Los Episodios* doivent traîner par là, dans un coin. Mais Galdós, ça n'a jamais été ma tasse de thé. Je crois qu'il n'a jamais réussi à se hisser au-dessus de la vulgarité. Et ce, malgré l'ex-libris de Casarès.

C'est exact, dit Sulfe. Ce sont exactement les mots que j'ai dits à l'époque. Erronés, bien entendu.

La réaction du professeur déconcerta et incommoda encore plus le juge. Où voulait-il en venir avec cette stupidité de la dentition ? Qu'est-ce qu'il voulait savoir en réalité ?

Tu dis une dentition ? Quelle précision, mon cher Sulfe, après toutes ces années ! Tu ferais un bon instructeur.

Un bon légiste tu veux dire, rétorqua Sulfe amusé.

Le ton du juge commença alors à manifester un mépris impatient : Je n'en sais rien. Ce livre est sans doute par là, ou au grenier. Ton fameux livre avec la dentition.

Égaré. Ce livre était complètement égaré, quelque part dans la bibliothèque. Et aussi celui qui contenait les nus. Autour de la lampe, il y avait ses femmes aux ailes de libellule et même des mites. Gabriel le savait parfaitement. Il sentait le tremblement du tome I dans sa main, la plaie froissée de la tranche brûlée du livre. Il se souvenait comme d'un salut, comme d'une consigne, de la signature Santiagcasarès Qu. Et ensuite, à mesure qu'il tournait les pages, une exaspérante odeur de fumée, et d'être humain.

C'est un livre en deux tomes. Et nous avons aussi parlé, en tout cas dans mon imagination, d'*El Futuro de la muerte*. En parlant d'obsession, je me souviens que tu avais remarqué l'inquiétude de Santiago Casarès, concernant le domaine de l'au-delà. Dans sa bibliothèque…

Sincèrement, je ne me souviens pas d'avoir eu une conversation de cette nature. Cette bibliothèque est pour moi aussi inconnue que l'île des Papahigos.

Toi aussi tu avais une obsession, Ricardo. As-tu trouvé ou pas le livre de Borrow ? A-t-il ou n'a-t-il pas échappé au bûcher ?

Le juge adressa à Sulfe le regard qu'il réservait aux ex-hommes, puis il chercha le regard de son fils, derrière la lumière verte de la tulipe.

Monsieur Sulfe s'en va, Gabriel. Accompagne-le jusqu'à la porte.

On aurait dit que Sulfe venait de se réveiller, après avoir passé une nuit à la belle étoile. Il savait que cette porte allait se refermer définitivement derrière lui. Je crois que je ne reviendrai pas de sitôt, dit-il avec un demi-sourire. Adieu, acétylsalicylique.

Lorsque Gabriel retourna dans le bureau, le juge marmonnait toutes sortes de jurons. Le ventre de la baleine ? grommela-t-il. Je crois qu'il s'est plongé la tête dans une marmite d'eau bouillante, celui-là. Il tambourina du bout des doigts sur le sous-main en cuir qui protégeait le bureau. Ensuite il saisit la loupe et chercha dans la géographie de la paume de sa main. Il avait cette habitude et cela semblait le calmer. Il se tourna vers Gabriel. Ce type est aussi bizarre qu'un serpent à plumes, dit-il. Tu as vu ça ! Un professeur qui passe son temps à se demander comment dérober les livres qu'il désire. Professeur et kleptomane. Qui l'eût cru !

Kleptomane ?

Pour être plus précis, atteint de biblio-kleptomanie. C'est le mot que lui-même a utilisé, il y a de nombreuses années, lorsqu'il a fini par m'avouer son vice, qui consiste à voler des livres. J'ai eu la délicatesse de ne pas le lui rappeler aujourd'hui. Il a déjà eu plusieurs problèmes à cause de cette manie. Il a de la chance que ce genre de délit est plutôt mineur dans ce pays. Au Palais de Justice, on ne se souvient pas que quelqu'un ait déjà été condamné pour avoir volé des livres. Mais cette fois, il est tombé sur un os. Il ne passera jamais plus le pas de ma porte.

Puis il tambourina à nouveau sur le sous-main comme s'il actionnait des touches imaginaires et il eut un sourire sarcastique : Colophon ! *Chaqueta !* Scrupule !

Venir nous sortir de but en blanc ce genre de discours. La petite pierre pointue.

Finalement, il se leva et Gabriel le suivit un moment. La nuit noire avait transformé la grande salle en terre conquise, et la seule chose en rapport avec la couleur qui restait dans le Pavillon Chinois, c'était le parfum des huiles et des médiums ainsi que celui de l'haleine humide des plantes. La Grand Mother Circa indiquait le temps avec impatience.

Si maman rentre, qu'elle vienne me retrouver à l'Oriental. Toi aussi, tu devrais venir te promener. Ça te viderait un peu la tête. J'espère que tu ne vas pas devenir comme Sulfe, toi aussi.

Ce soir, il faut que j'étudie. Demain, c'est le championnat de Dieu avec le père Munio.

Lorsqu'il avait préparé son mensonge à l'avance, Gabriel ne bégayait jamais.

Le championnat de Dieu ? Il faut absolument que tu le gagnes. *Ego sum qui sum*.

Il faut trouver quelque chose en trois mots.

Il lui tardait qu'il sorte, ce que son père lui avait dit, devenir comme Sulfe, lui avait produit des fourmis dans les mains, il se sentait à la fois fautif et excité. Dès que son père eut fermé la porte, il se dirigea à toute vitesse dans le bureau. Il grimpa à la petite échelle et là, dans l'angle où se trouvaient les livres brûlés, il chercha *Lo Prohibido* de Galdós. Il redescendit avec le tome I. Il se souvint qu'il avait failli s'endormir dessus, lors d'une précédente tentative de lecture. Mais à présent, il savait que le côté le plus intéressant de ce personnage un peu simplet, José María, était plutôt ce qu'il désirait et pas vraiment ce qui lui arrivait. Il lut le livre comme s'il menait une enquête. Et il prit vraiment du plaisir alors que la prose devenait rudement intéressante, vorace, comme lorsque la dentition parfaite de Camila mordait dans son propre cœur.

Le championnat de Dieu

En trois mots, Dieu.

Le père Munio aimait beaucoup ce genre de concours qu'il organisait pendant les leçons de religion, il disait qu'il s'agissait d'une « joie compétitive ». Il se déplaçait dans la classe de façon très dynamique. Avec la soutane et ses gants blancs dont il ne se séparait jamais, cela produisait un certain effet hypnotique sur les élèves, surtout les premiers jours. Il enseignait dans un style télévisuel, assez théâtral, qui contrastait avec le sérieux sévère et l'amertume intimidante de la plupart des autres professeurs. De fait, c'était le seul à parler de télévision en classe, sans la considérer comme un appareil diabolique ou méprisable. Il établissait une certaine complicité avec les élèves, lorsqu'il faisait référence à des séries et à des personnages qui commençaient à acquérir une certaine notoriété, comme la famille d'éleveurs de *Bonanza*, avec son père exemplaire, ou aux plus populaires des annonces publicitaires. Les comparaisons étaient non seulement appréciées par ceux qui possédaient un téléviseur, mais elles produisaient chez les autres une véritable adhésion. Cette familiarité télévisuelle situait le père Munio du côté des amateurs du petit écran, dont tout le monde faisait d'ailleurs partie, mais particulièrement du côté de ceux qui subissaient un rationnement, qui frisait la prohibition, comme les internes de l'école. Certains avaient même quelquefois, le samedi après-midi, été soumis à la punition de s'asseoir dans la salle, devant le téléviseur débranché. C'était le châtiment préféré du père Pedrosa. Ce jour-là, ils avaient profité de la sortie des cours pour aller toréer les vagues, près de la Coraza-del-Orzán. Et au retour, à la tombée de la nuit, le père Pedrosa les attendait. Il avait traversé la cour à grandes enjambées avec force soupirs menaçants. Le téléviseur déconnecté ressemblait à un fragment pétrifié de ce ciel gris, un samedi après-midi d'hiver. Et on pouvait faire une correspondance entre le ciel couvert, la buée que produisait la respiration bruyante de l'instituteur et l'écran dépourvu d'image. Depuis l'école, ils pouvaient entendre le bruit enroué de la marée. Tout se passait comme s'ils se trouvaient dans un sous-marin, sauf qu'ils étaient privés du voyage au fond de la mer, que commençaient à cette heure-là ceux qui avaient le téléviseur branché. Tous les pensionnaires étaient réunis, assis en silence, condamnés à ne rien voir.

Voilà pourquoi ils éprouvèrent dès le début de la sympathie pour le père Munio qui était de leur côté, dans le camp du petit écran allumé. Pour ce curé qui écrivait au tableau la maxime du jour : Je veux te voir heureux sur terre ! Ou : Il faut de la lumière, pour que tu puisses trouver les raisons de ta tristesse. Et puis cet exercice quotidien, cette gymnastique spirituelle de ce qu'il appelait la Minute Héroïque. Attention. C'est l'heure, pile, de nous lever. Sans hésitation. Une pensée surnaturelle et... debout ! Et toute la classe se levait, avec les bras en l'air comme des ailes, de la même façon que lui, qui battait de ses mains gantées de blanc au-dessus de sa tête dans un mouvement ailé. Oui. Ce curé si amusant n'hésitait pas à s'applaudir lui-même.

Allez, hop !

N'est-ce pas que vous vous sentez mieux ?

Les livres, c'est bien, les hommes qui accumulent du savoir, aussi, mais nous avons aussi besoin de gens qui fassent la publicité de Dieu. De la même façon que certains publicitaires n'ont pas honte de se montrer et de répéter des phrases simples pour faire connaître et proposer des marchandises, des biens matériels, des détergents, des appareils électroménagers, notre devoir est de faire la publicité de Dieu. Non, nous ne devons pas avoir de scrupules à être les Annonceurs de Dieu. Et il les faisait rire en comparant cela avec « l'étincelle de la vie », la devise de Coca-Cola en Espagne. Et puis il arrêtait les murmures amusés en battant de ses mains gantées de blanc dans un mouvement calculé et de sa voix d'illusionniste liturgique. Si l'on peut dire cela d'une boisson qui ne contient pour tout mystère que du sucre et de la caféine, quelle force invincible ne parviendrions-nous pas à extraire de notre foi ? Puis il avait montré sur le tableau noir ce qu'il appelait la maxime du jour, la phrase qu'il écrivait en grands caractères dès qu'il entrait dans la classe, afin qu'elle serve de sujet de réflexion, et qui ce jour-là avait tout l'air d'une proclamation contradictoire et perturbante : Le Saint Dévergondage. Comprenaient-ils à présent ?

Allons, un autre moment de Minute Héroïque. Attention, il est l'heure, pile, de vous lever. Sans hésitation. Une pensée surnaturelle et… debout !

Puis il passait tous les visages de la classe en revue avec un air sarcastique. Regardez-moi ces têtes ! Je ne vois nulle part la moindre pensée surnaturelle.

Zonzo s'asseyait toujours au fond de la classe. Il cherchait toujours à s'adosser au mur. C'était un mauvais élève, qui avait des notes catastrophiques, mais tout le monde savait qu'il n'était pas maladroit. Il n'était pas turbulent non plus. Il ne disait presque jamais rien, on avait beau le menacer d'une colle à perpétuité, son attitude était tout ce qu'il y avait de plus clair. Il se rendait à l'école contraint et forcé. Il s'affranchissait d'une obligation qui pour lui, à la différence des autres, ne servait à rien. Lorsqu'un professeur prononçait son nom, ou qu'il lui faisait une observation, il était mal à l'aise, en alerte, regardant de tous les côtés, se demandant : Pourquoi ça tombe justement sur moi ? Il avait un problème. C'était un garçon très grand, très maigre. Une des particularités de son visage, c'étaient ses énormes sourcils qui, plutôt que de lui assombrir le regard, exagéraient les plus infimes mouvements de ses yeux. Zonzo tentait de passer inaperçu et plus il prenait de la distance, plus il se faisait remarquer, comme si c'était un intrus déguisé en élève.

Sachant qu'il allait obtenir un éclat de rire collectif, le père Munio disait toujours : Sauf pour Zonzo. Il avait deviné en lui la sauvage sincérité du silence.

Et c'est pour cette raison que la surprise fut totale lorsque Zonzo leva la main le jour du Championnat de Dieu.

En trois mots, Dieu.

Le Grand Champion, dit Zonzo. Un courant de rires nerveux parcourut l'ensemble des pupitres, sur les trois rangées.

Le père Munio, grimpé sur l'estrade, tenait la craie en l'air. Son regard rebondit de tête en tête avant d'atteindre le fond de la classe et de venir croiser celui de Zonzo comme s'il le découvrait enfin. Il battit des paupières. Il fit cesser les murmures d'un geste de la main.

Pourrais-tu répéter ce que tu as dit ?

Le Grand Champion, lança Zonzo d'une voix puissante.

Magnifique, dit le père Munio. Il écrivit au tableau, en capitales d'imprimerie : LE GRAND CHAMPION. Il constata : Extraordinaire.

Sous les applaudissements, Zonzo regagna le pupitre qui se trouvait au premier rang. C'était la première fois qu'il émergeait du fond de la classe.

D'autres réponses.

Le Plus Grand.

Le Plus Puissant.

En trois mots, Dieu. À toi, Gabriel ?

La veille au soir, Gabriel avait pris quelques notes pour le Championnat de Dieu. Elles lui avaient semblé justes et précises, c'étaient deux images inspirées par les cartes postales envoyées par Santiago Casarès depuis le Sanatorium du château de Durtol, deux allusions au grand Créateur : Architecte de l'Univers, Mystérieux des Mystérieux. Mais il se méfia. Sa bouche ne parviendrait pas à prononcer ces mots. Les mots allaient se coincer dans sa gorge.

Père, Fils, Esprit.

C'est une vérité. Trois personnes différentes et un seul véritable Dieu. C'est un schéma classique. Ses mains gantées de blanc s'agitaient comme des colombes de magicien : mais il faut toujours chercher quelque chose de nouveau, il faut actualiser le message. Et aujourd'hui, c'est notre nouvel as qui a fait la trouvaille.

Il leva le bras de Zonzo en signe de victoire.

Nous allons faire un écriteau dans la cour :

Après tant de temps, le stylo de Zonzo se trouvait là, visible par toute la classe. Dans sa main. Zonzo était assis au pupitre du premier rang et il rédigeait son exercice de Religion, pendant le cours du père Munio avec son stylo si spectaculaire, celui de la nageuse nue. On ne le voyait pas en détail, mais tous les élèves pouvaient imaginer les déplacements de la nageuse suédoise, c'est ce qu'avait dit Zonzo, qu'elle était suédoise, complètement nue, se déplaçant au rythme de l'écriture du stylo, dans son habitacle aquatique. Il avait toujours pris la précaution de ne jamais le montrer dans l'enceinte de l'école. Et pas à tout le monde. Mais le bouche à oreille avait rendu ce stylo extrêmement célèbre. C'était une espèce de légende que tout le monde avait déjà presque oubliée, lorsqu'il refit son apparition, le jour de l'examen, dans la main de Zonzo. Ce bon Zonzo qui venait juste de quitter le fond, de quitter son avant-dernier lieu, pour prendre la place de chef de classe.

Oui, le premier jour que Gabriel découvrit le stylo, il aurait été prêt à échanger toutes les pièces de son Cabinet de Curiosités contre cet objet transparent, rempli de liquide, le long duquel nageait la femme nue. Gabriel possédait également un stylo avec de l'eau, un très beau stylo, suédois aussi, mais il n'avait rien de comparable à celui-ci. C'était un cadeau de grand-père Samos. C'était le navire *Vasa* qui bougeait à l'intérieur, le vaisseau amiral, en partie recouvert d'un bain d'or, qui devait émerveiller les mers de son éclat et qui devint célèbre parce qu'il sombra le jour de son lancement. Le stylo contenant le *Vasa* était plutôt curieux, mais il n'avait rien de comparable à la nageuse nue de Zonzo. Que tout le monde convoitait. Et qui était inaccessible.

Lorsque le stylo de Zonzo écrivait, il semblait devenir plus grand aux yeux de tous les élèves. Il se penchait comme un mât. Arrivé à la question, qu'est-ce qui fut créé avant Dieu, le lion ou l'hirondelle ? Il eut une hésitation. Il répondit au hasard. D'abord le lion. Non. Sa raison lui dicta que c'était le plus léger d'abord. Il se dit qu'un lion ne chasserait jamais une hirondelle. Il passa à la question suivante. Quels mots prononça Notre-Seigneur lorsqu'il fut sur le point de créer l'homme ? Zonzo porta l'extrémité du stylo à sa bouche. Il les avait sur le bout de la langue, mais les mots de Dieu ne voulaient pas sortir.

Le père Munio nota dans un premier temps que le silence était vraiment intense dans la classe. Puis il s'aperçut que tous les regards des élèves s'étaient imperceptiblement tournés dans la même direction.

Il suivit donc également cette direction et vit qu'elle menait à la main de Zonzo.

Tout le monde resta cloué sur son siège, abasourdi. Ce n'était pas la première fois qu'ils voyaient un curé en train de frapper un élève. La dureté du traitement était même la marque de prestige de cette école, qui avait comme devise d'inculquer à chaque élève une conscience d'élu, en utilisant des méthodes « dépourvues de faiblesse ». La plupart des internes étaient des fils d'émigrés qui consacraient une bonne partie de leurs économies au paiement de cette école religieuse privée, car ils avaient compris que c'était la meilleure façon pour que les enfants aient des chances de vivre une ascension sociale. L'autre partie des élèves venait de la haute société, qui croyait à l'exigence comme moyen de formation, ainsi qu'à la rigueur disciplinaire. Ainsi, il n'était pas bizarre de voir un curé frapper un élève, dans cette école. Et même de donner parfois une bonne dérouillée. Ce qui était surprenant, c'était que le curé qui frappait Zonzo, à présent, était justement le si jovial père Munio. Et qu'il le frappait avec un tel acharnement que le gant blanc de la main droite portait des traces de sang à la jointure des phalanges. Et ce qui était encore plus curieux, c'était que l'élève lui résistait et refusait absolument de lâcher le stylo avec la nageuse suédoise.

Les photos

Gabriel savait déjà à quoi ressemblait Schmitt avant son voyage à Casalonga, dans les faubourgs de Saint-Jacques-de-Compostelle. On pouvait le voir sur deux photos qui se trouvaient bien en évidence dans une niche de la bibliothèque de son père. C'était un jour d'été. Il faisait beau. Son père s'adressa à lui : Tu lui dis bonjour. Bonjour, monsieur Schmitt, et puis c'est tout. Tu attends de voir s'il te dit ou s'il te demande quelque chose et puis tu t'en vas. Tu vas avec les garçons de ton âge. Il avait plusieurs fois entendu le juge utiliser l'expression « une grande présence » en parlant de cet homme qu'il traitait comme son maître. Donc, après être descendu de voiture, il avançait sur la pelouse, un peu effrayé. Comme d'habitude, la calme désinvolture de Chelo, qui venait de l'attraper par le col de la chemise, le rassura un peu. Elle portait une robe en dentelle blanche. Lui, monsieur Schmitt, était assis dans le jardin et les invités venaient le saluer de façon révérencieuse.

Et toi, qu'est-ce que tu veux faire plus tard, lorsque tu seras grand ?

Archéologue, répondit-il. Et pourquoi pas. Voilà longtemps qu'il avait cette même idée de devenir archéologue. Il avait lu un traité sur le sujet et il était attiré par ce projet. Ce qui l'intéressait, ce n'était pas tellement de trouver quelque chose, mais c'était la méthode utilisée. C'était un travail silencieux. Il fallait commencer par quadriller un espace avant de se mettre à fouiller. C'est une méthode qui pouvait servir pour tout. Pas seulement pour découvrir les ruines du passé.

Fort bien ! Comme ce vieux Schliemann qui a travaillé toute sa vie sur la ville de Troie ! s'exclama Schmitt. Ce n'est pas lui qu'il regardait, mais surtout Chelo Vidal. Dans la lumière de cette matinée d'été de l'année soixante-deux, c'était plutôt elle qui avait une grande présence.

De lui, de Schmitt, il se souvient seulement du moment où, en fin d'après-midi, il lève son verre de vin rouge et lance en trinquant : Que le gros... ne danse jamais sur ma tombe ! Après gros, il avait dit avec un air dégoûté un nom inconnu. Le juge ne buvait pratiquement jamais, mais cette fois, il se joignit à son vénéré maître pour porter le toast. De retour à la maison, il demanda à son père qui était le gros qui ne danserait pas sur la tombe de monsieur Schmitt. Son père se mit à rire puis lui répondit : Ne t'en fais pas, ce n'est pas Oliver Hardy. Il parlait du chancelier allemand. D'Adenauer.

Je ne pense pas que quelqu'un pourra danser sur sa tombe, dit Chelo pendant le voyage de retour. Il est bien conservé. Il prend bien soin de lui. En revanche, il n'y a pas eu moyen de le prendre en photo.

Il n'aime pas beaucoup les photos, je suis au courant, répondit le juge.

Qui est donc ce Barry Goldwater qui l'enthousiasme à ce point ?

Un sénateur de l'Arizona. Il a dit qu'il était de l'école de McCarthy, mais en beaucoup plus intelligent que lui. C'est une plaie pour les Kennedy. Un sacré conservateur, c'est ce qu'il a dit. C'est curieux. mière fois qu'il dit du bien d'un politicien a

Gabriel mettrait longtemps avant de reto une photo de Santiago Casarès. Il avait cherch la volumineuse encyclopédie Espasa qui uniss puissance contre le mur à celle des tomes de l'Ar zadi. On n'y trouvait même pas le nom de celui qu avait été Président du Conseil des ministres de la République. Il connaissait seulement une caricature qui se trouvait dans un opuscule de Rogelio Rivero, que conservait son père. Un dessin misérable, tellement il était mal fait, qui le mit spontanément en garde sur la qualité du texte du fascicule. Sous le portrait, à la façon d'une présentation rimée : *Même en connaissant le pouvoir / que Dieu possède, on ne peut concevoir / qu'il ait pu mettre / tant de misère dans un même être / de si piètre composition*. Le fascicule se trouvait au fond du grand tiroir du bureau. Les chemises concernant Santiago Casarès se trouvaient, elles, sous les petits romans annotés et soulignés de John Black Eye.

Les commentaires, rares et succincts, que l'on faisait lors des réunions de son père, avaient toujours la même teneur. Une expresse condamnation empreinte d'une terrible irritation, un mépris qui atteignait toutes les lettres de ce nom avec lequel il était en train d'établir un rapport occulte. Car cet homme n'existait plus. Gabriel entretenait seulement un lien avec son nom. Santiagcasarès Qu. Lorsqu'il entendait parler de lui, on disait que c'était un Dandy, un Snob, un Maçon, une Hyène, un Assassin, un Phtisique plein de ressentiment. Un étrange mélange, des mots avec lesquels il était difficile de se forger une image. Et en plus, on entendait des bouts de précisions qui venaient encore tout compliquer. Le yacht *Mosquito*. La Buick rouge. L'hôtel Atlantic. La villa de Montrove. Sa belle-mère garière. Sa femme modiste. Arrivés à ce niveau, les commentaires de la Crypte devenaient diaphanes et comiques à propos des histoires amoureuses de cette femme superbe. Superbe ? Superbe et chaude comme une chienne en chaleur, voilà le commentaire dans son intégralité. Il avait deux filles. L'une d'elles fut d'abord jetée en prison puis placée sous surveillance permanente jusqu'à ce qu'elle parvînt à s'exiler au Mexique, et l'autre était Maria, celle dont on disait qu'elle faisait un triomphe à la Comédie-Française. Vu la façon dont ce type était méprisé, on pouvait tout de même s'étonner du nombre considérable de partisans qu'on lui prêtait à la Crypte. Des artistes, des professeurs, le gars de l'usine de chaussures, celui des forges et celui de la verrerie..., les commerçants, la plupart de tous ces gens dont on parlait désormais au passé. Dans cette ville engloutie, presque tous avaient la réputation d'être des républicains sympathisants de Casarès, auquel on avait collé le poisseux adjectif qui précédait son nom, y compris après sa mort en exil : Néfaste Casarès.

Il écoutait toutes les conversations dans l'antichambre et, qu'il le veuille ou non, il avait l'impression de se trouver dans une chambre du Sanatorium de Durtol. Il avait peu à peu découvert les cartes postales, les lettres. Il avait entrepris de vérifier tous les livres de ce qu'il appelait à présent le quadrillage des Brûlés. Il trouvait presque toujours des notes, des citations, des vers et les cartes postales provenant de Durtol. Tous les livres ne lui avaient pas appartenu, mais la trace du feu sur un livre était un sérieux indice. On le reconnaissait à la signature, à ce qu'écrivait le jeune homme. À la façon dont Santiago Casarès s'adressait à ses parents, avec une liberté affectueuse, à ses références à d'autres œuvres littéraires et à des découvertes scientifiques, aux observations à propos des changements climatiques et aux effets que ces derniers entraînaient sur les paysages et sur son corps. Il avait une propension à entremêler son état physique et ce qui se passait autour de lui, dans la nature. Mais Gabriel était surtout impressionné par l'humour avec lequel il parlait toujours de sa maladie, par son attitude d'observateur curieux avec laquelle il suivait les assauts et l'évolution de son mal.

Le jour où il trouva sa photo entre les pages d'une édition anglaise de 1895 du livre de Wells, *La Machine à remonter le temps*, il sentit, oui, il éprouva un bonheur d'archéologue. C'était une photo de jeunesse. On avait inscrit une date au dos, celle de l'hiver 1900 et on avait aussi écrit : rue Panadeiras, La Corogne. Il était assis sur un banc, en train de lire. Nerveux, Gabriel la rangea dans le Cabinet de Curiosités, dans le petit coffre de bois où se trouvaient, entre autres choses, les cadeaux familiaux les plus précieux. Le tramway en fer-blanc de Lisbonne qui va au numéro 28 de la rue Prazeres. La carte postale du Mozambique. Les bagues des cigares de grand-père Mayarí, ce qu'il appelle *les petites marques* de tabac : Flor del Puro Habano, Santa Damiana, La Imperiosa, Edén de la Habana, toutes avec de superbes dessins, surtout la bague de La Alhambra, avec deux femmes, l'une blanche et l'autre noire, la seule curiosité qui aurait peut-être pu lutter à armes égales avec le stylo à la nageuse suédoise de Zonzo. Grand-père Mayarí, qui lui offrit également un billet de dix pesos de la Banque Espagnole de l'île de Cuba, daté à La Havane en 1918, représentant une charrette, remplie de canne à sucre, tirée par des bœufs. Sa pièce de monnaie préférée était un sol péruvien qui avait vraiment quelque chose de solaire, lorsqu'on la montrait dans la paume de la main. Une action de la Société Hydroélectrique Espagnole, un cadeau de son père, qui représentait trois chevaux que l'archange Gabriel tenait au bout d'une chaîne. Les images d'aviateurs héroïques et de monuments qu'on trouvait dans l'emballage des tablettes de chocolat. Il y avait également quelques timbres. Le grand-père Pedro Samos lui en avait donné un qui venait du Portugal et datait de 1898, c'était un tirage commémoratif du quatrième centenaire de la découverte de la route maritime qui conduisait aux Indes. Un timbre de cinquante reis, imprimé en bleu foncé. Il le conserve dans une enveloppe qui contient une note qui explique ce qui est représenté « una janela manuelina deixando ver o galeão, com a legenda — *Se mais mundo houvera lá chegara* — em cima, dois medalhões con Vasco da Gama y Camões » (« une fenêtre manuéline permettant d'apercevoir un galion, avec la légende — *S'il y avait davantage de monde il s'y rendrait* — au-dessus, deux médaillons représentant Vasco de Gama et Camoens »). Le juge lui avait dit plusieurs fois que ce timbre avait une grande valeur et qu'il en aurait bien plus encore lorsque Gabriel serait devenu un homme, lorsque les trente ans passés qui manquaient pour la grande commémoration du cinquième centenaire, en 1998, se seraient écoulés, et qu'il pourrait prendre dans ses mains cette merveille qui serait devenue une relique séculaire. Quelle valeur peut-il bien avoir ? Va-t'en savoir ! Et en faisant un geste volontairement comique tant il était exagéré : Une valeur… Incalculable !

Fernando Sada, le peintre ami de sa mère, lui offrit ce qu'il assurait être une dent de requin mako. Il précisa : Ce sont les prédateurs les plus réputés et les plus parfaits qui aient jamais existé ! Le temps passant, à mesure qu'il connaissait mieux le peintre Sada, il avait fini par douter qu'il se fût vraiment agi d'un requin mako, et même de n'importe quelle autre famille de requin. Mais si ce n'était pas une dent de requin, c'était une dent de quoi, alors ? Un jour, il avait croisé Sada dans la rue et le peintre lui avait demandé : Est-ce que tu as toujours cette dent de Can Cerbero ?

Montre-la-moi, lui avait dit Corea sur le quai du Bois. Gabriel avait commencé à traîner de temps en temps dans le coin, en compagnie de Zonzo. Il faisait un détour en revenant du collège. Car les médecins avaient conseillé aux parents de Gabriel de le laisser s'éloigner un peu du giron familial. De lui donner plus de liberté et de lui permettre de sortir avec des amis de son âge. Pourquoi aller plus loin ? Il y avait, près de chez lui, l'endroit le plus fascinant de la ville, le monde portuaire. Et Corea joua à se placer la dent de requin dans la bouche comme si c'était une fausse canine.

Fais attention, dit Gabriel qui craignait qu'il ne la lui dérobât, qu'il ne s'en fût en la gardant dans sa bouche. Elle est très, très…

Corea la cracha par terre.

Oui j'ai compris, tu m'as dit qu'elle était très ancienne. C'est de la merde. Je n'aime pas les choses anciennes et encore moins les dents.

C'est Ren qui lui avait donné le GMN et les « Ailes Victorieuses » pour son Cabinet de Curiosités à l'occasion d'une réunion dans le bureau de son père. De son côté, l'inspecteur Ren rendait régulièrement visite au juge, en tête à tête. Il apportait des livres anciens et des antiquités. Ils discutaient assez vivement et estimaient leur valeur. Le juge finissait presque toujours par acquérir les pièces. Les visites étaient plus ou moins espacées, mais Gabriel se les rappelait toutes, depuis qu'il était petit. Pendant longtemps, il pensa que Ren vendait des fragments d'histoire et il associait sa présence à un sac de cuir ou à une solide valise truffée de rivets métalliques. Lors de l'une de ces visites, une des dernières dont il put être témoin, lorsque les hommes avaient fini de traiter les affaires de la journée, l'inspecteur lui demanda de s'approcher.

Comment va le Cabinet de Curiosités ?

Il haussa les épaules. Les dernières acquisitions avaient été un planisphère et un petit télescope. Mais il en eut rapidement assez d'observer. Le soir, s'il avait la permission, il préférait aller avec Zonzo pêcher des calamars avec une lanterne et un miroir du côté du château de San Antón. Avec tout son attirail de pêche, Zonzo emportait également quelque chose que probablement personne d'autre que lui ne possédait en ville. Un téléviseur portatif, à piles. Un téléviseur qu'on pouvait emporter sous son bras. Pas un faux, pour jouer, mais un authentique appareil qu'on n'avait encore jamais vu. Tandis qu'ils pêchaient des calamars, en tentant de les attirer avec le miroir, de nombreux autres pêcheurs nocturnes regardaient émerveillés, à la belle étoile, une série policière, la lutte du téméraire et incorruptible inspecteur Eliot Ness contre Al Capone et sa mafia. Ils bougeaient tous l'antenne lorsque la chaîne perdait parfois la fréquence. Le mini-téléviseur lui avait été offert par Manlle, qui l'avait rapporté de Rotterdam. Non, on ne pouvait pas se mesurer à Zonzo sur le terrain des Curiosités.

On m'a dit que tu aimais beaucoup les éléments de la nature, vrai ou faux ? Je veux parler de la nature sérieuse.

Oui. Bien sûr. C'est vrai.

Ren se met à parader avec un certain orgueil, une certaine solennité et il tire de la valise aux rivets métalliques une boîte d'entomologie. C'est pour toi. Ce sont des coléoptères. Ceux de cette boîte semblent à première vue tous se ressembler, mais si l'on se donne la peine de bien les observer, il n'y en a pas deux pareils. Je n'aurais jamais pensé qu'un jour je regarderais si attentivement ces bestioles.

Gabriel lut l'étiquette : Série *coccinella septempunctata*.

Près du phare, dans sa mémoire, l'extrémité de la canne en rotin de grand-père Mayarí se met en mouvement, elle énumère les autres noms des coccinelles : *mariquita, sananica, reyrey, cochinide San Antón*.

La *coccinella septempunctata* entra dans la maison peu après qu'il eut trouvé la photo de Santiago Casarès à l'intérieur de *La Machine à remonter le temps*. À présent il savait à quoi ressemblait le garçon du Sanatorium de Durtol et du 12 de la rue Panadeiras. À partir de maintenant, il pouvait l'imaginer en train de grandir.

En revanche, monsieur Schmitt trônait sur le rayonnage central de la bibliothèque, derrière le siège de son père et, pour ainsi dire, partageait la scène avec d'autres notables qu'admirait le juge. Il ne pourrait pas dire quand monsieur Schmitt, *Don Carl*, était parti, ni à quel moment précis il avait disparu de la niche, entre les tomes des traités juridiques de l'Aranzadi. En 1994, lors d'une visite rapide dans cette maison, juste avant son voyage à Paris, Gabriel s'aperçut que Schmitt ne figurait plus parmi la galerie de photos. Oui, les deux photos du juge avec Carl Schmitt avaient disparu. Précisément celles qu'il est en train de regarder à présent, car elles se trouvent bien en vue, dans le Saint des Saints, et font l'objet d'un certain orgueil et d'un certain honneur pour le juge, photographié avec le vénérable maître. Les deux photos sont signées et possèdent une dédicace : *Katechon*. Il y a également une espèce de symétrie entre les deux dates. La première photographie, dans la même niche, entre les traités juridiques, est datée de 1942, à Madrid. La plus récente a été prise vingt ans plus tard, en 1962. Malgré le temps écoulé, il est curieux de constater qu'il ne semble pas y avoir grande différence entre les deux, peut-être parce que la qualité de la plus récente n'est guère meilleure que celle de la plus ancienne. Sur cette dernière, on peut remarquer une certaine inquiétude impatiente dans le regard de Schmitt. Gabriel se souvient d'avoir entendu dire au juge que la photo était très exceptionnelle, car voilà longtemps que le maître évitait de se faire photographier. Le juge et Schmitt semblent très sérieux sur les deux clichés. La deuxième image est également datée à Madrid, mais cette fois on a indiqué le jour et le mois. Le 21 mars 1962. Le jour du grand hommage. Lorsque Carl Schmitt fut décoré à Madrid. La mise en évidence de cette photographie permettait au juge de décrire l'événement auquel il avait eu la chance d'être invité par le maître de cérémonie, qui peu de temps après, au mois de juillet, avait été nommé ministre de l'Information. Regardez, justement. Il s'agissait d'une autre photo dédicacée. Celle du ministre. Son père le connaissait depuis longtemps, c'était un camarade de chasse, mais lorsqu'on parlait de lui, à partir du jour de sa nomination, on ne disait plus que monsieur le Ministre. C'était monsieur le Ministre. Ils étaient là, tous les deux, ce jour-là. Lui et le ministre. Et les deux hommes souriaient à l'appareil photographique.

Le sourire de Paúl Santos

Paúl Santos Inconnu. Mais vous pouvez m'appeler Inconnu.

Il avait dit cela au Supérieur comme s'il avait été en train de lire son nom sur une affiche. Il s'agissait d'un exercice d'évaluation, de contrôle, et aussi d'exploration de son interlocuteur. Le simple énoncé de son nom complet entraînait une réaction qu'il mesurait sur ce que, ironiquement et pour lui-même, il appelait « l'échelle de l'Inconnu ». Cette dernière lui permettait de repérer d'entrée si les gens auxquels il se présentait ou ceux auxquels il était présenté possédaient les connaissances basiques de la vie, c'est-à-dire ne pas ignorer qu'il existait une porte très particulière dans la ville. Une porte avec une machine appelée *tour* dans laquelle on déposait presque toutes les nuits des nouveau-nés, allez savoir combien, certainement des milliers depuis l'ouverture de l'Hôpital de la Charité, vers l'année 1791. Car auparavant tous les inconnus de Galice, lorsqu'il leur arrivait d'avoir une destinée, se retrouvaient à l'Hôpital Royal de Saint-Jacques-de-Compostelle.

Un curé avait inscrit sur son acte de naissance. Nom du père : Inconnu. Nom de la mère : Inconnu.

Lorsque enfin Catherine Labouré accepta de

l'accompagner et de lui montrer le document, il le lut attentivement, le plus sereinement du monde. Et si on le lui avait demandé, il aurait même répondu qu'il se sentait bien, vraiment bien. La seule réaction qu'il eut, ce fut de regarder la mère Labouré et de sourire. Un sourire aussi lent à se former qu'à s'évanouir. Cette attitude-là l'avait rendu célèbre à l'hospice et dans tout l'Hôpital de la Charité. Le sourire de Paúl Santos. Pour résumer, Paúl Santos souriait au moment où l'on s'y attendait le moins. Par exemple, lorsqu'il ne réussissait pas à faire quelque chose. Lorsqu'il laissait tomber une assiette en plein milieu du réfectoire et qu'elle se brisait en mille morceaux. Lorsque... En cachette, plusieurs gamins plus âgés firent même des expériences sur lui. Ils lui préparaient de méchants coups qui devenaient de plus en plus cruels dès qu'ils s'apercevaient qu'il y répondait toujours avec le même sourire. Paúl Santos savait que ces gamins n'étaient pas si méchants, ni spécialement mauvais, mais qu'ils étaient excités par la durée de son sourire. Et il n'y pouvait rien. Il était incapable de le maîtriser.

C'est un tic, décida un jour Labouré. Ton sourire. C'est le tic du sourire glacé.

Un instant, Santos. Je vais vous présenter une forteresse imprenable. Le Chef Ren !

Paúl Santos avait quelquefois entendu parler du Chef Ren. Il arrivait tout juste de Barcelone où il avait suivi deux années de stage intensif à la Criminelle. Certains personnages, tels que le Chef Ren, parvenaient à se rendre célèbres dans tous les commissariats du territoire, même loin de chez eux, et celui-ci était un de ces vétérans. La seule chose que Santos avait en sa possession, c'était le nom de l'inspecteur. Rien d'autre. Tu viens de Galice ? ah, alors tu dois connaître le Chef Ren, fit le Supérieur. Non, non je ne le connais pas. Eh bien, tu vas faire sa connaissance. Il est donc si particulier que ça ? Oui, bien sûr, tu ne vas pas tarder à t'en rendre compte.

Il fut surpris que son Supérieur utilise le terme de chef pour appeler Ren, même si c'était sur un ton familier. Lorsqu'ils sont haut placés, les gens ne plaisantent jamais avec la hiérarchie. Mais il s'aperçut immédiatement que Ren ne se souciait pas de cela. Qu'il avait une sorte de pouvoir naturel. Et que cela se sentait spontanément. Le chef, le Supérieur, ce coup-ci, avait utilisé l'image de la forteresse à bon escient. À part quelques détails dans sa tenue comme le chapeau, ou la cravate qui était aussi serrée qu'une corde, partageant son cou en deux, et que Santos aurait aimé détendre d'un coup sec, pour faire abstraction de ces anomalies vestimentaires, le fameux Ren lui sembla être un ouvrage de défense allongé et médiéval.

Chef Ren, voici Paúl Santos, qui vient de s'engager à la Criminelle. Première promotion de criminologie moderne. Ça ne nous rajeunit pas, Ren.

Il sort tout vierge de son école ?

Santos savait parfaitement qu'il se trouvait sur la corde raide. Il ne l'appellerait jamais chef, même pour plaisanter.

Je viens de Barcelone, Ren. Je viens de faire deux ans de stage.

Vous savez, Santos, le Chef Ren a de grandes responsabilités dans cette maison, dit le Supérieur. C'est lui qui commande la Brigade d'Investigation Politico-Sociale. Mais vous devez également savoir que c'est quelqu'un d'important. Vous avez devant vous quelqu'un de très important, Santos. Toute hiérarchie mise à part, pour nous c'est le meilleur. Du point de vue du renseignement, mais aussi des enquêtes. Vous savez ce qu'a dit de lui le ministre en le décorant ?

Ça suffit, mon Supérieur ! Vous allez me faire rougir.

Il l'a traité de Grand Capitaine. Un grand capitaine de la sûreté de l'État. Qu'en pensez-vous ?

Un grand honneur.

Je ne vous le fais pas dire. Et il a même ajouté des qualificatifs supplémentaires. Soldat de Dieu et de l'État. De temps en temps, il ne faut pas craindre de nommer les choses par leur nom. Je vais vous dire quelque chose, Santos. Si un beau jour les archives venaient à disparaître, eh bien, il n'y aurait aucun problème. Il nous resterait toujours la tête du Chef Ren.

Je vous remercie, mais c'est suffisant, mon Supérieur. Je crois que monsieur Inconnu est pareil que moi. Il ne se laisse pas facilement impressionner. Il ne donne pas une grande importance aux mots.

Non, non. Au contraire. Je mesure toute leur importance.

La tête de Ren était extrêmement large. Tout son corps l'était. Mais pas les yeux. Il avait de tout petits yeux, très vifs au fond de leurs orbites, et ils semblaient bouger avec un strabisme volontaire, oblique, contrastant avec le hiératisme de son énorme visage. La déférence que lui manifestait le Supérieur allait au-delà de la simple amabilité et cela eut pour effet de sculpter un instant son grand et large corps qui comportait des alternances dissymétriques. La structure du torse était bien celle d'un homme extrêmement fort, mais, en le considérant dans son ensemble, Paúl Santos en vint à la conclusion qu'il se trouvait face à un corps qui manifestait de graves dérèglements, en commençant par un ventre qui avait renoncé à toute tentative de discrétion. Quant à son visage, son côté bouffi était désormais évident, non pas que Santos l'eût déjà connu auparavant, mais plutôt parce qu'il s'agissait de quelque chose qui était comme qui dirait à l'œuvre et qui, du premier coup d'œil, donnait l'impression toujours provisoire que ce processus n'était pas étranger à une consommation abusive de boissons alcoolisées. Mais il pouvait également s'agir d'une stratégie physique de son caractère, car lorsqu'ils se tendirent la main, le visage de Ren révéla son noyau dur, le regard inquisiteur de ses yeux enfoncés dans leurs orbites. Sa main était presque deux fois aussi grande que celle de Santos, mais il ne se maîtrisa pas pour autant et serra aussi fort qu'il en avait l'habitude.

À vos ordres, monsieur Ren.

Je me trouve devant un dilemme. Je ne sais pas ce qui vous va le mieux, Santos ou Inconnu.

Certains de mes intimes m'appellent Inconnu.

Alors, je vous appellerai Santos. Je vais dire la même chose qu'a dite un confesseur à une de mes tantes, qui était célibataire et ne se méfiait de personne : Crois-moi, Milucha, tous les saints ont une bite.

Un éclat de rire. Santos sentit la frappe amicale. Un coup de patte complice qui le secoue brutalement de la tête aux pieds. Ren semblait se sentir plus à l'aise après s'être ainsi défoulé. Il croisa les bras et son corps retrouva une certaine symétrie.

Jusqu'à présent, les seuls Inconnu que j'aie fréquentés étaient des délinquants. Vous vous appelez donc Santos ? Comme ça vous avez été à l'université. Vous avez suivi une formation très complète.

J'ai étudié le Droit, monsieur Ren, dit Santos, et en le disant il ne put éviter qu'un orgueil timide vînt vernir ses mots.

Oui, moi aussi j'ai étudié tout droit. J'ai toujours été à droite aussi, dit l'inspecteur Ren en regardant le Supérieur. Ils éclatèrent tous les deux de rire, comme s'ils venaient de faire une blague à un bleu.

Santos se joignit à leur plaisanterie. Il esquissa un

sourire. Sa première impression se confirmait. Le ton que le chef supérieur utilisait pour parler à Ren possédait quelque chose de plus que celui de la complicité ou même de l'amitié. Il dénonçait un esprit de subordonné.

On m'a appelé ainsi parce que j'ai été élevé à l'Hôpital de la Charité, monsieur Ren, expliqua aimablement Santos.

Je sais, répondit sèchement Ren.

Nos meilleures archives se trouvent dans cette tête, répéta le Supérieur. Je vous ai déjà dit qu'on pouvait y trouver tous les secrets de la ville.

C'est beaucoup dire. Mais je sais pas mal de choses, en effet. Maintenant tout ira mieux. Notre ami Santos va nous apporter de nouvelles méthodes. Vive la police scientifique ! Oui, monsieur. J'ai toujours regretté de ne pas avoir eu une formation scientifique.

Vous ne travaillerez pas dans le même service, mais vous devrez collaborer lorsque ce sera nécessaire, expliqua le Supérieur. Bienvenue donc, et n'hésitez pas à recourir à l'aide d'un maître tel que celui qui se trouve devant nous.

Ren ne pouvait dissimuler son goût pour les louanges. Paúl Santos analysait ses réactions et son comportement. Ren possédait un très grand ego, un ego physiologique. Depuis quelques minutes, il était devenu plus corpulent. À présent, Ren occupait plus d'espace que tout à l'heure, lorsqu'on les avait présentés l'un à l'autre.

Et vous, Santos, dites-moi, lança Ren. Comment êtes-vous arrivé à l'Hôpital de la Charité. Quelqu'un vous y a emmené dans ses bras ? On vous a déposé dans le tour, pendant la nuit ? Vous connaissez votre histoire ? Vous avez déjà enquêté pour savoir qui étaient vos parents ?

C'était un homme large. C'était bien le mot qui convenait. Il était fort, robuste, mais il était surtout large. Sa façon de parler également était comme ça, dans les grandes largeurs. Les bras croisés, il lâchait immondices et gravats aux pieds de son interlocuteur, sans s'occuper s'ils lui tombaient dessus ou pas. Ses yeux étaient la seule chose qui ne collait pas avec son gabarit. Ils ne tenaient pas en place. Leur calibre était minuscule.

Je suis né dans la Salle des Accouchements Secrets.

Un moment, Ren demeura pensif. Il devait être en train de fouiller dans ses archives d'Accouchements Secrets. C'est là qu'accouchaient les femmes riches, après leurs égarements passagers. C'est ce qu'on raconte. À présent Santos comprenait que la bonne sœur, Catherine Labouré, l'avait, sans le lui dire, préparé à affronter ce genre de personnages grossiers. Des personnages tels que Ren. Les pauses de Labouré n'étaient pas destinées à reprendre du calme, mais au contraire à hâter la rapidité de la locomotive. D'abord, elle prenait un café. Puis elle allumait une cigarette. Elle tirait une grosse bouffée et semblait attendre que la fumée lui monte à la tête. Soudain, elle se levait et recrachait une longue volute : *Courage* !*

Ce n'était pas simple à expliquer. Mais c'est une bonne sœur qui lui avait transmis la force qu'il avait aujourd'hui. Et pas à travers les récits sur la vie des martyrs. Sa devise était la suivante : Sans égards.

Tu n'es pas né dans un endroit quelconque. Toi, toi tu es né dans la Salle des Accouchements Secrets. Tu as été appelé. Tu es un élu, mon cher. Tu dois combattre le mal. *Il faut tuer le mal* !* Elle parlait avec une certaine ivresse et une certaine lucidité. Catherine Labouré jalonnait tous les passages de la ville. Elle s'enfonçait dans les ruelles. Actionnait les heurtoirs.

Son tabac brun, des Gauloises, laissait un sillage derrière elle. Elle fréquentait le port, était toujours en contact avec les patrons des bateaux qui la fournissaient en cigarettes. Mais ce jour-là, elle fumait grâce à un légionnaire qui était revenu aveugle d'un long périple et qui vendait parfois de la fleur de haschisch.

On reconnaît le bien grâce à une espèce de vision.

Elle était à moitié folle. C'était sans doute la seule façon de se faire respecter dans un lieu aussi fermé.

Ah, qu'est-ce que tu es beau !*

Puis, très sérieusement : Tu es né dans la Salle des Accouchements Secrets.

Et alors ?

Ne sois jamais inhumain.

Lorsqu'ils restèrent tout seuls, le Supérieur dit en parlant de Ren : Ce n'est pas un mauvais type, il a seulement un problème avec les gens. Il y avait un roi britannique, George Ier, un Hanovre, dont on disait que c'était un individu extraordinaire, car il ne haïssait que trois personnes au monde : sa mère, sa femme et son fils. Ren a perdu sa mère depuis longtemps et il n'a ni femme ni enfants. Ce qui fait qu'il n'a que l'embarras du choix.

Santos sourit avec le sourire de Paúl Santos.

Je crois que pour lui vous faites partie de cette catégorie.

Quelle catégorie ?

Celle de l'humanité.

Lorsqu'il quitta le bureau, Santos s'était fait une autre idée du caractère du Supérieur. Il faisait partie de ces gens qui, au lieu de vous serrer la main, la laissent mollement retomber et récupèrent tout de suite la concession gluante qu'ils viennent de faire à leur interlocuteur. Il se demandait à présent si la confidence acerbe que lui avait faite soudain, en toute confiance et par surprise, le Supérieur à propos de Ren ne serait pas plutôt un message qui lui était destiné. La recommandation de quelqu'un qui tente de toujours trouver une solution à tout.

Les Locataires du Vide

L'inexplicable. Cela n'avait pas changé avec le temps qui passe. Parfois, la portée du bras de la grue ne suffisait pas pour repêcher une épave visible au fond de l'eau. Pour cette bicyclette, pas de problème. À marée basse, on pouvait la voir et on aurait dit que ses roues tournaient encore toutes seules et à pleine vitesse, sans bouger de place, comme si elle avait acquis une existence d'échinoderme mécanique. C'est le Plongeur Phosphorescent qui sauva le garçon qui avait un œil paresseux, qu'on appelait Pinche, et qui avait perdu le contrôle de son engin.

Ils l'ont tué. Ça fait trente-six mille fois que je le dis, répéta avec un soupir d'impuissance le Grutier. Et ne me demande plus pourquoi ils l'ont tué alors que c'était un champion.

Pourquoi l'ont-ils tué alors que c'était un champion ?

Qu'est-ce que ça peut faire que ce soit un champion ? Tu es bête ou quoi ? Ils étaient sortis pour tuer et ils l'ont tué.

Il aurait dû être discret. Il y avait des gens impénétrables. La mémoire se comporte comme les mollusques, elle sécrète une coquille protectrice. Mais quelquefois il se heurtait à des croûtes pas très belles, répugnantes, générées par la matière de l'horreur : celles qui niaient tout.

L'histoire de Corea était différente. Il se sentait l'étrange devoir de tenter d'expliquer l'inexplicable.

Il allait lui raconter ce qui s'était passé avec les Montoya. Les Gitans vanniers.

Une Brigade de la Nuit passe en voiture, une Opel noire. Septembre 1936. Ce n'est pas une sortie de routine. Ils exécutent les ordres de ce qu'ils appellent le Tribunal Invisible, où l'on planifie la terreur, et la façon de décimer la population adulte. Les phalangistes étaient partis à la recherche de quelqu'un de San Pedro de Nós pour lui « offrir un café ». Ils avaient utilisé cette expression. Ils étaient au café Unión, sur la place Pontevedra, et celui qui menait la troupe lança : Aujourd'hui, on va offrir un café à untel. Le délégué à l'Ordre Public avait donné son accord en utilisant la même expression : Un café ! Les émissions radiophoniques d'un général putschiste, Queipo de Llano, avaient mis à la mode cet euphémisme de la mort. Les Gitans vanniers se trouvaient sur le pont du Pasaje. Ils marchaient en direction de l'ouest. Ils avaient toute la pyrotechnie du crépuscule devant eux. Le soleil devait être en train de crépiter comme du fer rouge dans la mer de Bens. C'était la fin de l'été. C'était la tombée de la nuit. Ils pouvaient la sentir arriver dans leur dos, entendre craquer l'osier des premières ombres. Mais les Gitans ne voyaient que la gamme des pourpres, d'abord le bleu rougeâtre coagulé dans la laine des nuages. Les Montoya aimaient les couleurs et les imprimés où qu'ils se trouvent, sur le corps ou sur le paysage. Et de plus, c'était aujourd'hui la direction qu'ils devaient prendre. Ils marchaient en direction du crépuscule, vers l'ouest, pour la simple raison qu'ils rentraient chez eux, dans le quartier de la Gaiteira, près de la gare ferroviaire. Après avoir traversé le pont, ils prendraient à droite, la rue des Xubias, et ils n'auraient plus le crépuscule en face d'eux, mais plutôt sur leur gauche, derrière les montagnes d'Eirís. Mais avant de tourner, les Montoya étaient encore charmés par les pourpres et l'un d'eux commença à chanter. C'était normal pour eux. Il aurait dû s'y mettre plus tôt, se dirent tous les autres. Le plus âgé des trois était Manuel, il avait quarante-cinq ans, c'était le mari de Guadalupe, avec qui il avait huit enfants. Puis les deux neveux, Antonio, qui avait seize ans, et Manolo, quatorze. C'est Antonio qui s'était mis à chanter. Lorsque Antonio chantait, il chantait à la place de tous les autres. Il chantait le fandango avec la voix d'un homme mûr. Manuel se taisait car il pensait que lorsque Antonio chantait, il le faisait avec sa voix, avec celle de Manuel, comme il chanterait lui-même s'il avait eu ce don d'extérioriser ce qu'on porte à l'intérieur de soi. *Y mi pesar, tu pesar. Tu pena es la mía. Tu contento es mi alegría.* (Et mon chagrin, ton chagrin. Ta peine est la mienne. Ton bonheur est ma joie.) La marchandise sur le dos, les pourpres du ciel, le fandango d'Antonio, le parfum de sexe de la marée basse. Aucun des trois ne remarqua l'Opel noire qui arrivait de la ville, en sens contraire. Mais les passagers de l'Opel noire, qui avaient le soleil dans leur dos, aperçurent parfaitement de loin les trois Gitans vanniers.

Des Gitans ? demanda celui qui avait pris place sur le siège avant.

Le chauffeur fit oui de la tête.

Je vais vous dire quelque chose ! On n'a encore jamais flanqué une bonne raclée à un Gitan !

Et il ajouta : On ira chasser l'autre lapin un peu plus tard.

Personne, à l'intérieur de l'Opel noire, n'ajouta

quelque chose. Le troisième passager était assis à l'arrière. Il jouait avec une chevalière qu'il faisait tourner autour de son annulaire. La chevalière représentait une tête de mort avec l'inscription suivante *Caballeros de La Coruña*. C'est un des noms que s'étaient choisis les paramilitaires. Les sièges de la partie arrière étaient des sièges pliables. Cela permettait d'utiliser le véhicule pour le transport de personnes ou de matériel. La voiture idéale pour une famille nombreuse. On avait confisqué les deux voitures à un même propriétaire. L'Opel noire et l'Opel couleur cerise, couleur guigne. L'Opel couleur guigne était une vraie beauté, une décapotable. Le propriétaire n'était pas un homme puissant. Il avait tout simplement fait fortune en Amérique et, à son retour, il avait monté un garage et un lavage de voitures. C'était un fou de voitures. À présent, il marche à pied. On dit que lorsqu'il voit une voiture il regarde ailleurs. Lorsqu'on les lui avait confisquées, il s'était mis à bégayer, il avait expliqué qu'il avait déjà donné de l'argent, qu'il avait versé toutes les contributions financières qu'on lui avait demandées. On voyait qu'il tenait beaucoup à son Opel couleur guigne. L'été, il avait promené ses filles et leurs amies sur la route de la côte. Le chauffeur de l'expédition de la mort s'en souvient parfaitement. Ç'avait été un hasard. Ils venaient de faire des exercices de tir du côté de Bastiagueiro, ils avaient huilé et préparé les armes en vue du coup d'État militaire qui approchait. L'entraînement terminé, ils remontaient sur la route sans dissimuler leur uniforme fasciste, et ils avaient soudain vu l'Opel décapotable couleur guigne venir vers eux. Monsieur Alvedro était en train de promener ses quatre filles vêtues de *chiffon** de soie blanc, avec des imprimés floraux. Le chauffeur de l'expédition de la mort en avait gardé une mémoire kaléidoscopique. Son œil était habitué à viser juste, à se concentrer si parfaitement sur la cible que, tout le reste, l'océan, la ville greffée à la roche maritime, disparaissait derrière le petit carton noir aux cercles blancs. Ainsi, lorsqu'il avait vu l'Opel décapotable couleur guigne se présenter, avec ses jeunes passagères vêtues d'imprimés floraux, cheveux au vent, ses yeux avaient réagi comme des abeilles qui auraient retrouvé le chemin du retour à l'obscurité, à travers l'orifice d'une balle. Ses yeux se mirent à crier. Ou plutôt ils se mirent à hurler en produisant un son qu'on pourrait également décrire par l'image du retour de la balle après un coup de feu. C'était une onomatopée visuelle, un grognement des yeux qui se confondit avec le sillage de l'automobile, accélérée, prenant déjà la direction de Santa Cruz sur la route bordée de platanes dont le feuillage formait une voûte.

Confus, perplexe, bégayant, d'une voix tremblante, monsieur Alvedro tenta d'éviter qu'on lui confisque ses véhicules.

Vous voyez bien que ce ne sont pas des voitures de guerre, expliqua-t-il.

Il savait que, de toute façon, ils les réquisitionneraient. Ils n'étaient pas venus pour parler mécanique, mais pour monter dans les voitures et s'en aller. Cependant, il lui fallait défendre ses véhicules. Intercéder en leur faveur. Dire quelque chose à leur propos. Car il les aimait. Il se sentait un devoir moral envers ses voitures. Lorsqu'ils les lui rendraient, si on les lui rendait un jour, elles ne seraient plus les mêmes. Les machines attendaient là, dans la pénombre, l'air soucieux. Résigné.

Celle-ci, couleur guigne, vous voyez bien que c'est juste pour la balade.

Comme tout le monde s'était soudain tu, ce qu'il

venait de dire parcourut chaque angle de la pièce. Il comprit le double sens effroyable de cette phrase. Pour la *balade* ! En changeant de main, les choses changeaient cruellement de signification.

C'est bien pour ça qu'on vous les emprunte, monsieur Alvedro, dit un des franquistes. Pour les *balades*.

Le chauffeur fit claquer sa langue comme s'il avait un chewing-gum dans la bouche, mais il n'en avait pas. Il se contentait d'accumuler de la salive, puis de la mâcher. Il ralentit progressivement et, arrivé à quelques mètres des Montoya, il s'arrêta. Pendant ce bref instant, Antonio cessa de chanter et la brise sombre de la nuit tourbillonna autour de l'Opel noire. Tandis que le chauffeur mâchait sa boule de salive, les deux autres hommes descendirent de voiture, pistolet au poing, ils pointèrent leur arme sur les vanniers et obligèrent les Montoya à se coucher au fond du véhicule, sans prêter attention à leurs protestations. Le petit ne voulait pas lâcher ses paniers, ou c'était peut-être le contraire. Il était en train d'apprendre le métier et ses doigts étaient encore tressés avec l'osier. L'Opel noire démarra. Le lendemain matin, on retrouva les Montoya, morts, à Montrove. Chacun d'eux avait eu le crâne troué par une balle. Les certificats de décès conclurent à une « Hémorragie méningée ».

Café. Hémorragie méningée.

Les Montoya passaient par là.

Ils ont abattu trois vanniers qui passaient par là. L'un d'eux avait ton âge.

Par là, mais par où ? Tu veux dire par là où ils ont assassiné le champion ?

Non. Par là où se trouvaient les Gitans. Ils avaient croisé le véhicule des assassins et ceux-ci leur avaient offert le café.

Il regretta immédiatement d'avoir utilisé cette

expression. L'irréalité des euphémismes. Un macabre genre mineur.

Un café ?

Ils les ont abattus.

Eux aussi étaient anarchistes ?

C'étaient des Gitans qui tressaient des paniers. L'un d'eux avait quatorze ans et l'autre seize. À peu près ton âge.

Et ils les ont tués parce que c'étaient des Gitans ?

Ce garçon, Corea, avait la tête dure. D'autres fois, il était dans les nuages. On ne savait jamais très bien s'il entendait ou pas, bien qu'il répétât des fragments épars de la conversation. En plus de la différence d'âge, ils avaient très peu de ressemblances. C'était un garçon prétentieux, très préoccupé par sa façon de s'habiller. C'était une des raisons pour lesquelles il fréquentait la zone portuaire. Il faisait du troc avec les marins venus des autres pays. C'était un cinglé des vestes et des pantalons extravagants, comme celui qu'il portait aujourd'hui, un pantalon orange, à pattes d'éléphant, avec de nombreuses fermetures Éclair sur des poches inexistantes. Le Grutier n'était pas très pointilleux sur la façon de s'habiller, mais à quoi servaient donc toutes ces fermetures Éclair qui ne fermaient rien du tout ? Corea avait abandonné les études et il n'avait pas d'emploi fixe. Il disait qu'il voulait devenir boxeur. C'est ce qu'il disait. Lorsqu'on le voyait au milieu d'un groupe de garçons de son âge, il était clair que c'était le plus costaud et le plus viril de tous, mais c'était rare qu'il soit en groupe. De temps en temps, on l'apercevait au guidon d'une moto qu'on lui avait prêtée, presque toujours avec une fille derrière lui. Pendant un moment, on l'avait fréquemment vu passer, et presque toujours avec la même jeune fille. Elle portait un uniforme d'école de bonnes sœurs. Des chaussettes blanches, une jupe écossaise, un chandail vert avec un col en V et un chemisier blanc. Le contraste entre le style de Corea et l'uniforme de l'adolescente était charmant. Mais tout était au service, pour l'exprimer ainsi, de dame nature. Les reflets des longs cheveux blonds de la fille étaient extraordinaires, on aurait dit que sa tête voguait sur l'eau. Ensemble, ils offraient l'image d'une machine humaine extraordinairement belle et osée. Ils venaient faire deux ou trois tours autour de la grue et puis ils disparaissaient à toute allure. Corea le faisait exprès, bien entendu. Et le Grutier appréciait les apparitions fugaces de l'amazone blonde, qui portait des chaussettes blanches de collégienne. C'était une séquence de rêve filmique que lui offrait Corea. Mais un jour, ce dernier se présenta sans moto, à pied, la casquette enfoncée jusqu'aux yeux.

Maintenant, il n'y a plus de problème pour voir ce que j'ai dans la tête.

Il retira sa casquette. Il était rasé à tel point que son crâne avait l'air transparent, une pâleur blanche de tripe délavée.

Que s'est-il passé ?

C'est la coupe commissariat. Boule à zéro. Regarde, on peut voir l'intérieur de mon crâne.

On l'avait arrêté. Il avait fait deux jours de tôle, disait-il. On ne l'avait pas conduit devant le juge, soi-disant parce qu'il n'y avait pas de preuves. Mais lui, il en connaissait parfaitement la raison.

Tu sais pourquoi tu es ici, n'est-ce pas ?

Il fit non de la tête. On lui maintenait le visage en arrière. En tirant sur ses longs cheveux.

Tu es à deux doigts de la Maison de correction, Tignasse.

Ce n'était pas la première fois qu'on lui faisait cette blague. Celle de sa prochaine destination. Il habitait en effet tout à côté de la Maison de correction pour mineurs. On lui avait ensuite parlé de la bande des Diables Rouges. D'une bagarre sur la place de Vigo, à la sortie du cinéma Equitativa, où on l'avait aperçu armé d'une chaîne à vélo.

Ça, c'était dans le temps. Maintenant, je ne me bats plus. Je ne suis plus un diable.

Et quand as-tu arrêté ?

Ça fait longtemps. Je ne sais plus ! Un jour à peu près.

Quelle manie ils avaient de lui tirer ses longs cheveux ! Ils lui en arrachaient des mèches entières, avec des lambeaux à l'intérieur de la tête, des petits bouts de pensée.

Ça fait mal, hein ? C'est ta faute, tu n'avais qu'à pas avoir des cheveux de gonzesse. Qu'est-ce que c'est que cette putain de mode ? Vous avez tous l'air de sales pédés. Si tu avais les cheveux courts, on ne pourrait pas les tirer comme ça, comme ça et comme ça.

De gonzesse. De pédé. Ça faisait très mal, oui. Chaque racine de cheveu, une gonzesse, un pédé.

Comme s'il comptait les poils d'un chien !

On lui avait toujours expliqué que, dans ces cas-là, il y avait toujours un bon et un mauvais policier. Pourquoi le bon prenait-il tant de temps à venir ? Il arriva enfin. Enfin un important inspecteur qui se contentait de parler venait de se présenter. Il se mit à lui parler de ses balades. Des balades en moto. De la fille blonde. Et surtout du père de la fille blonde.

Évite de nous chier à nouveau dans les bottes. Crois-moi. Si tu baises encore une fois cette gamine, tu vas te souvenir toute ta vie de la façon dont on va s'occuper de tes couilles. Tu sais ce que ça représente, un procès pour avoir baisé une mineure ?

Moi aussi je suis mineur. On l'a fait avec un préservatif. Au pied du phare.

Avec un préservatif ? Si tu déclares ça devant un juge, il va te foutre des circonstances aggravantes. Avec un préservatif et à l'endroit le plus symbolique de la ville. Dans quel pays tu te crois, espèce de petit merdeux ? Tu sais qui est le père de cette gamine ? Tu ne crois pas que tu vas jouer dans cette cour, imbécile ! Pour eux, tu es une chèvre. Un bouffon. Un zéro.

Un zéro ?

Il aimait la façon de parler de ce policier. On aurait dit un Autodidacte.

C'est elle qui est amoureuse de moi. Moi, ça m'est égal.

Va raconter ça à quelqu'un d'autre. Souviens-toi de ce que je vais te dire. On ne peut mélanger l'eau et l'huile, ni les torchons avec les serviettes. Ne t'approche plus de cette école de religieuses. Plus tu t'en tiendras loin et mieux ce sera. Sinon, ils vont t'écorcher vif. Comment s'appelle l'autre bande ?

Quelle bande ?

Ne fais pas l'imbécile. Ceux avec qui vous vous foutez sur la gueule pour savoir qui va embarquer le premier dans la barque de Charon.

Charon ? Alors lui, oui, c'est un Autodidacte : La barque de qui... vous dites ?

Ah ! ces gros merdeux, répondit-il enfin, vous voulez parler des Mau Mau !

Eh bien, méfie-toi. Si tu fais trop le malin, tu vas t'apercevoir que le pire des Mau Mau est un petit ange à côté de la grosse huile dont tu te permets de baiser la fille... diable rouge ou pas.

Avant qu'on ne lui demande quoi que ce fût, il prit les devants.

Regarde bien, dit-il au Grutier. Maintenant, on peut voir tout ce que j'ai à l'intérieur de la tête. J'ai quelque chose ou je n'ai rien, à l'intérieur de la tête ?

Un frisson le parcourut de haut en bas. Lui non plus n'aimait pas les cheveux longs, mais cette fois il aurait préféré que le garçon se présentât avec. Il avait envie de lui couvrir la tête pour que Curtis ne le voie pas. Il était très sensible à la vision des coups.

On dirait une sphère. Un globe terrestre, mon gars.

Et après ça, tu diras que je ne suis pas un Autodidacte.

Ce champion dont tu me parles si souvent, dit Corea, personne ne le connaît. Personne ne s'en souvient. Même pas dans les salles de billard, ni dans les gymnases. Arturo da Silva ? Personne n'en a la moindre idée !

Il aimait bien visiter la cabine de la grue du port. On grimpait plusieurs mètres d'échelle et on avait l'impression de se retrouver dans un autre pays. La grue se trouvait sur le quai, mais elle évoluait dans un monde flottant. Derrière elle, on voyait la cime des arbres parmi lesquels allaient et venaient les étourneaux, comme les feuilles d'hiver emportées par le vent. Devant, c'était la ligne des ponts des bateaux, les mâts ou les montagnes et les tas de matériel en attente d'être embarqués, d'être dessaisis de leur ancienne réalité, tout comme ceux qui venaient d'être débarqués. Il y avait les autobus à deux étages qui avaient pris leur retraite à Londres. Corea avait également assisté au débarquement des taureaux étalons provenant du Canada pour venir améliorer la race galicienne. Un des taureaux s'était blessé pendant le voyage et on l'avait débarqué avec la grue après l'avoir bien sanglé. Il était resté un instant en l'air, en suspension, immobile comme un totem, les bandes d'étourneaux tournant autour de lui. Une autre grue, celle d'un ami de Ponte, avait soulevé un petit avion américain remorqué, avec son pilote à bord, par un bateau de pêche galicien de

Gran Sol, en mer d'Irlande. Ce qui l'avait le plus étonné, le travail qui dura plusieurs heures, c'est lorsqu'un jour Ponte avait chargé un bateau de trois cents cercueils fabriqués en Galice, pour l'exportation.

Ils partent dans un pays riche. Ils sont en châtaignier. Ils seront immortels.

Corea se dit qu'il y avait une fraternité entre les choses lorsqu'elles sont suspendues en l'air, une espèce de manque contenu. L'étalon canadien avec ses cornes cassées, le petit avion aux ailes détachées, le vieil autobus londonien, les cercueils vides.

Dans la cabine, Miguel Corea pouvait prendre dans ses propres mains le bijou historique. Le premier ballon de football qui était arrivé dans la ville. L'authentique ballon. En cuir anglais. Il était tombé d'un bateau, le *Diligent*, et il n'était jamais retourné sur le pont. L'équipage avait quadrillé le port sans jamais parvenir à le retrouver, tu te souviens. Par la suite, lorsque quelqu'un était perdu, qu'il cherchait son chemin, on disait : Tiens, celui-là, il est en train de chercher le ballon du *Diligent*. Quoi qu'il en soit, c'est Ramón Ponte qui avait reçu le ballon en héritage de son père.

Il possédait également des gants de boxe.

Les gants d'Hercule. De son premier et unique combat officiel.

Regarde. Voilà l'emplacement de la dent. À cette époque, les boxeurs ne portaient pas de protège-dents. Ce jour-là non plus. C'est la trace de la dent qui s'y est plantée. Ce n'est pas n'importe quelle dent, mon vieux. C'est la dent de Manlle.

De Manlle ?

Tu crois que je te mens ? Tu crois qu'il est capable de mentir, lui aussi ?

Le *il* faisait référence à Vicente Curtis, Hercule.

Tout en bas, au pied de l'échelle de la grue, son cheval était en train de l'attendre. Carirí.

Tout ça parce que Arturo da Silva était un champion. Plusieurs de ses adversaires, qui avaient perdu contre lui, sur le ring, lui avaient également logé une balle, c'était leur ration de torture. Un des coups de feu avait visé sa main gauche. C'était un procédé utilisé par les assassins. On avait retrouvé de nombreux cadavres avec un coup de feu dans la main gauche. Et en plus, lui, il était gaucher. On dit qu'ils l'ont fait boxer. Manchot, boiteux, aveugle. Le visage démoli. Va savoir ce qu'ils lui ont dit. Allez, frappe, danse ! Danse maintenant, champion ! Des horreurs de lâches. Ça s'est passé là-bas, de l'autre côté de la baie. Des agriculteurs s'étaient rendus sur la plage pour ramasser des algues afin d'amender leurs terres. Et ils ont eu pitié de ce mort. Ils l'ont chargé sur leur charrette, parmi les algues, pour lui donner une sépulture.

Eh bien, je ne comprends pas ça, insista Corea.

Comment pourrais-tu comprendre ça ? dit enfin le Grutier en colère. Il te manque un grain. Tu passes ton temps à te mettre dans toutes sortes d'histoires, comme si c'était amusant, et tu n'es pas foutu de concevoir la vraie violence. Une dictature, c'est une guerre permanente. Le pays entier a été conquis.

Conquis ? Conquis par qui ?

Caïn et le Dieu qui l'a engendré ! Tu es un imbécile ! Tu n'as aucun sens de l'Histoire. Tu n'as, tu n'as pas la moindre vision des choses, mon vieux.

Je vois parfaitement bien, rétorqua Corea. Et il tourna sur lui-même, comme une grue. Et puis j'ai toujours été bon en Histoire. L'Histoire était la seule matière dans laquelle je réussissais. L'Histoire et la Religion. Alors tu n'as qu'à voir. Par conséquent je sais très bien ce qui s'est passé pendant la conquête, la reconquête et aussi ce qui s'est passé pour Caïn.

Tu passes tes journées au billard et tu n'as pas plus de cervelle qu'une de ces boules. Imagine qu'Al Capone soit nommé gouverneur pour assurer le maintien de l'ordre.

Eh bien, ça oui, je peux l'imaginer, tu vois ?

Il faut bien commencer par quelque chose.

Le gars qu'on appelait Corea avait soudain réfléchi. Il voulait dire quelque chose à propos du billard, mais il n'avait pas retrouvé son idée. Il avait compris qu'aujourd'hui l'autre le ridiculisait un peu trop, qu'il l'humiliait en public. Et il s'était tiré de la situation en adoptant un air goguenard, et en lançant finalement au Grutier : Je voudrais que tu saches que je n'aime pas tes sous-entendus. Il avait une subtilité bien à lui. Et cette histoire de boule de billard l'avait vexé. Il n'aurait jamais permis que quelqu'un d'autre le traitât ainsi, mais le Grutier était un gars tout à fait particulier. Un Autodidacte. Pour Corea, il y avait seulement deux types très respectables au monde, l'acteur Robert Mitchum et le Grutier. Si ce dernier était un Autodidacte, sûr que l'acteur l'était également. Ils avaient presque la même respectabilité. Oui. Être un Autodidacte était quelque chose de différent et de plus important qu'un métier.

Cela affecte l'être tout entier, de haut en bas, de la tête aux pieds. On ne peut pas être un Autodidacte par petits morceaux ou par secteurs.

Et alors, moi, je ne suis pas un Autodidacte, peut-être ? Ce que je sais, je l'ai appris par moi-même, argumenta Corea. Il se regarda les mains. En hommage à Mitchum, dans *La Nuit du chasseur*, il s'était tatoué le mot *amour*, dans une main, et le mot *haine*, dans l'autre.

D'une certaine façon, le Stagiaire aussi était un Autodidacte. Curtis était Autodidacte. Monsieur Gantes, encore un Autodidacte. Mais pas lui.

Et pourquoi pas moi ?

Tu aurais pu l'être, mais tu ne parviendras jamais à surmonter ton grain de folie.

Et il lui disait cela comme si, en effet, il possédait un appendice végétal, une plante grimpante qui aurait germé dans sa tête. Il y avait des choses que seul un authentique Autodidacte pouvait savoir. Et il lui donna un exemple.

D'après toi, d'où vient le mot sport ? De *portus* ! Tu comprends ? Lorsque les marins étaient en mer, ils étaient en mer. Lorsqu'ils étaient au port, ils étaient au *portus*.

Le Grutier réunissait le pouce et l'index et parlait lentement, comme s'il énonçait une explication d'ordre universel : Au *portus* ? Le sport. Les sportifs. Le Club Sportif de La Corogne.

Son vrai nom, celui de Corea, était Miguel. Parfois il était escorté, comme un chef, par une bande de collègues du quartier de Casas-Baratas. Ils se faisaient appeler les Diables Rouges. Aujourd'hui, il était seul. Il était vêtu d'un chandail noir avec deux bandes horizontales jaunes et d'un pantalon plein de fermetures Éclair sur des poches inexistantes. Il avait atterri là en suivant Curtis et son cheval de bois Carirí. Pour une raison ou pour une autre, ce personnage l'avait intrigué, et il l'avait suivi sur le port. Extrêmement intrigué.

Comment s'appelle le champion ?

Arturo da Silva, dit le Grutier. Tu sais où se trouve le quartier de la Silva, non ?

Oui je le sais. À la fin du monde. Et pourquoi est-ce que vous appelez aussi celui-ci champion ? demanda-t-il en regardant le photographe avec son cheval.

Je te l'ai expliqué mille fois, dit Ramón Ponte. Lui, c'est Hercule. On l'appelle le champion de Galice parce que c'était lui qui apportait les gants au champion de Galice. C'était son ami. Il allait partout parce qu'il lui portait chance. Ils l'ont tué sans qu'il ait jamais perdu. Et cela signifie qu'il est toujours le champion. C'est bien ça, non, Curtis ?

Curtis fit oui sans parler, avec un mouvement de la tête forcé, par politesse. Il avait deux noyaux de cerise dans la bouche avec lesquels il émettait un son de patient engrenage, on aurait dit qu'il mâchait le mécanisme d'échappement d'une horloge.

Arturo da Silva, dit Corea, en s'adressant à nouveau à Curtis et en imitant la garde des boxeurs. En quoi était-il le meilleur ? Hein, Hercule ! Comment combattait-il ?

Apparemment, une fois encore, Curtis ne va pas répondre. De grands nuages passent dans ses grands yeux de lièvre, grands ouverts. Pas des nuages isolés, mais plutôt de vraies forêts de nuages. À leur tour, les yeux regardent, parmi les nuages, les plumes des grues légendaires, les machines amoureuses des grutiers, membres du Réveil Maritime. Dans le temps, chacune des grues possédait son nom inscrit à l'intérieur de la cabine : *Carmiña*, *Greta*, *Eva*, *Bella Otero*, *Pasionaria*. Même cela a fini par s'effacer. Mais lui, Ramón Ponte, conserve toujours le nom de *Carmiña* dans sa cabine, c'est son père qui l'avait baptisée ainsi. Et à l'intérieur il conserve aussi une petite bibliothèque, qui au fil des années est devenue de plus en plus importante, avec des photogrammes et un Cabinet de Curiosités, dont le ballon du *Diligent* est la pièce historique majeure.

Les yeux de Curtis reflètent ce qui se trouve dehors et le paysage extérieur se comporte comme une pensée. Ils reflètent les cent mille étourneaux qui dessinent un nuage vertigineux, un oiseau protecteur dans le ciel de la ville. Les mulets qui convergent vers un même muscle marin qui serpente entre les pontons. Le saut des tritons et des sirènes du Club del Mar, de magnifiques danseurs de tango également. Trois oursins qu'Arturo da Silva fait virevolter en l'air, dans un dangereux numéro de jonglage.

Rien à faire. Il s'est à nouveau bloqué, dit Corea. Eh, champion ! Eh, Hercule ! Rien à faire.

Marconi passe à toute vitesse en sandales. Il émet toujours le même son, un bourdonnement continu. Un Ommmmmm. De temps à autre, il décoche une salve d'onomatopées. On dirait qu'il crache des vis dans l'eau huileuse de la Darse. Quelques mulets sautent hors de l'eau pour attraper un Ploc. Un Plouf. Un Chhhhh boum boum badaboum. Minou, minou, gros matou ! Le Grutier l'appelle. Mais Marconi est pris de panique en entendant son propre nom. Qui est-ce qui appelle ? Pour quelle raison ? Pour quoi faire ? Soudain il reste paralysé. Tout raide. Il est tellement effrayé que ses yeux ne bougent même pas. Il espère que ce n'est qu'un mot égaré par un muet. Mais le Grutier l'interpelle à nouveau d'un grand cri volontaire : Eh, Marconi ! Et alors il bondit sans même regarder derrière lui, il accélère le pas, aidé par le bourdonnement. Ommmmmm. La seule chose dont il se souvienne, de cette fois où il s'était laissé arrêter, ce n'est rien, une simple routine, juste une vérification, c'est qu'à un moment il avait décidé de cesser d'être celui qu'il était. Il avait expliqué à ceux qui l'avaient arrêté que les coups détruisaient considérablement son épiderme, car il était diabétique. Il avait conservé la naïveté de ces individus qui s'intéressent encore aux rapports de cause à effet. À quel syndicat appartiens-tu ? Au syndicat La Luz. C'était le nom du syndicat de l'électricité nationale. Il n'aurait jamais dû dire une chose pareille. Lorsqu'il avait repris connaissance, son corps était plus que bleu, il était de cette couleur indéfinissable qui n'est autre que la couleur de la pourriture. Ils n'avaient pas réussi à le faire parler. Ils l'avaient frappé si fort, à la caserne de la Phalange, que, comme cela s'était produit pour la couleur, ils avaient atteint l'au-delà de la mort, en tentant de le tuer. Oui, ils l'avaient détruit de l'intérieur. Ils s'étaient soudain aperçus qu'il était devenu fou. Le peu de choses qu'il parvenait à dire n'était que des mots tout râpeux. Il répétait des phrases incohérentes, des lambeaux qui pendaient à ses lèvres et dont il ne réussissait à se débarrasser qu'à travers des onomatopées, des ampoules percées de langage. Chhhhh, boum, badaboum ! Peut-être ne l'avaient-ils pas achevé seulement par superstition. Ou parce qu'ils avaient atteint l'échelon qui se trouve au-delà de la mort. Lorsqu'il traversait la ville, il émettait un bourdonnement constant, la diffusion du même souvenir. L'ouverture d'une porte à l'intérieur de la peur. Il avait par conséquent dû trouver lui-même une solution. Apprendre à vivre dans un au-delà. Dans une fréquence supersonique. C'est de cette façon qu'il était entré en communication avec la Galatée des Algues et des Coquilles, porte-parole des Hypernautes de l'Espace Infini et des Locataires du Vide. Il reprend sa recherche sur la bande des fréquences. Et trouve enfin la bonne modulation. Ommmmmmmmmm.

Voilà Marconi qui passe. Il a mis tout ce qu'il possède dans son sac marin en grosse toile. Des valves, des câbles, des bobines, des rondelles, des lampes de radio. Des vis de toutes sortes, de la ferraille qu'il ramasse pour construire la machine des machines, l'émetteur-récepteur des âmes, qui permettra de se mettre en contact avec les Locataires du Vide et de transformer leurs signaux en cosmozoones, en spores invisibles comme le pollen, en mots avec une samare translucide ou des ailes comme les pignons, porteurs d'une vie différente. Tous les soirs, il sillonne la ville pour fouiller dans les poubelles des magasins de réparation d'objets électroniques, des quincailleries, des ateliers de mécanique. Il paraît que son appartement est rempli d'appareils inutilisables. Dans la journée, il fourre dans son sac son nouveau prototype d'*Almeiro*[1], puis il se dirige vers le phare d'Hercule. Il teste toujours sa machine au même endroit. Assis à même la roche. En exagérant un peu, on pourrait dire que la pierre sur laquelle s'assoit Marconi prend peu à peu la forme d'une chaise. C'est à cet endroit que le Stagiaire l'avait interviewé, et qu'il l'avait présenté comme le Roswell galicien. Le Petit Homme du phare d'Hercule, un corps humain contenant un extraterrestre. C'était la première fois que le phénomène des ovnis avait été repéré en Galice.

— D'où venez-vous ?

— J'appartiens à une diaspora astrale, celle des Locataires du Vide.

— Que faites-vous à la Tour d'Hercule ?

— C'est un point de confluence cosmique. La tour figure dans la chaîne chromosomique des explorateurs de l'Espace Infini. C'est par ici que passe la vox populi de tous les extraterrestres. J'espère pouvoir mettre au point ici un *Almeiro*, un appareil capable de capter les cosmozoones.

— Les cosmozoones ?

— Des particules de vie, des sortes d'âmes venant d'autres systèmes que le nôtre.

1. Terme galicien désignant un site de reproduction de la faune marine. Il est ici volontairement détourné de son sens par l'auteur.

Marconi est toujours assis sur la même pierre.

— Pourquoi vous asseyez-vous toujours sur cette pierre ?

— Ce n'est pas une pierre. C'est le stator de l'*Almeiro*.

— Expliquez-nous ce qu'est un *Almeiro*.

— Un véhicule spatial que je suis en train d'expérimenter et qui un de ces jours pourra se déplacer grâce à l'énergie accumulée dans ce phare millénaire. Les historiens de l'Antiquité évoquent un Grand Miroir dans le fameux phare de Brigantia dans lequel on pouvait voir se refléter l'Irlande tout entière. De quoi sommes-nous en train de parler ? D'un point d'observation cosmique, d'une base d'ovnis, millénaire elle aussi.

C'était la première fois qu'un reportage évoquait l'existence d'ovnis en Galice. Le Stagiaire mit en évidence quelques similitudes entre le Petit Homme de Roswell, qui se manifesta en 1947 dans la région de Corona (Nouveau-Mexique, USA), et le Petit Homme d'Hercule, qui atterrit pour la première fois à La Corogne en 1957, d'après ce qu'il dit. La même pâleur. La même calvitie. Sauf que l'un d'eux, le plus célèbre, est mort et a disparu. Et que l'autre, inaperçu jusqu'alors, vit parmi nous avec une identité différente. Voilà ce qu'il révèle. Une exclusivité de l'*Expreso*, le journal du soir.

Regardez, ils ont publié ça à la une !

Tito Balboa, le Stagiaire, est fier de lui. C'est son premier papier. Un personnage qui va faire parler de lui. Sa première réussite journalistique.

En lisant la nouvelle, Curtis écarquille les yeux.

Mais c'est Marconi !

Le photographe ambulant regarde le Stagiaire d'un regard différent, avec une certaine désillusion, avec méfiance : Tu te crois malin, dis ?

Je voudrais faire un autre reportage sur vous, monsieur Curtis. Imaginez la une :

NOUS AVONS RETROUVÉ HERCULE

Oui, dit Curtis. À une condition. Si tu titres :

NOUS AVONS RETROUVÉ HERCULE
CE FILS DE PUTE

Il se dit que, avec ça, il allait peut-être arriver à lui clouer le bec.

Sur le photomontage du journal, Marconi assis sur la chaise du rocher, sur le stator, regarde sa propre image, au côté d'un étrange être membraneux. Il murmure des émissions. Si la question est : Est-ce que la Terre est une ombre du ciel ? La réponse est : Oui.

Le ballon du Diligent

Une fois, il les laissa jouer avec le ballon, avec le premier ballon de football. Celui qui était tombé du pont du navire anglais *Diligent*. Quelques hommes d'équipage avaient sauté à terre, mais ils n'étaient pas parvenus à rattraper le gamin qui s'en était emparé. Il avait couru et couru et s'était faufilé dans la ruelle de Luchana, avait traversé la rue Rego-de-Auga et abouti sur la place de Los Huevos. Et là, ses poursuivants avaient compris qu'ils ne parviendraient pas à retrouver le gamin. Le fuyard était maintenant protégé par les étals et la forêt de robes des vendeuses d'œufs et de volailles. Le ballon appartenait désormais au secret de la ville.

Ce récit épique devait avoir quelque chose de réel. Lorsqu'il te laissait prendre la balle entre les mains, si tu l'approchais de ton corps, tu sentais un battement de cœur différent du tien. La course de ce petit vaurien. Le cœur du héros.

Qui était-ce ?

Un de mes grands-pères, répondit Ramón Ponte. Avec une certaine fierté. C'était un Autodidacte. Il avait sa propre balance pour peser le poids des faits historiques. Et figure-toi que ce fameux bateau, le *Diligent*, a fini par couler à l'entrée de la baie. Certainement à cause de la contrariété qu'avait engendrée la perte de ce ballon.

Je peux raconter cette histoire ? Te faire une interview ? demanda Tito Balboa.

Pas question. Ça pourrait entraîner des réclamations de type international. C'est que ça ce n'est pas un rocher, mon gars. Ça, c'est de l'histoire.

Ils jouaient sur le quai d'Occidente. Dans cet espace ouvert entre la zone des filets et les piles de bois, ils apprenaient à faire des passes en ayant constamment à l'esprit la limite de la mer. C'est peut-être pour cette raison que les bons footballeurs de La Corogne, tels que Chacho, Cheché Martín, Amancio ou Luis Suárez, possédaient ce don de précision exceptionnelle dans leurs passes.

Ramón Ponte était là lui aussi, attentif. Souffrant à cause du ballon historique du *Diligent*, et en même temps ému comme s'il s'agissait d'une partie biblique qui se jouerait avec le globe terrestre. Les piles de bois, comme de grandes persiennes de planches, limitaient le terrain et servaient de barrières protectrices pour ne pas perdre la balle. Mais malgré tout, il restait des couloirs entre les piles, des passages où le ballon pouvait se perdre. C'est dans cet endroit que circulait la balle, mais aussi les amis que Gabriel avait peu à peu réussi à se faire dans cet univers portuaire qu'il se contentait seulement de contempler, lorsqu'il était enfant, depuis le balcon vitré de chez lui. S'ils quittaient le terrain, ils ne revenaient plus. C'était comme si le navire fantôme du *Diligent*, venu reprendre sa balle, les avait absorbés. Lorsqu'un autre jour on constituait à nouveau les équipes, et qu'il en manquait un, quelqu'un disait sans donner beaucoup d'importance à l'affaire : Il est parti ! Et partir ne signifiait pas du tout, il est allé faire un tour. C'était, il est parti pour toujours. Les détails étaient superflus. Sur cette frontière, jouaient ceux qui partaient et ceux qui ne partaient pas. C'est là que Gabriel prit conscience que les membres de sa famille ne seraient jamais obligés d'émigrer. Et cette inégalité l'indignait vraiment.

On ne peut pas tout avoir, lui murmurait à l'oreille Ironie du Destin.

Cet été-là, le lendemain du match avec le premier ballon de l'histoire, ils avaient constitué les équipes et il en manquait un qu'ils appelaient César.

César est parti !

Encore un que le fantôme du *Diligent* avait emporté.

Il est parti ? Où ça ?

À Burgos. Voir son père qui est en prison.

En prison ? Et qu'est-ce qu'il fait son père, en prison ?

Que veux-tu qu'il fasse ? dit le Grutier. Il est en cellule. Puisqu'il n'est pas gardien.

Mais pourquoi ? Pourquoi est-il en prison ?

Il avait soudain pris conscience que les regards et le silence des autres lui étaient destinés. Les mots lui donnaient à nouveau un avertissement, mais cette fois l'angoisse ne venait pas de l'intérieur de son corps, elle venait du dehors. C'étaient les autres qui mesuraient la signification des mots qu'ils prononçaient en sa présence. C'étaient les autres qui cachaient les mots dans la pénombre.

L'homme de Roswell

Vous pouvez écrire, je ne sais pas moi, sur la Sainte Compagnie des Âmes, par exemple, et sur tout cela. Sur les êtres de la nuit. Sur ceux qui remettent la croix et toutes ces choses-là. Que ce soit une superstition ou pas, ce genre de peur conforte l'esprit religieux. Les faits divers font du bien à la foi. En revanche, les faits divers qui concernent les extraterrestres provoquent un certain malaise et une totale confusion. On dirait que soudain Dieu et ses vicaires sur Terre ne nous protègent plus. À présent que nous sommes sur le point de fêter les vingt-cinq ans de paix, après la victoire de Franco, ces histoires suscitent de l'insécurité, l'impression que nous sommes toujours vulnérables. Alors, je vous en prie, mon cher, laissez tomber le Petit Homme du Phare, laissez tomber le Roswell galicien et tous ces délires à propos du phare d'Hercule qui serait soi-disant en passe de devenir un point de rencontre cosmique. Écrivez plutôt sur ce qui arrive aux personnes saines, aux gens qui ont un comportement normal, même si leur comportement appartient à l'Au-Delà, à condition, bien entendu, qu'il s'agisse d'un Au-Delà normal. Vous avez compris ? Si cela vous convient, eh bien, en avant, je vous donne carte blanche. Penons l'exemple de la cérémonie du Corpiño, où il y a de tout temps eu des femmes exorcistes qui chassent les démons. On dit que, l'année dernière encore, on en a vu un qui a filé à toute vitesse à travers les champs de maïs, poursuivi par les gamins, un diable tout poilu. Dommage que nous n'ayons pas pu prendre de photos. Penser qu'il y a tant de démons en Galice et que nous n'en avons pas un seul échantillon iconographique ! Il faut voir toutes les pages que Vicente Risco a pu écrire sur le sujet. Mais, bien entendu, il n'a jamais eu une caméra Bolex sur lui, on n'y peut rien ! Et puis vous pouvez également écrire sur cette autre cérémonie, celle de Santa-Marta-de-Ribarteme, au cours de laquelle les gens qui participent à la procession menant à la chapelle sont installés dans de vrais cercueils. N'allez pas me dire que vous manquez de sujets. Vous avez ici même, à l'entrée de la ville, toutes ces possédées qui se rendent à la Pastoriza et dont on dit qu'elles crachent des clous en fer contre la porte. Vous avez un brillant avenir devant vous, mon cher, mais à condition de rester un peu sensé. Et en plus, qu'avons-nous à faire d'extraterrestres en Galice ? En quoi avons-nous besoin de ce genre d'individus ? Pour renforcer le tourisme ? Cela va juste attirer quatre fous. Il ne manquerait plus que cela ! Que nous devenions la capitale mondiale des cinglés. Si c'était encore le monstre du Loch Ness ! Je ne dis pas ! Là, oui, je serais d'accord, ça c'est une chose sérieuse.

Non, croyez-moi, les sorcières nous suffisent amplement. Les sorcières, les lutins, la Sainte Compagnie des Âmes du Purgatoire et, si vous insistez toujours, mais cela doit rester entre nous, je vous le dis en toute confiance, le cheval blanc de l'apôtre saint Jacques. Avec tout cela, on peut considérer qu'un pays a largement fourni sa quote-part de faits divers. Mais pour ce qui est des affaires spatiales, nous avons déjà le ballon de papier de Betanzos qu'on lance au mois d'août, pour la fête de San-Roque. Ça au moins, c'est une superproduction civilisée. Vous n'allez pas la comparer à ces cinglés qui balancent tous les ans une chèvre depuis le haut du clocher ! Ça ne fait vraiment pas couleur locale ! Je comprends qu'il soit indispensable de rester à la mode, d'être de son temps. Je suis d'accord avec vous, je perçois dans mon sang les battements de cœur du téléscripteur. Oui, je comprends ce que vous voulez dire. Aujourd'hui, un pays qui ne possède pas ses propres extraterrestres, eh bien, c'est un pays qui évolue en deuxième division. Oui, mais ne me reparlez plus de ce téléscripteur, je sais bien que c'est lui qui annonce l'apparition d'un ovni à Gainchurizqueta, Rentería, Vascongadas. J'ai déjà tenté d'expliquer ces choses-là au délégué à l'Information et au Tourisme, je lui ai dit que nous avions, les uns et les autres, tous le même droit d'apercevoir des ovnis. Mais nous vivons là où nous vivons, et nous ne pouvons rien y changer, ni moi avec mes plats gastronomiques, ni vous avec votre thèse cosmique du phare d'Hercule.

En conclusion, mon cher Balboa, et pour aller au cœur de cette affaire, le gouverneur ne veut pas accueillir d'extraterrestres dans notre province. Et il supporte encore moins que le phare d'Hercule devienne une référence cosmique, une sorte de base d'opérations où, si j'ai bien compris, vont atterrir les distributeurs de cosmozoones. Alors fini les extraterrestres dans l'*Expreso*. Il pourrait se présenter une escadrille complète d'ovnis bourrés d'Hypernautes et de Locataires du Vide, qu'on ne leur consacrerait pas le moindre entrefilet dans la rubrique des Faits divers.

Je ne vois vraiment pas pourquoi !

Voulez-vous que je vous donne un bon conseil, mon cher Balboa ? Arrêtez de toujours demander pourquoi ! Nous sommes des journalistes, pas plus que des journalistes. Nous ne sommes pas des philosophes, ni... Ni des sélénothropes ? Est-ce que vous avez déjà vu un journal bourré de questions ? Nous ne sommes pas une industrie à fabriquer des pourquoi. Pourquoi les États-Unis sont-ils en guerre contre le Vietnam ? Pourquoi a-t-on détruit le Palais de la Coopérative, un des bâtiments les plus beaux de la ville ? Pourquoi a-t-on démoli l'établissement de bains La Primitiva et la station de bains La Salud, et cela fait beaucoup de démolitions tout cela ? Eh bien, mon ami, pour construire un garage. La Primitiva et La Salud n'existent plus, voilà le destin des grandes enseignes. Nous pourrions publier un énorme pourquoi sur toute la largeur de la une. Un pourquoi régional, universel, cosmique. Ce serait également un grand jour pour le journalisme espagnol. Et certainement le dernier pour notre fameux quotidien du soir.

Il se leva. Ovidio Aldán, le directeur de l'*Expreso*, était extrêmement irrité et dans ces moments-là il avait l'air plus gros que d'habitude. Aujourd'hui, Balboa, alias le Stagiaire, attribuait son agrandissement abdominal à sa théorie de garder les pourquoi pour lui. Il brandit le journal.

Vous voyez cette photo ? Qui est-ce ? Oui, c'est écrit ici, dans le titre. C'est Carmencita, la fille de Franco, en train de faire du ski nautique. Ici même, dans la baie de La Corogne. Vous avez déjà vu quelqu'un faire du ski en robe longue ? Non, bien sûr que non. Eh bien, elle non plus n'en portait pas. Elle avait les jambes à l'air, comme tout le monde. Et pourquoi la voit-on avec une robe, alors ? Parce que nous avons reçu une *recommandation*, vous comprenez ? Quelqu'un de haut placé appelle au téléphone et il recommande de passer une robe à la fille du Caudillo, pour qu'on ne lui voie pas les jambes nues. Et il n'y a pas de pourquoi qui vaille ! Tout ce qu'il faut faire, c'est lui cacher les jambes. Dans cet article il y a aussi une citation d'une chanson qui devrait en réalité être : « Appuyée contre la porte de la maison close. » Et qu'est-ce qui est écrit ? Allons, dites-moi, qu'est-ce qui est écrit, là ?

Le Stagiaire lut à l'endroit où le directeur avait pointé son doigt : « Appuyée contre la porte de ma maison. »

Ce sont des bêtises, n'est-ce pas ? Pourquoi ? Pour quoi faire ? Vous avez besoin de connaître le pourquoi ? Celui qui commande les mots, nous commande aussi, à l'intérieur de nous et en dehors. Je vais vous faire une autre confidence, et que ça ne sorte surtout pas d'ici.

Et son tic de toujours regarder en coin. On aurait dit qu'il regrettait déjà ce qu'il venait de dire. Cet homme avait une foi inébranlable envers les promesses. Il répéta sur un ton grave : Que cela ne sorte surtout pas d'ici !

Ne vous en faites pas, monsieur.

J'avais prévu de publier les Mémoires d'enfance de Salvador de Madariaga. Rien de politique. Juste les souvenirs d'un enfant né à La Corogne. Un ouvrage intimiste avec juste quelques petites touches à propos de ses mœurs. Seulement des choses très anodines. Et pas question d'introduire le moindre Chlorocéphale !

Des Chlorocéphales ? demanda Balboa. Le directeur de l'*Expreso*, si souvent réservé, devenait parfois très expansif et utilisait alors des mots nouveaux.

Oui. Ces Petits Hommes avec la tête toute verte, des mangeurs d'astéromachinchose comme ceux que vous fréquentez autour du phare. Bref. Revenons à nos moutons. J'avais eu l'idée de publier une évocation du grand polygraphe, ce qui exigeait une autorisation car, comme vous le savez, cet illustre natif de La Corogne, bien qu'il ne soit pas extrémiste, vit en exil. C'est dans ce but que je me rendis à Madrid, au ministère. Naïvement, je me dis que comme nous étions galiciens, le ministre, l'écrivain et moi-même, la démarche serait facile. Mais il n'en fut rien, mon cher Balboa : être compatriote représente parfois un superbe laissez-passer, un visa, pour celui qui est en train de vous planter un poignard dans le dos. Le ministre me reçut en personne et je me dis : L'affaire est dans le sac. Je lui expliquai donc de quoi il s'agissait et il me réclama les feuillets. Il les lut sans délai, tout de suite, devant moi. Calmement. On voyait que le texte l'intéressait. Il connaissait parfaitement l'endroit où avait grandi le gamin. Et le fait qu'il lût avec intérêt écarta les quelques doutes qui demeuraient encore en moi, cette crainte que j'avais de m'être fourré dans le pétrin pour pas grand-chose. Alors, le ministre leva les yeux, me regarda et dit : Non, il n'est pas question de publier ce texte.

Non ?

Le Stagiaire avait supposé que le récit de son patron devait comporter quelque rebondissement, mais il ne s'attendait pas à une chute aussi abrupte. Il se mit à frissonner. Jusqu'ici son seul travail avait été de noter l'entrée et la sortie des bateaux, ainsi que le cours du poisson. Bien entendu, il connaissait l'existence de la censure, il savait même qu'il y avait un bâtiment dans la rue Cantón bourré de censeurs. Mieux que cela, avant de commencer à écrire ses premiers articles, et qu'il n'était encore qu'un commis, une de ses tâches consistait à apporter parfois dans ce bâtiment les épreuves du journal, pour obtenir l'accord des censeurs avant impression. Mais il y avait rarement eu un incident. Une fois, il avait entendu le fonctionnaire faire un commentaire ironique en lui rendant les épreuves : Les pages consacrées au glorieux 18 juillet sont les mêmes que celles de l'année dernière et des années précédentes. Un journal identique ! Ces fainéants n'ont même pas pris la peine de changer les titres. Et à une autre reprise, on lui avait remis une enveloppe pour le directeur. On avait écrit dessus, au crayon rouge, *Confidentiel*. Mais l'enveloppe était à moitié ouverte, ou à moitié fermée, et il ne put résister à la tentation. On disait qu'il fallait traiter avec un maximum de précautions toutes les informations concernant la Corée. Il savait qu'il s'agissait du pays d'Asie, mais il ne put s'empêcher de rapprocher ce nom du nom de Miguel, alias Corea. Le visage de ce type qui traînait toujours au port lui revint en mémoire. Il se souvint de la raclée qu'on lui avait donnée. Son crâne rasé était devenu un globe terrestre, avec tous les pays pauvres représentés par des œdèmes et les croûtes des blessures.

Non ?

Il avait dit cela, en ajoutant juste : Il n'est pas question de publier ce texte. Et alors moi…

Il cligna des yeux. Ils étaient bien brillants ces yeux extrêmement clairs ! La désobéissance de ses glandes lacrymales le rendait furieux : la dacryocystite ! Le comble pour un journaliste. Baissez les persiennes, s'il vous plaît.

Le Stagiaire s'empressa de répondre à sa demande. Il craignait que le fait de descendre les persiennes ne suspende le récit. C'est pourquoi il demanda en même temps.

Et alors vous…, monsieur ?

J'étais prêt à le supplier, à l'implorer. Tout était si

absurde. Et de plus, cette décision arbitraire me semblait être une perte pour l'humanité entière. Alors, je lui dis : Ce sont des Mémoires d'enfance, monsieur. Les Mémoires d'un homme âgé, il est né en 1886, qui récupère son enfance. Ce n'est rien de plus. Pourquoi refuser de les publier ? Le ministre se mit à farfouiller parmi d'autres papiers et, sans même me regarder, fit un geste en m'indiquant la porte et en disant : Vous voulez savoir pourquoi ? Je vais vous le dire pourquoi. Parce que là où il y a un patron, ce n'est pas le marin qui commande. Voilà pourquoi.

Le directeur du journal du soir l'*Expreso* frappa du poing sur la table comme l'avait fait le ministre, à l'époque. Aldán était un homme incapable de dire non, et cela le rongeait de l'intérieur, comme un ulcère de l'esprit. En pleine hypocondrie, il imaginait parfois cela, un duodénum de l'âme perforé comme une passoire. Il admirait Benito Ferreiro, l'armateur. Il venait d'assister à un repas qui devrait figurer dans l'honorable histoire de la ville. Un hommage à Valentín Paz-Andrade, l'ancien dirigeant républicain qui revenait de sa mission d'expert dans un organisme dépendant des Nations unies, à Mexico. On autorisa la réunion à condition qu'elle soit placée sous surveillance et présidée par un dignitaire du Régime. Peut-être un des hommes qui avaient pissé sur les livres brûlés ? Ces petits yeux enfoncés dans la graisse du temps. En tout cas, on parla beaucoup de la culture maritime de celui à qui on rendait hommage. Alors le dignitaire se leva et proposa de porter un toast : À la santé du Caudillo, le premier pêcheur d'Espagne !

Benito Ferreiro ne trinqua pas. Il se leva et quitta la table.

Où vas-tu, Ferreiro ? demanda le dignitaire.

Ferreiro se retourna calmement et répondit : Je vais pisser, monsieur !

Et je vais te raconter une autre histoire à propos de la censure. Une histoire que je te demande de bien méditer. Dans certaines scènes, on a le droit de faire apparaître des instruments et des outils de torture. Mais ce qui est interdit, c'est d'y incorporer le son. On peut voir le bourreau, et même la façon dont il prépare la machine avant d'actionner le garrot, mais il est interdit de reproduire le bruit que cela fait. Il est absolument interdit d'y adjoindre une bande-son.

Le Stagiaire se dit alors qu'un autre homme se cachait à l'intérieur du directeur, un être inquiet, mobile, qui allait et venait. Peut-être un Hypernaute de l'Espace Infini ou un Locataire du Vide. Ce qu'il ajouta ensuite avait une signification ambiguë, sans pouvoir dire si c'était bon ou mauvais : Ce que vous êtes en train d'apprendre ici en une seule journée, vous ne l'apprendrez nulle part ailleurs. Il s'assit, pensif, mais le Stagiaire savait qu'il était en train de compter sur ses doigts, comme s'il faisait une addition, jusqu'à dix. C'était pour lui un moyen commode de se calmer. Ensuite, il lui dit sur le ton de la confidence : Le gouverneur a téléphoné au censeur et le censeur m'a appelé. Ils sont réellement indignés à cause de ton reportage, comme s'ils avaient perdu la raison. Il paraît que le cinglé que vous avez interviewé porte sur son dos le fameux sac aux câbles croisés, mais aussi, à l'intérieur, une histoire qu'on ne peut pas raconter. Ne m'en faites pas dire davantage. Fini les extraterrestres et fini les yéyés, plus d'Hypernautes de l'Espace Infini, ni de musiciens aux cheveux longs, même s'ils sont anglais. C'est la dernière consigne. Alors vous êtes prévenu. Du positif, Balboa. Fini les casse-pieds.

Monsieur Aldán…

Dites-moi.

Rien.

Il ne faut pas me cacher quoi que ce soit. Je suis tout simplement en train de vous expliquer ce qui se passe. Le scénario, si vous préférez.

Et il ajouta quelque chose que le Stagiaire ne comprit pas nécessairement comme un avertissement : Et puis, il faut apprendre à laisser passer l'orage.

J'étais en train de penser à l'histoire du monstre du Loch Ness, j'étais en train de penser que, nous aussi, nous avons eu notre monstre marin.

Oui, je sais. Le Léviathan et tout ça. Là où la mer est…

Je parle sérieusement. Don Ovidio, le peintre Sada a vu ce monstre, vous êtes au courant ?

Je suis au courant.

Il a peint le monstre à sa façon. Sur sa toile, c'est plus un serpent qu'une baleine. Il l'a appelé Antaruxa. Il l'a vraiment vu lorsqu'il était petit. Cette baleine a été vue par plusieurs personnes dans la baie de La Corogne, après une tempête où les vagues, comme le dit la vox populi, grimpaient le long des nuages du ciel. On raconte qu'elle est arrivée toute contente le long du sentier marin du Gulf Stream. D'abord elle avait tourné comme une noria des mers, autour de l'île de la Marola. Et au deuxième jour, cette créature marine avait pénétré dans la Darse. Les gens pouvaient la toucher. Une fois là, elle s'était calmée. En réalité, c'était plus une baleine qu'un serpent de mer. Une baleine blanche comme la neige. Ses yeux formaient deux fentes de lumière, vert émeraude. Et au-dessus, elle avait d'étranges sourcils, deux grandes taches noires en forme de feuilles recourbées qui ressemblaient à une faux. Elle n'avait rien détruit. Elle avait l'attitude de quelqu'un qui serait simplement venu visiter la ville. Tous les témoignages que j'ai pu recueillir affirment qu'elle n'arrêtait pas de regarder en direction des balcons vitrés. Mais d'autres personnes ont malheureusement vu en elle une espèce de *kronosaurus*, avec de grandes canines de cinquante centimètres capables de mâcher toute l'équipe du Club Nautique. Mais c'était faux. C'était un animal extrêmement artistique. La plupart des gens applaudissaient devant une telle merveille. Mais ceux qui avaient voulu y voir un monstre réussirent leur coup. On envoya une compagnie de carabiniers et un officier donna l'ordre de tirer. Ils ont mitraillé la baleine. Là, juste au cœur de la ville, ils ont exécuté notre mythe à coups de fusils.

C'est une histoire terrible. Je n'avais jamais entendu cela. Qu'est-ce qu'il avait bien pu boire notre bon Sada, ce bateau ivre, ce jour-là ?

Un seul verre de rouge, et il n'en a pratiquement pas bu. Il a juste trempé ses doigts dans le vin pour peindre avec, sur le plateau en marbre de la table. Comme disent les filles du Dos Ciudades, dommage que ces chefs-d'œuvre ne durent pas plus d'une journée. Mais ce tableau avait été vraiment effrayant. Le vin s'était transformé en sang. Vous auriez dû voir dans quel état était Sada. Il se raidissait, se mettait debout et hurlait : En joue ! Feu ! Tuez donc cette merveille ! Oui. Il criait qu'en Galice il n'y avait plus de sirènes parce que les habitants les ont toutes mangées. Il affirmait qu'une des plus grandes conserveries de la région était tout simplement une conserverie de sirènes.

Quelle horreur ! C'est du pur alarmisme. C'est grotesque. Il vaudrait mieux qu'il n'émerge jamais plus de son monde magique.

Le problème, c'est que moi non plus je n'y ai

d'abord pas cru, monsieur Aldán. J'ai considéré que l'histoire de la baleine dans la Darse, en face des balcons vitrés, était une invention. Mais piqué par la curiosité, j'ai décidé de fouiller dans les archives et j'ai trouvé. Il y a bien eu une baleine très bizarre, plus que blanche, albinos même, qu'on a criblé de balles dans le cœur de cette ville, dans la Darse. Cela s'est passé aux pires moments de la guerre, le 6 septembre 1938. Les gens applaudissaient lorsqu'elle refaisait surface en provoquant des vagues qui obligeaient les carabiniers à reculer. Elle avait certainement dû percevoir cette sympathie populaire. Jusqu'à ce que les militaires, malgré les huées de la marée humaine, lui infligent une nouvelle salve. Elle tirait de l'eau avec son siphon monumental. Et à nouveau la fusillade. Et encore. La Darse était toute teintée par le sang du cétacé. Les espoirs de la foule furent amèrement déçus, anéantis. Je me suis dit qu'on pourrait peut-être faire un reportage là-dessus. Et pourquoi pas, créer une légende. Celle de la baleine qui avait élu domicile au cœur de la ville.

Et on ne dit pas pourquoi ? demanda le directeur du journal du soir l'*Expreso*. Pourquoi l'ont-ils tuée de cette façon ?

Il s'aperçut soudain qu'il était tombé dans un piège : Ne tenez pas compte de ma question et oubliez cette affaire. Ni extraterrestres, ni *Beatles*..., ni monstres marins charmeurs et morts sous les balles, dans une fusillade fantastique.

Mais le Stagiaire avait décidé de poursuivre son récit : Non, monsieur le directeur. On ne dit pas pourquoi. Mais on pourrait récupérer cette histoire, en faire une légende. Avoir un monstre bien à nous. Presque toutes les civilisations cultivent le mythe d'une créature colossale. Les Scandinaves ont leur Kraken, avec ses œufs phosphorescents et ses tentacules gigantesques. En Himalaya, le Yéti. Bigfoot aux États-Unis. Il y a même des *souvenirs** avec les photos des traces de ses pas dans la neige. Pour moi, ce sont des choses de légende, semblables aux dragons, aux licornes ou aux sirènes. Mais nous, nous avons une vraie créature fantastique. Cette mystérieuse créature marine, avec sa tête intelligente, de la taille d'une gigantesque baleine. Elle a existé. Nous en avons la preuve. Elle est venue nous rendre visite. Elle avait élu domicile chez nous. La foule avait applaudi sa décision.

À quoi nous servirait ce mythe, puisque nous l'avons nous-mêmes détruit. Si encore c'étaient des étrangers qui avaient tué la baleine ! Almanzor, Napoléon, Hitler, Staline… que sais-je ? Mais dans les conditions que vous décrivez, je ne vois pas où est la publicité !

Et si elle n'était pas morte ?

Elle est morte ou elle n'est pas morte ?

Nous pouvons très bien écrire l'histoire de cette façon. La foule, grâce à ses applaudissements et à ses vivats, réussit finalement à s'opposer à la fusillade, et un chef convenable, respectueux de l'émotion populaire, par ailleurs lui-même émerveillé par la créature, par son apparence mythique, a annulé les ordres et lui a concédé la grâce. Et la baleine a guéri. Par exemple, le docteur Rodríguez, celui qui soigne les cigarières, est arrivé et l'a guérie.

Nous revoilà hors de la réalité.

À mesure qu'il racontait l'histoire, il commençait à y croire lui-même. À présent il comprenait l'interprétation passionnée de Sada, la vision de l'Antaruxa dans ses yeux, la vision de cette sorcière des mers, de ce cétacé stylisé que les narvals avaient escorté jusqu'à la ligne invisible qui délimite l'île de la Marola et le phare d'Hercule. Il pouvait peindre la créature parce qu'il l'avait vue. Tandis qu'il parlait, à la table la plus à l'angle de La Traída, il dessinait ses courbes érotiques avec l'éphémère noblesse du vin rouge sur le plateau de marbre. Oui. La courbe, notre grand apport à l'histoire de la ligne, la courbe qui s'était même collée à la langue, c'est Unamuno qui l'a dit, en parlant de don Ramón María del Valle-Inclán, lui qui écrivait avec de magnifiques courbes, don Miguel de Unamuno, et qui ornait ses écrits de grecques. Et voilà la mémoire qui parle et écrit avec des ondes, des boucles, des escargots, des trompes, des spirales, une littérature hélicoïdale, le *leixaprén* de nos chanteurs médiévaux, et les doigts, houlà, comment étaient les doigts de celle qui *se trouvait dans la grotte de San-Simón entourée par les vagues, si énormes qu'elles sont*[1] ? Les doigts saphiques traçant des cercles concentriques, la spirale à corps perdu. Tous les pétroglyphes de l'art rupestre sont des astrographies. La première écriture, la première œuvre d'art, la première topographie, la première maison : toujours des cercles, des groupements de cercles. Les fortifications. Les huttes. La courbe intérieure, le labyrinthe de Mogor, cette première coupe neuronale de l'humanité. C'est là que se trouve la côte monoïque, la vulve phallique, la nation grivoise fécondant les élevages sous-marins... À quel moment la Galice s'est fait baiser ? Le jour terrible où le carré fut inventé. Et c'est plus ou moins à cette époque que Sada est devenu muet.

Son discours démarrait énergiquement, puis il devenait soudain mélancolique, comme un guerrier cyclothymique de la parole. Son discours avait quelque chose de semblable à celui du Plongeur Phosphorescent, car il émergeait d'une mer pyro-

1. Glose d'une célèbre cantilène médiévale du poète Mendiño.

technique et puis, soudain, c'est la brume. Le rideau qui tombe.

Pourquoi ne pas créer la légende de la ville qui naquit d'une baleine ? Il y avait des détails historiques. Des évidences et des preuves qui n'existaient même pas dans le cas du locataire du Ness. Et en plus, c'était une femelle.

Le directeur du quotidien du soir l'*Expreso* se leva pour se détendre. Que pouvait bien connaître ce débutant aux monstres et aux monstruosités ? Dans ce même lieu, sur la Darse, aux pires moments de la guerre, là où les militaires avaient tué à coups de fusils cette baleine que le peuple applaudissait, exactement à cet endroit, deux ans auparavant, on avait élevé des bûchers pour brûler les livres des athénées et des bibliothèques populaires lorsque avait commencé cette terrible dictature. De cela, il s'en souvenait parfaitement. La mémoire lui revenait avec une odeur à vieille fumée, reliée. Une brume soudaine avait également pénétré dans le bureau. Le directeur pesta contre l'obsession de la secrétaire à toujours vouloir aérer, aérer la ville du vent ! et il en profita pour émettre une réprobation générale contre le climat capricieux de son pays, une cause non négligeable, selon son intime conviction, des problèmes de la diffusion de la presse. Les jours de pluie, les ventes chutaient de façon alarmante. Culture contre nature. Il tambourina avec ses doigts sur la table de travail. Soudain, il regarda le Stagiaire avec la même méfiance que s'il venait de se réveiller d'un cauchemar en présence du coupable : Quelle horreur ! Croyez-moi. Oubliez cette histoire. Elle ne s'est jamais produite. On ne peut pas la publier. À voix basse : Vous ne savez pas encore comment le Caudillo capture les cétacés depuis la plage d'*Azor* ?

Eh bien, justement pas avec un harpon. Oubliez cette bataille. Comment voulez-vous qu'on leur serve maintenant l'histoire de la baleine mitraillée ? Il va vous falloir enfin commencer à déterminer ce qui peut être raconté de ce qui ne peut pas l'être. Cher ami, permettez-moi de vous enseigner ceci, si ce n'est pas en tant que maître, c'est au moins en tant que vétéran. Il y a des situations où un bon journaliste doit accepter de séparer le grain de la paille, pour publier seulement la paille. Ne faites pas souffrir le lecteur. Il sait bien assez qu'il habite une grande vallée de larmes. Il faut nous embellir la vie, mon cher Balboa. Racontez-nous le jour où la mairie a déguisé les vaillants marins de La Corogne en gondoliers vénitiens, afin de recevoir le duc et la duchesse de Lancaster. Et de quelle façon ils chantaient de mélodieuses et douces barcarolles, en ramant debout, sans même se faire décoiffer sur la ligne des brisants.

Voilà que prestement les bateaux
Peu à peu, cernent l'océan.

Il se leva et s'approcha de la fenêtre. Des barcarolles. Les loups de mer de l'Atlantique déguisés en gondoliers pour agrémenter la bienvenue des membres de la maison royale. On devrait écrire une histoire comique de la ville. Le Pavillon Lino bourré de monde à l'occasion du concert de bienfaisance, avec les sœurs de la Charité au premier rang. Le public qui expédie les premiers numéros pour arriver le plus vite possible à la prestation la plus attendue. Celle de la Chelito, tout juste arrivée pour l'occasion de l'avenue du Paralelo, à Barcelone. Chantera-t-elle ou ne chantera-t-elle pas *La Puce* ? Une partie du public est inquiète. Même si ce sont des sœurs de la Charité, il les regarde d'un air superstitieux.

La Puce ! La Puce !

Monsieur Lino, le présentateur, réclame un peu de calme. Et de l'éducation, je vous prie.

Lino n'a qu'à chanter la puce !

Ta putain de mère n'a qu'à la chanter elle-même, espèce de fils de Capricorne !

Et cetera, et cetera.

Il n'avait qu'un souvenir photographique du Pavillon, avec sa façade à l'architecture sensuelle. Dommage qu'on l'ait brûlé. Ce fut un des temples de l'architecture, un singulier *art nouveau** atlantique, qui s'était étendu du côté de la Poissonnerie et du Relleno gagné sur la mer. Une architecture apparemment conçue pour abriter un lieu de flirt permanent, de plaisir auquel participaient les hommes et les matériaux : la volupté du bois, la renaissance érotique des métaux, cette soudaine volonté végétale du fer, la couleur dominante du verre de tous côtés, une deuxième nature de miroirs et d'espaces pour regarder et être vu, une deuxième vie du verre, celle de la nuit, électrique et somnambulique. Puis, l'architecture des maisons-bateaux représenta la seconde vague architecturale, elle était splendide et pas par hasard contemporaine de l'Araña Negra et de Corbu. Après la guerre, l'architecture devint une horreur. On assista au viol de la sensualité moderniste. C'était le règne de l'intimidation cadastrale, de la corrosion du caractère de la ville. La particularité la plus caractéristique de la dictature était la laideur. Une conclusion impubliable. Tout était devenu très laid. Lui-même était laid. Et la calligraphie aussi.

Lino avait également tenu un carrousel. Cette attraction enfantine avait duré un peu plus longtemps que le Pavillon. On l'avait apportée de France en bateau. L'harmonium du carrousel jouait *La Marseillaise*. Les gamins montaient sur les chevaux de bois au rythme de l'hymne de la Révolution. Mais c'était parfois le contraire. Lorsque la Fanfare municipale interprétait *La Marseillaise*, car c'était un morceau très demandé à La Corogne, les gamins pensaient que la fanfare était en train de jouer un hommage au joyeux carrousel de Lino, avec ses chevaux de bois. Les années passant, la musique et le mécanisme de rotation n'étaient plus synchrones. L'harmonium nasillard, comme l'avait baptisé César Alvajar. La Corogne, plantée dans le rocher atlantique, est une ville ventée. Pas seulement visitée, mais plutôt habitée par le vent. Certains jours, surtout si le carrousel était vide et les chevaux sans cavaliers, le vent, ou du moins le vent des jardins, se berçait sur ces montures solitaires qui sifflaient, par rafales, une *Marseillaise* trop aiguë.

Il ferme les yeux. Pourquoi ce son, le vent du carrousel strident, traverse-t-il, à présent, seulement pour lui, les murs du temps ? Les gens se rappellent beaucoup de choses qui ont disparu. Mais ce carrousel, cette *Marseillaise* enfantine et nasillarde, il n'y a que lui qui s'en souvienne. Vous êtes sûr que c'était *La Marseillaise* ? lui demanda un des vétérans du journal avec le ton condescendant qu'on adresse à ces individus qui ont des distorsions ou des cratères au niveau de la mémoire. Il vaudrait mieux ne pas reparler de cela. Il y a sans doute des souvenirs qui préfèrent ne se choisir qu'un seul témoin. Pour Sada, la baleine. Pour lui, les livres.

Lorsqu'il se souvient de la fois où l'on a brûlé les livres, tout se rappelle à lui avec une précision sensorielle. Il avait un point de vue général, aérien, depuis la terrasse, sur la place María-Pita. Il se disait qu'il était bien caché, c'était l'endroit parfait pour espionner ce qui se passait. L'odeur parvenait jusqu'à lui, mais presque pas la fumée. C'était très singulier. Cette stagnation de la fumée des livres sur le lieu des faits. Il étudiait la réaction des gens, c'était cela qui l'intéressait. Il devait écrire un article et il avait eu l'idée de s'intéresser à l'art de marcher. Il considéra donc cet endroit comme un observatoire. Il s'intéressa beaucoup aux mouvements volontaires, linéaires, hiérarchiques des incendiaires et, par contraste, aux mouvements des autres personnes qui les croisaient par surprise. De quelle façon la frayeur accélérait leur pas ou les faisait tracer des trajets étonnants, courbes, furtifs. Oui, on pouvait donner une définition de la façon de marcher de quelqu'un qui a peur. Oui, il pourrait décrire cela avec exactitude, mais il n'a pas le droit d'écrire sur ce sujet. Peut-être que cette idée, celle de l'article sur les façons de marcher, lui était venue ensuite. C'était une stratégie de l'imagination pour oublier. Car, à présent, il se souvient de cela d'une autre façon. Avec une précision charnelle. Cette odeur résineuse arrivait jusqu'à lui en lentes volutes, mais la plus grande partie de la fumée épaisse et obstinée stagnait en formant de gros volumes paresseux. À présent, il comprenait parfaitement ce qui s'était passé. Quelque chose à quoi il n'avait jamais pensé. La fumée avait certaines formes. Elle modelait des scènes, des personnages, des paysages.

Il y avait un côté vengeur dans cette mélancolie. Il était trop dangereux d'en parler. Les incendiaires, les spoliateurs étaient toujours là. Ils commandaient dans toute la ville. Son chef était le Chef de l'État. Comment pourrait-il raconter que la Casa Cornide, le bâtiment historique qui avait le plus de valeur dans la Vieille Cité de La Corogne, avait été achetée pour cinq pesetas, le prix d'un paquet de tabac, et offerte à la famille du dictateur ? Jamais. Jamais il ne pourrait publier un tel titre :

CINQ PESETAS

Nous savons enfin à combien
les autorités estiment notre dignité

S'il ne faisait rien pour lutter contre cette mélancolie, il allait être frappé d'agraphie et devenir muet. Il ne pourrait ni écrire ni parler d'autre chose.

Le Stagiaire ramassa les coupures de journaux concernant les événements historiques de cette grande journée vénitienne et de joie tempétueuse. Mais le directeur du quotidien du soir *Expreso* avait quelque chose à ajouter.

Passez donc cette épreuve, je vous prie. Cet été j'aurai une importante mission à vous confier.

Le Stagiaire eut une intuition. L'avenir était en train de ramer comme un joyeux gondolier.

Cet été ?

Que diriez-vous de vous charger des suppléments des fêtes ?

Le Stagiaire était nerveux. C'était un rêve inavouable. Il n'éprouvait aucune jalousie envers les journalistes qui rédigeaient toute la journée des articles à partir des informations que leur fournissait le téléscripteur, et qui de toute façon venaient pratiquement toutes de la même source, l'agence étatique Efe, ainsi baptisée à cause de l'initiale de Franco.

De tout le supplément ?

Galán se chargera de la publicité. Et vous, vous rédigerez comme un lion sténographique. Les interviews des reines de la fête, des maires, du chroniqueur officiel, de l'imprésario le plus en vue. Et vous pourrez également interroger quelque poète social ou artiste bohème. Qui pourrait par exemple parler de la Californie.

Il s'arrangea pour que son cynisme ne fasse point retomber son ton humoristique : Du journalisme à l'état pur, jeune homme ! Et vous allez gagner de l'argent. Je ne veux plus qu'on vienne me dire que, la nuit, vous dormez enveloppé dans du papier journal, à l'intérieur de la cabine téléphonique. Le supplément de la fête des Caneiros, et de la fête du fleuve Mandeo, voilà ce qui va désormais border votre lit. Et à présent, ne parlons plus de ce roman, Balboa. Un de ces quatre matins, vous allez arriver chez vous et il sera complètement fini.

Merci, monsieur le directeur. J'essaierai de ne pas vous décevoir.

Il fut sur le point de lui demander un service. Aldán fut sur le point de demander un service au Stagiaire. Qu'il se renseigne pour savoir si quelqu'un se souvenait d'un vieux carrousel. Le carrousel nasillard qui appartenait à Lino, celui du Pavillon moderniste, et qui jouait *La Marseillaise*. Mais il regarda sa montre et lâcha une espèce de consigne, en guise d'au revoir.

La Puce !

Le Chemin Creux*

Ils pensèrent qu'il n'allait pas répondre. Que lui aussi, Hercule, le photographe ambulant, l'ancien sparring-partner du champion de Galice, avait cessé de les écouter. Qu'il était en train de chercher une fréquence radio. Peut-être entendait-il une émission depuis le passé. Ils ignoraient qu'il était en train de marcher vers le feu, enveloppé par la fumée qui lui piquait les yeux par-derrière.

Son une-deux. Son une-deux était très particulier, n'est-ce pas, Curtis ? dit avec passion le Grutier pour tenter de le sortir de ses réflexions. D'abord, sa droite cherchait le visage de l'adversaire, donnait l'impression d'être très menaçante. Mais ce qui était vraiment menaçant, c'était son crochet gauche. Comme si un cobra bondissait de terre. Celui qui prenait le coup ne voyait rien arriver.

Il regarda Curtis en attendant qu'il acquiesce, qu'il fasse un signe. N'importe quoi. Quelque chose.

Son une-deux. C'est ce qu'on raconte. Et son jeu de jambes. Mon père disait que c'était un vrai danseur sur le ring.

Alors il avait de belles jambes, ajouta Corea d'un ton goguenard.

Gabriel, Zonzo et le Stagiaire éclatèrent de rire, nerveusement, parce que c'était toujours la même conversation. Ils avaient déjà entendu ce que racontait Curtis du champion de Galice et ce que celui-ci répondit un jour à un journaliste à propos de son jeu de jambes : Je pensais que tu venais me voir boxer, pas que tu venais me regarder les jambes.

Il avait de belles jambes, oui, intervint soudain Curtis en regardant Corea bien en face. Tu aimerais bien avoir des jambes pareilles toi aussi !

Lorsque Curtis se mettait à rire, il le faisait avec tout son corps. C'est peut-être pour cette raison qu'il ne riait pas souvent. Pas à cause de son caractère, mais à cause de l'effort que lui demandait le fait de mettre toute sa géographie en branle.

Les feintes. Il savait parfaitement ouvrir le vide.

Ouvrir le vide ? demanda ironiquement Corea.

Tu ne sais pas ce que c'est que d'ouvrir un couloir latéral ? Pour que ton adversaire se retrouve dans le vide, en train de donner des coups de poing dans les airs ? Si tu ne sais pas ce que c'est que l'équilibre et le déséquilibre, tu ne sais encore rien du tout.

Corea devint soudain attentif. L'équilibre, un joli mot. Il allait demander autre chose. Soudain, il tourna son regard. Qui a dit qu'il était dépourvu de champ visuel ? Déformée et attirante, le corps bien cambré, la Méduse pénétrait à travers son grand angle. Elle portait un poisson sur sa tête. Posé sur un petit coussin de toile si bien roulée qu'on aurait dit une couronne. Et sur la couronne, un thon bleu. En équilibre. Corea se souvenait de l'avoir vue porter sur la tête une roussette, qui ressemblait à un petit requin. Mais aujourd'hui, c'était un thon. Il y avait un thon bleu sur la tête de la Méduse aux bas rouges. On lui avait réglé un petit service qu'elle venait de rendre. Elle venait de dépuceler Cho, le jeune matelot. Et Cho, le jeune matelot, l'avait payée avec la part de pêche qui lui revenait.

Je ne crois pas qu'un boxeur ait besoin de penser, dit de but en blanc Corea. Il faut être celui qui frappe le plus fort, le plus rapidement, et le plus juste possible. Tout le reste ce sont des histoires.

Tu as raison, répondit Curtis à la grande surprise du jeune homme. Si la boxe n'était qu'une bagarre, tu aurais tout à fait raison.

Il allait dire : C'est exactement le contraire. Le corps est tout le temps en train de réfléchir. La main réfléchit à l'intérieur de la tête. Les yeux n'arrêtent pas de bouger au bout des doigts, juste à la pointe des pieds aussi.

Il allait lui raconter l'histoire de Neto. Il ne lui avait jamais expliqué cela. La solution de Neto. Comment calmer et endormir la douleur, sceller les blessures, dégonfler les hématomes, repeindre les bleus. Neto, le lutteur ami d'Arturo da Silva. Mais il se ravisa. Remit les deux noyaux de cerise dans sa bouche. Ajusta sa casquette aux losanges verts sur son front. Puis il se tut.

Corea regardait s'éloigner la Méduse avec le thon bleu sur sa tête. Cho marchait en sens contraire. La chemise hors du pantalon. Il la remit en place et noua sa ceinture, qui était un morceau de corde. Il inspira profondément et gonfla sa poitrine avec orgueil. Il se sentit observé. Il eut l'impression qu'il avait grandi. Et c'était vrai. Ses pantalons retroussés étaient devenus plus courts et ils lui serraient les mollets comme s'il avait étiré son cou. La taille d'un thon bleu. Corea demanda au Grutier : Combien coûte un espadon ?

Pour ça, il faut travailler comme un homme, dit le Grutier d'un ton goguenard.

Qui a parlé de travailler ? répondit Corea. Moi, j'ai seulement parlé d'un espadon.

Le *Chemin Creux** était en train d'achever la manœuvre d'amarrage sur le quai d'Occident. Le bateau était à contre-jour. On aurait dit qu'il apportait une cargaison de soleil de l'Orient. C'était une cargaison bienvenue. Les dalles du quai avaient encore la couleur de la pluie et à présent une eau huileuse formait de petites flaques sur les joints, avec de petits restes d'arc-en-ciel. On se serait cru en train de vivre un événement, peut-être parce que Tito Balboa venait d'arriver et prenait quelques notes rapides en sténo.

Roque Gantes était là, sur le pont, déployant un large sourire, les bras le long du bastingage. Il était en grand dialogue avec l'absent. Il écoutait la voix ronflante de Luis Terranova. C'était sa façon de conjurer sa douleur lorsqu'il entrait dans le port.

En français ?

*Le zizi et la foufoune** !

En italien ?

La fessa, il cazzo !

On se pèle de froid ?

Fa un cazzo di freddo !

Voilà ce que j'aime, ce cosmopolitisme.

Prick, kunt !

Möse, Schwanz !

En espéranto ?

Foki...

Holà ! dit-il au souvenir. Un instant.

Tirant le cheval de bois et avec l'appareil photo et le trépied à l'épaule, son vieil ami Hercule venait vers lui.

Putain de pôle de l'Obscurité Maximale !

Monsieur Gantes !

Il cligna des yeux. Le soleil avait la particularité de situer l'instant dans une éternité passagère. Il répandait un pardon curatif sur toutes les choses.

Tu as appris quelque chose ? demanda le photographe ambulant.

Rien, Curtis. Des ouï-dire et rien de plus.

L'intelligence urbaine avait consisté à entrer dans le jeu de la lumière, avec les longues façades de balcons vitrés, et à suivre le dessin proposé par la mer. Roque Gantes était encore ému lorsqu'il apercevait le phare. Lorsqu'il s'amarrait dans un port espagnol, tout son corps se mettait à trembler dans une confusion organique. Mais il avait décidé de ne pas débarquer. Il ne foulerait jamais plus sa terre natale tant que le tyran serait en vie.

Monte, Curtis. J'en ai déjà parlé au capitaine. Nous avons besoin de personnel. Nous recherchons des experts du froid. C'est bien ta branche, non ?

Électricité thermique, Gantes.

Il s'approcha de Carirí et fouilla dans les besaces. Celle de Germinal était de très bonne qualité et celle de monsieur Casarès aussi, murmura-t-il. Elles avaient mis longtemps à prendre feu. Les gens pensaient toujours que les besaces étaient vides, que ce n'étaient que des décorations sur le cheval de bois du photographe. Mais Curtis y avait glissé des affaires très particulières.

Il était en train d'étudier un livre. Dans le temps, Arturo m'avait dit : Si tu veux t'entraîner avec moi, il faut que tu aies un métier. Et je lui avais répondu : Je peux être cireur de chaussures. J'avais une boîte de cireur. Et il s'était insurgé : Si quelqu'un veut que ça brille il n'a qu'à se fourrer le doigt dans le trou du cul. Je connais un métier qui a de l'avenir, Curtis. Un métier qui va changer la vie. C'est l'électricité thermique. Et donc cet été-là, je me rendais d'abord à la Bibliothèque Germinal pour lire les livres d'électricité et puis j'allais ensuite m'entraîner au gymnase qui se trouvait tout à côté, dans la rue Sol.

On dirait qu'il est brûlé ! s'exclama Balboa en voyant le *Manuel populaire d'électricité*.

Il est brûlé, dit laconiquement Curtis. Il a la tranche toute brûlée.

Gabriel sentit un frisson lui creuser le ventre. Des fourmis au bout des doigts.

Corea eut la repartie rapide : Si le livre parle d'électricité thermique, c'est normal que les fusibles soient fondus.

Ce garçon n'est pas si bête, dit Gantes au Grutier. Il a un sens de l'humour bien à propos.

Non, il n'est pas bête du tout. Le problème, c'est qu'il s'électrocute dès qu'il touche un livre. Et même s'il ne traite pas d'électricité.

C'est faux, répliqua Corea. J'adore les romans du Far West.

Il faut bien commencer par quelque chose, dit Gantes. C'est un peu du Shakespeare à l'état brut !

Curtis avait pris le livre entre ses mains comme s'il s'agissait d'une vraie relique, sans l'ouvrir, de peur que les feuilles ne se détachent.

Le froid, c'est l'absence de chaleur, dit-il en touchant le livre. C'est très important de savoir ça. Et en plus, il y a de nombreuses sortes de chaleur. Il y a la chaleur sensible, la chaleur latente… Mais, dans la pratique, le plus important c'est peut-être de bien connaître les mécanismes de la chaleur spécifique, c'est-à-dire la quantité de chaleur nécessaire pour que l'unité de poids du corps, le kilogramme, augmente en température d'un degré centigrade.

Tout le monde s'intéressait en silence et respectueusement à ce qu'il disait, comme s'ils étaient en train d'assister à une prière d'une religion jusqu'alors inconnue, à même le quai. À cet instant le regard de Curtis avait une légère irisation. Celui-ci avait l'impression d'entendre, parmi le refrain sombre de la mer sur les pontons, le rire ahuri de Luis Terranova lorsqu'il avait énoncé pour la première fois, à haute voix et par cœur, sans oublier un seul mot, la définition de la chaleur spécifique. Cela s'était passé au pied du phare, en ce début d'été. Il était l'Homme-Oreille de Luis Terranova. C'était sa mémoire, son fournisseur de paroles de chansons, et son retour sonore. Terranova se préparait enfin à entrer comme chanteur dans un orchestre de bal. Il chantait et Curtis devait mesurer sa voix. On m'entend ? Oui, maintenant on t'entend. Mets-toi un peu plus loin, près de ce rocher. On m'entend ? Plus fort, plus fort ! On m'entend ? Non, maintenant, on ne t'entend plus.

Embarque-toi avec nous, proposa le machiniste Gantes. Ce que tu sais mérite bien un tour du monde. Et puis il y a une bibliothèque dans le bateau. Nous avons *Spartacus* et tout ça. Allez. Qui sait ? On va peut-être le croiser.

Il avait posé la main droite sur la tête du cheval Carirí et il s'était mis à lui peigner la crinière.

Je ne peux pas, monsieur Gantes.

Et pourquoi tu ne peux pas ? Il suffit de grimper dans le bateau. Tu peux emporter ton cheval.

Il faut que j'attende ici, au cas où il reviendrait.

Et s'il ne revient pas ? Et s'il ne devait jamais plus revenir, Curtis ?

Il me fera parvenir un message. Il s'y est engagé. Il était toujours en retard, monsieur Gantes, vous devez vous en souvenir, il était comme ça, mais il finissait par arriver. Et lorsqu'il était enfin là, tout était oublié. Il arrivait, et puis c'était fini. S'il disait qu'il allait venir, il venait. Il arrivait toujours tard, ça c'est sûr. Mais dès qu'il arrivait la fête commençait. On aurait dit un aimant avec de la limaille de fer tendre.

Quand est-il parti, Curtis ?

Il refusait de répondre à cette question. Il ne voulait pas faire un tel calcul.

En quelle année est-il parti, Curtis ?

...

Ça fait de ça plusieurs années, non ?

...

Il a coulé de l'eau sous les ponts ! L'herbe a poussé sur les toits !

Le temps passe et ne passe pas, monsieur Gantes.

Pour Corea, il s'était passé une éternité depuis que ces deux-là avaient enclenché la conversation. Pour lui le temps ne signifiait rien, s'il n'y avait pas de mouvement. Et ils sont là, sans bouger, les hommes, le bateau et le cheval. Le soleil projetait l'image de la quille du *Chemin Creux**, semblable à une aiguille gigantesque ou à la cime d'un cyprès, à la recherche des heures sur les dalles. Corea sortit de la zone d'ombre. Il bâilla et s'étira comme un félin qui se réveille.

Luis Terranova ? Qui est donc ce phénomène qui arrive toujours en retard ?

Je te l'ai expliqué mille fois, répondit le Grutier irrité. Un gars qui chantait à merveille. Les gens arrêtaient de danser pour l'écouter. Si l'on a un peu d'oreille, on entend encore sa voix résonner dans les airs. Il a gagné haut la main le *Défilé des Étoiles* avec son fameux tango, *Chessman*. Celui du condamné à mort.

Corea remarqua que la dernière partie de l'intervention de Ramón Ponte s'adressait à Curtis et à Gantes, le gars du bateau. Corea n'aimait pas le ton du Grutier lorsqu'il s'adressait à lui. Parfois il le traitait comme un pauvre type, alors qu'ils étaient du même quartier. Et ça, c'était un lien sacré. De plus, le Grutier était un type fort et, à sa façon, cultivé. Il possédait une petite bibliothèque dans la cabine de la grue. Et il possédait aussi ce premier ballon de football réglementaire qui avait atterri à La Corogne, après être tombé du bateau anglais dans le port. Corea était très fier du Grutier, le problème c'était qu'ils agissaient à des rythmes tout à fait différents. Il était conscient qu'il ne tiendrait pas longtemps à manœuvrer une grue, même si l'habileté avec laquelle il pouvait charger un grand bloc de granit en le déplaçant dans les airs comme si c'était un fardeau de brume pressée l'émerveillait, ou aussi l'élégance avec laquelle il avait déchargé ces étalons venus du Canada, l'élégance avec laquelle ils s'étaient envolés du bateau et avaient atterri pour contribuer à l'amélioration génétique de la vache galicienne. Alors qu'un des étalons était encore dans les airs, Corea lança : Regarde-moi ça. On n'arrête pas de parler de taureaux en Espagne, toute cette tauromachie et finalement il faut que ce soit un bon mâle canadien qui vienne couvrir nos vaches. Oui. Il manœuvrait la grue avait un certain brio, mais tout ce que faisaient les grutiers, ils le faisaient avec une arrogante lenteur animale. Pour Corea, il fallait toujours qu'il se passe quelque chose. Et il fallait que cela se passât tout de suite. Il en avait assez. Il plongea les mains dans les poches de son blouson et rencontra le vide.

Et celui-ci pourquoi ne débarque-t-il pas ?

Qui ça ?

Le capitaine du bateau.

C'est monsieur Gantes, abruti. Le machiniste. Le machiniste qui était membre du Réveil Maritime.

Il ne savait pas très bien comment interpréter le renseignement. La façon dont Ponte le présentait faisait penser à une célébrité locale. Raison de plus pour qu'il descendît à terre.

Il va rester là, sur le bateau ? Pourquoi ne descend-il pas ?

Tu n'as qu'à le lui demander.

Eh, monsieur le machiniste ! Pourquoi ne descendez-vous pas ?

Curtis avait remis les noyaux de cerise dans sa bouche et le temps grinçait à nouveau entre ses dents.

Je vais te dire quelque chose, mon garçon ! Le jour où je descendrai, je descendrai pieds nus, dit monsieur Gantes depuis le pont du bateau. Je marcherai sur les dents de scie des balanes accrochées aux rochers jusqu'à ce que mes pieds soient couverts de sang. J'irai de O Portiño jusqu'à la Piedra de las Ánimas, pieds nus.

Le machiniste du *Chemin Creux** était très énervé, il était blessé, comme si un bernard-l'hermite venait de quitter la conque de sa bouche.

Seul Corea, émergeant de son étonnement avec un air sympathique, réussit à rompre le silence : J'aime ce que vous dites. Il y a de l'action là-dedans.

Où est-ce qu'il y a de l'action ? demanda Gantes.

Marcher sur les rochers avec les pieds ensanglantés, c'est de l'action, ça.

Tu sais de quoi je veux parler, mon garçon ?

Je ne suis plus un petit garçon, dit Corea sur un ton de défi. J'ai défait un certain nombre de lits, et plusieurs hébergeaient déjà un couple légitime.

Il n'a aucune conscience politique, monsieur Gantes. Il est un peu écervelé, dit le Grutier.

Dites-moi, monsieur le machiniste, dit Corea, soudain très intéressé par ce qu'il était en train de demander. Est-ce que vous avez connu le champion de Galice ? Vous avez connu Arturo da Silva ?

Que cherches-tu à savoir ?

Tout.

Pour savoir tout, il faut faire le tour du monde. Monte si tu veux.

Je ne peux pas monter tout de suite. J'ai à faire.

C'est dommage. Lorsque je reviendrai, tu seras déjà vieux, mon garçon.

Vous allez mettre si longtemps à revenir ?

Pas plus d'un an.

Le Stagiaire prend des notes sur son cahier, à grande vitesse sténographique.

Qu'est-ce que vous transportez, monsieur ?

Qui c'est celui-là ?

Tito Balboa. Chroniqueur maritime du quotidien du soir *Expreso*, monsieur.

Chroniqueur maritime ?

En plein travail, monsieur.

Ce bateau s'appelle le *Chemin Creux**.

Oui, j'ai déjà noté cela. Qu'est-ce qu'il transporte ?

Un peu de tout.

Il est en transit ?

C'est ça. En transit.

Quand repart-il ?

Ça dépend.

Ça dépend de quoi ? Je ne peux pas écrire cela dans le journal, monsieur.

Monsieur Gantes ne prêtait aucune attention à l'interrogatoire. Il s'intéressait au Plongeur Phosphorescent qui venait d'émerger et grimpait le long de l'échelle du quai d'Occidente avec un vélo. Les roues tournaient toutes seules dans le vide, projetant des rafales rouges et vertes de mousse irlandaise.

Qu'est-ce que c'est que ce poisson ?

Monsieur Gantes ! C'est une machine diabolique. Elle se jette toute seule dans la mer. Ce n'est pas comme celle de Clemente, qui se jetait pour faire le spectacle, si on lui lançait cinq pesetas. Celle-là le fait d'elle-même.

Laissez-moi faire un tour avec, dit Corea. Vous allez voir, je vais vous la dompter, moi.

Ce vélo appartient à quelqu'un. Où est Pinche ?

Il est caché par là, avec les voyous, parmi les tas de planches de Fabero, dit Corea. Ils le cherchent pour lui chauffer les oreilles. Il devait faire réchauffer les gamelles contenant la nourriture des ouvriers, sur le chantier, et il a allumé un feu avec des planches de teck. Ce n'est pas sa faute, il ne voit que d'un œil. Et il y avait beaucoup de gamelles. Je les ai comptées. Il y avait bien vingt-cinq gamelles.

Ça fait beaucoup de gamelles tout ça. C'est pas facile de les faire chauffer en même temps. Il faut savoir bien faire du feu, dit monsieur Gantes.

Le machiniste observa Curtis. Tous les deux pensaient à la chaleur spécifique. Vingt-cinq gamelles. Toutes ensemble, là, comme de gros champignons couleur argile cuite sur le sol qui brûle. Rien de mieux qu'un feu de teck. Un feu exquis pour des gamelles ouvrières.

Le constructeur est un type dur avec des chaussures blanches, dit Corea. Un dénommé Manlle. Il ne vient pas beaucoup sur le chantier, il s'y pointe par surprise, mais lorsqu'il arrive, tout autour de lui se met à trembler. Il ne nous laisse aucun répit. Ras-le-bol de Manlle !

Des chaussures blanches parmi vingt-cinq gamelles ouvrières couleur argile cuite chauffant le bouillon, les patates avec des légumes et du lard, peut-être un petit ragoût. Et ce hurlement accusatoire qui contenait aussi la sentence : Qui a allumé le feu avec le teck ? J'en connais un que je vais attacher à un ponton, pour que lorsque la marée montera les poissons viennent lui bouffer les couilles.

Et toi qu'est-ce que tu fais là ? demanda le machiniste Roque Gantes.

Moi, je suis un Autodidacte, répondit Corea sur un ton goguenard.

C'est plein de balistes, dit le Plongeur Phosphorescent. C'est une vraie invasion. Les autres poissons vont finir par fuir devant eux. On les appelle aussi des cochons de mer. Ils ressemblent à des cochons. Et culottés. Ils n'ont peur de rien. À mesure qu'ils s'approchent, tu entends : Oing, oing, oing !

Balboa nota ce détail à toute vitesse en sténographie, en imaginant déjà le titre :

L'INVASION DES COCHONS DE MER

Et puis, pour ne pas risquer d'oublier l'onomatopée.

Oing !

Ó et les hommes célèbres

N'allez pas croire ça, le fait qu'il soit écrivain ne m'impressionnait pas beaucoup. Pendant quelque temps, un écrivain avait habité dans une maison de Souto. Une petite maison qui était récemment restée vide lorsque Hortensia était morte. Sa nièce l'avait louée juste après. Et toutes les choses qui se trouvaient dedans étaient toujours vivantes lorsque le nouveau locataire l'avait occupée. Sauf le feu. Au début les gens étaient très curieux. C'était la fin de l'été. L'écrivain allait souvent en promenade. Il avait une casquette de marin, et on pouvait le repérer de loin. Il était très poli. Il s'arrêtait au lavoir, s'asseyait et se mettait à fouiller avec beaucoup de délicatesse dans la vie des femmes qui étaient là. Il se renseignait également sur les histoires qu'elles connaissaient. Lorsqu'il finissait par s'en aller, les lavandières se demandaient quel genre d'écrivain ce pouvait bien être pour devoir elles-mêmes lui raconter les histoires qu'elles connaissaient. Olinda s'était contentée de dire : Il demande pour savoir. Et il a raison. Il y a aussi des gens qui demandent pour ne pas savoir. Le pire de tout, ç'avait été le feu. L'écrivain n'arrivait pas à faire fonctionner la cuisinière en fer. La maison fumait par toutes ses lézardes, par tous les trous, sauf par celui de la cheminée. Parfois, il ouvrait la porte et faisait plusieurs pas à l'extérieur sans arrêter de tousser, avec les yeux tout rouges et larmoyants. Tout le monde observait son impuissance avec pudeur, du coin de l'œil, derrière les autres fenêtres. La plus furieuse des méchantes idées n'aurait jamais résisté à l'image d'une épreuve pareille. Pauvre Anceis, dit Polca, à quel moment peut-il bien se mettre à écrire ? Il passe toute la journée à batailler avec sa casquette. Et une des lavandières avait même lancé : Que peut bien écrire un homme qui ne sait pas allumer du feu ? On avait de loin préféré l'arrivée de l'Homme au Bitume. Ç'avait vraiment été un événement extraordinaire. La décision de goudronner le chemin qui menait à la Grande Avenue. Lorsque des années plus tard j'avais pu assister à l'arrivée des Américains sur la Lune, je m'étais souvenue de l'arrivée de l'Homme au Bitume à Castro. Les deux événements se ressemblaient beaucoup, mais à Castro cela s'était passé bien des années plus tôt. Il s'était présenté engoncé dans un scaphandre blanc, avec un masque de plongeur. Il portait d'énormes bottes ferrées avec une plate-forme métallique, et nous, les gens du coin, il suffisait d'observer nos visages, nous étions conscients que chaque pas qu'il faisait était un pas historique. Il se déplaçait très lentement sur le gravier, répandant le goudron avec un tuyau et un irrigateur. On voyait que l'homme était compétent, bien entraîné, car il avait à peine fait quelques taches sur son scaphandre blanc. Lorsqu'il avait fini, il avait retiré un de ses gros gants de cuir et était allé serrer la main à Polca. Je m'étais sentie très fière. Que justement, entre tous les habitants de la planète, l'Homme au Bitume ait choisi d'aller saluer Polca.

Mais malgré ça, mon préféré était l'Homme aux Affiches. D'abord il arrivait à bicyclette. Le rouleau d'affiches et la brosse à long manche dans son dos, et le seau de colle accroché au guidon. Lorsqu'il apportait des programmes à distribuer, il sortait des gens de tous les coins. C'est comme ça qu'il disait avec son sourire de lapin : Vous étiez cachés sous les pierres ou quoi ? Et c'était vrai, on avait l'impression que non seulement tous les enfants vivants se regroupaient autour de lui, mais aussi tous les enfants de tous les temps. Je vous jure qu'il y en avait que je ne connaissais pas, que je n'avais jamais vus. En quelques minutes, il ne restait plus un programme du cinéma Portazgo. Un jour que j'étais arrivée trop tard, l'Homme aux Affiches m'avait lancé un clin d'œil en disant : Au royaume des cieux, ma petite, les derniers seront les premiers. Avec son rire de lapin. Tout maigre, un vrai spaghetti. Il avait la même allure que le guidon de son vélo. Il avait alors déroulé une affiche, une grande, de celles qu'il collait contre les murs, et il me l'avait donnée. Tiens, c'est parce que tu es la fille de Polca. Dis-lui que c'est de la part d'Eirís. Une affiche rien que pour moi ! L'Homme aux Affiches venait tous les jeudis et il placardait l'annonce du film du samedi soir et du dimanche en matinée. Alors, moi, j'avais le temps d'imaginer le film à la rivière.

Polca connaissait des gens très particuliers. Comme le photographe au cheval de bois qu'il appelait le champion de Galice. Un jour, on était du côté de la plage de Riazor, près du stade de football, et il avait salué un homme dont il me dit qu'il avait également été champion de Galice. Regarde, Ó, Tasende, le champion de Galice de cross. À présent, c'est le patron du stade de Riazor. Tu ne crois pas ce que te dit ton père ? me demanda l'homme en souriant. Et alors il me montra deux énormes anneaux avec des dizaines de clés. Ce sont les clés de toutes les portes du stade.

Polca devint aussi ami avec l'écrivain. Il lui apprit

à allumer le feu de la cuisinière en fer sans que la fumée le fasse pleurer. Il tira une feuille blanche de la machine à écrire, il y mit le feu avec le briquet et il l'introduisit par la petite trappe de tirage de la cheminée. La feuille enflammée monta dans la cheminée et la fumée la suivit dans la même direction sans redescendre. À présent, on entendait le son continu des touches et une lavandière dit à Olinda : Il est tout heureux, en train de pépier sans arrêt. Pauvre écrivain.

Le Plongeur Phosphorescent

Le Plongeur Phosphorescent et le Grutier partageaient l'idée que les paysages les plus fascinants n'étaient pas à la vue de tous, mais qu'ils se trouvaient dans les fonds marins, et qu'il n'y avait pas semblable bonheur pour l'être humain que l'instant où il redevenait poisson. C'était un bonheur corporel. Cependant la superficie, déclara le Plongeur, n'est pas non plus dépourvue d'intérêt.

Il observa attentivement la tête rasée de Miguel, alias Corea, et commença à apercevoir les pays, dans la géographie des coups que celui-ci avait reçus.

Moi, si tu me mets devant un globe de ce genre, je te dis que je n'ai pas été ici et là non plus, c'est plus rapide d'indiquer les deux endroits où je ne suis jamais allé. Un camarade de la Marchande, un gars que j'ai rencontré sur le *Viking,* avait l'habitude d'écrire son nom sur la porte des toilettes des bars portuaires : *Carnocho Ier est passé par ici*. Il avait adopté, dans la vie de tous les jours, ce surnom de monarque de Monte Alto. Si j'avais fait comme lui, je serais plus célèbre que le capitaine Nemo, parce que moi, pour voir du pays, on peut dire que j'en ai vu du pays, j'en ai vu bien plus que Carnocho Ier. Mais moi, je n'aime pas la publicité. Une nuit où j'étais de quart, sur le bateau, j'ai lu d'un seul trait un livre intitulé *L'Homme invisible*. Ça, c'est l'état idéal. Ni normal ni anormal. Paranormal. Il y a plusieurs années, en Afrique du Sud, au Cap, je marchais le long d'une longue avenue, très fatigué, et j'ai été soulagé d'apercevoir un banc où m'asseoir. C'était le banc parfait, à l'endroit approprié, sous un arbre, pour faire la sieste. Lorsque je m'en suis approché, j'ai découvert une grande pancarte clouée sur le dossier : *Europeans only*. Et merde de banc. Un banc anormal. Je me suis mis à tourner autour de lui. Je faisais des tours paranormaux. Pouvais-je m'y asseoir ou pas ? Est-ce que mon cul était européen ? Seuls les gens de couleur noire semblaient normaux. Ils marchaient comme s'ils ne nous voyaient pas, ni le banc ni moi. Apparemment ils savaient parfaitement où est-ce qu'ils n'avaient pas le droit de s'asseoir. J'ai fait encore un tour paranormal et j'ai découvert qu'il y avait une inscription derrière le dossier : *Carnocho Ier est passé par ici*. Oui. On peut dire que j'ai été dans de nombreux ports. Je pourrais raconter beaucoup d'aventures, des prouesses sexuelles et tout le reste, mais la chose la plus curieuse qui m'est arrivée, c'est en Corée.

Il y a la Corée du Nord et la Corée du Sud, dit Miguel, alias Corea.

J'y viens. Le capitaine avait expliqué que la ville vers laquelle on se dirigeait, Inchon, faisait partie de la Corée du Sud, mais que le port était frontalier. Il se trouvait juste entre le Nord et le Sud, sur ce qu'on appelait la Ligne de Démarcation. Il avait indiqué un point sur le crâne rasé de Miguel et expliqué : Ici, c'est juste ici que doit se trouver Inchon. Il y avait une ligne tracée par terre. Moi, il me tardait de prendre l'air. Au moment de débarquer, le capitaine avait dit : Tu suis toujours la ligne, surtout ne t'écarte jamais de la ligne, sous aucun prétexte. Il y avait des soldats des deux côtés de cette ligne, deux lignes qui se faisaient face. Et moi, j'étais juste au milieu. On entendait le grincement des armes, lorsqu'elles restent muettes. Sur le bateau, quelqu'un avait raconté qu'il y avait eu plus de neuf millions de morts pendant la guerre de Corée. Beaucoup de morts de Dieu. Je n'aurais jamais pensé qu'il y en avait eu autant. Et puis il y avait ces bandes dessinées qui relataient les *Exploits guerriers* où le héros était un Nord-Américain nommé Sergent Gorille. À présent j'avais l'impression que tous les morts, ceux d'un camp et ceux de l'autre, me regardaient. Je m'étais mis à avancer lentement sur la ligne, j'avais le vertige, comme si ce trait était la corde raide d'un funambule. Un faux mouvement de ma part risquait de faire éclater la guerre mondiale. C'est alors que j'ai compris ce que signifiait le fil de l'invisible. Le problème, c'est qu'à un moment tout mon corps s'était figé, il était devenu complètement rigide. Je ne pouvais ni avancer ni reculer. Quelle horreur ! Comme j'aurais aimé pouvoir lire, par terre : *Carnocho Ier est passé par ici, second machiniste*. Mais il n'y avait rien. Seulement une ligne. Un trait.

Il secoua la tête de Miguel comme s'il s'agissait d'un globe : Là-dessus, on ne peut pas voir le trait avec cette précision.

Le Plongeur Phosphorescent était très impressionné par le fusil sous-marin que Manlle avait acheté à Zonzo, à l'étranger : Merde alors, on peut tuer un homme avec ce truc-là !

Ton nom

La seule chose qu'Olinda n'avait pas oubliée, c'était mon nom. Pour celui qui est nommé, ça fait l'effet d'avoir devant soi quelqu'un qui possède une remarquable mémoire. Que parmi tous les noms, parmi les milliers de mots, ton nom soit le seul son qui sorte de sa bouche (car elle ne se plaint pas, elle ne sanglote pas, elle ne miaule pas, ne geint pas). Qu'est-ce que tu me dis ? Et elle en train de dire ton nom. Comme un visage de pierre qui soudain s'inquiète de toi. Qui arrondit les lèvres. Tu aperçois ton nom dessiné. C'est quelque chose de très lourd. C'est comme si tu te portais toi-même. Pas à l'intérieur, ni autour, mais comme si tu te portais toi-même sur tes épaules. Rien que ton nom. Elle pourrait dire quelque chose. Elle pourrait hurler. Je comprendrais tout à fait ça, qu'un hurlement lui vienne soudain, du fond de ses entrailles. Mais non. Elle dit le tien, mon nom. Seulement mon nom. C'est ce qu'elle expulse d'elle. Un petit pipi, un pipi de rien du tout. Des petites crottes, comme des châtaignes, des œufs de caille, des boulettes de plus en plus petites et de plus en plus dures, comme des noyaux de pêche, et ensuite des noyaux de guigne, de cerise. De petits noyaux, de petits pépins, de petites pépites de vie. On a envie de les semer, peut-être vont-elles germer comme des graines. On a envie de les placer dans du coton humide. Peut-être va-t-on voir un œil pousser. Des lentilles. À la fin, juste des pacotilles, des petites chiures précieuses, brillantes, comme des coccinelles. Pas de salive. La seule chose qui sort de sa bouche, c'est mon nom. Comme une becquée, ce que les oiseaux déposent dans le bec de leurs oisillons. Et ça lui suffit. Elle se flétrit peu à peu. Elle rétrécit. Maintenant je pourrais la prendre dans mes bras comme une enfant. Eh, eh, eh, eh ! Lorsque tu seras guérie, on pourra compter des allumettes. On remplira des boîtes et des boîtes d'allumettes. Je l'avais trouvée allongée sur le tapis, toute recroquevillée, comme un dessin de plus dans la géométrie de l'ensemble. À présent, laisse-moi là où je suis, dit Olinda, sur le tapis. Je vais faire un tour. C'est la dernière chose qu'elle avait dite, qui avait un sens, bien précis. Ensuite, seulement mon nom. Ó. Elle disait Ó et moi je profitais du O pour lui donner quelque chose. Elle continue à exister grâce à une becquée. La trace du corps. Le pipi. La pacotille. La graine. Mon nom. Les lèvres arrondies, un soupir. Et c'est exactement ainsi qu'elle, ce qu'elle était, s'en était allée ce jour-là, sur le tapis.

Le prix

Imagine que tu perdes un œil pendant une de ces bagarres, dit le machiniste Roque Gantes depuis le pont.

Si je perds un œil, répondit Corea ironiquement, ils doivent me le payer.

Qu'est-ce que c'est que cette guerre entre quartiers ? Pourquoi vous bagarrez-vous, les Diables Rouges contre les Mau Mau ?

Pourquoi ? On ne pose pas ce genre de question.

Tu es un imbécile ! C'est un imbécile, messieurs, c'est un imbécile ! hurla le Grutier.

Si je perds un œil, poursuivit Corea, il faudra qu'ils crachent leur pognon. Un point c'est tout.

Dix mille pesetas, dit soudain Gabriel.

Tu en es sûr, cher magistrat ?

Corea pensa à la Méduse, avec ses bas rouges. Et si c'est quelqu'un de la famille qui cause le dommage, disons, le père lui-même, ça fait combien ?

Rien du tout.

On parlait beaucoup de l'enlèvement d'un enfant dans la ville. Pepito Mendoza. C'est une femme un peu folle qui voulait avoir un enfant et qui l'avait volé.

Toi, le magistrat, dis-nous combien ils payaient pour avoir un esclave ? demanda Corea à Gabriel.

Pour le coton, en Virginie et dans tout ce coin, trois cent soixante dollars par tête.

Pinche devint songeur. Sur la place de Los-Huevos et à Santa-Catarina, on changeait des dollars, des livres, des pesos, des bolivars. En cachette. Glissés sous les œufs.

Ça fait combien trois cent soixante dollars ? demanda Pinche d'un air distrait.

Si c'est ce que tu cherches à savoir, pour toi, on ne paierait certainement pas trois cent soixante dollars, dit Corea. En plus tu louches d'un œil. Ça fait sacrément baisser le prix. Tu ne sers même pas à te battre.

Pinche ne répondit pas. Il avait deux yeux. Le problème c'est qu'il avait la maladie de l'œil paresseux et d'ailleurs on était en train de lui corriger cette anomalie en lui cachant l'autre œil. Si le gars aux chaussures blanches l'attrapait, pour avoir brûlé les grosses planches de teck afin de faire chauffer les vingt-cinq gamelles des ouvriers, il allait peut-être lui faire perdre l'œil qui était en bonne santé. Mais il ne réussirait pas à l'attraper. Malgré son œil paresseux, il voyait bien mieux que Corea. Voilà pourquoi il fut le premier à donner l'alerte et à se mettre à courir.

Les Mau Mau !

Le livre d'Élisée

Le 2 août, nous allions à la fête. D'abord, par le train spécial, de La Corogne à Betanzos, puis on remontait le fleuve Mandeo en barque, vers la campagne des Caneiros. Les préparatifs étaient longs. Ce voyage festif, cette fête sur les barques aux bâches ornées de feuilles de laurier, balancées au rythme des accordéons, poussées par le souffle des cornemuses, c'était comme se rendre dans un lieu de rêve. Tous ces préparatifs et enfin elle était là, la fête libertaire, la Libertaire. Un jour comme celui-là valait une bonne année. Avec un peu de chance, tu y allais les mains vides et tu revenais avec quelqu'un dans tes bras.

Polca se leva pour aller chercher le tome I de *L'Homme et la terre*, d'Élisée Reclus. Lorsque Polca prenait ce livre entre ses mains, il prenait tout de suite un air sérieux. Un air d'Élisée Reclus. Je ne dis pas que sans le livre, il n'avait jamais l'air sérieux. Mais dans ce cas, comme il le disait lui-même, il s'agissait d'un sérieux documenté. J'avais eu vraiment du mal à le convaincre d'aller consulter « le docteur des yeux » comme il appelait l'oculiste. Il résistait à toute détresse physique. Et ensuite, ils étaient restés des heures à discuter ensemble. Le docteur lui avait dit qu'il avait de la presbytie et que c'était pour cette raison que les mots devenaient troubles sur les pages. Alors Polca lui avait énuméré les sept péchés capitaux. Les ministres, avait-il expliqué, du Gouvernement du Carnaval. À cette époque, le docteur était un gamin, mais il se souvenait de tous ces déguisements le long des rues Cantón. Le dernier carnaval avait été très particulier, le meilleur, après les élections de février 1936. Des comparses étaient descendus de tous les quartiers, avec leurs fanfares. C'était peut-être le regard du gamin, qui magnifiait ce souvenir. Peut-être. Ce fut le dernier Grand Carnaval. Après, la guerre éclata, et on l'interdit.

Oui, il s'en souvenait. Les ministres de l'Orgueil, de l'Avarice, de la Luxure, de la Colère, de la Gourmandise, de l'Envie et de la Paresse. Les péchés étaient très élégants avec leur redingote et leur chapeau haut de forme, leur gros cigare et leur bâton de commandement. Les vertus défilaient ensuite, c'étaient les filles de Germinal, bras dessus, bras dessous, avec des robes charleston, décolletées et très courtes, frangées de fil d'or et d'argent et de perles, fumant avec des porte-cigarettes et les cheveux coiffés *à la garçonne**. Le docteur des yeux n'arrêtait pas de les regarder lorsqu'il était gamin, il avait vu l'Humilité, la Générosité, la Chasteté, la Patience, la Tempérance, la Charité et la Diligence. Je ne savais pas, dit Polca, qu'il existait un huitième péché. La Presbytie.

Polca chaussait les lunettes de la Presbytie et, avant de se tourner et de devenir vraiment sérieux, il prenait toujours cette précaution oratoire que lui avait transmise Pepe Pazos — le marin surpris par la révolution d'octobre 1917 à Saint-Pétersbourg et qui avait vu l'*Aurora* donner du canon contre le palais des Tsars —, qui se trouvait à Madrid en juillet 1936, un marin ! et il lui avait demandé : Où allez-vous ? À la caserne de la Montaña. Pour quoi faire ? Pour la prendre. Eh bien, je viens avec vous. Pazos qui avait été spécialiste des icebergs dans les convois qui longeaient l'Arctique pendant la Seconde Guerre mondiale, Pazos qui avait piloté un bateau de renfort pendant le débarquement de Normandie, eh bien voilà, avant de commencer à parler, Pazos utilisait toujours humblement la même précaution oratoire que désormais Polca imitait : Que puis-je te raconter qui soit perdurable ?

Polca s'était levé pour aller chercher le premier tome de *L'Homme et la terre*, d'Élisée Reclus, car l'ouvrage contenait une des clés de ce qu'il voulait dire, de ce que signifiait ce voyage vers l'amont du fleuve, la fête de cette année-là. Mais il avait oublié ce qu'il cherchait, comme cela lui arrivait souvent, car il était resté en arrêt devant le dessin d'une sphère soutenue par deux mains. S'il regardait par-dessus les lunettes de la Presbytie, la sphère s'estompait, un peu trouble elle bougeait dans les mains comme un corps étranger. À travers les lunettes, elle devenait bien nette et s'immobilisait à sa place. Il ne savait pas comment il la préférait, nette ou trouble.

Tu allais me lire quelque chose, papa, dit Ó.

Contrastant avec son caractère naturel, le sérieux de Polca était très dramatique : Il vous faut déjà partir, ma chérie. Le plus vite possible. Sans plus attendre. Avant que les années ne tombent sur vous et que tout continue pareil. Ici, tout sent la mousse. L'air. Le temps.

Elle savait parfaitement ce qui était en train de se passer. Le fleuve Mandeo, le fleuve de la fête, lui descendait le long de la colonne vertébrale. Il lui arrivait exactement la même chose lorsqu'il commençait à se rappeler l'enseigne miroitante de l'athénée L'Éclat dans l'Abîme, dans le quartier de la Silva. Le fameux soleil parmi les flammes, gravé dans le verre. Ils l'avaient brisé en mille morceaux et les fascistes avaient posé à sa place un écriteau sur lequel on pouvait lire Assistance d'Hiver, dont quelqu'un arracha un soir la première partie et dont il resta gravé seulement et pour toujours le mot Hiver. Comme ça, en majuscules. Eh bien, à présent le fleuve Mandeo était de retour. Car le train spécial n'était jamais parvenu à partir. Ni les barques. Et, le 2 août de cette année-là, ils n'avaient pas remonté le fleuve, pour atteindre l'endroit de la fête Libertaire le temps d'une journée, au contraire, on avait plutôt vu redescendre beaucoup de cadavres ce mois-là, jetés à l'eau plus en amont, depuis le pont de la Castellana, sur la route qui mène de La Corogne à Madrid. Les voisins ramassaient les morts qui restaient dans les gouffres du fleuve et les enterraient dans le territoire des limbes. Ce sont désormais des morts privés de vie, mais aussi d'identité. Les Inconnus. À Villarosa et à Aranga et à Coirós. Ceux qui avaient entrepris de remonter le fleuve, d'aller à la fête Libertaire, étaient repartis en aval. Assassinés. On n'a jamais enquêté sur un seul de ces crimes. La terreur des familles était telle, lorsqu'il restait de la famille, qu'ils n'avaient même pas osé se renseigner à propos de leurs morts.

Tu allais me lire quelque chose, papa. Tu étais en train de parler d'une rivière, en amont du fleuve. Et tu allais me lire quelque chose.

Je voulais consulter un livre sur l'électricité animale, à la Bibliothèque Germinal, c'était un peu pour plaisanter, pour voir ce que Minerve allait me répondre, parce que les autres étaient aussi dans les parages, en train d'écouter. Et Minerve, la bibliothécaire qu'Holando avait surnommée Minerve, me dit le plus sérieusement du monde qu'il en existait un intitulé *Hypnotisme et magnétisme animal*. Alors moi je lui avais raconté l'histoire du canard. Le jour où ma mère l'avait attrapé et lui avait tranché le cou, car à la maison il n'y avait qu'elle qui avait assez de courage pour faire ça, pour tuer un animal afin de pouvoir le manger. Et le canard s'était débattu à tel point qu'il s'était échappé à tire-d'aile. Il s'était envolé par-dessus nous sans sa tête. Et ma mère avait dit : Ça, c'est parce qu'il avait trop d'électricité en lui. Minerve écoutait avec les yeux écarquillés. On voyait que cette histoire l'intéressait. Elle avait posé un livre sur la table. Si tu es intéressé par la nature, m'avait-elle dit, je te recommande celui-ci. Et c'était *L'Homme et la terre*, d'Élisée Reclus.

Est-ce que je peux l'emprunter ?

Non. Tu ne peux pas l'emprunter parce qu'il y en a six gros tomes. Celui-ci, c'est le premier. Commence par le consulter. Ici, à la bibliothèque.

Lorsque vint l'heure de la fermeture de la Bibliothèque Germinal, dans la rue Sol, qui débouche sur la baie d'Orzán, Polca était si absorbé par sa lecture, qu'il avait décidé de ruser et de s'en aller en dissimulant le livre sous sa veste. Cela s'était passé fin juin, la veille de la Saint-Jean. Il l'avait ensuite aperçue, pendant la fête, autour des feux, et il était devenu tout pâle devant les flammes. Il avait tenté de se rendre à plusieurs reprises à la Bibliothèque Germinal pour aller rendre le livre, mais en arrivant devant la porte, il apercevait Minerve et sa culpabilité et sa honte l'empêchaient d'entrer. Lui, un employé des parcs et jardins, un joueur de cornemuse de Castro, qui jouait autant en hommage à Sacco et Vanzetti qu'à la procession de la Vierge du Carmel, patronne de la mer, protectrice des naufragés, lui, membre de l'athénée L'Éclat dans l'Abîme, lecteur de la revue *Brazo y Cerebro*, et du Roman Idéal, partir comme cela, en volant un livre, comme un voyou. Mais il avait décidé comment il allait s'y prendre. Sans plus attendre, vendredi 17, avant d'aller voir le premier combat de Curtis, il se rendrait au Centre d'Études Germinal et il rendrait le livre. Il présenterait très solennellement ses excuses à Minerve, et lui proposerait d'accomplir volontairement la tâche qu'elle lui demanderait. Il était doué pour tous les métiers. Habiter entre la campagne et la ville a vraiment du bon. On y apprend aussi bien à ferrer un animal qu'à réparer un moteur. Mais la chose ne fut jamais plus possible. Dans la soirée, les sirènes des bateaux se mirent à hurler pour la première fois. Elles annonçaient le soulèvement militaire en Afrique et la foule descendait comme des ruisseaux en crue en direction du centre de la ville. Et lui, il avait passé toute la nuit avec le livre sous son bras. Des manifestations s'étaient formées afin de demander de distribuer les armes au peuple pour défendre la République. Et il avait assisté à tout ça, la tête baissée.

Ce n'est pas le moment de perdre son humour, Polca, lui dit Arturo da Silva. Nous n'avons plus d'armes, alors qu'allons-nous faire si en plus tu perds ton sens de l'humour ? Allez, prie pour nous, en latin, c'est beaucoup plus efficace.

Il n'y avait pas de quoi faire de l'humour. Ni de se chier dessus devant ce qui allait leur tomber sur la tête. Comment expliquer à Arturo qu'il se sentait extrêmement coupable. Coupable envers l'Homme, et coupable envers la Terre. Coupable de sa culpabilité. Mais il n'arrivait pas à le lui dire. Il n'allait pas lui raconter, en plein milieu d'un coup d'État militaire, alors que tout le monde se trouvait entre la vie et la mort, il n'allait pas lui raconter qu'il avait dérobé un tome d'Élisée Reclus. C'était une bagatelle, mais pour lui c'était devenu une énorme culpabilité, qui l'accablait considérablement.

Il ouvrit le tome I et regarda le globe terrestre entre les mains : L'homme, c'est la nature en train de prendre conscience d'elle-même.

Et voilà comment le premier tome de *L'Homme et la terre* réussit à être sauvé des flammes. Le reste avait brûlé. Le type en question, le directeur des brasiers, allait frénétiquement de-ci de-là à cause d'un Nouveau Testament. Il n'arrêtait pas de nous harceler. Il commençait par brûler les bouquins et puis voilà qu'il voulait se vanter d'être le pompier du Christ. Mais il n'y avait rien à faire. Et puis il ne se rendait pas compte du mal qu'il me faisait en me demandant de fouiller parmi les cendres, j'avais peur de trouver je ne sais pas… un os, d'Élisée Reclus, par exemple. Voilà en quoi consiste la guerre. À conserver un tome d'une encyclopédie et à ne pas pouvoir retrouver les autres. Parfois je rêve que la bibliothèque est ouverte. Que je vais le rendre et que Minerve me dit : Eh bien à présent, pour ta punition, tu liras l'ensemble des six tomes et, dans mon rêve, j'ai le temps de le faire, parce que la guerre n'a pas eu lieu.

Tu allais me lire quelque chose, papa.

Oui, je sais, je suis en train de le chercher.

Il ne savait pas s'il valait mieux regarder le globe avec les lunettes de la Presbytie ou s'il était préférable de le voir trouble. À présent, il avait des problèmes pour observer les mains. Lorsque le globe devenait sphérique, les mains se mettaient à trembler.

Blu, dipinto di blu

Corea disparut pendant un an du quai d'Occidente. Puis il réapparut le crâne rasé, sans sa longue chevelure voyante qui ressemblait à une crinière. Il était beaucoup plus sérieux qu'avant. Très maigre. Tout avait diminué en lui, sauf les sourcils qui projetaient leur ombre sur les ravines de son visage, comme si le temps avait dévalé dessus à la façon d'une avalanche rasant la végétation et aussi la chair étagée des terrasses, et le mécanisme du sourire. Non, les dents n'avaient pas encore diminué. Mais on aurait dit qu'elles avaient poussé comme des dolmens un peu déterrés. Corea tenait María Méduse par la main.

Gabriel se souvint que la dernière fois qu'il les avait vus, entre les planches, avec un sac de sel en guise de matelas ; María Méduse, assise, en train de caresser le sommet du crâne de Corea ; lui, couché sur le côté, la tête posée sur le giron de la jeune fille ; il les avait trouvés très beaux tous les deux. Il n'avait encore jamais ressenti le désir de peindre quelque chose, et il s'aperçut que c'était un peu ce qu'il était en train de faire avec son regard. Les piles de planches encadraient le couple et filtraient en même temps des rais de lumière, comme un grand paravent.

Lorsque Gabriel avait vu Corea de plus près, il avait

pu examiner plus attentivement les coutures de son visage. Et il avait eu l'impression de les avoir peintes lui-même, quelque temps plus tôt. Il avait eu l'impression qu'il connaissait bien les nuances de cette chair.

Salut, mon cher magistrat, lui avait lancé Corea.

Et il n'y avait rien de menaçant dans cette phrase. Son regard franc ne laissait transparaître aucun désir de vengeance. Parfois, Chelo traçait un quadrillage pour dessiner la forme ovale des visages. Et le visage de Corea ressemblait exactement à cela. On aurait dit une sorte de sérénité quadrillée par des cicatrices. Mais c'est la sculpture du visage qui s'imposait avant tout, avant même les marques des sévices. La Méduse lui passa sa main lisse, pâlichonne, sur la seule mèche qui lui restait sur le caillou. Une main fibreuse, aux doigts longs et aux veines marquées, qui caressait lentement, comme si elle s'était posée là pour toujours.

Tu avais bien un tourne-disque, hein ?

Gabriel allait lui sortir un chapelet d'excuses. Il n'était pas à lui. Le tourne-disque était à sa mère. C'était un tourne-disque portable, oui, mais il était très lourd. S'il se faisait prendre en train de le descendre dans la rue, il ne saurait que dire. Sans compter que le juge. Le juge peut te causer vraiment du tort, Corea, tu ne te rends pas compte ? Tu trouves que tu n'as pas assez dégusté ? Mais il se tut, acquiesça. Oui, bien sûr qu'ils avaient un tourne-disque. Chelo utilisait cet électrophone dans le Pavillon Chinois, c'était une sorte de meuble qui pour Gabriel, sans trop savoir pourquoi, était assorti à l'horloge Grand Mother Circa. C'est Leica qui avait offert le tourne-disque à sa sœur. Il avait récupéré ça lors d'une de ces affaires futuristes qu'il négociait avec monsieur Mago d'Oz — c'est ainsi qu'il appelait le patron de l'Hexamètre — dans le secteur de la publicité et de la décoration de vitrines. Gabriel avait quelquefois entendu son père dire que Leica était semblable à du mercure. Au début, il pensa qu'il voulait parler de ses hauts et de ses bas, mais en réalité il évoquait ses idées, aussi insaisissables que de petites boules de mercure avec la pointe d'une fourchette. On avait l'impression que le juge observait Leica depuis toujours et que, malgré cela, il serait incapable de le reconnaître s'il lui fallait un jour l'identifier. C'était un être mutant, d'après lui un capricieux qui mettait à mal la conception qu'il avait de ce que devait être un caractère et une conduite convenables. Au Tribunal, il avait appris à juger les gens du premier *coup d'œil**... Depuis quelque temps déjà, Leica était enthousiasmé par ce qu'il appelait la révolution des vitrines, qui allait transformer le visage de la ville, créer un nouveau paysage, une deuxième nature. Un pionnier avait déjà ouvert la voie. C'était Armando Liñeira, avec sa sensationnelle idée d'organiser un défilé de mannequins à l'intérieur de la vitrine du magasin La Palma. Voilà comment se présentaient les choses au début de l'été 1963, lorsque Corea avait refait son apparition sur le quai d'Occidente et avait demandé à Gabriel de descendre le tourne-disque que Leica avait offert à Chelo et qui se trouvait dans le Pavillon Chinois. Il pouvait fonctionner avec des piles. Alors pourquoi ? Pourquoi ne pas le descendre ? Pourquoi ne pas faire ce plaisir au héros du quai d'Occidente qui venait de réapparaître ? En plus, il l'avait déjà emmené le premier dimanche à la plage de Santa Cristina. Ce jour où il avait tout le temps eu l'impression que la jeune fille, qui parlait la langue des chimpanzés avec un accent étrange, allait arriver. Elle avait la peau extrêmement blanche, le visage couvert de taches de rousseur d'un brun verdâtre, elle était très grande, élancée, mais avec une poitrine de gamine, presque plate, contrastant avec ses tétons rosés.

Pourquoi tu ne le descends pas ? Et apporte aussi quelques disques. Même si c'est *Volare*.

Il observa la Méduse et arracha un sourire à sa moitié de visage : *Nel blu, dipinto di blu*.

Lorsque Gabriel et Zonzo étaient revenus avec le tourne-disque, Corea montra l'espace libre entre les piles de bois, à l'endroit où les bandes de gamins avaient si souvent joué au football. À présent, c'était devenu la salle des fêtes. Le Seixal, le Moderne, le Liceo de Monelos, tout ça pour nous deux. Des lambeaux de nuages, déchirés, progressaient extrêmement lentement en direction de la mer, comme s'ils venaient récupérer le tissu resté sur le métier à tisser.

Ce fut l'avant-dernière fois qu'il les avait rencontrés. Ils s'étaient mis à danser, bien serrés l'un contre l'autre. Toujours aussi moqueur, Zonzo avait volontairement choisi un opéra, parmi tous les disques de Chelo. Un hurlement inquiétant de soprane. Il alla vérifier la distribution sur la pochette. *Ach, ich fühl's*. Mais cela leur était égal. Ils dansaient, collés l'un contre l'autre, la chanson de leur existence. La Méduse tournait sur la pointe des pieds et les talons sortaient de la barque de ses chaussures plates, ce qui intensifiait l'impression de s'être laissée aller à un ivre abandon. Ses pirouettes mettaient en mouvement tout l'espace des grandes planches disposées en forme de cage. Le reste, la mer et le ciel, tout était extrêmement calme. La longue chevelure brune et brillante de la Méduse retombait comme une crinière sur la boule à zéro pâlichonne de Corea. Un frisson d'un genre inconnu traversa le corps de Gabriel. Pour réaliser cette figure de danse, il fallait que Corea pose ses lèvres sur la moitié défigurée du visage de la femme.

Il les revit pour la dernière fois, quelques jours plus tard. À l'occasion de cette espèce d'anniversaire, où le Grutier leur permit de jouer un moment avec le ballon du *Diligent*. Un des tirs fit pénétrer la balle dans les piles de bois destinées à l'exportation. Et quelqu'un courut la récupérer. Puis quelqu'un d'autre. Impossible de la trouver. Tout le monde était parti à sa recherche. Le Grutier commençait à franchement s'énerver. Le ballon n'est tout de même pas tombé à la mer ? Non, non. C'est impossible. Et soudain, on vit émerger d'une des piles de bois les plus éloignées, comme s'ils sortaient d'un palace, Corea et la Méduse. Elle était enceinte. Elle portait le ballon du *Diligent* à l'intérieur de son ventre.

Ramón Ponte éclata de rire également. Ce fut le dernier éclat de rire qu'on entendit cet été 1963 sur le quai d'Occidente. Lorsque la Méduse écarta les jambes et accoucha du ballon, qui rebondit plusieurs fois avant de s'arrêter aux pieds du Grutier.

Soudain, une jeep de la police apparut. Ramón Ponte se dirigea vers la cabine avec l'historique ballon de cuir sous le bras. Les gardes civils ordonnèrent aux plus jeunes de rentrer chez eux. Le port n'était plus un terrain de jeu. Ils n'avaient qu'à s'en trouver un autre. L'*Azor*, le yacht du Caudillo, ne va pas tarder à arriver. Et ces deux-là, le voyou à la tonsure de cheval et la pute qui n'a plus qu'une moitié de visage, ces deux-là viennent avec nous. Voyons, montrez-moi vos papiers.

Banana split

Plus tes pensées seront impures, et plus long sera le cobra qui va sortir de ta bouche. Lorsqu'elle se confessait, toute petite déjà, elle ne pouvait pas s'empêcher de dire qu'elle avait eu des pensées impures. Amalia et moi aimions beaucoup nous toucher les seins. Au grenier, on essayait des vêtements, on jouait aux grandes couturières, à imiter les tenues de certaines revues de haute couture. Et c'est alors qu'on avait commencé à se caresser, tout en comparant le volume de nos seins. Une autre fois, j'avais aussi eu une pensée qui m'avait semblé impure, lorsque je m'étais battue contre Rafa, près de la rivière Laranxeiro. Il faut dire que, moi, j'adorais me bagarrer. Mais on ne peut pas se battre comme ça, de but en blanc. Il faut bien commencer par provoquer la bagarre, par exemple se mettre une paille sur l'épaule et dire : J'aimerais bien savoir qui va avoir le courage de toucher à cette paille. Mais les gamins ne me prenaient pas au sérieux, ils rigolaient : Tu es vraiment un peu cinglée, arrête de faire l'imbécile. Quelquefois j'y arrivais, lorsqu'ils en avaient marre que je sois toujours fourrée dans leurs pattes. Tu es complètement siphonnée, me dit Rafa. Il me tenait par les poignets, il avait réussi à me faire tomber et il était à califourchon sur mon ventre, mais je continuais à me tortiller. Il était tout rouge. Reste tranquille, disait-il, tu vas m'obliger à te frapper. Moi, je n'avais qu'une seule pensée, je voulais gagner et me retrouver moi-même sur lui, jusqu'à ce qu'il me demande des patates. Car c'était ainsi qu'on s'avouait vaincu : je demande des patates. Je ne sais pas si c'était une pensée impure ou pas, parce que en réalité je ne pensais à rien d'autre. Seulement à gagner pour qu'il demande des patates. Avec Amalia, ce n'était pas pareil, j'avais des pensées différentes. On creusait la paume des mains et on se caressait les seins et on sentait comment ils grossissaient. Ils grossissaient de minute en minute, du jour au lendemain, d'une année à l'autre. Ça ne pouvait pas être une pensée impure, puisque c'est seulement les hommes qui ont l'habitude de faire ça avec les femmes, mais il devait bien y avoir quelque chose de ce genre, car un jour nos langues s'étaient allongées comme des cobras. Et si l'on en croit les histoires de Polca, lorsque les cobras deviennent grands, il leur pousse des ailes et ils se mettent à voler en chantant : *¡ Para Babilonia me voy !* Parfois, après avoir touché notre salaire, on se payait le luxe d'aller prendre un chocolat avec des churros au Bonilla. Mais notre plus grande audace, notre plus grande luxure même, ou notre extrême jouissance, c'était d'aller prendre une glace banana split au Linar. Mais ça ce fut un peu plus tard. Il me semble que nos ailes avaient déjà poussé, à l'époque du banana split. On n'arrêtait pas de rire. On aurait dit qu'on nous avait administré la potion du rire. Je vais monter l'escalier disait Amalia après avoir fini sa glace. Pour se rendre aux toilettes du Linar, il fallait emprunter un escalier très clinquant, le genre qu'on adore monter et descendre. À une certaine hauteur, il bifurquait, et on pouvait voir sur le palier du milieu un grand moulage représentant une coquille Saint-Jacques. Ce déplacement, celui qui consistait à se rendre aux toilettes, devenait alors une promenade artistique. Marche après marche nous avions l'impression de grandir. Avec qui je veux, déclara un jour Amalia en redescendant l'escalier, je vais tout faire. Mais enfin, qu'est-ce que tu racontes, Amalia ? Cet escalier t'a rendue folle ? Je vais réaliser toutes mes pensées. Je vais tout faire. Par-devant, par-derrière. Lentement, au trot. Lui, il n'a qu'à bien se tenir, parce que moi je vais me le manger tout entier. Banana split.

La cabine de Montevideo

Il décida de vivre un exil sans avoir à repartir une nouvelle fois. Il se fourra dans le lit de la chambre du vieux marin. C'est là qu'il écrivait ses romans du Far West, qu'il signait John Black Eye, et qu'il donnait des cours de sténographie avec la méthode Martí. C'est Sada, ce *Bateau Ivre**, qui lui avait peint toute la cabine, le Sada qui s'était dédoublé pour donner naissance à Urbano Lugrís, l'homme scindé en deux. À l'époque, Lugrís était en train de peindre les intérieurs du yacht de Franco. Le dictateur était tombé amoureux de ses marines et il avait demandé qu'on le fît venir pour décorer son bateau. Le caudillo avait, tout comme Hitler, un désir frustré pour les beaux-arts. Le pouvoir lui avait permis de surmonter bien d'autres frustrations, mais le Généralissime des Armées de Terre, de l'Air, et de la Marine, élevé à la distinction d'Épée de Dieu en l'année de Grâce 1937, continuait à peindre mal. Fort mal. Et il peignait particulièrement mal la mer. Personne n'osait le lui dire franchement. Tout n'était que compliments pour ces marines faiblardes. Sur les photos officielles, on trafiquait sa taille en installant des estrades sur des tasseaux de bois. Les appareils prenaient les images en contre-plongée pour que le petit homme semble plus grand. Cependant, il voyait bien que la mer dégoulinait de son pinceau, irrémédiablement. Puis, un jour, il avait fini par accepter qu'il ne serait jamais capable de reproduire un oursin. Il avait entrepris de peindre une nature morte, mais il n'y parvenait pas : son tableau n'était ni mort ni vif. Il avait disposé plusieurs modèles devant lui, bien frais, rapportés pour l'occasion de la mer d'Orzán, d'un vermillon intense et foncé. Avant les poissons, l'escargot et l'étoile de mer, il avait décidé de peindre d'abord un oursin. Il pensait que c'était plus facile. Une sphère épineuse. Personne n'allait se fatiguer à compter les piquants. Mais il en eut vite assez de batailler contre la forme de l'oursin, contre chaque piquant. On aurait dit qu'au lieu de venir de la mer l'oursin était tombé de l'espace sidéral. Et puis il arriva un moment où il ne savait plus comment définir la couleur. Il avait alors adopté la solution la plus simple, une peinture au trait, plutôt enfantine. Mais le résultat c'est qu'il était impossible d'y voir un oursin. C'était devenu une tache absolument pas convaincante du tout. Il avait éprouvé une impuissance on ne peut plus désagréable. Il avait à l'esprit les peintures de Lugrís. Et par conséquent il demanda qu'on le fît venir. C'est lui qui allait peindre tout cela à l'intérieur de son bateau.

Urbano Lugrís peignait le yacht de Franco. Et lorsqu'il avait fini sa journée, il allait à Casa Enrique pour boire du vin de Palma del Condado, avec des tranches de jambon très finement coupées, presque transparentes, et avant de les manger il disait que c'était l'âme du porc. Puis, légèrement éméché, avec des ailes sous ses semelles, il prenait la rue Compostela pour se rendre chez lui. Il se changeait puis, vêtu en Sada, il parcourait un circuit labyrinthique pour arriver à La Rose Sténographique, il embrassait Catia

Ríos, grimpait le petit escalier en colimaçon et, à l'heure du crépuscule, passait dans l'autre monde pour peindre « la chambre du vieux marin », le refuge où naviguait désormais son vieil ami Héctor. Cette pièce qui ne tarderait pas à devenir le repaire d'un naufragé enchanté.

Qui est là ?

Sada, le bateau ivre !

Il peignait par vagues fébriles, alternant avec des parenthèses de totale concentration pendant lesquelles un silence muet le tenaillait. Une fois, dans un de ces moments, il rompit brusquement le silence et expliqua à Héctor : Tu sais ? Je suis en train de peindre l'*Azor* avec des peintures toxiques, beaucoup de vert émeraude de Schweinfurt. Peut-être que ça va faire son effet.

Et tu crois que ça met longtemps ? demanda Héctor en abondant dans son sens.

Parce que tu penses que le temps est important désormais ? Tu ne sais pas ce qu'a dit Carrero Blanco, le second du bord, que « le mandat de Franco était un mandat à vie » ? Il ne nous reste plus qu'à laisser œuvrer le trioxyde d'arsenic.

Ne te torture pas.

Quelle idée j'ai eue de me lancer dans le réalisme magique ? Dommage que je n'aie pas été cubiste ! Tu sais ce que m'a demandé le Capitainissime ? Dites-moi, Lugrís, comment faites-vous pour peindre ces oursins ? Voilà ce qu'il m'a demandé. D'abord je leur ménage une place, Excellence, et puis ils naissent tout seuls, entre la couleur pierre et le bleu Patinir.

Tout seuls ?

Avec des cobalts et la grâce de Dieu, Excellence. Je lui ai dit ça avec une voix parfaitement portée, géniale, à la Dalí. Il faut marcher sur des œufs.

Tu as bien fait, répondit Ríos. Les personnages de

ce genre sont très susceptibles devant le ridicule insignifiant. Le ridicule flagrant, ils ne le perçoivent jamais.

Lorsque le peintre eut fini, Héctor Ríos eut l'impression que les quatre murs avaient disparu. Ici, tu vas te sentir comme Nemo, dit Sada. Puis il ajouta : Il ne te manque plus qu'un lit à eau.

Tu es sûr que ce genre de lit existe ?

C'est un lit qui existait déjà au paradis des Perses. Il était fait en peau de chèvre. Ils la remplissaient tous les jours avec de l'eau solaire.

C'est dans ce sens que devrait aller la science de l'avenir dans ce malheureux pays, réfléchit Ríos, que le discours idéographique de Sada stimulait énormément. Il nous faudrait une technique qui se donnerait un certain style. Des séchoirs de mousse, des boîtes à lumière, des lits à eau. Pour qui sait lire, notre poétique trahit les plus profondes carences matérielles. Cette constante invocation de la lumière est le mouvement le plus élémentaire, le plus simple de la nature. L'obsession mystique est une conséquence du manque de chauffage, de la mauvaise alimentation et du sommeil troublé.

Sans parler de ce lointain paradis, dit Sada, je suis convaincu que le grand Jules Verne naviguait, pour ainsi dire, sur ces matelas à eau qu'a inventés le docteur William Hooper au siècle dernier. Ma supposition correspond bien aux dates. J'ai toujours pensé qu'Hooper était, à son tour, une invention de mon père. Mais le phénomène de la médecine flottante a vraiment existé. Elle est confirmée par le Consulat britannique. J'ai l'adresse sur moi. The London Waterbed Company, 99 Crawford Street.

Si tu me trouves un lit à eau, dit Montevideo, je t'ajouterai au Parnasse, je composerai un obituaire de ton vivant qui fera frémir de plaisir tous les nécrophiles. Tu deviendras immortel pendant au moins vingt-cinq ans.

Et dans ta nécrologie, n'oublie surtout pas d'inclure mon sublime surnom, *Le Bateau Ivre**. Même si mon prénom, Urbano, fait un peu prénom d'autobus.

Maintenant assieds-toi, repose-toi un peu, dit Montevideo.

Tu vas me torturer, c'est ça ?

Oui. Je vais te lire un fragment du présent dont je me souviens encore.

Le chant des oiseaux

C'était l'homme qui voulait dire non. Leica alla demander conseil à Rubén Lires, le violoncelliste. Mais il se retrouva en face de quelqu'un d'autre qui n'osait pas remplir toutes les cases des mots croisés. Il était là, concentré, en train de jouer pour lui-même une pièce somnambulique. Le filet s'était également abattu sur lui. Tout complotait pour construire une réalité grotesque. Le long de la rue San-Andrés, une bande de techniciens transportait le grand tapis de l'église des Jésuites, enroulé et prêté à l'occasion du Dîner de Gala. L'archet voulut jouer un accord de douleur et de rage en malmenant les cordes, mais le bras demeura désarmé. Il retomba.

Je vais devoir jouer pendant le Dîner de Gala.

L'époque des excuses était passée pour lui. Rubén avait désormais trouvé dans la musique une réelle protection, une capsule sous-marine. Sa virtuosité avait à présent fait de lui un être vulnérable. Visible. Mais il aurait préféré être un de ces musiciens qui vont de village en village, un de ces artistes anonymes qui se réunissent à La Tacita de Plata, pour attendre les notables des villages et les propriétaires de salles de bal. Il aurait préféré être l'accordéoniste aveugle du Papagaio. Il aurait préféré retourner en arrière, que toutes les notes retournent au néant. Qui avait bien pu avoir la maléfique bonté de penser à lui ? Chaque année, les autorités locales offraient au Caudillo le fameux Dîner de Gala. Et après le banquet, il y avait toujours un concert de musique classique avec des orchestres de chambre et plusieurs solistes triés sur le volet. À quel moment, pour quelle raison, comment quelqu'un avait-il articulé son nom ? Qui l'avait soudain prononcé, et qui l'avait repris au vol ? Il percevait tous les compliments, tous les applaudissements qu'il recevait comme une conspiration. Non, il n'avait pas bien joué. Pour lui, dans ce monde-là, son art était un délit. Il devrait être en prison. Assigné à résidence. Qui pouvait bien être le prévôt qui avait pensé à lui ? C'était une distinction, un honneur pour un artiste local qui allait pour la première fois, au cours d'une grande réception, remplacer un artiste consacré. Rubén Lires passa toute la nuit à écrire des lettres anonymes contre Rubén Lires, le violoncelliste. Contre lui-même. Puis il les déchira les unes après les autres, car il les trouvait assez comiques dans leur précision, comme la confession des gamins avant de faire leur première communion. J'ai eu de mauvaises pensées. Raconte, raconte. Rubén Lires est un opposant. Rubén juif. Rubén franc-maçon. Rubén communiste. Il barra et rectifia : Rubén trotskyste. Ils ne vont pas comprendre ce genre de chose, il vaut mieux mettre Rubén anarchiste. Ça, ils vont savoir ce que ça veut dire, merde. Rubén Lires est un artiste dégénéré. Aïe, aïe, aïe ! Même dans une autodélation, il faut y introduire un certain effet de style, une touche de distinction. Mais il pensa à quelque chose d'encore plus précis qui causerait un inévitable désordre : Malgré les apparences, cet homme mène une vie dissolue. Un individu qui n'a aucune retenue morale, qui s'adonne à tous les vices. À sa condition d'anti-espagnol et de révolutionnaire s'ajoute celle de libertin. Nous avons été très surpris de découvrir son nom dans le programme musical du Dîner de Gala de cette année ; Signé : Un patriote vigilant. Vive Franco et *Arriba España*. Qu'est-ce que tu en penses ? Tu crois que ça va marcher ? Il sentait le silence de Leica. En réalité, son ami photographe ne disait rien, car il vivait à peu près le même calvaire. Celui de l'homme qui n'ose pas dire non. Le juge de l'Oklahoma parle au gouverneur, le gouverneur au ministre, le ministre à quelqu'un de la Maison Civile de Son Excellence. Il y aura des photos. Une séance de photos avec le Chef de l'État. Et qui sait ? Peut-être le Nouveau Portrait Officiel. Imagine. Sur les murs de tous les ministères, des milliers de bureaux, de centres officiels, d'écoles, de livres. Le triomphe. Et devine qui va être le photographe ? Qui aura cet honneur ?

Je peux aussi dire que ma mère est morte. Avec un peu de chance, on ne me demandera pas quand. Moi je me contente de dire : Je suis désolé, ma mère est morte, je ne peux pas me rendre au Dîner de Gala. Et on n'en parle plus. Ma mère, ça ne va pas la gêner. Morte, elle est déjà morte. Et puis elle m'a toujours protégé. Je peux toujours lui apporter des fleurs ensuite. Tu vois, maman. Je devrais être en train de jouer pour toutes ces huiles et en revanche, je suis ici, avec les miens.

Rubén était complètement ailleurs, tandis qu'il parlait. Il ne parvenait même pas à être pathétique. En compagnie de son violoncelle, il y avait chez lui un abandon presque enfantin.

Je vais dire que je suis malade, lança soudain le violoncelliste, comme s'il venait de trouver la bonne idée qui allait le tirer de ce mauvais pas. En vérité, je ne me sens pas très bien. Et il percevait le grincement de ses os, les grouillements de son ventre.

Il regarda l'instrument. Lui aussi était malade. Aujourd'hui, il avait un air de ruche abandonnée par l'essaim. Entre les cordes, le violoncelle lui renvoya le regard vide des abeilles.

Et en plus, j'ai de l'arthrose, constata-t-il avec bonheur. Une arthrose qui affecte mon bras gauche et me donne parfois des fourmis à l'auriculairc ct à l'annulaire. Ces deux doigts-là.

Je crois que cette excuse ne fonctionnera pas, Rubén, dit Leica avec scepticisme. Il pensa alors qu'il devait l'encourager, et c'était une façon de penser à lui-même. Ce dilemme qui les tourmentait, alors que Rubén ne connaissait pas l'affaire du Grand Portrait, n'avait pas tant d'importance. Au bout du compte, c'étaient deux professionnels qui ne faisaient pas autre chose que leur travail. Les scientifiques qui conçoivent des armes de plus en plus destructrices étaient bien pires qu'eux, pensa-t-il. Qu'allait donc faire de mal Rubén ? Jouer du violoncelle. En jouer, point à la ligne.

Ainsi, il lui dit : Écoute, Rubén, imagine que tu es juste un oiseau qui passait par là. Il n'a rien à voir avec le dictateur. Lui, l'oiseau, il chante, un point c'est tout. Qu'est-ce que ça peut lui faire à l'oiseau, de chanter devant un saint ou devant un criminel ?

Rubén tenta d'imaginer l'oiseau. Pour lui, ce n'était pas une image si simple. Il voyageait dans le temps. Il y avait une histoire qui l'inspirait. Dans le palais du calife Moctader, de la dynastie des Omeyyades, il y avait un tapis sur lequel figurait un arbre à dix-huit branches, où se posaient des oiseaux tissés de fils d'or et d'argent. Cependant la chose la plus remarquable de ce tapis n'était pas son côté luxueux, mais le mécanisme caché qui permettait, lorsque la brise pénétrait dans le palais, aux oiseaux de s'agiter sur leurs branches et de se mettre à chanter. En fermant les yeux, tandis qu'il jouait du violoncelle, Rubén était souvent entré dans ce lieu, comme s'il était devenu la brise. Dans cet endroit, c'est une clepsydre qui mesurait le temps, une horloge hydraulique où les heures étaient représentées par des portes que l'eau fermait à mesure.

Mais c'était aussi l'eau qui ouvrait les portes de la clepsydre.

À quoi pouvait bien ressembler le calife Moctader ? À un assassin qui écoutait le chant des oiseaux ?

Je pourrais jouer *Le Chant des oiseaux*, de Pau Casals.

De façon instinctive, Leica suivit depuis la fenêtre la faux céleste de la rue Santa-Catarina. Au-delà de l'architecture massive du siège du grand magasin Pastor, par-dessus la frondaison des arbres et les longs cous industriels des grues du quai d'Occidente, on pouvait voir le tapis où volaient les nuées d'étourneaux en hiver. Et cette nuée ressemblait à un dessin animé, avec une trame de points, qui prenait la forme d'un formidable oiseau. La première fois qu'ils les avaient vus, en débarquant de Cuba, en 1933, Leica et Chelo pensèrent que cette exhibition aéronautique de centaines d'étourneaux était une sorte de hasard du destin, unique, qui ne se renouvellerait jamais plus. Il n'était pas possible qu'une telle quantité d'oiseaux partagent une même volonté esthétique, qu'ils repèrent ainsi leur place dans l'histoire de la ligne. C'est Mayarí qui leur dit : Ils sont en train de dessiner, avec des points, un oiseau gigantesque qui effrayera les rapaces.

Mais les étourneaux de La Corogne partent pour le Carême, juste après le Carnaval. Ils retournent dans le Nord. Quelqu'un leur expliqua que c'étaient les mêmes oiseaux qui picoraient les mies de pain des touristes aux alentours des rochers de Stonehenge.

Ils ne vont pas me tuer, dit Rubén. Ils ne vont pas se mettre tout d'un coup à foutre une raclée au musicien. Ils ne doivent même pas savoir qui est Pau Casals !

Ils le savent, pensa Leica. Bien sûr qu'ils le savent. Mais il ne le lui dit pas. Il était en train d'étudier le déploiement de la bande d'étourneaux. S'il existe une histoire de la ligne, il en existe forcément une du vide. On remarquait dans le ciel l'absence des étourneaux, de la même façon que la marque d'un tableau persiste sur un mur.

Le mieux, ce serait de ne pas dire de qui c'est, poursuivit Rubén. Ces jours-ci, je n'arrête pas de penser à Manuel Seoane. J'ai fait un cauchemar. J'ouvrais l'étui de mon instrument et c'est lui qui en sortait. Que fais-tu là ? lui ai-je demandé terrorisé. Chut ! m'a-t-il fait, tais-toi. Je suis un évadé. Protège-moi. Je n'arrive pas à entrer dans la boîte de mon violon. On lui voyait les trous des balles, propres, comme s'ils avaient été percés au foret. Je ne parvenais pas à prononcer un mot. Je n'étais pas capable de lui dire qu'il était mort. Tu tentes de me dire quelque chose ? demanda-t-il. J'acquiesçai. Quelque chose d'important ? J'acquiesçai à nouveau. Mais je ne parvenais pas à parler. Et il me tendit une feuille de papier à musique en me disant : Écris-le là-dessus.

Leica connaissait très bien Manuel Seoane, le violoniste. Il était en train de l'observer à travers le viseur de son appareil photo. Il était en train de le prendre en photo avec son foulard rentré dans sa veste boutonnée, qui représentait la quintessence de l'artiste. Il avait les cheveux peignés et domptés en arrière, mais avec des pentagrammes qui pointaient dans un *allegro molto vivace*. On l'avait fusillé au Campo-de-la-Rata, avec d'autres jeunes soldats fidèles à la République. L'exécution de ces huit soldats s'était passée en plein jour. Ils étaient accusés de fomenter une rébellion dans la caserne d'Atocha. On avait invité toute la ville à assister à l'exécution. Les gens devaient les huer. Ce devait être un grand spectacle public et une leçon radicale pour que ceux qui ne s'étaient toujours pas résignés « mordent la poudre » une bonne fois pour toutes. Mais les suppliciés n'avaient pas baissé la tête. Jusqu'à leur dernier souffle, ils avaient lancé des vive la République, et vive la liberté. La foule ne les avait pas conspués. Et le poids de leur silence fut leur dernière manifestation de résistance.

Dans son studio, Leica releva l'aiguille sans arrêter la rotation du disque. Cela lui fit penser à l'article qu'il avait lu et relu dans une revue française de cinéma : « Après la première projection du *Docteur Mabuse*, Fritz Lang fut convoqué au ministère pour être nommé responsable de la cinématographie allemande. Mais le soir même il prit le train pour s'enfuir à Paris. » Tous les après-midi, un train partait de La Corogne en direction d'Irún, où l'on pouvait faire un changement pour Hendaye, à la frontière française. Il était bourré d'émigrants galiciens qui partaient travailler en France. Rubén suivit le conseil de Leica. Il partit le jour même dans ce convoi.

Il faut que tu t'en ailles, et que tu t'en ailles tout de suite, lui avait soudain dit son ami. N'hésite pas un instant de plus. Emballe bien ton instrument et prends le premier train.

Ç'avait été très agréable pour Rubén d'écouter ce conseil. De s'écouter soi-même, même si c'était quelqu'un d'autre qui l'exprimait à sa place. Leica observa l'appareil photographique. Il savait que l'appareil était en train de penser : il était jaloux du violoncelle qui partait en train, assis sur son propre siège.

Leica et Silvia

L'appareil photo. C'est lui. Il y a bien longtemps que c'est lui qui prend les photos. C'est lui qui décide des gens dont il aime faire le portrait ou pas. C'est lui qui choisit. C'est lui qui fait exprès de bouger. C'est lui qui s'arrange pour que les photos soient floues. C'est un bon appareil photo, même si la plupart des photos sont très mauvaises. Cependant, lorsqu'il en réussit une, on peut dire qu'une image vient de naître pour l'humanité. Mais ça dépend de lui. Il faut voir tout ce que cet appareil a enduré ! Ça ne m'étonne pas qu'il soit devenu maniaque, capricieux. Mais ne t'y trompe pas. Il fut un temps, dans sa jeunesse, où il faisait des photos avec beaucoup de plaisir. Il était très obéissant. Il captait la lumière là où il n'y en avait pas. Et en plus, il a accepté de faire de nombreuses choses qui ne lui plaisaient pas toujours rien que pour moi. Il arrive que les gens fassent des choses contre leur volonté et qu'ils finissent par se convaincre qu'elles ne leur plaisent pas. Moi, je n'en suis pas là, mais mon problème, c'est que je ne sais pas dire non. Et donc c'est lui, l'appareil photo, qui prend les décisions à ma place. Alors tu sais à quoi t'en tenir. Si tu es si belle, c'est de sa faute. De la faute de l'appareil photo.

Arrête de me raconter des histoires !

C'est la vérité. Il fut un temps où je voulais devenir artiste, je trouvais que photographe c'était pas grand-chose. Luis Huici, qui était artiste et tailleur, m'avait dit un jour : L'important, dans la vie et dans l'art aussi, c'est de ne pas ennuyer les autres. Donner ou ne pas donner, voilà ce qui donne la valeur d'une œuvre. Ici tout est un don.

La première fois qu'il était entré dans l'atelier d'Huici, dans la rue Cantón, il lui avait montré sa collection de revues *Alfar*, un acharnement transatlantique contre l'ennui historique. Cet atelier était un embarcadère d'avant-gardes, un port à lui tout seul. Il y avait des nouveautés qu'on ne pouvait trouver que là, livres ou tissus. Il y avait des gens qui venaient juste pour toucher. Toucher, par exemple, *Ulysse* de James Joyce, ce livre dont on parlait tant et qu'Huici avait reçu par courrier maritime. Il était là, c'était un être vivant, réel, qu'on pouvait ouvrir et dont on pouvait toucher les mots avec les doigts : *Those girls, those girls, those lovely seaside girls*. Huici recevait des publications et des manifestes : tout était un don à l'état pur. On ouvrait les paquets et il était rare de ne pas y trouver quelque chose de nouveau, une image, une forme ou une question qui n'existaient pas précédemment. Lorsqu'il lui avait montré les revues *Alfar*, les exemplaires étaient attachés avec un ruban de couleur noir animal. L'artiste, qui était tailleur, désignait les couleurs avec une incroyable précision. Cette veste était couleur queue de renard. Ce blouson couleur pain de maïs de Carral. Et ton visage couleur nuit blanche. Et il avait dit que ce ruban était de couleur noir animal. Chaque fois que le nom d'Huici lui passait par la tête, il revoyait ses doigts en train de dénouer le ruban. En plus de lui permettre de gagner sa vie, la boutique de tailleur était pour Huici une façon pratique de jouer son rôle dans la ville. Les gens eux-mêmes étaient les plus actifs créateurs de paysages. L'individu est un arbre qui marche, une pièce architecturale en mutation. En soi, un homme ou une femme représentent une nation nomade. Du seul fait de marcher, ils écrivaient, dessinaient ou peignaient au sein de la ville.

Il se passait pratiquement toujours quelque chose dans cette composition. Soudain, l'idée d'une culture nomade cessait d'avoir un sens figuré. Beaucoup de gens, portant un signe nomade bien visible, c'est-à-dire une valise, confluaient vers le port, puis quittaient le paysage. Huici posait toujours la même question : Quand donc cesserons-nous d'exporter de la tristesse ?

Même si on l'accusait de snobisme, il avait l'habitude de parler d'une élégance populaire. L'élégance se trouvait dans la qualité de la personne, pas dans son style et pas nécessairement dans le prix du tissu. La Corogne était une ville de couturières. Les bateaux, qui exportaient la tristesse, rapportaient aussi des nouveautés. Ces couturières prenaient sans cesse des photos avec leur imagination, elles copiaient ou imitaient des modèles aperçus sur les coursives des premières classes des transatlantiques. Elles faisaient de la haute couture avec des tissus ordinaires. Huici était fasciné en parcourant les marchés populaires et les fêtes. Il admirait les couturières. Une fois, il en avait vu passer un groupe dans la rue Cantón, chacune d'elles avec sa Singer portable sur la tête. Il y avait beaucoup de monde sur la promenade la plus fréquentée de la ville, mais on aurait dit que les promeneurs avaient un instant formé une double haie pour laisser passer les femmes aux machines à coudre. Il avait esquissé de nombreux brouillons avec cette image dont il parlait sur un ton d'amusant épisode biblique. La haie d'honneur des couturières !

Il renoue le ruban de couleur noir pur, noir animal. Au revoir, Huici. Il regarde Silvia, la couturière. Nous avons la beauté de ton visage. À présent, il faudrait faire une séance qui me permette de faire ressortir à l'extérieur toute ta beauté. Ce qui existe en toi, mais qui pour l'instant est caché.

Cette photo est une merveille, Silvia. Désormais, il faut envisager une séance complète. Je voudrais te photographier en pied. Qu'en penses-tu ?

Mais Silvia n'était pas de ces filles qui répondaient à toutes les questions. Elle avait d'intrigants silences. Comme à présent. Son regard parlait à sa place. C'était un regard qui allait de l'intérieur à l'extérieur et de l'extérieur à l'intérieur. Une mélancolie active, avec une curiosité photographique.

Nous allons faire de belles photos, reprit Leica. L'appareil photo est amoureux de toi. Ces photos serviront ensuite à convaincre les annonceurs. Il est très difficile de faire des publicités avec les filles du coin. Pour elles, tout vient de l'extérieur. Les gens ont tous le même complexe, ils pensent que tout ce qui vient de l'extérieur est mieux que chez nous. Que tout ce qui est moderne doit venir de l'extérieur. Moi, je pense différemment. Une révolution optique. Tu comprends ? La publicité est une des choses qui vont changer dans ce pays. Voilà des années que nos publicités sont tristes. Des publicités pour les régulateurs digestifs, pour des lotions antipelliculaires, pour des sirops de remontant. Mais aujourd'hui, c'est l'époque des appareils électroménagers. Nous allons en finir avec l'idée que le travail ménager est une punition. Nous allons vivre le foyer comme un vrai paradis. Imaginer le sourire de la femme en train d'ouvrir son réfrigérateur. Je sais que j'exagère un peu. Mais sans exagération, il n'y a pas de publicité. Ni publicité ni art, rien du tout.

Tu peux me prendre des photos en pied, lança-t-elle soudain. Mais pas toute nue. Je refuse de faire des photos déshabillée.

Il fit un geste de protestation. Il allait lui expliquer quelque chose. Mais, Dieu sait pour quelle raison, il préféra se taire.

Je suis fragile, ajouta Silvia. Et je sais ce que je ressens.

Puis elle le surprit en lui expliquant : Je ne voudrais pas que ton appareil photo se sente coupable. Si je me déshabille, c'est pour être auprès de toi, pas pour faire une photo.

Aucune des filles qu'il avait emmenées dans son studio ne lui avait parlé de cette façon. Quelques-unes s'étaient même fâchées ou, sentant que c'était un traquenard, l'avaient insulté. Mais aucune d'entre elles ne lui avait parlé de cette façon, non. Jamais.

Il faut que je me protège, car si je ne me défends pas moi-même, personne ne va le faire à ma place. Je sais parfaitement ce que je ressens. Je préfère ne pas me mortifier.

Très bien. Oublions ces photos de nue, mais ne dis pas que personne ne peut te protéger.

Non. Peut-être parviendras-tu à m'aimer, dit-elle ensuite, d'un ton énigmatique. Mais tu n'arriveras jamais à me protéger, non.

Il était fou d'elle. À peine l'avait-il aperçue qu'il en était devenu complètement fou. Cela ne m'étonne pas. Toute petite, après sa sortie de l'hôpital, elle avait déjà une machine à coudre portable sur la tête. Elle allait de village en village, à travers la montagne. Avec le soleil et avec la brume. Cherchant à se mettre à l'abri des pluies et des orages. C'est facile à dire, mais c'est moins facile à faire. Voilà ce qui se passait avec Silvia, pensa Ó. Non, ça ne m'étonne pas que Leica, le frère de Chelo Vidal, soit tombé amoureux d'elle. Parce que moi je me suis dit : s'il arrive à prendre une photo de la jeune fille qui passe, s'il réussit à lui prendre une photo maintenant, elle va lui rester là-dedans, dans la tête, dans le studio de sa tête, et pour toujours. Lorsque la beauté est petite, me semble-t-il, elle est encore plus belle. Peut-être parce que tu te dis que tu l'as à portée de main. C'est ce qui lui est arrivé, c'est ce qui est arrivé à Leica, qui a perdu la tête pour cette toute jeune fille aux cheveux bouclés qui lui couvraient les épaules, comme un châle.

Il était devenu fou d'elle, oui. Les femmes qui portent des choses sur la tête se transmettent certaines choses. Et c'est ce qui s'était passé, on avait appris qu'il était devenu fou amoureux d'elle. Il l'avait prise en photo pour des annonces publicitaires. Et cela ne s'était pas passé comme les autres fois, non. Cette fois, c'est lui qui s'était donné à elle. Il l'aimait bien davantage que le pari machiste qu'il s'était fait à lui-même de mettre dans son lit toutes les filles qui accepteraient d'être son modèle. Mais un jour, Silvia était partie. Nous ne savons pas ce qui s'est passé. On ne voulait pas lui faire les papiers parce qu'elle était la fille de qui elle l'était, de quelqu'un qui était mort dans la montagne. Toute petite déjà, on lui avait appris le stoppage des tissus et on disait que personne n'était capable de faire ce qu'elle faisait : reconstruire un vieux vêtement. Elle travaillait avec la mémoire des habits. Elle finissait par trouver les fils à greffer pour rénover le tissu, dans les doublures, dans les plis, dans les recoins les plus inaccessibles des vêtements. Elle savait recomposer, fil à fil, aussi bien le coude troué d'une veste que le cordonnet élimé d'une boutonnière.

Silvia était mince, menue, avec de grands yeux. De

grands yeux et de longs doigts. Tout son corps semblait au service de ses yeux et de ses doigts. Ses bras étaient extrêmement fins. Et c'est pour cette raison qu'on remarquait ses mains, ses doigts allongés, habiles, qui s'activaient avec la mémoire des mouvements.

Un jour, on lui fit une commande particulière. Les bonnes sœurs du Service Domestique lui avaient fait une commande très particulière, et elles avaient insisté. Pour vouloir à ce point garder le secret, le travail devait concerner quelqu'un de très haut placé. La pièce était destinée à un musée, mais on était néanmoins pressé, ce quelqu'un avait besoin qu'elle soit prête le plus rapidement possible. Le travail devait être très soigné, la mère Asun avait fait un geste du pouce vers le haut, mais sans lever les yeux. Cela voulait dire que le destinataire était haut placé, mais que ce n'était pas Dieu. Ce n'était pas l'étole de Dieu, ni l'aube du Saint-Esprit qu'il fallait reconstruire par un stoppage minutieux. Silvia s'entendait parfaitement avec la mère Asun. On pourrait dire qu'elles s'entendaient avec le revers des mots. Ce fut elle qui lui enseigna à faire ses premiers points de couture lorsque la fillette était alitée, à l'hôpital. Pire encore, lorsqu'elle était attachée, maintenue sur le lit avec des courroies afin qu'elle ne puisse ni bouger ni se lever la nuit et une grande partie de la journée. Elle n'avait le droit de se redresser que pour manger et pour qu'on lui apprît à coudre, parce qu'il allait bien falloir qu'elle s'occupe lorsqu'elle serait devenue une jeune fille normale, le jour où sa colonne se serait enfin redressée. Lorsqu'elle repense à cela, à sa colonne vertébrale, elle a l'impression que tout son corps se transforme en glaçon. Elle est restée plusieurs années allongée dans un lit, à Oza, attachée avec des courroies, et sans pouvoir marcher. Car le diagnostic était qu'il fallait dompter cette colonne vertébrale déformée, empêcher que la courbure ne s'amplifie, que Silvia ne finisse par devenir bossue. Lorsqu'on pense que toutes ces années de souffrance auraient pu être évitées avec un simple traitement à base de pénicilline. Elles avaient le droit de se lever, car il y avait une pleine salle de gamines, celle des « gamines prisonnières », pour communier le dimanche et les jours de fête. Le curé était accompagné de son acolyte qui portait le plateau avec les hosties. C'était le garçon le plus séduisant que Silvia ait jamais vu. Comme elle n'en avait pas vu beaucoup, on pourrait dire que c'était le plus beau qu'elle pouvait imaginer. Et ce qu'elle ressentait, lorsque son corps était enfin libéré pour recevoir la communion, ressemblait à une véritable faim, un désir vorace de prolonger le mouvement de sa bouche et de mordre cette main et de recoudre avec des baisers ce garçon, qui fixait son regard à sa hauteur de malade alitée. Elle savait que ce qu'elle ressentait n'était pas un sentiment de petite fille. Mais elle n'avait pas non plus l'âge qu'elle avait. Son immobilité forcée la faisait vivre avec une telle intensité que, lorsque enfin elle s'était levée, titubant, cherchant la mer dont elle entendait le murmure depuis des mois et des mois, à travers la fenêtre, sans appui pour ne pas tomber, lorsque cela eut enfin lieu, elle s'aperçut qu'elle avait déjà vécu plusieurs vies et qu'à présent il lui fallait s'efforcer de leur permettre de regagner son corps ou, au contraire, de partir à leur poursuite.

Et la mer pénétra avec une telle force dans ses yeux, qu'elle se mit à pleurer. Et un hurlement sortit de son tréfonds. Pas un cri humain, mais un hurlement de la mer. Elle se dit alors qu'on ne l'avait pas attachée à la suite d'un diagnostic médical erroné, ni dans le but absurde de lui redresser à toute force la colonne vertébrale, mais rien que pour la maintenir à dessein loin de la mer. Elle ne parvenait plus à contrôler ses pleurs. Elle avait passé plusieurs années avec les yeux tout secs. Les larmes ressemblaient à une petite houle du corps. Parmi toutes les vies vécues dans l'immobilité, elle en avait choisi une. Elle serait la femme au stoppage. En s'apercevant que l'habileté de tous les autres sens de Silvia se concentrait dans la maîtrise de ses doigts, la mère Asun lui apprit l'art du stoppage. Lorsque, après tout ce temps, elle quitta son lit d'hôpital, son corps était devenu très maigre. Ses bras ressemblaient à des branches de saules. Ses mains, en revanche, se promenaient librement le long des coutures et des broderies. Elles jouaient aux ombres chinoises et les ombres chinoises jouaient également avec ses mains, en les allongeant.

Tu as de longues mains, lui avait dit un jour Leica, en entrelaçant ses doigts aux siens, de longues mains de miniaturiste.

Un groupe de notables de la ville avait entrepris de faire un cadeau extraordinaire au dictateur. Lui, le Généralissime des Armées de Terre, de l'Air et de la Marine, que les journaux nomment aujourd'hui l'Épée du Très-Haut, avait cependant toujours souffert d'une écharde profondément plantée dans son orgueil. Celle de n'avoir pas fait, tout jeune, l'École de l'Armée. Son rêve aurait été de devenir amiral. Et lorsqu'il obtint le pouvoir absolu, son uniforme préféré, celui qu'il passait lors des fêtes importantes, était l'uniforme de parade des marins, celui avec lequel s'habillaient les amiraux, au Ferrol, seulement les Vendredis Saints. C'est vêtu de cet uniforme qu'il se fit faire son portrait, en portant la Grande Croix couronnée de lauriers de San Fernando sur la poitrine et des jumelles à la main. Les pouvoirs locaux lui avaient déjà offert la seigneurie de Meirás et, en 1937, il fit un voyage à La Corogne, en pleine guerre, pour prendre possession de la propriété. Plus tard, on lui offrit la plus belle bâtisse de la Vieille Ville, la Casa Cornide. L'homme le plus riche de la ville, le banquier Barrié, la lui avait cédée pour cinq pesetas. Une vente très émouvante, qui n'était pas dépourvue d'un certain symbolisme. Franco avait payé avec une de ces pièces sur lesquelles était estampillé son visage, entouré de la légende « Caudillo d'Espagne par la grâce de Dieu ». Le banquier avait été ensuite nommé comte des Forces Électriques du Nord-Ouest. Non, cette fois-ci il ne fallait pas surenchérir avec de nouveaux biens immobiliers. À l'heure où le vingt-cinquième anniversaire de son pouvoir providentiel approchait, le nouveau cadeau devait être quelque chose de très symbolique, d'étonnant, qui parvînt à surprendre Franco, qui atteignît son cœur. Pourquoi pas une chose encore plus forte que l'amirauté ?

L'idée surgit pendant un dîner au Club Nautique, présidé par le gouverneur. Ils sont tous d'accord. Le gouverneur a hâte de découvrir quelle est cette « chose » pour assumer le choix, comme s'il en était à l'origine. Parmi les convives, Máximo Borrell, le compagnon de pêche préféré de Franco, à qui avant toute chose on accorde le titre « d'ami intime », ce qui, en conséquence, conférait à son opinion le poids d'un placet. La proposition partit de Ricardo Samos et de son savoir historique, belliciste, devrait-on dire, elle partit du juge que le gouverneur considère, afin d'établir un certain parallélisme parmi les vies de chacun, comme son ami intime, car c'est aussi un de ses fidèles compagnons de chasse. Samos est en possession d'une information très importante. Une piste. Il s'était souvenu d'une ancienne conversation entre marins, à laquelle avait assisté son père. Oui, il existait une chose qui était à la hauteur de ce que demandait l'Histoire et qui parviendrait à coup sûr à émouvoir Franco, un défi pas du tout facile.

Une cape de majesté, une cape de roi.

Cela sonne bien, dit le gouverneur. Cela sonne merveilleusement bien.

Le juge s'expliqua. En prévision d'une visite projetée par le roi Alphonse XIII en Galice, on avait fait confectionner une cape d'apparat pour couvrir chaudement le corps royal pendant la parade de l'Armée organisée en son honneur. Mais cette formidable cérémonie n'eut jamais lieu. Elle fut suspendue à cause de la tempête. Le roi n'eut jamais l'occasion d'essayer la fameuse cape. Et personne ne prit le risque d'aller la récupérer chez le tailleur. Toujours à cause des complications bureaucratiques, personne ne voulut assumer la responsabilité de la commande. Et le tailleur décida d'utiliser le vêtement pour lui-même. C'était une cape magnifique. Et elle l'est encore. Car cette cape existe toujours.

Et il n'y a que le tailleur qui l'ait portée ?

Seulement lui. Et on peut dire que ce fut juste pour l'essayer.

Le juge tira une note de la poche intérieure de la veste. Il lut : « Cape d'Apparat de l'Armée pour Alphonse XIII. Tissu cachemire et soie bleu marine, col de velours bleu nuit avec soutache en fil doré, doublure rouge et fermail de huit cordonnets d'or tressés en guise de fermoir. Le vêtement est dans un état de conservation moyen, mais il est récupérable malgré l'état d'abandon dont il a souffert ces dernières années. Le fermail est en partie effiloché, la soutache de velours complètement usée. Il y a également un accroc sur l'épaule droite, et des endroits décousus dans les coutures du tissu et de la doublure. Bien que d'excellente qualité, le velours exige un traitement spécifique, car il s'est complètement compacté. À cette fin, et pour que la cape puisse recouvrer toute sa splendeur, il est nécessaire de pratiquer des travaux de stoppage extrêmement délicats, car il est tout à fait déconseillé d'utiliser des matériaux nouveaux qui terniraient la valeur historique du vêtement. »

Eh bien, elle n'a pas du tout l'air d'avoir été juste essayée par le tailleur, mon cher Samos, dit le gouverneur inquiet.

C'est une pièce unique. Historique. Ne pensez pas aux accrocs, pensez à sa signification. La cape confectionnée pour le roi est étrennée en public par Franco. Excellence, nous vous offrons humblement cette cape, en votre qualité de Majesté de la Mer.

En utilisant ces mots ! En disant exactement ces mots ! Comme cela, oui. Notez cette phrase, je vous prie.

Je ne l'oublierai pas, dit Samos.

Mais moi, oui, je vais l'oublier. Il ne faudrait pas qu'elle nous sorte de la tête.

Non, ce n'est même pas une bonne ravaudeuse qu'il nous faut. Car c'est un travail extrêmement difficile, très délicat. De chirurgien. On explique au gouverneur que les seules personnes à pouvoir réaliser un tel ouvrage, ce sont les bonnes sœurs du Service Domestique. Ce sont elles qui transmettent l'art du stoppage. Lorsqu'ils vont faire la commande à la mère Asun, elle bat des paupières, fait la moue. Il faut travailler avec des fils minuscules, profiter des filaments de la taille d'un cil. Elle n'a plus les yeux, ni les mains, pour réaliser un semblable ouvrage.

Qui peut réaliser un travail aussi particulier, sans

prendre de risques ? demande le secrétaire du gouverneur, qui ne voudrait pas rentrer bredouille d'une si importante mission. On lui paiera ce qu'elle demandera.

Il n'y a que Silvia qui puisse faire cela.

Silvia ? Où puis-je la trouver ?

Non. Nous allons nous y prendre différemment, dit la bonne sœur. C'est moi qui prendrai contact avec elle. Elle aussi est très particulière, susceptible. Pour qui est le travail ? Il est important de savoir qui va disposer de la cape.

La commande vient du gouverneur, ma mère. C'est une affaire de haut rang. C'est une pièce de musée, mais c'est très urgent. Je ne peux pas vous en dire davantage.

Après avoir discuté avec la mère Asun, Silvia partit faire une longue promenade le long du port. Il était minuit. Le champion de Galice se promenait sur la Darse avec son cheval Carirí. Cela lui fit penser à Leica. Cette fois elle allait dire oui, elle accepterait d'être prise en photo. Sur le quai du Bois, la Méduse était assise sur le tronc d'un chêne, ceux qui sont destinés à faire des traverses de chemin de fer. On aurait dit l'unique habitante d'une ville étrange, lacustre et inhabitée qui se dessinait dans son dos. Elle ne pouvait pas s'empêcher de la regarder. Chaque fois qu'elle passait par là, c'était la même chose. Elle était envoûtée par cette femme dont on ne voyait que la moitié du visage, comme si c'était une image en noir et blanc. Elle se leva. Sa façon de marcher également donnait à penser qu'il y avait deux personnes entrelacées en une et qui se déplaçaient. L'une tirant l'autre sans arrêt. L'une impétueuse et l'autre craintive, de telle façon que sa démarche était un mélange de provocation et de timidité. Ou plutôt d'arrogance et de peur.

Elle s'approcha d'elle et lui demanda une cigarette.

Je n'en ai pas, répondit Silvia. C'est vrai. Je ne fume pas.

Je ne t'ai pas demandé si tu fumais ou pas, dit la Méduse. Qu'est-ce que ça peut me foutre que tu fumes ou pas. C'est une ville de charlatans, ici. Tu demandes une cigarette et ils se mettent à te raconter leur vie.

Elle avait les cheveux lisses, d'un noir intense, qui tombaient sur ses épaules comme du crin de jais. Lorsqu'elle parlait, ils ondulaient légèrement et leur brillance faisait l'effet de petits dessins, comme des brocarts. Silvia aurait été prête à payer pour qu'elle continue à parler ainsi, fâchée contre le monde entier.

Allez, donne-moi quelque chose.

Silvia était en train de fouiller dans son porte-monnaie, lorsque la Méduse le lui proposa.

Tu veux voir mon visage ? Si tu me donnes dix pesetas, je te le montre tout entier.

Silvia paya. Et attendit. Mais la Méduse lui dit : Si tu veux le voir, c'est toi qui dois écarter mes cheveux. Silvia tendit le bras et frôla de ses doigts la chevelure extrêmement lisse, mais elle ne l'écarta pas pour voir le visage caché.

Vas-y. Ose le faire. Je ne suis pas un monstre. Tu entends ?

Silvia retira la main, fit demi-tour et se mit à marcher d'un pas rapide.

L'après-midi, dans la chambre qu'elle avait louée, comme elle l'avait décidé avec la mère Asun, une femme vint lui rendre visite. Il s'agissait d'une fonctionnaire qui obéissait au doigt et à l'œil aux instructions. Elle apportait la cape, rangée à l'intérieur d'une housse. C'était un vêtement d'une grande valeur historique qu'il fallait restaurer d'urgence pour une importante exposition. Son prix serait le leur. Ses conditions aussi. Pas de problème !

Silvia expliqua que son travail se mesurait en temps. Et qu'elle leur dirait le prix lorsqu'elle aurait achevé son ouvrage.

Avant de partir la fonctionnaire lui dit : Ah ! j'allais oublier, tu as le bonjour de Rocío.

Qui est Rocío ?

Une camarade. Elle m'a dit qu'elle te connaissait.

Silvia haussa les épaules : Eh bien, donne-lui le bonjour.

Silvia ne voulait pas que Leica l'accompagnât jusqu'à l'endroit où elle habitait, et encore moins qu'il lui rendît visite. Sa chambre louée, dans la rue de la Gaiteira, était tout près de l'ancienne gare ferroviaire. Elle ne voulait avoir aucune sorte de contact avec les autres locataires, ni leur donner des raisons de parler d'elle. Tout le monde était très discret, et ceux qui n'étaient pas vieux semblaient avoir le désir de vieillir avant l'heure. La maison, la solidité des ombres, les meubles taciturnes, les sommiers à murmures, l'indiscrétion hystérique de la chasse d'eau de la seule cuvette qui se trouvait dans un minuscule cabinet de toilette commun. Elle était de passage et elle ne voulait même laisser la trace de l'air qui circulait dans ses poumons. Elle voulait tout fourrer dans sa valise, l'air et la lumière, et l'emporter en quittant les lieux. Pauvre air, pauvre lumière. Son bonheur était d'entendre les trains, lorsqu'ils s'arrêtaient et qu'ils redémarraient. Lorsqu'elle cousait, elle s'arrangeait pour reproduire le rythme des locomotives avec la petite Singer. Mais à présent, elle avait une tâche urgente. Elle passait tout son temps disponible au stoppage de la cape. À cette commande si particulière.

On sonna à la porte de l'appartement et son instinct de survie la poussa à aller elle-même ouvrir la porte principale, mais lorsqu'elle sortit dans le couloir, une autre locataire était déjà sortie de sa chambre, madame Elisa. Cette femme exhalait en permanence un parfum d'épices. Ses mains étaient toujours teintes. Son travail, interminable, consistait à envelopper de petits tas de cumin, de safran et de paprika dans de petits morceaux de papier en forme de minuscules et très parfaites enveloppes qu'elle pliait à une vitesse effarante avec ses mains menues et ses doigts gros comme des saucisses. Le stoppage de Silvia et le travail d'emballage d'épices de madame Elisa avaient lieu en même temps, mais appartenaient à deux hémisphères opposés du temps.

Lorsqu'elle aperçut Leica dans le couloir, en train de remercier cordialement madame Elisa d'être venue aimablement lui ouvrir la porte, Silvia fut surprise de ne pas se sentir mal à l'aise. Au contraire, elle fit une chose en totale contradiction avec le modèle de conduite qu'elle s'était imposé jusqu'alors, particulièrement dans cet appartement. Elle l'embrassa et lui permit de la soulever un instant de terre. Elle était rayonnante.

Je t'ai désobéi, mais je ne tenais plus en place. Nous avons réussi, Silvia ! Ils ont choisi ta photo pour la publicité. Dans la vitrine de l'Hexamètre ! La première publicité d'appareils électroménagers avec un mannequin du pays. Et dans le fond, le phare d'Hercule.

Il se déplaça dans la chambre comme l'animateur d'un spectacle qui donne le signal d'allumer les projecteurs en ouvrant ses bras. Un animateur qui saurait arracher aux murs de véritables paysages. Silvia assista à cette transformation de la chambre qu'elle louait. Ce qui était derrière la fenêtre passa à l'intérieur. La chambre était devenue le wagon d'un convoi dans la gare. Elle avait un désir fou d'entendre la machine à coudre. Un souffle d'animal et de machine filtrait entre les joints du carrelage glacé. Le lit n'émettait plus son habituelle rumeur rancunière. Le lit écoutait les corps.

Lorsqu'ils se levèrent, la gare avait quitté la chambre, et les porteurs, le chauffeur de taxi, la fleuriste, le vendeur de journaux et le cireur de chaussures semblaient être suspendus dans le temps. Dessinés. Il n'y avait que deux individus qui bougeaient sur la plate-forme. L'un d'eux portait un chapeau, et les deux une gabardine serrée à la taille avec une ceinture. L'un était petit et gros et l'autre plus mince et grand. Pour Silvia, ils ressemblaient à un sinistre duo de comiques. Il lui sembla qu'ils regardaient de temps en temps vers ici, vers la fenêtre. Et c'était sans doute vrai.

Qu'est-ce que c'est que cette cape ? demanda Leica. La cape royale prit soudain une dimension énigmatique. Il dit : On dirait un objet historique.

C'est une commande qu'on m'a faite par l'intermédiaire des bonnes sœurs, répondit-elle. Un travail urgent pour un musée. C'est tout ce que je sais.

Silvia expliqua que c'était un travail pratiquement impossible à honorer. On ne pouvait se servir que des fils du vêtement lui-même. C'était une chirurgie extrêmement délicate. Plutôt que de les trouver, il allait aussi falloir qu'elle se les invente un par un, pour reconstruire la trame.

Il va falloir que j'y travaille nuit et jour.

Même maintenant que tu es devenue une star de la publicité ? Dans ce pays, l'Histoire détruit toujours tout.

Ils tombèrent à nouveau dans les bras l'un de l'autre. Leurs corps agissaient tout seuls. Il n'est pas facile de se débarrasser de la mélancolie des corps.

Il avait quelque chose à lui dire, oui, mais il s'en

sentait incapable. Il n'avait même pas été capable de le raconter à Curtis, en qui il avait une telle confiance qu'il lui avait prêté le cheval Carirí pour qu'il pût gagner sa vie. Ni à lui ni au violoncelliste. Dans le fond, il pensait : Personne ne s'en apercevra. Je prendrai une photo de Franco et personne ne s'en apercevra. Et la signature, alors ? Ce Sebatián Vidal ne va certainement pas passer inaperçu. Il vaut mieux mettre Sebastián V. Ou, mieux encore, Photo V. et on n'en parle plus. Oui. Photo V. Les gens penseront que les portraits photographiques sont d'Ángel Jalón et ceux qui sont peints de Sotomayor. Qui se souviendra de Photo V. ?

Il fut éberlué lorsqu'elle lui dit : Et c'est vraiment tout ce que tu avais à me dire, Leica ? Comme d'habitude, il parvint immédiatement à surmonter sa surprise. Il élargit le geste et amplifia la voix, façon *Mastroianni*, disait-il lui-même.

C'est vraiment tout ? Une bonne nouvelle... cela ne te suffit pas ? Ton entrée triomphale dans l'avenir. Nous sommes à l'intérieur de l'avenir, à l'intérieur de la vitrine, Silvia.

C'est impossible, pensait-il, qu'elle l'ait appris. C'est un secret. Personne, si ce n'est mon beau-frère, le juge Samos, ou le gouverneur, personne d'autre ne le sait. Rocío ? Non. Rocío ne connaît pas l'existence de Silvia. Personne n'a pu lui raconter son projet de prendre Franco en photo.

Elle comprit qu'il ne le lui dirait pas. Il faudrait qu'elle lui arrache le secret avec des tenailles de dentiste. Qu'il ne lui avouerait jamais qu'il y avait longtemps qu'il était marié et que ce n'était pas vrai que cette femme qu'elle avait trouvée une fois dans son studio était locataire des lieux et que c'était une ancienne petite amie. Il avait ajouté le deuxième détail sur un ton de complicité. Comme qui dirait : Il y a, ou il y a eu, quelque chose entre nous, mais tu comptes beaucoup plus pour moi. Ce qu'en réalité il lui murmura, à l'oreille, ce fut : Elle n'est jamais satisfaite de ses photos. Et moi je lui dis : Ce n'est pas de ma faute, ni celle de l'appareil photo. Il y a des gens qui ne sont pas satisfaits et qui prennent le photographe pour un esthéticien.

Il croit à tout ce qu'il dit, avait expliqué Rocío à Silvia le jour où elle l'avait abordée. Il prend ses désirs pour la réalité. Il vit dans un tourbillon. Tu n'es pas la première ! Qu'est-ce que tu crois ? Si tu le lui demandes, il te dira qu'il n'est pas marié. Demande-le-lui. Allez, sois courageuse. Je pourrais te montrer des dossiers remplis de photos de toutes ses tentatives de conquête. C'est sans doute quelque chose comme une maladie professionnelle. Il a peut-être besoin de tomber amoureux pour faire de bonnes photos. Je n'en sais rien. Ce doit être ça. Ça fait longtemps que je ne suis bien sur aucune de ses photos.

Égarée, les sens détraqués par l'irruption de Rocío, Silvia l'avait cependant écoutée avec intérêt. Que cette femme soit capable d'exposer une telle idée, celle que l'appareil photo de Leica ne l'aimait plus, méritait qu'on l'écoutât.

Mais le ton de Rocío changea immédiatement après, peut-être pour réagir à la surprenante sérénité qu'elle avait observée sur la carte du visage de Silvia.

Je voudrais que tu saches que je ne permettrai jamais que votre histoire réussisse. Je peux te gâcher la vie, tu ne te doutes pas à quel point.

Elle planta son pouce sur la table de marbre de la cafétéria Delicias, sur la place Cuatro-Caminos, la cafétéria dont les grandes vitres reflétaient jusqu'alors pour Silvia l'arrivée festive de Leica, accompagnée d'un sourire genre *Mastroianni*.

J'ai vraiment le pouvoir de te la gâcher.

Tu es marié, Leica ? Pourquoi ne me l'as-tu pas dit ? Non. Elle n'allait pas lui poser cette question. La soudaine brutalité de Rocío l'avait renvoyée à sa constitution fragile. Silvia pensait souvent au profil de la Méduse. Elle ressentait le même déchirement que celle-ci au fond d'elle. Elle vivait la vie à moitié et, déjà toute petite, elle avait l'intuition qu'il était interdit aux gens comme elle de vivre intensément dans cet endroit du monde. Les jours de désespoir elle considérait la baie comme une flaque où les mulets venaient se nourrir des rêves que les yeux déversaient dans la mer.

J'ai vraiment le pouvoir de le faire. De t'écraser.

Le seul pouvoir de Silvia, c'était le stoppage. Même ressentir de l'amour devenait pour elle un problème. Elle s'aperçut que, depuis qu'elle avait rencontré Leica, un de ses côtés, le côté illuminé, trompait l'autre, celui qui se trouvait dans l'ombre. Et que les deux côtés étaient au courant. Mais, malgré cela, ils avaient décidé de poursuivre l'aventure. De vivre cet instant de vérité. D'aller jusqu'au cap où se trouvait le phare, de faire l'amour sous ses pales de lumières, accompagnés par la musique de l'émission de la mer.

Non. Elle n'allait pas utiliser des tenailles de dentiste pour lui arracher une confidence inutile.

Lorsque Rocío avait utilisé les mots pour la frapper, elle crut apercevoir une porte de sortie depuis la fragilité de sa conscience. Le jour où la fonctionnaire était venue récupérer la cape, elle lui dit qu'elle n'avait pas réussi à la finir, qu'il ne lui manquait plus grand-chose, mais qu'elle en connaissait désormais le prix. Les papiers. Les papiers qu'on lui avait refusés un an auparavant, sûrement parce qu'elle était la fille de qui elle l'était. Voilà le prix de son stoppage. Un passeport et un permis de travail à l'étranger.

Tu es enceinte ? demanda la femme.

Silvia se prit pour un personnage de pièce radiophonique qu'on n'aurait pas encore émise. Il y avait des milliers de femmes qui tentaient de fuir pour cette raison, parce qu'elles étaient enceintes sans être mariées ou parce qu'elles étaient célibataires et avaient un enfant.

Devant son silence la fonctionnaire dit : Tu n'es pas la première fille enceinte, ni la première qui cherche à s'en aller. En ce qui te concerne, ajouta-t-elle, tout va être extrêmement facile. Car Rocío va s'en occuper personnellement. Je suis à ton service.

Et lui, il était toujours là, avec son baratin, avec son rêve publicitaire.

Lorsque l'annonce serait prête, la grande photographie fixée sur le panneau, ils iraient ensemble voir la vitrine de l'Hexamètre et il lui présenterait monsieur Bendai. Ainsi le commerçant, le futur mécène, verrait qu'elle est en réalité bien plus belle que sur la photo. Et il espérait, mais il ne le dit pas ouvertement, qu'il aurait la délicatesse de lui faire un cadeau. Pourquoi pas un téléviseur ?

Elle lui répondit que oui, qu'il lui tardait de voir la publicité, même si elle craignait d'avoir un peu honte en se découvrant dans la vitrine, exposée devant toute la ville. Elle imagine madame Elisa s'arrêtant devant sa photo et proclamant à haute voix devant un attroupement de gens : Je la connais ! Mais elle n'a pas de réfrigérateur ! Et surtout pas d'aspirateur. Elle possède juste une machine à coudre. Toute petite. De celles qu'on porte sur la tête.

Ils éclatèrent de rire. Ils se voyaient ensemble, main dans la main, devant la vitrine du magasin d'appareils électroménagers. Monsieur Bendai les saluait, à l'intérieur, avec son sourire entreprenant.

C'est le qualificatif que Leica avait attribué au sourire du commerçant. Entreprenant. Chaque sourire était différent et possédait son adjectif. L'art du photographe, devenu un grand publiciste, serait de prendre en photo l'adjectif le plus en accord avec chaque sorte de sourire.

Le sourire de Silvia était celui de la femme qui présentait des appareils électroménagers. Il lui plaisait. Le sourire mystérieux qui resplendissait dans une vitrine. Le bonheur à portée de main. Après cela, ils se rendraient à Paris. Pour un temps. Pour y respirer un air différent.

Eh bien toi, tu as un sourire menteur, dit-elle.

Vraiment menteur.

C'est Silvia qui proposa de se rendre là-bas, une nouvelle fois. D'aller faire l'amour près du phare d'Hercule. Dans la voiture de Leica. La musique venait puis repartait sur les ondes courtes. Les éclats de lumière du phare rendaient visibles par intermittence les oiseaux marins, leur forme de croche dans la nuit.

Il ne savait pas encore qu'il n'y aurait plus d'autres nuits.

Lorsque tu auras fini ton travail si particulier, il nous faudra prendre davantage de leçons de français. L'étranger et la fleuriste. Chaque fois que je vois ce disque dans mon studio, je meurs de rire. Tu es née avec un accent de fleuriste étrangère !

— *Merde.*

— *Oh !.. et cette petite fleur... bleue ?*

— *La petite fleur... bleue : « Ne m'oubliez pas. »*

— *C'est merveilleux ! On peut tout dire sans parler* !*

— Tout.

Et il ne savait toujours pas que ç'avait été la dernière nuit, lorsque le lendemain il s'était présenté pour la séance de photo, celle que le dictateur avait concédée en guise de bienvenue au manoir de Meirás. Il suivit les instructions. Participa à la séance collective, puis attendit qu'on le fît entrer à l'intérieur.

Ne tardez pas trop, lui dit un aide de camp. Préparez-vous à l'avance. Il ira se placer sur l'estrade.

Oui, j'avais déjà réfléchi au problème de la taille, répondit-il maladroitement.

Mais lorsque Franco entra, pour la photo dite « homme d'État vêtu en civil », Leica n'était pas du tout prêt. Au contraire, il était paralysé, la tête à l'envers. Dans un angle du salon, sur un cintre en pied, il venait d'apercevoir la cape du roi en train de l'observer.

La Dramatique Histoire de la culture

Gabriel le vit sortir par cette porte peinte en vert. Il y en avait une pour aller aux toilettes. Celle-là était peinte en blanc. Mais la porte verte ne s'ouvrait que pour les élèves qui étaient en sténographie avancée. C'était le Stagiaire qui sortait de là. Il dit quelque chose à Catia. Ensuite, il s'approcha de Gabriel qui était en train de faire son exercice de rapidité. Tito Balboa était pressé. Il exultait. Le directeur du quotidien du soir *Expreso* l'avait convoqué dans son bureau pour parler du reportage sur les extraterrestres du phare d'Hercule. Il était fier d'inaugurer un nouveau genre dans le journalisme galicien. Parfois, lorsqu'ils se croisaient à l'académie, Gabriel l'attendait pour faire un bout de chemin avec lui. Il l'accompagnait jusqu'au siège de l'*Expreso*. Gabriel enviait la géographie particulière dans laquelle évoluait le Stagiaire, comme si le journaliste circulait à travers une ville superposée à la sienne. Il lui enviait d'habiter la Pensión Internacional, sa condition d'adulte au restaurant Tanagra, y compris le droit de refroidir le bouillon du pot-au-feu en y ajoutant du vin rouge, sa mission de sillonner le port et d'être le héraut de l'entrée d'un bateau dans le port. Balboa lui racontait ses projets littéraires. Il avait un grand roman en chantier dans la tête. Il avait déjà tous les éléments nécessaires. Un espace, une histoire à raconter et une voix. Tout avait son importance, tout devait être parfaitement ficelé. Mais l'essentiel, c'était de trouver cette voix. De décider qui va parler, ça c'est une grande décision. Et il avait enfin trouvé la voix. Très particulière. Car la voix jouait le rôle de la trame et elle était en même temps le lieu où celle-ci se produisait. Je crois que je suis en train de m'embrouiller. Quelqu'un qui raconte sa vie et dont la vie est une mutation de l'espace, une espèce de foyer nomade. Un lieu qui est un être vivant. Qui est toujours le même, mais qui change chaque jour.

Un bateau ? demanda Gabriel.

Presque, presque. Ce pourrait être cela. Mon nom est *Aurora* et ceci est mon dernier voyage... Si les arbres du bois de Cecebre parlent, alors pourquoi pas un bateau ? Il y avait un bateau de pêche de Gran Sol sur la plage de Lazarete qui était à la casse. Son dernier patron était passé par là, celui qui l'avait laissé attaché là un an plus tôt, et il monta par curiosité sur le pont. L'embarcation était devenue une ruine, mais lorsque le patron était monté dedans, elle avait commencé à se balancer furieusement. Elle ne l'avait pas laissé redescendre.

Et il ne réussit pas à la quitter ?

Non. Lorsqu'on vint à son secours, il avait déjà tous les os brisés, comme les membrures du bateau.

Mon nom est *Santa Cristina*, je transporte des passagers d'un côté à l'autre de la baie. C'est un jour d'été, à la tombée de la nuit. Je suis en train de traverser la baie. Au retour de la plage, au coucher du soleil, je serai remplie de baigneurs, mais à présent, à l'aller, je suis presque vide. À la poupe, à tribord, appuyé au bastingage et en train de contempler la ville dont nous nous éloignons, il y a un homme en costume blanc, de toile légère, avec une coupe si ample que la brise fait partie de son corps et de son vêtement. De l'autre côté, à bâbord, regardant dans la même direction, il y a une femme avec une robe de gaze de soie bleu marine avec des rubans imprimés. De son bras droit, elle plaque le bas de sa robe sur ses cuisses, et la brise ne fait plus partie que de sa chevelure. Un peu en retrait, assis, portant un polo à rayures horizontales blanches et bleues, un pantalon court, un gamin d'une huitaine d'années est absorbé par les tremblements de l'aiguille de sa boussole. Il lève les yeux et crie à la femme : Nous allons d'ouest en est. Il sourit, fier de son renseignement. C'est le seul moment où les regards de l'homme et de la femme se croisent et plongent un instant l'un dans l'autre. Ils sourient également. Lorsque j'accoste à l'embarcadère de pierre, la femme et le gamin descendent en premier et avancent au-delà de la rampe dallée située devant les files des cabines de bain polychromes. L'homme marche à bonne distance. Il porte sa veste pliée sous le bras, et sa chemise blanche, à manches courtes, est déboutonnée au niveau de la poitrine, cela redonne quelque réalité à son corps. Il y a un kiosque en bois avec des rafraîchissements et des glaces. C'est aussi là qu'ils louent les cabines et la femme paie, saisit la clé et revient sur ses pas. C'est la deuxième fois que les regards de l'homme et de la femme se croisent, tandis que le gamin marche toujours absorbé par l'aiguille de la boussole. À présent, nous retournons vers l'ouest ! dit-il à sa mère. Toutes les cabines sont peintes avec des rayures verticales. Avec les couleurs qui se répètent le plus, au bord de la mer, en Galice. Sur la cabine qu'ouvre la femme, elles sont blanches et rouges. Sur celle que l'homme est allé ouvrir, vertes et blanches. La marée est basse. La femme en maillot étend les deux serviettes, la sienne et celle du gamin, à l'endroit de la plage le plus proche de l'embarcadère. L'homme sort de la cabine, regarde autour de lui, pose la serviette pliée sur une des dalles et s'assoit dessus. Ce n'est pas le seul baigneur à rester sur la rampe. C'est plus profond et l'eau y semble plus propre, sans sable en suspension. Le lieu est aussi plus calme. Presque tous les baigneurs qui plongent depuis l'embarcadère préfèrent nager au fond de l'eau plutôt qu'en surface. La femme nage en surface et l'homme plonge depuis la rampe et disparaît sous l'eau. Le gamin observe la boussole, le tremblement de l'aiguille. Il ne comprend pas très bien pourquoi l'aiguille tremble alors qu'il est immobile. C'est une boussole de qualité, il n'y a aucun doute sur cela. Lorsque Laura la lui a offerte pour ajouter à son Cabinet de Curiosités, tout le monde le lui a dit. C'est une boussole Stanley London. On peut lire : *The Road Not Taken*. Elle doit être de bonne qualité, il ne le nie pas, mais il préférerait une boussole avec une aiguille moins inquiète, moins mobile. Même s'il la pose sur le sable, l'aiguille continue à trembler. Il tourne la boussole dans un sens et puis dans l'autre. Il l'enfonce à moitié dans le sable. C'est curieux cette insistance de l'aiguille à toujours vouloir chercher le nord. Il la laisse immobile pendant un long moment. Maintenant l'aiguille oscille avec douceur, comme si elle flottait. Le gamin lève les yeux. Il n'aperçoit pas sa mère. Il n'a pas peur. C'est une très bonne nageuse. Il suit le chemin le long duquel elle nageait, son sillage. Il attend. La tête de sa mère émerge enfin. En même temps, tout près d'elle, une autre tête. La mère revient, nage la brasse en direction de l'est. Très lentement, l'homme, qui plonge de temps à autre, revient en direction de l'ouest. En ce qui me concerne, c'est l'heure de regagner la Darse. Je reviendrai les prendre à mon dernier voyage.

Dans mon cas, la voix sera celle du phare d'Hercule, explique Tito Balboa, le Stagiaire. Il n'y a rien de mieux que de lui confier la voix. Ce sera un roman où le phare racontera les choses qu'il a vues. Imagine tout ce qu'a pu voir le phare !

Deux mille ans, apostilla Gabriel.

Sous ce phare, il doit y en avoir un autre. Qu'est-ce que tu crois ? Qu'avant les Romains il n'y avait pas de phares, ni de gardiens, ni de gardiennes ?

Tu vas raconter le combat initial, celui d'Hercule contre le tyran Géryon ? C'est de là que naquit la ville.

Bah ! Pas de mythologie. Le phare décrit. Balboa sourit avec malice : Ça a toujours dû être un bel endroit pour baiser. Maintenant les couples viennent baiser dans leur voiture. Ils écoutent aussi des radios étrangères. Ce qui est bien avec ce phare, c'est que tu peux voir sans qu'on te voie.

Et toi ? demanda Gabriel. Toi, tu l'as vu ?

Moi non. Mais le phare oui.

La porte verte. C'est par là qu'entraient les élèves de sténographie avancée du docteur Montevideo. En plus de remarquer Tito, le Stagiaire, Gabriel remarqua un autre homme qui lui rappela l'acteur Monty Clift. Par son physique à la fois souriant et affligé, scrupuleux, avec des accroche-cœurs, et aussi par les changements de son apparence. Il était presque toujours très bien vêtu, et même élégant. Mais quelquefois il avait l'air très négligé, pas rasé, les vêtements froissés, comme s'il avait dormi tout habillé. Parmi les gens qui entraient et sortaient, il n'y avait jamais le docteur Montevideo. Il ne l'avait jamais vu, mais il savait que ce ne pouvait être aucun d'eux. Lorsque Catia lui avait donné son autorisation, qu'il pouvait essayer, tenter la chose, Gabriel s'était dirigé presque en courant vers la porte verte.

Il avait ouvert la porte verte, avancé dans le couloir aveugle, dont la lumière était allumée, puis grimpé par un escalier en colimaçon qui menait à une pièce au grenier. À une seconde porte verte, avec une vitre en verre dépoli. Il frappa. Il lui sembla percevoir une sorte d'onomatopée, une sténographie verbale. Il poussa la porte. Se sentit submergé par une sensation d'espace à la fois réduit et infini. Les quatre murs étaient des fresques de fonds marins. À n'en pas douter, c'était le style caractéristique de Sada, et il se souvint de ce que ce peintre, ami de sa mère, disait à propos du paradis inquiet, des *almeiros*, des sites de reproduction de la faune marine, ils n'existent plus que dans les profondeurs. Dans cette illusion d'illuminations, d'anémones, d'étoiles de mer, de polypes, de spirographes, de gorgones, de lys des mers, d'oursins, de méduses, le lit sur lequel était couché ce Poséidon fumant semblait flotter. Gabriel remarqua une colonie d'oursins dans un angle de la chambre. On aurait dit un disque chromatique. Toutes les passions étaient concentrées sur cet endroit. Il distingua, après les oursins plus clairs, d'un violet rosé, l'oursin écarlate. De la même couleur que les ongles de Catia.

Le docteur Montevideo était en train d'écrire assis sur son lit, avec des oreillers pour dossier et les feuilles posées sur un lutrin en bois. Il fumait un gros cigare, qu'il tenait plutôt entre ses dents qu'entre ses lèvres, et l'on apercevait une denture jaunâtre, irrégulière et pleine de cratères. À sa droite, posés sur la table de nuit, une bouteille de whisky et un verre conservant le vernis de la liqueur. Le reste du lit était couvert de feuilles de papier écrites, la plupart en sténographie, et il y en avait également qui avaient été tapées à la machine, comportant des corrections à la main. Sur le côté du lit, on pouvait voir une boîte en carton recouverte de papier argenté, faisant office de corbeille à papier. Elle était bourrée de feuilles de papier écrites, froissées en boule. Certaines d'entre elles traînaient par terre à la façon de sphères décomposées.

Derrière la grosse monture des lunettes, ses yeux globuleux ressemblaient à des sujets en orbite. Il posa le cigare sur une assiette en céramique. Sans s'arrêter d'écrire, sans regarder Gabriel, il demanda : Que penserais-tu de quelqu'un qui réciterait de magnifiques poèmes et qui chanterait de mélancoliques chansons juste avant de commettre un crime ? D'après toi, est-ce que cela affecte les poèmes qu'il récite et les chansons qu'il chante ?

Non, je pense que non, répondit Gabriel.

Tu penses que non ? Réfléchis-y. Nous en reparlerons demain. Tu sais, un de mes amis, le peintre argonaute, me réclame de la haute littérature. Pour l'instant, j'écris des choses engagées. Il toussa. En réalité, moi, je gribouille et cette pauvre Catia écrit. Un jour, il faudra honorer les héroïnes de la mécanographie. À présent, aide-moi à remettre un peu d'ordre dans cette apocalypse. Remets ces planètes dans la corbeille à papier et sers-moi deux doigts de vasodilatateur contenu dans cette bouteille. Ou plutôt trois.

Gabriel Samos devait apprendre un peu plus tard que le docteur Montevideo était en train d'écrire *La Dramatique Histoire de la culture*. Souvent, lorsqu'il arrivait en avance à l'académie, il trouvait Catia plongée dans son travail, qui consistait à taper à la machine les textes sténographiés de l'homme alité.

Gabriel aimait jouer au Messager de la Porte Verte, entre la classe dans laquelle gouvernait Catia et l'*almeiro* du docteur Montevideo. Il se sentait très bien dans ce grenier et, bien qu'il manquât les cours pendant une grande partie de l'année scolaire, il se rendait de temps en temps à La Rose Sténographique pour faire une visite à Catia, bien entendu, et pour grimper l'escalier de la cabine, pour entreprendre cette curieuse ascension dans les profondeurs marines. Il y retourna l'été suivant, avec un désir renouvelé, à la mi-juin 1963. La transcription des écrits sténographiques occupait Catia plus de temps que jamais, à tel point qu'elle réservait une partie de l'horaire de son cours à ce travail. Elle écrivait avec une rapidité surprenante, sans effort apparent. Ses mains transformaient la massive Hispano-Olivetti en un fantastique artefàct. Cependant, à cette époque, le visage de Catia avait changé également. Elle écrivait de la même façon ou peut-être plus rapidement, mais dans une urgence évidente. Un jour, Gabriel s'était approché de l'endroit où elle travaillait pour lui poser une question. Elle avait continué à taper. Elle lui dit : Un instant ! Il regarda machinalement. Il regarda par-dessus l'épaule de Catia. Il aimait voir la façon dont les mots surgissaient. Ils avaient l'air d'être creusés plutôt qu'imprimés. Tandis que les mains de Catia étaient au galop, prenaient possession de l'artefact mécanique, Gabriel tambourina lui aussi au même rythme, du bout des doigts, sur ses cuisses. Une espèce de geste réflexe. Mais à présent, les doigts avaient adopté un rythme nerveux semblable à celui de l'aiguille de la boussole Stanley. Il lut dans les creux du papier :

Qui était ce juriste allemand à qui l'on avait réservé un tel hommage, en Espagne, en 1962 ?

C'était un peu plus qu'un juriste. Il était considéré comme le kronjurist, le « juriste officiel » du Troisième Reich. Le principal artisan…

Qu'est-ce qu'il y a, Gabriel. Qu'est-ce que tu veux ?

L'avocat Paúl Santos prétendait que les cours de sténographie avancée du docteur Montevideo étaient une chaire humaniste. L'homme qui ressemblait à Monty Clift était, sans nul doute, l'élève le plus attentif de Catia. Il se sentait très attiré par elle, et il s'en cachait de moins en moins. Eux, le Stagiaire et Gabriel et les autres élèves, l'étaient aussi, mais ils se contentaient de lui laisser leur mettre les coudes à angle droit. Parfois ils faisaient exprès d'adopter une mauvaise position, pour qu'elle vienne les replacer correctement.

Quelle est votre profession ?

Je suis avocat, monsieur Montevideo.

Avocat, eh bien ? Un homme de loi ! C'est parfait. Un bon avocat doit aussi être un bon écrivain. Utiliser les mots de façon extrêmement précise. Comme un médecin. Un bon médecin, c'est quelqu'un qui sait inventer une histoire qui parvient à convaincre le patient. Je ne parle pas du médecin légiste. Ce dernier se doit d'être encore plus précis avec les mots, car ce n'est pas le patient qu'il doit convaincre, mais le mort. Souvent le meilleur compliment qu'on entend à propos d'un texte est le suivant : il avait la précision d'un rapport de médecin légiste. Il existe des écrivains qui tentent d'atteindre cet idéal, celui de la précision du légiste. Mais moi, j'ai aussi connu des légistes très compétents dans leur métier, frustrés par le langage scientifique, et qui enviaient la précision de la poésie. Paisibles et vertes prairies où se cache le feu. Qu'en pensez-vous ? L'*Ode des contraires*, de John

Keats, *ces douces prairies où se cachent les flammes*. N'est-ce pas un exemple d'extraordinaire précision à propos de l'être humain ? Un bon procureur doit aussi être un bon écrivain. Et un juge également. Bien entendu, le juge. Il doit remettre en ordre toutes les pièces et construire également un récit crédible pour l'avenir. Ne pas ridiculiser la justice. On pourrait penser que c'est vraiment trop en demander. Mais pas du tout.

Vous croyez ?

Pour être juste, aujourd'hui, il suffirait de ne pas être injuste. Ce n'est pas si difficile qu'on le dit. Il suffit de laisser travailler la conscience. La conscience est une activité mentale qui consiste à évaluer le bien. Xohán Vicente Viqueira, oui monsieur. Mais il manque encore quelque chose de très important. Le rapport de police. Nous pourrions dire que celui-ci constitue la matière première. Le point de départ. Le policier qui rédige le rapport doit absolument être un excellent écrivain. C'est lui qui mène l'enquête. C'est lui le chercheur qui manipule les fils de l'histoire. C'est lui qui sélectionne les indices. Tout ce qu'écrit un policier n'est rien d'autre que de la littérature engagée. Qu'en pensez-vous, monsieur Santos ?

Il savait parfaitement qu'il était découvert de l'intérieur. Lui, de son côté, observa ce qui se passait derrière les grosses lunettes du professeur de La Rose Sténographique, alité, comme un cadavre qui tente de restituer son regard curieux au médecin légiste.

Je suis absolument d'accord avec vous, docteur Montevideo.

Je peux t'aider ? demanda Gabriel.

Tu aimes les romans du Far West ?

Avant d'appuyer sur les touches de la machine à écrire, les doigts avaient commencé à trembler comme l'aiguille de la boussole Stanley. Ensuite tout se mit naturellement en marche.

Une « fête sacrée »

Madrid, le 21 mars 1962

L'événement eut lieu dans la salle de conférences numéro 1 de la place de la Marine-Espagnole, siège central du parti unique appelé Mouvement National. « Une affluence exceptionnelle », précisent les chroniques. Le directeur de l'Institut d'études politiques d'alors, Manuel Fraga Iribarne, remit à Carl Schmitt la distinction de membre d'honneur, en présence de plusieurs ministres et de nombreuses personnalités du Régime, ainsi que de membres de la magistrature et de la hiérarchie ecclésiastique. C'était la première fois qu'on octroyait cette décoration, dans cet établissement considéré comme l'usine à idées de la dictature. Créé en 1939, après la victoire franquiste et en plein apogée hitlérien, l'Institut avait toujours réservé à Schmitt un traitement particulier, d'ordre intellectuel, en publiant ses textes personnels et plusieurs exégèses portant sur ses œuvres.

Qui était donc ce juriste allemand qui faisait l'objet d'un tel hommage, en 1962, en Espagne ? En réalité, c'était un peu plus qu'un juriste. Il fut considéré comme le *kronjurist*, le juriste officiel du IIIe Reich. Autrement dit, le principal artisan de l'architecture juridique du nazisme. Le concepteur de « l'état d'exception » permanent pour qui, en réinterprétant Hobbes, *auctoritas, non veritas, facit legem,* c'est l'autorité, et non la vérité, qui façonne les lois. Le théoricien du *décisionnisme,* c'est-à-dire de la mise au jour du caractère « providentiel » du pouvoir absolu, selon laquelle le monarque est à présent devenu un Caudillo ou un Führer. Dans la pratique, il s'agit d'une formulation « futuriste » de la tyrannie, dans les sociétés de masse. À la différence d'autres époques, où la marque du tyran était le mépris obscène de la loi, la grande opération d'illusionnisme historique de Schmitt était de transformer le tyran en Juge Suprême, en Faiseur du Droit, devenant ainsi celui dont les pas impriment la loi.

Après la chute du IIIe Reich, Carl Schmitt passa une brève période d'internement, entre 1945 et 1947, au camp de Berlin-Lichterfelde-Süd, puis à Nuremberg, en qualité de témoin-accusé, un procès auquel il parvint à échapper grâce à l'habileté à se défiler qui caractérise la plupart de ses choix historiques. À la suite de cette expérience, il écrivit *Ex captivitate salus*, où n'apparaît qu'un seul simulacre de repentance, par le biais d'une phrase latine : *Non possum scribere contra eum, qui potest proscribere*. Je ne peux pas écrire, explique-t-il, contre ceux qui pourraient me bannir. Une justification équivoque chez ce maître de l'écriture ambiguë. Ce procédé surprend chez un lecteur de Melville, connaissant la réponse de l'écrivain Bartleby devant un ordre qui bouscule sa conscience : « J'aimerais mieux ne pas le faire. » Car il y en eut plusieurs qui eurent le courage de dire non. Par exemple, toujours chez les juristes, le valeureux Hans Kelsen, avec qui Schmitt polémiqua à propos de la démocratie parlementaire et qui, proscrit, affublé des stigmates de l'« ennemi », continua à défendre la liberté en exil. Il y en eut également plusieurs qui au moins se réfugièrent dans le silence pour marquer leur résistance face à l'écrasante machine totalitaire. Mais pas Schmitt. Au contraire. Sa contribution à l'ascension du nazisme fut enthousiaste et systématique, et elle le fut au moment le plus décisif de la consolidation du parti, entre 1933 et 1936. Précédemment, il avait déjà contribué à miner la République de Weimar, en proposant un présidentialisme d'exception préfigurant les formes les plus modernes de la dictature.

Il avait à ce moment-là dans la tête Donoso Cortés et l'éclat de son sabre.

Schmitt avait adhéré au parti nazi en 1933, recommandé par le philosophe Martin Heidegger, rapidement nommé recteur de Fribourg et avec qui il partageait l'idée de pénétrer dans la caverne de Platon pour s'emparer de l'élaborateur d'idées. « Qui aime la tempête et le danger doit écouter ce que dit Heidegger ! » lança quelqu'un le 30 novembre 1933 à Tubinga. Et c'était exactement le genre de rhétorique qui excitait Schmitt. Quelqu'un d'autre dit également : « Lorsque Heidegger parle, la brume se dissipe devant nos yeux. » Ce genre de chose l'intéressait plutôt moins. Une partie de la fascination qu'exerça Schmitt sur de nombreuses personnes venait de son habileté à avancer toujours masqué. Cependant, lorsque le vent soufflait dans la bonne direction pour lui, il abandonnait son style cryptique et sa prose progressait alors avec une dangereuse détermination. Le 1er août 1934, devenu professeur à Berlin, Schmitt écrit dans le *Deutsche Juristen-Zeitung* son texte le plus important dans ce domaine, la formulation juridique la plus osée de la tyrannie des temps modernes : « Le Führer est le seul à pouvoir distinguer qui sont les amis et qui sont les ennemis. Le Führer prend au sérieux les observations de l'histoire allemande, ce qui lui confère le droit et la force nécessaires pour instaurer un nouvel État et un ordre nouveau. Le Führer défend le droit contre les pires abus lorsque, dans les périodes dangereuses, en vertu de ses attributions de juge suprême qu'on lui dispute, il promulgue directement le Droit. » Il ne s'agissait pas seulement d'un cadeau instrumental pour le futur Hitler. Le texte servait surtout à justifier, a posteriori, les exécutions ordonnées par le Führer le 30 juin de cette même année, pendant ce qu'on a appelé plus tard *la nuit des longs couteaux*. Parmi les gens éliminés, il y avait un ancien ami de Schmitt, le chancelier Schleicher. Par la suite, de plus en plus violentes, ses contributions furent orientées dans le but de légitimer l'expansionnisme belliqueux du IIIe Reich. Il existe une idée qui traverse toute son œuvre, et qui consiste à dire que la guerre est une accoucheuse.

« … Et Caïn tua Abel. C'est ainsi que commence l'histoire de l'humanité. » Voici donc le principe lapidaire de Schmitt. Lors d'une conférence donnée à l'université de Cologne, en 1940, il enseigne aux étudiants la façon de transformer les idées et les concepts pour en faire des « armes tranchantes ». Toute sa pensée est marquée par une empreinte belliciste. Y compris la « véritable » politique, qu'il considère inséparable de la dialectique ami/ennemi. Ses nombreuses images et métaphores d'inspiration religieuse ne sont pas non plus étrangères à l'idée d'un totalitarisme théocratique qui finira par tellement influencer ses amis espagnols. Ce n'est pas pour rien qu'il trouvera de grandes affinités chez ceux qui prônaient « la sainte intransigeance, la sainte coaction et la sainte grossièreté ». Schmitt se définit comme un « Épiméthée chrétien ». Épiméthée ne fait aucun cas du conseil de son frère Prométhée et il se marie avec Pandore, qui ouvrira la jarre ou la boîte, c'est selon, d'où sortiront toutes les forces dévastatrices du mal. « Je suis catholique, non seulement en accord avec ma religion, écrit-il en 1948, mais aussi avec mes origines historiques et, si je puis dire, en accord avec ma race. » La construction la plus achevée de son idée, c'est le concept de *katechon*. Un concept tiré de l'apocalypse chrétienne, et concrètement l'un des textes les plus énigmatiques du Nouveau Testament, la Deuxième Lettre aux Thessaloniciens. Il existe un pouvoir ou une personne (*ho katechon*) qui freine la venue de « l'impie » (*ho anomos*), qui le « garde à distance ». Celui qui s'arroge le rôle de *katechon*, et c'est le cas de Schmitt, est en train d'accomplir une mission providentielle, sacrée. Il faut rappeler que dans l'apocalypse chrétienne, il y a une autre version : le déguisement parfait, le plus abouti, de « l'impie » serait de faire croire qu'il est lui-même le *katechon*.

Ce n'est donc pas par hasard si, pendant l'hommage que les jeunes hiérarques franquistes lui rendent en mars 1962, *Don Carl* invoque la Providence et qu'il définit la cérémonie comme « une fête sacrée au crépuscule de la vie ». Que s'était-il passé pour lui, pour le *kronjurist*, pour le cerveau juriste du nazisme, avant qu'il ne vînt fêter son crépuscule en Espagne ?

Un mensonge biographique en faveur de Carl Schmitt le place plus ou moins « hors jeu » vers la fin de 1936, après avoir été cité et critiqué dans une revue des SS. Cependant, le tout-puissant Göring lui apporte son soutien. Et il pourra continuer à être professeur de Droit à Berlin, jusqu'à la fin de la guerre. Mais il ne laissera pas pour autant ses autres activités de côté. Son rôle de propagandiste du modèle juridique nazi sera non seulement intense, mais durera presque jusqu'à la fin du conflit, à travers une Europe dominée ou complice. Pendant l'hommage qui lui est rendu en 1962, il fait une allusion à peine voilée à son séjour à Madrid vingt ans plus tôt, c'est-à-dire, en 1942, c'est le moment où la pression germanique est la plus forte envers l'Espagne, afin que celle-ci s'engage pleinement dans la guerre, dans le camp des forces de l'Axe. Il existe des preuves qui le situent alors au secrétariat de l'Institut Allemand de la Culture à Madrid. « Comme représentant de ce centre et de l'Ambassade Allemande » (*Arriba*, du 22 avril 1942), il assiste à une réunion qui débute par un discours du « capo » du droit fasciste italien, Giuliano Mazzoni. Hors jeu ? En réalité, quelle est la mission « providentielle » qui conduit Schmitt jusqu'à Madrid, précisément à cette date ?

Toujours l'ennemi.

« Je n'oublie jamais que mes ennemis personnels sont aussi les ennemis de l'Espagne » écrira-t-il à Francisco J. Conde dans une lettre datée du 15 avril 1950. « Voici une coïncidence qui élève ma situation privée jusqu'à la sphère de l'esprit objectif. » Donoso Cortés (1809-1853) est une des clés pour comprendre le rapport précoce de Carl Schmitt avec l'Espagne, ou sans doute vaudrait-il mieux dire, avec la pensée la plus réactionnaire de l'Espagne. Dans sa jeunesse, le marquis de Valdegamas avait été un jovial libéral d'Estrémadure qui, selon sa propre expression, était devenu « un pèlerin de l'absolu ». Un pèlerin si plein d'amertume et qui regardait avec tant de dégoût l'humanité pécheresse qu'il finit par trouver que celle-ci méritait les sacrifices purificateurs par le sang qui se déroulaient périodiquement dans l'Histoire. Donoso manifestait une telle orgie de mauvaise humeur réactionnaire qu'il en vint à scandaliser Menéndez Pelayo, lui-même réactionnaire, bien entendu, mais plus sobre et qui reçut avec une certaine horreur bon nombre d'affirmations de notre marquis. Par exemple : « Jésus-Christ ne vainquit pas le monde grâce à la sainteté de sa doctrine, ni grâce aux miracles et aux prophéties, mais malgré tout cela. » C'est délirant, pensait l'orthodoxe Menéndez Pelayo. Mais les événements historiques qui se déroulèrent par la suite en Espagne, comme la bénédiction épiscopale et papale de l'effroyable guerre de 1936, qui reçut le nom de « Sainte Croisade », portent également la marque d'un semblable délire.

Pour Carl Schmitt, l'oligarchique Joseph de Maistre, le traditionaliste Louis de Bonald et le fondamentaliste catholique Donoso Cortés composaient la triade doctrinale à partir de laquelle fonder un « ordre nouveau ». La nouvelle version du Saint Empire. Donoso Cortés avait été l'auteur du seul grand discours que l'intégrisme absolutiste espagnol du XIXe siècle parvint à exporter, avec un certain succès, dans le reste de l'Europe. Ce n'est pas du tout étonnant. Ledit *Discours sur la dictature*, prononcé le 4 janvier 1849 au Congrès des députés, est sûrement une des interventions les plus terrifiantes qui furent jamais prononcées dans une assemblée de représentation populaire. Les bravos et les vibrants applaudissements de la majorité conservatrice font également partie de ce discours. Donoso n'hésite pas à rapprocher la dictature d'un fait divin, d'un ordre de la Providence. L'impact du discours, vieilli par son contenu, et la notoriété qu'il atteignit dans l'ensemble de l'Europe conservatrice sont plutôt dus à son style direct et apodictique, avec une touche finale d'intimidation. C'est probablement le premier discours fasciste, dans son sens moderne. Déjà, au début des années vingt, il avait ébloui Carl Schmitt, né en 1888 à Plettenberg, en Westphalie, dans une famille catholique très conservatrice. En 1929, le professeur et juriste allemand se présente pour la première fois à Madrid afin d'y prononcer une conférence. Et de quoi parle-t-il ? Il vient faire redécouvrir Donoso Cortés aux Espagnols ! On le sait : « Il s'agit de choisir entre la dictature qui vient d'en bas et celle qui vient d'en haut : et moi, je choisis celle qui vient d'en haut, parce qu'elle vient de régions plus propres et plus sereines ; il s'agit de choisir, en dernier recours, entre la dictature du poignard et la dictature du sabre : moi je choisis la dictature du sabre, car elle est plus noble (*bravo ! bravo !*). » L'intérêt porté à l'histoire d'Espagne aura dès lors d'autres références, qui sont loin d'être fortuites, comme l'expulsion des Juifs à l'époque des Rois Catholiques.

Et voilà le curieux cercle tracé par l'Histoire. Le *décisionnisme*, la philotyrannie moderne de Schmitt, le démiurge dont s'inspirent les juristes du franquisme pour présenter le Régime illégitime comme une *creatio a Deo* (« Franco, Caudillo d'Espagne par la grâce de Dieu »), est à son tour inspiré par la folle idéologie d'un réactionnaire espagnol de la première moitié du XIXe siècle. Outre leurs idées communes, Schmitt retrouva chez celui-ci la qualité essentielle qui caractérise forcément un *führer*, un *duce* ou un *caudillo* : « La férocité du discours. » Pourtant libéral dans sa jeunesse, Donoso entame une critique du libéralisme qui finira par s'exprimer à travers une extrême férocité, qui aboutira à rapprocher la dictature d'un type de gouvernement régi par la loi divine et naturelle.

Mais il y a un aspect du libéralisme politique qui concentre tout particulièrement son mépris et sa répulsion. Le libéralisme est… frivole. Frivole ! Mon Dieu, quelle horreur ! Voilà chez Schmitt une influence de Donoso très tôt soulignée dans sa critique du système libéral et des démocraties parlementaires. La frivolité. Voilà le terrible péché qui, d'après le *Syllabus,* fait pendant au relativisme pour la religion. Il existe un hybride de Donoso et de Schmitt, c'est Eugenio Montes, d'abord figure de proue intellectuelle contre la Deuxième République, puis encensoir de la dictature du Caudillo Franco, qui publiera en 1934 le *Discours pour la catholicité espagnole,* si vanté par toute la droite, où il explique en toute clarté qu'il ne faut faire aucune concession en matière de gouvernement : « Tout relativisme, du fait d'exister, est déjà anticatholique. Faire de la relativité la norme idéale ou une habitude de conduite équivaut à vendre son âme au diable. » Pourquoi toute la colère totalitaire se concentre-t-elle dans cette idée folle de « frivolité », jusqu'à la considérer comme la pire des insultes ? La « frivolité » libérale voudrait que la politique fût un terrain neutre, tentant d'éviter toute confrontation. Tandis que la politique « sérieuse », pour les Donoso d'hier et d'aujourd'hui, c'est précisément cela : la confrontation contre l'ennemi. Et s'il n'y a pas d'ennemi en vue, il faut le chercher. On finira bien par en trouver un.

« C'est une coïncidence révélatrice que ma volonté de recherche m'ait toujours conduit en Espagne » dit *Don Carl,* le 21 mars 1962, devant les élites franquistes. Puis il parle, et allons donc, de la guerre : « Je vois dans cette coïncidence, presque providentielle, une preuve supplémentaire que la guerre de Libération Nationale en Espagne est une pierre de touche. » Les participants partagent de nombreux sous-entendus. En réalité cette reconnaissance n'est pas vraiment exceptionnelle. En 1952, la revue *Arbor,* dépendant du Conseil de Recherches Scientifiques, et étant un des moyens d'expression les plus importants des intellectuels franquistes, publie l'exégèse *Carl Schmitt à Saint-Jacques-de-Compostelle*, écrite par le romaniste Álvaro d'Ors, membre éminent de l'Opus Dei et professeur à la Faculté de Droit de Saint-Jacques-de-Compostelle. C'est aussi dans cette revue que l'éditrice Porto y Cía publie, en 1960, la version espagnole d'*Ex captivitate salus* (*Expériences de 1945-1947*). Le livre est reçu et commenté avec un certain intérêt. Cette œuvre fut traduite en espagnol par sa fille unique, Ánima, mariée à un professeur d'histoire du Droit, Alfonso Otero, qu'elle avait rencontré en Allemagne.

Cette édition espagnole comporte un intéressant prologue que Schmitt rédigea l'été 1958, à Casalonga, une maison de campagne située dans les faubourgs de Saint-Jacques-de-Compostelle. Treize ans après l'effondrement du IIIe Reich, ce prologue ne comporte pas le moindre repentir ni la moindre allusion aux horreurs de la guerre et à la politique d'extermination raciale connue sous le nom d'holocauste. Le seul camp de concentration dont on parle est celui où l'auteur fit un bref séjour après la guerre, et le seul regret qu'on y trouve est celui qui dénonce la « criminalisation » de l'Allemagne vaincue. À présent, au début des années soixante, pendant les réunions du soir à Saint-Jacques-de-Compostelle, Carl Schmitt, d'habitude si critique envers la démocratie d'Amérique du Nord, commence à montrer un intérêt inhabituel pour un politicien nommé Barry Goldwater, sénateur de l'Arizona, ancien collaborateur de McCarthy, lors de ce qu'on a appelé « la chasse aux sorcières ». Faites attention à Goldwater dit *Don Carl* à ses amis espagnols. Goldwater est le porte-parole d'un certain ultraconservatisme qui se propose de conquérir l'avenir.

Revenons à Madrid, sur la place de la Marina, en

1962. Manuel Fraga Iribarne fait l'éloge de la pensée de Carl Schmitt, « aujourd'hui plus d'actualité que jamais », et il expose une remarquable synthèse : « La politique comme décision, le retour du pouvoir personnalisé, la conception anticonformiste de la Constitution, le dépassement du concept de légalité... sont des quotes-parts acquises et l'on ne peut plus revenir en arrière. » L'ensemble du discours du directeur de l'Institut, lui-même juriste, est une apologie du *kronjurist*, de maître *Don Carl*.

« La loi est quelque chose qui ressemblerait plutôt à un canon de longue portée » avait écrit Manuel Fraga dans la *Revue Générale de Législation et de Jurisprudence*, en 1944. À présent, le juriste aux conceptions d'artilleur, à la veille de sa nomination comme ministre de l'Information de la dictature, accroche la décoration sur le revers de la veste de son « maître vénéré » Carl Schmitt. Et il souligne, tout ému, qu'il est en train de vivre « un moment culminant » de sa carrière. Après la salve d'applaudissements, *Don Carl* prend la parole. L'homme de l'ombre devient alors un centre d'intérêt. Il a soixante-quatorze ans, il est bien conservé, robuste, et il sait que l'usage solennel de la parole va faire croître sa stature devant un public déjà conquis. Qu'il va faire remarquer « l'autorité naturelle » que lui attribua son ancien ami et camarade, l'écrivain Ernst Jünger. En ce qui le concerne, il semble parfaitement conscient de ce qu'il est en train de vivre. Le fait insolite qu'on rende hommage au principal juriste du IIIe Reich et qu'on le décore.

Il va enfin transgresser en public la consigne qu'on édicta après l'effondrement du régime nazi : se réfugier dans la crypte du silence. Il trouve, en Espagne, non seulement un refuge intellectuel, mais aussi son modèle d'État largement vivant et triomphant. L'Espagne est pour lui un parfait exemple de la déroute de la démocratie parlementaire. Et il peut même savourer, comme lorsqu'il est en présence de réactionnaires cultivés tels que d'Ors, la rhétorique d'un Saint Empire imaginaire en modèle réduit. Tout comme cela s'est passé pour son hôte, on ne lui entendra pas prononcer la moindre autocritique, ni le moindre soupçon de doute ou d'incertitude. C'est même lui qui fera son meilleur éloge de lui-même. À la différence de son fougueux prédécesseur, de qui l'on dira « qu'il perd les pédales » pendant son discours, lui s'exprime calmement, il appuie sur les mots soigneusement choisis pour faire surgir cette « autorité naturelle » dont parle Jünger. Il accompagne ses phrases d'une gestuelle liturgique. Qu'a-t-il dit ? « Une fête sacrée. » Oui Carl Schmitt, *Don Carl*, déclare que ces retrouvailles avec ses amis espagnols sont « une fête sacrée au crépuscule de la vie ». À ce moment, et juste à ce moment-là, d'après le témoignage extasié de l'écrivain phalangiste Jesús Fueyo, « la lumière partit ».

La presse de l'époque donna une large place à l'événement. On y parla, en grands caractères, de l'hommage fait à Carl Schmitt. Plusieurs médias reproduisirent une interview, publiée initialement dans *Arriba*, « en raison de son grand intérêt », évident euphémisme de ce qui était en réalité un « ordre d'insérer ». « Il serait bien possible que tous les pays européens dussent s'accréditer face à l'Espagne » disait Schmitt. Mais aucun média, aucun journal, n'évoqua la fuite de la lumière. Personne ne raconta que, lorsque le hiérarque était sur le point d'accrocher l'insigne sur la poitrine de *Don Carl*, la salle de conférences du siège du Mouvement National fut plongée dans le noir. Complètement dans le noir.

(Extrait de *La Dramatique Histoire de la culture*, inédit d'Héctor Ríos.)

L'écrivain compulsif

Il remplissait les cahiers à toute vitesse. Il n'aimait pas seulement écrire, il avait aussi une passion pour la calligraphie qu'il étendrait plus tard à la sténographie, après être passé par la méthode Martí, version docteur Montevideo, à l'académie de Catia. Il notait ce qu'il pensait. Il notait tout ce qu'il allait dire. Aussi bien Chelo que le juge, pour des raisons différentes, étaient fiers de sa vocation précoce d'écrivain. Chelo situait ses débuts lors de ses premières leçons lorsqu'elle tentait de conjurer sa crainte de parler par une maîtrise de l'aspect graphique, par « la sincérité de la main », comme elle disait. Elle était très satisfaite, intimement fière des dons d'observation que révélait l'écriture de Gabriel, mais elle ne parvenait pas à le considérer autrement que comme un gamin. Le juge Samos avait oublié les années de désespoir qu'il avait traversées, l'enfance si compliquée de Gabriel qui était si fragile, toujours sur le point de se briser, comme une image de la Naissance. Il avait même un jour lâché, de façon pas très consciente, le mot *défectueux*. Ce fut à l'époque où le bégaiement de Gabriel donnait des signes d'aggravation. « Défectueux, grogna-t-il, un fils défectueux. » En réalité, il pensait avoir trouvé un mot neutre, une « terminologie atténuante », se justifierait-il plus tard, et il avait tout simplement trouvé un mot qui, bien que prononcé dans un murmure, avait fait le vacarme qu'on peut produire en tapant sur une boîte de conserve vide en pleine nuit.

Tu es en train de penser à toi, lui dit Chelo. Tu n'es pas en train de penser à lui, tu es en train de penser à toi.

Il y avait quelque chose d'horrible derrière le ton de cette femme. Elle avait également commencé à s'exprimer dans un murmure, avec une certaine contrariété dans sa voix, comme si elle venait de ramasser le mot *défectueux* par terre et qu'elle tentait de le réparer.

Qu'est-ce que tu veux dire ?

Tu sais très bien ce que je veux dire. Tu es en train de penser au qu'en-dira-t-on. Savez-vous que le fils du juge est bègue, que le fils de Samos a les mots qui se coincent au fond de sa gorge ? Voilà ce que tu es en train de te dire.

Entre autres. Mais ce que je me dis surtout, c'est que s'il est bègue il ne pourra jamais devenir juge. Tu l'ignorais ? Eh bien, il y a énormément de choses qu'on ne peut pas devenir dans la vie, si l'on bégaie. On ne peut pas être ministre, ni général, ni évêque… Non, on ne peut pas. On ne peut pas diriger une armée, ni dire la messe, ni prononcer des sentences. On ne peut pas faire le maximum qu'on puisse être dans la vie. Tu n'avais jamais réfléchi à ça, n'est-ce pas ? On ne peut pas être notaire, ni secrétaire municipal, ni policier, ni présentateur à la radio. Non, il ne pourra même pas annoncer le gros lot à la loterie. Il ne pourra même pas hurler qu'on vient de marquer un but : *Gooooool !*

Il se sentait soudain à l'aise sur le terrain du grotesque. Il parlait des mots, des mots qui se coincent, tandis que les siens prenaient plaisir à s'égrener enfin le long d'un chemin ombragé.

On ne peut même pas devenir un délinquant. On ne peut aller braquer une banque et se mettre à bégayer.

En voyant le visage décomposé de Chelo, il cessa de parler. Un visage cubiste, sur le point de se briser en mille morceaux. Il était très rare de la voir pleurer, qu'elle se laissât gagner par ses émotions. Il s'était plusieurs fois interrogé à ce propos, à propos de son flegme. Elle gardait toujours un calme qui l'avait parfois troublé, tant elle était imperturbable. Il avait l'impression qu'elle observait le monde comme s'il était encadré et que cela lui permettait de développer sa curiosité, mais il la trouvait également très maîtresse de soi. Il appréciait son calme oriental, dans le Pavillon Chinois, où les seuls instants dramatiques étaient provoqués par les sillons du disque en vinyle, par la soprane autrichienne qui chantait le mal d'amour de Pamina, *Ach, ich fühl's*, une tristesse qui pénétrait insoumise dans le bureau, qui s'imposait, qui l'empêchait de se concentrer sur autre chose, quel que soit le volume du son qui accompagnait la façon calme de peindre de Chelo. En tout cas, c'est l'impression qu'elle donnait, lorsqu'elle pensait être toute seule, et qu'il l'observait sans qu'elle s'en aperçût, en train de faire glisser doucement son pinceau, dans un mouvement hypnotique. Peut-être que le dramatisme qui sourdait des sillons du vinyle s'adressait à lui. Qu'il s'agissait d'une question personnelle de la soprane autrichienne, avec ses notes suraiguës. Les graves le réconfortaient beaucoup plus. En réalité, il sait que son inquiétude est proportionnelle à l'attirance qu'il ressent pour cette musique. En y réfléchissant à deux fois, c'est ce genre de musique qu'il aime réellement, même s'il n'a jamais réussi à en être passionné. Il avait connu d'autres personnes que Chelo qui avaient cette passion, oui. La passion pour l'opéra. Cela venait également de la mer. Il fut un temps où les grandes compagnies, en transit pour l'Amérique, venaient jouer. Mais aujourd'hui, les bateaux ne transportent plus du bel canto. Enfin. Il s'agissait d'une vision mélancolique du problème. Il y avait du laisser-aller, oui. Il fallait reconnaître que pour cela, pour ce qui concernait la culture musicale, la ville n'était plus ce qu'elle était. Il en avait déjà parlé plusieurs fois aux autorités. Il ne faut pas seulement se contenter de la force et de la propagande. Le vide culturel est quelque chose de dangereux, et cetera, et cetera. Mais, bien entendu, il y a tellement d'ignares que... Il s'était bien gardé de dire cela, il l'avait gardé pour lui. Par exemple on lui avait raconté une anecdote avec le maire de la ville. Un représentant de l'association des Amis de l'Opéra était allé solliciter une aide pour organiser un festival et le maire leur avait répondu par une question intimidatrice : Vous êtes combien d'amis au juste ? On vous fourre dans un autobus et... à la Scala de Milan. Enfin.

Le visage de Chelo se recompose, mais il est désormais différent. Elle a le regard dur de quelqu'un qui serait parvenu à prévenir un effondrement, sans risque que cela se reproduise, ce qui pousse Ricardo à considérer qu'elle a fini de parler. Il change de sujet. Il se sent on ne peut plus mal à l'aise, semble ne plus être sûr de lui.

Excuse-moi. Je plaisantais. Ce n'est pas si grave.

Bien entendu que ce n'est pas grave. Arrête de penser à ce qu'il va ou ne va pas devenir, et pense plutôt à ce qu'il est. Arrête de considérer que c'est une malédiction.

Ricardo Samos se tut un instant. Le temps qu'on

met à lancer une monnaie en l'air pour ensuite la récupérer dans la paume de sa main.

Je vois les choses comme cela. Je n'y peux rien. Comme une malédiction. Je voudrais que mon fils puisse un jour devenir juge. J'ai le droit de le vouloir. Et je voudrais qu'il soit le meilleur. Oui, tu as raison. Tu sais ce que les gens disent ? Et ce qu'on peut lire dans les regards de ceux qui demandent : Comment ça va le problème de ton fils ? Ça va s'arranger ? Tu connais l'histoire de Diogène, le grand orateur ? Et toutes les blagues de ce genre. Lorsque le juge réussit enfin à prononcer la sentence, l'accusé avait déjà été libéré, et cetera. Toute la ville raconte les mêmes blagues.

Toute la ville ?

Oui, tous ceux qui nous intéressent.

Il avait été sincère. Dans la plupart de ses conférences, il paraissait être un défenseur du concept de la *dignitas non moritur*. Au sein de cette vision traditionnelle, avoir de la dignité consistait à montrer son pouvoir et à le transmettre. Mais ce n'était pas le moment de disserter sur ce sujet, autrement dit sur l'accord de fond qui existe entre la théologie politique médiévale et sa pensée, qui était la pensée victorieuse et qui faisait de cette loi non écrite une loi toujours en vigueur. Cette vieille idée selon laquelle « la dignité ne meurt jamais », et qu'on hérite « par succession de la corporation », comme une justification de ce privilège. Mais non. Ce n'était certainement pas le moment d'expliquer à Chelo ce qu'il ressentait et ce qu'il pensait, et il n'aurait sans doute jamais à le lui expliquer.

Il sera juge ou peut-être pas, dit Chelo. Mais ne me reparle plus jamais de malédiction.

Ricardo Samos prit bonne note de cette recommandation. Non, il n'utiliserait plus ce mot. De plus, les problèmes de Gabriel avec les mots prirent tout de suite après une tout autre tournure. Apparemment, les choses allaient en s'arrangeant.

À l'occasion d'une visite à Madrid, le grand-père Samos, qui à l'époque occupait un poste de haut rang juridique au sein de l'Armée, avait tenté de convaincre le juge que le problème de Gabriel était, en réalité, la marque hésitante d'un garçon sensible et surdoué. Ricardo ne le prit pas très au sérieux. Il considérait que son père n'était pas compétent dans ce domaine et surtout, pour lui, l'idée du surdoué ne collait pas avec le fait que les mots se coincent dans la gorge de son fils. On ne pouvait pas être surdoué et manquer à ce point d'assurance dans la façon de s'exprimer, ni manifester une peur aussi terrible devant les mots.

D'autres personnes, pour qui il avait beaucoup d'estime, lui avaient dit la même chose, comme le magistrat Gueldo, le procureur Fasco, le professeur Sulfe ou le père Munio lui-même, ce qui l'avait poussé à remplacer ses premières craintes par cette nouvelle idée qu'il finirait par se produire une métamorphose chez Gabriel, d'où surgiraient enfin toutes ses qualités.

Ce qui préoccupait Chelo, qui s'était chargée de trouver et de consulter des spécialistes, c'était le peu de choses que l'on savait alors à propos des problèmes d'élocution. Le vide pédagogique. L'absence de traitement. Et ce qui était encore plus scandaleux : le peu de cas qu'on en faisait, par rapport aux souffrances que cela générait.

Tout au long de cette recherche, qui dura plusieurs années, elle en vint à la conclusion que son idée de peindre des *souvenirs** dans la main de Gabriel n'était pas si absurde, tout comme celle de lui faire travailler la calligraphie et le dessin. Il était important également qu'il parvienne à jouer avec les mots. Elle avait pleuré de joie le jour où, en rentrant chez elle, elle avait vu Gabriel venir en courant vers elle depuis l'horloge murale en hurlant la composition chimique de l'aspirine : Acide acétylsalicylique !

Gabriel allait mieux, oui. Il traversait des plages de silence pendant lesquelles il se renfermait sur lui-même, dans un état de veille où l'on aurait dit qu'il était en train de ronger tous les mots du langage.

Il aimait lire, il écrivait quelque chose de personnel et mettait toute sa ténacité à effectuer ses exercices de langage. Il n'y avait aucun doute là-dessus. Ceci en était la preuve flagrante. À l'école, il obtenait de brillants résultats. Il pouvait s'enfermer des journées entières dans un silence presque total. Cela lui permettait de s'éviter les petits rires moqueurs et les quolibets. Les professeurs, qui étaient au courant de ses difficultés, n'insistaient pas pour l'obliger à parler. Certaines tentatives avaient été couronnées de succès. D'autres avaient extrêmement mal fini. Les mots se coinçaient dans la gorge de Gabriel. Il avait le visage congestionné. Le regard perdu.

Et un jour le changement si attendu se produisit. Un miraculeux retournement de situation. Il commença ensuite à écrire compulsivement. Cela eut lieu l'été où il avait demandé à suivre des cours de dactylographie. Il avait dit qu'il était émerveillé par l'habileté d'un stagiaire, à peine plus âgé que lui, qui couvrait l'information concernant les entrées et les sorties des bateaux, pour le quotidien du soir *Expreso*. Il savait taper à la machine avec tous les doigts et sans regarder le clavier, à toute vitesse. Et ce qui était encore plus intéressant. Il était en train d'apprendre la sténographie. Il voulait faire pareil. Acquérir la technique consistant à transcrire la parole en temps réel.

C'est magnifique, Gabriel, dit Chelo. Elle était très heureuse : C'est une idée fantastique. Comme si l'on dessinait les mots.

Et comment t'es-tu fait cette amitié ? demanda son père.

Sur le port. Le Stagiaire traîne toujours sur le port. Tout le monde l'appelle comme ça, le Stagiaire. Il note le nom des bateaux, l'endroit d'où ils viennent, leur prochaine destination, et la marchandise qu'ils transportent. Parfois, il fait des interviews. L'autre jour, un bateau est arrivé de Gran Sol, il transportait à l'intérieur un autre bateau plus petit, un voilier qu'ils avaient découvert en train de dériver et sans équipage. À l'intérieur, ils avaient trouvé les papiers d'un Hollandais qui habitait aux États-Unis. Il était photographe et artiste.

Comment sait-on qu'il était artiste ?

Parce que c'était écrit sur ses papiers. Il avait le même nom que mon oncle. Bastian. C'est une curieuse histoire. J'ai consulté le journal de bord avec le Stagiaire et on y disait que le voyage, le voyage que faisait le Hollandais, était une œuvre intitulée *In search of the Miraculous*.

Tu parles avec une belle fluidité, mon fils, dit Samos rayonnant de joie.

Chelo envoya du regard un message de prudence à son mari. Il changea de sujet.

Tu te rendras à cette académie, Gabriel. C'est une fantastique idée. Et nous allons t'installer cette éternelle machine à écrire qui n'a encore jamais servi. L'Hispano-Olivetti somnolente de ton père, sur laquelle il pensait continuer l'œuvre de Cicéron.

J'ai préféré le faire à la main, dit Samos en poursuivant la plaisanterie. Les classiques écrivaient ainsi. Comment s'appelle cette académie, Gabriel ?

La Rose Sténographique. Il n'y a qu'un seul professeur.

Un seul professeur ?

Oui, c'est une femme. J'y suis allé pour essayer avec le Stagiaire. Et elle m'a placé les doigts sur le clavier pour m'apprendre à démarrer. Le professeur s'appelle Catia. Elle nous place les doigts sur le clavier et chacun correspond à plusieurs touches. Les pouces servent à taper les espaces.

Il écoutait les instructions de Catia qui parlait dans son dos, près de sa nuque, comme une brise : Les épaules et la tête bien droites. Les coudes près du corps, comme ça, les bras doivent former un angle droit.

Je me suis entraîné, dit-il avec un large sourire, les yeux fermés, enfonçant les doigts sur un clavier imaginaire. Je sais déjà trouver les touches, en le faisant en l'air, sans la machine, par cœur.

Posée sur un chariot à roulettes, l'Hispano-Olivetti en métal occupa bientôt le centre de l'antichambre. La machine, l'action qu'elle permettait, le bruit constructif qui émanait d'elle, requérait tout cet espace. C'était devenu quelque chose de beaucoup plus proche de l'action de faire des livres. Le temps de la calligraphie était passé, celui des imitations de styles aussi, de l'italique ou de l'anglaise, ou le passe-temps consistant à classer les lettres capitales à la lueur vert-jaune de la tulipe. Cependant lorsque son père avait une visite dans son bureau, et qu'on ne lui demandait pas de se retirer, Gabriel revenait à l'écriture manuscrite. Il en profitait presque toujours pour écrire une carte postale datée de 1913, adressée à Santiago Casarès au Sanatorium du château de Durtol, pour lui raconter de quelle façon il parvenait à surmonter ses problèmes de bégaiement avec une technique infaillible, qui consistait à mêler parole et écriture.

Nonobstant, le Cabinet de Curiosités passa au second plan. À présent, en marge de sa valeur et de sa signification, il ne représentait plus que les restes archéologiques de lui-même. La machine à écrire était devenue un objet trop encombrant, elle avait dépassé toute échelle et, dans son mouvement, l'avait définitivement arraché à l'enfance. Puis il traversa rapidement l'adolescence pour atteindre les portes d'un temps différent. Celui d'une graphie secrète et personnelle.

Il vint un moment où Neves, préoccupée, décida d'en parler à Chelo. Gabriel avait les poches du caban, de la veste, des pantalons remplies de feuilles de papier froissées en boule. Avant il rangeait ses cahiers. À présent, non seulement il remplissait des cahiers d'écolier, mais ils étaient tous de taille différente. Cela pouvait sembler n'avoir aucune importance. Mais parfois, le matin, le parquet de sa chambre était tapissé de feuilles volantes écrites, si l'on pouvait s'exprimer ainsi, avec des signes bizarres, et d'autres fois des boules de feuilles de papier écrites également, de formes sphériques, débordaient de la corbeille à papier. Gabriel partait à toute vitesse tous les matins. Si elle avait décidé de s'en remettre à elle, d'en parler à Chelo, ce n'était pas pour s'occuper de ce qui ne la regardait pas. Elle n'avait rien d'une fouineuse. Et de toute façon, même si elle l'avait été, elle ne comprenait rien. C'était inintelligible. Des gribouillis. Si elle venait lui raconter cela, c'est parce qu'elle avait le sentiment que Gabriel passait souvent des nuits blanches. Lorsqu'elle se levait, elle voyait un rai de lumière filtrant en dessous de la porte. Il passait la nuit à faire des gribouillis, à taper à la machine, bref cela ne pouvait pas être très bon pour lui.

Qu'est-ce que tu écris ? lui demanda sa mère ce soir-là. Souriante, sans avoir l'air de l'interroger sérieusement. Pour éviter de le mettre mal à l'aise, sans se montrer le moins du monde soupçonneuse. (Alors qu'il est petit, la porte s'ouvre et elle apparaît avec un chapeau de feutre noir, avec une voilette de tulle blanc qui lui cache presque les yeux. Bras ouverts, elle se penche et il ne sait pas s'il doit rester tranquille ou se mettre à courir vers elle, qui s'accroupit et lui ouvre les bras : *Doucement, doucement**. À présent, c'est lui qui porte une voilette invisible.)

Il est déconcerté pendant quelques instants. Pourquoi lui demande-t-elle cela, juste maintenant ? Elle ne peut tout simplement pas lire ce qu'il est en train d'écrire.

Mon père rentra à la maison indigné. Il arriva alors que la Méduse sortait de chez nous avec un gros poisson, un thon bleu, sur la tête.

— Je ne comprends pas, Chelo. Introduire cette fille chez nous. Cette péripatéticienne !

Péripatéticienne. Chercher dans le dictionnaire sans tarder. Péripatéticienne : Prostituée, femme qui racole dans la rue.

— S'il te plaît, demande à tes modèles d'entrer et de sortir par la porte de service. Elle est là pour ça. Je suis juge. Je dois respecter les convenances.

— C'est une femme. Un individu.

— On voit parfaitement ce que c'est. Tu sais qu'elle a été emprisonnée pour avoir avorté ? Cette grosse imbécile a failli mourir à cause d'une aiguille à tricoter. Quelqu'un l'avait abandonnée devant le dispensaire. Le sang dégoulinait sur la place de la Palloza.

— Ah bon. Le sang dégoulinait. Et puis, comme si

ce n'était pas une punition suffisante, on l'a encore enfermée en prison.

— Moins longtemps qu'elle ne l'aurait mérité. Elle a eu de la chance. Le docteur qui s'est occupé d'elle avait fait un rapport qui manquait de précision. Tu sais ce que je pense de ce genre de choses. On peut être indulgent avec un délinquant, mais jamais avec une femme qui avorte.

— Est-ce que tu sais pour quelle raison elle cache la moitié de son visage ?

Qu'est-ce que tu écris, Gabriel ?

Tout.

Monsieur Montevideo…

Oublie ce que j'ai dit. Cette blague de l'écrivain novice est un peu cruelle. On la fait à chaque fois. C'est devenu un tic.

En réalité, Tito Balboa, le Stagiaire, ne se souvenait pas de cette blague, et il n'avait pas été vexé. Il l'avait déjà entendue à d'autres reprises. Peut-être que Santos, le gars qui s'était révélé être un policier, peut-être que lui s'était vexé. Quoi que pensât le docteur, ce policier avait une vénération pour lui. Et aussi pour Catia, mais qui n'en avait pas pour elle ? Mais il admirait énormément le docteur Montevideo. Ou alors, il simulait vraiment très bien. Il était fasciné lorsqu'il l'écoutait. Et il prenait en note tout ce qu'il disait. Il faisait tous les exercices. Le docteur était convaincu que c'était pour le prendre en flagrant délit de mensonge, qu'il était en train d'accumuler des preuves, de l'espionner, pour ensuite le dénoncer. La plupart du temps, il parvenait à se maîtriser. D'autres fois, il se mettait à dicter nerveusement, improvisant un texte apparemment délirant jusqu'à épuisement total : Les cercles concentriques sortent de la main vide, se promènent le long d'un sentier de lucioles, ce sont les gouttes de pluie accrochées à la portée de musique où s'est posé le merle, comme une croche emprisonnée dans la toile d'araignée de Virginia Woolf, couvrant le carré noir de Malevitch, où toutes les couleurs patientent, en attendant que vienne leur tour. Point.

Il s'ensuivait un étonnant galimatias graphique sur le cahier des élèves. Le sens perdu des signes.

Voyons voir, Balboa, qu'avez-vous écrit ?

J'ai seulement eu le temps de noter : De concentriques lucioles attendant que vienne leur tour.

Parfait. Voilà du vrai dadaïsme, de la vraie avant-garde !

Gabriel ?

Rien du tout, monsieur Montevideo.

Tu débutes. N'essaie pas de tout comprendre. Laisse divaguer ton ouïe, il faut qu'elle parvienne à s'entendre avec ta main. Il faut qu'elle finisse par atteindre une « traçabilité irréprochable », disait Alfredo Nadal de Mariezcurrena. Et vous, monsieur l'avocat ?

Des gouttes de pluie sur un carré noir.

Lorsqu'il était plus calme, le docteur Montevideo cherchait des phrases plus simples, qui étaient notées sur ses fiches de cours éparpillées sur le lit. Des lambeaux de maximes humanistes tapées à la machine.

Notez ceci d'Éluard : Il existe d'autres mondes, mais ils sont tous contenus dans celui-ci. De Jules Renard : La vérité est de petite taille. Voyons si vous trouvez de qui est cette citation : La queue de la baleine est plus belle qu'un bras de fée.

Ça, c'est de Melville, monsieur !

Exact, Balboa.

Il découvrit sur une autre fiche quelque chose qui le fit tressaillir et il décida de ne pas le lire. Ensuite :

Adieu, mon livre : le navire, je crois que tu le sais, ne se laisse retarder par aucun passager.

Ça, c'est de Marcus Valerius Martial, dit immédiatement Santos. Le poète est sur le point de retourner à Bílbilis, sa ville natale, au nord de l'Espagne, après trois décennies d'absence.

Le docteur Montevideo le regarde avec un étonnement ironique dans ses yeux globuleux.

Très bien, monsieur l'avocat, très bien.

Quelques jours plus tard, le cours achevé, Santos lui dit :

Docteur, je me suis permis de vous apporter quelques poèmes.

Qui les a écrits ?

Qui les a écrits ? C'est moi qui les ai écrits, monsieur Montevideo.

Et pour quelle raison ?

Ce qui était en réalité une question ironique, une blague que se faisaient depuis toujours les poètes les uns aux autres, devint alors une question implacable, de l'ordre de ce que, dans une procédure policière, on appelle « l'ouverture d'une enquête ». Et c'était un des commandements énoncés par le docteur Montevideo. Toute œuvre littéraire doit avoir la consciente intention d'ouvrir une enquête.

Pour quelle raison ? Dites-moi pour quelle raison vous avez écrit ces poèmes.

Ce fut une situation violente. Les yeux globuleux étaient sur le point de quitter leurs orbites, comme des boules de gaucho à la chasse aux autruches.

Le visage de Santos était rouge de honte. Les *pourquelle-raison* répétés laissaient des marques de fouet sur ses joues.

Répondez. Vous écrivez des poèmes. Des poèmes par les temps qui courent. Et vous n'avez rien à dire sur la raison pour laquelle vous le faites ?

Eh bien. Pour moi, c'était une sorte d'exercice.

Un exercice ? Respiratoire ? Mécanographique ?

Ce n'est pas moi qui les ai écrits. Voilà la vérité. J'ai recopié des poèmes anonymes qui se sont retrouvés entre mes mains. Pour quelle raison ? Je n'en sais rien.

Les yeux de Montevideo reprirent à nouveau place au fond de leurs orbites. Il avait ces élans, auxquels ils tentaient d'imprimer une volonté, un certain style, mais il n'était pas organiquement constitué pour les excès, pour maintenir malicieusement la pression sur qui que ce soit : Alors pardonnez-moi. En réalité, j'étais très intéressé par ces poèmes. Anonymes ? Posez-les là. Ce peut tout à fait être des lambeaux de la dramatique histoire.

Tito Balboa eut bien du mal à avouer au docteur Montevideo qu'il allait abandonner son projet d'écrire un roman sur la vie du phare d'Hercule. D'une certaine façon, c'est grâce à lui qu'était née l'idée d'*Autobiographie d'un phare*. Et pendant plusieurs jours Balboa s'était rendu tout seul à l'académie pour noter sténographiquement (désolé pour le *-ment*, monsieur Montevideo), pour noter en sténographie des informations à propos de l'histoire cachée de la ville : ce que le phare pouvait seulement apercevoir pendant la nuit. Enfin. Il renonçait à ses rêves littéraires pour se donner corps et âme au journalisme. Qui pouvait bien être intéressé par l'histoire d'un phare racontée par soi-même, cette théorie de la subjectivité du paysage, des cicatrices de l'Histoire sur le territoire, sur les corps et sur les mots ? Un roman tel que celui-là finirait enterré dans ce trou du cul du monde. Peut-être un peu plus tard. Il ne manquait pas d'arguments de toutes sortes. Un horizon de possibilités professionnelles s'ouvrait devant lui. Il ne devait pas laisser passer l'occasion, il lui fallait saisir la balle au bond, battre le fer tant qu'il était chaud, et cetera et cetera. Lorsqu'il se retrouva dans la chambre du professeur

Montevideo, tout seul avec lui, il commença à s'embrouiller dans tous ces proverbes.

Alors c'est toi qui vas t'occuper du supplément des fêtes ? demanda-t-il au Stagiaire. Et tu vas interviewer les reines de toutes les fêtes ?

Oui. Je crois que cela fait partie de mon travail.

Et le maire. Et la présidente de l'association des maîtresses de maison. Et le président de la chambre d'agriculture. Le curé de la paroisse, et cetera.

Oui, c'est exactement cela. C'est ce qu'on fait dans ce genre de suppléments.

Et les personnes qui font de la publicité.

Oui, la règle c'est aussi d'interviewer ceux qui nous achètent des encarts publicitaires.

Et tu touches quelque chose pour cela ?

Oui, monsieur Montevideo. On me donne des pourboires pour chaque supplément.

Des scrupules ? On te donne des scrupules ?

Que voulez-vous dire, des scrupules ?

Est-ce que c'est toi qui encaisses les annonces publicitaires ?

Non, ce travail-là est fait par des gens qui ont davantage d'expérience que moi.

C'est toi qui devrais encaisser la publicité.

Le Stagiaire se demandait s'il était en train de parler sérieusement, mais il décida de lui répondre en toute sincérité.

C'est à cela que j'aspire, monsieur Montevideo.

Très bien, mon garçon, alors en avant. Un jour, tu vas peut-être trouver une reine de la fête qui sera en même temps la fille du maire et la nièce du plus gros client de publicités. Tu n'auras plus qu'à déposer une liste de mariage dans les grands magasins Barros ou El-Pote. En ce qui me concerne, je t'enverrai un exemplaire de la loi sur le divorce, en Uruguay.

Je vais aussi être responsable d'une rubrique purement littéraire, monsieur Montevideo.

Purement ? Passe-moi mon gratte-dos.

Les adverbes en *-ment* lui provoquaient des démangeaisons. Demander qu'on lui tendît son gratte-dos en buis était sa façon radicale de corriger, d'exprimer la douleur que lui produisaient de tels séismes stylistiques. Il était blessé, triste.

Je suis désolé. Une rubrique de sujet libre.

Essaie de ne pas abuser de l'encyclopédie Espasa.

Je vous apporterai ce que je vais écrire au cas où vous voudriez y jeter un coup d'œil.

Non, ce n'est pas la peine. Si tu reviens par ici, apporte-moi du tabac et du whisky d'importation.

Balboa se souvient de la première fois où il avait eu des familiarités avec lui et où il lui avait demandé de lui faire une course : Allez, va au marché de Santa-Lucía et reproduis-moi le miracle de Cana, mais avec du whisky. Il lui tendit un billet bleu. Le billet était si rare, il avait une telle valeur, qu'il lui sembla venir d'un autre pays.

Alors qu'il s'éloignait déjà, la tête baissée et en traînant des pieds : Ne te fais surtout pas avoir ! Les nécrologies, ça rapporte beaucoup plus. On doit les payer *cash*. Le monde peut bien s'écrouler, seul un bon faire-part de décès peut nourrir une rotative. Si tu dois te coltiner des fêtes, coltine-toi des fêtes. Mais à la première occasion, mon garçon, n'hésite pas à mettre un pied dans la barque typographique de Charon. Consacre-toi à rédiger les nécrologies. C'est cela l'avenir.

Nous n'avons pas de rubrique nécrologique, docteur Montevideo. Nous n'avons pas réussi à obtenir ce marché.

Dans ces conditions-là, l'*Expreso* n'a pas grand avenir. Sans faire-part en poupe, un journal ne peut pas prendre le large.

Ó et les animaux

Les cheveux tombent, ils tombent séparément, l'un après l'autre, mais ensuite ils ont tendance à se réunir, à faire une pelote ondulant dans l'eau et parfois ils forment une trame qui bouche les tuyauteries. Maman Olinda raconta un jour que, dans les contes d'antan, les cheveux qui tombaient devenaient des serpents d'eau. Elle disait comme ça : J'ai entendu dire que. Et quelquefois, elle ne reparlait plus de cette histoire, qui continuait à flotter sur l'eau, emportée comme une feuille morte. Parce que ça, c'est encore une autre histoire : moi, j'ai l'impression que les feuilles deviennent plus grandes lorsqu'elles flottent, ce sont des barques sur lesquelles naviguent parfois de petites grenouilles ou des coccinelles, ce qu'on appelle des bêtes à bon Dieu. Elles sont vraiment sereines, elles sont très attentives les coccinelles dans leur embarcation improvisée. Et c'est la même chose avec les animaux plus grands. Ils ne s'inquiètent de rien. Le cheval que le fleuve Mandeo avait emporté jusqu'à l'océan, lorsque la marée avait baissé avait été repêché par des gars de Malpica, qui s'étaient exclamés très justement : Sainte Vierge, qu'est-ce que la mer peut produire et sans même y jeter une pelletée de fumier !

Ils avaient ramené le cheval moucheté jusqu'à la Darse du port de La Corogne, très fiers d'eux, à la proue du bateau. La crinière des chevaux est une splendeur. Et celle de notre âne Tosca aussi. Les animaux sont très beaux. Moi, je dis qu'un animal laid, ça n'existe pas. Toi, quelqu'un t'a jeté un sort, me dit Ana. Et lorsqu'elle me dit ça, je fais ce qu'elle adore, ce qui la fait tant rire, je laisse filtrer la voix de Polca en latin, à travers mon corps ouvert : *Lavabo inter innocentes manus meas* (Je laverai mes mains parmi les innocents). Ils sont tous beaux. Voyons, réfléchis à un animal et cite-m'en un qui ne soit pas beau. Le rat ? Regarde-le bien. Regarde de l'autre côté du fleuve. Ne te laisse pas influencer par le mot. Ce qui te dégoûte, c'est le mot. De plus, Polca a dit que c'est grâce à eux, grâce à ceux de la rivière, qu'on a découvert l'aspirine. Tandis que les autres animaux mouraient, pendant les grandes pestes les rats, eux, ont été sauvés, ils avaient le pelage tout lustré parce qu'ils rongeaient les racines des saules. Le médecin des yeux, le docteur Abril, m'a expliqué que les animaux invisibles, les bactéries et tout ça, sont encore plus beaux. Ils ressemblent à des tableaux modernes. Je me suis dit que bien sûr les bactéries aussi étaient modernes. Le doryphore aussi est moderne. Il est superbe. Mais étant donné qu'il est moderne, il n'y a pas moyen de le tuer à la main. Il faut utiliser un armement moderne également. Et Polca dit qu'ils vont finir par tout tuer, que le remède est pire que la maladie. Que le poison tue aussi les escargots et les limaces. Polca refuse de passer là où meurent les escargots. Nous devons paraître très bizarres aux autres animaux. Ça se voit à leur façon de nous regarder. Lorsque j'étais petite, j'avais dit à Polca que j'avais peur du loup et il s'était mis à rire : Eh bien, imagine la frousse du loup si jamais il se retrouve devant moi. Tu n'imagines pas la trouille que les loups ont des boiteux ! Et des gens moches ! Il dit ça pour blaguer. Polca n'est pas si moche que ça. On voit très bien que les animaux anciens sont anciens, car ils ont fait tout le tour du temps et on dirait qu'il viennent du futur. Comme le poulpe ou le couteau. Comme les escargots et les limaces. Comme les lamproies. Ou les anguilles. Peut-être deviennent-ils des anguilles, je veux parler des cheveux. Peut-être que les cheveux deviennent des anguilles. Ça, ça ne m'étonnerait pas du tout. Car les anguilles ont quelque chose qui nous ressemble. Dans leur façon de vivre dans la boue, leur avidité à manger, leur façon de s'échapper lorsqu'on les poursuit. Et en plus, elles savent se déplacer sur la terre. La nuit, les anguilles se promènent par là, à travers champs, et parfois elles s'enfoncent dans la terre. Moi, ça ne m'étonne pas. Avec cette humidité, quelquefois c'est pareil d'être dans l'eau qu'à l'extérieur. On peut fourrer la brume dans des sacs, comme si c'était de la poussière de farine. Et puis les gens progressent lentement dans l'atmosphère, pas seulement parce qu'elle pénètre dans les os et que le corps devient tout raide, mais parce qu'il faut se frayer un chemin dans la brume, comme les plongeurs avec leurs scaphandres, il faut traverser un rideau après l'autre. Tout va très lentement et parfois les mots, les phrases restent imprimés dans l'air, comme lorsqu'on écrit sur la buée d'une vitre. C'est ainsi qu'on arrive à apprendre des choses qui ne nous concernaient pas. Comme cela se passait avec les lettres oubliées dans les poches des pantalons qu'on nous apportait à laver.

L'architecte portugais

Lire, c'était comme regarder par le trou de la serrure d'une famille de vieille souche. Regarder n'était ni bien ni mal. Regarder avait quelque chose de glouton. D'entrée, un personnage énigmatique apparaissait. À quoi pouvait donc ressembler cet Éminentissime ?

Éminentissime Monsieur Juiz
Mon cher Dr Azevedo da Acosta :

Voilà comme ils savent bien se traiter, comme ils savent bien se flatter les uns les autres. Imaginons que Polca reçoive une lettre de ce genre : *Éminentissime Monsieur le Fossoyeur*. Il serait capable de se dire qu'elle vient de l'autre monde. Si ça commence ainsi, de cette façon, il est évident qu'on ne va pas écrire n'importe quoi. Il faut bien raconter quelque chose.

J'aimerais beaucoup connaître votre opinion à propos de l'œuvre de l'architecte portugais António Soares, installé dans la ville de Porto. J'ai l'impression qu'on le considère comme un grand espoir de l'architecture après ses projets de maisons-bateaux et qu'il commence même à faire parler de lui dans certains pays étrangers, particulièrement en France et en Hollande. Je vous demande la plus grande discrétion au cas, tout à fait probable, où je solliciterais de vous quelques informations complémentaires à son sujet. Des personnes du monde de la construction, que j'apprécie, sont en train d'étudier la possibilité de faire appel à ses services, mais elles insistent pour que cette première exploration demeure confidentielle et qu'elle n'arrive en aucun cas aux oreilles dudit architecte. Avant de le contacter et afin d'éviter tout faux pas, mes amis souhaiteraient recueillir l'opinion d'une personne au jugement et à la rigueur exceptionnels, telle que vous, qu'ils sauraient bien entendu considérer à sa juste valeur. Toujours à votre entière disposition.

Dieu vous garde pendant de longues années.

Et l'on pouvait lire à la suite, tapé à la machine, le nom de Ricardo Samos Pego-Mandivi.

Voilà en quoi les lettres sont différentes des cheveux. Les cheveux se cherchent les uns les autres et reconstruisent des mèches dans le fleuve. Mais les lettres, si elles tombent dans l'eau, se désagrègent en peu de temps. Même s'il est vrai que si l'on fait sécher certaines lettres, elles redeviennent raides, comme des survivants aplatis et traités par un plâtrier. Ces lettres résistantes s'aident les unes les autres. Elles se serrent, se collent entre elles pour éviter d'être rongées, écrasées, consumées, brûlées. Elles restent entières. Vivantes. L'une protège l'autre. On voit que celle-ci, que le juge Ricardo Samos est en train de signer, est une copie au papier carbone. Protégée par l'autre, pliée à l'intérieur d'une enveloppe. Sur le timbre, d'une valeur d'un escudo, on peut voir un cheval blanc avec un cavalier à la peau sombre, vêtu de rouge avec un foulard sur la tête. Sur le timbre, on peut lire : *Correios de Portugal*. Au pied des chevaux : *Timor, 1963*.

Si elles arrivent jusqu'à moi, il doit y avoir une raison. Ce serait du mépris que de ne pas les lire.

Excellentissime monsieur le magistrat
Cher Dr Samos :
Dès que j'ai reçu votre courrier, je me suis mis immédiatement en quête d'informations à propos de l'architecte António Soarez. Les recherches, en plus de toutes celles dont je me suis personnellement chargé, ont été menées par des personnes de toute confiance. Le résultat ne peut être plus surprenant. Non seulement nous n'avons pas trouvé d'architecte de ce nom-là, mais je peux vous assurer qu'il n'en existe pas dans tout le district de Porto. Il y a de façon flagrante erreur sur l'identification de cette personne. Toutes les recherches ont abouti à un résultat négatif, et nous n'avons trouvé trace de ce personnage ni comme architecte ni dans toute autre activité remarquable. Nous avons trouvé un boulanger qui portait ce nom, mais c'est un homme qui possède les habitudes propres à ce métier. Il dort le jour et travaille la nuit. Et d'après ce qu'il a eu la réticente amabilité de nous avouer, il ne s'est rendu qu'une fois en Galice et il n'y est jamais plus revenu et il n'a d'ailleurs pas l'intention de le refaire. Interrogé sur les raisons de cette décision, il s'est contenté de dire que, d'après lui, c'était une « terre dangereuse », ainsi que toute l'Espagne en général. Sans donner davantage de précisions. Il ne parlait pas beaucoup et semblait très méfiant dans ses longs moments de silence. Si je vous raconte ce dernier épisode, c'est pour la curiosité de ce genre de préjugés.
Que Dieu vous garde et de longues années.

P.-S. : Où en êtes-vous de vos recherches sur le rapprochement entre la pensée de José Donoso Cortés et notre António Sardinha ?

P.-S. (2) : Je me souviens tout d'un coup d'une curieuse coïncidence. Le nom de l'architecte est le même que celui d'un sculpteur de Porto, au siècle dernier, António Soares dos Reis, qui reçut un prix à la grande exposition de Madrid de 1870, pour son œuvre L'Émigré.

Elle les rendrait au juge. Elles lui appartenaient. Elles se trouvaient dans la poche, celle à la fermeture Éclair, d'un pantalon de chasse en velours vert. Il n'était pas fréquent de trouver quelque chose de ce genre. On vérifie toujours les vêtements. Au cas où l'on tomberait sur un billet. En général, la seule chose qu'on trouve, ce sont des pièces qui n'ont pas plus de valeur qu'un pou. Allez savoir ce que faisaient là ces lettres, la copie de la sienne et celle du juge de Porto. Au début, elle se demandait l'allure que devait avoir l'*Éminentissime*. Mais ensuite elle pensa à l'architecte portugais et aux maisons-bateaux. Jusqu'à présent, ces deux lettres n'avaient été lues que par les deux amis juges. Si elles étaient tombées entre ses mains, c'est qu'il devait bien y avoir une raison. Elle aussi était maintenant dans la confidence de cet homme invisible, de l'architecte portugais. Elle observa la pellicule d'eau dont la lettre était recouverte. À quoi pouvait bien ressembler le dénommé António Soares ?

Non. Elle avait décidé de ne pas les rendre au juge. Ce que Dieu te donne, saint Pierre te le pardonne. Lorsqu'elle alla remettre le linge propre, elle ne parla même pas de sa découverte à Neves, la bonne. Elle attendit de se retrouver toute seule avec la femme peintre. Elle avait une séance de pose, comme tous les jeudis au Pavillon Chinois, ainsi qu'elles en étaient convenues. Elle trouvait que le portrait n'avançait pas bien vite. Ce jour-là, les deux femmes, la peintre et son modèle, s'observaient de temps à autre, mais sans s'adresser la parole. Une voix de femme flottait dans la pièce. Chelo avait repassé le disque de cette chanteuse d'opéra qui étirait le temps avec sa voix. Ça c'était vraiment un corps ouvert, pensa Ó. Sa voix était apaisante, disait Chelo, bien qu'Ó ressentît le contraire. Elle était sur la défensive, cette voix la rendait nerveuse, et parfois elle l'angoissait carrément. Cette voix venait du feu pour s'enfoncer ensuite dans les braises. Elle lui rappelait les papillons de nuit autour de la lampe, et lorsque le disque se finissait, elle avait l'impression d'entendre et de sentir, atone, une odeur d'ailes cramées. Les ailes brûlaient mal. Ce jour-là, elle avait les lettres dans ses mains et elle avait l'impression de serrer des gens dans ses bras. La puissance de ce chant, dont elle ne comprenait pas les paroles, sauf quelques mots isolés, des flammèches jaillissant d'une sévère réprimande, consistait à tout embrouiller. À se mêler de la vie de chacun, de la vie de tous ceux qui passaient par là. L'avenir restait un mystère, mais cette mélancolie fulgurante prolongeait le mystère jusque dans le passé. Elles se mirent à examiner les cartes postales et Ó choisit sans la moindre hésitation, avec le bonheur d'avoir trouvé le tableau de sa vie, le portrait de la fiancée à l'éventail fleuri, portant sur ses épaules un gamin à la veste rouge avec un verre de vin rouge. Le vin rouge est un prolongement du bras du fiancé, et un ange jaillit du toast qui est porté, rouge également.

Ça ne m'étonne pas, lui avait dit la femme peintre. Chagall. Moi aussi j'aurais choisi ce tableau. Il évoque le bonheur. C'est très difficile de peindre le bonheur.

Contrairement aux premières séances, Chelo Vidal prêtait plus d'attention à la figure qui surgissait peu à peu de la toile qu'à Ó elle-même. La nouvelle femme imposait sa présence quelque part, dans les airs. Obtenir une telle voix, ça doit exiger beaucoup de travail, pensa Ó. C'était un prodige, bien entendu, mais c'était aussi un souci de tous les instants. Chaque son, chaque mot, chaque plainte, chaque gémissement ou chaque rire était digne d'être conservé dans un coffre.

Elle a enfin des yeux, dit Chelo. Elle a enfin un regard.

Elle se mit à parler d'elle, de la femme qui était le portrait d'Ó, à la troisième personne. La lavandière s'approcha, réticente. Elle savait qu'elle allait se retrouver avec une autre existence, mais elle ignorait si ce serait une nouvelle ou une ancienne Ó. Si elle deviendrait la femme du tableau qui était partie de son côté, inquiète, vers le bonheur. C'est une bêtise de dire que l'esprit du modèle s'échappe et rejoint le portrait. Non, sa crainte, c'était tout à fait le contraire. C'était la peur d'être déçue. Elle aurait voulu que ce fût une nouvelle Ó. Qu'elle possédât un esprit, un souffle. Que la femme sur le portrait fût mieux qu'elle.

Finalement, leurs regards se croisèrent. Chelo s'écarta, s'approcha du tourne-disque, pour les laisser un instant seules.

Elle possédait une certaine noblesse. Ó appréciait la femme du tableau. En réalité, les deux Ó qui se trouvaient sur le tableau, car il y avait celle qui lavait et son image qui se reflétait dans la rivière. C'était et ce n'était pas la même. Celle qui s'était agenouillée pour laver le linge regardait l'autre avec une souriante curiosité. On aurait dit qu'elle se moquait d'elle-même. Et l'autre, plutôt que la surface de l'eau, regardait le fond, pâle, avec un sourire mélancolique. Ó apprécia le portrait, oui. Et elle sut, grâce à celuici, que c'était elle la nouvelle. Chelo l'avait également peinte, elle, qui était devenue la troisième, celle qui se trouvait hors du tableau. C'était elle qui devait partir à la recherche de l'inquiétant bonheur.

Qu'en penses-tu ?

Elles sont moches. Très moches.

Très moches ?

Chelo la regarda surprise : Moi, je ne les trouve pas très moches.

Elles sont vraiment bien peintes.

Sincères ?

Absolument sincères.

À présent, elles étaient quatre à se regarder. À se reconnaître. À tenter de prolonger le temps. Il ne manquait plus qu'une séance pour finir le tableau. Et ce jour-là, ce serait aussi le dernier jour de travail de lavandière. C'était convenu ainsi. Il était temps que cette machine à laver, couverte d'un drap blanc dans le cellier de la cuisine, commençât à fonctionner. Neves avait dit à Ó qu'ils l'avaient achetée depuis plusieurs mois, en même temps que les autres appareils électroménagers. Elle avait déjà prévu que cela finirait par arriver. Que tôt ou tard le travail de laver le linge des maisons des notables disparaîtrait. Presque toutes étaient à présent équipées de machines modernes. Et de fait Ó, la fille d'Olinda, était une des dernières lavandières de La Corogne. Amalia aussi, depuis que la Centrale Laitière Leyma avait vu le jour, était devenue une des dernières laitières. Ó s'était aperçue que les gens s'arrêtaient pour la regarder passer lorsqu'elle portait son ballot de linge. C'était tout nouveau. Elle avait beau transporter une importante charge sur la tête, aussi grosse qu'un ballon aérostatique, eh bien, auparavant, presque personne ne s'arrêtait pour la regarder. En revanche, dernièrement on lui avait même pris plusieurs photos tandis qu'elle marchait dans la rue. Et même en groupe, avec l'autre lavandière, Ana, et avec la laitière, Amalia, qui avait dit : On va bientôt se retrouver sur les cartes postales typiques de la région !

Non. Elle n'attendrait pas qu'on la congédie. Elle savait, par Neves, que Chelo Vidal avait déclaré que cette machine ne servirait qu'en cas de problème. Tant qu'elle le voudrait, Ó aurait du travail dans cette maison. Ó l'avait compris. Neves, la bonne, était aussi une excellente messagère.

Ó savait tout, ou presque tout. Grâce au réseau de confidences, le bouche-à-oreille des femmes qui portent des choses sur la tête. Elle savait même son prix, à quel prix elle était équivalente elle-même, le prix du ballot de linge, de la rivière, des plantes aromatiques, du soleil après le rinçage, elle savait tout cela, à combien elle revenait par rapport au marché des machines. Ó connaissait parfaitement le ciel, mais elle était loin de vivre dans les nuages. Elle avait sa propre façon de faire. Et elle s'était rendue à L'Hexamètre pour regarder les machines à laver. Il y en avait une très particulière qui possédait un œil-de-bœuf ressemblant au hublot d'un bateau. Elle parvenait à voir tout le passé à travers ce cercle sombre. Cette machine, comment disait-on déjà ?, allait tout vidanger. Elle les regardait avec sympathie, c'étaient des machines qu'elle comprenait, une rivière coulant grâce à l'électricité. Elle se rappela la foi qu'avait Polca en l'électricité. Il avait failli l'appeler Electra. À cause des Grecs ? Non, pas du tout : à cause de la Nouvelle Electra de La Corogne, que venait de fonder Pepe Miñones, le républicain qui… Mais Olinda avait déclaré que le curé refuserait, que l'acte de baptême était devenu quelque chose d'obligatoire, et qu'après avoir perdu la guerre on avait aussi perdu les mots, ces noms, cette électricité. Elle ne lui avait pas dit ça. Elle s'était contentée de lui dire : On va l'appeler Ó, comme la Vierge de l'Expectation.

Expectation ?

Expectation.

D'accord, Expectation.

Depuis que la lavandière avait surgi sur la toile et son image dans la rivière, une grande tristesse avait envahi Ó. Le portrait, son achèvement, avait marqué une étape. Cet été, elle allait travailler dur. Elle allait laver pour les Samos, pour la clinique du docteur Abril, et elle accomplirait également le travail saisonnier qui venait de lui tomber dessus. Les draps de l'Hôtel aux Miroirs. Cela ne durerait que quelques semaines, en attendant qu'on installe toutes les machines. Mais cela l'aiderait à réunir quelques économies pour le voyage. Car Polca et Amalia avaient raison. Elle n'allait pas rester ici, à faire la carte postale typique.

Moi aussi, j'ai quelque chose pour vous, madame.

Elle lui remit les lettres.

Elles se trouvaient dans le pantalon de chasse, de velours vert, murmura-t-elle. Dans la poche à fermeture Éclair.

Elle ne donna pas d'explication supplémentaire, et Chelo ne lui en demanda pas. En partant, elle entendit que l'on dépliait précipitamment, derrière la porte, les feuilles de papier. Sur le chemin, avant de remettre le linge, elle avait entendu des voix. L'une disait : Ne te mêle pas des histoires de famille. C'était la voix de Polca. Elle préféra entendre ceci : Ce que Dieu te donne, saint Pierre te le pardonne. C'était aussi la voix de Polca.

Elle descendit la rue Cantón. S'arrêta au feu tricolore de la Banque Pastor. En attendant de traverser, elle regarda en direction de la terrasse du café Galicia, où le juge était assis en compagnie d'autres hommes. Cette situation se répétait souvent. La première fois qu'elle eut lieu, elle attendait un petit geste, un discret salut. Ce jour-là, elle était la personne la plus visible de toute la ville. Elle portait un ballot de linge, une énorme sphère, sur la tête. Mais le juge ne la remarqua pas. C'était égal. Mais où se trouvaient donc ces maisons-bateaux ?

L'Hôtel aux Miroirs

L'Hôtel aux Miroirs ? Ó avait demandé son chemin et les passants ne savaient pas, il y en avait même qui lui lançaient des regards en coin, comme si elle avait une enseigne au néon au-dessus de la tête. Il devait y avoir eu une confusion avec l'adresse. Alors elle osa pousser une porte, celle qui était surmontée d'un néon indiquant La Boîte de Pandore. L'escalier était très raide, une sorte de tunnel pénombreux qui descendait en direction de la cave. Elle faillit faire demi-tour, mais la musique qui remontait les marches la rassura. Les instruments se répondaient les uns aux autres, ils se racontaient leurs joies et leurs peines, ils attiraient et accompagnaient ses pas. C'était la fin de l'après-midi. Lorsqu'elle posa son pied sur la dernière marche, elle put percevoir des ombres qui se déplaçaient et sentit des pattes griffues se poser sur son épaule. Elle frissonna et se raidit, demeura un instant muette. Les musiciens continuèrent à jouer encore un instant, comme s'ils ne pouvaient se résoudre à délaisser brutalement les notes. Elle eut l'impression qu'il y en avait beaucoup, entassés dans l'obscurité, au fond du local, autour de l'énorme denture du clavier du piano. Elle regarda du coin de l'œil et vit la minuscule lueur des yeux du perroquet qui s'était posé sur son épaule. En réalité ils étaient quatre, les musiciens, et celui qui s'approcha d'elle le premier avait un cercle creusé autour des lèvres. C'était la marque de l'embouchure de la trompette. Elle l'observa fascinée. Elle en oublia la présence furtive de l'oiseau. Le trompettiste saisit le perroquet et alla le poser sur une balançoire. L'épaisseur de l'obscurité diminuant peu à peu, elle s'aperçut qu'il y avait de nombreux oiseaux colorés à l'intérieur de ce local. Et que le mur du fond était liquide. Un liquide qui changeait constamment de couleur.

Le trompettiste avait l'air de l'observer à travers la marque concentrique de ses lèvres. Afin que le cercle ne disparaisse pas, Ó se précipita dans l'escalier pour remonter les marches en courant.

Elle atteignit enfin l'entrée qu'elle cherchait, sur un autre flanc du bâtiment. Il n'y avait aucune enseigne à l'extérieur, même pas la petite plaque bleue indiquant l'entrée de l'hôtel. Il n'y avait pas très longtemps que la taverne avait été rénovée et cependant, dès le vestibule, elle possédait déjà cette noblesse des établissements décrépis où poussent soudain des lustres de cristal autour des ampoules, et où des miroirs sortent des murs. Le comptoir de la réception voulait manifestement se faire passer pour un meuble-bar, avec son rebord recouvert de skaï rouge où poser les bras. Et au début, Ó eut l'impression que la cravate du réceptionniste avait été taillée dans la même matière. Un homme était planté là, près des meubles et sous un lustre de cristal. Elle imagina immédiatement que cette maison était une maison où descendaient ce que Polca appelait « des femmes avec un objectif », car il était très mesuré en ce qui concerne ce genre de sujet. Polca appréciait les femmes. On s'était moqué de lui parce que, un jour, il avait appelé Olinda en public *mon cœur*. J'arrive, mon cœur. Et depuis lors, cela devint son deuxième surnom : Polca, Mon-Cœur. Oui, il préférait la compagnie des femmes. Lorsqu'il avait commencé son travail de fossoyeur, il faisait toujours la même blague en passant devant la taverne A Pena do Cuco, bourrée d'hommes, dont beaucoup jouaient aux cartes. Il s'arrêtait devant la porte ouverte et leur criait sur un ton de reproche : Il serait temps de faire gagner quatre sous au fossoyeur, vous autres ! Souvent, il descendait à la rivière pour aider Olinda à porter le linge. Puis, lorsque sa femme mourut, pour aider Ó. Il participait volontiers à la conversation. Et il aimait jouer avec les mots pour faire rire et réfléchir les gens, à la façon d'un curé comique : Que celui qui n'a jamais apporté sa pierre, lance son premier péché.

Amalia l'avait prévenue tout de go : C'est une maison de rendez-vous, ma chère, les chambres sont louées à l'heure, c'est un endroit où on va baiser. Qu'est-ce que cela pouvait lui faire ? Pour elle, c'était la même chose de laver ce linge ou un autre. Et puis cela ne durerait pas. Juste le temps d'obtenir des papiers en règle, puisqu'elle avait décidé de partir. Qu'est-ce que cela pouvait faire. Tant mieux. Elle n'aurait pas de menu linge à laver et ce serait bien moins pénible. Il n'y aurait que du linge de lit. De ces lits de couples d'inconnus qui se donnaient des rendez-vous secrets. Cela lui permettrait au moins de rêver, tandis qu'elle lavait. Il y avait une chambre très particulière. Une chambre remplie de miroirs. Il y en avait même un au plafond. La dame qui la guidait, celle qui habitait là et qui était une étrange femme, hôtesse ou gouvernante, c'était difficile à dire, lui expliqua à voix basse, comme si elle voulait éviter d'être entendue par les images des miroirs, qu'il s'agissait de la suite qu'utilisait monsieur Manlle lorsqu'il venait défaire le lit avec ses petites amies. Défaire le lit. Petites amies. Elle trouva amusante cette façon de parler. Ó tourna sur elle-même et son image se multiplia sur les murs.

Ici, défaire le lit à deux, c'est comme s'y mettre à vingt pour le défaire. Vingt fois.

Oui. Ça multiplie le plaisir.

Qui est ce monsieur Manlle ?

À présent, c'était Samantha, la femme au boa de plumes, qui observait la succession de ses images sur les miroirs. Bavarde de nature, il lui fallait bien réfléchir à la réponse qu'elle allait faire à la question qu'Ó venait de lui poser.

Tu ne sais pas qui est Manlle ? Alors, il vaut peut-être mieux que tu ne le saches pas. C'est le patron de cet établissement et de beaucoup d'autres choses dans cette ville.

Puis elle referma la porte de la suite aux miroirs.

Viens, viens dans ma chambre, dit-elle discrètement.

C'était une petite chambre, remplie d'objets de toutes sortes. Un étrange mélange de luxe et de choses d'occasion. Les murs étaient couverts de photos et de portraits représentant sans doute possible la femme au boa. Ici il n'y a pas de miroir, mais c'est un autre genre de chose qui se multiplie et est composé de morceaux de temps. Chacun de ces morceaux a sa particularité et la conserve toujours, pensa Ó, mais c'était surprenant de voir comme cette femme ressemblait toujours à elle-même. L'âge changeait, les tenues vestimentaires aussi, y compris les coiffures. Mais on décelait quelque chose de constant sur chaque photo, certainement son envergure. Elle était très robuste. Cependant, sur une des photos, plus grande que les autres, elle avait l'air accablée, extraordinairement maigre. Et ce qui était curieux, c'est qu'elle avait l'air d'être plus que jamais elle-même. Grâce à son regard.

Grâce au regard qu'elle avait à ce moment précis. Un regard à la fois dur et effrayé.

Monsieur Manlle est un bandit, déclara-t-elle. Du même acabit que Judas. Il essaie de se donner des airs de gentleman, mais c'est le genre qui mord sans aboyer. Il ne sera jamais satisfait, ce gros porc. Il a acheté tout le monde, pour leur clouer le bec. Mais moi, je garde tout là-dedans, ma chère petite. Dans cette petite tête. Ah ! si tout le reste de mon corps fonctionnait comme ma tête. Tu sais comment ça a commencé ? Bien sûr que non. Comment peux-tu savoir ça, toi.

À cet instant, quiconque aurait fixé les yeux écarquillés d'Ó, bien en face, aurait probablement éprouvé le désir d'y conserver des choses.

Il a commencé à gagner de l'argent avec le wolfram. Tu sais ce que c'est que le wolfram, toi ? Tu ne le sais pas, bien sûr. Comment peux-tu savoir une chose pareille, toi ?

Ó fit oui de la tête. En réalité, elle n'en avait jamais vu. Elle ne pouvait pas parler de l'aspect ni de la couleur du wolfram. Mais elle savait absolument tout à propos du wolfram. Car il y avait trois impacts de wolfram dans la jambe droite de Polca. Deux à la cheville et un troisième au genou. Après avoir été fait prisonnier, il avait été condamné à plusieurs années de travaux forcés, dans les mines de la rivière Deza. Il s'était blessé lors d'une tentative d'évasion. L'exploitation de ce minerai, abondant en Galice, était capitale pour les usines d'armement de l'Allemagne nazie. Les cicatrices de Polca changeaient d'aspect et de couleur selon la saison. En été, elles étaient roses. Et elles devenaient violet foncé, en hiver. C'est à ce moment-là qu'il boitait le plus. Il avait été extrêmement mal soigné. Polca disait que les fourmis avaient eu le temps de pénétrer à l'intérieur de sa jambe.

Et vous, pourquoi habitez-vous donc ici ? osa finalement demander Ó.

J'habite ici, parce que tout cela m'appartient, ma chère petite. Mais à présent, il veut me mettre à la porte. Me jeter à la rue comme une mendiante. Et qu'est-ce que je vais faire, moi ? Dormir sous les porches ? Et tout cela parce que monsieur présente des papiers qui n'ont jamais existé ! Lui, il sait y faire, tandis que moi, lorsque je vais dans les bureaux, on me regarde comme si j'étais un épouvantail, je m'aperçois bien de ce qui se passe. Il est en train de s'emparer de tout. Il est en train de se couvrir d'or avec ce qui était autrefois l'Académie de Danse. Car tout ça m'appartenait, à moi, ma chère petite. Presque tout. Beaucoup de choses. Quelque chose. J'ai eu quelque chose. Tu n'as pas entendu parler de moi, ma petite ? Tu n'as pas entendu parler de l'Académie de Danse ? Regarde ce portrait. Ce n'est pas un épouvantail, n'est-ce pas ? Les cheveux coiffés *à la garçonne**. Il fallait me voir danser le charleston, le fox-trot. Et tout le reste. Moi, j'étais toujours habillée à la dernière mode. J'ai toujours beaucoup apprécié la vie, ma petite, la chienne de vie. J'ai aussi fait des miennes, va pas croire. Mais je ne vais jamais à confesse. Il faut avoir un peu, un tout petit peu de vergogne dans la vie.

Elle indiqua un autre portrait sur le mur, celui d'une femme maigre, vêtue d'une robe andalouse : Cette femme, par exemple, était très courageuse. Elle s'appelait Flora. Elle n'arrêtait pas de me contredire et elle avait pratiquement toujours raison, car mon défaut, c'est d'être trop autoritaire, ma chère petite. Elle portait également très bien le costume de danseur de flamenco. Ça aussi elle savait parfaitement le faire. Flora a disparu aux tout premiers jours de la guerre. On n'a jamais plus eu de ses nouvelles. Je suppose que si elle a réussi à s'engager, elle est morte en tuant.

Les autres ont eu plus de chance. Même pendant la guerre. María Belida, par exemple. On aurait dit que c'était la plus timide, elle était aussi délicate qu'un poil sur un œuf. À l'époque, elle était très croyante, c'était une dévote, je suppose qu'aujourd'hui aussi, car ces choses-là n'ont rien à voir les unes avec les autres, et puis il existe aussi quelques mystiques qui... il faut voir de quoi elles sont capables lorsqu'elles se lâchent un peu ! Elles te rendent les hommes complètement dingues. María Belida, c'est le grand amour de Manlle. Elle chante encore parfois, mais son travail consiste à se mettre à la fenêtre, dans un appartement de luxe, il faut voir la maison qu'elle a, et à regarder passer les bateaux. Les patrouilleurs de la Douane, bien entendu. Tout ce qu'elle a à faire, c'est chanter au téléphone. Ils sont de sortie, mon papa. Ils sont rentrés, mon papa. Voilà pourquoi ils n'arrivent jamais à intercepter les embarcations qui transportent de la marchandise en contrebande. Il y a un navire marchand qui navigue toujours à la limite des eaux territoriales. Ils l'ont baptisé *mamma*. La soute est bourrée de tabac. C'est lui le fournisseur. Et Manlle est plus au courant du trafic portuaire que le chef de la Douane lui-même et toute la police réunie.

Tu sais pourquoi je sais tant de choses ? Parce que moi aussi, je suis une *mamma*. Elle arrangea son boa d'un geste artistique, se caressa les seins et éclata de rire : J'ai été bien plus *mamma* que je ne le suis aujourd'hui d'ailleurs. Le navire qui est devant toi a de nombreuses heures de navigation à la limite des eaux territoriales, crois-moi. Mais il y a certaines choses qu'on ne peut raconter qu'aux mauvaises mères.

Ó ressentait une certaine curiosité pour une des photos, plus petite, plus défraîchie par le temps que les autres, aux bords dentelés, celle de la femme au matelas sur la tête.

C'était Milagres. La cuisinière qui disait qu'elle cardait la laine. Elle éclata à nouveau de rire avec plaisir : C'est elle qui cardait la laine ! Tu dois connaître son fils. C'est un photographe ambulant, il est aussi grand qu'une tour, on l'appelle Hercule et il tire toujours un cheval de bois moucheté derrière lui.

Bien sûr qu'elle le connaissait. Évidemment qu'Ó connaît Curtis. Hercule lui demandait toujours des nouvelles de Polca. Une fois ils s'étaient croisés, le photographe avec son cheval de bois et elle avec sa petite ânesse. Comment s'appelle-t-elle ? Tosca. Et le cheval, comment s'appelle-t-il ? Carirí. Ça aurait pu faire un joli couple, Tosca et Carirí.

J'ai vu naître le fils de Milagres, dit la femme au boa. Et Curtis était déjà une véritable tour lorsqu'il est né. Il était déjà prêt à devenir champion de Galice.

Chaque fois qu'elle se rendait à l'Hôtel aux Miroirs, elle rencontrait la Vieille au Boa de Plumes. Elle savait des choses que personne ne savait. Parfois, elle lui racontait des histoires qui l'effrayaient. Ó quittait l'hôtel avec le sentiment excitant et dangereux à la fois d'avoir appris des choses qu'elle n'aurait pas dû entendre. Elle portait sur sa tête le gros ballot de linge et aussi le poids des confidences de Samantha.

Lorsque vous étiez petite, vous vous appeliez déjà comme ça, Samantha ? avait demandé Ó.

La femme au boa tirait sur son fume-cigarette du tabac blond très aromatisé. Au fur à mesure de leur conversation, Ó s'aperçut que lorsqu'elles abordaient des épisodes épineux, Samantha s'enveloppait dans un gros nuage de fumée.

Je n'ai jamais été petite, ma chère. Je n'ai pas eu le

temps d'être petite. À l'époque où je suis née, l'enfance n'existait pas.

Dans ces cas-là, la fumée sortait par grosses volutes du tuyau d'échappement de sa bouche, elle faisait une grimace, une moue de douleur que le maquillage multipliait par trois. Ó finit par conclure que chez cette femme tout se multipliait par trois à cause des masques qu'elle avait superposés les uns par-dessus les autres, sur son visage. Et pas pour faire une farce, c'était une réalité. Lorsqu'elle était gaie, elle était extrêmement gaie. Lorsqu'elle était lugubre, elle était trois fois plus maussade que n'importe qui.

J'ai été forcée de fuir l'enfance. Voilà le secret de ma robustesse, ma petite. J'ai dû grandir tout de suite. Toi, on ne t'a jamais maltraitée lorsque tu étais petite ?

Qui ça ?

Trois fois, l'horreur.

Elle cracha un autre nuage de fumée. Son visage était blanc comme la neige.

Je ne vais pas les laisser abuser de moi maintenant que je suis vieille.

Samantha revint à l'affaire de Manlle. Il avait gagné ses premiers sous avec le wolfram, comme transporteur pour l'embarquer sur le port, après l'avoir apporté des mines de Carballo et de Silleda. Au début de la Seconde Guerre mondiale, lorsque les nazis avaient intensifié leur folie guerrière, le wolfram était devenu un minerai précieux. N'importe quel aventurier qui possédait un véhicule à quatre roues pouvait se remplir les poches à la pelle. Manlle trouva des voitures on ne sait où. Il réussit à en récupérer quelques-unes parmi celles qu'on avait réquisitionnées pendant la guerre. Des autos d'organismes officiels. Des véhicules militaires. Tout cela en cachette. Il avait également servi de prête-nom à d'autres individus. Et il s'était fait un formidable réseau de contacts. Il a encore des relations dans des milieux que tu ne peux même pas soupçonner. Mais le problème, c'est qu'il a les mains trouées. Il est comme les enfants trop gourmands que rien ne satisfait jamais. Au début, je l'avais trouvé sympathique à cause de ça. Ça me plaisait de le voir si dépensier, lui qui était né dans la misère. Et on a même fait quelques affaires ensemble. Moi, je ne suis pas la bonté même non plus, ni une sainte-nitouche, mais je tiens toujours parole. Lui, c'est un félon, du même acabit que Judas. Lorsqu'il a acheté l'Académie de Danse, il a juré qu'il donnerait du boulot à tous ceux qui étaient déjà là, et à moi, il m'avait promis de me réserver la suite aux miroirs pour le restant de mes jours. J'ai eu le tort de lui faire confiance. Et je me suis fait avoir sur toute la ligne !

Milagres, la femme au matelas, la mère d'Hercule, est finalement partie en Amérique lorsque son fils est enfin redescendu de la montagne, où il s'était enfui au début de la guerre. Elle était partie avec un homme qui avait été harponneur dans le temps, sur un des baleiniers de la Cee. D'après ce qu'on dit, le harponneur était aussi gentil qu'un cétacé. Ils sont partis au Brésil. On dit qu'ils ont ouvert une *cantina* dans le port de Recife, qu'ils ont baptisée Le Ventre de la Baleine. Et ça ne m'étonne pas du tout. Lui, il offrait toujours à Milagres ces choses qu'on trouve dans le ventre des baleines.

Quelles choses ? demanda Ó incrédule à la femme au boa de plumes.

On peut trouver de tout dans le ventre d'une baleine, répondit Samantha. Saint Gonzalve était déjà à l'époque entré dans le ventre d'une baleine et en était ressorti avec une image de la Sainte Vierge. Alors tu n'as qu'à voir, déjà en ce temps-là. De tout. On peut trouver de tout !

Comme quoi, par exemple ? insista Ó.

Une fois, il lui a offert une poupée très belle dont les cheveux poussaient tout seuls, c'étaient des cheveux naturels.

Et quoi encore ?

Eh bien, par exemple, un revolver, dit Samantha en enroulant le boa de plumes autour de son cou.

Il lui a offert un revolver et une poupée ?

Non. À elle, il lui a offert une poupée avec une tête en porcelaine et un corps en peau de chèvre. C'est à moi qu'il a offert le revolver, ma chère petite. Tu veux le voir ?

Ah ! non, mon Dieu ! Oui, faites-le-moi voir.

Ó avait envie de voir depuis longtemps avec quoi on tue les hommes.

On appelle ça un *bulldog*.

Et le revolver était vraiment comme ça. Mince et fier.

Cette façon dont la-lumière-partit

18 juin 1963

Dans le grand salon de l'hôtel Finis Terrae, le juge raconta l'événement une nouvelle fois. On était venu assister au banquet du 18 juillet, jour du Mouvement National, déclaré jour férié en commémoration du début du coup d'État militaire contre la République. Les autorités de la Province et de la ville, ainsi que la hiérarchie du parti et du syndicat uniques, étaient là, vêtues de leurs uniformes, parées de leurs décorations et de leurs médailles. Il y avait également les distingués représentants de ce qu'on appelle, en jargon officiel, « les corps constitués et les forces vives » de la ville. Cette année, l'arrivée de Franco avait été retardée, mais on comptait parmi les personnalités la présence de quelques hiérarques envoyés depuis la capitale pour préparer le séjour estival du Caudillo, de sa famille et de sa suite. Le grand salon, comportant un entresol ouvert semblable à un vaste balcon intérieur, possédait sur un côté de grandes fenêtres qui donnaient sur le port, mais ce soir et en cette occasion, c'étaient les majestueux lustres de cristal qui imposaient leur scénographie, ainsi que l'omniprésente pierre de marbre massif des colonnades, de l'escalier et du revêtement brillant des murs formant des pastiches de feston et de chèvrefeuille. Les invités occupaient l'étage principal et la disposition des tables avait été calculée avec une géométrie compacte, exacte et hiérarchisée. Malgré l'architecture consistante et la tendance à l'uniformité dans le style d'habillement des invités, quelquefois altéré par l'audace anecdotique de certaines tenues féminines, il y avait, en cette année 1963, une rumeur contenue, parmi le cliquetis des couverts, qui ne semblait pas étrangère au retard pris par les vacances du Chef de l'État et aux événements de ce printemps.

On sentait Samos un peu inquiet. À côté de lui, le siège était vide. Il consultait de temps à autre sa montre. Mais l'inquiétude de Samos ne venait pas du retard de sa femme, Chelo, dont les invités les plus intimes lui avaient demandé des nouvelles ; la plupart étaient des magistrats et des procureurs à qui il avait répondu qu'elle serait légèrement en retard en raison d'un rendez-vous impossible à déplacer. Il voulut dans un premier temps donner des explications plus précises, que Chelo devait d'abord assister à la cérémonie de départ d'un groupe de professeurs et d'étudiants en Architecture portugais qui étaient venus étudier les maisons-bateaux de La Corogne. Mais il ne dit rien. Il imaginait déjà le rictus sarcastique de ses collègues : Qu'est-ce que c'est que ça, des maisons-bateaux ? Il avait beau faire semblant de ne rien remarquer, il trouvait que l'expression « architecte portugais » possédait une saveur amère. Et par ailleurs, et malgré l'enthousiasme que Chelo avait tenté de lui transmettre, il ne parvenait pas encore à comprendre l'intérêt si particulier que l'on pouvait porter à ces maisons-bateaux. À l'architecture rationaliste, à l'influence de Le Corbusier. Quelques jours auparavant, il avait fait quelque chose de plutôt insolite chez lui. Il avait demandé à Chelo de lui dresser un guide personnel recensant quelques-unes de ces maisons-bateaux. Ses maisons-bateaux préférées. Il n'appréciait pas beaucoup l'architecture moderne. S'il fallait admirer quelque chose, lui dit-il de but en blanc, il préférait tout ce qui avait vocation à durer et possédait une certaine magnificence, telle que la cathédrale de Saint-Jacques-de-Compostelle, par exemple, avec sa façade baroque, ou le bâtiment de la Banque Pastor à La Corogne, avec sa façade néo-baroque. Ces maisons qui séduisaient à ce point Chelo et apparemment quelques illustres visiteurs lui semblaient seulement simples et pratiques. Elles avaient été inspirées par le célèbre architecte Le Corbusier. Oui. Et alors ? Il ne voyait pas en quoi ces balcons courbes qui rappelaient le pont d'un bateau allaient passer à la postérité. Ni les fenêtres en longueur, synthèse entre les arts et le modulor. Qu'est-ce que c'est que le modulor ? La proportion universelle et harmonieuse calculée à partir de la silhouette humaine. Mais malgré cela, il lui demanda de lui faire une carte indiquant l'endroit où l'on pouvait trouver ces maisons rationalistes, car il cherchait en réalité à observer sa réaction. Sa réaction fut inattendue, mieux encore, elle lui apporta un soulagement qu'il n'aurait jamais osé imaginer : Tu ne préfères pas que je sois ton guide, rien que pour toi ? On peut aller les voir ensemble, si tu préfères. Et Chelo ajouta en souriant : Je pourrais ainsi t'expliquer sur pièce les cinq principes de l'architecture moderne de Le Corbusier. Il fut intérieurement très heureux de cette réponse. Voilà un moment qu'il se torturait les méninges en mettant en doute sa fidélité. Ce serait magnifique, bien entendu, qu'il l'accompagne. Qu'ils puissent enfin réaliser ensemble ces longues promenades dont ils parlaient toujours et qu'ils remettaient systématiquement à plus tard. Mais il prétexta que, cette fois, il préférait vraiment s'y rendre tout seul pour tirer des conclusions personnelles sans se laisser influencer par elle.

Tu résistes à toute tentative de séduction architecturale, dit Chelo.

Non, non, je ne crois pas.

Je vais tenter de le faire par écrit. J'agrémenterai le plan de quelques annotations. Le mieux, ce serait que tu commences par l'Atalaya, de Tenreiro, dans les jardins du Relleno. Ou alors par la rue Pardo-Bazán. Il y a plusieurs maisons-bateaux là-bas. La plus intéressante se trouve au 6 de la rue Pardo-Bazán. Sa façade suggère la forme d'une proue. Je suis certaine que tu l'as déjà vue.

On passe dans la rue et on ne remarque pas grand-chose qui ait de l'intérêt.

Bien sûr. Quelquefois notre regard est un peu prisonnier.

Chelo écrivait tout en disant à voix basse : 6 rue Pardo-Bazán. Architecte Xosé Caridad Mateo.

Caridad Mateo, répéta le juge. Le fils du général Caridad Pita.

Oui, un de ses fils, précisa-t-elle.

Le ton de leur conversation n'avait pas changé, mais cette façon normale de parler de la famille Caridad était tout à fait exceptionnelle. Un simulacre de normalité. En ville, ni entre amis, ni même dans l'intimité, on ne parlait jamais du général Caridad Pita et de ses enfants. Cela aurait été une anomalie. C'était un des noms tabous chez les vainqueurs, même pour les dénigrer ou les maudire. Le général Caridad était le plus haut gradé de la ville au moment du coup d'État, il s'était conduit loyalement avec le Gouvernement en place et, devant le peloton d'exécution, avant d'être fusillé, il avait lancé un vive la République tonitruant. Non, il n'était pas normal de parler du général Caridad. Ni de son fils architecte qui fut d'abord emprisonné et choisit l'exil par la suite. Ni de son frère plus jeune, qui s'enfuit en bateau. Ils avaient disparu, s'étaient évaporés. C'étaient des ex-hommes.

J'ai entendu dire que l'architecte s'est installé au Mexique, dit le juge. En réalité, l'information était tout ce qu'il y avait de plus sûr. Il la tenait de l'inspecteur Ren. Mais il se garda bien de le dire. Il se contenta d'ajouter : Il faudra donc que j'aille voir au 6 de la rue Pardo-Bazán.

Il avait du talent. Énormément de talent. Est-ce que tu l'as connu à l'époque ?

Non, répondit Samos. Lui, je ne l'ai jamais connu.

Ils n'abordèrent jamais plus le sujet. En fin de compte, cela avait été pour lui une conversation soulageante. L'apparition de cet homme disparu de la circulation était une façon supplémentaire de chasser ses ressentiments. Les bâtiments étaient répertoriés dans le livre de la ville, avec leur style, leur histoire et les personnes qui les étudiaient. Après ce qui était advenu, il était normal qu'ils aient aussi leurs fantômes.

Chelo ne méritait pas ces soupçons, cette jalousie, qui le rongeaient de l'intérieur depuis des années, sans jamais qu'il l'avoue. Il ne se souvenait plus à quel moment leur relation réciproque cessa d'être régie par le sentiment amoureux. L'équilibre matrimonial était une façade que soutenaient un certain intérêt et un certain confort. Cela n'était pas vraiment problématique, car tous les deux savaient parfaitement préserver les bonnes manières et respectaient leur espace personnel, comme les meubles, eux aussi, se respectent. Ou les deux lames d'une même paire de ciseaux. C'est le père Munio qui avait comparé le couple à une paire de ciseaux. Une des lames ne peut rien faire sans l'autre. C'est peut-être lui qui était responsable de leur éloignement mutuel. Il avait commencé à se dire cela au bout de ces nombreuses années. Il n'avait pas été suffisamment présent à la mort de son père, l'Indien Mayarí. Pourquoi cette dépression ? Il ne comprenait pas. Mourir faisait partie des lois de la vie. Non ? Et concernant le cas de Gabriel, il n'avait jamais su être à la hauteur. À présent, il comprenait que son profond malaise n'était pas seulement dû à ses problèmes d'élocution, ce bégaiement désespérant, mais à de nombreux autres signes de faiblesse ou d'imperfection. Même s'il devait toujours refuser de le reconnaître, il considérait que la sincérité du patriarche produisait un effet contre-productif dans les foyers, mais la moindre concession au freudisme lui produisait de vraies démangeaisons. Il devait y avoir quelque chose de vrai dans la théorie quelquefois suggérée par Chelo, prétendant qu'il déchargeait ses frustrations personnelles sur le comportement de Gabriel. Il était toujours taciturne, et son tempérament trop sérieux était devenu une sorte de variante de la mélancolie. Il se fâchait facilement avec tout le monde, surtout au Palais de Justice, aussi bien dans son bureau que dans la salle d'audience. Là où il avait l'habitude de se sentir solide et fort. Le juge s'abandonnait de plus en plus à cette sorte de faiblesse que cachent les attitudes despotiques. Sa crainte, son obsession envers « l'architecte portugais », avait menacé d'ébranler l'*entente** diplomatique au sein du foyer. Enfermé dans la Crypte, excité par les lectures de l'homme aux mots de feu, il retombait dans un fanatisme scabreux. Lorsqu'il reçut la réponse de son collègue l'Éminentissime, la colère avait été sur le point de lui faire exploser la poitrine. L'architecte portugais n'existait pas. Qui était l'autre homme dont il parlait ? Il réussit ensuite à se maîtriser et à aborder une phase de calcul implacable et froid. Au cas où il se verrait dans l'obligation de sauver son honneur, il en vint à concevoir d'utiliser, de la façon la plus sordide qui soit, le pouvoir que lui conférait sa qualité de juge. Il éplucha tous les aspects de la loi et toutes les sentences qui s'y rattachaient. Il pouvait obtenir que Chelo Vidal se retrouvât en prison, il pouvait s'arranger pour qu'elle devienne socialement infréquentable. Mais ce qu'il tramait, la vengeance qui le satisfaisait le plus, c'était de tout lui pardonner et de la garder à la maison avec toute la reconnaissance que celle-ci devrait lui manifester. Il voulait la voir devenir folle de culpabilité. Un jour, il la trouva en train d'essuyer avec un chiffon la poussière de ses disques d'opéra. Le doigt enveloppé dans un chiffon de velours parcourait en cercles, très lentement, les sillons du vinyle. Son doigt ressemblait vraiment à l'aiguille d'un appareil corporel. Et son regard était complètement égaré. Oui. Voilà à quoi il rêvait de définitivement la réduire. Surtout depuis ce jour où il avait trouvé, dans le double fond du coffre en bois, le revolver pur style Getúlio Vargas, avec les plaques de la crosse en nacre, l'arme idéale pour un dénouement, disons artistique, de l'histoire. Mais tout cela n'avait finalement été qu'une énorme pulsion, qui se dégonfla, de façon inespérée, le jour où elle aborda elle-même le sujet de l'architecte portugais. Sans qu'il ne lui ait absolument rien demandé, elle démêla en toute simplicité les nœuds de cet embrouillamini où il s'était lui-même emmêlé. Elle s'approcha de son bureau. Aussi belle que toujours. Elle était en train de se nettoyer les traces de peinture avec un chiffon. Il conserva l'air renfrogné qu'il avait adopté ces derniers temps. Et Chelo lui dit : Ricardo, l'architecte portugais a téléphoné ce matin. Tu te souviens ? Celui que j'avais guidé avec les élèves des maisons-bateaux.

Oui. Et alors ?

Il revient de Hollande.

De Hollande ?

Oui, il vit et travaille en Hollande. Il doit intervenir dans un séminaire à Lisbonne. Il vient nous rendre visite avec les mêmes élèves que la dernière fois. Je t'en ai déjà parlé.

Oui. Il était possible qu'elle lui en ait déjà parlé. Mais cela faisait quelque temps qu'il s'efforçait de ne plus entendre ce qu'elle disait.

Ce qui le préoccupe aujourd'hui n'a aucun rapport avec Chelo. C'est la mise en route du Tribunal de l'Ordre Public, une nouvelle institution. Samos a fait partie des conseillers de ce projet. Pas le principal, mais sa contribution a été prise en compte, étant donné ses connaissances en matière de législation spéciale concernant le droit politique. Et on vient de décréter l'état d'exception pour une durée de deux ans. Il avait écrit un article signé sous le pseudonyme Syllabus, contenant une citation de Schmitt : « L'état d'exception est au Droit ce que le miracle est à la Théologie. » Ce que ce tribunal veut instaurer, c'est que l'Exception ne revête plus un caractère militaire, que le Régime ne traîne plus ce boulet comme s'il s'agissait d'un état de guerre. Grâce au nouveau tribunal, l'Exception, autrement dit le jugement de l'ennemi, passera dans le domaine civil. Et Ricardo Samos espère, un espoir par ailleurs fondé, que la création de ce tribunal va déterminer sa promotion professionnelle et lui permettre d'occuper enfin la haute responsabilité qu'il mérite. Mais il est inquiet. La condamnation à mort et l'exécution de Julián Grimau, opposant au régime, en raison de délits soi-disant commis vingt-cinq ans plus tôt, en temps de guerre, prononcées par un tribunal militaire, ont été accompagnées d'irrégularités. Et l'une d'elles notamment a entraîné qu'on parvînt à surseoir à la création du nouveau tribunal, moyennant un artifice juridique. Seule une poignée d'individus était au courant de cette affaire, bien entendu. Et il en faisait partie. Il ne savait plus que penser de cela. Il avait le désir de devenir un grand juriste, mais cette magouille pouvait... Mais si le Suprême en décidait autrement ! Oui, le Suprême. Là, il était sur son terrain.

Le censeur Dez se présenta avec un peu de retard et il s'assit à ses côtés. Dez, lui, avait son destin tout tracé. Après l'été, il occuperait enfin une autre fonction à Madrid. Il en avait assez, déclara-t-il en riant, de son travail de censeur, d'être toujours avec son crayon rouge à traquer les vers des poèmes. Il avait enfin réussi à obtenir un poste en première ligne. Au ministère de l'Information. Au lieu de couper les textes, il les étofferait. Sans compter que, à ce poste-là, il était assuré d'obtenir la publication de ses propres textes.

Vous n'allez pas nous dire que vous allez abandonner la poésie ? demanda le procureur Fasco. Ce recueil de poèmes que vous nous avez promis, *Le Moment de vérité*, que va-t-il donc devenir ?

Eh bien, il attendra que son heure vienne, lança Dez, en changeant de conversation. Je vais publier quelque chose de différent. Et il murmura de façon énigmatique : Je me suis surpris moi-même lorsque j'ai sorti ça de mes tripes.

Le juge aussi avait sorti son texte de ses tripes. Il n'en connaissait pas très bien la raison ni le moment ni ce qui avait poussé le récit à sortir, mais ce qui est sûr, c'est qu'il avait une nouvelle fois raconté la cérémonie qui avait eu lieu en hommage au juriste Schmitt, à Madrid, il y avait un peu plus d'un an, à laquelle il avait eu la chance d'avoir été invité, comme plusieurs de ses condisciples espagnols.

On l'encouragea à poursuivre. Certains participants n'avaient jamais entendu cette histoire auparavant et en plus ils étaient très intéressés par *Don Carl*, cet homme était un véritable mythe pour les juristes et les juges en exercice, une figure aussi influente que mystérieuse.

Comme cela s'était produit le jour de la réunion dans la Crypte, Samos put vérifier que le premier effet produit par la conclusion de la chronique de *Don Carl*, « c'est une fête sacrée au crépuscule de la vie », suivie de la façon soudaine dont la-lumière-partit et de l'obscurité totale qui avait envahi la salle de conférences du siège du Mouvement National, eh bien, ce premier effet garantissait toujours une surprise totale. Un étonnement et un silence méditatif. Et cependant ce n'était qu'un simple colophon, Samos le savait parfaitement, qui se prêtait à toutes sortes d'éclats de rire spontanés. Mais les gens qui écoutaient ne savaient pas très bien s'il fallait rire, car la scène était réellement comique, ou attendre de voir ce qui allait se passer, car les protagonistes n'étaient pas spécialement rigolos. Samos, le seul témoin parmi les gens qui se trouvaient là, déployait alors toute son éloquence pour transformer ce colophon en une espèce d'apothéose de l'autorité naturelle de *Don Carl*. Cela devenait alors un colophon mystique.

Il était présent et, parmi toutes les mémorables cérémonies auxquelles il avait eu la chance d'assister, il pouvait donc raconter ce qui s'était passé ce jour-là. Le maître de cérémonie était magnifique, et je ne dis pas cela parce que aujourd'hui il est devenu ministre. Vous allez voir quel ministre ! Un canon de longue portée. Vous avez remarqué comment il engloutissait la presse internationale ? Et quelque chose de très important pour la nouvelle situation intérieure. C'est un homme qui connaît les lois. Il possède la même formation que nous. Il avait annoncé cela, persuadé qu'il allait faire plaisir aux invités qui se trouvaient autour de lui : il s'était lancé dans une véritable prestation oratoire. Il fallait retrouver les racines. Et comme on l'avait dit à propos de Donoso, retrouver l'homme aux mots de feu.

On était en train de servir le premier plat, après les entrées. Le juge consulta sa montre. Chelo ne tarderait pas à arriver. Le procureur Fasco leva son verre de vin et porta un toast. À dans un an ! Puis il s'adressa au juge : Cette façon dont la-lumière-partit ! ç'a dû être un instant très particulier. Vous n'avez pas eu peur, mon cher juge ?

Cette fois, dans le grand salon de l'hôtel, la lumière n'était pas partie, mais le procureur Fasco et le juge Samos ne purent éviter que les mots qui venaient de sortir de leur bouche opèrent, contre leur volonté, une incontrôlable version de la loi des coïncidences. En effet, le nuage de tracts qui venait de s'abattre depuis le balcon intérieur de l'entresol provoqua un instant de pénombre en passant soudain devant les lustres. Plus qu'à un nuage, la nuée de tracts ressemblait plutôt à une bande d'oiseaux blancs, en train de planer. D'une part, la bande de tracts fit taire tous les convives, abasourdis, la tête levée. Et d'autre part, le son qu'ils produisaient en tombant était plus proche de la musique que d'un bruit, car ils descendaient lentement, dans un ralenti automnal.

Il n'y avait que des visages de frousse, de frayeur, de colère. Il n'y avait plus que des tracts tout blancs.

Non, ils ne sont pas blancs du tout, déclare sur un ton mystérieux le procureur Fasco, en secouant et en examinant le papier. Ils sont rédigés en braille ! Il lance un regard circulaire sur les convives, puis il se lève et s'adresse à la table présidentielle. Il répète, avec la même colère que quelqu'un qui se heurterait à un contrordre absurde : En braiaiaille !

Chacun fait la même chose, secoue les pamphlets à plusieurs reprises. Oui, on voit bien les gaufrages et les perforations.

Le langage des aveugles. Aveugles, aveugles, aveugles. Wells, Wells, Wells. Le juge avala une gorgée d'eau. Le goût de cette eau. Dommage qu'elle ne soit pas plus sucrée. Oui, la grande perche des urinoirs rôdait par là, avec son uniforme d'apparat, un notable. Ils n'avaient pas lu Wells, cela se voyait. Ils n'avaient pas lu le récit du pays des aveugles, où un homme tombait dans un endroit où la faculté de voir était quelque chose d'anormal. Merde. À quoi rimait de penser à Wells maintenant, à cause de ce scandale et de cet acte de subversion ? Certaines fois, il se fâchait avec sa propre mémoire, cette manie qu'avait son esprit de divaguer à son gré.

Après la première réaction bruyante et les gesticulations belliqueuses, les invités à la fête du Movimiento reprirent leur place réservée et le gouverneur prit la parole sur le ton de la harangue. Pendant ce temps, des agents en civil ramassaient, un par un, tous les tracts blancs.

Chelo courait de toutes ses forces le long de la rue Tabernas. Elle savait qu'elle ne tiendrait pas longtemps sans se faire rattraper. Mais elle savait aussi qu'il lui restait une bonne solution. Un refuge où se cacher. L'église de Saint-Jacques-de-Compostelle. Elle la connaissait fort bien. Elle y était allée très souvent en tant que guide. Et très souvent également pour échanger des messages dissimulés dans les missels. Elle connaissait un endroit, une cavité sous l'autel de la Vierge de la Leche, que lui avait indiqué un restaurateur de ses amis et que même les curés ne connaissaient pas. Le temps nécessaire pour laisser passer le danger le plus imminent. Elle repartirait le lendemain matin, à l'heure de la première messe.

Dommage, l'incident du châle. Il lui fallait un peu de temps. Elle avait besoin de réfléchir. Un simple élément vestimentaire pouvait tout faire rater. Cette situation lui semblait ridicule, mais c'est malheureusement le manque de chance qui définit ce qui est ridicule. Que faisait-elle là, cette punaise ? Déjà, lorsqu'elle avait pénétré dans la réception de l'hôtel, tandis que les policiers lui adressaient des sourires, elle avait senti le danger en la personne de cette femme assise toute seule au bar. Elle était en train de lire un journal. C'était une femme robuste. Avec une forte poitrine, sur le point de déchirer les coutures de son corsage. Elle lui rappela la responsable de la Section Féminine dont se moquait Sada à cause de sa façon de marcher : Voilà le Mouvement National qui arrive ! Mais ce n'était pas elle. Elle ne la connaissait pas. Elle continua à avancer. Vérifia sa montre. L'intervention du gouverneur et du chef de la Province n'allait pas tarder. C'était le meilleur moment. Elle se dirigea vers l'entresol comme quelqu'un qui aurait eu l'intention d'apprécier la vue sur le port. Elle posa le paquet de tracts sur un angle de la balustrade resté dans la pénombre. Il y avait un temps, un mécanisme de retardement pour que le tas de papiers se précipite dans le vide. Mais au moment où elle préparait l'opération, elle sentit l'ombre de cette punaise derrière elle. La femme se dirigeait vers elle pour l'arrêter. Mais elle ne parvint pas à la capturer. Cependant elle réussit à lui arracher son châle.

L'inspecteur Mancorvo s'approcha du juge avec une extrême discrétion. Il lui dit : Ne vous levez pas tout de suite, Samos. Mais avant de partir n'oubliez pas de venir nous voir. Nous vous attendons à la sortie.

Et ils étaient là en effet. Mancorvo et Ren et une troisième personne, une femme inconnue, en costume trois pièces. Grande et costaude.

Nous avons un grave problème, monsieur le juge, dit Ren.

Ils se dirigèrent vers le fond. Oui, il y avait un magnifique point de vue sur la baie. On voyait le mouvement des lumières vertes et rouges. Leur reflet mouvant à la surface de l'eau. Les feux des grues. Ren tira quelque chose de sous sa veste.

Est-ce que vous reconnaissez ceci ?

Il avait fait mine de le toucher, il aurait pu dire : Bleu nuit avec des dessins de velours noir. Mais il ne dit rien. Se contenta d'acquiescer.

La dénonciation

J'entame ce poème avec l'ardent désir que la félicité d'expression mène le bateau jusqu'à Saint-Pierre-et-Miquelon. J'étais en train de pratiquer la méthode consistant à écrire sans regarder les doigts. J'étais en train de copier un poème du livre anonyme. Celui que j'avais reçu à mon nom, glissé dans une enveloppe sans expéditeur. De nombreuses lettres anonymes arrivent au commissariat. Surtout des dénonciations. Les gens seraient surpris de la quantité de lettres anonymes qui circulent. Et dans certaines dénonciations, on peut même apprécier le soin que mettent certaines personnes à leur calligraphie. On peut apprécier la façon dont la dénonciation anonyme est écrite et réécrite jusqu'à l'obtention d'une belle et élégante écriture. Il est possible que ceux qui écrivent ainsi le fassent avec l'espoir que la dénonciation soit plus efficace. De fait, certains poèmes du livre anonyme étaient des dénonciations. Évidentes, contre l'Histoire, mais que je ne pouvais pas moi-même traiter. C'étaient de magnifiques poèmes. Mais dans l'ensemble, ceux qui m'attiraient étaient ceux qui parlaient des navigations sur les mers où l'on pêche la morue, du côté de Terre-Neuve et de la Nouvelle-Écosse, et encore un peu plus haut, aux alentours du Groenland et de l'Arctique. Et à présent, mes doigts allaient allégrement au trot, poussés par la nostalgie du baiser didactique de Catia, la professeure de l'académie de dactylographie, lorsqu'une alerte freina leur allure. Sans regarder, je sais reconnaître un fasciste à sa façon d'ouvrir la porte, car moi je travaille parmi des fascistes. Je compris également que celui qui venait d'entrer possédait un bûcher à l'intérieur de lui. La brise de la mer rend les étés plutôt frais à La Corogne, mais soudain, comme activée par le mouvement du chariot de l'Hispano-Olivetti, la température augmenta de plusieurs degrés. Je connaissais cet homme et c'était un homme froid. À présent, il bouillait de l'intérieur, brûlait réellement du désir de retrouver sa femme. Investi de son autorité, comme s'il avait enfilé sa toge, il était incapable, malgré son habileté à maîtriser les mots, d'éteindre l'incendie que ceux-ci propageaient sur son visage jusqu'à faire étinceler ses yeux. Était-ce l'amour ? Je sais que la couleur de l'amour est le rouge, mais je pense que ce feu-là était attisé par une autre sorte de combustible. À la façon dont il me parla de son « orgueil blessé » et de « question d'honneur », je m'aperçus qu'il y avait encore des restes de cendre et de braise à l'intérieur de sa bouche.

À l'époque, où aucune femme de sa classe sociale ne fuyait jamais le foyer, son cas me sembla passionnant, un étrange cadeau de fureur enveloppé de surprise. Un de ces moments où l'on peut éprouver la sensation excitante que la carte de magistrat est devenue une simple licence de chasse pour gibier réservé. Au fur et à mesure qu'il égrenait quelques précisions, ça oui, avec plus de détails qu'il n'en fallait, je sentis qu'il était en train de me transmettre plusieurs degrés de la rougeur de son visage. Mais rapidement un doute m'assaillit. Lui avait un problème. Et moi, j'avais entre mes mains des braises qu'on m'avait prêtées.

Paúl Santos se pencha à la fenêtre. L'année dernière, lorsqu'il prit ses fonctions au commissariat, à peu près à la même date, il aperçut dans le fond, au-delà du cou dodelinant des grues, amarré devant le Club Nautique, l'*Azor* avec sa présence massive. C'était le bateau de villégiature de Franco. Parfois, le Chef de l'État se trouvait à bord, et suivait une route de pêche sur la mer cantabrique. Le bateau arrivait presque toujours avant, la veille, et le dictateur, lui, arrivait par la route depuis Madrid. Lors de ses exercices de physionomie, Santos trouvait qu'il existait une ressemblance parfaite, excessive même, caricaturale, entre le Caudillo et son bateau. C'était une embarcation aplatie, aux lignes sobres, naviguant on ne peut plus lourdement. N'importe quel chalutier prenant la direction de Grand Sol avait une façon de cingler bien plus élégante. L'image la plus juste de l'*Azor* était celle du jour où il se présenta dans la baie en train de remorquer un cétacé assassiné à la mitraillette. Cette fois-là, Santos observa dans les reflets de la mer de la Darse, dans les couleurs dures du crépuscule, une violente tension du langage, car le mot qui semblait le plus approprié pour ce genre d'action était le verbe *abattre*. L'*Azor* n'était pas à proprement parler un engin maritime mais plutôt un rouleau compresseur aquatique. Concernant un bateau, son nom était déjà un vrai paradoxe. L'*Azor*, l'*Autour* de la famille des rapaces. Une réalité ridicule. Santos savait que cette pensée, bien qu'il ne l'eût jamais exprimée, le faisait avancer en terrain miné. Car, en réalité, la présence de l'*Azor* était imposante, intimidante. Ce bateau si moche, aplati, dominait le paysage du port. Rythmait le temps. Modifiait les dimensions. Effrayait l'espace.

L'esprit de Santos avait vécu le même processus que lors de son apprentissage pour écrire sans regarder ses doigts. Une pensée en amenait une autre et les deux premières encore une troisième, qui lui produisait un début de frisson (une voix lui disant : Tu penses toujours au pire), comme lorsqu'il resta accroché par la taille au bout d'une corde, lors d'une expédition qu'il avait réalisée avec des amateurs de spéléologie, dans un couloir peu fréquenté de la grotte du Roi Cintolo, à Mondoñedo. Mais après avoir dépassé son angoisse, il s'était aperçu que l'endroit où il se trouvait était plus spacieux que prévu. Et c'est ce genre de chose qui lui permettait, par exemple, d'ignorer en ce moment ce qu'il pensait de l'*Azor* et de se fixer seulement sur le mouvement des grues portuaires qui chargeaient des troncs d'arbres sur le quai d'Occidente. Avant de trouver leur trajectoire de descente, les troncs se balançaient un moment dans le ciel. Et il pensa que c'était de là, de cette mémoire secouée, écorcée, que venait la fraîcheur de l'air.

Non. Cette année, le bateau n'était pas encore arrivé. Il se passait quelque chose, mais on ne savait pas encore très bien quoi. En ville, il s'était produit cet étrange événement, l'incident le soir du 18 juillet, dans le grand hôtel où s'étaient réunis les autorités et les gens invités par le Mouvement National, à la date où l'on commémorait le soulèvement qui mit fin à la République pour laisser place à la dictature. Paúl Santos n'avait nul besoin de calculer. Il s'était passé vingt-sept ans depuis le début de la guerre. Il était né presque neuf mois après ce 18 juillet. La guerre des guerres. La guerre omniprésente. Une guerre qui s'était avérée poisseuse comme un composant supplémentaire de l'air, étrangère au temps.

Il ne voulait pas penser à elle. Elle traînait de-ci de-là, sans s'en faire, pensant en lieu et place de chacun.

Il lui fallait réfléchir à des choses concrètes. À son travail de policier scientifique. Un remarquable détective de la Criminelle. Avec deux affaires extrêmement importantes entre les mains. D'envergure différente, mais qui concernaient les fondations mêmes de la ville. D'un côté, Manlle. L'organisation de Manlle. Il avait énormément avancé, grâce à plusieurs coups de chance, et il était sur le point de réunir l'ensemble des preuves nécessaires pour démanteler cet empire délictueux. Et maintenant, voilà que cette espèce de pari se présentait à lui. Retrouver une femme de la haute société, une beauté à la conduite exemplaire, qui venait d'abandonner son mari, un juge promis à une grande carrière, avec de nombreuses relations, influent, et de qui l'on disait avec de plus en plus d'insistance qu'il serait bientôt appelé à assumer de plus hautes fonctions. Voyons, se dit Paúl Santos, pourquoi le juge Samos a-t-il appelé à ton bureau ? Il aurait tout à fait pu me convoquer au Tribunal et je m'y serais rendu séance tenante. Il aurait pu régler cette affaire d'une autre façon. Mais non. Il a appelé ici, alors qu'il venait de déposer une plainte contre sa ravissante femme pour abandon du domicile conjugal et soupçons avérés du délit d'adultère.

S'il a agi ainsi, c'est sous les ordres du Supérieur. Une marque de confiance, n'est-ce pas ? Voyons, Santos, se dit-il. Sois concret.

Paúl Santos se lève et se dirige vers un rayonnage où se trouvent les livres qu'il consulte fréquemment. Il lit attentivement les articles qui pourraient se rapprocher de l'affaire Chelo Vidal, et les annotations pertinentes que propose le Code pénal. Il n'aurait jamais imaginé que son cœur battrait un jour grâce au Code pénal.

« La conduite adultère consiste en l'union charnelle entre les deux complices que l'on peut exprimer par les termes *coucher, acte charnel, copulation, cohabitation, avoir une vie commune, une vie intime, une vie maritale*. Il est indispensable que le fait de coucher soit constaté ou déduit des faits avérés, mais s'il était difficile de surprendre le fait dans sa totale exécution matérielle, il faudrait déduire son existence d'autres faits d'ordre symptomatique comme celui de demeurer dix-huit jours dans un hôtel… »

Dix-huit jours ?

Pourquoi dix-huit jours ?

Nonobstant, cette loi absurde mettait l'imagination à rude épreuve. Les peines étaient sévères, de la prison, et ne s'adressaient qu'à la femme. D'après la loi, il suffirait, pour qu'elle fût condamnée, de la surprendre une seule fois dans un lit avec son « complice ». « Commet l'adultère toute femme mariée couchant avec un homme qui n'est pas son mari, et celui qui couche avec elle en sachant qu'elle est mariée, même si le mariage est dissous par la suite. » Mais à présent Paúl Santos était en train de penser à autre chose et pas au juge ni à sa femme. Dix-huit jours dans la chambre d'un hôtel avec La Rose Sténographique. Santos tenta d'impulser le mécanisme de l'imagination, mais il n'arrivait pas à imaginer au-delà du premier jour. Cela suffisait à le rendre heureux. Il retourna vers sa machine à écrire. Il appuya sur plusieurs touches. Le mot *cohabiter*. Le mot *complice*. Le mot *lit*. Les branches s'entrechoquèrent, empêchant le chariot d'avancer. Il recommença une nouvelle fois. Les bras formant un angle droit. Le nerf optique branché sur ses doigts, mais sans les regarder. Comme cela. Recommençons. *J'entame ce poème avec l'ardent désir que la félicité d'expression mène le bateau jusqu'à Saint-Pierre-et-Miquelon.*

Le cahier

Si vous le désirez, vous pouvez être présent, monsieur Samos.

Non. Je préfère que vous vous entreteniez en tête à tête avec lui.

Gabriel ne disait rien. Il lisait dans son cahier. À peine ils avaient tourné le dos à la Darse, ou traversé la ria sur la barque des Xubias, ou passé le pont du Pasaje, ou pénétré dans les maisons-bateaux, ou pris le tramway qui mène à Sada, ou le train de Betanzos, et même une fois (Ce n'est pas possible ! murmura l'inspecteur-chef Ren), une fois cela eut lieu à l'étage du trolleybus, dans un de ces trolleybus rouges qui venaient de Londres, sur la Ligne 2, Porta-Real-Os Castros, c'est arrivé là-bas également, ils ont fait l'amour là aussi ou quelque chose dans le genre, sa main à lui sous sa robe à elle.

Ce n'est pas possible !

Bien sûr que cela fut possible, protégés, cachés par cette ville aux noms de pluie multiples : Pluie du Brouillard, Pluie des Mouches, du Vent de la Faim, du Vent des Veuves, de l'Enceinte de la Nuit, du Ciel en Coquille, du Ciel de Plomb, Pluie des Ronces du Ciel, d'orage, de tonnerre et d'éclairs ; protégés, cachés par cette ville au ciel charnel, voluptueux, luxurieux.

Entre un coup de tonnerre et un éclair, dans une éclaircie, et grâce au récit de Gabriel, tous commencèrent à voir des séquences où Chelo Vidal embrassait et aimait l'architecte portugais. Ou qui que ce fût d'autre. Et dans le récit de Gabriel, qui avait fait le chaperon, il y avait une jouissance et un suspense qui faisaient l'effet d'une ventouse sur les tempes de ceux qui l'écoutaient.

Tout ce que Gabriel racontait était écrit en notes sténographiées ou avec une calligraphie impossible à déchiffrer pour un observateur ordinaire. Cependant Santos ne regardait pas en direction de cet étrange cahier, mais plutôt à travers la fenêtre, qui était un tableau mouvant rempli de bateaux et de grues. Tout était mouvant aussi, à l'intérieur de lui. Il avait rarement ressenti semblable excitation à travers le langage.

Et sous l'eau aussi, sous la mer ?

Oui. Ils restaient là deux, trois, et même quatre minutes et puis ils émergeaient en soulevant un siphon d'eau. Et pendant le Carnaval, lorsqu'il n'y avait personne, ils s'enveloppaient dans les algues et roulaient comme cela sur le sable.

Lorsqu'il se retourna, Ren était en train de faire des ronds de fumée avec sa cigarette et Mancorvo suivait leur trajectoire en direction du plafond. La table centrale était vide, absolument nette, sauf le cahier contenant les notes de Gabriel, ce qui le transformait en une espèce d'artefact. Les yeux, les muscles du visage et la position du corps expriment d'ordinaire une première réaction critique lorsque quelqu'un découvre un texte. Le plissement de la bouche, par exemple, équivaut à une sentence. Au début, ils éprouvaient tous les deux une certaine satisfaction. Ils partageaient un même étonnement, mais un étonnement victorieux. À travers ses signaux de fumée, Ren avait l'air de savourer comme un triomphe ce récit surprenant. Posséder une information de ce genre à propos de la vie de quelqu'un octroie non seulement du pouvoir pour se l'approprier, mais permet également d'avoir accès à un plaisir d'une qualité tout à fait singulière : l'autopsie du plaisir d'autrui.

Ça suffit. De combien de rendez-vous parlons-nous ?

Lorsque les regards se croisèrent, le visage de Ren semblait désormais refléter une pensée complexe, après avoir lancé une si grande quantité de ronds de fumée en l'air. Cependant, avec une évidente prétention universelle, il déclara juste ceci : Vous m'en direz tant !

Mancorvo lui envoya un coup de coude : Heureusement que le juge n'est pas resté ! Mais Ren ne continua pas sur ce registre. Il était en train de tirer la même conclusion que Santos. Le gamin avait inventé toute cette histoire. Une histoire qui collait trop à ce qu'ils attendaient. Il était en train de se moquer d'eux.

C'est Santos qui prit l'initiative : Dis-nous la vérité, Gabriel. Tout ce que tu as écrit n'est que pur mensonge, n'est-ce pas ?

Tout, dit Gabriel d'une voix claire.

Qu'est-ce que c'est Durtol, Gabriel ?

Un sanatorium.

Tu as été là-bas ? Pourquoi écris-tu depuis Durtol ? Que se passe-t-il à Durtol, Gabriel ?

On va le laisser tranquille, conclut Santos

Katechon ! dit Ren avec un ressentiment manifeste. Il regarda en direction du cahier incompréhensible de Gabriel : Tu t'es spécialisé dans les gribouillis, hein ?

Le poids du soupçon

Judit?

Bien entendu qu'ils avaient le droit de poser des questions à propos de qui ils voulaient. Bien entendu qu'ils l'avaient. Mais pourquoi demandent-ils après quelqu'un qui n'existe pas. Et pourtant on ne manque pas de noms dans le secteur, à la ronde. Il y a même des gens qui ont trois ou quatre noms. Mais Judit, à part la Judith de la Bible, je n'en connaissais pas d'autre. Et même si j'en connaissais, je ne le lui dirais pas.

Police, avait annoncé le plus maigre sans enthousiasme. Puisqu'il est policier, me dis-je, il aurait pu y mettre un peu les formes. Je ne sais pas moi, sortir une plaque dorée, comme font les Américains dans les films. Vraiment le style se perd, c'est lamentable. Le maigre semblait avoir un cure-dents invisible fiché dans la bouche. Ses cheveux étaient peignés en arrière, avec de la brillantine, un vrai godelureau. C'est peut-être pour cela qu'il n'avait aucun enthousiasme. Le sol venait juste d'être asphalté, et le goudron était encore tout frais. Le jour était crépusculaire et la pluie menaçait. Les chiens aboyaient. À peine la voiture se présenta, en avançant lentement, à une vitesse de corbillard, tous les chiens des alentours se mirent à aboyer. Ils ne durent certainement pas apprécier la chose. Tous ces chiens en train d'aboyer. Que quelqu'un fasse taire ces chiens ! L'autre était gros, costaud, avec un costume et un chapeau gris cendré. Il était resté un peu en retrait appuyé sur le capot de la voiture. Qu'est-ce qu'il pouvait bien observer ? Il n'arrêtait pas de regarder en direction du ballot de linge que je portais sur la tête.

Judit. Tu n'as jamais entendu parler d'une certaine Judit ?

J'allais lui parler de la Bible, mais ces gars-là, je les voyais venir de loin, ils étaient bien capables de se saisir de ce prétexte pour commencer à me faire des histoires. Une lavandière qui parle de la Bible. Et que sais-tu encore de cette Judith, celle dont on parle dans la Bible, et cetera ?

Non. Jamais.

Celui qui n'arrêtait pas de regarder mon ballot de linge aurait pu au moins me proposer de le poser sur le capot de la voiture. Eux, ils étaient là, les bras croisés, et moi, et moi, je me retrouvais devant eux, avec tout le poids sur ma tête.

C'est le linge de la femme du juge ? demanda soudain le gros au chapeau cendré.

Et à ce moment-là, je n'ai pas très bien su quoi répondre, à cet instant, j'ai compris que la grande perche avait du métier. À l'intérieur de moi, une voix me disait de les envoyer voir ailleurs, de les envoyer demander ça aux autres, au juge et à sa femme peintre. Mais Armonía me retint : Laisse tomber et ne va pas faire du foin maintenant avec ton linge.

Voyons voir, pose ton ballot ici, sur le capot.

Je n'aimais pas ça du tout. Moi qui attendais qu'il me propose de le poser justement là, parce que le sol goudronné ressemblait à celui de l'enfer, et voilà que, maintenant qu'il me le proposait, ça me donnait soudain plein de frissons.

Pose-le là.

Il palpa le ballot, le tas de linge. Et puis il introduisit sa main par le dessus, par un creux qui se trouvait au niveau des nœuds, et il commença à fouiller à l'intérieur, parmi le linge. Il tira les papiers et l'autre cessa de ronger le cure-dents invisible dans sa bouche et il se précipita pour examiner sa trouvaille, après m'avoir d'abord menacée : Si tu bouges, je t'abats sur place !

Ce sont des magazines de mode, dis-je. Ils sont déjà vieux.

J'allais leur préciser que je les lisais dans les toilettes. Assise. Que c'était pour moi un moment de tranquillité, pendant la journée, mais Armonía me dit : Ne lui dis pas ça. Contente-toi de dire oui oui. Non non.

Ils regardèrent et regardèrent à nouveau.

Un tailleur en vinyle orangé ! Tu t'habillerais comme ça, toi ? demanda la grande perche d'un ton moqueur.

Non, ne réponds rien. Ils secouaient les magazines, je suppose pour voir si quelque chose s'en échappait. Et ce mouvement, cette façon d'agiter les pages, pour voir si quelque chose allait tomber par terre, me rappelait le jour où Olinda avait posé son ballot près de la fontaine de Santa-Catarina et qu'un homme s'était présenté avec un costume tout blanc, une enveloppe énorme à la main, et lui avait dit : Vous avez fait tomber quelque chose, madame. Et elle lui avait répondu : Je vous remercie, monsieur. Et moi, j'avais réfléchi : Mais enfin, elle n'a rien fait tomber. Mais Olinda avait immédiatement rangé l'enveloppe dans le ballot de linge, sans se demander ce que c'était.

Depuis combien de temps es-tu lavandière chez la femme du juge ?

Une dizaine d'années, plus ou moins, peut-être douze. J'ai commencé avec ma mère.

Et où se trouve ta mère ?

Elle est morte. Et moi, je ne vais pas tarder à arrêter le métier aussi.

Et pourquoi vas-tu arrêter le métier ? Il s'est passé quelque chose de particulier ?

Ils ont acheté une machine à laver. L'époque des lavandières est révolue.

Et ton père ? demanda le godelureau. Il est toujours vivant, ton père ?

Il est vivant, oui. C'est lui, le fossoyeur.

Parfait, dit Armonía. Voilà qui va l'impressionner. À présent regarde en l'air, vers le ciel. Pour qu'ils s'aperçoivent qu'il ne va pas tarder à pleuvoir.

Que sais-tu à propos de l'architecte portugais ? avait à nouveau demandé Chapeau Cendré.

À ce moment-là, j'avais vraiment eu un doute. Judit. L'architecte portugais. Le chapeau cendré. La bouche au cure-dents invisible. La voix de l'audace me dit : Tu n'as qu'à faire la folle. Ces gens-là n'aiment pas avoir affaire avec les dingues. Ils s'éloignent tout de suite, ils ne veulent rien savoir d'eux. Face à un fou, ils ne savent pas quoi faire, ils deviennent nerveux. Ils vont se dire que cette femme ne va pas très bien de la tête. On dirait une possédée, le genre de dingues qui allaient se faire soigner à la Vierge-de-Pastoriza et qui, en arrivant devant l'église, avaient une telle nausée qui s'emparait de leur corps qu'elles se mettaient à cracher des machins en fer qui allaient se ficher dans la porte. Fais semblant d'être possédée. Crache des clous en fer, crache du feu par la bouche.

Dis-moi quelque chose, Armonía. Et Armonía me dit qu'il me fallait être intelligente. Plus intelligente qu'eux. Car, eux, ils savent détecter qui est fou et qui fait semblant de l'être. Ils risquent de te conduire au commissariat et de dresser une fiche sur toi. Et si tu es fichée, tu n'obtiendras jamais de certificat de bonne conduite. Et si tu ne possèdes pas ce certificat, tu ne pourras jamais plus te rendre où que ce soit. Ils sont en train de chercher, mais ils ne savent pas encore très bien quoi. Ils ont demandé la même chose qu'à toi à plusieurs autres femmes qui portent des choses sur la tête. À toutes les femmes que Chelo a représentées sur ses tableaux. On voit bien qu'ils ne savent pas où ils vont. Et qu'ils n'aiment pas le chœur de tous ces chiens en train d'aboyer.

Que sais-tu à propos de l'architecte portugais ? demanda Ren à nouveau.

Et Ó répondit immédiatement, sans réfléchir : Dites-moi, monsieur, c'est comment un architecte portugais ?

Allez va-t'en, s'énerva Ren. Va-t'en avant qu'il ne commence à pleuvoir.

Je ne sais pas ce qui se passe aujourd'hui, je ne sais ce qu'ils voient sur mon visage. Mais voilà une autre voiture qui s'arrête. Plus petite que la première, c'est flagrant. Un *coupé**.

Bonjour. Je suis policier. Je peux vous poser quelques questions ?

Celui-là au moins, il prend la peine de me montrer sa plaque. Il est mignon, avec un air un peu triste, trop à mon goût. Un peu perdu. Comme s'il cherchait un homme avec une cape dans Saint-Jacques-de-Compostelle.

Ne vous inquiétez pas. Je m'appelle Paúl Santos, de la Brigade Criminelle.

De la Criminelle ?

Eh bien, il y avait de quoi ne pas s'inquiéter, en effet !

Vous lavez le linge de madame Vidal, n'est-ce pas ?

Exactement, monsieur.

Quand l'avez-vous vue pour la dernière fois ?

Celui-là, au moins, savait poser les questions.

Il y a longtemps. Moi, j'ai surtout affaire avec la bonne.

Mais nous avons trouvé un portrait de vous dans son atelier de peinture. Un portrait encore frais, comme qui dirait, récemment exécuté.

Les jambes. Prends garde à tes jambes. Qu'est-ce que je lui réponds, Armonía ?

J'étais si moche, monsieur. J'ai tellement honte !

Le nom Judit, ça vous dit quelque chose ?

Judit ?

Judit

À présent les pièces du puzzle commencent à se mettre en place, dit Mancorvo.

Lorsque son chef se trouvait soumis à une espèce d'obsession chronologique, Mancorvo devenait la mémoire et la pensée de Ren. Le sous-inspecteur était vraiment un étrange second. Grand de taille et très maigre, le nez aquilin, les cheveux peignés en arrière avec un gel fixant de brillantine, vêtu très élégamment, des boutons de manchette à la chemise et une épingle de cravate assortie, sa présence contrastait avec la rudesse de Ren. Il suffisait d'observer les plis des mouchoirs de poche de la veste, d'une impeccable perfection triangulaire dans le cas de Mancorvo, comme s'il s'agissait d'une décoration, et négligés chez le Chef Ren.

Paúl Santos avait noté une autre dissonance entre les deux hommes. Les mains de Mancorvo étaient fines, toujours bien visibles, les coudes appuyés sur la table, et il bougeait les doigts comme s'il était tout le temps en train de se les manucurer, de se limer et de se polir les ongles. L'attitude caractéristique du Chef Ren, c'est de creuser avec les ongles d'une main dans les lignes profondes de l'autre. Il ne se séparait que très rarement de son chapeau et, lorsque cela lui arrivait, un cercle rouge restait incrusté sur son front, comme un filetage permettant de visser le couvre-chef.

À tous les deux, ils composaient une espèce de créature féline, alternative.

Une créature redoutable, pensa Santos.

Dans sa façon de parler, Mancorvo avait également l'air d'être plus intelligent que Ren. Mais Santos savait qu'il fallait relativiser toutes ces impressions. À l'image de son caractère, l'intelligence de Mancorvo était tout simplement complémentaire par rapport à celle de son chef. Dépendante d'elle. Elle était dépourvue d'initiative. Dans certaines parties plus délicates du récit, il sollicitait l'assentiment de l'inspecteur. Il se révélait alors comme un vulgaire laquais face à un rude caporal, satisfaisant la demande de son subalterne avec un économe demi-grognement. De temps à autre, il coupait la conversation avec un refrain de ressentiment nostalgique :

Ainsi donc c'était elle. Ce ne pouvait être qu'elle, bien entendu.

Il y a bien eu un moment où elle a figuré parmi les suspectes, dit Mancorvo en jouant son rôle de porte-parole. Et cependant, c'est aussi la première qu'on a écartée. On a enquêté sur elle, mais on est arrivés à la conclusion qu'il s'agissait d'une hypothèse absurde. Ç'a été pareil avec d'autres femmes qui avaient le même profil qu'elle. On a suivi un nombre de pistes que vous ne pouvez même pas imaginer, dans des recoins où même la merde vaut de l'or. Plus l'obscurité est haut placée et plus elle est excitante. Même dans le milieu des délinquants, il existe des classes sociales, ce n'est pas la peine de se voiler la face. On se sent bien mieux dans la haute, plutôt que de fréquenter la populace. Mais à propos de Judit, rien. Rien du tout. Nous en sommes même venus à penser qu'en réalité Judit n'existait pas. Que c'était une invention de l'ennemi. Faire croire à quelqu'un d'infiltré, inventer la taupe parfaite. Une légende créée en exil aussi bien pour la consommation des opposants que pour nous faire perdre notre temps et nous rendre nerveux.

Mancorvo n'était pas en train d'improviser. Il consultait ses notes sur plusieurs fiches, il y en avait quelques-unes écrites à la machine sur des feuillets bleu clair.

En 1936, elle séjourne en France, avec une bourse afin de poursuivre ses études aux Beaux-Arts. Contrairement à d'autres boursiers, qui décident de rester à l'étranger et prennent part à la propagande républicaine, elle retourne dans son pays début 1937. Elle débarque ici, au port de La Corogne. À présent, nous avons des raisons de penser que c'est à ce moment-là qu'on l'a entraînée et qu'on lui a fourni un certain nombre de contacts. C'est alors que Judit est née. Elle a été conçue pour le long terme. Très bien conçue, d'ailleurs. Intelligente comme un écureuil rouge. En 1939, juste après la victoire du mois d'avril, elle prend part à une expédition de femmes de la mouvance carliste, organisée par une aristocrate galicienne, parmi ce qu'on appelle l'Aide Sociale à Barcelone.

Et quand avez-vous commencé à soupçonner que Chelo Vidal, cette femme qui prend part à une expédition traditionaliste à Barcelone, n'est autre que la Judit républicaine ?

On entend Ren se racler la gorge. Les bras croisés, il s'appuie sur la table et coupe la ligne de vision de Mancorvo. Il regarde Santos dans les yeux. Celui-ci semble surpris qu'on utilise pour lui, en ces lieux, rien de moins que le commissariat, ce zèle tout professionnel.

Ren attend quelques instants avant de répondre.

En quarante, lorsque j'ai intégré plusieurs services spéciaux, qu'il n'est pas à présent nécessaire de mentionner. La guerre d'Espagne avait cessé, mais la Seconde Guerre mondiale commençait à peine. Officiellement, nous n'avions pas pris part à cette guerre, mais ce n'était qu'une apparence. Il n'est sans doute pas nécessaire que je vous développe tout cela, n'est-ce pas ?

Il fit une pause. Inspira profondément. Santos lui non plus ne cessait pas de l'observer. On aurait dit qu'il calculait la quantité d'air que Ren consommait, en inspirant puis en expirant.

Moi, je connaissais Ricardo Samos, continua le Chef Ren. Jusqu'alors, après son retour de l'expédition d'après-guerre à Barcelone, ils vivaient des fiançailles tout à fait traditionnelles, mais elle n'arrêtait pas de remettre à plus tard la date de leur mariage. Elle était encore trop jeune, et cetera. Samos s'était engagé dans un groupe qui devait aller faire une formation en Italie puis en Allemagne, en passant d'abord par Paris, qui était à l'époque occupé. C'était le bon temps pour les pays de l'Axe. Et soudain, voilà que c'est elle qui demande à se marier. Et ne voilà-t-il pas qu'elle insiste pour faire partie du voyage. Ce serait sa lune de miel, affirmait-elle. Moi, je m'étais bien gardé d'en toucher un mot à Samos, mais j'avais consciencieusement noté ce détail. Finalement quelqu'un avait déclaré qu'aucune femme ne ferait partie de ce voyage.

Et vous avez noté cela ?

Dans ma tête. Ce genre de chose se note seulement dans la tête, mon cher Santos.

Je comprends.

Le juge est très bouleversé, dit le Supérieur. Il est complètement déboussolé.

Le juge est un imbécile, dit soudain Ren. Il y avait

une rancœur inhabituelle dans la façon de faire allusion à Samos. Paúl Santos se dit que la glande invisible du ressentiment fonctionnait très bien chez lui et qu'elle le faisait quelquefois devenir plus intelligent.

Ç'a toujours plus ou moins été un imbécile, poursuivit Ren. On se fait confiance, n'est-ce pas, je peux vous faire une confidence ? Je le connais très bien. Ça fait des années que je supporte ses discours. Ses conférences à Coimbra, ses promenades avec d'Ors à Saint-Jacques-de-Compostelle, les excursions en Galice avec le dénommé Schmitt pour visiter des sépultures, ses prouesses de chasse en compagnie du ministre. Je sais tout ça par cœur. Et pendant ce temps, il se passait ce qui se passait. Nom de... de toutes les touches d'une Remington ! On lui voyait les cornes à cent mètres, y compris lorsqu'il portait son chapeau couleur cannelle.

C'est facile de dire cela aujourd'hui, mais vous étiez là vous aussi, protesta Santos sur un ton incisif. Vous fréquentiez assidûment cette maison.

Le soupir de Ren remplit le bureau du Supérieur. Il dissimule à peine l'effort qu'il fait pour supporter son collègue de la Criminelle : Voyons, mon cher scientifique, moi, je savais déjà que c'était impossible. Cette femme ne collait pas du tout. Ou plutôt, elle collait un peu trop bien. Nom de... de la vue ! Il suffisait de la voir, pour s'apercevoir tout de suite qu'il s'agissait de Judit. Cette façon d'être là et de ne pas y être. Sa présence... vaporeuse. Toujours si diplomate. Nom de... du plus-que-parfait ! En y repensant, c'est comme si elle avait porté une étoile collée à son front : Judit, c'est moi, tu ne le vois pas, imbécile !

Je serais curieux de savoir ce que disaient les rapports à son propos, demanda Paúl Santos. Il regarda en direction du Supérieur : En réalité, monsieur, nous ne voyons toujours pas avec certitude pourquoi Chelo Vidal devrait vraiment être Judit.

Ren donna un coup de poing sur la table : Parce que c'est elle !

Lorsqu'on trouve une goutte de sang, notre rôle est de l'analyser, dit Santos. Il aimait bien cet exemple, il lui plaisait vraiment. Et si on l'analyse cela peut se révéler être du sang humain ou du sang de canard.

Je vais vous dire quelque chose, maugréa Ren. Je n'ai pas la moindre idée de la façon dont se présente une putain de goutte de sang de canard.

Mancorvo capta la réaction du Supérieur et prit la relève sur un ton neutre. Devant la nouvelle situation, de nombreux doutes se transformaient en indices permettant de considérer que Chelo Vidal était bel et bien Judit. Des rapports ? Il y en avait à ne plus savoir qu'en faire ! Et ils doivent toujours traîner dans le coin.

Moi, je les ai cherchés et je n'ai pas vraiment trouvé grand-chose. C'est curieux, non ? En réalité, il n'y a pas de dossier Judit.

Mancorvo regarda le Supérieur, puis Ren.

Étant donné ta position, tu devrais savoir…

Santos remarqua le tutoiement volontaire que se permettait de lui adresser à présent l'agent de la Brigade d'Investigation politico-sociale.

Tu devrais savoir que certaines choses nous sont exclusivement réservées. Nous travaillons pour la sûreté de l'État. Je te dis qu'il y a des rapports à ne plus savoir qu'en faire. Et ils doivent traîner par là. Mais ce ne sont pas tes oignons.

Nous sommes en train de parler d'un peu plus d'une vingtaine d'années en arrière, intervint Ren enfin calmé et sur un ton moqueur. C'était un autre temps, cher monsieur Inconnu.

À présent, c'était lui qui avait des papiers en main.

Il ouvrit une chemise et en tira une autre pile de feuillets bleu clair tapés à la machine. Voilà des rapports qui partent de 1937. Certains sont devenus presque illisibles. La plupart du temps, ce sont des copies carbone de ceux qui ont été envoyés à la demande du procureur des tribunaux militaires, lors des procès concernant les fuites de clandestins par bateau. Il existait à La Corogne une organisation, un réseau secret que le syndicat Réveil Maritime avait soigneusement tissé. Il faut lui reconnaître cette chose. Ce n'était vraiment pas un jeu. La population possédant des antécédents républicains avait été... neutralisée. Et malgré cela, le réseau a continué de fonctionner. En l'espace de deux ans, ses membres étaient parvenus à organiser une vingtaine de départs massifs sur des chalutiers de haute mer. La plupart à destination de la France. Comment était-ce possible ?

Paúl Santos fit mine de consulter les feuillets de papier bleu, mais Ren l'interrompit en enfonçant le clou : Dans la plupart de ces rapports, on fait allusion à une femme que personne ne connaît, une femme énigmatique. Toujours vêtue de noir. Les personnes interrogées l'appellent parfois Carmen, d'autres fois Lucía, ou Dolores, mais la description de la femme reste toujours la même. On avait même mandaté des agents de recherche et de surveillance de Burgos, des membres de la Brigade des Services Spéciaux. Et on dirait bien qu'ils en viennent à la conclusion que : Cette femme qui travaille pour le Réveil Maritime n'est pas une invention, c'est une sorte de... de personnage de roman. Un mythe auquel croyaient les gens qui ont été arrêtés et interrogés et qu'ils se passaient de l'un à l'autre.

Et qu'est-ce qui est arrivé avec cette femme ? demande Santos. Elle disparaît ensuite à jamais ?

Ren se tait. On a l'impression qu'il est en train de transpercer l'histoire avec un foret.

Au début des années quarante, comme l'a déjà expliqué le Chef Ren, elle réapparaît, explique Mancorvo. Les sabotages sur les transports de wolfram vers l'Allemagne s'étaient multipliés. Un groupe spécial du contre-espionnage allemand s'est rendu alors en Espagne, les gars avaient réussi à intercepter un type qui les ennuyait vraiment, un type aux multiples visages qui s'était avéré être un Allemand, un opposant à Hitler. Mais le contact de l'espion en question leur a filé entre les doigts. Entre les leurs et entre les nôtres, d'ailleurs. Et eux, ils croyaient dur comme fer en l'existence de Judit. C'étaient des gens compétents. Extrêmement compétents.

Mancorvo observa Ren, puis le Supérieur. Tous les deux étaient songeurs. Voilà qu'à présent il se souvenait à leur place.

Il existe un fait historique qui ne peut pas vous échapper, cher collègue scientifique. Le IIIe Reich a soutenu la cause de l'Espagne nationale. Et il n'a pas fait semblant. La plupart de l'armement est arrivé jusqu'à nous par la mer. Il est entré par nos ports. Y compris l'aviation, qui est arrivée en pièces détachées. Saviez-vous que la principale station de radio, Radio Nacional de España, était basée ici, à La Corogne, au sommet de la montagne Santa-Margarida ? C'était un cadeau personnel, un très important cadeau du Führer au Caudillo. Et lorsque la Seconde Guerre mondiale a éclaté, vous pensez bien qu'il a fallu renvoyer l'ascenseur. L'Espagne a alors rendu des services très particuliers à l'Allemagne.

Le minerai de wolfram n'est absolument pas un secret historique, dit Santos. Ni l'affaire de la station de radio.

En plus du service radiophonique, cette station

remplissait un autre rôle. Le littoral galicien, si découpé, était utilisé comme base principale pour le contrôle du trafic maritime et aérien entre les continents. Il servait également de refuge et d'atelier de réparation, tout spécialement pour les sous-marins qui attaquaient les convois alliés dans l'Atlantique.

On aurait pu s'en douter.

Et qui parle de refuge parle de bien d'autres choses encore. Des choses indispensables, n'est-ce pas. Avitaillement, réparations... Et même des choses moins indispensables comme les divertissements. Il fallait bien que les hommes, les officiers, se divertissent un peu, ne croyez-vous pas ?

Pour ce qui concerne les petites anecdotes, tu peux peut-être t'arrêter là, mon cher Mancorvo, intervint Ren. Tu as autre chose à ajouter ?

Bien. Au bout d'un moment, dit Mancorvo, on a eu l'impression que chaque sous-marin et chaque bateau avait été doté d'une diane invisible. L'ennemi arrivait toujours à les localiser. Malgré tous les efforts de camouflage.

Judit.

Oui, les messages interceptés parlaient tous d'une certaine Judit. Et puis il n'y avait pas que ça. Lorsqu'il existe une collaboration avec quelqu'un, on peut imaginer que des affaires communes vont aussi se créer. Des entreprises communes, par exemple. L'année 1942 fut, en ce point, une excellente année.

Ren recommença à grommeler.

Eh bien, ces chefs d'entreprise repéraient certains signes qui pouvaient leur faire penser qu'ils étaient également... disons... localisés. D'autres choses encore. Disons... des fuites et des entrées dans le pays incompréhensibles. Des personnes qui nous glissaient entre les doigts de façon inexplicable. Imaginez tout un cordon de sécurité. Il y avait certainement trop d'informations.

Mais une seule Judit ne serait jamais parvenue à réaliser tout ce dont vous parlez, fit observer Santos. Si habile et active fût-elle, Chelo ne pouvait pas avoir le don d'ubiquité. D'après ce que personnellement je sais, elle se contentait de rester chez elle à peindre.

Il y a des pistes qui se croisent. Beaucoup d'informations apparemment dispersées qui convergent sur un seul nœud, comme les orbites des astres d'une sphère armillaire. Le nœud de la chose doit nécessairement se trouver dans un endroit insoupçonnable. Judit était ce nœud, c'était elle la sphère.

Vous voulez dire que son rôle se limitait à se trouver là ? À rester là, tranquille, et à attendre.

Quelque chose dans ce genre.

Merci, Mancorvo, intervint soudain le Supérieur. Nous savons enfin où nous en sommes à propos de cette histoire. Nous ne réfléchissons plus à partir d'hypothèses abracadabrantes de toutes sortes.

Il s'était tu pendant presque tout le temps. Santos s'était dit que, en présence de Ren, il devenait un personnage secondaire. Mais à présent, il semblait enfin investi de sa charge. Son ton était celui de quelqu'un qui prend les initiatives.

Il faut retrouver Chelo Vidal, dit-il. Et la retrouver tout de suite.

Il dévisagea lentement tous les gens qui se trouvaient là : Cette affaire nous fait tourner la tête, tous autant que nous sommes.

Il se leva et se dirigea vers la fenêtre. Il était en bras de chemise et il pinça ses bretelles du bout des doigts. Pendant ces journées du printemps 1963, alors que Franco avait retardé ses vacances sans en donner la raison, tous ceux qui regardaient par la fenêtre semblaient tenter de deviner l'arrivée de l'*Azor*, le yacht du Chef de l'État.

La situation est extrêmement délicate, dit le Supérieur, en parlant de dos et à voix basse. Il se retourna vers les gens qui se trouvaient là et la sentence fut encore plus ferme : Très, très délicate.

Cela ne doit pas apparaître comme une affaire politique, dit-il. Mieux encore. Cela ne doit pas apparaître du tout. Rien ne doit filtrer. Rien de rien. Il ne doit pas y avoir le moindre soupçon de commencement d'une fuite. Je me suis déjà entretenu avec les responsables de la Censure, pour qu'ils interviennent auprès de l'ensemble de la presse et des médias. Personne ne saura rien de l'incident de ce 18 juillet. Comme d'habitude, la commémoration a été un franc succès et une démonstration d'enthousiasme populaire. Voilà ce que dira la presse écrite. Mais les censeurs ne peuvent pas mettre une muselière sur toutes les bouches.

Les rumeurs ressemblent aux crues des rivières, dit Santos. Il est impossible de les contenir.

Ren grogna, intrigant : Bien sûr qu'il y a moyen de contenir les rumeurs. Il suffit d'en inventer d'autres.

La meilleure façon d'étouffer une rumeur, c'est que l'affaire n'existe pas, répliqua le Supérieur sur un ton moins énigmatique. Il faut agir rapidement. Trouver la cachette de Chelo Vidal. Et maîtriser nos nerfs. C'est bien entendu, Ren ?

Pas de problème, chef. C'est tombé sur nous et on n'a plus qu'à se débrouiller avec cette histoire. Et après ça, on dira que la vie est calme en province.

Je vous ai donné la ligne directrice, insista le Supérieur avec une certaine emphase. Ce n'est pas une affaire politique. Imaginez le scandale à l'intérieur, et ne parlons pas de l'extérieur. La femme d'un juge, d'un magistrat, d'un juriste remarqué du Régime, serait en réalité une sorte d'héroïne de la résistance.

Déjà lorsqu'elle était jeune, c'était un mythe clandestin. C'est un scénario qui ne pourrait qu'enchanter tous nos ennemis. Le ridicule traverserait nos frontières. Ce serait une raillerie mondiale.

Paúl Santos était en train de réfléchir à cela, à l'idée d'un ridicule international, lorsque le Supérieur se mit soudain à parler d'une façon ambiguë, un discours à la fois clair et obscur, on comprenait et ne comprenait ce qu'il était en train de dire. Santos mit quelques instants à réagir, car il devait laisser travailler l'Esprit de la Contradiction.

Messieurs, cette affaire ne va pas tarder à nous filer entre les doigts. Mais ça, c'est moi qui vais m'en charger, parce que ça ne peut qu'arranger mes affaires. Tous. Je dis bien, tous, monsieur Santos, nous devons tous faire un effort, chacun de notre côté.

Bien entendu, répondit enfin Santos. Vous pouvez compter sur moi.

On ne peut pas continuer à avancer ainsi, en train de frapper de tous les côtés, à l'aveuglette, n'est-ce pas ? ajouta le Supérieur.

Non, évidemment.

Voilà des années que nous avançons à l'aveuglette dans l'affaire Judit. Il faut retrouver Chelo Vidal sans faire de vagues, sans mettre la ville sens dessus dessous.

Pour tenter de comprendre la signification de l'intervention du Supérieur, Santos décida de regarder, comme dans un miroir, le visage de Ren. Son expression était calme. Goguenarde.

Quelqu'un a proposé de nous aider, lâcha enfin le Supérieur. Ce n'est pas nous qui sommes allés le chercher, c'est lui qui est venu vers nous. Pour cette occasion, et bien que cela soit particulièrement douloureux, c'est un service dont nous ne pouvons pas nous passer. Je sais que certains d'entre vous, et tout spécialement monsieur Paúl Santos, travaillent depuis longtemps au sein de la Brigade d'Investigation criminelle, avec un admirable courage, avec une grande intelligence, une remarquable discrétion, à démanteler l'organisation délictueuse que, d'après les nombreuses preuves accumulées, dirige monsieur Manlle.

Paúl Santos ne bougeait pas d'un poil. Effaré par ce dont il avait déjà l'intuition. Mais ses mains commencèrent à écrire, à prendre des notes en signes sténographiques de ce que disait le Supérieur.

Que faites-vous ?

Je prends des notes, mon Supérieur.

Eh bien, prenez des notes dans votre tête. Ce sera bien suffisant.

Le visage du Supérieur était écarlate. Ses yeux crachaient des flammes. Le Chef Ren se redressait. Il consommait, inspirait et expirait une bonne partie de l'air contenu dans le bureau. Il lança un sourire à Santos.

Écoutez-moi bien. Nous allons retrouver cette bombe à retardement qu'est la femme de Samos. Je me fous de tout le reste. La contrebande, le bordel, l'achat de terrain sur intimidation, le trafic d'or, le recel d'objets volés et tout le reste. Je vais vous dire la vérité : tout ça n'est que broutilles comparé à l'affaire Chelo Vidal. Comparé à l'affaire Judit. Vous avez bien compris ? Tout le monde. Y compris dans les hautes sphères, tout le monde réclame la tête de Judit. On m'a appelé du ministère de l'Intérieur, des agents de la Brigade Spéciale ne sauraient plus tarder… Vous croyez qu'ils s'intéressent aux progrès que vous avez réalisés dans l'affaire Manlle ? On va laisser Manlle tranquille pour l'instant. Il fait partie du paysage. Il est en revanche hors de question que l'on voie apparaître l'*Azor* à l'horizon, alors que cette femme se trouve toujours dans la nature.

Vous rendez-vous compte du travail que nous avons dû fournir pour en arriver là où nous en sommes aujourd'hui, et avec la discrétion la plus totale, monsieur ? répliqua Santos sur un ton de reproche. Nous possédons tout ce dont nous avons besoin. Tout le réseau de cet empire et aussi les témoins, pour la première fois, monsieur. Il ne nous suffit plus que de cueillir Manlle. Laissez-moi le temps de tenter d'arriver jusqu'à Judit.

On n'a plus le temps, Santos. La tractation a déjà été réalisée. Le Caudillo ne peut pas se permettre de retarder davantage ses vacances. Il y a déjà suffisamment de rumeurs comme cela. Nous faisons partie d'un monde et nous devons pénétrer dans un autre monde, en nous servant de certains autres individus amphibies. Manlle est un individu amphibie, il sait passer d'un monde à l'autre. Alors vous allez le laisser en paix pendant quelque temps. Et en échange, il va nous donner le coup de main dont nous avons besoin.

Il se trouvait dans son bureau. Il avait pris la décision de tenter de tout reconstituer à la machine à écrire. Il avait besoin de voir tout ce qu'il venait d'entendre tapé à la machine, comme si c'était imprimé dans un journal, pour se persuader que cela correspondait à la réalité. Pazos entra, l'homme qu'il avait convaincu, l'inspecteur de la Criminelle qu'il avait réussi à tirer du scepticisme. Celui-ci jeta sa veste sur le dossier d'une chaise, comme s'il était en train de se débarrasser d'un dernier espoir. D'une ultime peau.

Nous n'avons plus de témoin secret. Le Boa est mort.

Qu'est-ce que tu racontes ?

Oui, le témoin numéro un. On l'a retrouvée avec une balle dans la tête et un petit revolver, un *bulldog*, dans la main. Un trou dans la tempe. Un cloaque de plus dans cette histoire. Apparemment, il s'agit d'un suicide. C'est vraiment la merde.

Un suicide ? Cette femme ne se serait jamais supprimée.

Santos sortit du bureau en murmurant : Même pour obtenir le grand prix de l'immortalité, elle ne se serait pas tuée.

Le ventre de la baleine

Sada au docteur Montevideo, à propos des bateaux : Penser que je peux les faire naviguer jusqu'ici et que je n'arrive pas à m'enfuir sur l'un d'entre eux. Soudain son regard s'illumina avec la lumière de San Telmo. Montevideo comprit que le peintre venait de découvrir comment s'introduire dans la fresque et peut-être s'en aller pour toujours. Il palpa un instant le mur et dit d'un air surpris : Ce n'est qu'une fine membrane.

La Rose Sténographique

Voilà bien longtemps qu'il pensait à cet instant précis. Il ne se sentait pas du tout sûr de lui. Il était habitué à observer les gens, à les surveiller, à épier les moindres détails. Un cheveu. Les traces laissées parfois par les lèvres ou les doigts. À lire les graphies qu'impriment les corps dans l'espace. L'extraordinaire quantité d'informations que peut contenir une poubelle pleine. Un jour, il eut l'idée d'écrire à ce propos. D'écrire une série de poèmes où chacun traiterait du contenu d'une poubelle. Ce serait à la fois des poèmes biographiques et géographiques. C'était un des aspects qui l'attirait le plus dans son travail. Il ne l'avouerait à personne. Sauf à elle. Il le lui avouerait, oui, mais un peu plus tard. En quoi le fait de vider le contenu d'une poubelle sur une grande table, le fait de regrouper et d'organiser des familles de détritus, était une façon de dresser un lieu poétique, une fiction authentique et passionnante. Catia était une femme intelligente. Elle serait passionnée par cette idée. C'est évident. En réalité, son métier de policier ressemblait au métier d'historien. Et l'on pouvait rapprocher la recherche des indices, et sa façon de fouiller les poubelles, du travail qu'effectuent les archéologues. Cette position lui donnait un avantage par rapport à l'individu qu'il observait, qu'il suivait ou qu'il surveillait. À l'individu que, pour ainsi dire, il biographiait. Avec Catia, il n'avait au contraire pas du tout cette impression. C'est lui qui se sentait en position d'individu observé et contrôlé, surtout pendant le cours de dactylographie rapide. C'était Catia qui, de toute sa hauteur, donnait les instructions pour guider l'ensemble de son corps, le diriger à l'aide des fils invisibles que possèdent les mots, et pour permettre à ses doigts d'acquérir la vitesse des yeux. Mais il ne se sentait pas observé et contrôlé que pendant cet instant où il devenait un automate, assis dans une rangée aux côtés des autres élèves. Lorsqu'il se levait devant cette femme, plus jeune et plus petite que lui, il avait l'impression qu'elle le dominait encore. Ses techniques de self-contrôle ne fonctionnaient plus. Bien au contraire, la volonté de neutraliser la joie de ses muscles lorsque, par exemple, elle s'approchait de lui pour lui donner des conseils sur la position des coudes, lui faisait l'effet opposé, son corps devenait tout raide. Et c'était la même chose lorsqu'il parlait. Cela ressemblait à une balance en déséquilibre. Voilà pourquoi, lorsqu'il osa enfin proposer un rendez-vous à Catia, un dimanche après-midi — après qu'elle eut déjà accepté par deux fois ses invitations à prendre un café au Borrazás après les cours —, et qu'elle lui répondit d'accord, qu'elle serait après-demain au Playa Club, vers cinq heures de l'après-midi, voilà pourquoi la machine à écrire se coinça, car il avait appuyé sur plusieurs touches à la fois.

Tu es de la police ?
Oui.
Et pourquoi l'as-tu caché lors de l'inscription ?
J'ai mes raisons. Le secret, un certain secret en tout

cas, est chez nous un outil de travail. Plus redoutable qu'une arme.

Et pourquoi viens-tu me l'avouer à présent ? Il aurait mieux valu que tu continues à garder le secret.

En ce moment, je ne suis ni avocat ni policier. Je ne suis pas un délinquant non plus. Je suis seulement un gars qui est un peu nerveux, à cause du rendez-vous qu'il a donné à une femme qui lui plaît beaucoup.

Je n'ai pas l'habitude de gâcher mes rendez-vous, dit Catia, mais j'avais imaginé que celui-ci consisterait juste en une mise au point avec toi. En réalité, je n'ai pas l'impression d'avoir devant moi un policier, ni un avocat ni un délinquant. J'ai seulement l'impression de me retrouver en face de quelqu'un qui me cache qui il est vraiment.

Écoute-moi, Catia, de toute façon on ne peut pas se passer de la police. Appelle-la comme tu voudras. Il s'agit de la protection des gens. Et dans mon cas, cela demande de travailler avec un certain secret. Je ne peux pas me balader avec une pancarte, où l'on aurait inscrit : « Vive les gens ! »

Ici, c'est le contraire qui se passe, répliqua Catia. Ne me parle pas comme si nous étions dans un pays normal. C'est moi qui dois me méfier de ce que je dis.

Et c'est ainsi qu'elle s'exprimait, à voix basse, avec précaution, mais ce qu'elle disait résonnait puissamment, peut-être parce que c'était inédit dans cet endroit et aussi à ce moment-là, et que cela semblait se propager à perte de vue, c'est-à-dire très loin. Jusqu'au phare. Elle dit : Il existe une violence généralisée qui est due à la peur que vous inspirez. Non, ne viens pas me parler comme si nous étions dans un pays normal. Ici, celui qui gouverne… Elle allait dire : Ici celui qui gouverne est un dictateur. Mais elle alla encore plus loin que cela. Il y avait quelque chose chez ce type, chez ce Paúl Santos, qui la poussa à plus de témérité : Ici celui qui gouverne est le pire des criminels.

Tu veux que je l'arrête pour le mettre à la disposition de la Justice ? demanda Santos avec une voix d'inspecteur dans les films policiers. Sa réaction fut rapide, spontanée. Et il parvint à faire accepter sa plaisanterie à Catia. À lui tirer un sourire, l'espace de quelques secondes.

Oui, répondit-elle.

Je vais essayer.

Mais ce jour-là Catia avait du mal à développer son sens de l'humour.

Que penses-tu de mon oncle ?

Que c'est un grand type. Qu'il a un extraordinaire talent.

Un véritable gâchis, n'est-ce pas ?

Non, je n'ai pas dit cela.

Moi je te dis que oui. Est-ce que tu savais qu'Héctor Ríos, le docteur Montevideo, était sur le point de devenir procureur de la République lorsque la guerre a éclaté ?

Non, mais on sent bien que c'est un homme qui connaît le domaine des lois, ça c'est certain.

De fait, il était déjà procureur au moment du coup d'État. Il avait réussi le concours. Il attendait qu'on lui attribue un poste. Il aurait dû faire une carrière brillante, il avait un avenir très prometteur. Il était passionné de littérature et il a toujours eu un œil expert pour décrypter les textes juridiques, y compris les plus chaotiques et les plus rasoir, comme une bonne partie de cette littérature. Comme il le dit lui-même, de cette littérature avec…

Des implications.

Oui, des implications, poursuivit Catia. Héctor Ríos n'a même pas participé à la guerre. Lorsque celle-ci a commencé, il venait juste de revenir de

Madrid. Il était venu prendre quelques jours de vacances après avoir passé ses examens de procureur. Aux premiers jours de la guerre, il a préféré se cacher. Il est passé de la plage, du soleil de la plage, à sa cachette au fond d'un trou. Ensuite, il a réussi à s'échapper au Portugal. De nombreux fuyards étaient arrêtés par la police de Salazar et reconduits à la frontière, à l'époque. Lui, il est arrivé jusqu'à Lisbonne et s'est embarqué pour l'Amérique. Au début, il a séjourné à Buenos Aires. Il a travaillé dans le journal *Crítica*. Le propriétaire s'appelait Natalio Botana. De nombreux héros de ses romans du Far West portent ce nom, Botana. Il y parle de Botana et de son cheval Romántico. Lorsque je lui dactylographiais les romans, je me disais toujours que c'étaient des personnages fictifs, Botana et son cheval. Mais figure-toi qu'il n'y a pas si longtemps, en remettant au propre un des chapitres de ce livre sur l'exil qui lui tient tant à cœur, en ce moment, *La Dramatique Histoire de la culture*, j'ai appris que Botana et Romántico avaient réellement existé. Ce sont eux qui ont sauvé les réfugiés du *Massilia*. Ce bateau, bourré d'Espagnols et de Juifs, était sorti de Bordeaux en octobre 1939. Il avait atteint Buenos Aires, mais en Argentine il ne soufflait pas non plus un vent très favorable, à l'époque. Le *Massilia* était donc demeuré dans le port, rempli de gens affamés. Les autorités avaient décidé de le traiter comme un navire fantôme. Et c'est alors que le cheval est entré en action. En effet, le cheval de Natalio Botana, Romántico, avait eu le courage de gagner la course la plus importante à l'hippodrome de Buenos Aires, et Botana avait immédiatement déclaré que l'argent du prix irait aux réfugiés du *Massilia*. Et cela avait eu pour effet que tout le monde s'intéresse enfin à ce navire. Grâce à un cheval, le bateau devint soudain un véritable symbole.

Romántico est dans les parages ! s'exclama Santos.

Oui, c'est ce que dit Héctor Ríos lorsqu'il lui prend un accès d'optimisme.

Il a vécu plusieurs années entre Buenos Aires, Mar del Plata et Montevideo. Puis il a eu envie de retourner au pays. Il a mené une petite enquête et s'est aperçu qu'aucun procès n'avait été ouvert contre lui. Pas la moindre inculpation. Il n'y avait aucune raison de ne pas rentrer. Ce qui était certain, c'est qu'il ne pourrait pas exercer en tant que procureur, mais personne n'avait la moindre raison de l'importuner s'il se contentait d'exercer une activité privée. C'est ce que lui avaient assuré les diplomates espagnols. Mais en réalité c'était une ruse. Je parle d'il y a six ans en arrière, en 1957. Tout cela n'était qu'une ruse. À peine arrivé, ils ne l'ont plus quitté d'une semelle. Et c'est alors que quelqu'un s'est présenté, un type qui prétendait être fonctionnaire. Il pouvait s'arranger pour qu'on le laisse en paix. Il y avait une solution très simple : payer une certaine somme d'argent. Combien ? Tout ce qu'il possédait. Ce type-là connaissait parfaitement le montant des économies qu'il avait rapportées. Il était très bien informé. Avant même qu'il ne lui vienne l'idée de dénoncer qui que ce soit, le type avait pris les devants : Vous n'êtes pas en train de penser à me dénoncer, j'espère ? Et il lui mit immédiatement devant le nez une lettre de dénonciation. Celle qu'il avait préparée contre Héctor Ríos. Mon oncle en était resté sans voix. Tout était répertorié. Le moindre de ses gestes, avant que la République ne soit décrétée, depuis l'époque de son adhésion à la Fédération Universitaire Espagnole. Y compris les cours d'espéranto qu'il avait dispensés dans une bibliothèque libertaire. Ils avaient même noté ça. Un terrible cauchemar lui était tombé dessus, comme si une caméra l'avait suivi pendant toute la vie. Et l'extorqueur lui avait alors parlé de la Loi des Responsabilités Politiques. Il pouvait être jugé non seulement pour avoir eu des liens avec la République. Mais il pouvait aussi être jugé, dix-huit ans après la fin de la guerre, y compris pour des choses qu'il n'avait pas faites. Délit de *passivité*. Il avait décidé de ne pas se laisser faire, mais le lendemain deux policiers de la brigade politique s'étaient présentés pour perquisitionner chez lui. Ils avaient tout mis sens dessus dessous et lui avaient confisqué son passeport. Dans l'après-midi, le type était revenu. Ce jour-là, j'étais présente. Il avait encore insisté, en expliquant que tout avait une solution. Je me souviens de son geste. Il était debout et avait appuyé sur plusieurs touches comme par mégarde en disant : Les chariots ne peuvent pas avancer si on n'y met pas un peu d'huile. Voilà ce qu'il avait déclaré. Puis il avait ajouté quelque chose à propos de moi et de l'académie. Je crois que c'est cela qui a définitivement désarçonné Montevideo. Je n'ai jamais su combien il avait payé. Puis il s'est enfermé dans sa drôle de chambre, dans sa cabine, comme dans un deuxième exil. Et il s'est mis à écrire sans arrêt. Il n'a jamais cessé d'écrire depuis. À partir de là, tu connais parfaitement toi-même la suite de l'histoire.

Oui, il connaissait parfaitement la suite de l'histoire. Il savait qu'il écrivait des romans de Far West pour gagner quatre sous, en plus de ce livre qui occupait son esprit nuit et jour : *La Dramatique Histoire de la culture*. Il lui semblait l'entendre encore lui demander, pendant une pause lors d'un cours de sténographie avancée, tiré de la méthode Martí : Pensez-vous que vous êtes courageux, monsieur Santos ? Je crois que oui, répondit Santos après avoir réfléchi quelques instants au sens de la question. Et Montevideo en avait alors profité pour lui dire ceci : Moi, je ne le suis que lorsque j'écris.

À présent, l'écho de cette question revenait à ses oreilles : Pensez-vous que vous êtes courageux, monsieur Santos ?

L'histoire que venait de lui raconter Catia, il l'avait déjà imaginée le jour de son incursion dans ce musée des horreurs qu'était devenue la maison de Ren. Mais Santos n'avait pas osé lui avouer : Je sais.

Il avait déclaré : Ce que tu me racontes est dégoûtant. Les choses vont changer, Catia. L'Histoire finira par rendre la justice. Également au docteur Montevideo.

Pauvre histoire, pensa Paúl Santos. Lui aussi avait des comptes à régler avec l'Histoire. Il allait expliquer quelque chose à Catia sur le mystère de sa biographie, mais son regard de scientifique reprit le dessus. Voilà qu'il analysait les couleurs. Les différents tons grenat des lèvres de Catia, de ses ongles et de la robe de laine tricotée.

Il faut que je parte, dit-elle en se levant d'un coup.

Sa robe de laine tricotée était couleur cerise et elle portait une ceinture noire.

Paúl Santos se leva également. Il allait protester, mais il réfléchit et proposa : Je t'accompagne.

Non. Aujourd'hui, je préfère rentrer toute seule.

Cet adverbe, cet *aujourd'hui*, lui sembla être un indice digne d'être étudié. C'était un adverbe à observer à la loupe.

Mais avant de partir, Catia se tourna à nouveau vers lui avec un énergique rythme dactylographique dans la voix : Tu as entendu parler de deux types au costume gris qui m'ont suivie dans la rue ? Est-ce que tu sais pourquoi ils m'ont prise en photo ?

Paúl Santos ressentit les prémices chimiques d'un

danger imminent, mais il n'avait aucune réponse. Il cessa de regarder la couleur cerise et la fixa dans les yeux pour faire non de la tête. C'était pour lui un échec scientifique.

Le « musée » de Ren

Les volets étaient clos, l'obscurité était épaisse et humide, cette ambiance avait l'air d'être une caractéristique de la maison, une obscurité infiltrée, incluse dans la construction, où la clarté semblait être quelque chose d'étrange. Mais Santos parvint à sentir, comme il imaginait que cela se passait pour les taupes, l'odeur de tous les contours, indépendamment de la position des fenêtres ou des lampes.

Il fit un léger mouvement avec la lampe torche, et sentit le sang battre dans sa main. Lorsqu'il était enfant, il se plaisait à imaginer que la lumière se déplaçait grâce à sa main. Cette lampe torche avait été sa compagne, son arme, un prolongement de son bras. Il comprit qu'il pouvait avoir confiance en Catherine Labouré lorsqu'on le surprit une nuit dans la Salle des Accouchements Secrets et qu'on ne lui confisqua pas la lampe torche.

Dans son ensemble, le salon de Ren ressemblait à un musée historique. À première vue, Santos ne comprit pas que presque tout ce qui était exposé là témoignait d'une histoire extrêmement récente. À la lueur de la lampe, les objets exprimaient une étrangeté muette, un désarroi. Y compris les épées.

Des épées ? Oui, des épées. Des épées avec une

garde, une fusée et un pommeau décorés d'orfèvreries, et toutes les lames arboraient un motif ornemental ou symbolique. Elles étaient placées sur du velours, munies d'une étiquette accrochée à une cordelette permettant de les identifier, c'étaient des épées dépourvues de leur condition d'arme blanche. On aurait dit qu'elles avaient peur. Santos en saisit une, qui semblait lui tendre la forme arrondie de son pommeau. Épée de Vénérable Maître, indiquait l'étiquette. Il toucha de la pointe l'étiquette de celle qui était le plus travaillée : Épée de Souverain Grand Inspecteur Général (33e degré).

Tous les objets qu'il venait de découvrir appartenaient à la Maçonnerie. Il y avait même le maillet d'une loge et la règle de vingt-quatre pouces. Le maillet ressemblait à celui qu'il avait vu sur le secrétaire du bureau du juge, au Tribunal, et il le prit simplement pour un maillet de magistrat. Il comprenait à présent la signification d'une phrase qu'avait dite Ricardo Samos : Il est beaucoup plus historique qu'il n'y paraît.

Le faisceau de la lampe s'approcha avec une certaine excitation. La lumière flairait des choses très surprenantes. Une vitrine renfermait une série historique de vignettes et de sceaux de loges maçonniques galiciennes et portugaises, de celles qu'on appelle les *pedreiros livres*. Puis la lampe torche s'immobilisa, surprise, sur une paire de gants blancs. Ce n'était pas exactement une paire. Ils étaient de la même couleur, mais pas de la même taille, comme si l'un d'eux était un gant de femme. Il y avait, à côté, une broche représentant une feuille d'acacia.

La lampe allait de surprise en surprise, voyageant à travers l'Histoire le long des objets. Des vignettes de boîtes d'allumettes datant de la Première République. Un citoyen avec son bonnet phrygien en train de déclarer : « Ne m'appelle pas Balthasar ; je m'appelle Citoyen. » Les madones républicaines Liberté, Égalité et Fraternité, représentées avec des ailes, et dégageant un érotisme diffus dans cette obscurité. Ce sont les mêmes madones que la lampe éclaire en ce moment, ou presque les mêmes, avec cette sensualité moderniste que l'on peut voir dans la revue illustrée de la Maçonnerie de La Corogne : *Brisas y Tormentas* n°1, Année 1, La Corogne, 15 avril 1900. Paúl Santos oriente le faisceau de la main gauche et passe la paume de la droite par-dessus. Il est vrai que dans le monde de la vision secrète, les choses émettent ce qu'elles disent. Brises et Tempêtes. Des tabliers, des cols avec des motifs brodés de fil d'or. L'un de ces derniers est orné d'un triangle et, au centre, en fil rouge, le numéro 33. Une écharpe de soie bleue veinée de blanc sur laquelle on pourrait compter les années avec le nombre des cercles concentriques d'un tronc d'arbre. À une extrémité, un bijou de 4e degré en forme de clé. On pouvait lire sur l'étiquette : Écharpe de Maître Secret. Santos immobilisa un long moment le faisceau de la lampe sur cette clé énigmatique, portant la lettre Z sur le métal repoussé. C'était un passionné de clés, de serrures. De tout ce qui tournait autour de cette invention. À l'hospice de l'Hôpital de la Charité, personne n'était parvenu à comprendre comment ce gamin avait réussi à pénétrer dans la Salle des Accouchements Secrets, où seulement trois personnes avaient accès. Le directeur médecin, la mère Labouré et la femme qui allait accoucher. Et cette dernière entrait toujours par une porte extérieure. Elle ne pouvait jamais voir, ni être vue, en dehors de cette espèce de boîte noire où elle s'apprêtait à mettre au monde. Il avait réussi à s'y introduire. On ne sait pas comment, mais il y était parvenu. On l'avait retrouvé au milieu de la salle, dans le noir, avec la lampe torche allumée, le faisceau dirigé vers sa bouche et les joues semblables à des tulipes toutes roses.

À présent, il s'est introduit avec sa lampe, avec cette lumière qu'il affectionne tant, dans un autre lieu secret, dans ce qui semble être un cabinet de réflexion. On y trouve un sablier. La partie supérieure du sablier est vide. La partie inférieure est remplie de sable. Santos fait ce qu'aurait fait n'importe qui, enfant ou vieillard. Il retourne le sablier. Et le temps se met en marche. Soudain, il prend conscience que cet objet si simple, si ancien, auquel il n'avait jamais prêté attention, contient le ciel et la terre. Qu'il est en train de mesurer son existence. Il dépend seulement de toi que les symboles prennent un sens. Et ce sablier en possède un. Non, il n'en possède pas. Il ne va pas se laisser abuser par les symboles.

Sous l'escalier, il y avait une petite porte peinte en noir, portant l'inscription VITRIOL en lettres blanches. Il se souvint qu'il s'agissait d'une ancienne devise des rosicruciens, utilisée également par les alchimistes. Ces connaissances venaient de ses propres études, pas de l'endoctrinement auquel il avait été soumis, malgré son choix de se limiter à la criminologie, et non pas de se former au combat contre la subversion que menait la Brigade d'Investigation Politico-Sociale. Mais même dans ces cas-là, il fallait constamment prouver qu'on adhérait aux idées de l'État, il savait depuis le début qu'il devrait apparaître comme un inconditionnel du régime, sans l'ombre d'une réserve. Voilà aussi un des préceptes qu'on lui martelait sans arrêt, lors de sa formation : S'il n'y avait pas de place pour les opposants, il n'y en avait pas non plus pour les indifférents. Les frileux. Lorsque Paúl Santos entendit pour la première fois ce qualificatif, sans chauffage, il eut l'impression que c'était un mot terrible. Être quelqu'un de frileux, c'était un peu comme être froid de l'intérieur. Se sentir bien dans ce putain de froid. L'école qui lui avait permis de mieux adhérer à la dictature, ç'avait été le séminaire de Saint-Jacques-de-Compostelle. Un des endroits les plus froids du monde, un froid physique qui se logeait derrière les yeux. Il fallait combattre le froid. Le Régime de Franco et l'Église étaient unis, et cela représentait la synthèse de l'ensemble, « comme le corps et l'âme », la prolongation de la sacro-sainte union du Trône et de l'Autel, expliquait le célèbre livre de l'archevêque Rafael de Vélez, fondateur du séminaire et auteur du non moins célèbre opuscule *Préservatif contre l'irréligion*. Santos se souvenait du portrait de Vélez qui trônait dans le sombre couloir central du séminaire. On l'avait représenté en train de tenir entre ses mains le livre qui l'avait rendu si célèbre, avec le titre bien en évidence, mais dans sa version abrégée, *Préservatif*. Il se souvenait aussi des gloussements nerveux et furtifs que provoquait ce titre chez des gamins qui venaient tout juste de découvrir la trahison comique que perpétraient si souvent les mots. Quant à la mission historique, on lui avait également expliqué que l'esprit de la reconquête et de la croisade devait demeurer constamment en éveil. L'exemple glorieux que l'on rappelait toujours aux novices était que la seule fois où les séminaristes de Saint-Jacques-de-Compostelle s'étaient rendus à une manifestation politique, ç'avait été sous la bannière traditionaliste et ils s'en étaient servis pour frapper dans le dos des *noirs*, comme on appelait à l'époque les libéraux du XIXe siècle. Et ce fut dans ce séminaire également qu'on publia le premier panégyrique sur Franco, en pleine guerre, l'éloge d'un mouvement que ses protagonistes n'hésitaient pas à qualifier de fasciste, en commençant par l'auteur du texte. Le curé, Manuel Silva, donnait des détails très précis sur la façon dont avait été monté le coup d'État, dont les préparatifs avaient été organisés dans les casernes, sur la façon dont on avait trompé les inspecteurs et les militaires démocrates, dont toute la machinerie avait réussi à se mettre en branle, y compris avant les élections, alors qu'on commençait à prévoir la défaite de la droite. C'était ce curé qui décrivait, avec une ferveur triomphale, les faits sanglants qui avaient eu lieu : la kyrielle de crimes et la chasse à l'homme qui venait de s'ouvrir, à la manière de nécessaires sacrifices rituels, avec non seulement l'objectif d'en finir avec la République, mais aussi avec toute l'hérésie qui avait traversé le siècle, avec tout ce qui n'était pas en accord avec l'empire médiéval de l'Autel et du Trône. Et c'est ainsi que, pour la première fois dans l'Histoire, on décida que la Sainte Année de Saint-Jacques-de-Compostelle, qui devait tomber en 1936, serait prolongée une année de plus, pour permettre à Franco d'être reçu en tant que Caudillo dans la cathédrale, en saluant le bras tendu, et d'être conduit jusque devant l'autel sous un dais où on le sacra Épée de Dieu.

Il retourna le sablier. La terre et le ciel, le ciel et la terre. Sa tête commençait à fonctionner un peu trop rapidement. Santos avait abandonné le séminaire, mais pas par rébellion ni perte de sa foi. Ce fut à cause de son rire. À cause de ce rire clandestin qu'il était incapable de maîtriser. Un jour, il avait ouvert la fenêtre de sa chambre, au dernier étage du séminaire, avec une vue imprenable sur le soleil couchant derrière les montagnes de Pedroso, et il avait entendu les rires. Les autres rires. Pas clandestins ceux-ci. Comme provoqués par les chatouilles du soleil. Et il comprit qu'il ne résisterait jamais à un rire de femme. Il aurait beau lire une infinité de fois le *Préservatif* de l'archevêque Vélez, il comprit qu'il n'y résisterait pas. C'est ainsi qu'il décida de se rendre à La Corogne, à l'hospice de l'Hôpital de la Charité. Il demanda un entretien avec la mère Catherine Labouré, sa protectrice, qui était en train de boire du café chaud, sans lait, sans sucre, et de fumer une Celta, faute d'avoir réussi à se procurer des Gauloises, maudit retard de *Roméo*, et qui était entourée d'enfants. Elle attirait toujours les gamins qui avaient des problèmes, tous ceux qui se sentaient mal aimés, à cause de leur corps, à cause d'un endroit de leur corps, ou pour autre chose, ils venaient tous vers elle, et lui aussi le faisait plus que quiconque alors que c'était déjà un jeune homme accompli, avec son éternel problème, celui de son rire. Son rire irrésistible.

Le rire ne faisait de mal à personne. Même pas à Dieu.

Et que dois-je faire ?

Quitte le séminaire, dit-elle. Il est temps que tu le quittes. Tu ne deviendras jamais curé. Si tu guéris de ton sourire, alors tu seras malade des intestins. Je vais t'aider à sortir de ce mauvais pas.

Oui, mais que dois-je faire ?

En quelques jours, il était passé d'être aspirant à émissaire de Dieu, à se retrouver complètement perdu, dans le vide.

Tu voulais lutter contre le mal ? Eh bien, lutte contre le mal sans faire d'histoires.

Elle tira sur la cigarette et avala une gorgée de café très chaud, fumant. Elle était un peu cinglée, mais Paúl Santos savait d'expérience qu'elle avait presque toujours raison. C'était une cinglée courageuse dans ce lieu de dressage. Il existe l'Esprit-Saint, avait dit l'aumônier d'un air goguenard en se référant à elle, et il existe aussi l'Esprit de Contradiction. Mais elle n'avait fait aucun cas de cette réflexion. Elle possédait deux solides moyens de défense. Celui d'être cinglée et celui de ne jamais tenir en place.

Si je devais choisir pour toi, dit la mère Labouré, je serais inspecteur. J'étudierais le Droit, puis la Criminologie. Je lutterais contre les vrais crimes. Oui. Voilà ce que je ferais. Et je ne serais pas *petite bonne sœur* de la Charité.

Et ce fut elle qui éclata de rire en voyant la mine de Paúl. Puis elle ajouta d'une voix enrouée et sur un ton de suspense : Au lieu de nettoyer de la morve, je nettoierais les égouts.

Dans la formation qu'il avait reçue, il y avait un inévitable chapitre à propos de la guerre subversive. L'information sur l'ennemi travaillant la main dans la main à l'intérieur et à l'extérieur, exilés et clandestins, n'était pas très scientifique. Tous deux appartenaient au mal. Ils représentaient l'Anti-Espagne. Il fallait se renseigner sur leurs menus agissements, sur la façon dont ils respiraient... Mais il ne s'agissait pas de tenter de comprendre la façon dont ils pensaient. Il suffisait d'en savoir suffisamment sur eux pour pouvoir les arrêter. Il fallait se contenter de les haïr. C'était amplement suffisant.

Mais l'esprit scientifique de Santos ne pouvait s'empêcher de trouver des obstacles. C'était comme avec son rire irrépressible à la fenêtre du séminaire. Il ne pouvait jamais s'empêcher d'en trouver.

À présent, il était resté empêtré sur le R de VITRIOL.

Depuis un coin de sa mémoire, il réussit à extraire les trois premiers sigles : *Visita Interiora Terrae*. Mais il demeura empêtré à cet endroit-là. Non, sa préparation n'avait pas été scientifique, comprit Santos. Par exemple, l'étude de la Maçonnerie se réduisait à la connaissance des lois spéciales, au travail du Tribunal de Répression de la Maçonnerie et du Communisme, et à l'étude d'articles et d'un livre signés d'un nom qui lui sembla au premier abord énigmatique, Jakin Boor, mais on le prévint immédiatement qu'il s'agissait en réalité d'un pseudonyme de Franco, du Caudillo d'Espagne en personne. Ce secret divulgué à tout va permettait d'immuniser ce salmigondis contre tout doute ou observation critique. À cause de cette tendance innée de Paúl Santos à toujours vouloir surmonter les choses embrouillées, il retint ce qui lui sembla être le leitmotiv du livre : « La Maçonnerie ne se repose jamais. » Boor réussit en tout cas quelque chose : À susciter chez Paúl Santos un certain intérêt pour ces conspirateurs qu'on ne pouvait jamais tout à fait détruire. L'Esprit de Contradiction a pénétré en toi, lui disait ironiquement une voix, qui aurait pu tout à fait être celle un peu enrouée de Catherine Labouré. Une espèce d'assemblée suprême de la Maçonnerie internationale se réunissait « tous les jours ouvrables à Genève ». Et depuis là-bas, « ses membres influençaient la marche du monde et faisaient respecter leurs ordres à la majorité de l'univers ». Ils dirigeaient tout, les gouvernements libéraux, la Ligue des Droits de l'homme et les PEN Clubs. Lorsque le professeur demanda un résumé de ce volume dont la grosseur augmentait à mesure qu'on le lisait, Santos eut la folie de lever la main et de répondre : « La Maçonnerie ne se repose jamais. »

Tout le monde attendait la suite. Y compris le professeur Novás, qui fit un geste pour l'inciter à développer davantage sa thèse. Car Santos s'était également fait remarquer par le sérieux avec lequel il savait exposer les idées. Mais quelque chose, une sorte de filament, ce que la mère Labouré appelait « la racine d'un cheveu », se mit à lui chatouiller la pensée.

Et alors ? insista le professeur de formation doctrinale.

Comme le dit parfaitement notre expert, Jakin Boor, la Maçonnerie ne se repose pas, monsieur Novás.

Il n'aurait jamais pensé obtenir autant de succès pendant un cours d'initiation pour futurs policiers et à propos de cet infatigable Boor. Dans sa brève intervention, Santos avait utilisé un ton sérieux, sentencieux, aphoristique, y compris avec une certaine gravité dans l'expression de son visage. Un des éloges le plus communs fait à Franco, à propos de son engagement, était que le Caudillo « ne se repose jamais ». Une métaphore répétée à l'envi dans le milieu de la propagande : « La petite lumière du palais du Pardo ne s'éteint jamais. » Répétée dans la presse comme un légendaire trait de caractère, à tout moment et pour n'importe quelle raison, cette petite lumière toujours allumée dans le palais du Pardo faisait partie du paysage espagnol. Mais cette petite lumière existait-elle réellement ? Santos crut comprendre que, de l'intérieur de Franco, sortait toutes les nuits, avec son peignoir vert, un type aux sourcils broussailleux qui se mettait à écrire à la lueur de la célèbre lampe. Le bout de son chausson droit était troué et un de ses orteils en forme de serre dépassait, ce qui lui permettait de se gratter la malléole interne gauche, seule compensation de sa nuit blanche. Voilà qui était Jakin Boor. Ce que vit Santos ressemblait à un visage avec des traits diaboliques. Sauf parmi les images de l'enfance, il éprouva toujours des difficultés à se faire une représentation du diable. Et l'étude de son iconographie, au séminaire, ne l'aida en rien, même pas la lecture de l'*Histoire du diable* de Vicente Risco. Avec toute son érudition, et s'il avait bien compris, celui qui pour Risco ressemblait le plus au diable était un certain professeur de Saint-Jacques-de-Compostelle. Il était conscient que cette vision, celle de Boor en tant qu'authentique camouflage du diable, était certainement alimentée par la conviction que le *traité* sur la Maçonnerie augmentait de volume pendant la nuit et cela supposait un certain défi à son équilibre mental. Il lui fallait cesser de penser à des choses bizarres, comme la mauvaise haleine de Boor, car elles apparaissaient clairement dans cette vision ou dans cette reconstruction mentale du personnage, et il parvenait même à l'apercevoir faisant une pause dans son écriture pour projeter son haleine sur un miroir et tenter de la sentir. Il se sent lui-même. C'étaient des moments que Santos avait parfaitement repérés dans le texte. Par exemple, lorsqu'il faisait des distinctions entre les différents degrés de perversité. Même en la considérant comme une ennemie, il écrivait à propos de la Maçonnerie internationale avec la rhétorique d'un docte, d'un prétendu expert, mais lorsqu'il revenait à l'Espagne, c'était comme si Boor s'efforçait de demeurer en alerte pour écraser les téméraires insectes qui venaient heurter la lampe du Pardo. Pour ce qui concernait l'Espagne, tout ce qui était étranger au catholicisme et à l'absolutisme n'était que piètres immondices. « Le déchet de la société. » Lorsqu'il prononçait ces mots, Paúl Santos sentait que quelque chose fermentait à l'intérieur de sa bouche. L'Esprit de Contradiction. Il ne comprenait pas pourquoi ce *déchet* possédait une amertume dont il trouvait le goût agréable, qui ressemblait un peu à un zeste de citron. À l'époque où il était à l'hospice, le dimanche, lorsqu'on les laissait sortir en promenade, parfois il se rendait avec ses camarades aux terrasses qui se trouvent sous les arcades de la Marina, des terrasses animées et tournées vers la mer, à l'heure du vermouth dans cette ville transatlantique. Ils profitaient du moment où les clients se levaient et où les garçons de café n'avaient pas encore débarrassé les tables, avec les verres vides, pour sucer les rondelles de citron encore un peu imprégnées du goût du Cinzano. Et parfois, miracle, il restait même l'olive. Santos retint par cœur plusieurs phrases telles que celle-ci, celle du *déchet de la société*, mais il ne parvenait à les répéter qu'en forçant la vision de Boor. Et son instinct lui dicta d'éviter de le faire. L'esprit scientifique était incompatible avec la conscience du maléfice. La présence de Boor l'inquiétait. S'il voulait devenir policier, même si c'était dans le domaine de la criminologie, en tant que « policier scientifique », il fallait qu'il adhère aux principes du Mouvement National et qu'il jure « une adhésion inconditionnelle ». Et c'était ce qu'il avait décidé de faire. On ne pouvait pas s'amuser avec ce genre de chose. Il le savait parfaitement. Mais il en était venu à une conclusion scientifique inavouable, dont il se sentait très fier. Jakin Boor étant un pseudonyme de Franco, le penseur anonyme n'était pas celui qui se trouvait derrière la personnalité de Franco, mais plutôt celui qui se cachait derrière Jakin Boor. Le coupable était le livre. Un mauvais livre. De plus en plus épais et vide pendant la nuit. Un des auteurs extrêmement cités aussi, et malgré tout très peu lus, n'était autre que Marcelino Menéndez Pelayo. Une de ces célèbres citations, « L'Espagne, marteau d'hérétiques... », se trouvait en exergue dans un livre de textes. Santos découvrit un jour que cette phrase était tirée de l'*His-*

toire de l'hétérodoxie espagnole. Le titre éveilla sa curiosité. L'Esprit de Contradiction. Il ne lui fut pas facile de la trouver. Et cela donna plus d'intérêt à la chose. Lorsque enfin il l'eut entre ses mains et qu'il commença à la lire, il sentit une sorte de bafouillage mental qui se propagea même au reste de l'organisme. Chacune des vies, dont il prenait peu à peu connaissance, lui semblait plus fascinante que la précédente. C'était, pour ainsi dire, une histoire sortie de la Salle d'Accouchements Secrets. Une histoire de l'Espagne. Que des vies cachées, mutilées, traquées, brûlées, expulsées. « Et même si les libres-penseurs espagnols sont peu nombreux, on peut tout à fait dire d'eux qu'ils font partie de la pire caste d'impies qu'on connaisse au monde », écrivait Menéndez Pelayo. Et, nonobstant, sans le vouloir, y compris avec le projet de leur infliger une condamnation éternelle, de les décapiter, cet homme avait réalisé le monumental paradoxe, l'incroyable revirement de récupérer la mémoire de la famille des libres-penseurs. Ainsi, il y eut de nombreuses nuits pendant lesquelles la lampe de Santos demeura allumée, visitée par les phalènes et les mites. Et il ne put s'empêcher de sourire en arrivant sur ce passage : « J'ai retiré à mesure les épines de ce livre : il ne serait pas surprenant qu'à son contact j'aie pu contracter certaines aspérités. »

La Maçonnerie ne se repose jamais, monsieur Novás.

Reposez-vous, vous-même, quelque peu, Santos.

Le problème de Santos, ainsi que cela se passait avec d'autres phrases qu'il appréciait, c'est qu'il l'utilisait maintenant comme une formule qu'il mettait à toutes les sauces, et qu'elle finit par devenir une réplique qu'il fut forcé de ranger dans la même cachette que la « lance à incendie de Dieu » lorsque son supérieur le rappela sévèrement à l'ordre.

Jusqu'à bien longtemps plus tard. Jusqu'à ce que sa route croise dans sa vie celle de l'inspecteur Ren, il ne recommença plus à répéter cette phrase, même pour blaguer : « La Maçonnerie ne se repose jamais. »

Il ouvrit. D'entrée, la lampe éclaira la tête de mort. C'était un moulage avec une ampoule à l'intérieur, comme un *souvenir** de cimetière. La lumière fit un bond. On avait suspendu un squelette, authentique celui-ci, les vrais os ne trompent jamais. Sur une banquette de bois, faisant office de table basse, il y avait du soufre et du sel. Sur cette table rustique, il y avait aussi une feuille de papier. Santos dirigea la lampe sur elle et lut. C'était un questionnaire.

Que doit l'homme à Dieu ?

Que doit l'homme à lui-même ?

Que doit-il à la société ?

Santos s'efforçait toujours de garder la tête froide. L'arme principale d'un enquêteur, c'est de savoir se maîtriser mentalement. L'esprit devait demeurer en permanence en éveil. Il imaginait des situations où la tension nerveuse était maximale, et il réfléchissait à la façon dont il fallait y réagir. Le sens pratique de la mère Libouré se résumait à la blague de cette femme qui s'était mise à prier devant un incendie afin que le Très-Haut intervînt, tandis qu'une de ses voisines lui répondait : « Dis à Dieu que, s'il descend, il apporte une lance à incendie. » Une fois, alors qu'il venait à peine d'entrer au petit séminaire, il avait raconté cette blague. C'était un samedi matin, à la fin de plusieurs exercices spirituels où l'aumônier avait proposé comme thème de réflexion « le sens de la prière dans la société actuelle ». En toute spontanéité, il ne trouva rien de mieux que de raconter la blague de la lance à incendie de Dieu, en se disant que c'était une réponse originale à la question. Il n'avait jamais oublié la stupéfaction qu'on avait soudain pu lire sur tous les visages. On aurait dit qu'ils étaient en train d'écouter Luther clouer à nouveau les quatre-vingt-quinze propositions sur la porte de bois de l'église de Tous-les-Saints, à Wittenberg. Cet épisode anecdotique fut pour lui une de ses expériences les plus importantes. Il comprit parfaitement le sens de l'inscription *Initium sapientiae timor Domini*. Il lui fallait apprendre à se taire ou à se camoufler parmi les mots du Très-Haut. Oui, la crainte de Dieu était le principe de tout savoir. Mais il lui fallait également ménager une cachette dans sa tête pour y ranger la blague de la lance à incendie de Dieu. S'il ne trouvait pas cette cachette, alors il ne parviendrait à coup sûr jamais à se maîtriser mentalement.

Par terre, éparpillées un peu au hasard, comme si elles avaient sauté d'un billard, la lampe distingua des boules blanches et noires. Santos s'apprêtait à en ramasser une. Il allait au moins emporter cela en souvenir. Une boule noire.

Et c'est à ce moment-là qu'il entendit du bruit. La porte d'entrée venait de s'ouvrir et de se refermer, puis il perçut le claquement des pas dans le salon. Celui qui marchait le faisait avec désinvolture, même si sa façon de marcher et de bousculer les meubles était celle d'un homme rude et gros. Il y avait toutes les chances pour qu'il s'agît de Ren, le propriétaire de la maison. Celui qui avait transformé sa tanière en un musée très particulier, composé de spoliations de toutes sortes. Et donc, dans cette sombre demeure, simulacre de la Chambre de Réflexion, Santos vivait à sa façon l'expérience du néophyte, car, tout en interprétant les mouvements de l'extérieur (quel que fût le personnage qui avait pénétré dans le salon, celui-ci tenait un gros dossier dans ses mains et le feuilletait avec une certaine frénésie), il ne pouvait s'empêcher de penser aux questions de tout à l'heure, Que lui doit l'homme... ?, comme une vague frappant ses tempes, sans trouver de réponse pour se tirer de cette situation.

Le visiteur devait être pressé. Il entendit un bruit de feuilles que l'on consultait, puis les portes d'une armoire qui s'ouvraient et se refermaient. Ensuite, le silence. Paúl Santos retint sa respiration. Il savait interpréter ce genre de silence. C'est le silence d'un homme qui est en train de flairer. Qui pressent quelque chose. Et qui attend que quelque chose se mette à grincer. Cela aussi, il faut savoir le maîtriser. Le temps passe. Ren ne serait-il pas en train d'entendre le sablier ? Le dernier grain de sable s'était déjà écoulé. Le ciel avait pris la place de la terre. Ren ferma la porte de la maison. Santos demeura immobile. Ren ouvrit à nouveau, cherchant à surprendre quelqu'un. Non, il n'y avait personne. Fausse alerte. Il partit. Les objets du « musée » de Ren étaient identifiés par de petites étiquettes. Il y avait une enveloppe sur laquelle on avait inscrit *Photos récupérées*. Il l'ouvrit. Il y avait trois clichés papier et les négatifs. La trouvaille était fort prometteuse. Les photos montraient les bûchers fumants dans un environnement qu'il reconnut immédiatement, la Darse et la place María-Pita. Sur toutes les photos, on voyait un groupe de gens en train de faire le salut fasciste. Il était incapable de distinguer ce qui venait de brûler : il ne restait que des cendres sur le sol. Il poursuivit son exploration. Dans un coin, il y avait des drapeaux, des restes d'étendards et quelques enseignes artistiques en verre gravé et dépoli. La lampe suivit, sur une des enseignes, la ligne d'une vague et trouva la barque à voile qui la chevauchait. Il décrypta : « Le Réveil Maritime ». Et sur une autre enseigne, en lettres plus petites : « Syndicat de la Flotte de Pêche ». Sur les étendards, il lut le nom de toutes les associations ouvrières. Ils portaient des rubans de couleurs différentes et parfois des attributs faisaient référence au métier. Cela lui rappelait les étendards que portaient les confréries, pendant les processions : Syndicat de charpentiers L'Émancipation, syndicat de plâtriers L'Aurore Sociale, syndicat de typographes, syndicat La Lumière ou syndicat de boulangers La Nouvelle Union. De plus, il y avait d'autres symboles plus petits et plus modestes, en forme de banderoles suspendues au mur, comme le syndicat des coiffeurs La Fraternelle, le syndicat des ramendeuses de filets Le Progrès du Port. Pour le syndicat de l'Eau, du Gaz et de l'Électricité, il trouva étrange que soit suspendu au même crochet un gant de boxe. Un seul. Quelques peintures marines. L'une d'elles représentant Hercule en train de vaincre le tyran Géryon. Des trophées de sociétés sportives. Un abécédaire complet de lettres majuscules et de minuscules en bois, caractère cicéro quinze, provenant de l'Imprimerie Ouvrière, rue du Socorro.

Puis des livres et des brochures, non pas rangés dans un ordre de bibliothécaire, mais comme l'échantillonnage d'une réquisition. Dans les creux, entre les livres, il y avait des vignettes, des cachets, quelques titres composés à la linotype et des éléments typographiques, tel un jeu de bordures. À la lumière de la lampe, tout cela ressemblait à des restes archéologiques, alternant avec de vieux parchemins.

Une des brochures attire l'attention du faisceau de lumière. Sur la couverture, on peut y voir un groupe de baigneurs et de baigneuses au corps nu, couvert d'algues semblables à un vêtement naturel. Il l'ouvrit en son milieu et l'éclaira avec la lampe. On pouvait y lire une question en portugais : *O homem é carni-*

voro ? Não. (L'homme est-il carnivore ? Non.) Et on listait ensuite trente-cinq plats végétariens composant le menu des sept jours de la semaine. Il en lut un, au hasard. Jeudi, riz aux pommes. Il ferma les yeux. Il sentit les deux saveurs se mêler sur son palais. Il pensa à une pomme à cuire. Il en avait besoin. Il avait passé suffisamment de temps dans cet endroit pour entendre à présent bavarder les choses, l'effrayante rumeur des choses prisonnières, et il eut soudain envie de manger des fruits. Le butin de guerre, classé sur des rayonnages, où il ne manquait pas la moindre dent en or. Tout se trouvait là et, dans sa précision de grain de maïs, la dent semblait venir de tomber d'une phrase étincelante, avortée dans les airs. Mais, parmi l'ensemble des collections, ce sont les alliances qui se montraient les plus expressives. Et composaient une fraternité de cercles, différents dans leur diamètre et dans l'épaisseur de l'anneau mais avec ce sentiment naturel de complémentarité que possèdent les figures circulaires lorsqu'on les place ou les dessine ensemble. L'une d'elles, l'une des alliances qui, d'après la taille, devait avoir appartenu à une femme, était étiquetée avec une date. Dans le « musée » de Ren, on faisait souvent référence au 18 août 1936. C'était le premier 18 après le 18 juillet. Santos connaissait l'importance des dates dans l'histoire du crime. Des dates que l'on identifie, comme la trace du calibre sur le projectile. L'effet imitation. L'écho de la date qui résonne quelque part dans les cavités de l'esprit. Mais lui n'avait jamais appliqué ce critère élémentaire de la criminologie au calendrier. Pour lui, seules les saisons avaient leur importance. Les soudains changements climatiques. Le ciel de plomb. Il venait tout juste d'enquêter sur une série de suicides dans la paroisse. La même semaine, au petit matin, à la même heure, on retrouvait des gens pendus à la même espèce d'arbres, des pommiers. Oui, le poids du ciel. Mais, à partir de maintenant, il fallait qu'il étudiât également l'histoire des jours.

La lampe torche obstinée, persévérant comme un cercle de plus autour des autres cercles. Le faisceau réveillait les choses. C'était une pelle de lumière qui les déterrait. Pendant des années, combien d'yeux avaient bien pu découvrir tout cela, guidés par le Collectionneur ? Soudain, il ressentit un sentiment qu'il s'était depuis longtemps interdit d'éprouver. La peur. Il avait décidé de s'interdire la peur comme d'autres s'interdisent le tabac ou l'alcool. Maintenant il éprouvait de la peur. Une peur qui ne possédait pas une localisation précise dans son corps. Qui n'affectait pas son système respiratoire, ni ses glandes sudoripares, ni sa locomotion. Une peur qui ne lui appartenait pas, mais qui s'était posée sur lui. C'était une peur qu'on entendait, comme un chuchotement. Qui provenait de la confidence des choses. De l'expérience des choses. La peur de la possibilité d'être gommé. La peur du désespoir. La lampe prit les devants par rapport à la pensée. À présent, dans une espèce de classeur, semblable à ceux qu'utilisent les notaires pour archiver les titres de propriété, un titre laconique : « Pont de la Castellana, fleuve Mandeo ». En l'attrapant, la couverture céda et des photos tombèrent qui semblaient à présent flotter sur la table. Justement ce fleuve. On pouvait vraiment dire que ce fleuve était le fleuve le plus joyeux de toute la Galice. Il conduisait la mer jusqu'à la montagne. C'était dans son courant que se déroulait la fête des Caneiros. Santos le connaissait parfaitement. Une fois, il avait participé à une sortie avec un groupe de camarades de Droit qui étaient originaires de Betanzos. Il en revint si impressionné qu'il alla voir Catherine Labouré pour tout lui raconter. Elle aimait la musique. Ce fleuve avait une âme de gramophone. La navigation des barques formait un sillage de chansons. Bien entendu que ce n'était pas un endroit convenable pour elle. Une bonne sœur à la fête des Caneiros ! s'exclama-t-elle. On sait combien les bonnes sœurs portent mauvaise chance aux barques. Elle aimait ces histoires, qu'on lui raconte comment les gens se reposaient et s'amusaient. Tout en les écoutant, Catherine fumait comme un pompier. Il n'y avait pas longtemps, à l'approche de l'été, il avait pensé à Catia et à la fête des Caneiros. Aux rayons de soleil entre les branches des saules, en amont du fleuve. Au soleil à l'heure du crépuscule, semblable à un tison dans l'eau. Aux barques qui se frôlaient, aux corps qui portaient encore le plaisir de la journée dans le balancement des robes et le flottement des chemises. Et à présent Santos voyait des morts. Les corps jetés dans le fleuve depuis la route de Castille. Parmi les photos qu'il voyait flotter sur la table, il y avait le visage d'une femme. Un petit portrait où le contour des bords s'accordait plus ou moins à son sourire et à ses dents. Derrière, il y avait une inscription en lettres rondes : « La maîtresse du fleuve Monelos ». Il n'était jamais parvenu à un tel état de confusion. Il se rappela un interminable débat, un des rares débats possibles à la Faculté de Droit. Celui de la Planche de Carnéade. Deux naufragés et une seule planche. Ne pas voler au secours de l'autre n'est pas un crime s'il n'y a qu'une seule planche pour se sauver. Il défendit la position contraire avec véhémence. C'était un crime. Il ne parlait pas des codes. Il parlait de la conscience. C'était une situation limite à partir de laquelle on pouvait mesurer l'humanité et l'inhumanité.

Un aspect de la théorie de la Planche de Carnéade est de prétendre qu'il y aura toujours quelqu'un pour soutenir, en théorie, ce que vous dites, commenta avec un air plutôt goguenard le Professeur au Nez Boutonneux. On verrait ce que vous feriez si vous vous retrouviez avec la Planche de Carnéade en pleine mer.

Il ne se voyait pas en train d'abandonner un autre naufragé ou de s'en débarrasser. Et il ne comprit donc pas son attitude lorsqu'il rangea la photo de la Femme aux Cheveux Bouclés, il déposa le tas à l'intérieur du classeur et le rendit à l'obscurité.

Son esprit se mit en quête d'un alibi. Il ne se trouvait pas en pleine mer avec une seule planche et en présence d'un autre naufragé. Cela s'était déjà produit. Ils s'étaient déjà noyés. À présent, ils étaient passés à autre chose. Il s'étonna que, sur les rayonnages où se trouvaient les livres, il y eût plusieurs Bibles, de différentes éditions, la plupart anciennes et en plusieurs tomes. Il feuilleta l'un des volumes que la lampe avait repérés, peut-être à cause des lettres dorées sur le dos. C'était l'*Apparatus Biblicus* du révérend père Bernardo Lamy. Il contenait de très belles illustrations d'animaux et de plantes. Et il y avait aussi un autre livre sur ce rayonnage, c'était *Ulysse*. Il faisait penser à un étranger venu se mettre à l'abri près des Saintes Écritures. La chose lui sembla si étrange qu'il prit le livre entre ses mains et l'ouvrit au hasard. Il y avait un ex-libris. Huici. Entouré par une bordure aux motifs géométriques. Le livre était écrit en anglais. Il le feuilleta. Il tenta de traduire un passage qui lui semblait plus facile, mais ses yeux se posèrent sur une espèce de chant.

Diddlediddle dumdum
Diddlediddle…

La lampe s'orienta en direction du bureau. Rapidement. Elle se dirigea vers un repose-pieds très artistique. Une forme ovoïde. Extrêmement polie. Une tête de femme noire, en bois d'ébène. Ravissante. D'où avait-elle bien pu sortir ? Il y avait trop longtemps qu'il se trouvait là, à présent. Il n'eut pas à trop chercher. Sur le sous-main, une chemise en carton bleu avec une étiquette blanche et un nom inscrit dessus : Judit. Il savait que ce serait inutile, mais il l'ouvrit tout de même. Son poids suffisait à indiquer qu'elle était vide.

La brume bleutée

La voilà qui arrive. Une voiture s'approche lentement le long de l'esplanade des Douanes. Il n'y a pas très longtemps, avec l'aide de deux remorqueurs, le cargo *Chemin Creux* avait commencé à appareiller après avoir largué les amarres. La brume réchauffe la nuit et s'arrange pour que les engins terrestres et maritimes se meuvent avec une méfiance animale.

Manlle descend de son véhicule et s'approche de la vitre à demi baissée de l'Opel où ont pris place Ren, Mancorvo, Santos et le juge Samos. Il cherche immédiatement à croiser le regard du nouveau casse-couilles de la Criminelle, il paraît qu'il s'appelle Paúl Santos, il est assis sur la banquette arrière avec le juge, mais Manlle s'adresse au chef de la Brigade de Recherche Politico-Sociale. Il connaît bien le vieux. Là-bas, la voilà qui arrive. Elle est à vous. C'est la voiture que vous cherchez. Moi, je m'en vais, j'ai tenu parole, messieurs. Il prend congé en lissant le rebord de son chapeau d'un air moqueur : J'ai pas mal de travail cette nuit.

Deux femmes descendent du véhicule. L'une d'elles est Chelo. L'autre, plus grande, marche de façon un peu raide. Elle porte un chapeau avec une voilette.

Oui, les voilà, dit Ren. L'autre, la grande, c'est l'architecte portugais.

Le juge incrédule : Comment ça l'architecte ? Vous voyez bien que c'est une femme.

Mancorvo répond du tac au tac : Pas sous les jupes !

Restez calme, monsieur le Juge. Ne bougez pas. Ne vous précipitez surtout pas.

Elles marchaient bras dessus bras dessous, comme deux amies en train de se promener, mais à présent elles se séparent. Les deux femmes pressent le pas sur le pavage de dalles. On les sent inquiètes, déconcertées dans leurs mouvements lorsqu'elles s'aperçoivent que le *Chemin Creux* est en train d'être déplacé du bord du quai. Les feux des remorqueurs sont allumés et leurs puissants moteurs rugissent dans la nuit. Mais le cargo a quelque chose d'un vaisseau fantôme traîné au ralenti. Le couple de femmes s'approche du bord dallé du quai. Soudain, en poupe, on voit apparaître une ombre qui, par intermittence, décoche des signaux de lumière avec une petite lampe.

Le couple se regarde. Fait demi-tour. Se presse en direction de la voiture. Le chauffeur était attentif à la tournure des événements, car il avait gardé le moteur allumé, toutes lumières éteintes. Il tourne et se déplace très lentement à la rencontre des deux fugitives.

Allons-y ! lance Santos.

Le juge se précipite sur la portière. Il trébuche et tombe en roulant par terre. Il crie : Chelo !

Le nom de la femme est le premier cri qui troue la nuit. Un appel à la fois impérieux et angoissé. Mais personne ne se retourne. Cette intervention accélère tous les mouvements. Lui seul reste immobile à présent, pétrifié sur le dallage du quai. Le tragique équilibre d'un homme ivre.

Halte-là, crie Santos. Police !

Ren descend du véhicule, mais sa façon d'agir est plutôt curieuse. Il fait un geste en direction de l'obscurité, du côté du Club Nautique et de la Casa de Prácticos, d'où sont en train de sortir des gardes embusqués. Il leur ordonne de rester calmes, de ne pas intervenir.

Santos lance à nouveau ses sommations. Il calcule les distances. S'ils ne s'arrêtent pas, et il ne semble pas que ce soit ce qu'ils comptent faire, il ne pourra pas les rattraper avant qu'ils grimpent dans la voiture. Il regarde derrière lui. Mais voyons, Santos, que se passe-t-il ? Il est le seul à courir derrière les fugitifs. Tu ferais mieux de t'arrêter et de réfléchir. C'est ce qu'il fait. Il s'arrête. Il est essoufflé, mais cela est plus une conséquence de la soudaine agitation de son esprit que de l'effort qu'il vient de fournir. Tandis que Chelo Vidal et l'autre fugitif montent dans la voiture, Paúl Santos regarde derrière lui. Mancorvo n'est pas sorti du véhicule. Il est toujours au volant. Le juge est dehors, pétrifié, avec le foulard blanc semblable à une corde lumineuse autour du cou. Ren le regarde bien dans les yeux, il le regarde lui, Paúl Santos, et il acquiesce d'un air moqueur lorsque Paúl lui fait signe d'emmener la voiture, afin de les poursuivre. En effet, Ren grimpe dans le véhicule. Celui des fugitifs a déjà pris de la vitesse. Il s'éloigne rapidement, les pneus crissent en se faufilant entre les grues, en direction de la sortie est.

Il va falloir les poursuivre.

La voiture où se trouvent Ren et Mancorvo, et qui a laissé le juge derrière elle, s'approche de lui. Santos range son arme et fait mine de monter. Il ne va pas pouvoir le faire. Lorsqu'il parvient à sa hauteur, Mancorvo baisse la vitre. Il lui dit : À présent, c'est à nous d'agir, monsieur le scientifique ! Et il accélère. Ils le laissent planté là. Au milieu de la brume bleutée.

Son bureau est ouvert. Il somnole, à plat ventre sur la table. La nuit aussi somnole à travers les persiennes, sur la mer indirecte et sur le collage d'ombres de la ville, au-delà de la fenêtre. Il les entend enfin arriver. Le salut des agents de garde. Quelqu'un demande une cigarette. Il lui semble tout entendre. Y compris le son de la fumée. Voilà pourquoi, lorsque Mancorvo commence à écrire à la machine tout en choisissant avec Ren les termes du rapport, les voix et le son des touches résonnent dans sa tête.

C'est de cette façon qu'il apprend que :

Le chauffeur du véhicule, faisant l'objet de la poursuite, a effectué une manœuvre téméraire à hauteur de la Côte d'Herves, il a raté un des virages et s'est précipité dans le ravin. L'accident s'est soldé par la mort de deux des passagers : une femme du nom de Consuelo Vidal Míguez et un homme, le chauffeur, dont on n'a pas encore déterminé l'identité. Une troisième personne, également non identifiée, a réussi à prendre la fuite, probablement gravement blessée à en juger par les traces découvertes sur place.

Ajouter :

Par ordre du commandement supérieur et jusqu'à nouvel ordre, il ne sera divulgué aucune information publique à propos de cet événement et l'on évitera sa diffusion par quelque moyen que ce soit, cette dernière recommandation sera notifiée au Bureau de la Censure pour vérifier son application.

On entendait tout. En passant sur le front, pour éponger la sueur, le mouchoir de Mancorvo faisait un bruit de feuille qu'on lisse, et celui de Ren crépitait comme les élytres d'un insecte pris au piège de la lumière.

Où a bien pu passer le scientifique ?

Il doit être dans le coin. La porte de son bureau est restée ouverte.

Il faut lui laisser le temps, dit Ren. Il finira bien par comprendre que les oiseaux ne tètent pas leur mère.

La détention

C'est une matinée très chaude. Santos, le policier, se dirige vers l'académie de La Rose Sténographique et celle-ci est fermée. Quelques élèves traînent devant la porte, déconcertés. C'est la première fois que cela se produit. Fermé pour cause de décès. Voilà ce qu'aurait pu annoncer l'écriteau que tout le monde regrette de ne pas trouver. Mais soudain la porte sans écriteau s'ouvre, et le docteur Montevideo sort dans la rue. C'est lui qui a ouvert. L'homme qui était toujours alité. Il a dû se passer quelque chose d'extraordinaire, de terrible ou de surnaturel. C'est l'homme exilé dans sa chambre, depuis qu'il était revenu d'un autre exil, dix ans auparavant. Tous observent son spectre. Ce n'est peut-être que du liège creux et vide par-derrière. On s'en apercevra lorsqu'il se retournera pour fermer à clé. Mais pas du tout. Au contraire, il a un vrai corps et ce n'est pas un corps astral. Un corps, la mémoire d'un corps, qui est habillé d'un caban et de la mémoire d'un caban. Lorsqu'il avait pénétré dans cette maison, après avoir pris la décision de ne plus en ressortir, c'était l'hiver, et cela avait été une aide pour lui, il s'était enfermé comme un berger qui conduit un troupeau de feuilles mortes. Avec son caban de toile bleu marine, il avait à présent l'air d'un navigateur qui descend de la maison-bateau, sur un autre hémisphère, par une saison différente. Il observe la plaque : La Rose Sténographique, 2e étage. Il passe sa manche sur la surface de bronze, comme s'il s'agissait d'un chiffon. Le meilleur brillant contre l'oxyde, pour nettoyer les métaux, est et sera toujours la marque *Amor*. Brillant à métaux *Amor*. Il se souvenait encore de cette publicité, dans son enfance. L'autre souvenir de cette époque, important pour une raison qu'il ignorait, c'était le message publicitaire du ciment *Portland*. Le rapport entre la poésie et la publicité est un paradoxe. Les vers vieillissent immédiatement lorsqu'ils prennent la forme d'une annonce, mais si le message publicitaire est énoncé comme un vers, il subsiste. Par exemple. Non, ce n'était pas le moment de s'attarder sur ce genre de réflexion. Il frotta la plaque avec la manche de son caban, un chiffon marin, et dit : Retournez dans la forêt, les gars. Les cours sont suspendus.

Pour quelle raison, monsieur Montevideo ?

Le docteur détourna son regard de la plaque. L'endroit où se trouvait précédemment son reflet fut à présent occupé par celui du policier Paúl Santos. Muet, atone, soudain parfaitement conscient du dénouement.

Que se passe-t-il, monsieur Montevideo ? demanda à son tour le Stagiaire.

Rien que tu puisses publier, répondit Héctor Ríos. Un homme est descendu aux enfers.

Puis il se mit à marcher, traversa à toute vitesse le passage clouté. La rue était toute plate, mais lui fixait ses yeux sur chacune des marches invisibles, comme s'il était en train de gravir un escalier.

Il est arrivé quelque chose à mademoiselle Catia ?

insista le Stagiaire à haute voix. Vu ce qui se passait, il se doutait que le fait de poser la question pouvait non seulement révéler la vérité, mais aussi l'aggraver.

On l'a arrêtée cette nuit. Ils l'ont emmenée avec eux, mon pauvre Balboa.

Le Stagiaire ajouta une question qu'il avait oublié de poser : Pourquoi ?

Ils disent qu'ils ont trouvé une photo d'elle chez un prisonnier. Ils ont fouillé sa maison et ils disent qu'ils ont trouvé une photo de Catia, sur laquelle on avait inscrit au verso : Judit. Rien du tout, une bricole. Ensuite, ils sont arrivés ici et ont tout mis sens dessus dessous. Ils m'ont même éventré le matelas et ont confisqué mon manuscrit. *La Dramatique Histoire de la culture* ! Pour voir de quoi ça parlait ! Je leur ai répondu que c'était moi qui l'avais écrit. Ils ne m'ont même pas écouté. Moi, je ne les intéressais pas du tout. Même pas comme prisonnier. Je crois qu'ils ont trouvé que j'étais trop vieux. Il y en avait un qui n'arrêtait pas de regarder mon dentier. Je lui ai dit que j'en avais un tout neuf, mais que je l'avais prêté à un ami qui est vendeur de voitures d'occasion.

Il pointa l'index de l'autre côté de la rue : Si tu veux en savoir davantage, tu n'as qu'à demander à monsieur… l'avocat. Le Stagiaire dirigea à présent son regard vers Paúl Santos. Celui-ci était en train de dactylographier mentalement, mais il avait rencontré un problème, il avait enfoncé deux touches en même temps et les barrettes des lettres s'étaient entrechoquées.

La mise bas de Popsy

Pinche était en train de regarder la télévision. Comme madame et monsieur étaient partis en voyage, lui en avait profité pour prendre ses aises. Tout ce qu'il avait à faire, c'était de maintenir la maison à bonne température. C'est l'ordre qu'on lui avait donné. Il allumait les cheminées, puis il prenait place devant le poste de télévision. Il regardait l'histoire de ce cheval qui parlait. Black Beauty. Il avait réussi à tout comprendre en l'espace de quelques mois. Désormais, il parlait parfaitement anglais, comme le fameux cheval. En faisant comme ça, tout le monde en aurait été capable. Pendant que, moi, je me tapais tout le reste. Les chiens, par exemple. Il me fallait prendre soin des chiens. En plus de regarder le cheval à la télévision, il aurait au moins pu s'occuper des chiens. Il ne refusait pas de le faire, bien entendu, mais on ne peut pas faire confiance à Pinche en ce qui concerne les chiens. Pour lui, le seul animal qui mérite qu'on s'occupe de lui, c'est Black Beauty. Alors, il vaut mieux ne pas demander à Pinche. Moi, j'aime tous les animaux. Lorsque j'avais appris à madame que ma mère avait eu une ânesse pour porter le linge et qu'elle s'appelait Tosca, elle en avait presque pleuré d'émotion.

Tosca !

Oui, madame, Tosca.

Ce que je voulais, c'était qu'elle me parle en anglais, parce que l'horaire ne convenait pas pour que Black Beauty m'apprenne sa langue, mais elle, ce qu'elle voulait, c'était que je lui parle en espagnol. Car elle était actrice et elle avait toujours eu envie d'apprendre l'espagnol. Parfois, lorsque Pinche et moi parlions le galicien, elle se demandait ce qui se passait, se disait que quelque chose ne tournait pas rond, que nous faisions exprès d'utiliser une langue secrète que nous avions inventée tous les deux, seulement pour l'embêter. Elle ne savait pas que cette langue existait. Elle avait entendu parler de la Catalonia. Et aussi du Basque Country. Je lui avais déjà dit que c'était une langue de pauvres, que c'était normal qu'elle n'en ait jamais entendu parler. Et que ce n'était pas quelque chose que nous avions trouvé tous les deux pour l'ennuyer. Le problème, c'est que, moi, je n'arrivais pas à parler en *spanish* à Pinche, parce que ça me faisait marrer. L'espagnol ? Non, ce n'est pas l'espagnol qui me faisait rire, ce qui me faisait marrer c'était de m'adresser à Pinche dans cette langue et encore plus lorsque c'était Pinche qui me parlait en espagnol. Et à elle ? Non, pas si je m'adressais à elle. Cela ne me faisait pas rire. Pourquoi est-ce que ça m'aurait fait marrer. Eh bien, voilà ce que je vous propose, madame : le matin, vous me parlez en anglais et l'après-midi, moi, je vous parle espagnol. Je m'étais dit que c'était un bon compromis, car elle sortait presque toujours l'après-midi. Mais depuis ce jour, elle n'était presque plus sortie l'après-midi. Lorsqu'il faisait beau, on s'asseyait dehors, et on n'arrêtait pas de jacasser comme des pies. Si on m'avait payée pour parler, je serais devenue riche. Car le matin, lorsque c'était à son tour de me parler anglais, elle était plutôt silencieuse. Je ne pense pas que c'était pour économiser les mots, pour les garder rien que pour elle. Mais elle préférerait que je parle déjà bien l'anglais, ça pouvait éviter des situations ridicules, comme le jour où elle me dit *clean the corner (e*lle prononçait clin-de-cona, clin-de-cona), j'avais pris ça pour du galicien et je devins toute rouge, je faillis lui répondre : Tu n'as qu'à le nettoyer toi-même le tien, de con. Et elle n'arrêtait pas de s'excuser, de me demander ce qui se passait, en quoi elle m'avait blessée. Ensuite, nous avons beaucoup ri, lorsque nous avons compris ce qui était arrivé. Les mots adorent se moquer de nous, et plus ils sentent que nous sommes sérieux, plus ils s'amusent. Je savais que si elle ne parlait pas beaucoup, ce n'était pas pour économiser les mots. C'est une femme qui avait dû être très bavarde dans le temps. Elle avait été actrice. Une fois, un film où elle avait joué était passé à la télévision. Un film de cinéma qui devait dater d'environ une dizaine d'années. On s'était installés tous les quatre, elle et son mari, Pinche et moi, et au début c'était très amusant. Le film était très bien. Mais l'ambiance avait ensuite commencé à se refroidir, comme si la lumière de l'écran avait progressivement baissé d'intensité. Elle ne parlait pas beaucoup le matin. Elle tournait autour des téléphones, en se faisant du souci, et quand l'un d'entre eux se mettait à sonner, c'était comme si le coucou recommençait à chanter après l'interminable hiver. Elle pouvait passer des heures à discuter au téléphone.

Lui n'était pas très bavard. Il avait été pilote. C'est ce qu'il avait raconté un jour. Il avait dit qu'il avait d'abord été pilote de guerre. Et puis d'avions commerciaux.

Ils avaient beaucoup insisté pour qu'on surveille bien la chienne. Mais je ne pouvais pas être toute la journée à faire la dame de compagnie de la chienne et Pinche son majordome.

Ainsi donc, Pinche était en train de regarder la télévision. Assis dans le fauteuil à oreilles. Le feu allumé dans toutes les cheminées. Comme un lord, parlant anglais avec le cheval Black Beauty. Et moi, je suis descendue le chercher à toute vitesse parce que, malgré tout, un homme c'est quand même un homme.

Où est-elle ?

Sur le lit.

Sur le lit ?

Sur celui de madame. Avec ses six chiots.

J'avais résisté à la scène de l'accouchement. Au début, j'étais très énervée parce que la chienne avait grimpé sur le lit. C'était quelque chose d'impensable là d'où je venais. Qu'une chienne puisse mettre bas sur un dessus-de-lit de satin rose. Un lit avec un matelas à eau, en plus de ça. Marque Zodiac. Au début, je n'avais pas cru la lady, lorsqu'elle me l'avait dit, que c'était un lit à eau. Elle m'avait donc demandé de l'essayer et ne m'avait pas laissée tranquille jusqu'à ce que je le fasse. C'était vrai. Au début, c'était très étrange. Après, c'était comme si l'on était couché dans une rivière. L'eau épousait complètement la forme du corps. Il suffisait de fermer les yeux et de se laisser flotter. Mais à présent, c'est Popsy qui était dessus, couchée, ses yeux fixés sur moi. Qu'importent le lit, le satin rose. Je pris conscience que tout se serait passé de la même façon si je n'avais pas été là, sauf une chose. Le regard. Son regard s'était posé sur le mien, lumière sur lumière et ombre sur ombre. Il y a de nombreux regards qui se croisent dans la vie. Notre regard s'adapte aussi progressivement à ceux qui nous regardent. À la fin de la journée, tu as été alternativement naïve, nue, sainte, violée, assassinée, un baiser, une épine, une harpie, une maîtresse, une amazone, reconnue, invisible. Une fois où j'avais accompagné Pinche chez le docteur de la vue pour une visite concernant son œil paresseux, celui-ci m'expliqua, ou plutôt, me raconta, car il parlait toujours comme ça, comme si c'était un conte, qu'à l'intérieur de la rétine de l'œil il y a des millions de bâtonnets minuscules qui servent à capter la lumière. Et chacun des regards, parmi tous ceux que nous croisons dans la vie, doit posséder ses propres bâtonnets. Le regard de la chienne en train de mettre bas était un peu différent. C'était une sorte de cadeau qui n'aurait jamais pu exister sans mettre à contribution l'ensemble des bâtonnets. Car nos regards ne se croisèrent pas, ils se posèrent l'un dans l'autre. Elle m'offrit son regard. N'est-ce pas merveilleux ? Elle n'hésita pas à me le confier, son regard.

Et puis j'étais descendue demander l'aide de Pinche, car elle avait fermé les yeux. C'était son premier accouchement. Elle venait de mettre bas six chiots et je craignais que l'effort qu'elle venait de faire ne l'emporte. J'avais déjà vu quelque chose de semblable, lorsque j'étais gamine. Une chatte morte et les chatons en train de la téter. On dit que lorsqu'elles viennent d'accoucher, elles produisent encore du lait une journée après leur mort. Popsy était au bout du rouleau. Lorsqu'on est arrivés tous les deux, elle avait un peu récupéré. Elle était là, sur le dessus-de-lit de satin rose, en train de lécher les chiots.

Pinche était contrarié.

Ces petits malins ont choisi le week-end ! Les morts, c'est nous qui devons nous en charger. Il va falloir trouver un sac.

Un sac ? Pour quoi faire, un sac ?

Et que veux-tu que je fasse d'autre avec un sac ?

Plus tôt on les aura jetés à la rivière et mieux ce sera. Il vaut mieux qu'elle n'ait pas le temps de prendre les chiots en affection. Il faut le faire le plus vite possible.

Je le regardai avec le regard que la chienne m'avait confié. Avec le cadeau qu'elle m'avait fait.

Non, Pinche, c'est fini de jeter les chiens à la rivière.

Tu sais, moi je préfère. Tu crois peut-être que ça me fait plaisir d'être toujours en train de noyer des chiens ? Si ça ne tenait qu'à moi, on laisserait tout en place.

Il alluma le feu dans la cheminée de la chambre. Sa contrariété s'était peu à peu dissipée. Il s'était ensuite approché de la nichée et avait prononcé à la façon d'une litanie : Chien, chien, chienne, chien, chien et chienne. Quelle éducation ! Tu sais ce que nous allons faire ? Je vais descendre à la cave et ouvrir une de ces bouteilles de vin français qui valent une fortune.

J'allais m'insurger, mais je me suis souvenue de ce que disait toujours Polca : Rien ne se perd, rien ne se crée, tout se transforme.

Le joueur chanceux

C'était la première fois qu'Alberte Pementa pariait quelque chose au jeu, mais lorsqu'il s'assit il eut l'impression que cette partie avec Raúl Cotón avait été prévue depuis plusieurs années. Une curieuse anxiété s'empara de la taverne de Brandariz, tandis que Fiz, le garçon de café, installait le tapis de jeu aussi lentement que s'il était sur le point de pratiquer une autopsie. Puis il apporta les cartes et les posa avec le même soin que s'il s'était agi d'une arme. Car c'est Cotón qui allait jouer et il faisait toujours une hécatombe, à chaque partie.

Ces cartes ont des signes morses au verso, déclara ironiquement Pementa.

Moi, elles me conviennent, répondit Cotón.

Eh bien, à moi aussi.

Fermez la porte à clé et mettons-nous à l'aise. Nous sommes à la limite de la loi, messieurs. Et apporte-moi le chanteur, demanda Cotón à Fiz.

Un oiseau ? Ah, non !

Ne proteste pas. Il faut bien une limite de temps.

Tu as une horloge devant toi.

Apporte l'oiseau, je te dis. Le temps, c'est l'oiseau !

Fiz revint avec une cage dans laquelle se trouvait un étourneau. Il la posa sur le bord de la table.

Comment s'appelle-t-il ? demanda Pementa en regardant l'oiseau.

Figaro.

L'autre aussi s'appelait Figaro, observa Cotón.

Oui, l'autre aussi. Mais l'autre est mort. Enfumé à l'intérieur de sa cage.

Cotón cessa de mélanger le paquet de cartes et regarda Pementa dans les yeux. Il lui offrit une cigarette.

Il vaut mieux que tu fumes. Tu connais la règle ?

Quelle règle ?

On n'a pas le droit de se retirer du jeu tant que l'oiseau n'est pas mort.

Alberte Pementa était un homme chanceux. Il avait toujours eu de la chance. Ce soir-là, où il décida de se rendre à la taverne de Brandariz, il ouvrit la porte et à peine entré, en regardant par terre, il avait trouvé un billet de cinq cents pesetas. Un billet bleu. C'était beaucoup d'argent à l'époque. Il y avait des gens qui ne connaissaient même pas la couleur de ce billet. C'était samedi soir et la taverne était remplie d'hommes, presque tous des ouvriers du bâtiment en train de s'amuser après la semaine de travail dans la ville. La fumée des Celtas donnait une consistance tramée aux conversations. Mais on distinguait également quelques nuages de fumée contenant plus de fioritures, c'étaient ceux des clients qui étaient en train de s'envoyer un Tip Top portugais. Chacun allait son train et personne ne l'avait remarqué. Jusqu'au moment où il s'était baissé et s'était redressé avec le billet à la main comme une oriflamme. Le premier regard de félicitation avait rapidement laissé place à une sorte de ressentiment général. Pourquoi était-ce justement Pementa qui avait trouvé le billet à peine après avoir poussé la porte ? Pourquoi ?

Ce sont les choses qui regardent les gens, avait tenté

de se justifier Pementa. Pas les gens qui regardent les choses.

La sortie de Pementa fut considérée comme une boutade, qui ne manquait cependant pas de prétention. À cette heure-là, et après plusieurs tournées, les clients devenaient très sensibles aux signes. Qu'avait-il donc de si particulier, lui, pour qu'un billet de banque se mît à sa portée ?

Cet homme a de la chance, dit Fiz, un point c'est tout.

Tout le monde s'accorda à dire que Pementa avait beaucoup de chance, oui. Mais la chance, ça se partageait. La chance ne pouvait discriminer à ce point, faire un tel affront à tous ces gens qui étaient là depuis tant de temps. Surtout à ceux qui étaient du coin. D'où venait donc Pementa ? D'un autre village, à cheval. Et à peine arrivé et il emporte la mise.

Je suppose que ce billet doit manquer à quelqu'un.

C'est Raúl Cotón qui avait fait cette réflexion, tout en asticotant les autres du regard.

Chacun avait alors vérifié ses poches et son portefeuille, mais personne ne réclamait le billet. Ressentiment ou pas, les gens étaient honnêtes.

Eh bien, moi, je prétends que ce billet est autant à lui qu'à moi, insista Cotón. Pementa comprit ce que cela signifiait. Son cheval se trouvait dehors, devant la porte, attaché à l'anneau, et il s'était juste arrêté pour boire un coup et faire fuir les relents de la nuit. Il allait se faire un plaisir de partager sa chance et d'offrir une tournée à tous les clients et même de trinquer avec les morts de la paroisse. Il y eut une rumeur de satisfaction. Voilà un vrai gentleman, grand prince des tavernes. Mais Cotón coupa la parfaite unanimité. Ce qui était en question, ce n'était pas le billet, il n'était qu'un simple facteur accidentel, ce qui était en question était de savoir si cet homme possédait la

Chance ou non, la Chance avec un C majuscule. Car Cotón donnait à présent de sa voix enrouée, puissante, alcoolisée, et attribuait à la chance un statut de vierge ou de déesse, un statut de Notre Dame de la Chance. Et il fallait décider sans plus tarder, cette nuit, qui est-ce qui la détenait.

Pementa trouva amusant de parier sa chance. Il n'avait jamais été superstitieux.

Il t'est arrivé de ne pas avoir de chance ? demanda Cotón, qui semblait parler non pas avec la bouche, mais par la cicatrice qui barrait sa joue.

Je reste toujours autour de ma bonne étoile. Je ne me fatigue pas à poursuivre tout ce qui passe.

Eh bien, moi, je fauche l'air avec ma faux. J'en ai assez d'être dans la merde, et je vais changer de méthode. Allez, apportez les cartes. Je vais te battre à plate couture, Pementa.

C'est évident, non ? lança Cotón sur un air de défi au public du Brandariz. Ils se mirent à jouer et Pementa ne cessa pas de tout perdre.

D'abord, ce qu'il avait sur lui, l'argent. Ensuite, son cheval, qui se trouvait devant la porte. Le ceinturon. Les bottes de cheval. Et puis il commença avec sa propriété. L'héritage de sa mère. Les bijoux, avec le collier de perles et les boucles d'oreilles filigranées, la tête de lit, en châtaignier, sculptée de rosaces. Et il finit par la malle. Tu vas parier la malle ? Il reste encore quelque chose. Le saint Antoine de Padoue. Mais tu n'as pas le droit de parier le saint Antoine ! Le saint le plus aimé, le marieur, celui qui prend soin du troupeau.

Tu mériterais de mourir d'une balle dans la tête, lança un paroissien. Parier le saint Antoine !

Ceux qui ne sont pas dans la partie se taisent, dit Cotón.

L'homme chanceux perdit également le saint

Antoine. Il avait honte de lui. Pas seulement à cause de ce qu'allaient en dire les vivants, mais aussi à cause de la désapprobation des morts. C'était terminé, il avait tout perdu.

La réservation de la danse.

Quoi ?

Il te reste encore la danse que tu as réservée.

Ce n'est pas une vache, je ne vais tout de même pas la mettre en jeu.

Je te demande juste de me céder le tour de danse que tu as réservé.

Pementa savait parfaitement ce que cela signifiait. Voilà des mois qu'il dansait avec la même fille dans la partie réservée aux fiancés. Là, il n'y avait aucune obligation de céder sa cavalière pour une danse. C'était une chasse gardée. Dans ce coin, on n'était pas obligé de céder sa danse à quelqu'un d'autre. Dans le reste du salon, oui. Même si un couple se sentait très bien ensemble, dans le reste du salon, et qu'un jeune homme du coin invitait la jeune fille, son cavalier devait s'incliner séance tenante. Et cette façon de faire ne s'arrêtait que lorsqu'un couple officialisait sa relation. Qu'il faisait clairement savoir que les choses étaient sérieuses entre la fille et le garçon. Et l'endroit réservé aux gens pour qui les choses étaient sérieuses n'était autre que la partie du salon de danse réservée aux fiancés. L'obligation d'accepter de danser pour une jeune fille est une règle arbitraire, parfois irritante, mais qui donne lieu à quelque surprise et à plus d'agitation, à plus d'animation que dans le territoire des jeunes qui « se parlent déjà », où règne plutôt un silence sécurisant. Les plus ardents serrent leur cavalière et se collent à elle, tentent de s'approcher du feu sans se brûler, et si l'on fait bien attention, ils explorent de nouvelles symétries qui révèlent une volonté d'échanger des choses. Vient ensuite le moment où, à la fin du morceau, on peut apprécier de quelle façon le couple fougueux s'est échangé certains traits du visage et du corps, de telle façon, par exemple, qu'alors que le jeune homme et la jeune fille n'avaient pas la même taille au début de la danse ils sont soudain aussi grands l'un que l'autre. Cet échange bénéficie à ce moment aux deux. Ils sont beaucoup plus beaux après avoir dansé. Mais il y en a d'autres qui s'accrochent à l'aspect sérieux des fiançailles et se refroidissent comme le bronze dans le moule d'une statue. Ils dansent chaque morceau avec une correction qui rend toutes les danses égales, le boléro et le paso-doble, et on dirait qu'ils sont en train d'exécuter un travail domestique. Alberte Pementa et sa fiancée n'étaient pas de ce genre, ils faisaient partie de la première catégorie. Le « ils se parlent déjà » pouvait être entendu dans un sens beaucoup plus large. Car pour eux, le fait de parler avait quelque rapport avec la connaissance des corps. Ou ils s'étaient promis l'un à l'autre, ou ils étaient sur le point de le faire. Et cela supposait non seulement la promesse verbale, mais aussi la promesse des corps et la progression de l'approche.

Tu vas parier ta prochaine danse ?

Toi, tais-toi, dit Cotón. C'est la loi du bal.

Il mériterait un bon coup de pied dans les couilles, dit maintenant un gars du pays.

Et il ne restait alors plus qu'une seule chose à Pementa. La chance.

Le temps était sur le point de s'épuiser. Dans sa cage, au milieu de toute cette fumée, l'oiseau donnait des signes d'asphyxie. Sa mort devait déterminer la fin de la partie. Et l'oiseau avait l'air de le savoir. Posé sur la balançoire, immobile, il avait un rictus grave, d'animal de fable.

Il ne me reste plus rien, dit Pementa. Même pas le cheval. Je vais devoir marcher à pied.

Bien sûr qu'il te reste quelque chose, dit Cotón avec la même voix, la même avidité que lors de la première partie.

Et que me reste-t-il ?

La chance.

Va te coucher, Cotón, dit un voisin en pensant qu'il lui rendait service. Tu lui as tout raflé. Ne tente pas le diable.

Va te faire voir ailleurs, Calamité.

Ils mirent en jeu la chance. Cotón se concentra plus que jamais. Sa soirée se passait magnifiquement bien. Partie après partie, il avait dépouillé Pementa. Et à présent, il était sur le point de lui subtiliser la chance.

Dès la première carte, on s'aperçut que le vent avait tourné. La chance aimait Pementa, ou alors elle n'aimait pas Cotón, allez donc savoir.

Et voilà pourquoi Alberte Pementa s'en alla. Parce qu'il eut honte d'avoir mis en jeu l'amour et d'avoir gardé la chance. Je ne sais pas ce qui se passa ce jour-là, quelle brume pénétra à l'intérieur de sa tête. Mais même ses amis s'éloignèrent de lui. Imaginez donc à quel point cet homme était chanceux que, avant d'embarquer ici, à La Corogne, à Santa-Catarina, il trouva un billet de mille pesetas par terre. Il y avait foule, il y avait même plusieurs personnes qui ne font que ça, surveiller si quelque chose tombe par terre, mais, à peine arrivé, c'est Pementa qui avait trouvé l'argent. Il marchait la tête baissée, ça c'est vrai, et le moral à ras du sol. Cela avait certainement dû l'aider.

Et Adela, la voyante de Santa-Catarina, avec son bandeau noir devant les yeux, dit : Cet homme ne doit embarquer à aucun prix ! Quelqu'un qui trouve des billets par terre n'avait pas le droit de quitter la ville. Mais Alberte Pementa pensa différemment. Il pensa le contraire. Il pensa qu'il devait s'en aller le plus vite possible.

Je n'en crois pas un mot, dit Ó. Et Pementa murmura à son oreille : Pourtant c'est vrai, ma petite.

Les déguisements

Il voulait que nous sachions le faire. C'était une habitude de réciter la prière, y compris les interminables litanies du rosaire. Et même si, lorsqu'on nous le demandait, on répondait que oui, qu'on récitait le rosaire à la maison, la seule litanie que nous connaissions était celle de Polca, qui nous lisait la géographie du livre d'Élisée et ensuite c'était moi qui lisais un fragment de *L'Homme invisible*. Polca trouvait ce livre très amusant. Parfois, il riait tellement que les yeux lui pleuraient. Et Olinda disait en se référant au livre des chants brûlés : Le pauvre ne s'est jamais douté qu'il trouverait un jour un lecteur aussi enthousiaste, car son livre est vraiment triste. Polca possédait également quelques coupures de journaux décrivant les principales inventions de l'humanité. C'étaient des fragments de papier tout jaunis. Si vieux que moi je pensais à l'époque que les inventions étaient la chose la plus ancienne au monde. De toute façon, pour Polca, après l'aspirine, la chose la plus importante était l'électricité. Son rêve, c'était que Pinche devienne électricien. Ou peintre. À cause de leur tenue.

Dans le bâtiment, les ouvriers qui ont le plus de style, ce sont les peintres. Grâce à leurs chemises. Les peintres sont ceux qui portent la chemise avec le plus de classe. Ce sont les seuls ouvriers qui entrent se fournir à la Chemiserie Anglaise. Ils ont ce courage. Comme les musiciens. Le maçon est plus humble. Et le plombier aussi. Mais, lorsqu'il a fini sa journée, le peintre de La Corogne se change sur le chantier et se promène dans la rue transformé en Valentin.

À l'époque où Pinche travaillait comme homme-sandwich au musée Sherlock Holmes, nous avions envoyé une photo de lui à Polca, pour qu'il puisse découvrir le style détective. Pinche était parfait avec sa casquette et sa cape assorties. Avec une loupe dans une main et une pipe dans l'autre. L'été où Pinche avait travaillé comme gardien dans la prison de la Tour de Londres, on lui avait aussi envoyé la photo de Beefeater. Pinche était très élégant avec son costume style Tudor. Et comme il profitait de tous les remplacements, il avait aussi joué le bourreau pour les touristes, mais cette fois-là j'avais refusé d'envoyer la photo à Polca. Je ne voulais pas qu'il voie son fils avec cette énorme machette à double lame, en train de faire semblant de couper des têtes.

Tu es stupide, me dit Pinche. Ce que notre père préfère le plus au monde ce sont les pitreries, le Carnaval.

Sur cette photo, tu es déguisé en bourreau.

Oui. Mais en bourreau anglais. Regarde un peu cette machette ! Quelle civilisation !

Et ce que disait Pinche à propos de Polca était vrai. Je me souviens que Francisco Crecente disparaissait de la circulation au moment du Carnaval, c'était comme s'il changeait de peau et qu'il n'existait plus que Polca. À cette époque, il était interdit de se promener déguisé dans la rue. Mais le problème, c'est qu'il aurait fallu qu'ils mettent un policier devant chaque porte. Ils avaient fini par en placer un à l'entrée de chaque rue, pour contrôler le passage en direction du centre-ville, surtout pour empêcher les hommes travestis en femmes fatales de s'y rendre.

Je les revois. Les travestis. Il est de bonne heure. Je suis avec Amalia dans la rue de la Torre. Soudain, les hommes habillés en femme sortent de tous côtés. Certains d'entre eux sont très impressionnants. Des marins de San-Amaro et de Las Lapas habillés en reines de la nuit. Leur poitrine de loup entre les rochers des deux seins. Ils adorent le rouge, le carmin. Et les bas résille. Et les talons aiguilles. Mon Dieu ! Ne regarde pas, Amalia, ne regarde pas ça.

Dis donc, Ó ! Regarde, regarde, regarde, regarde ! Celle-là, là-bas, qui a une fleur plantée dans les cheveux, ce ne serait pas ton père, par hasard ?

Il fallait qu'elle le remarque, justement lui. Il y avait des dizaines d'hommes habillés en femmes fatales et voilà que cette petite futée, cette maligne, c'est Polca qu'elle remarque en premier, avec sa robe imprimée et presque sans voiles, très courte, style minijupe, on lui voit tout son paquet, une culotte de dentelle avec cette espèce de gros paquet, quelle horreur, si c'était pour faire ça, il aurait mieux valu qu'il se mette un tutu.

Là-bas, là-bas ! Celle qui fait l'innocente, là-bas. Elle est vraiment superbe, Ó !

Et elle ne la fermait pas, pensez donc ! Elle se tourna vers moi et lui trouva même un défaut : Il a des cannes comme des allumettes, ton père.

Des cannes comme des allumettes et il boite pardessus le marché. On aurait dit qu'elle était contente d'elle, d'avoir découvert ça.

Bon, allez, on y va, lui dis-je.

Qu'est-ce qui t'arrive, Ó ? Tu es toute rouge. Mon Dieu, comme tu es rouge. Allez, viens, on va lui dire bonjour. On ne va pas s'en aller sans dire bonjour à ton père. Polca, monsieur Francia, monsieur Francisco !

Mais tais-toi, murmurai-je de plus en plus contrariée. Et alors il fit un geste pour ajuster les bonnets de son soutien-gorge et il s'approcha de nous. Mais moi, il m'ignora. Il fit comme s'il ne me voyait pas. Il dit à Amalia : Mademoiselle, que signifie tout ce scandale ? Je ne suis peut-être pas la Belle Otero, mais c'est bien la première fois qu'on m'appelle monsieur. Peut-être votre désir d'homme vous fait-il avoir des visions.

Il disparaissait pendant trois jours et trois nuits. D'abord il partait tout seul, déguisé en femme fatale, disait-il, du côté de Monte Alto, et puis il rejoignait ses comparses qui partaient de Castro, le Mercredi des Cendres, pour aller enterrer le Carnaval. Là, il s'était déjà changé et habillé en évêque ou en cardinal. Une année, on avait jeté le *Meco*, comme on l'appelle, dans la rivière Monelos. Moi, je ne comprenais pas très bien ce qui s'était passé, à l'époque, mais en revanche je sais que plusieurs hommes étaient rentrés blessés à cause des coups que leur avaient assénés les gardes au tricorne. Ils avaient réussi à s'échapper à toutes jambes. Mais ensuite on était venu les arrêter. On voulait prendre leur déposition à la caserne. Et ils ont commencé par lui, par Polca. Car les gardes civils se souvenaient de lui. S'il avait cette importance pour eux, c'est qu'il possédait des Antécédents. Et moi, lorsque j'étais enfant, je ne savais pas très bien ce que signifiait ce mot. Je l'entendais à la maison, j'entendais qu'on disait qu'on ne lui donnait pas de travail parce qu'il avait des Antécédents. Je confondais les Antécédents avec la notion d'Ancêtres. Quelle sorte d'Ancêtres étaient-ce donc, qui continuaient à créer des complications à mon père ? Étaient-ce des hommes habillés en femmes fatales ? Étaient-ce déjà des curés de Carnaval ?

On les avait fourrés en compagnie des chevaux. Car on les avait conduits là-bas, à l'écurie des animaux, dans les sous-sols de la caserne de la garde civile. Et Polca traita un caporal de commandant. Celui-ci ne protesta pas devant cette soudaine promotion. Polca lui expliqua : Monsieur le commandant, ce n'est pas la peine de nous interroger en bonne et due forme.

Le caporal regarda avec une certaine suspicion ce type excentrique, qui portait une soutane par-dessus sa tenue d'ouvrier. Polca avait une grande ironie. Il était en train de parodier la formule qu'on utilisait toujours dans les rapports de police et sur les notes de la presse : « Interrogés en bonne et due forme. »

Ce n'est pas la peine de nous interroger en bonne et due forme, monsieur le commandant, parce que tout est entièrement de ma faute. Ils n'ont fait que suivre mon répons, mon *Kyrie, eleison*, si vous préférez.

J'aime les types courageux comme toi, et je vais donc te réserver un régime spécial, lui dit le caporal. Il le conduisit devant une armoire accrochée au mur, qu'il ouvrit en tirant sur la poignée avec la pointe de son fusil.

Elle était pleine de fouets. De différentes tailles et de différentes factures. La lanière de l'un d'eux se finissait par de petites billes en fer.

Domine, non sum dignus, mumura Polca.

Entre nous, dit le caporal, il faut avoir des couilles pour faire ce que tu as fait. Balancer à la rivière un mannequin représentant le Généralissime. Et par-dessus le marché, lui faire un discours bourré de mots en latin.

C'était Carnaval.

C'est égal. Il fit un signe en direction de l'armoire aux fouets : Tu peux choisir. Tu mérites bien ça.

Avec les mots de Polca : Et c'est là qu'on s'aperçut que, dans le fond, c'était un fasciste libéral.

Quel salaud, quel porc ! dit Ó lorsqu'elle se souvient de cette histoire. Et par-dessus le marché, il lui a fait choisir le fouet. Elle regarde Pinche et sa photo de bourreau à la Tour de Londres, prêt à couper la tête d'un touriste. Tu sais ce que je pense ? Tu as raison, tu n'as qu'à lui envoyer cette photo. Je suis sûre qu'il est capable d'en rire. De toute façon, il trouve du piquant à toutes les situations.

La cracheuse de feu de Camden Town

Il y avait des femmes qui portaient du feu sur la tête, des cigarières et des allumettières qui portaient le chandelier comme ça pour jouer aux âmes du purgatoire, pendant les nuits d'hiver, sur le chemin de l'usine, ou pas seulement pour jouer, comme cette jeune fille à la crête verte qui lançait des flammes avec sa bouche à Camden Town, après avoir jonglé avec des torches, tandis qu'elle avait une autre grande torche en équilibre sur son front, entre les sourcils, les flammes pointées vers le ciel, et ça c'est ce que moi j'appelle de l'art, car il ne s'agit pas de faire semblant, on risque sa peau, comme lorsque Pinito del Oro, la trapéziste, était tombée sous le chapiteau du Cirque Price, qui était installé sur l'esplanade de Riazor, elle avait glissé depuis le ciel et il n'y avait pas de filet, rien que les bras de l'homme pour freiner sa chute, je suis désolée qu'elle soit tombée, bien entendu, mais puisqu'on ne pouvait plus rien y faire, j'avais regretté de ne pas être présente moi aussi, on ne parlait que de l'accident, on aurait dit que tout le monde était présent, ce soir-là, pour voir tomber Pinito del Oro, moi je ne rêve jamais que je tombe, on dit que c'est un cauchemar très fréquent, en revanche j'ai vraiment peur du feu, c'est une terreur pour moi, comme ce qui était arrivé à María de las Conchas, celle qui avait de longues boucles blondes, cette histoire c'est Polca qui l'avait racontée une nuit où il y avait eu un naufrage et où le voisinage était sorti pour ramasser ce que la mer avait traîné avec elle, les cadeaux de la tragédie, et parmi ce qu'ils avaient ramassé il y avait plusieurs carafes dont ils avaient pensé faire un bon usage, c'était peut-être de la liqueur, mais lorsqu'ils étaient retournés chez María quelqu'un avait ouvert un de ces flacons qu'il avait ensuite renversé sans le vouloir sur le feu de la cheminée et le liquide avait pris feu en produisant de grandes flammes qui formèrent une immense langue de feu en direction de la jeune fille, et en pleine nuit María de las Conchas s'était mise à courir en direction de la mer, avec ses magnifiques boucles en train de brûler en pleine tempête, ça c'était pour moi l'image de la peur, avec l'image de la renarde, de la Morraza qui sait voler et qui lorsqu'elle hurle lance des flammes avec sa bouche, était-ce vrai ou pas, c'étaient peut-être des histoires, mais ce qui n'en était pas, c'était ce feu qui avait brûlé tous les livres de la ville, ça c'est vraiment terrifiant, ce feu qui sort de la bouche de la haine, et la Jeune Fille à la Crête Verte se dirige à présent vers moi en lançant des flammes par la bouche comme si elle était en train de lire dans mes pensées et moi je n'arrive pas à m'en aller, je ne peux pas partir maintenant, après avoir assisté à tout son spectacle, même si les gens vont leur train, personne ne s'arrête, ils vont se dire que c'est quelque chose qui a été préparé, elle est en train de me tourner autour tout en crachant du feu et moi je suis restée ensorcelée comme une imbécile, car en plus il commence à pleuvoir et le feu devient multicolore, avec des arcs-en-ciel, ils vont se dire que je suis un faire-valoir, ou que je suis sa mère et que je tente de la convaincre de je ne sais quoi, qu'elle retourne à la maison, ou le contraire, le problème c'est que soudain le feu disparaît et qu'elle, la Jeune Fille à la Crête Verte, me regarde fixement, la bouche serrée, j'ai l'impression qu'elle fait la moue, bien sûr, elle a raison, il serait peut-être temps de sortir mon pognon, j'avais depuis le début prévu de lui donner une pièce, elle la mérite vraiment, personne ne mérite moins d'être pauvre que ces gens qui mettent un peu d'animation dans les rues tristes, les musiciens dans les couloirs du métro, ils donnent un peu d'assurance aux solitaires, ils devraient même toucher un salaire de la Mairie, c'est ce que je pense, au lieu que ce soit les gardes civils qui leur courent après toute la sainte journée, car il faut avoir une autorisation spéciale pour chanter ou pour lancer des flammes avec la bouche, en revanche pour ne rien faire, non, il ne faut pas avoir d'autorisation, ni pour faire du mal, il n'y a pas à s'acquitter d'une quelconque licence, en tout cas, moi, je vais m'en aller maintenant, je vais mettre une livre dans la soucoupe que la Jeune Fille à la Crête Verte a posée par terre, je vais la faire glisser doucement, pour qu'elle voie bien que c'est une livre et pas un shilling, qu'elle comprenne que je reconnais son mérite, le mérite qu'elle a de lancer des flammes de cette façon, je me demande dans quel état sont sa langue, ses dents, ses lèvres, la pauvre, un de ces jours une rafale de ce vent misérable, de cet insatiable vent, de ce vent de l'ombre, ma chère, qui est le pire de tous, moi je me suis beaucoup intéressée à ces courants d'air, qui tout d'un coup te retournent le feu contre toi, contre tes cils, ta crête, cette crête qu'avant je n'aimais pas beaucoup et que maintenant je trouve plaisante, c'est quelque chose qui te rend différente dans la nuit, comme une présence ancienne, une prêtresse ambulante, et soudain elle s'approche de moi, comme si j'étais en train de lire dans ses pensées, lentement, la bouche serrée, ça c'est sûr, ce qui sourit ce sont ses yeux, et moi j'ai déjà posé ma pièce, ces choses-là mettent toujours les gens en confiance, je n'aurais pas dû me trouver là, dans ce spectacle à l'œil, parce que le Maréchal Saltimbanque, lorsqu'il était passé à Castro avec sa *troupe**, se plaignait déjà que l'art est un métier risqué, et que c'était bien pour cela qu'il marchait de cette façon, comme s'il avait deux corps, un corps qui se suffisait à lui-même et l'autre complètement raide, à cause de sa colonne vertébrale, c'est ce qu'il avait raconté à Polca, grâce à la complicité qui existe entre deux boiteux, deux classiques, lui dit-il, mais votre art d'ouvrier sépulcral, de fossoyeur, a encore de l'avenir, tandis que le nôtre est incertain, cet engin, la télévision, va en finir avec nous, mais ce n'est pas un geignard, il ne fallait pas que Polca pense cela, car il n'abandonnerait jamais pour rien au monde, tant que son corps résisterait, ce métier artistique, sublime, soutenir la contorsionniste, elle s'appelait Bàmbola, la soutenir avec le harnais qu'il s'attachait aux épaules et qu'il ajustait sur sa tête pour assurer une tige munie d'une petite plateforme en l'air, un minuscule point d'appui pour qu'elle puisse réaliser ses pirouettes de femme élastique, cette danse dans les airs était incroyable, c'est le seul homme que j'ai connu qui portait quelque chose sur sa tête, la contorsionniste, avec ses cheveux magnifiques, très longs, était un jour venue se les laver à la rivière, elle les séchait tout en les lissant avec son peigne, moi je n'avais jamais vu des cheveux pareils, elle pouvait s'en faire une tunique pour s'habiller, mais ensuite, le soir, pendant le spectacle, elle se les attachait en queue-de-cheval et à un moment, le moment décisif, après les coups de trompette et les roulements de tambour, à un moment

Bàmbola avait attaché sa queue-de-cheval à la tige métallique et avait commencé à tourner sur elle-même, vertigineusement, Benxamín, le Maréchal du Deza, imperturbable, avec sa veste napoléonienne et sa bande tricolore, c'est d'ailleurs grâce à cette tenue qu'il avait connu Bàmbola, qui avait besoin d'un homme large d'épaules, car le sien, son homme, autrement dit le ventriloque O'Mero, avait les épaules trop étroites, c'était un intellectuel, mais il continuait à participer au spectacle de l'extérieur, en faisant le pitre, en montrant l'anatomie de la contorsionniste qui portait un maillot de bain, grimpée très haut sur une banquette, et il demandait Où est-ce que les femmes ont le plus de poils ? Sur la tête ? Et le public se marrait et criait, Plus bas, plus bas ! et ce numéro leur avait attiré pas mal de problèmes, une fois ils s'étaient même retrouvés au fond d'un cachot et Benxamín avait couvert la contorsionniste, tandis qu'elle dormait, avec sa veste de maréchal, et le gardien lui avait dit que tout Napoléon finit fatalement par rencontrer un jour son Water-polo, et lui, il avait dit quelque chose à Bàmbola en français, c'est l'avantage d'être toujours sur la route, les langues finissent par devenir familières, concrètement il lui dit *Il est très dur de tête**, avant que le gardien ne réagisse avec son typique, Toi, tu vas me parler en bon chrétien, sinon tu vas t'en prendre une dont tu te souviendras et cetera, il ne pouvait pas comprendre, ce triple idiot, combien il était heureux de protéger une femme aussi belle, oui, car la vie de saltimbanque était très dure, et c'est alors qu'ils avaient eu l'occasion de se faire engager au Cirque du Portugal, ils avaient été accueillis par un directeur qui était un homme exquis, un dompteur d'éléphants, ou plus exactement d'éléphantes, car il ne possédait que des femelles, même si l'une d'entre elles s'appelait Dumbo, un homme qui traitait tout le monde de belle façon, comme ses éléphantes, et ils faisaient vraiment un numéro très artistique, quoiqu'un peu confus en ce qui concerne les références historiques, où le centre du décor était constitué d'une grande baleine, et où lui se présentait comme le chevalier Donnaiolo, il lui fallait se battre pour parvenir à pénétrer dans la bouche de la baleine, ce qui le conduisait à affronter plusieurs sortes de dangers, car par exemple un archer samouraï sortait de cette bouche en hurlant dans un espagnol tout ce qu'il y a de plus international, Arrête-toi *cabrón, boludo, pendejo*, je vais te couper les couilles et te les attacher autour du cou, pour t'en faire une cravate, chose qui impressionnait énormément les gamins portugais, et le samouraï lui décochait une flèche en pleine poitrine qu'il s'arrachait immédiatement de ses propres mains, alors on entendait les applaudissements, ensuite un lion arrivait, il était vieux, très lent et presque aveugle, et Benxamín l'effrayait en lui mettant devant le nez la tête d'un rat vivant, encore des applaudissements, et ainsi de suite jusqu'au moment magnifique où Donnaiolo pénétrait enfin dans la baleine et en ressortait avec la contorsionniste Bàmbola dans ses bras, une ovation, pour ensuite se fixer sur les épaules la plate-forme maintenue par les harnais, elle grimpait jusqu'à la partie pivotante et les contorsions commençaient, mais non, pas du tout, il n'y avait aucun autre genre de rapport entre eux, les choses étaient bien claires, il y avait d'un côté Bàmbola et de l'autre Benxamín, le Maréchal, Donnaiolo, appelle-moi comme tu voudras, et elle faisait même quelquefois une cabriole en l'air et se laissait retomber en amazone sur les épaules de l'homme, et Polca lui avait dit que cela devait tout de même être une sorte de cohabitation, et Benxamín lui avait répondu en murmurant que c'était beaucoup plus que ça, beaucoup plus qu'une cohabitation, ça n'avait rien à voir avec les rapports qu'elle entretenait avec son compagnon O'Mero, le ventriloque, qui lui aussi sortait de l'intérieur de la baleine du Cirque du Portugal, avait dit avec une certaine résignation Benxamín, le ventriloque, lui, sortait avec sa marionnette, Manolo Pin-zón !, et rien qu'à la façon de prononcer son nom on voyait que la marionnette avait son rôle à jouer dans le partage, un maquereau cette marionnette, asséna Benxamín, un authentique maquereau, qui à peine sur scène faisait face au public et lâchait un : Gaffe à toi ! Si tu as des poules, gaffe au coyote !

Oui, je sais que tu as gardé le feu dans ta bouche. Je n'ai pas peur de ton feu. Si tu savais ce qui se cache au fond de moi !

Le bonheur de l'expression

Londres, 10 janvier 1968

Moi aussi, je sais être méchante. Le problème, c'est qu'avec le linge on ne peut rien cacher. Avec le poids du linge, on ne peut tromper personne. Et si jamais il est humide, c'est encore pire pour moi. C'est encore plus lourd. Il paraît qu'avec les machines à laver le linge dure moins longtemps. Va-t'en savoir. Les mains sont bien plus délicates que le linge, il n'y a pas de comparaison. Les deux choses sont vraies. Les mains doivent battre le linge contre le lavoir. D'un côté et de l'autre. Et puis elles doivent le tordre. Le tordre et le retordre.

Le linge a les mêmes yeux que les vers de terre. J'ai entendu le médecin des yeux qui le disait, que les vers de terre ne voient rien, mais qu'ils sentent l'ombre et la lumière. Olinda lavait les blouses, les draps, les serviettes, tout le linge de la clinique. Pinche ne voyait pas bien d'un œil, il n'avait pas le mauvais œil, non, il avait seulement un œil en mauvais état. Et comment savions-nous que c'était seulement un œil ? Parce que lorsqu'il regardait par le trou de la serrure, il voyait parfaitement. C'est lui-même qui nous l'avait dit. Qu'il voyait beaucoup mieux lorsqu'il regardait par le trou de la serrure.

Mais à travers le trou de quelles serrures t'amuses-tu à regarder, toi ? demanda Olinda.

Qu'est-ce que ça peut bien faire, rétorqua Polca. Ce qui est important c'est... le diagnostic.

Il était si content d'avoir trouvé ce mot qu'il me regarda en souriant et qu'il le répéta comme s'il me l'offrait : C'est ça, le diagnostic.

Et donc Olinda parla de cette histoire au médecin des yeux, et nous allâmes le consulter tous ensemble, avec Pinche. Et moi, je m'étais vraiment marrée lorsqu'il avait dit que ce qu'il avait, c'était un œil paresseux. Son œil droit voit moins bien que son œil gauche. Pourquoi ? lui avais-je demandé. Eh bien, d'abord, parce qu'il n'en a pas envie. C'est pour cela qu'on dit que l'œil est paresseux. C'était un vrai plaisir de parler avec cet homme. D'habitude, les médecins n'expliquent presque jamais rien. Ils détectent le mal, te prescrivent tes munitions, mais tu ne sais jamais très bien contre qui tu fais la guerre à l'intérieur de ton propre corps. En revanche celui-ci, le docteur Abril, expliquait très bien tout ce qu'on voulait et moi, je comprenais du premier coup tout ce qu'il disait. C'est sans doute parce qu'on travaille avec la lumière lui et moi. Car, ça, les machines n'arrivent pas à le faire, cette façon de faire sécher le linge tout en l'orientant vers le soleil. Cette façon d'aller le retirer à toute vitesse lorsqu'il pleut et de l'étendre à nouveau lorsque la pluie cesse. Certains jours, le soleil est très nonchalant, et puis la clarté revient, le soleil se fraie un passage entre les nuages, et cela ressemble à un grand pardon. Les vers de terre n'ont que l'ombre et la lumière. Et ça, c'est sans doute la première façon de voir. La façon de voir avec la peau. Et nous aussi, nous sommes un peu comme ça, je vous demande pardon. Moi, tout ce que je veux, c'est qu'on me donne du soleil. On dirait que le soleil peut pardonner n'importe quoi.

Un œil paresseux, dit le docteur Abril.

Pinche ne disait rien. Il écoutait, affligé. C'était un peu de sa faute, s'il avait un œil paresseux.

Et qu'est-ce qu'on va faire ? avais-je demandé.

Eh bien, on va le mettre au travail. C'est ce qu'on fait avec les yeux paresseux.

Moi j'avais toujours eu l'impression qu'ils étaient pareils. Les yeux de Pinche et ceux de n'importe qui d'autre, sauf ceux de Miraceu, qui partaient chacun de leur côté. Mais pendant la consultation, je me suis finalement aperçue qu'il n'y avait pas que les yeux qui étaient différents, les deux moitiés de son visage aussi ne regardaient pas de la même façon. Voilà pourquoi Pinche avait des réactions très contradictoires. Il pouvait deviner qui était le plus courageux et le plus lâche. Le plus joyeux et le plus mélancolique. Le meilleur et le pire. Tout ça c'était sans doute grâce à son œil.

Ce qu'on va faire, c'est qu'on va mettre un pansement sur l'œil qui voit bien, dit le docteur Abril. Et ne laisser que l'œil paresseux à découvert. Je sais, je sais bien que ça peut sembler injuste. Et d'ailleurs ça l'est. Nous allons priver un œil du plaisir de voir, et ce sera justement celui qui a le plus envie de voir. Mais c'est la vie. Ça ne durera pas très longtemps.

C'est peut-être pour cette raison que nous ne nous sommes jamais croisés, le poète, ami de monsieur Sada, et moi. À cause d'un œil paresseux.

Il y a eu un œil qui ne s'est pas battu pour lui. C'est peut-être pour cette raison.

Qu'est-ce que tu regardes ? demande Pementa.

Rien du tout.

Je suis devenue toute rouge. C'était au Troubadour, lorsqu'on était allés boire un verre Glenda, Pementa et moi. C'était la première fois. Pementa venait d'être engagé comme surveillant à l'hôpital. Il revenait d'Epsom, où il avait travaillé pendant des années dans un des hôpitaux psychiatriques de la ville.

J'ai eu beaucoup de chance, me raconta-t-il. J'ai trouvé du travail, dès que je suis arrivé. On m'a logé et tout. Je n'ai presque jamais quitté l'hôpital. Je sortais encore moins que les fous. Pour quoi faire ? Il y avait une excellente bibliothèque, avec même des livres en espagnol et en portugais. Moi, qui n'avais jamais rien lu, je me suis mis à lire comme un fou. J'ai beaucoup appris de choses là-bas. Avec les fous. J'ai appris les langues. J'ai appris à jouer aux échecs. À ne pas devenir fou. Une fois, je suis allé assister à une course de chevaux avec un groupe de pensionnaires. Un docteur m'avait demandé : Monsieur Pementa, on a accepté notre demande de permettre à un groupe de pensionnaires d'assister à un Derby, est-ce que vous pourriez les accompagner ? J'étais, nous étions tous très élégants. Elles portaient des capelines et des chapeaux extraordinaires. Avec des robes qui ressemblaient à des œuvres d'art serties sur le paysage. Eux aussi étaient élégants avec leur costume, avec le costume de leur vie. Ça faisait des années qu'ils s'étaient préparés pour cet instant. Ils attirèrent immédiatement tous les regards à eux et les objectifs des appareils photo, car là-bas les chapeaux sont aussi importants que les chevaux. Et nous formions le groupe le plus remarqué, l'aristocratie d'Epsom. J'ai eu de la chance de trouver ce travail. Mais ensuite, cette folle est arrivée, une vraie folle, une dirigeante de cette ville, et elle a fait fermer tous les hôpitaux psychiatriques d'Epsom. Je ne vais pas vous dire que c'était le paradis, là-bas, mais moi j'avais eu beaucoup de chance.

On était au Troubadour et Glenda se leva pour commander une autre tournée de bières.

Pourquoi me regardes-tu comme ça ? demanda Pementa.

Je te regarde avec les deux yeux. Avec le paresseux et avec l'autre.

Cette fois aussi, j'ai eu de la chance. Je n'avais pas très envie de venir à Londres, dans un hôpital général. Ces hôpitaux n'ont rien à voir avec les hôpitaux psychiatriques. Ils sont beaucoup plus compliqués. Plus bizarres. Il peut s'y passer n'importe quoi. Les hôpitaux psychiatriques sont beaucoup plus tranquilles. Les gens sont très bien éduqués, ils sont très cultivés. Ici les gens sont très stressés, il y a beaucoup d'accidentés, on ne fait qu'entendre la sirène la nuit.

Et ma repartie. Avant que Glenda ne revienne, il fallait que je puisse lui montrer que j'avais de la repartie.

Je te regarde avec les deux yeux. Pour que tu ne m'échappes pas.

Quelle chance, dit Pementa. Me retrouver juste maintenant dans cet hôpital.

Ce fut une nuit très difficile. Pementa dormait à l'hôpital, dans une chambre de surveillant. Non, ce soir-là il n'était pas de service de nuit. Alors j'ai laissé aller mon sens de la repartie et je lui ai demandé pourquoi il ne viendrait pas dormir chez moi. Demain, on irait ensemble à l'hôpital. Glenda protesta. Il n'en était pas question. Sa maison était beaucoup plus proche. Et d'ailleurs, lorsqu'on avait décidé de sortir ensemble, elle l'avait déjà dit à Pementa, pas vrai, Pementa ?, qu'il y avait de la place chez elle. La réalité était du côté de Glenda. Sa maison était deux fois moins loin que la mienne. Moins de deux fois. Elle était là, à deux pas. Et Pementa se trouvait au milieu. On le tirait toutes les deux par un bras, sans le toucher. Tu as raison, Glenda. Je ne rentre pas à l'hôpital, je vais dormir avec vous ! Une nuit, c'est toujours ça. Glenda, ma meilleure amie, qui chantait des gospels tous les dimanches matin à Willesden Green, je suis si bien avec toi, *take my hand, precious lord, lead me home*. Elle me foudroie du regard, me maudit en silence : méchante pécore, insolente. Si elle pouvait, elle me tuerait.

Nous dormions toutes les deux dans le même lit. Pementa était dans le canapé. Au début, Glenda et moi nous tournions le dos. Chacune enlacée à son coin d'obscurité. Un dur ressentiment était aussi couché entre nous deux. On entendait les sifflements de Pementa qui s'était endormi, quelle chance, comme un bateau à vapeur qui se serait éloigné dans la nuit. Alors je me suis retournée et j'ai cherché le corps de Glenda. Elle s'est reculée, mais elle n'avait plus beaucoup de place où se réfugier. Je me suis approchée d'elle très lentement.

Qu'est-ce que tu veux ?

Elle s'était soudain retournée. Elle respirait bruyamment. Son haleine était enragée. Elle aurait pu m'étouffer si elle avait voulu. Elle était encore plus forte que moi. Dans la vie, c'était une fille calme, sensuelle. Oui, c'est elle qui lui avait appris à apprécier les sons, les couleurs, les positions du corps. Ç'avait été un deuxième démarrage dans sa vie. Elle lui avait réveillé ce qui était endormi au fond d'elle. Elle aussi, de son côté, la faisait rire. Car tous ces mantras, ces yantras, ces asanas et la kundalini, l'énergie vitale qui nous traverse, fonctionnaient extrêmement bien entre nous, trop bien même. Son corps était un corps on ne peut plus heureux. Un territoire pour les chatouilles, ses yeux aussi, sa pensée. Ainsi, Glenda récoltait beaucoup plus que ce qu'elle avait semé.

Elle avait raison d'être furieuse en ce moment. Va-t'en savoir comment il pouvait y avoir une femme furieuse à l'intérieur de la si placide Glenda.

Je lui dis à voix basse : J'ai une idée.

Tu veux bien me laisser dormir en paix ?

Tout bas : Écoute-moi, Glenda, on pourrait se le partager.

Qu'est-ce que tu dis ? Tu es folle !

En murmurant : Un jour toi et un jour moi.

Je savais qu'elle allait se mettre à rire. Lorsqu'elle riait, tout son corps s'agitait. Sans arrêt. Toutes les chansons, les spirituals, ressortaient de son corps.

Take my hand, precious lord, lead me home.

Et finalement ce dimanche d'hiver se présenta, il faisait très froid, et nous décidâmes d'aller aux jardins de Kew, où nous vîmes une rose à pareille époque, une rose blanche, tout à fait semblable à celles qu'on trouvait sur le chemin de Castro à Elviña. Il y avait une rose blanche, toute menue, presque à ras du sol, qui s'ouvrait comme un souvenir dans la terre crevassée par la gelée. Le panneau indiquait : *Snowdon*. C'est ce jour-là, grâce à la fleur, que je m'étais souvenue de ce compliment qu'un inconnu avait fait à Amalia et qui nous avait vraiment troublées.

Tu es d'une beauté intolérable !

Mais elle eut de la repartie pour lui répondre : Et encore tu n'as pas tout vu !

Et c'est évident qu'il était plus ou moins aveugle, malgré la bonne vue qu'il semblait avoir, car il n'eut même pas l'idée de se tourner vers moi. C'était ce genre de personne qui a peur de la chance qu'elle pourrait rencontrer.

Quelle chance, m'étais-je dit devant cette fleur d'hiver.

Quelle chance de porter des talons aiguilles qui me martyrisent, qui m'arrachent la peau, qui me gèlent les orteils. Je ne les enlèverai pas, même lorsque je serai toute nue, tant qu'ils ne tomberont pas tout seuls, de plaisir.

Quelle chance que tous les cafés ferment soudain à

notre arrivée. Il y a quelques instants, j'aurais tout donné pour avaler un thé bien chaud avec un nuage de lait, ça c'est de la chance, mais je ne dis plus rien parce que nous sommes déjà dans les bras l'un de l'autre, en train de nous embrasser, tout près de l'iceberg, et tout est en train de bouger autour de nous, au centre du monde il y a du plaisir, c'est excellent pour la circulation, et cet air si chaud qui monte à la tête, une chaleur de châtaignes grillées à l'intérieur de leur propre bogue.

Quelle chance le wagon du métro vide au début du trajet, le wagon nuptial, du dimanche après-midi, qui brinquebale et nous secoue dans tous les sens.

Quelle chance d'avoir conservé le feu à l'intérieur de la bouche. Le feu que m'avait confié la jeune fille de Camden Town.

Quelle chance lorsque nous avons ouvert la porte rouge. Quelle chance tandis que nous gravissions les marches de l'escalier. Quelle chance lorsque nous étions entrés dans la chambre et que nous nous étions enlacés devant la fenêtre. Quelle chance que quelqu'un te conduise du froid à la chaleur. De l'autre côté du vent, tout en restant dans le vent.

Depuis la fenêtre, nous pouvons apercevoir les petits jardins plantés d'arbres. On ne peut pas s'approcher d'eux. Notre clé est un appartement. Mais à présent nous pouvons tous les visiter, sauter par-dessus les haies, aller et venir portés par le vent. Les tableaux ce n'est pas mal, mais il n'est rien de mieux qu'une fenêtre. Les fenêtres encadreront toujours mieux les amants qui s'enlacent. Tout ce que nous voyons prend la forme d'une sorte d'enlacement. Même le train, les palissades publicitaires, les fils de fer barbelés, qui tentent de faire peur, le sac de plastique, lancé en l'air, il monte, monte, mais atterrit à nouveau, avec la nostalgie du poids, comme si j'étais en train de chercher ce qu'il y avait eu à l'intérieur.

Le vent est le même, mais chaque arbre possède le sien. Ils ne vont pas dans la même direction. Et de toute façon, c'est la même chose qui se produit avec les branches d'un même arbre, elles s'agitent différemment, comme si elles arrachaient des rafales au vent. Le bouleau est l'arbre qui s'agite le plus, celui qui s'enlace le plus facilement. Il lui reste encore quelques feuilles. Ça, c'est encore un mystère. Sur tous les arbres, il y a toujours quelques feuilles qui ne tombent jamais. Elles ne tombent pas ? Tu verras. Et c'est pareil avec la pluie. Ce que je veux dire, c'est que la pluie est toujours la même, mais que chaque arbre et chaque arbuste possède la sienne. La grosseur et le brillant des gouttes sont très différents. Regarde comment les gouttes d'eau restent suspendues après la pluie. De quelle façon elles se posent sur les branches, sur les bourgeons, à l'extrémité des bourgeons. Elles se placent comme des notes sur une portée de musique. Pas seulement les arbres. Chaque maison possède aussi sa pluie bien à elle. Et chaque fenêtre. Cette fenêtre.

Quelle chance.

Quelle chance ce vent.

Quelle chance la pluie. Les notes qui glissent le long de la fenêtre.

Quelle chance tu as, me disait-on, d'avoir trouvé un compagnon comme Pementa.

Quelle chance, murmurait Pementa lorsqu'il tombait sur mon grain de beauté dans mon dos. Quelle chance. On se balançait, on faisait la balançoire sur le lit à eau, il trouvait le grain de beauté sur mon dos, le cercle de ses lèvres autour, comme une ventouse, une langue en train de susurrer, d'écrire. Quelle chance. C'était un murmure que j'entendais à travers ma peau, qui résonnait dans la grotte de ma poitrine, à cheval sur mon cœur, qui grimpait le long de ma gorge, qui surgissait de moi comme une prunelle. Le grain de beauté tout noir qui éclot, Snowdon, la rose de Kew, la rose blanche sur le chemin d'Elviña, les bottes en caoutchouc bleues, les chaussures à talons aiguilles, tout ce qui me plaira, tout, tout ce remue-ménage sur le lit à eau, le grain de beauté noir, la rose blanche.

Quelle chance.

Le décoré

Il était en train d'ouvrir la porte de service de l'appartement de la Marina lorsque, soudain, quelqu'un de plus rapide que lui ouvrit de l'intérieur. Le cauchemar qui l'assaillait quelquefois. Gabriel ne l'avait vue qu'une fois. Ils avaient à peu près le même âge. Mais lui c'était le fils et elle la femme de son père. La coiffure, les cheveux en cloche, lissés, cuivrés, assortis à la cloche de sa robe. Avec des mèches dorées, peut-être un prolongement des lettres imprimées sur le faire-part du mariage auquel il n'avait pas assisté. Gabriel, le Bizarre, avait envoyé un télégramme glacial et irréprochable. *Katechon*, pensa-t-il à présent. Katechon qui garde les années passées à distance, bien qu'elles soient là, en train de tourner autour de chacun, comme un carrousel invisible. Non, Ricardo n'est pas là, je suis désolée. Il n'arrête pas. Il avait une obligation impossible à remettre, et puis un déjeuner très important avec la commission de l'Académie de Sciences Politiques et Morales qui, comme tu devrais le savoir, mais tu ne le sais pas, est de passage chez nous. C'est un grand honneur qu'on lui fait, quelque chose d'insolite. Bien que nous habitions à Madrid. La cérémonie va avoir lieu ici, en été. Ils vont se déplacer eux-mêmes pour venir lui rendre hommage. Tu peux imaginer dans quel état ça le met, après avoir reçu la médaille de Raimundo de Peñafort.

Et, outre sa décoration… comment va-t-il ?

Il n'aurait pas dû poser cette question. Elle n'attendait que cela pour répondre avec un de ces directs fatidiques que l'on échange d'ordinaire sur le ring.

Il a un esprit de gamin. Il est comme un chêne vert. En train de vivre un nouveau printemps.

Tu m'en diras tant.

Il est insupportable, ajouta-t-elle avec un sourire triomphant, comme si elle parlait d'un gamin. Il n'arrête pas.

Oui, dans ce premier contact, elle était en train de lui mettre une bonne avoinée du revers de sa langue. Et il était là, lui, à chercher le péché, la souillure de l'histoire, mais elle allait se charger de le lui faire payer cher.

Et voilà un autre direct.

Il est en pleine forme. Il se lève tous les jours très tôt, alors qu'il fait encore nuit, il fait sa gymnastique sur la peau d'ours, tu sais bien, il travaille dans son cabinet et puis il se rend à la première messe. Il refuse catégoriquement la sieste. Avant de manger il pique un petit somme, assis sur sa chaise, tu sais bien, il dodeline quelques instants de la tête, c'est ce qu'il appelle le sommeil du mouton.

Il est en train d'attendre qu'elle lui demande s'il veut entrer. Tu veux entrer ? Mais pas du tout. Elle dit : Je suis désolée de ne pas te proposer d'entrer, mais je m'en allais juste maintenant. La prochaine fois, ne viens pas par-derrière, comme un maquisard. Sonne d'abord à la porte d'entrée.

Elle leva son index, un de ces mouvements apparemment spontanés qui sont symboliquement destinés à contrarier son interlocuteur : Je suis pressée !

Ricardo et moi allons déjeuner en compagnie de la commission d'honneur de l'Académie de Sciences Politiques et Morales. C'est la reconnaissance de toute une vie vouée au Droit et à la Justice. Un travail obstiné, discret, rigoureux, toujours apolitique et neutre. Le travail d'un serviteur exemplaire de l'État. Je lui transmettrai ton bonjour.

Purple rain

À La Boîte de Pandore. Autour de l'aquarium, des gens qui parient. Des dragons jumeaux sont en train de s'affronter. Grandes gueules de petits poissons. Ils se déchiquettent en quelques secondes. Le présentateur annonce de nouveaux combats avec le sérieux d'un croupier qui distribue les cartes. Zonzo propose la boisson de la maison. Purple rain. Elle est là, en train de chanter des fados. C'est la raison pour laquelle je suis venu, je voulais me laisser aller, après tout ce temps. L'effet de sa voix : un pinceau qui parcourt la main en dessinant le paysage d'un *souvenir**, celui qui consiste à marcher sur l'herbe clairsemée de la falaise.

Alors tu es devenu juge ? demanda Zonzo.

Oui. C'est mon travail.

C'est un bon travail que de rendre la justice et tout le reste. Mais il faut être plus dur que ça. Le monde va à vau-l'eau. Il n'y a plus aucune morale. Il n'y a plus d'autorité.

De quelle façon Manlle est-il mort ?

Je n'en sais rien. Je n'en connais pas les détails. Il paraît qu'il est mort à sa façon. Lentement.

Ce n'est pas très normal de mourir d'un coup de harpon.

Et pourquoi pas ? Il était allé à la mer.

Gabriel Samos se dit qu'il n'en saurait pas plus. Il se souvenait de Zonzo. C'était un garçon qui pouvait se fermer comme une huître. Insister n'avait pas de sens.

Il n'a pas dû y aller tout seul, lança Zonzo par surprise. Mais tu sais comment il était. Non, non tu ne le sais pas. Qu'est-ce que tu peux savoir de lui ? Il voulait être partout, il voulait tout faire lui-même. Que faisait-il sur la plage, lui, en train de fouiller l'épave, à cause de ce chargement qui avait disparu ? Quelqu'un l'avait volé, oui, et alors ? Moi je dis ce qui s'est dit, à l'époque. Tu te souviens de cette Bible pleine de billets que je t'avais montrée ? Tu t'en souviens ? Une fois, il est allé échanger cette Bible contre une femme. À la Gare Centrale de Bruxelles. C'était une femme qu'ils avaient ramenée de l'Est. Qu'est-ce qu'il avait besoin de se déplacer lui-même pour mener cette affaire ? Eh bien, il y est allé. Il manquait un orteil à cette femme. Il s'en est aperçu un peu plus tard. Il avait voulu l'essayer dans une auberge. À son âge, il voulait toujours tout faire lui-même. Et il s'était aperçu qu'il lui manquait un orteil. Il aurait dû laisser tomber. C'est une marque d'esclavage qu'on pratique parfois sur les femmes qu'on met en vente. Et alors, il est retourné à la Gare Centrale, il a voulu rompre le contrat, il a exigé qu'on lui rende sa Bible avec les billets. Il disait qu'il avait acheté une femme entière. Il voulait tout faire lui-même. Et il a fini avec un harpon planté dans la poitrine. Va-t'en savoir qui c'est qui lui a fait ça.

Ta mère chante vraiment de mieux en mieux.

Elle passe de temps en temps.

Je me souviens qu'elle était toujours à sa fenêtre.

Elle est toujours à sa fenêtre. Elle regarde passer les bateaux.

Les patrouilleurs des Douanes ?

Non. Avec ironie : Les voiliers.

La Coccinella septempunctata

Théâtre national de Gennevilliers.
Printemps 1994

Il avait passé une nuit blanche. Il avait l'affiche du spectacle en tête. Et il avait lu les critiques des journaux qui étaient très bonnes, quelques-unes enthousiastes. La femme à la voix rauque incarnait le roi Lear. Trois heures sur scène, six jours par semaine. Dans le fond, il préféra ne pas avoir réussi à obtenir de places pour les premières représentations. Il en profiterait pour voir autre chose à Paris, sans être gêné par la chaleur. Il se souvenait d'un mois d'août où il avait réussi à survivre au Jardin des Plantes et au cimetière du Père-Lachaise. Il avait l'impression de revoir la mémoire acrylique de ces pas poisseux de touristes, sur les trottoirs. Mais il apprécia surtout ce sursis comme une espèce de deuil. Il prit la valise qui contenait les pièces à conviction les plus compromettantes : les livres des chants brûlés, avec cette vivacité propre aux survivants. Ensuite, la copie d'un document avec la liste des œuvres confisquées et emprisonnées. Les livres décédés. Quelques cartes postales écrites depuis le Sanatorium du château de Durtol. Une loupe. Il n'avait pas choisi les ouvrages qu'il apportait en fonction de leur valeur littéraire ou bibliographique. Il s'était contenté de se laisser guider par le désir de sa main. Il avait pris les premiers livres qu'il avait lus, parmi ceux qui portaient les marques du feu. Le début de sa culture secrète. Il avait prévu de lui raconter la résistance des livres du 12 de la rue Panadeiras. Nombreux étaient ceux qui avaient péri. Mais quelques-uns avaient survécu au feu, à l'humidité du cachot, aux voleurs du Palais de Justice. Les livres qu'il avait apportés avaient autre chose en commun : la signature stylée de Santiago Casarès, en guise de portrait calligraphique élégant et dandy. Une signature anthropomorphe.

Il se rendit rue de Vaugirard et chercha du regard le sixième étage du numéro 168. Il fut tenté de monter et de demander qui vivait dans le *pigeonnier*, dans cette mansarde qui avait été la première demeure de l'exil. Mais il réfréna son instinct de détective. Ensuite, vers midi, il prit un taxi et décida de se rendre rue Asseline.

Il commit une erreur.

Il passa devant la maison. Il eut l'impression d'entendre un journal télévisé derrière la porte. Mais depuis la rue, on ne pouvait rien voir. Il y avait une fenêtre avec un rideau brodé, renforcé par un double rideau épais. Il aurait pu sonner à la porte, mais il n'avait pas les livres sur lui. Ce n'était qu'une incursion furtive, l'urgence de se rendre rue Asseline, de voir le plus vite possible, après la dernière sortie du 12 de la rue Panadeiras, où avait mené le dramatique corridor de l'Histoire. Mais il avait tout laissé dans sa chambre d'hôtel. Ce serait absurde de se présenter et de balbutier un récit sans rien pour l'étayer. Que penserait-elle ? Elle se méfierait de quelqu'un qui se présente ainsi, en soulevant toute cette poussière. Un juge, fils d'un autre juge franquiste, qui vient lui parler des livres qui ont survécu.

Peut-être pas. Peut-être sait-elle apprécier ces surprises de la vie. Quelqu'un qui, à vingt-huit ans, a été la princesse morte dans *Orphée* de Jean Cocteau et qui, à soixante-douze, est capable de jouer le roi Lear doit certainement être quelqu'un de courageux.

Il entra dans un restaurant portugais, à l'angle de la rue. La plupart des clients étaient des ouvriers du bâtiment ou des mécaniciens, cela se voyait à leur tenue de travail. Il avait envie de déjeuner dans un lieu tel que celui-ci, le vin était servi en pichet, directement tiré du tonneau, et la table était recouverte d'une toile cirée. Il s'assit près d'une fenêtre. Et il l'aperçut. Il la vit se diriger vers le restaurant portugais. L'erreur qu'il avait commise, c'était de ne pas arrêter de la regarder. Car la plupart des ouvriers avaient également regardé dans sa direction lorsqu'elle était entrée. Quelques-uns devaient la connaître. En tout cas, rien chez elle n'attirait particulièrement l'attention, sauf elle-même. Elle portait des bottines, un pantalon et un pull sombres, bleu et noir. Elle avait les cheveux très courts, des cheveux blancs. Lorsqu'elle pénétra discrètement dans la salle, ses yeux entrèrent tout de suite en scène. Elle possédait une présence féminine où la question de savoir si elle était seule ou pas ne se posait pas. Elle avait un regard libre, libéré.

Voilà pourquoi Gabriel Samos commit l'erreur de la regarder avec insistance. Il ne le fit pas volontairement, il n'en eut même pas conscience. Elle, oui, elle s'en aperçut. À un moment elle lui retourna un regard très sévère, tandis qu'elle allumait une cigarette, peut-être pour éviter de faire une réflexion à cette espèce de voyeur. Il eut honte. Au lieu de s'avancer vers elle, il essaya de dissimuler. Et c'est ainsi que, n'osant ni dire ni tenter quelque chose, il passa définitivement pour un intrus.

Le Théâtre de Gennevilliers a vendu toutes les

places pour ce soir et pour demain soir. On joue *La Tragédie du roi Lear* à guichet fermé. Une femme, Maria Casarès, joue le rôle du roi légendaire. Les critiques sont très élogieuses. On y parle de son énergie, de sa voix rauque, de son visage buriné au grand air de la scène. Elle avait déjà joué dans *Le Songe d'une nuit d'été* et dans *Macbeth*. Lear l'avait attendue tout ce temps. Et à présent, elle est Lear. Le roi a le même nom que le dieu de la mer chez les anciens Bretons. Maria réfléchissait beaucoup en termes de nature pour cerner son caractère. La mer était forte et mélancolique, impulsive et douce, brutale et amoureuse. Pour elle, l'idéal de la beauté mature, c'était de posséder le visage tanné des gens de la mer du Finisterre atlantique. Puisqu'elle ne pouvait pas vivre en Galice, elle regrettait de ne pas pouvoir vivre en Bretagne non plus. Mais pour elle, le théâtre était un Finisterre, une falaise ventée. Après soixante-dix ans, la sculpture de son visage était enfin celle d'une vieille femme tannée par la mer.

Parmi les livres que la famille avait emportés dans leur dernier voyage de La Corogne à Madrid, et qui la suivirent en exil, il y avait les œuvres de Shakespeare, de Valle-Inclán, de Manuel Curros Enríquez. C'était le poète préféré de son père. Il y a un souvenir qui la poursuit où qu'elle aille. Ce n'est pas un spectre qui la poursuit, mais un lieu composé de voix vers lequel elle revient toujours si le besoin s'en fait sentir. La sensation que cela lui procure est chaleureuse et étrange. Un exil à l'intérieur de l'exil. Pour qu'elle s'endorme, son père lui récite *Melodía galega*. Il lui récite des passages d'*Aires da miña terra*, des vers qu'il connaît par cœur, et qui ne semblent pas tirés de la même mémoire qui joue avec les cothurnes de l'opéra, mais qui vient d'un autre endroit, d'une grotte profonde.

Allez, une autre becquée ?

Allez !

C'est ainsi qu'il appelle chaque strophe de la mélodie, de la même façon que la quantité de nourriture qu'un oiseau peut prendre dans son bec pour nourrir ses petits. Depuis cela, Maria pense que ce sont les vers qui lui rappellent son père, Santiago, en train de les lui susurrer, collé à son petit lit, la nuit tombée. Quand elle était enfant, des périodes d'activité frénétique et de brutaux effondrements, causés par la maladie, se succédaient dans la vie de son père. Les vers de la *Melodía* lui rappellent les traits d'un visage qui se configure progressivement à mesure qu'il les récite. Des traits qui contiennent le mystère de la vie : ce qui se cache derrière les yeux. Comme lorsqu'elle était allée lui rendre visite à la prison Modelo de Madrid. Elle avait huit ans. Il a été emprisonné parce qu'il faisait partie du gouvernement républicain à l'époque de la dictature de Berenguer, derrière laquelle la monarchie s'était protégée. Elle le regarde avec horreur. Elle ne voit que le « fantôme de son père ». Un clochard détruit par la tuberculose et la prison. Tout a changé. Il ne subsiste plus rien de son foyer chaleureux. La seule chose qui reste est ce qui se trouve derrière les yeux. Voilà pourquoi la mélodie ne la berce plus, au contraire, elle la réveille encore plus, elle l'accompagne dans sa veille. À présent la mélodie se souvient à sa place. À chaque endroit où elle se trouve, là où elle en a besoin. Dans son *pigeonnier* de la rue de Vaugirard. À La Vergne, sa maison de la Charente. Dans la rue Asseline. Dans toutes ses tournées artistiques, dans toutes les solitudes qui succèdent aux succès artistiques. Elle possède des photos, des cartes postales, des lettres, de petits objets personnels qu'elle conserve comme des reliques ou comme des talismans. Mais rien qui ressemble à ces vers sauvés de la destruction, du feu. C'est quelque chose qu'aucun tyran ou gouverneur despotique ne peut imaginer. La mélodie protégée par l'humidité de la bouche ou, comme le disait son père, Santiago, logée dans un angle de l'arche occipitale. La mélodie qui parle de la sirène (qui possède le chant), du serpent (qui possède le souffle), de Dieu (qui possède l'enfer).

Ti tés d'abondo
C'o que tés escondido
N-eses teus ollos.

(Tu en as bien assez / avec ce qui est caché / derrière tes yeux.)

Shakespeare eut la chance de faire le voyage de La Corogne à Madrid, lorsque son père fut nommé ministre. C'est grâce à cela qu'il eut la vie sauve. Ensuite, il les accompagna en exil. À présent il se trouvait en bonne place dans la bibliothèque de la rue Asseline. Elle avait besoin d'avoir toujours ces livres à la vue, à portée de main. Elle aimait le poids qu'ils avaient. Ce poids semblable à celui des dalles et des arches. Ils contenaient tous les autres livres. Tous les livres décédés du 12 rue Panadeiras. Lorsqu'elle accepta le rôle du roi Lear, alors qu'elle venait d'avoir soixante-dix ans, elle relut la pièce dans un des volumes sauvés. Elle suivit chaque ligne avec le doigt. À Madrid, son père avait eu une secrétaire qui lisait ainsi les livres qu'elle aimait, en fouillant dans les mots avec ses longs ongles vernis. Le doigt suivait le sillon des mots, comme si en plus de lire avec les yeux, le toucher lui aussi lisait. Elle avait entendu son père parler d'un de ses amis commandant qui avait appris le braille pour pouvoir lire dans l'obscurité, pendant les nuits de guerre. Lorsqu'on lui proposa d'incarner le roi Lear, elle ressentit une joie diffuse. Le même sentiment que lui inspiraient les orages de fin d'été, lorsque les poutres et les contrefiches du ciel de Paris ne pouvaient plus résister, et qu'arrivaient enfin les nuages de l'Atlantique contenant toute la haute mer. C'était elle — prends garde, Paris — qui arrivait avec la tempête à l'intérieur de sa tête. Le bonheur perturbant du premier coup de tonnerre après la sécheresse. Cinquante-sept ans s'étaient écoulés depuis son départ de Madrid pour rejoindre l'exil. La première chose qu'elle fit, ce fut de prendre le volume dans le rayonnage et de relire encore une fois, en appuyant les yeux sur les rails de son index, sur l'ongle long, cette histoire « qui eut lieu en ces temps lointains et sombres où l'amour périssait, où l'amitié ne valait pas grand-chose, et où les frères luttaient les uns contre les autres... ». À présent, le doigt s'arrête et tambourine tandis que les sourcils se froncent et que la voix du corps ouvert murmure l'ironie du narrateur qui traverse les siècles : « Il existe des doutes sérieux sur la véracité historique de cette légende. Les basses passions qui se déchaînent ici ont été éradiquées par l'humanité. » Le doigt s'arrête. Savant William. La morsure de l'ironie. Le narrateur nous met tous en éveil, avec son démenti. Les basses passions éradiquées par l'humanité ? Oui, mon vieux, oui. Maria est en train d'imaginer les visages du public, à présent déterminés à croire à la véracité de l'histoire et persuadés qu'on va découvrir ses rapports avec notre temps.

Le public ? Elle choisit toujours un visage. Qui devient une marque, une flamme.

Gabriel est convaincu par ce qu'il est en train de regarder. Il y a des acteurs qui adoptent cette méthode. Qui cherchent un point de référence, un visage à qui s'adresser parmi le public. Mais pourquoi lui, justement lui ? Il est assis au troisième rang. Il est tenté de détourner son regard. Peut-être n'est-ce qu'une fausse impression. Peut-être le regard de Maria Casarès a-t-il volontairement pris cette précision diffuse. Il a peut-être cette capacité de s'adresser en même temps à tous et à chacun des visages du public. Oui, ce doit être ça. Non. C'est lui qu'elle est en train de regarder, lorsqu'elle regarde le public. À présent, il n'y a plus le moindre doute. Le paquet se trouve sur ses cuisses, sous son caban plié. On dirait qu'elle le sent. C'est un petit paquet contenant trois livres et les feuillets du rapport de l'inspecteur des Archives de la Zone Nord-Ouest, en 1955, un fonctionnaire qui semble avoir été très pointilleux, mais qui a préféré ne pas révéler son nom. Il ne manquerait plus maintenant que les livres se mettent à bouger, à fumer comme une braise mal éteinte. Le soir, à l'hôtel, il avait réfléchi à la façon dont allait se passer la restitution symbolique qu'il avait imaginée.

Elle, Lear, se tourne à présent vers lui et le regarde fixement : « Tu es l'être, lui-même. L'homme pur ne sera jamais qu'un pauvre animal, nu et debout comme toi. Hors de ma vue, mes oripeaux ! Viens, et déshabille-moi. »

Ce soir-là, en sortant du théâtre de Gennevilliers, on remit à Maria Casarès quelques lettres et quelques notes de spectateurs. Et aussi un paquet. Elle aurait pu dire qu'elle avait eu un pressentiment, mais qu'elle n'avait pas eu le temps de lui donner une consistance. La première chose qu'elle remarqua, écrite en grandes lettres, ce fut l'expéditeur. 12 rue Panadeiras. Et, en guise de timbre, un dessin de la *Coccinella septempunctata*.

Le travailleur de l'éternité

Vous avez de la visite, Francisco ! dit Aphrodite depuis la porte d'entrée. Le surveillant et elle conduisaient un lit à roulettes qu'ils installèrent dans la moitié libre de la pièce. Polca voyait tout à travers de grandes taches qui tiraient vers une clarté diffuse, c'était exactement le contraire de l'idée qu'il s'était toujours faite de la cécité, celle de pénétrer dans une pénombre de plus en plus sombre et sans retour. Ce qu'il perçut de son nouveau compagnon d'hôpital ne fut qu'une tête toute blanche et rien d'autre. Ensuite Aphrodite — c'est ainsi qu'il appelait l'infirmière, cette femme qui avait la beauté d'être joyeuse et aimable — tira le rideau entre les deux lits, en cherchant à créer deux compartiments dans la même chambre.

Il paraît que c'est une autorité, dit à voix basse l'infirmière à l'adresse de Polca. Un juge. Lui aussi a été victime d'un infarctus. Il arrive tout juste de l'unité de Soins Intensifs. Nous ne tarderons pas à le conduire dans une chambre individuelle. C'est quelqu'un qui est haut placé. Il a été désigné par le doigt de Dieu.

Devant une telle confidence, Polca se tut, mais lorsque l'infirmière prit congé de lui, il lança à haute voix : Si vous avez besoin d'un fossoyeur, vous savez où me trouver, ma belle ! Si vous avez besoin d'un travailleur pour l'éternité !

Il se demanda si le geste qu'avait fait l'infirmière, depuis la porte, était un geste d'au revoir ou si c'était plutôt un autre genre de message. Il eut l'impression, ça c'est certain, qu'elle souriait.

Pourquoi avez-vous dit cela ?

Polca fut étonné que l'homme derrière le rideau se mette tout de suite à parler. En fait, Polca était tombé dans une somnolence de mi-journée. Il tentait de recoudre les grands lambeaux de taches blanches et grises. De remettre en ordre ces lambeaux avant que sa fille n'arrive. Tant de temps sans lui avouer qu'il était en train de perdre la vue. Qu'il ne pouvait plus lire. Et enterrer, il ne pouvait pas enterrer non plus. Ou du moins, ce n'était plus lui qui creusait et jetait les pelletées de terre sur le côté ou scellait les caveaux. Lorsqu'on le lui demandait, oui, il acceptait de jouer de la cornemuse. Une marche. *A nai*, ou celle de l'*Ancien royaume de Galice*, ou celle de *San Benito*, ou celle de *Laíño* qui lui plaisait tant, car elle sonnait bien, que ce soit pour le berceau ou pour le cercueil. Le soir, il écoutait la radio, c'était ce qu'il préférait. Tourner le bouton et écouter les émissions en langues étrangères. Les mots sonnent vraiment bien, lorsqu'on ne les comprend pas. Une espèce de courant animal le traversait alors. Il ne pouvait déjà presque plus lire, mais parfois il ouvrait son sac de cuir et il tenait les livres entre ses mains. Il sentait aussi le courant qui passait. Il se souvenait de Joan Sert, son camarade de prison, l'architecte catalan qui s'était enfui avec un passeport portugais et qui avait étudié le braille pour pouvoir lire pendant la nuit. À présent, il imitait les choses que faisait son camarade. Il ne connaissait pas le braille, mais il pouvait l'imaginer.

Ses doigts suivaient un relief, une géographie sur le papier. Il sentait une certaine excitation, la façon dont les mots se hérissaient sous la pulpe de ses doigts. Il pouvait réciter d'un seul jet tout le livre de l'homme invisible.

Qu'est-ce que j'ai dit ?

Votre histoire de travailler pour l'éternité.

Je suis fossoyeur, monsieur.

Ce que vous dites, c'est du Shakespeare, jugea le juge. Tout le monde le sait !

La matière qui ne se crée pas, qui ne se perd pas, qui se transforme.

Cela, en revanche, ce sont des sornettes !

Sa réaction eut le même effet que s'il avait demandé le silence et Polca exécuta l'ordre presque avec plaisir. Il avait beaucoup à faire, il avait beaucoup trop de travail pour perdre son temps à s'occuper de calmer la colère de cet homme furieux. Lui, il était sur le chemin du retour, il était en train de faire le bilan de sa vie, de discuter avec le curé. De tous les souvenirs qu'il avait accumulés, c'était le seul épisode historique dont il avait l'impression d'être sorti victorieux. Il avait dû le convaincre que lui, Polca, pouvait devenir fossoyeur. Qu'il allait accomplir correctement sa tâche. On ne voulait pas de lui sur les chantiers de maçonnerie, ni à la Centrale Laitière, ni à Coca-Cola. Un boiteux qui commence à se faire vieux, et avec tous les antécédents qu'il se traîne. Cette fois-là, oui, on pouvait dire que le soleil avait frappé à sa porte. Les fourmillements lui remontaient le long des jambes, s'emparaient de tout son corps, surtout l'hiver. Et Olinda qui n'arrêtait pas de trimballer des ballots de linge. Il fallait bien qu'il ramène un peu d'argent à la maison. Il était boiteux, c'était une victime de la guerre. Mais il ne possédait pas ce statut. Seuls les vainqueurs pouvaient prétendre à devenir d'anciens combattants. Lui, ce n'était que quelqu'un qui avait été prisonnier, quelqu'un qui A-Dû-Faire-Quelque-Chose. Ceux qui lui imputaient cette sombre identité, Il-A-Dû-Faire-Quelque-Chose, ne savaient pas exactement ce qu'il avait fait. Ils ne connaissaient rien du secret qu'il partageait avec Olinda. Ils ne pouvaient pas imaginer qu'ils avaient tous les deux réussi à faire dérailler des convois chargés de wolfram, à couler des bateaux remplis de ce minerai destiné aux usines d'armement nazies. Il-A-Dû-Faire-Quelque-Chose. Bien entendu que j'ai fait quelque chose. Bien plus qu'ils ne le pensent. À présent il lui fallait convaincre le curé que le travail de fossoyeur lui convenait parfaitement. Il en était là de sa mémoire. Au moment où le curé était en train de s'excuser, ça c'était un pas historique, pour ce qu'il avait fait à Ó, pour avoir obligé la gamine à compter une à une 666 châtaignes, le chiffre du diable. Au moment où le curé avait dit qu'il était irritable et chauve, mais pas autant que le prophète vengeur de la Bible auquel l'avait comparé Polca. Au moment où ils avaient commencé à parler des noces de Cana. Du premier miracle du Christ. De ce qui s'était passé avec le vin. Il connaissait tous les Évangiles par cœur, mot à mot, comme la sainte messe en latin. Car il avait toujours été passionné par ce chapitre. Il renfermait quelque chose de très séduisant. Un mystère. Ce qui s'y disait était aussi passionnant que ce qu'on évitait de dire. Le Christ n'avait pas du tout eu l'intention de faire son premier miracle. Mais il avait dû s'exécuter. Ç'avait été une histoire de famille, un acharnement de sa mère, de Marie, pour sauver l'honneur de ses parents. Qu'est-ce que ça peut te faire ? disait sa mère à Jésus. Il faut que tu nous tires de ce pétrin. Une noce sans vin, où a-t-on déjà vu une chose pareille ? Que vont dire les gens ? Ces espèces de radins, qui comptent leurs graines de fèves, qui ne donnent même pas les os à ronger à leur chien ! Marie avait raison. Elle connaissait bien la musique. Mais je crois que le Christ en a toujours un peu voulu à sa mère de l'avoir obligé à réaliser cette espèce de caprice : changer l'eau en vin.

Une protestation traversa le rideau derrière lequel était caché l'homme. L'homme caché avait décidé qu'il fallait rompre le silence. C'était une protestation conciliatrice.

Ce que vous avez dit tout à l'heure, il est clair que c'était un toast porté en l'honneur de Shakespeare. Je m'y associe. Il fallait bien que la culture se trouvât quelque part. Je me demandais où et voilà que je la trouve ici, à l'hôpital. Dans le service de Soins Intensifs.

Le cœur battant fort à nouveau. Aphrodite lui avait dit que, chez certains patients ayant subi un infarctus, il se produit une réaction exultante. Une fausse sensation de pouvoir. Le corps offert, pléthorique. Des gens très réservés deviennent soudain très bavards. Extrêmement aimables. Quelle merveille, dit l'homme caché, de se retrouver en compagnie de quelqu'un qui connaît parfaitement les Saintes Écritures.

Lui, il est devenu complètement extraverti et moi c'est un peu le contraire, avait expliqué Polca à l'infirmière. Tu aurais dû me voir quand tout allait bien. *Et Verbum caro factum est, et habitavit in nobies*...

Vous pourriez faire un excellent Saint-Père, monsieur Francisco.

Appelle-moi Polca, ma belle. Lorsque j'étais jeune tout le monde m'appelait Polca. Et puis j'ai déjà été Pape. Au Carnaval. C'est un miracle si je n'ai jamais été martyr.

C'est, en quelque sorte, exactement de cela qu'elle voulait parler. Les médecins étaient effarés de ce qu'ils avaient trouvé dans son cœur. Dans le cœur de Polca. Ce n'était pas un banal cas de récupération rapide, non. Il battait lentement. Très lentement. Ce qui était incroyable, c'est qu'il avait résisté jusqu'alors. Et en plus de cela, il y avait d'autres complications. Polca savait déjà qu'il avait d'autres complications. Ce qui s'était passé avec son cœur était nonobstant surprenant. C'était un cas clinique.

Je ne veux absolument pas être un cas, dit-il méfiant. Que se passe-t-il avec mon cœur ?

Votre cœur est un livre ouvert, expliqua Aphrodite. Avant celui-ci, vous avez déjà eu deux infarctus. On voit les cicatrices. Les médecins ne comprennent pas comment vous avez pu survivre sans surveillance médicale. Vous ne vous souvenez pas ? Pourtant vous avez bien dû sentir la vie vous filer entre les doigts.

C'est vrai que quelquefois il a pu m'arriver d'oublier de respirer.

Et qu'est-ce que vous avez fait à ce moment-là ?

J'ai tiré sur mon souffle. Il m'a fallu tirer sur mon souffle. Et m'extraire les fers de la mort.

Et donc, vous dites que tout ça est écrit dans le cœur ? Lorsque l'histoire des livres s'était produite, il avait senti pendant plusieurs jours son bras droit endormi. Il n'avait plus goût à rien, il était rénitent. Il se souvint de ce que racontait Holando, lui qui jouait toujours avec les mots. Il disait que le mot travail venait de *tripalium*, de l'outil qu'on utilise pour immobiliser les chevaux, tandis qu'on les ferre. C'est exactement cela qu'il avait éprouvé. Mais qui pouvait comprendre ce qui se passait à l'intérieur et à l'extérieur du corps ? Il ne se plaignait jamais. Car il avait extrêmement peur d'avoir peur. L'éventualité de se plaindre entraînait chez lui un tel malaise qu'il préférait en rire. Il avait entendu parler de la thyroïde, de cette glande qui fait grandir ou pas. Lui, ça le faisait surtout rire. Cette fois-là, oui, il avait carrément oublié de respirer. Il s'en était aperçu à temps. La couleur de sa peau avait déjà commencé à virer. Et tout autour de lui était devenu d'une couleur de soleil couchant, sur le point de décliner derrière l'horizon. L'autre fois où il avait également oublié de respirer, c'est lorsqu'il avait ressenti ces fourmillements dans tout son corps. Il avait beaucoup de fièvre. Il était convaincu d'être sous terre. Les fourmis pénétraient par les blessures des balles, mais aussi par tous les autres orifices de son corps. Il avait déjà fait plusieurs fois ce cauchemar dans lequel des insectes avaient envahi tout son corps. C'étaient les mouches de la mort qui étaient arrivées les premières, elles pondaient des œufs d'où sortaient des larves, et cetera. Le corps était un lieu de conquête. Mais une autre fois, les fourmis étaient aussi entrées, c'étaient des insectes très laborieux, chargés de semences, de brindilles, de mies de pain. Une fourmi transportait même une goutte de sang de canard. Une autre le bout d'une allumette avec de l'aniline rouge. Et des colonnes arrivaient avec des choses encore plus grosses. Avec un grillon qu'elles tentaient de lui mettre dans la bouche. Avec des passages du roman de *L'Homme invisible*. Son corps ne tarderait pas à devenir un réservoir. Eh bien, dis donc, mon vieux ! Et puis, il finit par se souvenir qu'il fallait respirer. Et Aphrodite disait que tout ça était écrit dans son cœur.

Et vas-y, qu'il insistait. Polca le laissa parler tout seul.

Il y a des gens qui admirent en lui l'image du grand génie de la comédie et de la tragédie, ou la façon dont il apaise les passions, mais moi il me fascine comme chroniqueur du pouvoir en action.

Chaque phrase renferme en elle-même un pouvoir de décision. Je dois reconnaître que, y compris en ce qui concerne la réflexion sur le pouvoir, l'admirable Machiavel fait figure de petit avocat aux procès sans envergure, comparé à la royale musculature de votre ami Shakespeare.

Moi, j'ai enterré plus de livres que je n'en ai lu, finit par répondre Polca, sans la moindre ironie. De façon énigmatique.

Des livres ? Vous êtes un bien étrange fossoyeur, vous !

À présent, on sentait une agitation évidente dans la façon de parler de l'homme derrière le rideau.

Oui, monsieur. Ça s'est passé la première fois que j'ai fait le fossoyeur. Ç'a été mon apprentissage, si je puis dire. J'ai d'abord enterré des livres. La plupart d'entre eux étaient des livres déjà morts. Brûlés jusqu'au cœur. Ils brûlaient déjà depuis deux jours. Mais certains d'entre eux étaient encore vivants. Ça bouillonnait encore. On les recouvrait avec de la terre et, quelques instants plus tard, des rejetons de pages vrillés comme des bourgeons recommençaient à pousser. Quel dommage ! Et pourtant, ceux qui avaient fait ce travail étaient tous des journaliers comme moi, la plupart d'entre nous n'avaient presque pas fait d'études ou même pas du tout. Quelqu'un avait même à cette occasion ouvert un livre pour la première fois de sa vie. Oui, monsieur, ç'a été quelque chose d'horrible... *une goutte de sang de canard.*

Et voilà qu'il venait de ressortir le petit refrain qui lui revenait chaque fois qu'il se sentait mal à l'aise. Le tic qui l'assaillait chaque fois qu'il avait peur de la peur. La phrase à travers laquelle il avait exprimé, tout au long de son existence, les choses indescriptibles :

Une goutte de sang de canard, parfaitement, monsieur.

Le malade caché, l'homme derrière le rideau, demeura un instant en silence, mais pas vraiment en silence. Il faisait du bruit avec son corps, qui exprimait ainsi un certain malaise. On aurait dit qu'il était en train d'essayer de se lever. Tous les deux étaient d'abord passés par les Urgences, où le temps prenait de la distance avec les corps, ensuite par l'Unité de Soins Intensifs, où le temps recommençait à bouger autour d'eux, flottant, tandis que les appareils médicaux émettaient des sons sous-marins. À présent, le temps était un temps rythmé par le sérum, qui pénétrait, goutte à goutte, dans le corps. Avec toujours le petit refrain délirant à propos du sang de canard. L'homme derrière le rideau avait tenté de le ridiculiser sur le dos de Shakespeare. Cependant, il en avait été pour ses frais, le fossoyeur s'en était sorti avec élégance. C'était un homme peu ordinaire. Un homme du peuple, pensa le juge, mais pas quelqu'un de vulgaire.

Quel genre de livres avez-vous enterrés ?

Tous les genres ! Il y avait un peu de tout. C'était au tout début de la guerre, dans cette ville. Beaucoup de gens trouvent ça bizarre. Moi, il y a même des choses que j'ai décidé de ne plus raconter. Pour ne pas passer pour un fou. Sinon, ils vont finir par se dire : Celui-là, il débloque complètement. Oui, monsieur, *une goutte de sang de canard*. Il y avait même un livre avec l'écusson de la ville. Vous voyez ce que je veux dire ? L'écusson de la ville, c'est le phare. Eh bien, au-dessus du phare, il y avait un livre. Ce livre aussi ils l'ont pris et on ne l'a plus revu. Il n'est jamais plus revenu au-dessus de l'écusson. Comme s'ils avaient aussi brûlé dans la pierre, dans le bronze. Vous n'êtes pas si jeune vous non plus. Vous avez bien dû entendre parler de ça. Qu'ils ont brûlé les livres.

Non, mentit le juge. Moi, à l'époque, je n'étais pas ici. Moi, j'aime beaucoup les livres. Et lorsque je dis beaucoup, vous ne pouvez pas imaginer combien. Je vous jure qu'il n'y a pas grand-chose dans la vie qui m'intéresse davantage que les livres. Peut-être pourriez-vous m'aider.

Je vous ai déjà dit que je n'étais pas un homme de lettres.

Mais parlez-moi des livres que vous avez enterrés. Vous devez bien vous souvenir de quelques titres. Faites un effort. Souvenez-vous donc.

Il s'en souvient, bien entendu. Les lettres composant cette samare de pin immobile sur les cendres. Ce fragment. Ce sceau. *Une goutte de sang de canard*. Le frisson. Les ongles, les os, les viscères des livres. Une odeur caractéristique qui ne se dissipe jamais et persiste dans le nez.

Des tas de livres ont brûlé. Des bibliothèques entières. Les meilleures. Celles des athénées. Celle de Germinal. Celle de Casarès Quiroga. Est-ce que vous avez déjà entendu parler de monsieur Casarès ? Ils ont même tenté d'arracher les feuilles de son acte de naissance sur le registre de l'état civil. Beaucoup de gens ont connu le même sort que le livre avec son écusson. On les a effacés.

Répondez à mes questions. Quels sont les titres des livres qui se recroquevillaient, tandis qu'on était en train de les brûler ? Quels sont les titres dont vous vous souvenez ?

Polca sentait à nouveau dans son nez l'odeur caractéristique de ce jour-là. C'était un peu comme se retrouver aux portes de l'enfer. La Bibliothèque Germinal avait entièrement brûlé. C'était une bonne bibliothèque, celle de Germinal. Car elle contenait des choses très érudites, mais aussi très pratiques. Il lui faudrait expliquer cela à l'homme derrière le rideau, mais la façon dont il lui posait les questions commençait franchement à lui déplaire. Cette impatience. Polca était en train de creuser dans l'épaisseur du temps, il ratissait de gros tas de temps. Il se souvenait et sentait à la fois. Il ne voulait pas perdre ce rythme. À la Bibliothèque Germinal, il y avait des livres pour apprendre les métiers, pour se moderniser dans sa profession. La plupart de ceux qui la fréquentaient étaient des travailleurs. Dans cette ville, l'élégance et la culture étaient un style populaire. En général, les gens qui avaient de l'argent étaient très rustres. Non, Olinda, ne t'en fais pas, je ne vais pas lui dire ça. Il me faut être prudent, tu as raison. On ne sait jamais très bien avec qui on est en train de parler.

Oui, monsieur, la matière ne se crée pas et ne se perd pas, elle ne fait que se transformer. C'est un jeune boxeur, dont le nom était Arturo da Silva, qui m'a appris ça. Il était plombier pour gagner sa vie. Pour moi, c'est une idée qui m'a toujours fait beaucoup de bien, qui m'a été très utile. C'est une chose si simple, mais il faut voir la vérité qu'elle renferme ! Vous n'êtes pas d'accord, monsieur ?

La première fois que j'étais entré à la Bibliothèque Germinal, Holando m'avait dit que pour emprunter un livre, il fallait que je m'adresse à Minerve. Minerve ? Oui, la bibliothécaire. Parfois, il pratiquait ce genre de fantaisies lyriques pour cacher sa timidité. Celle-ci s'appelle Aphrodite, celle-ci Athéna. Et ils finissaient tous par se moquer de moi, ils me disaient qu'il me manquait un peu de tempérament, et cetera. Appelle-la Minerve, avait insisté Holando. Et moi, je m'étais adressé à elle, avec mon petit bout de papier à la main. Excuse-moi, Minerve... Et maintenant, m'étais-je dit, elle va me regarder d'un air goguenard et dire tout fort, d'une voix rauque, parce qu'elle avait la voix rauque : Toi aussi, il te manque un peu de tempérament ? Mais elle n'avait rien dit. Elle avait lu le bout de papier : *Galvani et l'électricité animale*. Holando et les autres éclatèrent de rire. Quelle blague ! Et alors ? J'aurais pu lire autre chose. Mais c'est ce livre qui avait attiré mon attention. Je ne sais pas pourquoi. Ou plutôt si. Une fois, lorsque j'étais enfant, j'avais vu de quelle façon ma mère coupait le cou d'un canard. C'était la seule à avoir le courage de faire ce genre de chose, de tuer les animaux avec ses mains. Mon père était fort comme un chêne, mais il n'était pas capable de le faire. Il n'était même pas capable de tuer une souris. Pire encore. Une fois, il avait croisé une souris, dans l'escalier, et il avait crié si fort que l'animal était mort de frayeur. Et donc voilà ma mère, les manches retroussées, en train de tenir le canard. Elle lui coupe le cou. Mais il se passe quelque chose et l'animal arrive à se dégager et s'envole au-dessus de nous, sans la tête. Alors ma mère m'avait expliqué : Il avait beaucoup d'électricité à l'intérieur de lui. Je raconte cette histoire à Minerve et elle a l'air très affectée. On ne devrait pas tuer les animaux pour les manger, dit-elle. C'est ce que je pense. C'est ce que nous pensons tous, ici. L'autre jour nous avons lu les dix commandements du naturisme. Qui est-ce qui les a lus ? Holando. C'est Holando qui connaît tout ça. Holando s'approche. Et il commence à discuter avec Minerve, il est enchanté, bien entendu. Elle était en train de travailler à un nouveau dictionnaire. Un dictionnaire à usage courant, dit-elle. Elle voulait classer les mots par familles. C'est joli, m'étais-je dit. Des familles de mots. Holando fut un des premiers que les fascistes avaient assassiné. Ils l'avaient assassiné en même temps que le champion de Galice. Ils ont commencé par les meilleurs.

Abrégez donc. Et les livres ? Que se passa-t-il avec les livres ?

L'électricité est quelque chose de vraiment fantastique. Vous aussi, vous avez de l'électricité. Un arbre possède de l'électricité également. Lorsque la vie s'achève, c'est que toute l'électricité s'en va par la prise de terre. Ce livre aussi a dû brûler, celui dont le titre était *Galvani et l'électricité animale*. Moi, je l'ai cherché par la suite, mais je ne l'ai pas trouvé parmi la chair morte.

La chair ?

Les restes. Les dépouilles des livres. Ça sentait la chair brûlée.

Certains d'entre eux devaient être reliés en vélin. Cette odeur, ce devait être le cuir.

Oui, c'était peut-être ça. La chose s'est passée juste là. Pas très loin. Sur la Darse et sur la place María-Pita. Ils ont charrié beaucoup de livres pour les brûler. Les bûchers sont restés allumés pendant deux journées entières. Et moi, à l'époque, je travaillais comme ouvrier dans les jardins et ils m'avaient envoyé dans l'équipe qui devait ramasser les cendres. C'était en été. Au mois d'août. Le 19 août. Il y a des choses qu'on ne peut pas oublier. J'ai encore le corps qui tremble à cause de ce satané camion, j'ai encore l'impression que je claque des dents. Le sol était couvert de cendres, mais il y avait aussi plusieurs livres qui n'avaient pas entièrement brûlé. Le camion avait dû faire plusieurs voyages. On était allés les enterrer dans une décharge qui se trouve derrière San-Amaro, dans le Campo-de-la-Rata. On a travaillé avec des râteaux et c'est comme si on griffait de la peau, comme si on entaillait de la chair. Il y en a qui ont vomi, qui ont rendu tripes et boyaux. Après les avoir recouverts et avoir bien tout tassé avec les pieds, je sentais comme ils bouillonnaient encore. J'avais remis de la terre et j'avais encore tassé tant que je pouvais, mais malgré ça, je sentais leurs os sous mes grosses chaussures. Mais moi, après cet épisode, ils m'ont renvoyé. Ils ont dit que j'étais sur une liste parce que j'étais syndiqué. Et je ne m'en suis pas tiré à si bon compte. Ils sont revenus me chercher six mois plus tard. Moi, je m'étais déjà marié et ma femme était sur le point d'accoucher. Nous étions tous sur un petit nuage !

Polca s'attendait à ce que l'autre réagisse à son ironie. Son récit était suffisamment triste comme ça. Mais cet homme n'avait pas vraiment le sens de l'humour. Il se racla la gorge et demanda : Il n'y avait pas un Nouveau Testament ? On n'oublie pas facilement ce genre de chose.

C'était comme si on marchait sur des os, oui. Moi, ensuite, ils m'ont envoyé en prison. Et vous savez pourquoi ? Parce que je jouais. Ça ne vous semble pas très sérieux. Eh bien, ça l'est. Ils m'ont envoyé en prison parce que je jouais de la musique. On m'avait dénoncé en disant que je jouais de la musique pour les excursions organisées par le syndicat. Les gens de l'athénée avaient organisé un train spécial pour se rendre à la fête des Caneiros, à Betanzos. En amont du fleuve. Je jouais pour le syndicat, mais il faut pas exagérer, j'avais aussi joué pour la fête du Carmel. Il faut que je vous explique qu'il existe un morceau qu'on peut aussi bien jouer pour un mariage que pour un baptême, un enterrement, une marche du syndicat ou une procession. Mais, de toute façon, ce train n'a jamais quitté la gare. Et s'il l'avait quittée, il aurait été vide. Vous comprenez ? De la même manière que s'ils étaient allés leur demander de vérifier leur billet, pour le contrôle, en peu de temps, ils les ont tous arrêtés. Et ils ont tué tous ceux qui n'avaient pas eu le temps de s'enfuir. Moi, j'ai encore eu de la chance. D'abord ils m'ont emprisonné, et puis ils m'ont envoyé dans un camp de travail, dans une mine de wolfram. J'étais un vrai esclave, mais ce n'était pas ça le pire. Vous savez ce qui était le pire ? Eh bien, que lorsqu'on arrachait ce minerai, on savait que c'était pour nourrir le monstre. Vous comprenez ce que je veux dire ? Vous le comprenez ou pas ? Le monstre nazi.

Veuillez m'excuser, je vous prie, dit l'homme de derrière le rideau. Votre histoire est fort intéressante. Mais j'étais en train de penser aux livres. Au jour où vous avez enterré les livres. Vous avez dit que certains d'entre eux étaient encore vivants, n'est-ce pas !

C'est une façon de parler. Les cendres étaient bien des cendres. Mais il y en avait certains qui étaient encore presque entiers.

Pour ainsi dire, ils vous tendaient la main.

Oui. On pourrait dire ça.

Alors vous en avez profité pour en emporter quelques-uns, n'est-ce pas ?

On pouvait te tuer, pour moins que ça.

Et quand bien même, vous en avez emporté. Vous avez emporté quelques-uns de ces livres. Les Saintes Écritures dédiées à Antonio de la Trava, le Valeureux de Finisterre, par exemple.

Le Valeureux de Finisterre ? Non, non, je n'ai emporté aucun livre de ce nom.

Vous n'avez pas pu vous en empêcher, avouez-le donc. Vous avez eu pitié. C'est comme si je vous voyais faire. Vous êtes quelqu'un de bien. Vous avez donc eu pitié de ce livre et vous l'avez caché. Vous l'avez glissé sous votre chemise. Les choses se sont bien passées comme je vous les décris, n'est-ce pas ?

Je n'ai rien fait, moi. Je n'ai rien emporté. Je les ai tous enterrés, un point c'est tout. Y compris ceux dont les pages étaient toutes recroquevillées.

Je suis sûr que vous en avez gardé un. Je suis certain que vous conservez ce livre. Faites-moi confiance. Je peux vous l'acheter une fortune.

Polca tâta le mur de la pièce, il cherchait l'interrupteur. Il tomba sur la poire de la sonnette et appela de façon insistante.

Qu'est-ce qui se passe, monsieur Francisco ? Qu'est-ce que vous voulez encore ?

Aphrodite, à quelle heure mange-t-on, ici ?

Je ne t'ai pas encore raconté la meilleure, ma fille. Tu sais ce qui s'est passé ensuite ? Lorsque l'infirmière est entrée, il a eu l'air de se calmer. Ils sont ensuite venus nous apporter à manger. Il y avait du colin avec des petits pois et des pommes de terre. Et puis un yaourt. Tu sais ce que je pense du yaourt d'habitude, eh bien, je l'ai quand même mangé. Parce que lui, il n'a rien mangé du tout. Il était toujours avec son truc. En train de réfléchir. Moi, j'entendais parfaitement le bruit de ses réflexions. Je te jure qu'on l'entendait conspirer à l'intérieur de sa tête, ça ressemblait aux sifflements de ces machines médicales. Je connais bien ce bruit. C'est le grincement des mauvaises gens.

Ça le regardait s'il ne voulait pas manger. Moi, je peux être à l'article de la mort que je ne te laisse pas un seul petit pois dans l'assiette. Bon appétit, lui ai-je dit. Puis je me suis endormi. C'était une façon d'en finir avec cette histoire. Mais lorsque je me suis réveillé, il était là. Pas dans son lit, non. Il était là, debout. Accroché au pied de mon lit. En train de me regarder fixement. Grand et costaud. Tout habillé.

Tout habillé ?

Oui, enfin, il portait un peignoir très élégant, avec un col en velours, sur les épaules, par-dessus son pyjama. Merde alors ! On aurait dit le général Primo de Rivera. Ses yeux luisaient comme ceux du gars qui faisait Dracula, celui qui avait même réussi à brûler l'écran du cinéma Hercule, il avait fait deux trous, comme deux brûlures de cigarette. Ma première réaction fut de fermer les yeux. Surtout pour calmer mon cœur. Loin des yeux, loin du cœur. Il me fallait réfléchir. Et j'étais en train de réfléchir que j'avais déjà vu cet homme. Il n'était pas de notre genre. La peau de son visage n'était pas abîmée, ni celle de ses mains. Et il avait recommencé avec sa proposition.

Je peux vous offrir une fortune pour ce livre, monsieur.

Je te jure qu'il avait la même lueur dans ses yeux que le type au cinéma, Bela Lugosi. Il était en train de se transformer en cauchemar.

Ne craignez rien. Personne ne le saura. Je vous ferai une copie exacte, un fac-similé. Pour vous, ce sera comme si vous aviez toujours l'original. Et en plus de ça, un tas d'argent. Votre prix sera le mien.

Laissez-moi réfléchir, dis-je. Je m'étais dit que ça allait peut-être le calmer, mais ce fut tout le contraire. Cet homme-là était un lion. D'ailleurs, ce n'est pas le même médecin qui s'était occupé de nous. Il s'était ensuite approché de moi, tout ému, et avait pris ma main dans la sienne. Il avait un regard, comment dire, eucharistique.

Ainsi donc, c'est vous qui avez le livre du Valeureux de Finisterre ?

Je vous ai dit : Oui, monsieur. Celui-là oui que je l'ai.

Le Nouveau Testament, celui de Borrow ? insista-t-il.

Celui-là même. Celui-là.

Il vous faut me le vendre.

Nous en reparlerons.

Comment cela, nous en reparlerons ?

Nous en reparlerons. Maintenant, j'ai besoin de dormir.

Que voulais-tu que je lui dise, Ó ? Il était fou. Ça me faisait de la peine de le voir comme ça. J'en étais tout retourné.

La vérité, répondit Ó. Tu aurais dû lui dire la vérité. Et tu te débarrassais de cette histoire. Tu aurais dû lui dire que tu avais un autre livre, celui d'Élisée, comme tu dis.

Non. Je ne pouvais pas lui dire ça.

Mais pourquoi, papa ? Pourquoi tu ne pouvais pas le lui dire ?

Ça me regarde. Le livre d'Élisée Reclus, je dois le rendre. Tu le sais bien.

Ó avait parlé de cela avec son père, il y avait longtemps. Elle était dépositaire de ce secret, mais elle ne pouvait pas imaginer qu'il se sente encore coupable, après tant d'années.

Et à qui veux-tu donc le rendre, papa ? Ce livre t'appartient. Il est plus à toi qu'à quiconque.

Il doit bien y avoir encore quelqu'un là-bas. Quelqu'un doit bien avoir gardé la clé. Peut-être la fameuse Minerve. Les femmes vivent plus longtemps que les hommes. Et elles sont plus conservatrices, pour les objets.

Si ce type est si fou que ça, il va peut-être recommencer à t'ennuyer. Tu aurais dû lui parler de *L'Homme invisible*. Ça, c'était la vérité.

Pour quoi faire ? Il ne voulait pas entendre la

vérité. Il m'aurait tué sur place. Je me suis aperçu qu'il était capable de commettre n'importe quelle horreur, seulement pour un livre. Alors pour les Saintes Écritures, tu n'as qu'à voir, il aurait même été capable de tuer.

Les bigarreaux

Assis à la terrasse du café de la Darse, les choses entrent et sortent de son verre rempli d'ambre et de blocs de glaçon. Il est par exemple convaincu que la nuée d'étourneaux qui dessinent un grand oiseau protecteur dans le ciel, un oiseau tramé de points, genre vignette pop, n'était pas là tout à l'heure. Il décide de les compter. À vue d'œil, il y en a cent mille. La marionnette qui vient de se placer à sa hauteur n'était pas là non plus, à hauteur de ses yeux.

Leica s'agite sur sa chaise. C'est un homme qui ne veut rien savoir des gens qui n'entrent et ne ressortent pas de son verre. Il ne discute plus avec les clients. Aujourd'hui, il a été plutôt sympathique. Une femme est venue à son studio. La sonnette le rendait nerveux, elle provoquait chez lui un malaise très particulier, d'abord il s'inquiétait, qui cela peut-il bien être ? pourquoi les gens continuent-ils à vouloir se faire photographier ?

Que voulez-vous ?

Je viens me faire photographier.

Pour quoi faire ?

C'est ça. Pour quoi faire ? Ils ne voyaient pas la catastrophe approcher ? Ils n'étaient donc pas conscients de la laideur structurelle du monde ? Ils étaient optimistes ! Suffisamment optimistes pour avoir envie de se faire photographier pour la postérité.

Mais lui, il avait changé peu à peu. Il avait passé des années terribles à tenter de se débarrasser de lui-même. Il disait qu'il avait peur de son propre corps, et que c'est pour cette raison qu'il n'osait pas se lancer dans une action de destruction. Va savoir, pensait Leica, comment va répondre cette bête. Il le haïssait à tel point, il en avait tellement par-dessus la tête de lui, de cette carcasse qui le maintenait debout, il en avait tellement peur ! Il imaginait son nez comme un tuyau d'où coulait du sang. Quelle façon ridicule de mourir, se vider comme un tonneau. Le cauchemar de marcher dans son propre sang et de se déplacer par là, comme un spectre, en laissant des traces d'acrylique sur le trottoir. Mais lui, il s'efforçait surtout de ne pas être. De temps à autre, une étude de la culture locale s'intéressait à l'existentialisme de La Corogne. La Corogne, malgré l'époque des persécutions, avait conservé sa circulation internationale, la systole et la diastole des avant-gardes, et cetera, et cetera, et lorsque le temps de l'existentialisme arriva, eh bien, il y eut des existentialistes à La Corogne. Et parmi eux Leica, notre Robert Doisneau à nous, notre Henri Cartier-Bresson. Quelle honte ! Ils ne s'étaient même pas inquiétés de savoir s'il était vivant, s'il avait quelquefois existé vraiment. Seuls l'égoïsme des cellules, l'obstination irrationnelle des organes, le fonctionnement réflexe du système respiratoire pouvaient expliquer sa présence inopportune dans ce monde.

Pourquoi, pour quoi faire ? répondit la femme. Le ton de sa voix était assorti à ses yeux et son regard était assez agréable.

Pourquoi voulez-vous vous faire photographier ?

Leica parvenait pratiquement toujours à ses fins. Il s'arrangeait pour que la personne qui voulait se faire photographier lance un regard inquiet au studio, qu'elle soit assaillie par l'idée de s'être peut-être mise dans le repaire d'un assassin psychopathe. Cette vieille toile de fond sur laquelle était dessiné le phare avait des tons sombres et elle s'était remplie de nuages. Elle renfermait une tempête. Et puis il y avait cet avion en bois. Le siège avait tout à fait l'air de ne pas servir à s'asseoir, mais à dénoncer l'absence des enfants qui s'y étaient déjà assis. Et puis il y avait aussi tous ces outils. Les appareils photo.

Je suis enrhumée. Je dois avoir le nez comme une tomate. On peut arranger ça, n'est-ce pas ?

Ce n'est pas la peine. Vous avez le nez...

Il la regarda. Il était effrayé par quelque chose qui était arrivé à sa bouche.

Grec, lança-t-il finalement. Classique.

Comme ces statues qui ont perdu leur nez ?

Ils se mirent à rire. Et il recommença à respirer. Dans le temps, il serait devenu furieux à l'idée de retoucher une photo. Dans ces situations-là, il n'avait pas le moindre égard pour ses clients. Si vous voulez être belle, hurlait-il indigné, vous vous êtes trompée d'adresse, c'est un chirurgien qu'il vous faut... ou Photo-Magicien ! Mais à présent, c'était sûr, il se passait quelque chose avec sa bouche.

Excusez-moi. Il serait préférable de faire ce portrait le plus vite possible, dit-il avec une soudaine hâte. Je dois sortir. Je dois aller photographier un mariage.

Un mariage ?

Pourquoi riait-elle ? Tout lui semblait amusant. Elle devait avoir environ la cinquantaine, mais c'était difficile à dire. Les cheveux bouclés, un corps de nageuse. Elle avait ce que le peintre Sada appelait un âge nautique. On se retrouve à contre-courant. C'est toi qui avances dans le temps, pas lui en toi.

Un mariage, à cette heure-ci ?

Et même plus tard. Aujourd'hui, il y a des gens qui se marient la nuit.

Et en traître.

La repartie de la femme le fit éclater de rire. La bouche. Que se passait-il avec sa bouche ? Il avala de la salive. Elle avait un drôle de goût, un goût d'herbe. Il s'aperçut qu'il y avait longtemps qu'il n'avait pas parlé.

Il lui demanda de se placer sur l'estrade, avec le phare d'Hercule en fond. Il y avait une table basse avec une plante, un bégonia qui, lui aussi, de façon miraculeuse, avançait dans le temps et pas l'inverse. Comme par instinct, elle chercha à se rapprocher de la plante. À présent, il était en train de s'occuper de son visage. De la lumière sur son visage. Enfin, il prêtait attention au corps de la nageuse. Il avait oublié la plaisanterie : il allait lui demander si c'était une des Esther Williams du Club del Mar. Il apercevait son visage hors de l'eau. Ses boucles entrelacées avec les algues.

Elle était d'une beauté intolérable. Quand et où avait-il lu cette phrase ? Il se disait que l'alcool était une sorte d'eau de Javel pour la mémoire. Qui allait tout effacer. L'imagination. Les rêves. La culture. Les bêtises.

La bouche. C'était bien ça. Quelque chose dans sa bouche avait le même goût que les algues. Pouah !

Pourquoi voulez-vous vous faire photographier ? Je ne travaille pas la couleur, vous êtes au courant ? Je peins par-dessus la photo. Ne venez pas ensuite me dire que ça ne vous plaît pas.

Elle se tut pendant quelques instants, tout en le regardant fixement. C'était celle qu'on photographiait qui était en train d'étudier les problèmes de lumière sur le visage du photographe.

Voilà de nombreuses années que je passe devant chez vous. Je me suis toujours dit qu'un jour je me ferais photographier. Je me ferais faire un de ces portraits colorés à la main. Aujourd'hui, il m'est arrivé quelque chose d'étrange. Je me suis dit que votre studio devait être fermé. Que vous n'existiez plus.

Et tu prétends passer devant tous les jours ?

Tous les jours. Je travaille chez le marchand de fruits. Avant vous veniez toujours acheter des bigarreaux. Ça fait des années, au début de l'été, vous achetiez toujours un petit cornet de bigarreaux.

C'est parce qu'ils sont un peu plus fermes que les autres cerises. C'est pour cette raison que je les préfère. Parce qu'ils sont un peu plus fermes que les autres cerises.

Bien sûr.

Et puis ils n'ont pas de queue.

Non.

Pourquoi les bigarreaux n'ont-ils pas de queue ?

Je vous l'ai déjà expliqué mille fois, monsieur Leica.

Vous me l'avez déjà expliqué ?

Oui. Chaque fois que vous achetiez un cornet de bigarreaux. Ils n'ont pas de queue parce qu'elle s'arrache lorsqu'on les cueille. Comme celle des lézards.

Il s'agitait, inquiet, regardait de tous les côtés en tentant de retrouver un souvenir, mais sans cesser de la surveiller.

La mémoire ! Ma mémoire, comme les bigarreaux, n'a pas de queue. Un instant !

À présent, il était parvenu à trouver la bonne lumière. Il y avait un léger défaut dans l'éclairage. Le corps qui avait la bonne lumière se trouvait là-bas, sur le portemanteau. Il l'avait gardé.

Mets ceci, s'il te plaît.

Et elle se mit le châle bleu nuit sur les épaules. Elle plaça ses bras dans un mouvement à la fois suggestif et de protection. Derrière elle, la tempête emprisonnée sur le décor commença à gronder.

Tous les jours ?

Avant. Presque tous les jours.

Assis à la terrasse du café-bar de la Darse. Il regarde en direction de l'appareil photo. Il ne supporte pas le regard de l'appareil photo, car il lui dit ses quatre vérités. Il est conscient que ses meilleures photos c'est l'appareil qui les a prises. Pour mieux entendre l'appareil photo, il faut qu'il le prenne entre ses mains. On dirait qu'il est en train de photographier des bateaux, mais pas du tout. Il est en train d'écouter l'appareil photo. Il écoute ce qu'il dit, ce dont il lui parle.

Pourquoi as-tu laissé échapper cette photo ?

Ne recommence pas. Que voulais-tu que je fasse ?

Les photos des amis morts. Il fallait que tu gardes cette pellicule, comme pour les âmes du purgatoire.

Tu sais bien comment ça s'est passé. Ils cherchaient les autres photos et elles étaient mélangées avec celles dont tu parles. Il y avait les photos des amis que j'avais prises le jour où nous nous étions réunis sur l'Ara Solis, et il y avait aussi les photos des bûchers avec les livres. Elles se trouvaient sur la même pellicule. C'était trop angoissant. Les garder, ç'aurait été la même chose que de se prendre une balle dans la tempe.

Il fixe son regard sur le verre. Il voit le reflet de la marionnette.

Vous voulez que je vous raconte une blague, monsieur ?

Non.

Il allait dire : Je n'aime pas les blagues, ni ceux qui

les racontent. Je hais les blagues et ceux qui les racontent. Il se tut. Il aurait pu le dire, mais il avait complètement renoncé à entretenir une conversation. Il pensa que ce n'était pas raisonnable de donner une explication à ce freluquet. Par ailleurs, il avait la flemme de lever les yeux pour observer le marionnettiste. S'il fallait parler, il préférait que ce soit avec la marionnette.

Vous n'avez pas vu passer un boomerang, dans le coin, monsieur ?

Non. Pas aujourd'hui, non.

Merci, monsieur, dit la marionnette. Vous savez que votre magasin est ouvert ? *Et le petit oiseau va sortir !*

Il regarda sa braguette. C'était vrai. Elle était ouverte.

Merci. Merci beaucoup.

De rien, monsieur. Pinzón, pour vous servir.

Il s'en alla. À présent il le regrettait. C'était réellement une marionnette intéressante. Très fine. Et pas pénible du tout. Il se fixa à nouveau sur le verre. Qui sait. Peut-être que s'il la suivait, il arriverait dans une ville, au-delà de la mer. Ils marcheraient et marcheraient dans les rues, jusqu'à ce que, soudain, la marionnette se mît à l'actionner lui. C'est lui qui serait soutenu par les fils. Plantés devant un immeuble où l'on pouvait voir l'enseigne Invisible Remedy. La marionnette lui dirait : Lève la tête, à présent, Leica. Regarde là-bas, au troisième étage, à la fenêtre. C'est elle.

Ce n'est pas possible ! Je ne vois rien !

Ne fais pas l'imbécile, espèce de con, taré, débile. Je te dis que c'est elle, Leica !

Assis à la terrasse du bar de la Darse, les yeux fixés sur le verre d'ambre. Des photos liquides. C'est Curtis qui passe à présent, avec le cheval Carirí. Leica a l'impression de les connaître, mais il ne sait plus très bien pourquoi. Ils doivent venir de la part de la Tour d'Hercule, du phare d'Hercule. Parfois, il se dit que ces gens qui viennent de Monte Alto sont des êtres amphibies et aériens. Ils s'arrêtent. Le photographe ambulant le salue chaleureusement. Comme c'est agréable, ces individus qui saluent joyeusement et passent leur chemin. Ils déposent un sillage dans l'ambre et puis c'est tout. Adieu, l'ami. Adieu, cheval. Adieu.

Toi, oui

Aujourd'hui, il ne me lira pas un fragment de *L'Homme invisible,* comme il le fait presque tous les soirs. Aujourd'hui, il rentrera tard. Va-t'en savoir à quelle heure il va rentrer. Après les enterrements, les hommes l'invitent d'habitude. Et il est obligé d'y aller. Il prétend que ça fait partie du métier, d'aller trinquer avec les âmes. De leur donner une dernière tape sur l'épaule.

Lui, il porte toujours le même toast, un toast de taverne : Rien ne se perd, rien ne se crée, la matière se transforme. Il répète toujours la même phrase, en y mettant du sentiment, et les proches du mort l'en remercient beaucoup, parce que ça a l'air convaincant. Scientifique. Comme un Commandement. On boit un coup ?

C'est ce qu'il dit aussi lorsque Olinda lui reproche d'avoir trop bu.

Tu as vu dans quel état tu t'es mis !

Il répond : Rien ne se perd, rien ne se crée, ma chérie, tout se transforme.

Lorsque Polca boit un coup de trop, après un enterrement, il invente des hymnes à tout ce qu'il croise. Lorsqu'il est soûl, ça se sent déjà dans sa façon d'ouvrir la porte. Aujourd'hui, nous avons la preuve scientifique, comme il le dirait lui-même, qu'il est soûl, car en ouvrant la porte, qui est à double vantail, il a cogné celui du haut contre le mur. Et pourtant il dit toujours qu'il faut ouvrir la porte doucement pour que le vantail du haut ne cogne pas contre le mur, car ça abîme la peinture. Pinche le fait souffrir chaque fois qu'il cogne en rentrant. Ainsi, lorsque c'est lui qui ouvre la porte et qu'elle part d'un coup, Olinda et moi savons que Polca, pour éviter que ça ne se voie, va commencer à pousser des vivats, vive l'électricité, vive le pain de Carballo, vivent les filets de morue et le chou-fleur, vive le sifflement du marchand de parapluies de l'univers, et tout plein de choses de ce genre, puis il se met à chanter que *o pousar da avelaíña é moi bonito pousar* (La façon dont le papillon se pose est une très belle façon de se poser). Il fait une pause dans notre chambre, dans l'espoir qu'Olinda se rendorme et ne s'occupe pas de son homme invisible. Il s'assoit à côté de mon lit et me susurre le refrain : *Até que atopa unha flor nunca se quer apousar* (Tant qu'il ne trouve pas une fleur, il refuse de se poser).

Chante les feuilles d'automne, papa.

Ce n'est plus l'heure de chanter, crie Olinda depuis son lit.

Il aime beaucoup cette chanson. Et j'aime beaucoup qu'il me la chante. *Nous sommes deux feuilles d'automne*.

Ce n'est plus l'heure, ma fille. Ensuite, il va me poser une de ses questions scientifiques : Pourquoi les feuilles changent-elles de couleur ?

Pour économiser de la lumière.

Et pourquoi ?

Pour vivre plus longtemps. En automne la lumière diminue et les feuilles changent de couleur pour en profiter davantage.

Ce qu'il voulait c'était qu'on sache des choses. Et ce que je voulais c'était qu'il continue à parler. Pour écouter ce qu'il disait et pour voir sa pomme d'Adam monter et descendre le long de son cou.

Voilà plusieurs jours qu'il ne s'est pas rasé. Même les ténèbres sont allées se coucher, et la lumière de la lampe de la table de nuit fait de son mieux sur son visage. On voit mieux que le jour. Polca est si maigre qu'au lieu d'avoir un double menton il a une cavité qui creuse la grotte où circule son admirable pomme d'Adam. Sa barbe semble être un peu vieille. On dirait des racines qui se faufilent entre les fentes des pierres. Une laborieuse renaissance de buisson rosé parmi les roches, des haies épineuses et colorées qu'on ne distinguait pas auparavant sur son visage mal rasé.

Ce jour-là, il était fatigué.

J'ai creusé la fosse et je me suis vu à la cime d'un palmier. J'ai recommencé à avoir des vertiges. La mémoire du corps est vraiment étrange.

Et que faisais-tu à la cime du palmier ?

Je le taillais et je continuais à grimper. C'est le seul endroit du monde où tu dois couper, pour grimper.

Tu as déjà taillé des palmiers ?

Bien sûr que j'en ai taillé. J'ai taillé les palmiers des jardins du Relleno.

Ils étaient déjà très hauts ?

Ils avaient une bonne hauteur. Et je les ai fait devenir plus longs.

C'est toi qui l'as fait ?

Bien sûr. C'est nous qui faisons les palmiers. C'est pareil que de construire une échelle en plein ciel.

Je me tus, car Polca m'avait répondu sur un ton un peu blessé, comme si la taille avait affecté son corps. Je l'avais imaginé en train de grimper sur les anciennes découpes du palmier pour atteindre les branches qu'il fallait scier.

Tailler un palmier assez haut, ce n'est pas du tout pareil que tailler un autre arbre. C'est comme si on coupait des ailes. Lorsque tu la scies, toute la feuille se met à vibrer. Ce ne sont pas vraiment des feuilles. Ce sont des colonnes vertébrales. Des squelettes.

Même ses yeux brillants occupaient des creux, sur son visage. Le visage de Polca était un terrain rocailleux habité. Ce n'était pas quelque chose de rond, mais plutôt une formation de dalles et de menhirs, avec des cavernes où bouillonnaient des êtres très expressifs, à la peau luisante. Je le regardais avec mon visage posé sur l'oreiller, tandis que Pinche était déjà plongé dans un profond sommeil, bercé par la voix fluide de Polca, et j'avais l'impression que sa pomme d'Adam était un pendule qui entraînait le mouvement de ses lèvres et que le parfum de ses mots lui prononçait davantage les yeux, qui étaient à la fois ses yeux et ses souvenirs, dans lesquels on pouvait deviner ce qu'il racontait. Ce mécanisme de Polca, mis en marche, allait en sens contraire de la nuit. Il pouvait s'en défendre. Sachant cela, Olinda l'appela à nouveau pour qu'il vienne se coucher.

Comme des squelettes ?

Comme des colonnes vertébrales de gros poissons. Des espadons.

Mon visage posé sur l'oreiller, et à travers la brume de la somnolence, je le voyais là-haut, à la cime du palmier, en train de scier des squelettes d'espadons. Lui-même a la forme d'une colonne vertébrale. Polca n'a jamais été bien épais. Il avait un ami, Celeiro, cent vingt kilos « seulement de squelette », qui lui avait dit, alors qu'il ne lui restait plus très longtemps à vivre : Toi, la mort ne t'aime pas, Polca, parce que tu n'as rien à manger.

À présent, c'est lui qui est couché et elle, Ó, est debout, près de son lit. Polca a froid aux pieds et chaud partout ailleurs. Ses côtes deviennent de plus en plus visibles, même sous le drap. Un corps charpenté comme une feuille de palmier. Les êtres qui habitent entre les dalles du visage de Polca semblent s'être calmés cette nuit. Sauf les yeux. Les yeux sont très ouverts et regardent dans la direction d'Ó, avec surprise. Soudain, il bat des paupières, comme s'il tentait de balayer une brume. Ó ne veut pas cesser de parler, elle laisse persister la rumeur de sa voix. Peut-être la voit-il depuis la cime d'un palmier, dont il est en train de scier l'arête centrale d'espadon. Il scie et il grimpe, il scie et il grimpe.

Avant de s'endormir, Ó avait entendu la voix d'Olinda appeler une fois encore Polca : Ta mère a dû manger beaucoup de lièvres, pendant qu'elle était enceinte !

C'était vrai. Il dormait les yeux ouverts.

Ó se réveille en sursaut. Elle transpire. Elle a l'impression que le skaï poisseux qui recouvre la chaise de l'hôpital s'est greffé à sa peau. Elle s'était assoupie seulement quelques minutes, et elle s'est vue descendre un escalier dans les bras de Polca et en remonter un autre avec Polca dans les siens.

Mais que fais-tu dans cet hôpital ?

Je suis responsable de la laverie, Polca.

Tu te commandes toi-même ?

Moi-même et aussi les machines, répondit ironiquement Ó. Je suis la chef des machines à laver.

Ça, c'est pas mal. Les machines à laver t'ont renvoyée d'ici et maintenant c'est toi qui tournes les boutons. Les machines n'ont qu'à travailler, nom d'un chien !

Avant d'aller à Londres, j'ai travaillé dans cette

maison dont je t'ai parlé. Dans le Sussex, au pays de l'homme invisible.

Et tu ne l'as pas vu, bien entendu, répondit Polca.

Non. C'est moi qui étais devenue invisible.

Tu disais que tu étais contente. Tu écrivais et tu disais que tu étais contente. Il n'y avait que des sourires dans tes lettres.

Que voulais-tu que je dise ? Lorsque j'écris, je n'arrive pas à exprimer ma peine. Mais les autres, eux, me voyaient, madame et monsieur Sutherland, Pinche, la chienne Popsy. Mais pas moi. Ils étaient très gentils avec moi, mais moi, je ne me voyais pas. Toute cette paix était en train d'avoir raison de moi. Et j'ai donc décidé de quitter cette maison.

Moi, j'ai toujours dit que la campagne c'était bien pour faire une excursion, renchérit Polca. Un *pique-nique*, comme on dit au Portugal.

Celui qui aime ça, c'est Pinche. Au début, il est venu à Londres avec moi, il n'a jamais pu s'y faire. Il a même travaillé un temps comme homme-sandwich. Il s'habillait en Sherlock Holmes. Il faisait de la publicité pour le musée du détective. Et pendant un temps, il a même fait le bourreau pour les touristes. Cette fameuse photo…

Le costume ne lui allait pas très bien, fit observer Polca. Il n'avait pas beaucoup de style avec sa hache.

Non. Il est retourné dans le Sussex, dans la lointaine ville de Chichester. Là-bas il est comme un poisson dans l'eau. Monsieur Sutherland, le mari de Lena, celui qui était pilote d'avion, ne vit que pour ses fuchsias. C'est un créateur. Il fait des mélanges et il obtient de nouvelles couleurs. Il a même réussi à en obtenir un si blanc, si albinos, qu'il l'a baptisé Miss Griffin. Dommage que l'homme invisible n'ait pas rencontré la femme invisible. Elle aurait eu un autre sort. Monsieur Sutherland ne dit presque jamais rien, mais il n'arrête pas de parler avec les fleurs. Il apprécie beaucoup Pinche. Il dit qu'il a la main verte, qu'il sait s'y prendre avec les plantes. Qu'avec le temps il deviendra le meilleur avec les fuchsias.

Pinche n'aime tout de même pas que les fuchsias ! Il a une amoureuse qui fait de la bicyclette.

La femme bicyclette ! s'exclama Polca. Il me semblait bien que...

C'était vrai, se dit Ó. À force de se croiser sans arrêt, ils ont fini par tomber amoureux l'un de l'autre. Ils se croisaient tous les jours sans se parler. Ils avaient commencé à se connaître grâce à la calligraphie des bicyclettes. Une fois elle avait pris un virage inattendu à 180° et elle s'est retrouvée juste devant lui. Et ainsi de suite. Le jour le plus important, ç'a été le jour où le vent a tenté de les renverser, sans y parvenir. Il l'a regardée d'un air admiratif. Elle était plus âgée que lui. Peut-être le double de son âge. Jusqu'alors, il n'avait pas vu beaucoup de femmes à bicyclette. La première s'appelait doña Herminia, mais on disait qu'elle était folle. À présent, il se disait que c'était peut-être faux, que c'est elle qui pédalait contre la folie. Il est tombé amoureux de la cycliste qui résistait contre le vent. Leurs promenades étaient devenues de plus en plus longues. Lorsqu'il pensait qu'elle allait s'en aller, il entamait une nouvelle conversation le long du chemin. Lui, il serait heureux comme ça, en train de faire des ronds autour d'elle. Lorsqu'il avait raconté ça à Ó, elle avait éclaté de rire : Elle est beaucoup plus âgée que toi ! Si tu parles de la bicyclette, ça c'est certain, répondit-il. Elle lui avait lancé un clin d'œil. Et elle s'était éloignée.

Je ne te l'avais pas dit, expliqua Ó à Polca, mais avant de trouver ce travail à l'hôpital, j'ai été serveuse dans une cafétéria. Mais ça ne s'est pas très bien passé. Je me suis disputée, c'est pour ça que je ne t'en ai jamais parlé. Le patron n'arrêtait pas de m'ennuyer. C'était un de ces individus qui font mal ce qu'ils ont à faire, mais qui n'arrêtent pas de critiquer les autres. J'étais sortie pour rattraper des clients qui avaient oublié de payer. Et lorsque j'étais revenue, par-dessus le marché, il me reprocha d'être sortie du café sans le lui avoir demandé. Alors je l'ai attrapé par le col et je l'ai soulevé de terre, et alors il m'a dit une chose qu'on ne m'avait jamais dite : *You are a half man !*

Tu es un demi-homme. Voilà ce qu'il m'a dit, raconta Ó.

Et qu'est-ce que tu as fait ?

Je lui ai répondu : Pas un demi, mon vieux.

Très bien envoyé, jugea Polca.

Maintenant, tu es à la maison. Tu seras mieux qu'à l'hôpital. Il se tait. Il sait ce que cela signifie. Il va être mieux, bien sûr, le temps que ça durera. Mais il n'y a plus d'espoir. Ce qui le tracasse c'est le lit.

Qu'est-ce que c'est que ce lit ?

C'est un lit orthopédique, répondit Ó. On peut le monter et le descendre. Il y a un moteur.

Vas-y, fais-le fonctionner ! Quelle merveille ! On peut le monter encore davantage ? Fais-le monter davantage. Et puis il avait eu l'air ennuyé : Ça a dû coûter très cher, non ?

C'est la Sécurité sociale.

C'est possible, répondit-il sans trop y croire. Alors il faut en profiter. Fais-le descendre un peu et remonter.

Et voilà, lorsque quelqu'un venait lui rendre visite, Polca demandait qu'on le remonte le plus possible et, de là, il disait bonjour, du plus haut qu'on pouvait, avec un grand geste de ministre de Carnaval :

Sursum corda !

Un jour, alors que le lit est en haut, il lui annonce qu'il ne voit plus.

Et que veux-tu voir, papa ?

Je pensais que de là, je verrais mieux. Mais je ne vois rien. Ni ce qui est ici, ni ce qui est là-bas. Je vois un peu de brume, oui.

De la brume ?

De la bruine. Ou plutôt de la neige. Comme dans la télévision, sans l'image. Tu te souviens de ces petits points ? Je me suis beaucoup battu avec la télévision que tu m'avais envoyée. Ce n'était pas de mon fait. Moi, j'avais fini par m'habituer à ces petits points. Mais je voulais qu'on la voie parfaitement, pour le jour où vous reviendriez. J'avais attaché l'antenne à la cime de l'eucalyptus. Mais les eucalyptus poussent très rapidement et le tronc avait presque avalé l'antenne. On aurait dit une branche de métal, tout en haut. Lorsque les corbeaux se posaient sur elle, ça faisait des lignes brisées. Lorsque c'étaient des étourneaux, des petits points noirs.

Et maintenant, que vois-tu, mon père ? Des lignes ou des points noirs ?

Rien du tout. Elle a perdu sa qualité.

Elle lui montre des choses. C'est le livre d'Élisée. Tu ne le vois pas ?

Donne, laisse-moi le toucher. Les livres sont très bien fabriqués, merde alors ! Ils ont mis du temps à trouver la technique. Mais à présent, on dirait qu'ils font partie de la nature, comme des bourgeons qui poussent sur les mains.

Et mes mains ?

Je ne vois pas de mains, ma fille.

Elle lui caressa la joue : Et si je te touche, tu les sens ?

Il se tut. Mais tout sur son visage composa un mouvement subtil.

Et moi, papa. Moi, tu ne me vois pas ?

Toi, oui, ma fille. Toi, oui.

Quelque chose de spécial

Le juge avait subi une rechute très sévère. Gabriel se rendit avec Sofia à l'appartement de la rue de la Marina, avec l'intention de lui prendre quelques objets personnels. Voilà bien longtemps qu'il n'était pas entré là-bas. Il fut surpris par cette espèce d'atmosphère suspendue, de choses qui avaient l'air d'être à l'affût. La vigilance spectrale des bégonias, qui avaient prolongé leurs formes végétales dans la pénombre, c'est de là que venait cette odeur de fleur fanée dans les coins plus sombres. Il remonta la Grand Mother Circa. Les battements de cœur de la maison. C'était un temps qui ne s'en allait pas, le présent se souvenait. Gabriel ouvrit les volets. La lumière vint à leur rencontre. Les caressa. Ils suivirent sa chaude promesse. La sensation non pas qu'ils faisaient l'amour, mais que c'était l'amour qui les faisait.

La sonnette de la porte d'entrée retentit. De façon insistante. Acharnée. Énergique. C'était un vieil homme qui ressemblait plus que jamais à l'inspecteur Ren, avec sa valise de pourvoyeur de Bibles.

Monsieur Samos est ici ?

Non. Il n'y est pas.

Il reconnut la réaction de ce gros corps sur le point

de faire exploser les coutures de son costume gris cendre, tellement il était de mauvaise humeur. Il reconnut aussi la voix, cette façon de parler par à-coups : Tu es son fils ? Oui, bien sûr. Bien sûr que tu es son fils. Gabriel. *Katechon !* Enfin. Comment va le juge ?

Gabriel fut surpris par sa propre voix : Entrez, monsieur Ren. Le juge a insisté pour que vous déposiez ce que vous apporteriez.

C'est ce qu'il a dit ?

Avec beaucoup d'intérêt.

On voyait que Ren doutait. Il connaissait la vieille discorde qui régnait entre le père et le fils. Il regarda la valise aux rivets métalliques : J'apporte quelque chose de très spécial pour le juge.

La voix de Gabriel semblait vouloir parler toute seule, et celui-ci lui laissa libre cours : Je le sais. C'est ça qu'il attend. C'est ça que nous attendons tous. Quelque chose de spécial.

Il l'invita à pénétrer dans le bureau. À reprendre les habitudes d'antan. Ren posa la valise sur la table en acajou, sur le sous-main, et il l'ouvrit très lentement, comme si quelque chose risquait de s'en échapper, Gabriel pensa à l'effet que pourrait produire une poignée de *Coccinella septempunctata*, transportant leurs sept petits points noirs sur leurs ailes. Voilà longtemps qu'il n'avait pas remarqué ce tic de la main. Cette façon d'ouvrir et de refermer.

Le voici. Le visage de Ren était congestionné. Ses joues étaient toutes rouges.

C'est le livre de Borrow. Le Nouveau Testament. Regardez, regardez la signature. La dédicace à la plume. Ce devait être une plume d'oie sauvage.

À Antonio de la Trava, le Valeureux de Finisterre.

Regardez, regardez-moi ça ! Regardez la date. Madrid, 1837.

Ça a beaucoup de valeur ? demanda Gabriel Samos avec une apparente froideur.

Beaucoup de valeur dites-vous ? Vous n'imaginez pas tout le travail que peut représenter une chose telle que celle-ci. Votre père a passé toute sa vie à chercher ce livre. Mais moi, je l'avais déjà prévenu : Les livres, il faut savoir les attendre.

La papule, l'éruption sur son nez, était également très rouge.

Celui-ci aussi ? Regardez, en anglais. Une édition princeps. *Ulysse*. Voyez-vous, je ne suis pas un expert, je ne suis pas un grand expert, mais j'ai une idée approximative du prix des choses. Et ce livre a beaucoup de valeur.

C'est étonnant !

Qu'est-ce qui est étonnant ?

De le trouver ici. Maintenant.

Et pourquoi êtes-vous étonné, monsieur Samos ? À La Corogne, il y a toujours eu des gens très cultivés. Et de bonnes bibliothèques. À La Corogne, même les ouvriers avaient des bibliothèques. Non, monsieur Samos, ici ça n'a jamais été le trou du cul du monde.

Au début, Gabriel pensa qu'il se moquait plus ou moins de lui. Cette façon de donner du monsieur à quelqu'un de plus jeune que lui. Cet éloge des bibliothèques des ouvriers qui avaient été détruites. Mais il s'aperçut ensuite que non. Qu'il était en train de parler sérieusement.

Ce n'est pas facile de trouver ce qu'on cherche. Et moi, je n'ai plus la force de trop fouiner à droite et à gauche. Si je suis venu aujourd'hui, c'est pour faire plaisir à votre père. Il m'a téléphoné de l'hôpital, lorsqu'il y a été transporté la première fois. Il était excité. Il était tout excité. Il avait trouvé une piste. Alors le vieux Ren a dû se remettre au travail comme à l'époque.

Il brandit son *Ulysse* : Apparemment, le monde entier serait capable de devenir complètement fou pour posséder ce putain de livre. Il n'a qu'un petit défaut, à part qu'on n'y comprend rien. Il lui manque une page de garde.

Gabriel tourna anxieusement les feuilles. Il murmura : Peut-être y avait-il l'ex-libris de quelqu'un.

Ren transpirait. Il retira son chapeau et le posa sur la petite valise. Il épongea son crâne rond avec son mouchoir. Il respira profondément par le nez. On aurait dit qu'il flairait une nouvelle odeur dans la maison. Une odeur qui était attachée à ces plantes.

Il y avait peut-être l'ex-libris de quelqu'un, dites-vous ? Franchement, je n'en sais rien et je n'en ai que faire.

Dans ce cas, il aurait davantage de valeur, précisa Gabriel.

Davantage de valeur ? C'est assez difficile. Qu'est-ce que ça peut faire la provenance ? Ce sont des pièces d'une valeur inestimable. Il murmura le mot une deuxième fois, en écho : Inestimable.

Combien inestimable, Ren ?

Ren se frotta les mains avec le mouchoir et le rangea dans la poche de sa veste. Il dit : Vous savez que ce genre de chose est très difficile à évaluer. Il y a des choses qui n'ont pas de prix. Votre père en donnerait un bon prix, lui. Un très bon prix. Dans ce cas, je dirais même qu'il serait extrêmement généreux.

Combien ? répéta Gabriel.

Note de l'auteur

Une partie des poèmes de *Poète à New York*, œuvre posthume de Federico García Lorca, ont été publiés par la *Revista de Occidente*, en janvier 1931. Parmi eux « New York (Officine et dénonciation) », qui commence par les vers *Sous les multiplications / il y a une goutte de sang de canard*. C'est cette revue, qui a beaucoup influencé la libre-pensée, qui brûle dans les bûchers, le 19 août 1936, et d'où parvient à fuir sur une samare de papier *la goutte de sang de canard*.

La carte de la ville portuaire date de 1946 et est signée M. Bello. Il convient de souligner qu'il s'agit d'une carte faite de mémoire, d'une évocation tracée à la main. Ce qui explique qu'apparaissent des lieux du passé et du présent, et des endroits de l'époque de la République, comme la Bibliothèque Germinal ou l'athénée L'Éclat dans l'Abîme. Sur la carte figurent les coordonnées suivantes : longitude ouest 43° 30', qui prennent pour référence le méridien de Madrid. Sur le méridien de Greenwich, la longitude ouest est de 8° 23' 46,5".

La photographie du bûcher de livres, sur la Darse de La Corogne, est tirée de la revue *Monte Alto*, du numéro publié au mois de juin 1996, en mémoire d'Ánxel Casal, éditeur assassiné par les fascistes le jour même où furent brûlés les livres, le 19 août 1936, qui est également la date de l'assassinat de Federico García Lorca. La photographie avait été reproduite dans *El franquismo en Galicia*, de Carlos Fernández, et publiée par *La Voz de Galicia*.

Le chapitre intitulé « Le livre d'Élisée » est paru en espagnol, traduit par l'auteur, dans le volume *Memoria del futuro (1931-2006)*, publié par les Éditions Visor, à l'occasion du soixante-quinzième anniversaire de la proclamation de la Deuxième République espagnole.

REMERCIEMENTS

Au personnel des bibliothèques publiques de La Corogne et des Archives du Royaume de Galice. À Xan Carlos Agra, Xesús Alonso Montero, Cleudene Aragão, Mimina Arias, Pedro et Pepe Barrós, Manuel Bermúdez *Chao*, Vicente Boquete *Tito*, Fermín Bouza, Manuel Bragado, Euan Camerón, Picco Carillo, Esther Casal, Xosé Castro, Xosé Chao, Rego, Ramón Chao, Cheni, Antonio Conde, Juan Cruz, Antón de Santiago, Isaac Díaz Pardo, Pilar Diz, Antón Doiro, Jonathan Dunne, Amaya Elezcano, Xaime Enríquez, Guillermo Escrigas, Manuel Espiña, María Estrela Fernández et à la famille du libraire de La Corogne Eirís qui fut assassiné, à Carlos Fernández, Benito Ferreiro (fils), Henrique Harguindey, Juantxu Herguera, Xosé A. Gaciño, Víctor García de la Concha, Beatriz Gómez Amigo, Benito González, Josep Maria Joan Rosa, Luis Lamela, Xurxo Lobato, Antón López, Lola de *Lume*, Xesús González Gómez, au tailleur M. Iglesias, à Alberte Maceda, Santiago Macías, Bernardo Máiz, Danilo Manera, Xosé Luís Martínez, Carlos Martínez-Buján, Xosé Mato, Serge Mestre, Xulio Montero, César A. Molina, Enrique Molist, Eirín Moure, Serafín Mourelle, Xosé Manuel Muñiz, Antón Patiño, Dionisio Pereira, Nonito Pereira, Carlos Pereira Martínez, Xulio Prada, Miguelanxo Prado, Xesús María Reiríz, Manuel Rodríguez, Ana Romero, Andrés Salgueiro, Carme Salorio, Manuel Sánchez Salorio, Sito Sedes, Felipe Senén, Xavier Seoane, Xurxo Souto, Celia Torres Bouzas, Dolores Torres París, Olivia Tudela, Alberto Valín, Elvira Varela, Ánxel Vázquez de la Cruz, Mari Vega, Graça Videira, Dolores Vilavedra, Manuel Vilariño, Elke Wehr, Manuel Zamora.

À Iria, Gastón, Miguelón, César Carlos Morán, le groupe Jar-banzo Negro et Rómulo Sanjurjo.

À Pedro de Llano.

À mes tantes Pepita et Manola, et à mon oncle Francisco.

À Paco, Sabela et Felicitas.

À Sol et à Martiño.

À Isa.

Personnages du roman

ALDÁN, Ovidio : Directeur du quotidien du soir l'*Expreso*.

AMALIA : Laitière, amie d'Ó.

AMIL : Vieux maître de l'École Rationaliste.

ANA : Lavandière, amie d'Ó.

ANCEIS, Aurelio : Poète marin, fréquentant l'athénée L'Éclat dans l'Abîme.

ARMONÍA : Voix intérieure d'Ó.

BALBOA, Tito (*STAGIAIRE*) : Journaliste stagiaire du quotidien du soir l'*Expreso*, ami de Gabriel.

BELIDA, María : Chanteuse à l'Académie de Danse, mère de Zonzo. Maîtresse de Manlle après la guerre.

BENIGNO : Premier prêtre de Castro, du temps où Polca était enfant de chœur.

BORROW, George : Pourvoyeur de Bibles, protestant de l'époque victorienne.

CASAL, Ánxel : Patron des éditions Nós.

CASARÈS QUIROGA, Santiago : Leader républicain. Ministre sous la Deuxième République espagnole. Père de Maria Casarès, dite Vitola.

CASARÈS, Gloria : Épouse de Santiago Casarès Quiroga.

CASARÈS, María Victoria : cf. Vitola.

COREA, Miguel : Ami de Gabriel et de Zonzo qui fréquente le port.

CRECENTE, Francisco (*POLCA*) : Joueur de cornemuse, membre de l'athénée L'Éclat dans l'Abîme. Père d'Ó et de Pinche, mari d'Olinda.

CURTIS, Vicente (*HERCULE*) : Boxeur, sparing partner d'Arturo da Silva. Membre de l'athénée L'Éclat dans l'Abîme. Se promène sans cesse avec le cheval de bois Carirí.

DA SILVA, Arturo : Champion de boxe des poids légers de Galice, dont Vicente Curtis, alias Hercule, deviendra le sparing partner. Il écrit également dans la revue *Brazo y Cerebro*. C'est un des cofondateurs de l'athénée L'Éclat dans l'Abîme.

DAFONTE : Membre de l'athénée L'Éclat dans l'Abîme.

DALIA : Propriétaire de la pension Sahara où loge Aurelio Anceis, le poète marin.

DANSA : Mère d'Olinda.

DEZ, Tomás : Chef de la Censure. Ami du juge Samos. Un moment, protecteur douteux de Luis Terranova.

ESTREMIL : Ouvrier, ami de Polca.

EUSEBIO : Inséparable compagnon de chasse du juge Samos.

FLORA : Danseuse à l'Académie de Danse, dans le quartier du Papagaio.

GANTES, Roque : Machiniste du navire *Le Chemin Creux*, ami de Ramón Ponte.

GLENDA : Amie d'Ó à Londres.

GRUTIER : cf. Ramón Ponte.

HERCULE : cf. Vicente Curtis.

HOLANDO : Membre de l'athénée L'Éclat dans l'Abîme.

HUICI, Luis : Peintre, artiste et tailleur.

INCONNU : cf. Paúl Santos.

LAURA : Amie de la famille Samos.

LEICA : cf. Sebastián Vidal.

LENS : Harponneur de baleines.

LIRES, Rubén : Violoncelliste, ami de Leica.

MACOUBREY, Henrietta : Belle-fille de George Borrow.

MANCORVO : Inspecteur de police, second de Ren.

MANLLE : Boxeur, adversaire d'Arturo da Silva qui l'a battu. Il devient phalangiste, contrebandier, et patron de La Boîte de Pandore.

MARCELO : Deuxième curé de Castro.

MARCONI : Spécialiste des appareils de radio, membre de l'athénée L'Éclat dans l'Abîme.

MAYARÍ : cf. Antonio Vidal.

MÉDUSE : Prostituée et petite amie de Corea.

MILAGRES : Mère de Vicente Curtis, alias Hercule.

MINERVE : Responsable de la Bibliothèque Germinal.

MIRAMONTES, María : Modiste, femme d'Ánxel Casal, patron des éditions Nós.

MONTEVIDEO : cf. Héctor Ríos.

MUNIO : Le curé enseignant de Gabriel et ami du juge Samos.

NETO : Boxeur, ami d'Arturo da Silva.

NEVES : La bonne de la maison des Samos.

Ó : Lavandière, fille aînée de Polca et d'Olinda. Elle travaille pour les Samos.

OLINDA : Allumettière et lavandière, femme de Polca, mère d'Ó et de Pinche.

PAZOS, Pepe : Marin, ami de Polca.

PEMENTA, Alberte : Émigrant de La Corogne, compagnon d'Ó à Londres.

PINCHE : Fils cadet de Polca et d'Olinda. Frère d'Ó.

POLCA : cf. Francisco Crecente.

POMBO : Garde du corps de Samantha et gardien de l'Académie de Danse.

PONTE, Ramón (*GRUTIER*) : Manœuvre la grue du port.

REN : Phalangiste, inspecteur à la Brigade d'Investigation Politico-Sociale. Fournisseur de livres rares pour le juge Samos.

RÍOS, Catia : fille d'Héctor Ríos et enseignante à La Rose Sténographique.

RÍOS, Héctor (*MONTEVIDEO*) : Brillant procureur de la République, ami d'enfance du juge Samos. Il écrit ses livres en toute clandestinité.

ROCÍO : Femme de Leica.

SADA, Fernando : Peintre, ami d'Héctor Ríos et des membres de l'athénée L'Éclat dans l'Abîme. Il fait partie du comité de rédaction de la revue *Oeste*.

SAMANTHA : Patronne de l'Académie de Danse.

SAMOS, Gabriel : Fils du juge Samos.

SAMOS, Pedro : Père du juge Samos.

SAMOS, Ricardo (*SYLLABUS*) : Juge et bibliophile pronazi.

SANTOS, Paúl (*INCONNU*) : Inspecteur sous les ordres de Ren. Élève de La Rose Sténographique.

SERT, Joan : Architecte catalan que Polca a connu lorsqu'il était en prison.

SILVIA : Couturière, maîtresse de Leica.

SOFIA : Fiancée de Gabriel Samos.

STAGIAIRE : cf. Tito Balboa.

SULFE, Alfonso : Professeur à l'université de Saint-Jacques-de-Compostelle, ami intime du juge Samos.

TERRANOVA, Luis : Chanteur de tangos et ami intime de Vicente Curtis, membre de l'athénée L'Éclat dans l'Abîme.

VIDAL, Antonio (*MAYARÍ*) : Émigré à Cuba dans sa jeunesse, père de Chelo Vidal et de Sebastián Vidal, alias Leica.

VIDAL, Chelo : Épouse du juge Samos et sœur de Leica.

VIDAL, Sebastián (*LEICA*) : Frère de Chelo Vidal et photographe.

VITOLA : Fille de Santiago Casarès Quiroga, qui deviendra, en exil, l'actrice française de renom Maria Casarès.

ZONZO : Camarade d'école et de jeu de Gabriel Samos, fils de María Belida.

DU MÊME AUTEUR

Aux Éditions Gallimard

LE CRAYON DU CHARPENTIER, 2000 (Folio nº 3657).

LA LANGUE DES PAPILLONS ET AUTRES NOUVELLES, 2003 (Folio nº 4117).

L'ÉCLAT DANS L'ABÎME : MÉMOIRES D'UN AUTODAFÉ, 2008 (Folio nº 5028)

Aux Éditions Métaillé

EN SAUVAGE COMPAGNIE, 1997.

COLLECTION FOLIO

Dernières parutions

4848. Voltaire — *L'Affaire du chevalier de La Barre* précédé de *L'Affaire Lally.*
4849. Victor Hugo — *Notre-Dame de Paris.*
4850. Françoise Chandernagor — *La première épouse.*
4851. Collectif — *L'œil de La NRF.*
4852. Marie Darrieussecq — *Tom est mort.*
4853. Vincent Delecroix — *La chaussure sur le toit.*
4854. Ananda Devi — *Indian Tango.*
4855. Hans Fallada — *Quoi de neuf, petit homme ?*
4856. Éric Fottorino — *Un territoire fragile.*
4857. Yannick Haenel — *Cercle.*
4858. Pierre Péju — *Cœur de pierre.*
4859. Knud Romer — *Cochon d'Allemand.*
4860. Philip Roth — *Un homme.*
4861. François Taillandier — *Il n'y a personne dans les tombes.*
4862. Kazuo Ishiguro — *Un artiste du monde flottant.*
4863. Christian Bobin — *La dame blanche.*
4864. Sous la direction d'Alain Finkielkraut — *La querelle de l'école.*
4865. Chahdortt Djavann — *Autoportrait de l'autre.*
4866. Laura Esquivel — *Chocolat amer.*
4867. Gilles Leroy — *Alabama Song.*
4868. Gilles Leroy — *Les jardins publics.*
4869. Michèle Lesbre — *Le canapé rouge.*
4870. Carole Martinez — *Le cœur cousu.*
4871. Sergio Pitol — *La vie conjugale.*
4872. Juan Rulfo — *Pedro Páramo.*
4873. Zadie Smith — *De la beauté.*
4874. Philippe Sollers — *Un vrai roman. Mémoires.*
4875. Marie d'Agoult — *Premières années.*
4876. Madame de Lafayette — *Histoire de la princesse de Montpensier* et autres nouvelles.

4877. Madame Riccoboni	*Histoire de M. le marquis de Cressy.*
4878. Madame de Sévigné	*« Je vous écris tous les jours... »*
4879. Madame de Staël	*Trois nouvelles.*
4880. Sophie Chauveau	*L'obsession Vinci.*
4881. Harriet Scott Chessman	*Lydia Cassatt lisant le journal du matin.*
4882. Raphaël Confiant	*Case à Chine.*
4883. Benedetta Craveri	*Reines et favorites.*
4884. Erri De Luca	*Au nom de la mère.*
4885. Pierre Dubois	*Les contes de crimes.*
4886. Paula Fox	*Côte ouest.*
4887. Amir Gutfreund	*Les gens indispensables ne meurent jamais.*
4888. Pierre Guyotat	*Formation.*
4889. Marie-Dominique Lelièvre	*Sagan à toute allure.*
4890. Olivia Rosenthal	*On n'est pas là pour disparaître.*
4891. Laurence Schifano	*Visconti.*
4892. Daniel Pennac	*Chagrin d'école.*
4893. Michel de Montaigne	*Essais I.*
4894. Michel de Montaigne	*Essais II.*
4895. Michel de Montaigne	*Essais III.*
4896. Paul Morand	*L'allure de Chanel.*
4897. Pierre Assouline	*Le portrait.*
4898. Nicolas Bouvier	*Le vide et le plein.*
4899. Patrick Chamoiseau	*Un dimanche au cachot.*
4900. David Fauquemberg	*Nullarbor.*
4901. Olivier Germain-Thomas	*Le Bénarès-Kyôto.*
4902. Dominique Mainard	*Je voudrais tant que tu te souviennes.*
4903. Dan O'Brien	*Les bisons de Broken Heart.*
4904. Grégoire Polet	*Leurs vies éclatantes.*
4905. Jean-Christophe Rufin	*Un léopard sur le garrot.*
4906. Gilbert Sinoué	*La Dame à la lampe.*
4907. Nathacha Appanah	*La noce d'Anna.*
4908. Joyce Carol Oates	*Sexy.*
4909. Nicolas Fargues	*Beau rôle.*
4910. Jane Austen	*Le Cœur et la Raison.*
4911. Karen Blixen	*Saison à Copenhague.*